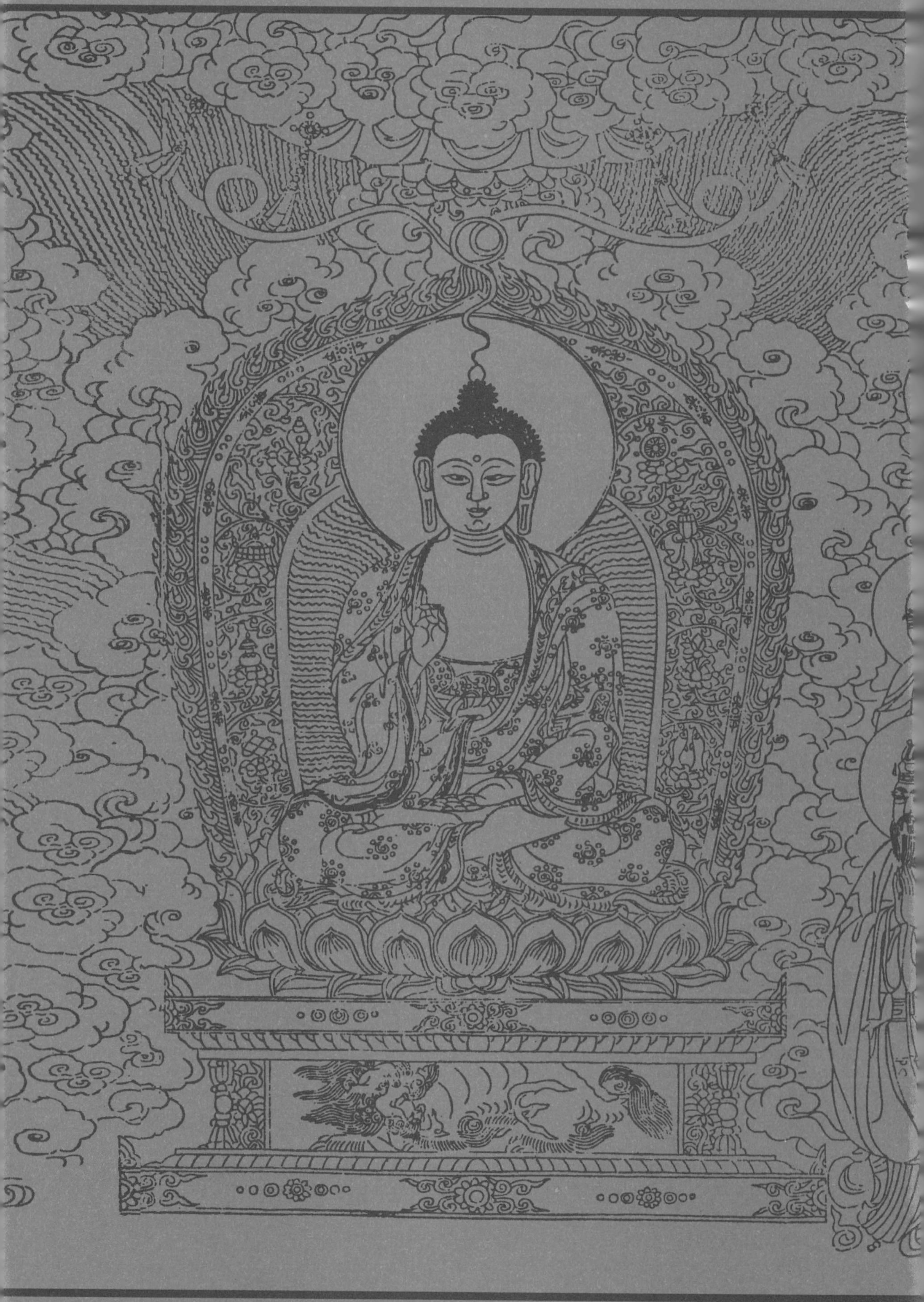

御製

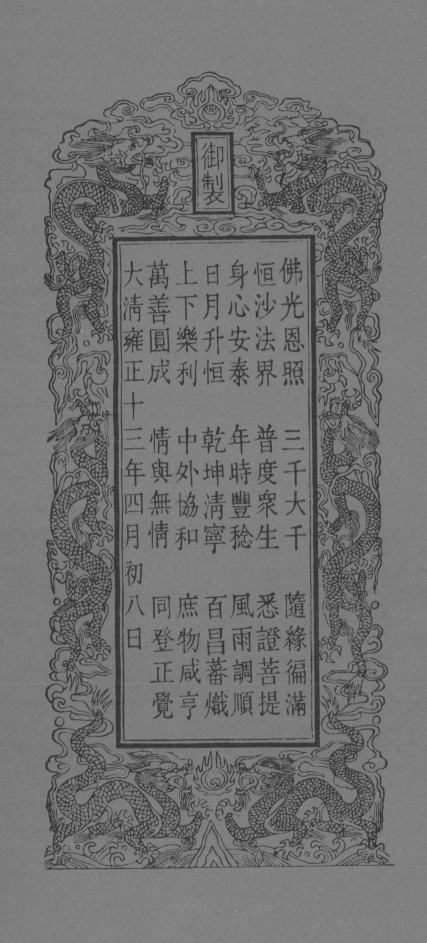

佛光恩照　三千大千　隨緣徧滿
恒沙法界　普度衆生　悉證菩提
身心安泰　年時豐稔　風雨調順
日月升恒　乾坤清寧　百昌蕃熾
上下樂利　中外協和　庶物咸亨
萬善圓成　情與無情　同登正覺
大清雍正十三年四月初八日

第一一三册　此土著述（三）

高僧傳

梁會稽嘉祥寺沙門慧皎撰

清刻龍藏佛說法變相圖

高僧傳卷第七

梁會稽嘉祥寺沙門慧皎撰

義解四

宋竺道生一　釋慧叡二

釋慧嚴三　釋慧觀四

釋慧義五　釋道淵六

釋僧弼七　釋慧靜八

釋僧苞九　釋僧詮十

釋曇鑒十一　釋慧安十二

釋曇無成十三　釋僧含十四

竺道生本姓魏鉅鹿人寓居彭城家世仕族父爲廣戚令鄉里稱爲善人生幼而穎悟聰哲若神其父知非凡器愛而異之後值沙門竺法汰遂改俗歸依伏膺受業既踐法門儁思奇拔研味句義即自開解故年在志學便

登講座吐納問辯辭清珠玉雖宿望學僧當世名士皆慮挫詞窮莫敢詶抗年至具戒器鑒日深性度機警神氣清穆初入廬山幽栖七年以求其志常以入道之要慧解爲本故鑚仰群經斟酌雜論萬里隨法不憚疲苦後與慧叡慧嚴同遊長安從什公受業關中僧衆咸謂神悟後還都止青園寺寺是晉恭思皇后褚氏所立本種青處因以爲名生既當時法匠請以居焉宋太祖文皇深加歎重後太祖設會帝親同衆御于地筵下食良久衆咸疑日晚帝曰始可中耳生曰白日麗天天言始中何得非中遂取鉢便食於是一衆從之莫不歎其樞機得衷王弘范泰顏延之並挹敬風猷從之問道生既潛思日久徹悟言外迺喟然歎曰夫象以盡意得意則象忘言以詮理入理則言息自經典東流譯人重阻多守滯文鮮見圓義若忘筌取魚始可與言道矣於是校閲眞俗研思因果迺言善不受報頓悟成佛又著二諦論佛性當有論法身無色論佛無淨土論應有縁論等籠罩舊說妙有淵旨而守文之徒多生嫌嫉與奪之聲紛然競起又六卷泥洹先至京都生剖析經理洞入幽微乃說一闡提人皆得成佛于時大本未傳孤明先發獨見忤衆於是舊學以爲邪說譏憤滋甚遂顯大衆擯而遣之生於大衆中正容誓曰若我所說反於經義者請於現身即表癘疾若與實相不相違背者願捨壽之時據師子座言竟拂衣而遊初投吳之虎丘山旬日之中學徒數百其年夏雷震青園佛殿龍昇于天光影西壁因改寺名號

曰龍光時人歎曰龍既已去生必行矣俄而投迹廬山銷影巖岫山中僧衆咸共敬服後涅槃大本至于南京果稱闡提悉有佛性與前所說合若符契生既獲斯經尋即講說以宋元嘉十一年冬十一月庚子於廬山精舍升于法座神色開朗德音俊發論議數番窮理盡妙觀聽之衆莫不悟悅法席將畢忽見麈尾紛然而墜端坐正容隱几而卒顔色不異似若入定道俗嗟駭遠近悲泣於是京邑諸僧内慙自疚追而信服其神鑒之至徵瑞如此仍葬廬山之阜初生與叡公及嚴觀同學齊名故時人評曰生叡發天真嚴觀窪流得慧義慠悍進寇淵于嘿塞生及叡公獨標天真之目故以秀出群士矣初關中僧肇始注維摩世咸翫味生乃更發深旨顯暢新典及諸經義疏世皆寶焉王微以生比郭林宗乃爲之立傳旌其遺德時人以生推闡提得佛此語有據頓悟不受報等時亦憲章宋太祖嘗述生頓悟義沙門僧弼等皆設巨難帝曰若使逝者可興豈爲諸君所屈後龍光又有沙門寶林初經長安受學後祖述生公諸義時人號曰遊玄生著涅槃記及注異宗論檄魔文等林弟子法寶亦學兼内外著金剛後心論等亦祖述生義焉近代又有釋惠生者亦止龍光寺蔬食善衆經典兼工草隸時人以同寺相繼號曰大小二生也

釋慧叡冀州人少出家執節清峻常遊方而學經行蜀之西界爲人所略常使牧羊有商客信敬者見而異之疑是沙門請問經義無不綜達商人即以金贖之既還襲染衣篤學

彌至遊歷諸國乃至南天竺界音譯詁訓殊方異義無不必曉後還憩廬山俄入關從什公諮稟後適京師止于烏衣寺講說衆經皆思徹言表理契環中宋大將軍彭城王義康請以爲師再三乃許王請入第受戒叡曰禮聞來學不聞往教康大以爲愧乃入寺虔禮祇奉戒法後以貂裘奉叡叡不著嘗坐之王密令左右求買值三十萬叡曰雖非所服既大王所施聊爲從用耳陳郡謝靈運篤好佛理殊俗之音多所達解迺諮叡以經中諸字并衆音異旨於是著十四音訓叙條例梵漢昭然可了使文字有據焉叡以宋元嘉中卒春秋八十有五矣

釋慧嚴姓范豫州人年十二爲諸生博曉詩書十六出家又精練佛理迄甫立年學洞群籍風聲四遠化洽殊邦聞什公在關復從受學訪正音義多所異聞後還京師止東安寺宋高祖素所知重高祖後伐長安要與同行嚴曰檀越此行雖伐罪弔民貧道事外之人不敢聞命帝苦要之遂行及文帝在位情好尤密每見弘讚問佛法先是帝未甚崇信至元嘉十二年京尹蕭摹之上啓請制起寺及鑄像帝乃與侍中何尚之吏部郎中羊玄保等議之謂尚之曰朕少來讀經不多比日彌復無暇三世因果未辯厝懷而復不敢立異者正以卿輩時秀率所敬信故也范泰謝靈運常言六經典文本在濟俗爲治必求靈性眞奥豈得不以佛經爲指南耶近見顔延之推達性論宗炳難白黑論明佛汪汪尤爲名理並足開奬人意若使率土之濵皆敦此化

則朕坐致太平夫復何事近蕭摹之請制未全經通即以相示委卿增損必有以遏戒浮俗無傷弘獎者迺當著令耳尚之對曰悠悠之徒多不信法以臣庸蔽獨秉愚勤懼以闕薄貽玷大教今乃更荷褒拂非所敢當至如前代群英則不負明詔矣中朝已遠難復盡知度江以來則王導周顗庾亮王蒙謝尚郗超王坦王恭王謐郭文謝敷戴逵許詢及亡高祖兄弟王元琳昆季范汪孫綽張玄殷顗或宰輔之冠蓋或人倫之羽儀或置情天人之際或抗迹烟霞之表並稟志歸依厝心崇信其間比對則蘭護開潛淵遁崇邃皆亞迹黄中或不測人也近世道俗較談便爾若當備舉夷夏爰逮漢魏奇才異德胡可勝言惠遠法師嘗云釋氏之化無所不可適道固自教源濟俗亦爲要務竊尋此說有契理奧何者若使家家持戒則一國息刑故佛澄適趙二石减暴靈塔放光符健損虐故神道助教有自來矣而蕭摹所啓亦不謂全非但傷蠹道俗者本在無行僧尼而情皃難分袪取未易金銅土木雖靡費滋深必福業所寄復難得頓絶臣比思爲斟酌進退難安今日親奉德音實亦用夷泰羊玄保進曰此談盖天人之際豈臣所宜預竊恐秦楚論强兵之術孫吴盡吞併之計將無取於此耶帝曰此非戰國之具良如卿言尚之曰夫禮隱逸則戰士怠貴仁德則兵氣衰若以孫吴爲志苟在吞噬亦無取堯舜之道豈唯釋教而已耶帝悦曰釋門有卿亦猶孔氏之有季路所謂惡言不入於耳帝自是信心迺立始致意佛經及

見嚴觀諸僧輒論道義理時顏延之著離識觀及論檢帝命嚴辯其同異往復終日帝笑曰公等今日無愧支許嚴後著無生滅論及老子略注等東海何承天以博物著名乃問嚴佛國將用何曆嚴云天竺夏至之日方中無影所謂天中於五行土德色尚黄數尚五八寸爲一尺十兩當此土十二兩建辰之月爲歲首及討覈分至推校薄蝕顧步光影其法甚詳宿度年紀咸有條例承天無所厝難後婆利國人來果同嚴説帝勑任豫受焉大涅槃經初至宋土文言致善而品數踈簡初學難以厝懷嚴迺共慧觀謝靈運等依泥洹本加之品目文有過質頗亦治改始有數本流行嚴迺夢見一人形狀極偉厲聲謂嚴曰涅槃尊經何以輒加斟酌嚴覺已惕然迺更集僧欲收前本時識者咸云此蓋欲誡厲後人耳若必不應者何容即時方夢嚴以爲然頃之又夢神人告曰君以弘經之力必當見佛也嚴以宋元嘉二十年卒于東安寺春秋八十有一矣帝詔曰嚴法師器識淵遠學道之匠奄爾遷神痛悼于懷可給錢五萬布五十疋嚴弟子法智幼有神理年二十四往江陵值雅公講便輪議數番雅厝通無地雅顧眄四衆曰小子斐然成章智笑曰迺變風變雅作矣於是聲布楚郢譽洽京吴善成實及大小品焉

釋慧觀姓崔清河人十歲便以博見馳名弱年出家遊方受業晚適廬山又諮稟惠遠聞什公入關乃自南徂北訪覈異同詳辯新舊風神秀雅思入玄微時人稱之曰通情則生

融上首精難則觀肇第一迺著法華宗要序以簡什什曰善男子所論甚快君小却當南遊江漢之間善以弘通爲務什亡後迺南適荆州州將司馬休之甚相敬重於彼立高悝寺使夫荆楚之民迴邪歸正者十有其半宋武南伐休之至江陵與觀相遇傾心待接依然若舊因勑與西中郎遊即文帝也俄而還京止道場寺觀既妙善佛理探究老莊又精通十誦博採諸部故求法問道者日不空筵元嘉初三月上巳車駕臨曲水讌會命觀與諸朝士賦詩觀即坐先獻文旨清婉事適當時瑯琊王僧達廬江何尚之並以清言致款結賞塵外宋元嘉中卒春秋七十有一著辯宗論論頓悟漸悟義及十喻序讚諸經序等皆傳於世時道場寺又有僧馥者本醴泉人專精義學注勝鬘經又有法業本長安人善大小品及雜心蔬食節己故晉陵公主爲起南林寺後遂居焉

釋慧義姓梁北地人少出家風格秀舉志業强正初遊學於彭宋之間備通經義後出京師迺說云冀州有法稱道人臨終語弟子普嚴云嵩高靈神云江東有劉將軍應受天命吾以三十二璧鎮金一鉼爲信遂徹宋王宋王謂義曰非常之瑞亦須非常之人然後致之若非法師自行恐無以獲也義遂行以晉義熙十三年七月往嵩高山尋覓未得便至心燒香行道至七日夜夢見一長鬚老公拄杖將義往璧處指示云是此石下義明便周行山中見一處炳然如夢所見即於廟所石壇下得璧大小三十二枚黃金一鉼此瑞詳

之宋史義後還京師宋武加接尤重迄乎踐祚禮遇彌深宋永初元年車騎范泰立祇洹寺以義德爲物宗固請經始義以泰清信之至因爲指授儀則時人以義方身子泰比須達故祇洹之稱厥號存焉後西域名僧多投止此寺或傳譯經典或訓授禪法宋元嘉初徐羨之檀道濟等專權朝政泰有不平之色嘗肆言罵之羨等深憾聞者皆憂泰在不測泰亦慮及於禍迺問義安身之術義曰忠順不失以事其上故上下能相親也何慮之足憂因勸泰以果竹園六十畝施寺以爲幽冥之祐泰從之終享其福及泰薨泰第三子晏謂義昔承厥父之險說求園地追以爲憾遂奪而不與義秉泰遺蹤紛糺紜紜彰於視聽義迺移止烏衣與慧叡同住宋元嘉二十一年終於烏衣寺春秋七十三矣晏後少時而卒晏弟曄後染孔熈先謀逆厥宗同潰後祇洹寺又有釋僧睿善三論爲宋文所重

釋道淵姓寇不知何許人出家止京師東安寺少持律撿長習義宗衆經數論靡不通達而潛光隱德世莫之知後於東安寺開講剖析玄微洞盡幽賾使終古積滯渙然冰解於是學徒改觀翕然附德後移止彭城寺宋文帝以淵行爲物軌勑居寺任後卒於所住春秋七十有八淵弟子慧琳本姓劉秦郡人善諸經及莊老俳諧好語笑長於製作故集有十卷而爲性傲誕頗自矜伐淵嘗詣傳亮琳先在坐及淵至琳不爲致禮淵怒之彰於顏色亮遂罰琳杖二十宋世祖雅重琳引見常昇獨榻顏延之每以致譏帝輒不悅後著白

黑論乖於佛理衡陽太守何承天與琳比狎雅相擊揚著達性論並拘滯一方詆呵釋教顏延之及宗炳難駁二論各萬餘言琳既自毀其法被斥交州世云淵公見麻星者即其人也

釋僧弼本吳人性度虛簡儀止方直少與龍光曇幹同遊長安從什受學愛日惜力竭有深思什加賞特深使頒預參譯後遊歷名邦備矚風化時有請弼爲寺主弼曰至道不弘淳風日緬自非定慧兼足無以鎮立風猷且當隨緣致益何得獨善一寺後南居楚郢十有餘年訓誘經戒大化江表河西王沮渠蒙遜遠挹風名遣使通敬貺遺相續後下都止彭城寺文皇器重每延講說宋元嘉十九年卒春秋七十有八矣

釋慧靜姓王東阿人少遊學伊洛之間晚歷徐兗容皃甚黑而識悟清遠時洛中有沙門道經亦解邁當世與靜齊名而耳甚長大故時人語曰洛下長大耳東阿黑如墨有問無不詶有詶無不塞靜至性虛通澄審有思力每法輪一轉輒負帙千人海內學賔無不畢集誦法華小品注維摩思益著涅槃略記大品旨歸及達命論并諸法師誄多流傳北土不甚過江宋元嘉中卒春秋六十餘矣

釋僧苞京兆人少在關受學什公宋永初中遊北徐入黃山精舍復造靜定二師進業仍於彼建三七普賢齋懺至第一七日有白鵠飛來集普賢座前至中行香畢乃去至二十一日將暮又有黃衣四人繞塔數帀忽然不見苞少有志節加復祥感故匪懈之情因之

彌厲日誦萬餘言經常禮數百拜佛後東下京師正值祇洹寺發講法徒雲聚士庶駢席苞既初至人未有識者迺乘驢往看衣服垢弊貌有風塵堂内既迮坐驢韉於戶外高座舉題適竟苞始欲厝言法師便問客僧何名答云名苞又問盡何所苞答云高座之人亦可苞耳迺致問數番皆是先達思力所不逮高座無以抗其辭遂遜退而止時王弘范泰聞苞論議歎其才思請與交言仍屈住祇洹寺開講衆經法化相續及陳郡謝靈運聞風而造焉及見苞神氣彌深歎伏或問曰謝公何如苞曰靈運才有餘而識不足抑不免其身矣苞嘗於路行見六劫被録苞爲說法勸念觀世音群劫以臨危之際念念懇切俄而送吏飲酒洪醉劫解枷得免焉宋元嘉中卒時瓦官寺又有釋法和者亦精通數論致譽當時爲宋高祖所重勑爲僧主焉

釋僧詮姓張遼西海陽人少遊燕齊遍學外典弱冠方出家復精練三藏爲北土學者之宗後過江止京師鋪筵大講化洽江南吴郡張恭請還吴講說姑蘇之士並慕德歸心初止閑居寺晚憩虎丘山詮先於黄龍國造丈六金像入吴又造人中金像置于虎丘山之東寺詮性好檀施周贍貧乏清確自守居無縑幣後平昌孟顗於餘杭立方顯寺請詮居之率衆翹勤禪禮無輟看尋苦至遂迺失明而策厲彌精講授不廢吴國張暢張敷譙國戴顒戴勃並慕德結交崇以師禮詮後暫遊臨安縣投董功曹家功曹者清信弟子也詮投止少時便遇疾甚篤而常見所造之像來

在西壁又見諸天童子皆來侍病弟子法朗夢見一臺數人捧之問何所去答云迎詮法師明旦果卒縣令阮尚之使葬白土山郭文舉之塚右以擬梁鴻之附要離也特進王裕及高士戴顒至詮墓所刻石立碑唐思賢造文張敷作誄

釋曇鑒姓趙冀州人少出家事竺道祖爲師蔬食布衣律行精苦學究群經兼善數論聞什公在關杖策從學什常謂鑒爲一聞持人後遊方宣化達自荆州止江陵辛寺年登耳順厲行彌潔常願生安養瞻覲彌陀後弟子僧濟辝往上明鑒云汝去迺佳恐不復相見因委曲踈受付囑至夜與諸耆老共叙無常言甚切至既夜各各還房鑒獨留步廊下至三更沙彌僧願請還房鑒曰汝但眠不須復來至明旦弟子慧嚴依常問訊見合掌平坐而口不言迫就察之實迺已卒身體柔輭香潔倍常因伸而殮焉春秋七十呉郡張辯作傳并讃讃曰披荔逞芬握瑾表潔渾渾法施弗緇弗涅煒曄初辰條蔚暮節神遊智往豈伊實訣時江陵又有釋道海北州釋惠龕東州釋惠恭淮南釋曇泓東轅山釋道廣弘農釋道光等並願生安養臨終祥瑞焉

釋慧安未詳是何人蔬食精苦學通經義兼能善說又以專戒見稱誦經三十餘萬言止廬山淩雲寺學徒雲聚千里從風常捉一杖云是西域僧所施杖光色炯徹亦頗有香氣上有梵書人莫能識後入關詣羅什捉杖自隨什見大驚曰此杖迺在此間耶因譯其字云本生天竺娑羅林南方喪亂草付興後得

羅什道教隆安後以杖嚫外國僧波沙那那賷還西域安以宋元嘉中卒於山寺

釋曇無成姓馬扶風人家世避難移居黃龍年十三出家履業清正神悟絕倫未及具戒便精徃復聞什公在關負笈從之既至見什什問沙彌何能遠來答曰聞道而至什大善之於是經停務學慧業愈深姚興謂成曰馬季長碩學高明素矯當世法師故當不爾答曰以道伏心爲除此過與甚異之供事殷厚姚祚將亡關中危擾成迺憩于淮南中寺涅槃大品常更互講說受業二百餘人與顏延之何尚之共論實相徃復彌晨成乃著實相論又著明漸論宋元嘉中卒春秋六十有四時中寺復有曇冏者與成同學齊名爲宋臨川康王義慶所重焉

釋僧含不知何許人幼而好學篤志經史及天文筭術長通佛義數論兼明尤善大涅槃常講說不輟元嘉七年新興太守陶仲祖立靈味寺欽含風軌請以居之含勗衆清謹三業無虧後西遊歷陽弘讃正法江左道俗響附如林時任彭城凾著無三世論含迺作神不滅論以抗之使夫見聞之者莫不將墜而更興矣又著聖智圓鑒論無生論法身論業報論及法華宗論等皆傳於世頃之南遊九江大闡經法瑯琊顏竣時爲南中郎記室叅軍隨鎮潯陽與含深相器重造必終日含嘗密謂竣曰如今讖緯不虛者京師尋有禍亂真人應符屬在殿下檀越善以緘之俄而元凶構逆世祖龍飛果如其言也後平康無疾忽告衆辭別至于明晨奄然巳化時人謂之

知命時又有釋道含者亦學解有功著釋異
十論云云

高僧傳卷第七

音釋

憉悙憉步行切悙虛庚切憉悙自強貌𧖴當故切猶敗也噬時制切齧也悝枯回切鬘莫斑切鉼畢領切金鈑也紇吉黖切與紏同紛紏繚戾也賾士革切深也翕許及切合也俳諧俳步皆切戲也諧戶皆切調也韉則前切馬韉具也幣毗祭切財帛也殮力驗切衣死也

高僧傳卷第八

梁會稽嘉祥寺沙門慧皎撰

義解五

釋僧徹姓王本太原晉陽人少孤兄弟二人寓居襄陽徹年十六入廬山造遠公遠見而異之問曰寧有出家意耶對曰遠塵離俗固其本心繩墨鎔鈞更唯匠者遠曰君能入道當學無畏法門於是投簪委質從遠受業遍學衆經尤精般若又以問道之暇亦厝懷篇牘至若一賦一詠輒落筆成章嘗至山南扳松而嘯於是清風遠集衆鳥和鳴超然有勝氣退還諮遠律禁管絃戒絶歌舞一吟一嘯可得爲乎遠曰以散亂言之皆爲違法由是乃止至年二十四遠令講小品時輩未之許及登座辭吉明析聽者無以折其鋒遠謂之曰向者勍對並無遺力汝城隍嚴固攻者喪師發軫能爾良爲未易由是門人推服焉遠亡後南遊荆州止江陵城内五層寺晚移琵琶寺彭城王義康儀同蕭思話等並從受戒法延請設齋躬自下饌宋元嘉二十九年卒春秋七十刺史南譙王劉義宣爲造墳壙時

荆州上明有釋僧莊者亦善涅槃及數論宋孝武初被勑下都稱疾不赴

釋曇諦姓康其先康居人漢靈帝時移附中國獻帝末亂移止吳興諦父肜嘗爲冀州別駕母黄氏晝寢夢見一僧呼黄爲母寄一麈尾并鐵鏤書鎮二枚眠覺見兩物具存因而懷孕生諦諦年五歲母以麈尾等示之諦曰秦王所餉母曰汝置何處答云不憶至年十歲出家學不從師悟自天發後隨父之樊鄧遇見關中僧䂮道人忽喚䂮名䂮曰童子何以呼宿老名諦曰向者忽言阿上是諦沙彌爲衆僧採菜被野豬所傷不覺失聲耳䂮經爲弘覺法師弟子爲僧採菜被野豬所傷䂮初不憶此迺詣諦父諦父具説本末并示書鎮麈尾等䂮迺悟而泣曰即先師弘覺法師也師經爲姚萇講法華貧道爲都講姚萇餉師二物今遂在此追計弘覺捨命正是寄物之日復憶採菜之事彌深悲仰諦後遊覽經籍過目斯記晚入吳虎丘寺講禮易春秋各七遍法華大品維摩各十五遍又善屬文翰集有六卷亦行於世性愛林泉後還吳興入故章崐山閑居澗飲二十餘載以宋元嘉末卒於山春秋六十餘

釋僧導京兆人十歲出家從師受業師以觀世音經授之讀竟諮師此經有幾卷師欲試之乃言止有此耳導曰初云爾時無盡意故知爾前已應有事師大悦之授以法華一部於是晝夜看尋粗解文義貧無油燭常採薪自照至年十八博讀轉多氣幹雄勇神機秀發形止方雅舉動無忤僧叡見而奇之問曰

君於佛法且欲何願導曰且願爲法師作都講敎曰君方當爲萬人法主豈肯對揚小師乎迄受具戒識洽愈深禪律經論達自心抱姚興欽其德業友而愛焉入寺相造迺同輦還宮及什公譯出經論並參議詳定導既素有風神又值關中盛集於是謀猷衆典博採眞俗迺著成實三論義疏及空有二諦論等後宋高祖西伐長安擒獲僞主蕩清關内既素藉導名迺要與相見謂導曰相望久矣何其流滯殊俗答曰明公盪一九有鳴鸞河洛此時相見不亦善乎高祖旍旆東歸留子桂陽公義眞鎭關中臨别謂導曰兒年小留鎭願法師時能顧懷義眞後爲西虜勃勃赫連所逼出自關南中塗擾敗醜虜乘凶追騎將及導率弟子數百人遏於中路謂追騎曰劉公以此子見託貧道今當以死送之會不可得不煩相追群寇駭其神氣遂迴鋒而反義眞走竄于草會其中兵段宏卒以獲免蓋由導之力也高祖感之因令子姪内外師焉後立寺於壽春即東山寺也常講說經論受業千有餘人會虜滅佛法沙門避難投之者數百悉給衣食其有死於虜者皆設會行香爲之流涕哀慟至孝武帝昇位遣使徵請導翻然應詔止于京師中興寺鑾輿降蹕躬出候迎導以孝建之初三綱更始感事懷昔悲不自勝帝亦哽咽良久即勑於瓦官寺開講維摩而帝親臨幸公卿畢集導登高座曰昔王宫託生雙樹現滅自爾已來歲逾千載淳源永謝澆風不追給苑丘墟鹿園蕪穢九十五種以趣下爲升高三界群生以火宅爲淨國

豈知上聖流涕大士栖惶者哉因潛然泫淚四衆爲之改容又謂帝曰護法弘道莫先帝王陛下若能運四等心矜危勸善則此沙土瓦礫便爲自在天宮帝稱善久之坐者咸悅後辭還壽春卒於石磵春秋九十有六時有沙門僧因亦當世名匠與導公相次或問因云法師與導公孰愈答云吾與僧導同師什公淮之孔門則導公入室吾可升堂導有弟子僧音僧威等並善成實

釋道汪姓潘長樂人幼隨叔在京年十三投廬山遠公出家研綜經律雅善涅槃蔬食數十餘年嘗行梁州道汪爲羌賊所圍垂失衣鉢汪與弟子數人誓心共念觀世音有頃覺如雲霧者覆汪等身群盜推索不見於是獲免後聞河閒玄高法師禪慧深廣欲往從之中路值吐谷渾之難遂不果行於是旋于成都徵士費文淵初從受業乃立寺於州城西北名曰祇洹化行巴蜀譽洽朝野梁州刺史申坦與汪有舊坦後致故汪將往省之仍欲停彼費文淵乃上書刺史張悅曰道汪法師識行清白風霜彌峻卓爾不群確焉難拔近聞梁州遣迎承教旨許去闔境之論僉曰非宜鄙州邊荒僧尼出萬禪戒所資一焉是賴豈可水失其珠山亡其玉願鑒道俗之誠令四輩有憑也悅即敦留遂不果行悅還都具向宋孝武述汪德行帝即勑令迎接爲中興寺主汪乃因悅固辭以疾遂獲免於是謝病下帷絶窺人世後劉思考臨州大設法祀請汪講說迺應請或問法師常誓守靖何以虧節答曰劉公篤信方欲大法憑之何辭小勞

耶先是峽中人每於石岸之側見神光夜發思考以大明之中請汪於光處起寺即崖鐫像因險立室行途瞻仰咸發淨心後王景茂請居武擔寺爲僧主勗衆清謹白黒歸依以宋泰始元年卒於所住頃命令闍維之劉思考爲起塔於武擔寺門之右景和元年蕭惠開西鎭成都承汪高譽思共講道行至中途聞汪已逝迺歎曰惜也吾不及其人文舉之追康成曾何足道其爲時賢所惜如此時蜀江陽寺釋普明長樂寺釋道誾並戒德高明明蔬食誦經苦節通感誾學兼内外尤善談吐吳國張裕請爲戒師云

釋慧靜姓邵吳興餘杭人居貧履操厲行精苦風姿秀整容止可觀始遊學廬山晩還都進業解兼内外偏善涅槃初住治城寺顏延之何尚之並欽慕風德顏延之每歎曰荊山之玉唯靜是焉及子竣出鎭東州攜與同行因栖于天柱山寺及大明之中又還居剡之法華臺後憩東仰山處處磐遊並以弘法爲務年過知命志節彌堅宋太始中卒春秋五十有八所著文翰集爲十卷

釋法愍北人弱年慕道篤志經籍十八出家便遊踐州國觀風味道波若數論及諸經律皆所遊刃後憩江夏郡五層寺時沙門僧昌於江陵城内立塔刺史謝晦欲壞之愍聞故往諫晦晦意不止愍於是隱迹於長沙麓山終身不出晦乃率儀至寺厚賜酒肉嚴鼓振威斬斫形像俄而雲霧晻天風塵四起晦驚懼而走後以叛逆誅滅隊人丁法成史僧雙見身癩病餘多犯法而死愍迺著顯驗論以

明因果并注大道地經後卒於山中春秋八十有三弟子僧道立碑頌德時始興郡靈化寺有比丘僧宗亦博涉經論著法性覺性二論云

釋道亮不知何許人住京師北多寶寺神悟超絶容止可觀而性剛忤物遂顯於衆元嘉之末被徙南越時人或譏其不能保身亮曰業理所之特非人事於是命侶宵征南適廣州弟子智林等十二人隨之停南六載講説衆經化陶嶺外至大明中還止京兆盛開法席著成實論義疏八卷宋太始中卒春秋六十有九時多寶寺復有靜林慧隆林善大涅槃爲宋孝武所器敬隆亦善衆經及數論又苦節通靈隆患心氣積時夜有非人送藥云秣陵令所送授器已奄然不見隆取一服所苦即瘳

釋梵敏姓李河東人少遊學關隴長歷彭泗内外經書皆闇遊心曲晩憩丹陽頻建講説謝莊張永劉虬吕道惠皆承風欣悦雅相歎重數講法華成實又序要義百科略標綱紐故文止一卷屬辭省詣見重當時後卒於丹陽春秋七十餘矣時又有釋僧籥者本上黨人善涅槃經爲張暢所重

釋道温姓皇甫安定朝那人高士謐之後也少好琴書事親以孝聞年十六入廬山依遠公受學後遊長安復師童壽元嘉中還止襄陽檀溪寺善大乘經兼明數論樊沔學徒並師之時吴國張邵鎮襄陽子敷隨之敷聽温講還邵問温何如敷曰義解足以析微道心未易可測邵躬往候之方挹其神儁後從容

謂温曰法師儻能還俗當以别駕相處温曰檀越乃以桎梏誘人即日辭往江陵邵追之不及歎恨孝建初被勑下都止中興寺大明中勑爲都邑僧主路昭皇太后大明四年十月八日造普賢像成於中興禪房設齋所請凡二百僧列名同集人數已定于時寺旣新構嚴衞甚肅忽有一僧晚來就座風容都雅舉堂矚目與齋主共語百餘許言忽不復見檢問門防咸言不見出入衆迺悟其神人温時旣爲僧主迺列言秣陵曰皇太后睿鑒沖明聖符幽洽滌思淨場研衿至境固以聲藻宸内事虚梵表迺創思鎔斵抽寫神華摸造普賢來儀盛像實傾宙珍妙盡天飾所設齋講訖今月八日賜會有限名簿素定引次就席數無盈減轉經將半景及昃吾忽覩異僧預于座内容止端嚴氣貌秀發舉衆驚嗟莫有識者齋主問曰上人何名答曰名惠明住何寺答曰來自天安言對之間倏然不見闔席悚愧遍筵肅慮以爲明祥所貴幽應攸闡紫山可覿華臺不遠蓋聞至誠所感還景移緯澄心所徇發石開泉況帝德涵運皇功懋洽仁洞乾遐理暢冥外故上王盛士尅表大明之朝勸發妙身躬見龍飛之室適若因陛下惠燭海隅明華日月故以惠明爲人名繼天與祚式垂無壃故以天安爲寺稱神基彌遠道政方凝九服咸泰萬寓齊悦謹列言屬縣以顯天休縣即言郡時京兆尹孔靈符以事表聞詔仍改禪房爲天安寺以旌厥瑞焉温後累當講任禀味之賓塡委相屬精勤導物數感神異帝悦之賜錢五十萬時人爲之

語曰帝主傾財温公率則上天懷感神靈降德宋太始初卒春秋六十有九時中興寺復有僧慶慧定僧嵩並以義學顯譽慶善三論爲時學所宗定善涅槃及毗曇亦數當元匠嵩亦兼明數論末年僻執謂佛不應常住臨終之日舌本先爛焉

釋曇斌姓蘇南陽人十歲出家事道禕爲師始住江陵辛寺聽經論學禪道覃思深至而情未盡達夜夢神人謂斌曰汝所疑義遊方自決於是振錫挾衣殊邦問道初下京師仍往吳郡值僧業講十誦飡聽少時悟解深入後還都從靜林法師諮受涅槃又就吳興小山法瑤研訪泥洹勝鬘晚從南林法業受華嚴雜心既遍歷衆師備聞異釋迺潛思積時以窮其妙融治百家陶貫諸部於是還止樊鄧開筵講説四遠名賓負袠皆至及孝建之初勑王玄謨資發出京初止新安寺講小品十地并申頓悟漸悟之旨時心競之徒苦相讎校斌既辭愜理詣終莫能屈陳郡袁粲令望當時而嘉斌行解嘗令中書舍人巢尚介意欲試之斌不爲屈粲迺躬自往候粲每勸斌數覲天子斌曰貧道方外之人豈宜與天子同遊粲益以高之後請爲母師宋建平王景素亦諮其戒範宋元徽中卒於莊嚴寺春秋六十有七時莊嚴復有曇濟曇宗並以學業才力見重一時濟述七家論宗著經目及數林

釋慧亮姓董先名顯亮爲東阿靜公弟子少有清譽時人呼靜爲大師亮爲小師雖年望未逺而風軌繼之後立寺於臨淄講法華大

小品十地等學徒雲聚千里命駕後過江止何園寺顏延之張緒眷德留連每歎曰安汰吐珠玉於前斌亮振金聲於後清言妙緒將絕復興太始之初莊嚴大集簡閱義士上首千人勑亮與斌遞爲法主當時宗匠無與競焉宋元徽中卒春秋六十三矣著玄通論今行於世

釋僧鏡姓焦本隴西人遷居吳地至孝過人輕財好施家貧母亡太守賜錢五千苦辭不受迺身自負土種植松栢廬于墓所泣血三年服畢出家住吳縣華山寺後入關隴尋師受法累載方還停止京師大闡經論司空東海徐湛之重其風素請爲一門之師後東反姑蘇復專當法匠臺寺沙門道流請停歲許又東適上虞徐山學徒隨往百有餘人化洽三吳聲馳上國陳郡謝靈運以德音致款宋世祖藉甚風素勑出京師止定林下寺頻建法聚聽衆雲集著法華維摩泥洹義疏并毗曇玄論區別義類有條貫焉宋元徽中卒春秋六十有七上虞徐山先有曇隆道人少善席上晚忽苦節過人亦爲謝靈運所重常共遊嶀嵊亡後運乃誄焉

釋僧瑾姓朱沛國人隱士逮之第四子也少善莊老及詩禮後行至廣陵見曇因法師遂稽首一面伏膺爲道遊學內典博涉三藏後至京師值龍光道生復依憑受業初憩冶城寺宋孝武勑爲湘東王師苦辭以疾遂不獲免王從請五戒甚加優禮先是智斌沙門初代曇岳爲僧正斌亦德爲物宗善三論及維摩思益毛詩莊老等後義嘉構釁時人譏斌

云爲義嘉行道遂被擯交州時湘東踐祚是爲明帝仍勑瑾使爲天下僧主給法伎一部親信二十人月給錢三萬冬夏四賜并車輿吏力凡諸外鎭皆勑與瑾辭四方獻奉並問僧正得未其見重如此瑾性不蓄金皆充福業起靈根靈基二寺以爲禪慧栖止及明帝末年頗多忌諱故涅槃滅度之翻於此暫息凡諸死亡凶禍衰白等語皆不得以對因之犯忤而致戮者十有七八瑾每以匡諫恩禮遂薄時汝南周顒入侍帷幄瑾甞謂顒曰陛下比日所行殊非人君擧動俗事諷諫無所復益妙理深談彌爲賒緩唯三世苦報最切近情檀越儻因機候正當陳此而已帝後風疾數加針灸痛惱無聊輒召顒及殷洪等說鬼神雜事以散胷懷顒迺習讀法句賢愚二經每見談說輒爲言先帝往往驚曰報應眞當如此亦寧可不畏因此犯忤之徒屢被全宥蓋瑾之所因爲得人也瑾以宋元徽中卒春秋七十有九後有沙門曇度續爲僧主度本瑯琊人善三藏及春秋莊老易等世祖太宗並加欽賞及少帝弃禮度亦行藏得所擧動無忤止于新安寺同寺又有釋玄運者亦精通大小乘張永張融並升堂問道

釋道猛本西涼州人少而遊歷燕趙備矚風化後停止壽春力精勤學三藏九部大小數論皆思入淵微無不鏡徹而成實一部最爲獨步於是大化江西學人成列至元嘉二十六年東遊京師止于東安寺復續開講席宋太宗爲湘東王時深相崇薦及登祚倍加禮接賜錢三十萬以供資待太始之初帝創寺

于建陽門外勑猛爲綱領帝曰夫人能弘道道藉人弘今得法師非直道益蒼生亦有光世望可目寺爲興皇由是成號及創造工畢勑猛於寺開講成實序題之日帝親臨幸公卿皆集四遠學賓負袠齊至猛神韻無忤吐納詳審帝稱善久之因有詔曰猛法師風道多濟朕素賓友可月給錢三萬令史四人白簿吏二十人車及步轝各一乘乘轝至客省猛隨有所獲皆賑施貧乏營造寺廟以宋元徽三年卒于東安寺春秋六十有五後有道堅惠鸞惠敷僧訓道明並止興皇寺義學之譽抑亦次焉

釋超進本姓顓項氏長安人篤志精勤幼而敦學大小諸經並加綜採神性和敏戒行嚴潔故年在未立而振譽關中及西虜勃勃赫連寇陷長安人情危擾法事罷廢進避地東下止于京師更精尋文旨開暢講說頃之進適姑蘇復弘佛法時平昌孟顗守在會稽藉甚風猷迺遣使迎接安置山陰靈嘉寺於是停止浙東講論相續邑野僧尼及清信男女並結菩薩因緣伏膺式範至宋太始中被徵出都講大法鼓經俄而旋于稽邑還紹法化以大般涅槃是窮理之教每留思踟躕累加講說凡經齋會者無不必請若值他許則爲移日後年衰脚疾不堪外赴並送食于房以希冥益進爲性篤好經典看尋苦至及年老失明猶使弟子唱涅槃經句中一遍其耽好若此以宋元徽中卒春秋九十有四時有曇機法師本姓趙氏亦長安人值關中寇亂避地東下遊觀山水至于稽邑善法華毗曇時

世宗奉與進相次郡守瑯琊王琨請居邑西嘉祥寺寺本琨祖薈所創也時又有釋道憑者亦是當世法匠而執性剛忤論者少之

釋法瑤姓楊河東人少而好學尋問萬里宋景平中來遊兗豫貫極衆經傍通異部後聽東阿靜公講衆屢請覆述靜歎曰吾不及也元嘉中過江吳興沈演之特深器重請還吳興武康小山寺首尾十有九年自非祈請法事未嘗出門居于武康每歲開講三吳學者負笈盈衢乃著涅槃法華大品勝鬘等義疏大明六年勑吳興郡禮致上京與道猷同止新安寺使頓漸二悟義各有宗至便就講鑾輿降蹕百辟陪筵瑤年雖栖暮而蔬苦弗改戒節清白道俗歸焉宋元徽中卒春秋七十有六時宋熙有曇瑤者善淨名十住及莊老又工草隷爲宋建平宣簡王宏所重

釋道猷吳人初爲生公弟子隨師之廬山師亡後臨川郡山乃見新出勝鬘經披卷而歎曰先師昔義闇與經同但歲不待人經集義後良可悲哉因注勝鬘以翌宣遺訓凡有五卷文煩不行宋文簡問慧觀頓悟之義誰復習之荅云生弟子道猷即勑臨川郡發遣出京既至即延入宮内大集義僧命猷伸述頓悟時競辯之徒關責互起猷既積思參玄又宗源有本乘機挫銳往必摧鋒帝乃撫几稱快及孝武升位尤相歎重乃勑住新安爲鎮寺法主帝每稱曰生公孤情絶照猷公直轡獨上可謂克明師匠無忝徽音宋元徽中卒春秋七十有一後有豫州沙門道慈善維摩法華祖述猷義删其所注勝鬘以爲兩卷今

行於世時杜多寶慧整長樂覺世並齊名比德整持精三論爲學者所宗世善於大品及涅槃諸經立不空假名義

釋慧通姓劉沛國人少而神情爽發儁氣虛玄止于治城寺每麈尾一振輒軒蓋盈衢東海徐湛之陳郡袁粲敬以師友之禮孝武皇帝厚加寵秩勑與海陵小建平二王爲友袁粲著遼顏論示通難詰往反著文于世又製大品勝鬘雜心毗曇等義疏并駁夷夏論顯證論法性論及爻象記等皆傳於世宋昇明中卒春秋六十三矣

高僧傳卷第八

音釋

緇涅 緇莊持切涅奴結切染黑也　烱 古迥切光也　讖緯 讖楚禁切緯于貴切　勍 渠京切强也　彤 以中切　豬 陟魚切與猪同　盪 大浪切滌盪也　鸞 落官切鸞輿也　旍旆 旍子盈切與旌同旆步昧切　轝 羊諸切兩手對舉也　躃 璧吉切躄躃也　潸 所班切涕淚流也　誾 語巾切　虬 渠幽切　紐 女久切　桎梏 桎之日切梏古沃切桎梏杻械也　睿 俞芮切深明通達也　乹 渠焉切與乾同　韡 于非切　舋 許覲切隙也　賑 章刃切濟也

高僧傳卷第九

梁會稽嘉祥寺沙門慧皎撰

義解

釋僧淵本姓趙潁川人魏司空儼之後也少好讀書進戒之後專攻佛義初遊徐州止白塔寺從僧嵩受成實毗曇二論學未三年功踰十載慧解之聲馳於遐邇淵風姿宏偉腰帶十圍神氣清遠含吐灑落隱士劉因之捨所住山給爲精舍曇度慧記道登並從淵受業慧記兼通數論道登善涅槃法華並爲魏主元宏所重馳名僞國淵以僞太和五年卒春秋六十有八即齊建元三年也

釋曇度本姓蔡江陵人少而敬慎威儀素以戒範致稱神情敏悟鑒徹過人後遊學京師備貫衆典涅槃法華維摩大品並探索微隱思發言外因以脚疾西遊乃造徐州從僧淵

法師更受成實論遂精通此部獨步當時魏主元宏聞風餐挹遣使徵請既達平城大開講席宏致敬下筵親管理味於是停止僞都法化相續學徒自遠而至千有餘人以僞太和十三年卒於僞國即齊永明六年也撰成實論大義疏八卷盛傳北土

釋道慧姓王餘姚人寓居建業十一出家爲僧遠弟子止靈曜寺至年十四讀廬山慧遠集迺慨然歎息恨有生之晚遂與友人智順泝流千里觀遠遺迹於是憩廬山西寺涉歷三年更還京邑時王或辯三相義大聚學僧慧時年十七便發問數番言語玄微詮牒有次衆咸奇之後受業於猛斌二法師猛嘗講成實張融構難重疊猛稱疾不堪多領乃命慧令答之融以慧年少頗恊輕心慧乘機挫銳言必詣理酬酢往還綽有餘裕善大乘明數論講說相續學徒甚盛區别義類始爲章段焉楮澄謝超宗名重當時並見推禮慧以母年老欲存資奉乃移憩莊嚴寺母怜其志復出家爲道捨宅爲福不遠精舍慧以齊建元三年卒春秋三十有一臨終呼取麈尾授友人智順順慟曰如此之人年不至四十惜矣因以麈尾内棺中而殯焉葬於鍾山之陽陳郡謝超宗爲造碑銘時莊嚴復有玄趣僧達並以學解見稱趣博通衆經兼精内外而尤善席上風軌可欣達少而頭白時人號曰白頭達亦博解衆典尤精往復而性剛忤物被擯長沙

釋僧鍾姓孫魯郡人十六出家居貧履道嘗至壽春導公見而奇之譙郡王鄴重其志操

供以四事後請講百論導往聽之迺謂人曰後生可畏眞不虛矣鍾妙善成實三論涅槃十地等後南遊京邑止于中興寺永明初魏使李道固來聘會于寺內帝以鍾有德聲勑令酬對往復移時言無失厝日影小晚鍾不食固曰何以不食鍾曰古佛道法過中不飡固曰何爲聲聞耶鍾曰應以聲聞得度者故現聲聞時人以爲名答爾後盤桓講說稟聽成群齊文惠太子竟陵文宣王數請南面齋永明七年卒春秋六十時與鍾齊名比德者曇識曇遷僧表僧最敏達僧實等並各善經論悉爲文宣所敬造與講席矣

釋道盛姓朱沛國人幼出家務學善涅槃維摩兼通周易始住湘州宋明承風勑令下京止彭城寺謝超宗一遇遂敬以師禮迺者述文論及生死本無源論等後憩天保寺齊高帝勑代曇度爲僧主丹陽尹沈文季素奉黃老排嫉能仁迺建義符僧局責僧屬籍欲沙簡僧尼由盛綱領有功事得寧寢後沈文季故於天保寺設會令陸修靜與盛論議盛既理有所長又辭氣儁發嘲謔往還言無蹔屈靜意不獲申恧焉而退盛以齊永明中卒春秋六十餘矣

釋弘充涼州人少有志力通莊老解經律大明末過江初止多寶寺善能問難先達多爲所屈後自開法筵鋒鏑互起充既思入玄微口辯天逸通疑釋滯無所間然每講法華十地聽者盈堂宋太宰江夏文獻王義恭雅重之明帝踐祚起湘宮寺請充爲綱領於是移居焉于時湘宮又有法鮮比丘亦聰哲有思

力與充齊名充以齊永明中卒春秋七十有三注文殊問菩提經及注首楞嚴經

釋智林高昌人初出家爲亮公弟子幼而崇理好學負袠長安振錫江豫博採群典特善雜心及亮公被擯弟子十二人皆隨之嶺外林迺憩踵番禺化清海曲至宋明之初勑在所資給發遣下京止靈基寺講說相續稟服成群申明二諦義有三宗不同時汝南周顒又作三宗論既與林意相符深所欣慰迺致書於顒曰近聞檀越叙二諦之新意陳三宗之取捨聲殊恒律雖進物不速如貧道鄙懷謂天下之理唯此爲得焉不如此非理也是以相勸速著紙筆比見往來者聞作論已成隨喜充遍特非常重又承檀越恐立異當時干犯學衆製論雖成定不必出聞之慢然不覺興卧此義旨趣似非初開妙音中絕六十七載理高常韻莫有能傳貧道年二十時便忝得此義常謂藉此微悟可以得道竊每懽喜無與共之年少見長安者老多云關中高勝迺舊有此義當法集盛時能深得斯趣者本無多人既犯越常情後進聽受便自甚寡傳過江東略無其人貧道捉麈尾已來四十餘年東西講說謬重一時其餘義統頗見宗錄唯有此途白黑無一人得者貧道積年迺爲之發病既痾衰末命加復旦夕西旋顧唯此道從今永絕不言檀越天機發緒獨創方寸非意此音猥來入耳且欣且慰實無以況建明斯義使法燈有種始是眞實行道第一功德雖復國城妻子施佛及僧其爲福利無以相過既幸以詮述想便宜廣宣使賞音者

見也論明法理當仁不讓豈得顧惜衆心以失奇趣耶若此論已成遂復中寢恐檀越方來或以此爲巨障往之愆也然非戲論矣想便寫一本惠貧道齎以還西使處處弘通也比小可牽故入山取叙深企付之願因出論焉故三宗之旨傳述至今林形長八尺天姿瓌雅登座震吼談吐若流後辭還高昌齊永明五年卒春秋七十有九著二諦論及毗曇雜心記并注十二門論中論等

釋法瑗姓辛隴西人辛毗之後長兄源明仕僞魏爲大尚書第二兄法愛亦爲沙門解經論兼數術爲芮芮國師俸以三千戸瑗幼而閑達倜儻殊群路見貧寒輒脫衣爲惠初出家事梁州沙門竺慧開開懿德通神時人謂得初果開謂瑗曰汝情悟若此必能綱總末化宜競力博聞無得獨善於是辭開遊學經涉燕趙去來鄴洛值胡寇縱橫關隴鼎沸瑗冒險履危學業無怠元嘉十五年還梁州因進成都後東適建業依道場慧觀爲師篤志大乘傍尋數論外典墳索頗亦披覽後入廬山守靜味禪澄思五門遊心三觀頃之刺史庾登之請出山講說後文帝訪覓述生公頓悟義者迺勑下都使頓悟之旨重伸宋代何尚之聞而歎曰常謂生公沒後微言永絶今日復聞象外之談可謂天未喪斯文也帝勑爲南平穆王鑠五戒師及孝武即位勑爲西陽王子尚友辭疾不堪久之獲免因廬于方山注勝鬘及微密持經論議之隙時談孝經喪服後天保改構請瑗居之因辭山出邑綱維寺綱刺史王景文往候正値講喪服問論

數番稱善而退及明帝造湘宮新成大開講肆妙選英僧勑請瑗尤當法主帝乃降蹕法筵公卿會坐一時之盛觀者榮之後齊文惠又請居靈根因移彼寺太尉王儉門無雜交唯待瑗若師書驛盡敬以齊永明七年卒春秋八十一矣時靈根寺又有法常智興並博通經論數當講說常迺尤能劇談爲時匠所憚而性甚剛梗不偶人俗

釋玄暢姓趙河西金城人少時家門爲胡虜所滅禍將及暢虜帥見暢而止之曰此兒目光外射非凡童也遂獲免仍往涼州出家本名慧智後遇玄高事爲弟子高每奇之事必共議因改名玄暢以表付囑之旨其後虐虜剪滅佛法害諸沙門唯暢得走以元嘉二十二年閏五月十七日發自平城路由代郡上谷東跨太行路經幽冀南轉將至孟津唯手把一束楊枝一扼葱葉虜騎追逐將欲及之乃以楊枝擊沙沙起天闇人馬不能得前有頃沙息騎已復至於是投身河中唯以葱葉內鼻孔中通氣度水以八月一日達于揚州洞曉經律深入禪要占記吉凶靡不誠驗墳索子氏多所該涉至於世技雜能罕不必備初華嚴大部文旨浩博終古以來未有宣釋暢乃竭思幽尋提章比句傳講迄今暢其始也又善於三論爲學者之宗宋文帝深加歎重請爲太子師再三固讓弟子謂之曰法師方欲弘道濟物廣宣名教今帝王虛己相延皇儲蓄禮思敬若道揚聖躬則四海歸德今矯然高讓將非聲聞耶暢曰此可與智者說難與俗人言也及太初事故方知先覺自爾

遷憩荆州止長沙寺時沙門功德直出念佛三昧經等暢刋正文字辭旨婉切又舒手出香掌中流水莫之測也迄宋之季年乃飛舟遠舉迺適成都初止大石寺乃手畫作金剛密迹等十六神像至昇明三年又遊西界觀矚岷嶺乃於岷山郡北部廣陽縣界見齊后山遂有終焉之志仍倚巖傍谷結草爲菴弟子法期見神人乘馬著青單衣繞山一帀還示造塔之處以齊建元元年四月二十三日建刹立寺名曰齊興正是齊太祖受錫命之辰天時人事萬里懸合時傅琰西鎮成都欽暢風軌待以師敬暢立寺之後乃致書於琰曰貧道栖荆累稔年衰疹積厭毒人諠所以遠託岷界卜居斯阜在廣陽之東去城千步逶迤長亘連壘疊嶺嶺開四澗亘列五峯抱郭懷邑迴望三方負巒背岳遠矚九流以去年四月二十三日創功覆簣前冬〻至此訪承爾日正是陛下龍飛之辰蓋聞道配太極者嘉瑞自顯德同二儀者神應必彰所以河洛昞有周之兆靈石表大晉之徵伏謂茲山之符驗豈非齊帝之靈應耶檀越奉國情深至使運屬時徵不能忘心豈能遺事輙疏山讚一篇以露愚抱讚曰峩峩齊山誕自幽冥潛瑞幾昔帝號乃明岑戴聖字兆祚休名巒根雲坦峯岳霞平規巖擬刹度嶺締經創工之日龍飛紫庭道侔二儀四海均清終天之祚岳德表靈琰即具以表聞勑蠲百戶以充俸給齊驃騎豫章王嶷作鎮荆陜遣使徵請河南吐谷渾主遥心敬慕迺馳騎數百迎於齊山値巳東赴遂不相及至齊武升位司徒文

宣王啓自江陵旋于京師文惠太子又遣徵迎旣勅命重疊辤不獲免於是汎舟東下中途動疾帶恙至京傾衆阻望止住靈根少時而卒春秋六十有九是歲齊永明二年十一月十六日即窆于鍾阜獨龍山前臨川獻王立碑汝南周顒製文

釋僧遠姓皇渤海重合人其先北地皇甫氏避難海隅故去甫存皇焉遠幼而樂道年十六欲出家父母不許因蔬食懺誦曉夜不輟年十八方獲入道時有沙門道憑高才秀德聲蓋海岱遠從受學通明數論貫大小乘宋大明中度江住彭城寺昇明中於小丹陽牛落山立精舍名曰龍淵遠年三十一始於青州孫泰寺南面講說言論清暢風容秀整坐者四百餘人莫不悅服瑯琊王僧達才貴當世藉遠風素延止衆造寺遠周貧濟乏身無留財有玄紹比丘每給以金貝遠讓而弗受嘗一時行青園閭里中有得時氣病者憫而造之見駢尸侶病者數人人莫敢近遠深加痛惋留止不忍去因爲告乞斂死撫生恩加骨肉宋新安孝敬王子鸞爲亡所生母殷貴妃造新安寺勅選三州招延英哲遠與小山法瑤南澗顯亮俱被徵召皆推遠爲允舉之首大明六年九月右司奏曰臣聞邃拱凝居非期宏峻拳跪槃伏豈止敬恭將以昭張四維締制八寓故雖儒法枝泒名墨條流至於崇親嚴上厥繇靡爽唯浮圖爲教逿自龍裔宗旨緬邈微言淪遠拘文蔽道在末彌扇遂迺陵越典度偃居尊戚失隨方之妙迹迷製化之淵美夫佛法以謙儉自牧忠虔爲道不

輕比丘遺人必拜目連桑門遇長則禮寧有屈膝四輩而簡禮二親稽首耆臘而直骸萬乘者哉故咸康創議元興載述而事屈偏黨道挫餘分今鴻源遥洗群流仰鏡九仙費寶百神聳職而畿輦之內舍弗臣之氓階席之間延抗禮之客懼非所以澄一風範詳示景則者也臣等參議以爲沙門接見皆當盡禮敬之容依其本俗則朝徽有序乘方兼遠矣帝雖頗信法而尤自驕縱故奏上之日詔即可焉遠時歎曰我剃頭沙門本出家求道何關於帝王即日謝病仍隱迹上定林山及景和之中此制又寢還遵舊章宋明踐祚請遠爲師竟不能致其後山居逸迹之賓傲世凌雲之士莫不策踵山門展敬禪室廬山何默汝南周顒齊郡明僧紹濮陽吳苞吳國張融皆投身接足諮其戒範後宋建平王景素謂栖玄寺是先王經始既寺是人外欲請遠居之慇懃再三遠不下山齊太祖將升位入山尋遠遠固辭老疾足不垂床太祖躬自降禮諮訪委悉及登禪復鑾駕臨幸將詣遠房房閤狹小不容輿蓋太祖欲見遠遠持操不動太祖遣問臥起然後轉蹕而去遠曾不屑焉至于寢疾文惠文宣並伏膺師禮數往參候時貴卿士往還不絕遠蔬食五十餘年澗飲二十餘載遊心法苑緬想人外高步山門蕭然物表以齊永明二年正月卒于定林上寺春秋七十有一帝致書於沙門法獻曰承遠上無常弟子夜中已自知之遠上此去甚得好處諸佳非一不復增悲也一二遲見法師方可叙瑞夢耳今正爲作功德所須可具疏

來也竟陵文宣王又書曰遠法師一代名德志節清高潛山樹美四海餐風弟子闇昧謬蒙師範方欲仰禀仁化用洗煩慮不謂此疾奄成異世悲痛之心特不可忍遠上即旣業行圓通曠劫希有弟子意不欲遺形影迹雜處衆僧墓中得別卜餘地是所願也方應樹刹表奇刻石銘德矣即爲營墳於山南立碑頌德太尉瑯瑘王儉製文時定林上寺又有法令慧泰並善經論繼譽於遠焉

釋僧慧姓皇甫本安定朝那人高士謐之苗裔先人避難寓居襄陽世爲冠族慧少出家止荆州竹林寺事曇順爲師順廬山慧遠弟子素有高譽慧服膺已後專心義學至年二十五能講涅槃法華十住淨名雜心等性强記不煩都講而文句辯析宣暢如流又善莊老爲西學所師與高士南陽宗炳劉虬等並皆友善炳每歎曰西夏法輪不絕其在慧公乎吳國張暢經遊西土迺造慧而請交焉齊初勅爲荆州僧主風韻秀然協道匡世補益之功有譽遐邇年衰常乘輿赴講觀者號爲禿頭官家與玄暢同時時人謂黑衣二傑齊永明四年卒春秋七十有九後有釋慧敞者亦志業貞正代慧爲僧主續有功効焉其弟子僧岫亦以學顯力精致血疾而終

釋僧柔姓陶丹陽人少而耿潔便有出塵之操年九歲隨叔遊學家世貧迫藜藿不充而篤志彌堅履窮無改後出家爲弘稱弟子稱姓呂洛陽臨渭人學通經論聲譽早彰柔服膺已後便精勤戒品委曲禪慧方等衆經大小諸部皆徹鑒玄源洞盡宗要年過弱冠便

登講席一代名賓並投身北面後東遊禹穴值慧基法師招停城傍一夏講論後入剡白山靈鷲寺未至之夜沙門僧緒夢見神人彩旗素甲滿山而出緒問其故答云法師當入故出奉迎明旦待人果是柔至既而掃飾山門有終焉之志敷經導學有士如林齊太祖創業之始及世祖襲圖之日皆建立招提傍求義士以柔者素有聞故徵書歲及文宣諸王再三招請乃更出京師止于定林寺躬爲元匠四遠欽服人神讚美文惠文宣並服膺入室柔秉德居宗當之弗讓常誓生安養國每至懸輪西次輒嚬容合掌至臨亡之日體無餘患唯語弟子云吾應去矣仍鋪席于地西向虔禮奄然而卒是歲延興元年春秋六十有四即葬於山南沙門釋僧祐與柔少長山栖同止歲久亟挹道心預聞法味爲立碑墓所東莞劉勰製文柔有弟子僧紹亦貞正有學業時鍾山山茨精舍又有僧拔慧熙皆弱年英邁幼著高名並美業未就而相繼早卒拔撰七玄論今行於世

釋慧基姓吕吴國錢唐人幼而神情儁逸機悟過人初依隨祇洹慧義法師至年十五義嘉其神彩爲啓宋文帝求度出家文帝引見顧問允愜即勑於祇洹寺爲設會出家輿駕親幸公卿必集基既栖志法門厲行精苦學兼昏曉解洞群經後有西域法師僧伽跋摩弘讚禪律來遊宋境義乃令基入室供事年滿二十度蔡州受戒跋摩謂基曰汝當道王江東不須久留京邑於是四五年中遊歷講肆備訪衆師善小品法華思益維摩金剛波

若勝鬘等經皆思探玄賾鑒徹幽凝提章比句麗溢終古基師慧義既德居物宗道王京土士庶歸依利養紛集以基懿德可稱乃携共同活及義之亡後資生雜物近盈百萬基法應獲半悉捨以爲福唯取麤故衣鉢愶以東歸還止錢唐顯明寺頃之進適會稽仍止山陰法華寺尚學之徒追蹤問道於是遍歷三吳講宣經教學徒至者千有餘人宋太宗遣使迎請稱疾不行元徽中復被徵詔始行過浙水復動疾而還乃於會邑龜山立寶林精舍手疊塼石躬自指麾架懸乘險製極山狀初立三層匠人小拙後天震毀壞更加修飾遂窮其麗美基甞夢見普賢因請爲和尚及寺成之後造普賢并六牙白象之形即於寶林設三七齋懺士庶鱗集獻奉相仍後周顒莅剡請基講說顒既素有學功特深佛理及見基訪覈日有新異劉瓛張融並申以師禮崇其義訓司徒文宣王欽風慕德致書慇懃訪以法華宗旨基乃著法華義疏凡有三卷及製門訓義序三十三科并略申方便旨趣會通空有二言及注遺教等並行於世基既德被三吳聲馳海內乃勑爲僧主掌任十城蓋東土僧正之始也於是從容講道訓厲禪慧四遠從風五衆歸伏基性烈而能温氣清而且穆故預在門人莫不兢戰以齊建武三年冬十一月卒于城傍寺春秋八十有五初基寢疾弟子夢見梵僧數人皆踞砌坐問所從來答云從大乘國來奉迎基和尚後數日而亡因窆于法華山南特進廬江何胤爲造碑文於寶林寺銘其遺德基弟子僧行慧

旭道恢並學業優深次第敷講各領門徒繼軌前轍後有沙門慧諒接掌僧任諒亡次沙門慧求求風姿瓌雅德行清嚴亦遊刃衆經時當講說永後次沙門慧深亦基之弟子深與同學法洪並以戒素見重深後次沙門曇興亦沉審有氣局

釋慧次姓尹冀州人初出家爲志欽弟子後遇徐州釋法遷解貫當世欽乃以次付囑仍隨遷南至京口止竹林寺至年十五隨遷還彭城雖復年在息慈而志學無勸清鑒倫通超然孤拔至年十八解通經論名貫徐土迄稟具戒業操彌深頻講成實及三論等大明中出都止于謝寺迄宋季齊初歸德稍廣每講席一鋪輙道俗奔赴沙門智藏僧旻法雲等皆幼年俊朗慧悟天發並就次請業焉文慧文宣悉敬以師禮四事供給永明八年講百論至破塵品忽然從化春秋五十七矣時謝寺又有僧寶僧智長樂寺法珍僧嚮僧猛法寶慧淵並一代英哲爲時論所宗

釋慧隆姓成陽平人少而居貧學無師友卓然自悟年二十三方出家十餘年中凝心佛法貫通衆典宋太始中出都止何園寺隆既思徹詮表善於清論乘機抗擬往必折關宋明帝請於湘宫寺開講成實負袠問道八百餘人其後王侯貴勝屢招講說凡先舊諸義盤滯之處隆更顯發開張使昭然可了乃立實法斷結義等汝南周顒目之曰隆公蕭散森疏若霜下之松竹以永明八年卒春秋六十有二時江西有釋智誕亦善於經論與隆比德齊時各馳名兩岸時何園寺復有僧辯

僧賢道慧法度並研精經論功業可稱

釋僧宗姓嚴本雍州馮翊人晉氏喪亂其先四世祖移居秦郡年九歲爲瑗公弟子諮承慧業晚又受道於斌濟二法師善大涅槃及勝鬘維摩等每至講説聽者將近千人妙辯不窮應變無盡而任性放蕩亟越儀法得意便行不以爲礙守檢專節者咸有是非之論文惠太子將欲罪擯徙逐通夢有感於是改意歸焉魏主元宏遥挹風德屢致書并請開講齊世祖不許外出宗講涅槃維摩勝鬘等近盈百遍以從來信施造太昌寺以居之建武三年卒所住春秋五十有九先是北土法師曇准聞宗特善涅槃迺南遊觀聽既南北情異思不相叅准乃別更講説多爲北土所師准後居湘宮寺與同寺法身法真並爲當時匠者時有安樂寺慧令法仙法最中興寺僧敬道文天竺寺僧賢並善數論振名上國云

釋法安姓畢東平人魏司隸校尉軌之後也七歲出家事白馬寺慧光爲師光幼而爽拔博通内外多所叅知安年在息慈便精神秀出時張永請斌公講并屈召名學永問斌云京下復有卓越年少不斌答有沙彌道慧法安僧拔慧熈永即要請令道慧覆涅槃法安述佛性神色自若序瀉無遺永問並年幾慧答十九安答十八永歎曰昔扶風朱勃年十二能誦書詠詩時人號才童今日二道士可曰義少也於是顯譽京朝流名四遠迄至立年專當法匠王僧虔出鎮湘州㩦共同行後南適番禺正值彼公講涅槃安問論數番彼

心愧讓席停彼兩周法事相繼永明中還都止中寺講涅槃維摩十地成實論相繼不絶司徒文宣王及張融何胤劉繪劉瓛等並稟服文義共爲法友永泰元年卒於中寺春秋四十有五著淨名十地義疏并僧傳五卷時有靈基寺敬遺光贊慧韜瓦官寺道宗亦皆當時名流爲學者所慕

釋僧印姓朱壽春人少而神思沉審安苦務學初遊彭城從曇度受三論度既擅步一時四遠依集印稟味鑽研窮其幽奧後進往廬山從慧龍諮受法華龍亦當世著名播於法華宗旨印偏功構徹獨表新異於是東適京師止中興寺復陶思涅槃及其餘經典宋大明中徵君何點招僧大集請印爲法匠聽者七百餘人司徒文宣王東海徐孝嗣並挹敬風猷屢請講說印戒行清嚴稟性和穆含恕安忍喜愠不彰時排氣之徒問論中間或厝以嘲謔印神采夷然曾無介意雖學涉衆典而偏以法華著名講法華凡二百五十二遍以齊永元元年卒春秋六十有五矣

釋法度黃龍人少出家遊學北土備綜衆經而專以苦節成務宋末遊于京師高士齊郡明僧紹抗迹人外隱居琅瑘之𡽪山挹度清真待以師友之敬及亡捨所居山爲栖霞精舍請度居之先有道士欲以寺地爲館住者輒死及後爲寺猶多恐動自度居之群妖皆息經歲許忽聞人馬鼓角之聲俄見一人持紙名通度曰靳尚度前之尚形甚都雅羽衛亦嚴致敬已乃言弟子王有此山七百餘年神道有法物不得干前諸栖託或非真正故

死病繼之亦其命也法師道德所歸謹捨以奉給并願五戒求結來緣度曰人神道殊無容相屈且檀越血食世祀此最五戒所禁尚曰若備門徒輒先去殺於是辭去明旦度見一人送錢一萬香燭刀子疏云弟子蘄尚奉供至月十五日度爲設會尚又來同衆禮拜行道受戒而去嶓山廟巫夢神告曰吾已受戒於度法師祠祀勿得殺戮由是廟同蔫止菜脯而已度甞動散寢於地見尚從外來以手摩頭足而去頃之復來持一瑠璃甌甌中如水以奉度味甘而冷度所苦即間其徵感若此時有沙門法紹業行清苦譽齊於度而學解優之故時人號曰北山二聖紹本巴西人汝南周顒去城都招共同下止于山茨精舍度與紹並爲齊竟陵王子良始安王遥光恭以師禮資給四事度常願生安養故偏講無量壽經積有遍數齊永元二年卒於山中春秋六十有四度弟子僧朗繼踵先師復綱山寺朗本遼東人爲性廣學思力該普凡厥經律皆能講說華嚴三論最所命家今上深見器重勑諸義士受業于山時有彭城寺惠開幼而神氣高朗志學淵深故早彰令譽立年便講又餘杭縣法開者亦清爽儁發善爲談論出京止禪崗寺與同寺僧紹有聞當時

釋智秀本姓裘京兆人寓居建業幼而穎悟早有出家之心二親愛而不許密爲求婚將剋娶日秀乃間行避走投蔣山靈曜寺剃髮出家及年滿具戒業操愈堅稟訪衆師搜檢新異於是大小兼明數論精熟尤善大小涅槃淨名波若及講筵一建輒王侯接駕負袠

肩隨爲人神釆細密思入玄微其文句幽隱並見披釋以天監之初卒于冶城寺春秋六十有三會葬之日黑白奔赴街巷塡闉士庶含酸榮哀以備時冶城又有僧若道乘並當時令聞若與兄僧璿並善諸經及外書若誦法華工草隸後爲吳國僧正乘亦志業明敏而特善毗曇

釋慧球本姓馬氏扶風郿人世爲冠族年十六出家住荆州竹林寺事道馨爲師稟承戒訓履行清潔後入湘州麓山專業禪道頃之與同學慧度俱適京師諮訪經典後又之彭城從僧淵受成實論至年三十二方還荆土專當法匠講集相繼學侶成群荆楚之間終古稱最使西夏義僧得與京邑抗衡者球之力也中興元年勑爲荆土僧主訓勗之功有譽當世天監三年卒春秋七十有四遺命露骸松下弟子不忍行也

釋僧盛本姓何建業人少而神性聰敏加又志學翹勤遂大明數論兼善衆經講說爲當時元匠又特精外典爲群儒所憚故學館諸生常以盛公相脇天監中卒于靈曜寺春秋五十餘時有宋熈寺法欣延賢寺智敞法冏建元寺僧護僧韶皆比德同譽欣敞並善經論法冏兼精律部韶護以毗曇著名

釋智順本姓徐瑯琊臨沂人年十五出家事鍾山延賢寺智度爲師少而聰頴篤志過人故雖年在息慈而學功已績及受具戒秉禁無疵陶練衆經而獨步於涅槃成實講說徒衆常數百餘人甞以事生非慮頗致坎折而貞素確然其徽無黙齊竟陵文宣王特深禮

異爲修治城寺以居之司空徐孝嗣亦崇其行解奉以師敬及東昏失德孝嗣被誅子緄逃竄避禍順身自營護卒以獲免緄後重加資俸一無所受嘗有夜盜順者淨人追而擒之順留盜宿于房内明旦遺以錢絹喻而遣之其仁洽篤恕如此後東遊禹穴止于雲門精舍法輪之盛復見江左順爲人虛靖恭恪形器若神風軌清嚴動無失厝故士庶瞻禮當有懼焉以天監六年卒于山寺春秋六十一初順之疾甚不食多日一時中竟忽素齋飯弟子曇和以順絶穀日久密以半合米雜煮以進順順咽而還吐索水洗漱語和云汝永出雲門不得還住其執節精苦皆此之類臨終之日房内頗聞異香亦有見天華天蓋者遺命露骸空地以施蟲鳥門人不忍行之乃窆于寺側弟子等立碑頌德陳郡袁昂製文法華寺釋慧舉又爲之墓誌順所著法事讚及受戒弘法等記皆行於世

釋寶亮本姓徐氏其先東莞冑族晉亂避地于東萊㢮縣亮年十二出家師青州道明法師明亦義學之僧名高當世亮就業專精一聞無失及具戒之後便欲觀方弘化每惟訓育有本未能遠絶緣累明謂曰沙門去俗以宣通爲理豈可拘此愛網使吾道不東乎亮感悟因此客遊年二十一至京師居中興寺袁粲一見而異之粲後與明書曰頻見亮公非常人也比日聞所未聞不覺歲之將暮珠生合浦魏人取以照車壁在邯鄲秦王請以華國天下之寶當與天下共之非復上人貴州所宜專也自是學名稍盛及本親喪亡路

阻不得還北因屏居禪思杜絕人事齊竟陵文宣王躬自到房請爲法匠亮不得已而赴文宣接足恭禮結菩薩四部因緣後移憩靈味寺於是續講衆經盛于京邑講大涅槃經八十四遍成實論十四遍勝鬘四十二遍維摩二十遍其大小品六遍法華十地優婆塞戒無量壽首楞嚴遺教彌勒下生等亦各近十遍黑白弟子三千餘人諮稟門徒常盈數百亮爲人神情爽岸俊氣雄逸及開章命句鋒辯縱橫其有問論者或豫蘊重關及亮之披解便覺宗旨渙然忘其素蓄今上龍興尊崇正道以亮德居時望亟延談說亮任性率直每言輒稱貧道上雖意有間然而挹其神出天監八年初勅亮撰涅槃義疏十餘萬言上爲之序曰非言無以寄言言即無言之累累言則可以息言言息則諸見競起所以如來乘本願以託生現慈力以應化離文字以設教忘心相以通道欲使珉玉異價涇渭分流制六師而正四倒反八邪而歸一味折世智之角杜異人之口導求珠之心開觀象之目救燒灼於火宅拯沉溺於浪海故法雨降而燋種受榮慧日升而長夜蒙曉發迦葉之悱憤吐眞實之誠言雖復二施等於前五大陳於後三十四問參差異辯方便勸引各隨意答舉要論經不出兩途佛性開其本有之源涅槃明其歸極之宗非因非果不起不作義高萬善事絕百非空空不能測其眞際玄玄不能窮其妙門自非德均平等心合無生金墻玉室豈易入哉有青州沙門釋寶亮者氣調爽拔神用俊舉少貞苦節長安法忍者

年愈篤齔齒不衰流通先覺孳孳如也後進晚生莫不依仰以天監八年五月八日勑亮撰大涅槃義疏以九月二十日訖光表微言贊揚正道連環既解疑網云除條流明悉可得略言朕從容暇日將欲覽焉聊書數行以爲記別云爾亮福德招感供施累積性不蓄金皆散營福業身沒之後房無留財以天監八年十月四日卒于靈味寺春秋六十有六葬鍾山之南立碑墓所陳郡周興嗣廣陵高爽並爲製文刻于兩面弟子法雲等又立碑寺内文宣圖其形像於普弘寺焉時高座寺僧成曠野寺僧寶亦並齊代法匠寶又善三玄爲貴遊所重

釋法通本姓褚氏河南陽翟人晉安東將軍揚州都督裒之八世孫也家世衣冠禮義相襲通幼而岐嶷聰悟絶倫年十二出家遊學三藏專精方等大品法華尤所研密年未登立便爲講匠學徒雲聚千里必集後踐迹京師初止莊嚴後憩定林上寺棲閑隱素履道唯勤希風影附者復盈山室齊竟陵文宣王丞相文獻王皆紆貴慕德親承頂禮陳郡謝舉吳國陸杲尋陽張孝秀並策步山門禀其戒法白黑弟子七千餘人晦迹鍾阜三十餘載坐禪誦念禮懺精苦至天監十一年六月十日便覺不悆語弟子云我止可至九月二十間耳到九月十四日見兩居士皆執白拂來向牀前便次第出去至十七日忽漫語云檀越不相識何處來耶弟子曇智問意故答云有一人著朱衣戴幘擎木箱底在牀前至二十日見佛像作兩行來通合掌良久侍疾

者但聞異香竟不測其意通乃密向同意慧彌說之至二十一日索香湯洗浴竟仍作禮還卧叉手當胷正中時卒春秋七十仍葬于寺南弟子靜深等立碑墓側陳郡謝舉蘭陵蕭子雲並爲製文刻于兩面時定林上寺復有沙彌智進本闔人清信篤至遂出家苦節甞頭陀至山東宿于樹下有虎來摩其頭見進端坐無擾跪之而去爾後每獨行獨坐常見青馬一匹衛其左右

釋慧集本姓錢吳興於潛人年十八於會稽樂林山出家仍隨慧基法師受業爲性慤實言無華綺而學勤昏曉未甞懈息後出京止招提寺復遍歷衆師融冶異說三藏方等並皆綜達廣訪大毗婆沙及雜心揵度等以相讎校故於毗曇一部擅步當時凡碩難堅疑並爲披釋海內學賓無不必至每一開講負袠千人沙門僧旻法雲並名高一代亦執卷請益今上深相賞接每請開講以天監十四年還至烏程遘疾而卒春秋六十著毗曇大義疏十餘萬言盛行於世

釋曇斐本姓王會稽剡人少出家受業於惠基法師性聰敏素著領牒之稱其方等深經皆所綜達老莊儒墨頗亦披覽後東西稟訪備窮經誥之旨居于鄉邑法華臺寺講說相仍學徒成列斐神情爽發志用清玄故於小品淨名尤成獨步加又談吐蘊藉辭辯高華席上之風見重當時梁衡陽孝王元簡及隱士廬江何胤皆遠挹徽猷招延講說吳國張融汝南周顒顒子捨等並結知音之狎焉以天監十七年卒于寺春秋七十有六其製作

文辭亦頗見於世初斐有譽江東被勑爲十城僧主符旨適行未拜便化厥土僧尼倍懷戀德斐同縣南巖寺有沙門法藏亦以戒素見稱喜放救生命興立圖像時餘姚縣有明慶比丘與斐同時致譽慶本姓鄭氏戒行嚴潔學業清美本師事炎公又弘實弟子師資三業並見重東南

論曰夫至理無言玄致幽寂幽寂故心行處斷無言故言語路絕言語路絕則有言傷其旨心行處斷則作意失其眞所以淨名杜口於方丈釋迦緘嘿於雙樹將知理致淵寂故爲無言但悠悠夢境去理殊隔蠢蠢之徒非教孰啓是以聖人資靈妙以應物體冥寂以通神借微言以津道託形像以傳眞故曰兵者不祥之器不獲已而用之言者不眞之物不獲已而陳之故始自鹿苑以四諦爲言初終至鶴林以三點爲圓極其間散說流文數過八億象馱負而弗窮龍宮溢而未盡將令乘蹄以得兎藉指以知月知月則廢指得兎則忘蹄經云依義莫依語此之謂也而滯教者謂至道極於篇章存形者謂法身定於丈六故須窮達幽旨妙得言外四辯莊嚴爲人廣說示教利喜其在法師乎故士行尋經於于闐誓志而滅火終令般若盛於東川忘相傳乎季末爰次竺潛支遁于蘭法開等並氣韻高華風道清裕傳化之美功亦亞焉中有釋道安者資學於聖師竺佛圖澄安又受業於弟子慧遠惟此三葉世不乏賢並戒節嚴明智寶成就使夫慧日餘暉重光千載之下香吐遺芬再馥閻浮之地涌泉猶注寔賴伊

人遠公既限以虎溪安師反更同輦與夫高尚之道如有忒焉然而言嘿動靜所適唯時四翁赴漢用之則行也三閭辭楚舍之則藏也經云若欲建立正法則聽親近國王及持仗者安雖一時同輦迺爲百民致諫故能終感應眞開玄顯報其後荆陝著名則以翼遇爲言初廬山清素則以持永爲上首融恒影肇德重關中生叡暢遠領宗建業曇度僧淵獨擅江西之寶超進惠基乃擒浙東之盛雖復人世迭隆而皆道術懸會故使像運餘興歲將五百功効之美良足羨焉

贊曰

遺風眇漫　結浪邅迴　匪伊粹哲　孰振將頹

潛安比曜　遠叡聯壞　鐇斧曲戾　彈沭斜埃

素絲既染　永變方來

高僧傳卷第九

音釋

恧女六切慙也　番禺番鋪官切禺元俁切番禺地名　矍厥縛切驚顧貌　鑠書藥切　稔忍甚切年也　疹丑刃切病也　巒落官切　昞補永切明也　勰胡頰切　莅力至切臨也　瓛語蹇切又音完　嘲謔嘲陟交切調也謔虛約切戲也　山聶書涉切山名　靳居焮切　踵之隴切足跟也　塡闐塡徒年切闐烏結切塡闐衆盛貌　敞昌兩切　沂魚依切臨沂地名　緄古本切　掔音堅縣名　邯鄲邯胡安切鄲都寒切邯鄲地名　齯五奚切老人齒落復生曰齯齒　孳津之切與孜同　幘側華切覆髻巾也　慤克角切謹也　蠢尺尹切動也　鐇音煩廣刃斧也　儁祖峻切與俊同

高僧傳卷第十
梁會稽嘉祥寺沙門慧皎撰

神異上

竺佛圖澄一
單道開二
竺佛調三
耆域四

竺佛圖澄者西域人也本姓帛氏少出家清眞務學誦經數百萬言善解文義雖未讀此土儒史而與諸學士論辯疑滯皆闇若符契無能屈者自云再到罽賓受誨名師西域咸稱得道以晉懷帝永嘉四年來適洛陽志弘大法善誦神呪能役使鬼物以麻油雜燕脂塗掌千里外事皆徹見掌中如對面焉亦能令潔齋者見又聽鈴音以言事無不効驗欲於洛陽立寺値劉曜寇斥洛陽臺帝京擾亂澄立寺之志遂不果迺潛澤草野以觀世變時石勒屯兵葛陂專以殺戮爲務沙門遇害者甚衆澄憫念蒼生欲以道化勒於是杖策到軍門勒大將郭黑略素奉法澄即投止略家略從受五戒崇弟子之禮略後從勒征伐輒預剋勝負勒疑而問曰孤不覺卿有出衆智謀而每知行軍吉凶何也略曰將軍天挺神武幽靈所助有一沙門術智非常云將軍當略有區夏己應爲師臣前後所白皆其言也勒喜曰天賜也召澄問曰佛道有何靈驗澄知勒不達深理正可以道術爲徵因而言曰至道雖遠亦可以近事爲證即取應器盛水燒香呪之須臾生青蓮花光色曜目勒由此信服澄因而諫曰夫王者德化洽於宇内

則四靈表瑞政弊道消則彗孛見於上恒象著見休咎隨行斯迺古今之常徵天人之明誡勒甚悅之凡應被誅餘殘蒙其益者十有八九於是中州胡晉略皆奉佛時有痼疾世莫能治者澄爲醫療應時瘳損陰施嘿益者不可勝記勒自葛陂還河北過枋頭枋頭人夜欲斫營語黑略曰須臾賊至可令公知果如其言有備故不敗勒欲試澄夜冠冑衣甲執刃而坐遣人告澄云夜來不知大將軍所在使人始至未及有言澄逆問曰平居無寇何故夜嚴勒益敬之勒後因忿欲害諸道士幷欲苦澄澄迺避至黑略舍語弟子曰若將軍信至問吾所在者報云不知所之信人尋至覓澄不得使還報勒勒驚曰吾有惡意向聖人聖人捨我去矣通夜不寢思欲見澄澄知勒意悔明旦造勒勒曰昨夜何行澄曰公有怒心昨故權避公今改意是以敢來勒大笑曰道人謬耳襄國城塹水源在城西北五里團丸祠下其水暴竭勒問澄何以致水澄曰今當勑龍勒字世龍謂澄嘲已答曰正以龍不能致水故相問耳澄曰此是誠言非戲也水泉之源必有神龍居之今往勑語水必可得迺與弟子法首等數人至泉源上其源故處久已乾燥坼如車轍從者心疑恐水難得澄坐繩牀燒安息香呪願數百言如此三曰水泫然微流有一小龍長五六寸許隨水來出諸道士競往視之澄曰龍有毒勿臨其上有頃水大至隍塹皆滿澄閑坐歎曰後二曰當有一小人驚動此下既而襄國人薛合有二子既小且驕輕弄鮮卑奴奴忿抽刃刺

殺其弟執兄于室以刀擬心若人入屋便欲加手謂合曰送我還國我活汝兒不然則共死於此内外驚愕莫不往觀勒廼自往視之謂薛合曰送奴以全卿子誠爲善事此法一聞方爲後害卿且寛情國有常憲命人取奴奴遂殺兒而死鮮卑段波攻勒其衆甚盛勒懼問澄澄曰昨寺鈴鳴云明旦食時當擒段波勒登城望彼軍不見前後失色曰軍行地傾波豈可獲是公安我辭耳更遣夔安問澄澄曰已獲波矣時城北伏兵出遇波執之澄勸勒宥波遣還本國勒從之卒獲其用時劉載已死載從弟曜簒襲僞位稱元光初光初八年曜遣從弟僞中山王岳將兵攻勒勒遣石虎率步騎拒之大戰洛西岳敗保石梁塢虎堅柵守之時澄與弟子自官寺至中寺始入寺門歎曰劉岳可愍弟子法祚問其故澄曰昨日亥時岳已被執果如所言至光初十一年曜自率兵攻洛陽勒欲自往拒曜内外僚佐無不必諫勒以訪澄澄曰相輪鈴音云秀支替戾岡僕谷劬禿當此羯語也秀支軍也替戾岡出也僕谷劉曜胡位也劬禿當捉也此言軍出捉得曜也時徐光聞澄此旨苦勸勒行勒乃留長子石弘共澄以鎭襄國自率中軍步騎直詣洛城兩陣纔交曜軍大潰曜馬没水中石堪生擒之送勒澄時以物塗掌觀之見有大衆衆中縛一人朱絲約其肘因以告弘當爾之時正生擒曜也曜平之後勒廼僭稱趙天王行皇帝事改元建平是歳晉成帝咸和五年也勒登位已後事澄彌篤時石葱將叛其年澄誡勒曰今年葱中有蟲

食之必害人可令百姓無食葱也勒班告境内慎無食葱到八月石葱果走勒益加尊重有事必諮而後行號大和尚石虎有子名斌後勒爲兒勒愛之甚重忽暴病而亡已涉二日勒曰朕聞虢太子死扁鵲能生大和尚國中之神人可急往告必能致福澄迺取楊枝呪之須臾能起有頃平復由是勒諸稚子多在佛寺中養之每至四月八日勒躬自詣寺灌佛爲兒發願至建平四年四月天靜無風而塔上一鈴獨鳴澄謂衆曰鈴音云國有大喪不出今年矣是歲七月勒死子弘襲位少時石虎廢弘自立遷都于鄴稱元建武虎傾心事澄有重於勒迺下書曰和尚國之大寶榮爵不加高祿不受榮祿匪顧何以旌德從此已往宜衣以綾錦乘以雕輦朝會之日和尚升殿常侍以下悉助舉輿太子諸公扶翼而上主者唱大和尚衆坐皆起以彰其尊又勑偽司空李農旦夕親問太子諸公五日一朝表朕敬焉澄時止鄴城内中寺遣弟子法常比至襄國弟子法佐從襄國還相遇在梁基城下共宿對車夜談言及和尚比旦各去法佐至始入覲澄澄逆笑曰昨夜爾與法常交車共說汝師耶先民有言不曰敬乎幽而不改不曰慎乎獨而不怠幽獨者敬慎之本爾不識乎佐愕然愧懺於是國人每共相語莫起惡心和尚知汝及澄之所在無敢向其方面涕唾便利者時太子石邃有二子在襄國澄語邃曰小阿彌比當得病可往迎之邃即馳信往視果已得病大醫殷騰及外國道士自言能治澄告弟子法牙曰正使聖人復

出不愈此病況此等乎後三日果死石邃荒酒將圖爲逆謂内豎曰和尚神通儻發吾謀明日來者當先除之澄月望將入覲虎謂弟子僧慧曰昨夜天神呼我曰明日若入還勿過人我儻有所過汝當止我澄常入必過邃邃知澄入要候甚苦澄將上南臺僧慧引衣澄曰事不得止坐未安便起邃固留不住所謀遂差還寺歎曰太子作亂其形將成欲言難言欲忍難忍迺因事從容箴虎虎終不解俄而事發方悟澄言後郭黒略將兵征長安北山羌墮羌伏中時澄在堂上坐弟子法常在側澄慘然改容曰郭公今厄唱云衆僧呪願澄又自呪願須臾更曰若東南出者活餘向則困復更呪願有頃曰脱矣後月餘日黒略還自説墮羌圍中東南走馬乏正遇帳下人推馬與之曰公乘此馬小人乘公馬濟與不濟任命也略得其馬故獲免推檢日時正是澄呪願時也石虎兒僞大司馬燕公石斌虎以爲幽州牧鎭群凶湊聚因以肆暴澄誡虎曰天神昨夜言疾收馬還至秋齊當癰爛虎不解此語即勑諸處收馬送還其秋有人譖斌於虎虎召斌鞭之三百殺其所生母齊氏虎彎弓捻矢自視行斌罰罰輕虎乃手殺五百澄諫曰心不可縱死不可生禮不親殺以傷恩也何有天子手行罰乎虎乃止後晉軍出淮泗隴北凡城皆被侵逼三方告急人情危擾虎乃瞋曰吾之奉佛供僧而更致外冦佛無神矣澄明旦早入虎以事問澄澄因諫之曰王過去世經爲大商主至罽賓寺嘗供大會中有六十羅漢吾此微身亦預斯會

時得道人謂吾曰此主人命盡當受鷄身後王晉地今王爲王豈非福耶壃場軍寇國之常耳何爲怨謗三寶夜興毒念乎虎迺信悟跪而謝焉虎甞問澄佛法不殺朕爲天下之主非刑殺無以肅清海內既違戒殺生雖復事佛詎獲福耶澄曰帝王事佛當在體恭心順顯暢三寶不爲暴虐不害無辜至於凶愚無賴非化所遷有罪不得不殺有惡不得不刑但當殺可殺刑可刑耳若暴虐恣意殺害非罪雖復傾財事法無解殃禍願陛下省欲興慈廣及一切則佛教永隆福祚方遠虎雖不能盡從而爲益不少虎尚書張良張離等家富事佛各起大塔澄謂曰事佛在於清靖無欲慈矜爲心檀越雖儀奉大法而貪悋未已遊獵無度積聚不窮方受現世之罪何福報之可希耶離等後並被戮滅時又久旱自正月至六月虎遣太子詣臨漳西釜口祈雨久而不降虎令澄自行即有白龍二頭降於祠所其日大雨方數千里其年大收戎貊之徒先不識法聞澄神驗皆遥向禮拜並不言而化焉澄常遣弟子向西域市香既行澄告餘弟子曰掌中見買香弟子在某處被賊垂死因燒香呪願遥救護之弟子後還云某月某日於某處爲賊所劫垂當見殺忽聞香氣賊無故自驚曰救兵已至棄之而走虎於臨漳修治舊塔少承露盤澄曰臨淄城內有古阿育王塔地中有承露盤及佛像其上林木茂盛可掘取之即畫圖與使依言掘取果得盤像虎每欲伐燕澄諫曰燕國運未終卒難可尅虎屢行敗績方信澄誡澄道化既行民

多奉佛皆營造寺廟相競出家眞僞混淆多生愆過虎下書問中書曰佛號世尊國家所奉里閭小人無爵秩者爲應得事佛與不又沙門皆應高潔貞正行能精進然後可爲道士今沙門甚衆或有姦宄避役多非其人可料簡詳議眞僞中書著作郎王度奏曰夫王者郊祀天地祭奉百神載在祀典禮有常饗佛出西域外國之神功不施民非天子諸華所應祀奉往漢明感夢初傳其道唯聽西域人得立寺都邑以奉其神其漢人皆不得出家魏承漢制亦循前軌今大趙受命率由舊章華戎制異人神流别外不同内饗祭殊禮華夏服禮不宜雜錯國家可斷趙人悉不聽詣寺燒香禮拜以遵典禮其百辟卿士下逮衆隷例皆禁之其有犯者與淫祀同罪其趙人爲沙門者還從四民之服僞中書令王波同度所奏虎下書曰度議云佛是外國之神非天子諸華所可宜奉朕生自邊壤忝當期運君臨諸夏至於饗祀應兼從本俗佛是戎神正所應奉夫制由上行永世作則苟事允無虧何拘前代其夷趙百蠻有捨於淫祀樂事佛者悉聽爲道於是慢戒之徒因之以厲

黄河中舊不生黿忽得一以獻虎澄見而歎曰桓温其入河不久温字元子後果如言也時魏縣有一流民莫識氏族恒著麻襦布裳在魏縣市中乞丐時人謂之麻襦言語卓越狀如狂病乞得米穀不食輒散置大路云飼天馬趙與太守籍拔收送詣虎先是澄謂虎曰國東二百里某月某日當送一非常人勿殺之也如期果至虎與共語了無異言唯道

陛下當終一柱殿下虎不解此語令送以詣澄麻襦謂澄曰昔在光和中會奄至今日西戎受玄命絶曆終有期金離消于壤邊荒不能遵驅除靈期迹莫已已之懿裔苗葉繁其來方積休期於何期永以歡之澄曰天迴運極否將不支九木水爲難無可以術寧玄哲雖存世莫能基必頹久遊閻浮利擾擾多此患行登凌雲宇會於虛遊間澄與麻襦講語終日人莫能解有竊聽者唯得此數言推計似如論數百年事虎遣驛馬送還本縣既出城外辭能步行云我當有所過未便得發至合口橋可留見待使如言馳去未至合口而麻襦已在橋上考其行步有若飛也澄有弟子道進學通內外爲虎所重嘗言及隱士事虎謂進曰有楊軻者朕之民也徵之十餘年不恭王命故往省視傲然而卧朕雖不德君臨萬邦乘輿所向天沸地涌雖不能令木石屈膝何匹夫而長傲耶昔太公之齊先誅華士太公賢哲豈其謬乎進對曰昔舜優蒲衣禹造伯成魏餙干木漢美周黨管寧不應曹氏皇甫不屈晉世二聖四君共加其節將欲激厲貪競以峻清風願陛下遵舜禹之德勿斆太公用刑君舉必書豈可令趙史遂無隱遁之傳乎虎悅其言即遣軻還其所止差十家供給之進還具以白澄澄莞爾笑曰汝言善也但軻命有所懸矣後秦州兵亂軻弟子以牛負軻西奔戍軍追擒并爲所害虎嘗晝寢夢見群羊負魚從東北來寤以訪澄澄曰不祥也鮮卑其有中原乎慕容氏後果都之澄嘗與虎共昇中臺澄忽驚曰變變幽州當

火災仍取酒灑之久而笑曰救已得矣虎遣驗幽州云爾日火從四門起西南有黑雲來驟雨滅之雨亦頗有酒氣至虎建武十四年七月石宣石韜將圖相殺宣時到寺與澄同坐浮圖一鈴獨鳴澄謂宣曰解鈴音乎鈴云胡子洛度宣變色曰是何言歟澄謬曰老胡爲道不能山居無言重茵美服豈非洛度乎石韜後至澄熟視良久韜懼而問澄澄曰怪公血臭故相視耳至八月澄使弟子十人齋于別室澄時暫入東閣虎與后杜氏問訊澄澄曰脇下有賊不出十日自佛圖以西此殿以東當有流血愼勿東行也杜后曰和尚耄耶何處有賊澄即易語云六情所受皆悉是賊老自應耄但使少者不惛遂便寓言不復彰的後二日宣果遣人害韜於佛寺中欲因虎臨喪仍行大逆虎以澄先誡故獲免及宣事發被收澄諫虎曰既是陛下之子何爲重禍耶陛下若含怒加慈者尚有六十餘歲如必誅之宣當爲彗星下掃鄴宮也虎不從以鐵鏁穿宣頷牽上薪積而焚之收其官屬三百餘人皆轘裂肢解投之漳河澄乃勑弟子罷別室齋也後月餘日有一妖馬髦尾皆有燒狀入中陽門出顯陽門東首東宮皆不得入走向東北俄爾不見澄聞而歎曰災其及矣至十一月虎大饗群臣於太武前殿澄吟曰殿乎殿乎棘子成林將壞人衣虎令發殿石下視之有棘生焉澄還寺視佛像曰悵恨不得莊嚴獨語曰得三年乎自答不得不得又曰得二年一年百日一月乎自答不得迺無復言還房謂弟子法祚曰戊申歲禍亂漸

萌已酉歲石氏當滅吾及其未亂先從化矣即遣人與虎辭曰物理必遷身命非保貧道炎幻之軀化期已及旣荷恩殊重故逆以仰聞虎愴然曰不聞和尚有疾遽忽爾告終即自出宮寺而慰喻焉澄謂虎曰出生入死道之常也脩短分定非所能延夫道重行全德貴無怠苟業操無虧雖亡若在違而獲延非其所願今意未盡者以國家心存佛理奉法無吝興起寺廟崇顯壯麗稱斯德也宜享休祉而布政猛烈淫刑酷濫顯違聖典幽背法戒不自懲革終無福祐若降心易慮惠此下民則國祚延長道俗慶賴畢命就盡沒無遺恨虎悲慟嗚咽知其必逝即爲鑿壙營墳至十二月八日卒於鄴宮寺是歲晉穆帝永和四年也士庶悲慟哀號赴傾國春秋一百一

十七矣仍窆於臨漳西紫陌即虎所創塚也俄而梁犢作亂明年虎死冉閔簒戮石種都盡閔小字棘奴澄先所謂棘子成林者也澄左乳傍先有一孔圍四五寸通徹腹內有時腸從中出或以絮塞孔夜欲讀書輒拔絮則一室洞明又齋日輒至水邊引腸洗之還復內中澄身長八尺風姿詳雅妙解深經傍通世論講說之日止標宗致使始末文言昭然可了加復慈洽蒼生拯救危苦當二石凶强虐害非道若不與澄同日孰可言哉但百姓蒙益日用而不知耳佛調須菩提等數十名僧皆出自天竺康居不遠數萬之路足涉流沙詣澄受訓樊沔釋道安中山竺法雅並跨越關河聽澄講說皆妙達精理研測幽微澄自說生處去鄴九萬餘里棄家入道一百九

年酒不踰齒過中不食非戒不履無欲無求受業追隨者常有數百前後門徒幾且一萬所歷州郡興立佛寺八百九十三所弘法之盛莫與先矣初虎殯澄以生時錫杖及鉢内棺中後冉閔篡位開棺唯得鉢杖不復見屍或言澄死之月有人見在流沙虎疑不死開棺不見屍後慕容儁都鄴處石虎宫中每夢見虎嚙其臂意謂石虎爲祟迺募覓虎屍於東明館掘得之屍殭不毀儁乃蹋之罵曰死胡敢怖生天子汝作宫殿成而爲汝兒所圖況復他耶鞭撻毀辱投之漳河屍倚橋柱不移秦將王猛迺收葬之麻襦所謂一柱殿也後符堅征鄴儁子暐爲堅大將郭神虎所執實先夢虎之驗也田融趙記云澄未亡數年自營塚壙澄既知塚必開又屍不在中何容預作恐融之謬矣澄或言佛圖磴或言佛圖橙或言佛圖蹬皆取梵音之不同耳

單道開姓孟燉煌人少懷栖隱誦經四十餘萬言絶穀餌栢實栢實難得復服松脂後服細石子一呑數枚數日一服或時多少噉薑椒如此七年後不畏寒暑冬袒夏温晝夜不卧始同學十人共契服食十年之外或死或退唯開全志阜陵太守遣馬迎開開辭能步行三百里路一日早至山樹諸神或現異形試之初無懼色以石虎建武十二年從西平來一日行七百里至南安度一童子爲沙彌年十四稟受教法行能及開時太史奏虎云有仙人星現當有高士入境虎普勑州郡有異人令啓聞其年冬十一月秦州刺史上表送開初止鄴城西法綝祠中後徙臨漳照德

寺於房內造重閣高八九丈許於上編菅爲禪室如十斛籮大常坐其中虎資給甚厚開皆以惠施時樂仙者多來諮問開都不荅迺爲說偈云我矜一切苦出家爲利世利世須學明學明能斷惡山遠粮粒難作斯斷食計非是求仙侶幸勿相傳說開能救眼疾時秦公石韜就開治目著藥小痛韜甚憚之而終得其効佛圖澄曰此道士觀國興衰若去者當有大災至石虎太寧元年開與弟子南度許昌虎子姪相殺鄴都大亂至晉昇平三年來之建業俄而至南海後入羅浮山獨處茅茨蕭然物外春秋百餘歲卒于山舍勑弟子以屍置石穴中弟子迺移之石室有康泓者昔在北間聞弟子敘開昔在山中每有神仙去來迺遥心敬悒及後從役南海親與相見側席鑽仰稟聞備至迺爲之傳讚讚曰蕭哉若人飄然絕塵外軌小乘內暢空身玄象暉曜高步是臻飡茹芝英流浪巖津晉興寧元年陳郡袁宏爲南海太守與弟穎叔及沙門支法防共登羅浮山至石室口見開形骸及香火瓦器猶存宏曰法師業行殊群正當如蟬蛻耳迺爲讚曰物儁招奇德不孤立遼遼幽人望巖凱入飄飄靈仙茲焉遊集遺屍在林千載一襲後沙門僧景道漸並欲登羅浮竟不至頂

竺佛調者未詳氏族或云天竺人事佛圖澄爲師住常山寺積年業尚純樸不表飾言時咸以此高之常山有奉法者兄弟二人居去寺百里兄婦疾篤載出寺側以近醫藥兄既奉調爲師朝晝常在寺中諮詢行道異日調

忽往其家弟具問嫂所苦并審兒安否調曰病者粗可卿兒如常調去後弟亦策馬繼往言及調旦來兒驚曰和尚旦初不出寺汝何容見兄弟爭以問調調笑而不答咸共異焉調或獨入深山一年半歲齎乾飯數斗還恒有餘有人甞隨調山行數十里天暮大雪調入石穴虎窟中宿虎還共卧窟前調謂虎曰我奪汝處有愧如何虎迺弭耳下山從者駭懼調後自剋亡日遠近皆至悉與語曰天地長久尚有崩壞豈况人物而求永存若能蕩除三垢專心眞淨形數雖乖而神會必同契衆咸流涕固請調曰死生命也其可請乎調迺還房端坐以衣蒙頭奄然而卒後數年調白衣弟子八人入西山伐木忽見調在高巖上衣服鮮明姿儀暢悅皆驚喜作禮和尚尚在耶調曰吾常在耳具問知舊可否良久迺去八人便捨事還家向諸同法者說衆無以驗之共發塚開棺不復見屍唯衣履在焉有記云此竺佛調譯出法鏡經及十慧等按釋道安經録云漢靈帝光和中有沙門嚴佛調共安玄都尉譯出法鏡經及十慧等語在譯經傳而此中佛調迺東晉中代時人見名字是同便謂爲一謬矣

耆域者天竺人也周流華戎靡有常所而倜儻神奇任性忽俗迹行亦不恒時人莫之能測自發天竺至于扶南經諸海濱爰涉交廣並有靈異既達襄陽欲寄載過江船人見梵沙門衣服弊陋輕而不載船達北岸域亦已度前行見兩虎虎弭耳掉尾域以手摩其頭虎下道而去兩岸見者隨從成群晉惠之末

至于洛陽諸道人悉爲作禮域胡踞晏然不動容色時或告人以前身所更謂支法淵從羊中來竺法興從人中來又譏諸衆僧謂衣服華麗不應素法見洛陽宮城云髣髴似忉利天宮但自然之與人事不同耳域謂沙門耆闍蜜曰匠此宮者從忉利天來成便還天上矣屋脊瓦下應有千五百作器時咸云昔聞此匠實以作器著瓦下又云宮成之後尋被害焉時衡陽太守南陽滕永文在洛寄住滿水寺得病經年不差兩脚攣屈不能起行域往看之曰君欲得病差不因取淨水一杯楊柳一枝便以楊枝拂水舉手向永文而呪如此者三因以手搦永文膝令起即時起行步如故此寺中有思惟樹數十株枯死域問永文樹死來幾時永文曰積年矣域即向樹呪如呪永文法樹尋荑發扶踈榮茂尚方暑中有一人病癥將死域以應器著病者腹上白布通覆之呪願數千言即有臭氣熏徹一屋病者曰我活矣域令人舉布應器中有若垽淤泥者數升臭不可近病者遂瘥洛陽兵亂辭還天竺洛中有沙門竺法行者高足僧也時人方之樂令因請域曰上人既得道之僧願留一言以爲永誡域曰可普會衆人也衆既集域昇高座曰守口攝身意愼莫犯衆惡修行一切善如是得度世言訖便禪默行重請曰願上人當授所未聞如斯偈義八歲童子亦已諳誦非所望於得道人也域笑曰八歲雖誦百歲不行誦之何益人皆知敬得道者不知行之自得道悲夫吾言雖少行者益多也於是辭去數百人各請域中食域皆

許往明旦五百舍皆有一域始謂獨過未相讎問方知分身降焉既發諸道人送至河南城域徐行追者不及域迺以杖畫地曰於斯別矣其日有從長安來者見域在彼寺中又賈客胡濕登者即於是日將暮逢域於流沙計已九千餘里既還西域不知所終

高僧傳卷第十

音釋

彗孛 彗徐醉切孛蒲沒切彗孛並星名 痼 古暮切久病也 枋 敷房切枋頭地名 壍 七豔切遶城水也 坼 丑厄切裂也 柵 楚革切編木為寨也 劬 其俱切 羯 居竭切 扁鵲 扁婢免切扁鵲盧醫姓名 釜 扶雨切 貊 莫百切北方國也 宄 居洧切姦盜也 襦 悑朱切短衣也 敎 胡教切法效也 頷 胡感切口下也 轘 胡關切車裂人也 齧 倪結切噬也 祟 雖遂切神禍也 殭 居良切屍不朽也 蹹 徒合切踐也 綝 丑林切 齎 祖稽切持也 弭 綿婢切猶垂也 搦 尼角切按也 荑 田黎切木更生也 癥 陟里切腹病也 臰 尺救切與臭同 埿 吾斬切滓埿也 淤 依據切濁泥也

高僧傳卷第十一

梁會稽嘉祥寺沙門慧皎撰

神異下

揵陀勒者本西域人來至洛陽積年衆雖敬其風操而終莫能測後謂衆僧曰洛東南有槃鵄山山有古寺廟處基墌猶存可共修立衆未之信試逐撿視入山到一處四面平坦勒示云此即寺基也即掘之果得寺下石基後示講堂僧房處如言皆驗衆咸驚歎因共修立以勒爲寺主去洛城一百餘里朝朝至洛陽諸寺赴中暮輒乞油一鉢還寺然燈以此爲常未曾違失有人健行欲隨勒觀其遲疾奔馳流汗恒苦不及勒令執袈裟角唯聞厲風之響不復覺倦須臾至寺勒後不知所終

訶羅竭者本樊陽人少出家誦經二百萬言性虛玄守戒節善舉措美容色多行頭陀獨宿山野晉武帝太康九年暫至洛陽時疫疾甚流死者相繼竭爲呪治十差八九至晉惠帝元康元年乃西入止婁至山石室中坐禪此室去水既遠時人欲爲開澗竭曰不假相勞乃自起以左脚蹑室西石壁壁陷没指既

拔足水從中出清香濡美四時不絕來飲者皆止飢渴除疾病至元康八年端坐從化弟子依國法闍維之焚燎累日而屍猶坐火中求不灰燼乃移還石室內後西域人竺定字安世晉咸和中往其國親自觀視見屍儼然平坐已三十餘年定後至京傳之道俗

竺法慧本關中人方直有戒行入嵩高山事浮圖蜜爲師晉康帝建元元年至襄陽止羊叔子寺不受別請每乞食輒賫繩牀自隨於閑曠之路則施之而坐時或遇雨以油帔自覆雨止唯見繩牀不知慧所在訊問未息慧已在牀每語弟子法昭曰汝過去時折一鷄脚其殃尋至俄而昭爲人所擲脚遂永疾後語弟子云新野有一老公當命過吾欲度之仍行於畦畔之間果見一公將牛耕田慧從公乞牛公不與慧前自捉牛鼻公懼其異遂以施之慧牽牛呪願七步而反以牛還公公少日而亡後征西庾稚恭鎮襄陽既素不奉法聞慧有非常之迹甚嫉之慧預告弟子曰吾宿對尋至誡勸眷屬令勤修福善爾後二日果收而刑之春秋五十八矣臨死語衆人云吾死後三日天當暴雨至期果洪注城門水深一丈居民淹没多有死者

安慧則未詳氏族少無恒性卓越異人而工正書善談吐晉永嘉中天下疫病則晝夜祈誠願天神降藥以愈萬民一日出寺門見兩石形如甕則疑是異物取看之果有神水在內病者飲服莫不皆愈後止洛陽大市寺手自細書黃縑寫大品一部合爲一卷字如小豆而分明可識凡十餘本以一本與汝南周

仲智妻胡母氏供養胡母過江賷經自隨後爲災火所延倉卒不暇取經悲泣懊惱火息後仍於灰中得之首軸顏色一無虧損于時同見聞者莫不廻邪改信此經今在京師簡靖寺靖首尼處時洛陽又有康慧持者亦神異通靈云

涉公者西域人也虛靖服氣不食五穀日能行五百里言未然之事驗若指掌以符堅建元十一年至長安能以祕呪呪下神龍每旱堅常請之呪龍俄而龍下鉢中天輒大雨堅及群臣親就鉢中觀之咸歎其異堅奉爲國神士庶皆投身接足自是無復炎旱之憂至十六年十二月無疾而化堅哭之甚慟卒後七日堅以其神異試開棺視之不見尸骸所在唯有殮被存焉至十七年自正月不雨至于六月堅減饍撤懸以迎和氣至七月降雨堅謂中書朱彤曰涉公若在朕豈燋心於雲漢若是哉此公其大聖乎彤曰斯術幽遠實亦曠古之奇也

釋曇霍者未詳何許人蔬食苦行常居冢間樹下專以神力化物時河西鮮卑偷髮利鹿孤僭據西平自稱爲王號年建和建和二年十一月霍從河南來至自西平持一錫杖令人跪之云此是波若眼奉之可以得道人遺其衣物受而輒投諸地或放之河中有頃衣自還本主一無所汚行疾如風力者追之恒困不及言人死生貴賤毫釐無爽人或藏其錫杖霍閉目少時立知其處並奇其神異終莫能測然因之事佛者甚衆鹿孤有弟傉檀假署車騎權傾僞國性猜忌多所賊害霍每

謂檀曰當修善行道爲後世橋梁檀曰僕先世已來恭事天地名山大川今一旦奉佛恐違先人之旨公若能七日不食顔色如常是爲佛道神明僕當奉之乃使人幽守七日而霍無飢渴之色檀遣沙門智行密持餅遺霍霍曰吾嘗誰欺而欺國王耶檀深奇之厚加敬仰因此改信節殺興慈國人既蒙其祐咸稱曰大師出入街巷百姓並迎爲之禮檀有女病甚篤請霍救命霍曰死生有命聖不能轉吾豈能延壽正可知早晚耳檀固請之時宮後門閉霍曰急開後門及開則生不及則死檀命開之不及而卒至晉義熈三年傉檀爲勃勃所破涼土兵亂不知所之

史宗者不知何許人常著麻衣或重之爲納故世號麻衣道士身多瘡疥性調不恒常在廣陵白土埭凭埭謳唱引絆以自欣暢得直隨以布施人栖憩無定所或隱或顯時高平檀祗爲江都令聞而召來應對機捷無所拘滯博達稽古辯說玄儒乃賦詩一首曰有欲苦不足無欲亦無憂未若清虚者帶索披玄裘浮遊一世間汎若不繫舟方當畢塵累栖志且山丘檀祗知非常人遣還所在遺布二十匹悉以乞人後有一道人不知姓名常賫一杖一箱自隨嘗遍暮來詣海鹽令云欲數日行暫倩一人可見給不令曰隨意取之乃選取守鵝鴨小兒形服最醜者將去倏忽之間至一山上山上有屋屋中有三道人相見欣然共語小兒不解至中許道人爲小兒就主人索食得一小甌食狀如熟艾食之飢止向暝道人辭欲還聞屋中人問云君知史宗

所在不其謫何當竟道人云在徐洲江北廣陵白土埭上計其謫亦竟也屋中人便作書曰因君與之道人以書付小兒比曉便至縣與令相見云欲少日停此令曰大善問箱中有何等答云書跡耳道人常在聽事止眠以箱杖著牀頭令使持時人夜偷取欲看之道人已知暮輒高懸箱杖當下而卧求不可得後與令辭曰吾欲小停而君恒欲偷人正爾便去耳令呼先小兒問近所經小兒云道人令其捉杖飄然而去或聞足下波浪耳并說山中人寄書猶在小兒衣帶令開看都不解乃寫取封其本書令人送此小兒至白土埭送與史宗宗開書大驚云汝那得蓬萊道人書耶宗後南遊吳會嘗過漁梁見漁人大捕宗乃上流洗浴群魚皆散其潛拯物類如此後憩上虞龍山大寺善談莊老究明論索而韜光隱迹世莫之知會稽謝邵魏邁之放之等並篤論淵博皆師焉後同止沙門夜聞宗共語者頗說蓬萊上事曉便不知宗所之陶淵明記白土埭遇三異法師此其一也或云有商人海行於孤洲上見一沙門求寄書與史宗置書於船中同侶欲看書書著船不脫及至白止埭書飛起就宗宗接而將去

杯度者不知姓名常乘木杯度水因而爲目初見在冀州不修細行神力卓越世莫測其由來嘗於北方寄宿一家家有一金像度竊而將去家主覺而追之見度徐行走馬遂而不及至孟津河浮木杯於水憑之度河無假風棹輕疾如飛俄而度岸達于京師見時可年四十許帶索繿縷殆不蔽身言語出沒喜

怒不均或嚴冰扣凍而洗浴或著屐上山或徒行入市唯荷一蘆圖子更無餘物作往延賢寺法意道人處意以别房待之後欲往瓜步江於江側就航人告度不肯載之復累足杯中顧眄吟詠杯自然流直度北岸向廣陵遇村舍有李家八關齋先不相識乃直入齋堂而坐置蘆圖於中庭衆以其形陋無恭敬心李見蘆圖當道欲移置墻邊數人舉不能動度食竟提之而去笑曰四天王福於李家于時有一豎子窺其圖中見四小兒並長數寸面目端正衣裳鮮潔於是追覓不知所在後三日乃見在西界蒙龍樹下坐李家拜請還家日日供養度不甚持齋飲酒噉肉至於辛鱠與俗不殊百姓奉上或受不受沛國劉興伯爲兖州刺史遣使邀之負圖而來興伯使人舉視十餘人不勝伯自看唯見一敗納及一木杯後還李家復得三十餘日清旦忽云欲得一袈裟中時令辦李即經營至中未成度云暫出至暝不反合境聞有異香疑之爲恠處處覓度乃見在北巖下鋪敗袈裟於地卧之而死頭前脚後皆生蓮華華極鮮香一夕而萎邑人共殯葬之後數日有人從北來云見度負蘆圖行向彭城乃共開棺唯見韡履既至彭城遇有白衣黄欣深信佛法見度禮拜請還家其家至貧但有麥飯而已度甘之怡然止得半年忽語欣云可覓蘆圖三十六枚吾須用之答云此間正可有十枚貧無以買恐不盡辦度曰汝但檢覓宅中應有欣即窮檢果得三十六枚列之庭中雖有其數亦多破敗比欣次第熟視皆已新完度密

封之因語欣令開乃見錢帛皆滿可堪百許萬識者謂是杯度分身他土所得賵施迴以施欣欣受之皆爲功德經一年許度辭去欣爲辦粮食明晨見粮食具存不知度所在經一月許復至京師時湖溝有朱文殊者少奉法度多來其家文殊謂度云弟子脫捨身没苦願見救度脫在好處願爲法侶度不答文殊喜曰佛法默然已爲許矣後東遊入吳郡路見釣魚師因就乞魚漁師施一殪者度手弄反覆還投水中游活而去又見網師更從乞魚網師瞋罵不與度乃拾取兩石子擲水中俄而有兩水牛鬪其網中網既碎敗不復見牛度亦已隱行至松江乃仰蓋於水中乘而度岸經涉會稽剡縣登天台數月而反京師時有外國道人名僧佉吒寄都下長干寺住有客僧僧悟者與吒同房宴於牕隙中見吒取寺刹捧之入雲然後將下悟不敢言但深加敬仰時有一人姓張名奴不知何許人不甚見食而常自肥悅冬夏常著單布衣佉吒在路行見張奴欣然而笑佉吒曰吾東見蔡豞南訊馬生北遇王年今欲就杯度乃與子相見耶張奴乃題槐樹而爲歌曰濛濛大象內照曜實顯彰何事迷昏子縱惑自招殃樂所少人往苦道若翻囊不有松栢志何用擬風霜閑預紫烟表長歌出昊蒼澄虛無色外應見有緣鄉歲曜毗漢后辰麗傳殷王伊余非二仙晦迹之九方亦見流俗子觸眼致酸傷略謡觀有念寧曰盡矜章佉吒曰前見先生禪思幽岫一坐百齡大悲熏心靖念枯骨亦題頌曰悠悠世事惑滋損益使欲塵神

横生怳懌惟此哲人淵覺先見思形浮沫矚影遄電累躓聲華蔑醜章弁視色悟空翫物傷變捨紛絶有斷習除戀青條曲蔭白茅以薦依畦啜麻鄰崖飲洊慧定討昭妙眞曰眷慈悲有增深想無倦言竟各去爾後月日不復見此二人傳者云將僧悟共之南岳不反張奴與杯度相見甚有所叙人所不解度猶停都少時遊止無定請召或往不往時南州有陳家頗有衣食度往其家甚見料理聞都下復有一杯度陳父子五人咸不信故下都看之果如其家杯度形相一種陳爲設一合蜜薑及刀子熏陸香手巾等度即食蜜薑都盡餘物宛在膝前其父子五人恐是其家杯度即留二弟停都守視餘三人還家家中杯度如舊膝前亦有香刀子等但不噉蜜薑爲異乃語陳云刀子鈍可爲磨之二弟都還云彼杯度已移靈鷲寺其家杯度忽求黄紙兩幅作書書不成字合同其背陳問上人作何券書度不答竟莫測其然時吴郡民朱靈期使高驪還值風舶飄經九日至一洲邊洲上有山山甚高大入山採薪見有人路靈期乃將數人隨路告乞行十餘里聞磬聲香烟於是共稱佛禮拜須臾見一寺甚光麗多是七寶莊嚴見有十餘僧皆是石人不動不摇乃共禮拜速行步少許聞唱導聲還往更看猶是石人靈期等相謂此是聖僧吾等罪人不能得見因共竭誠懺悔更往乃見眞人爲期等設食食味是菜而香美不同世期等食竟共叩頭禮拜乞速還至鄉有一僧云此間去都乃二十餘萬里但令至心不憂不速也因

問期云識杯度道人不答言甚識因指北壁有一囊掛錫杖及鉢云此是杯度許令因君以鉢與之并作書著函中別有一青竹杖語言但擲此杖置舫前水中閑船靜坐不假勞力必令速至於是辭別令一沙彌送至門上語言此道去行七里便至舫不須從先路也如言西轉行七里許至舫即具如所示唯聞舫從山頂樹木上過都不見水經三日至石頭淮而住亦不復見竹杖所在舫入淮至朱雀乃見杯度騎大航蘭以箠捶之曰馬馬何不行觀者甚多靈期等在舫遥禮之度乃自下舫取書并鉢開書視之字無人識者度大笑曰使我還邪取鉢擲雲中還接之云我不見此鉢四千年矣度多在延賢寺法意處時世以此鉢異物競往觀之一説云靈期舫漂至一窮山遇見一僧來云是度上弟子昔持師鉢而死治城寺今因君以鉢還師但令一人擎鉢舫前一人正柂自安隱至也期如所教果獲全濟時南州杯度當其騎蘭之日爾曰早出至晚不還陳氏明旦見門扇上有青書六字云福德門靈人降字劣可識其家杯度遂絶迹矣都下杯度猶去來山邑多行神呪時庾常婢偷物而叛四追不擒乃問度度云已死在金城江邊空塚中往看果如所言孔寧子時爲黄門侍郎在廨患痢遣信請度度呪竟云難差見有四鬼皆被傷截寧子泣曰昔孫恩作亂家爲軍人所破二親及叔皆被痛酷寧子果死又有齊諧妻胡毋氏病衆治不愈後請僧設齋齋坐有僧聰道人勸迎杯度度既至一呪病者即愈齊諧伏事爲師

因爲作傳記其從來神異大略與上同也至元嘉三年九月辭諧入東留一萬錢物寄諧倩爲營齋於是别去行至赤山湖患痢而死諧即爲營齋并迎尸還葬建業之覆舟山至四年有吴興邵信者甚奉法遇傷寒病無人敢看乃悲泣念觀音忽見一僧來云是杯度弟子語云莫憂家師尋來相看答云度師以死何容得來道人云來復何難便衣帶頭出一合許散與服之病即差又有杜僧哀者住在南崗下昔經伏事杯度兒病甚篤乃思念恨不得度練神呪明日忽見度來言語如常即爲呪病者便愈至五年三月八日度復來齊諧家吕道慧聞人坦之杜天期水丘熈等並共見皆大驚即起禮拜度度語衆人言年當大凶可勤修福業法意道人甚有德可往就其修立故寺以禳災禍也須臾間上有一僧喚度度便辭去云貧道當向交廣之間不復來也齊諧等拜送慇懃於是絶迹頃世亦言時有見者既未的其事故無可傳也

釋曇始關中人自出家以後多有異迹晉孝武太元之末賫經律數十部往遼東宣化顯授三乘立以歸戒蓋高句驪聞道之始也義熈初復還關中開導三輔始足白於面雖跣涉泥水未甞沾濕天下咸稱白足和尚時長安人王胡其叔死數年忽見形還將胡遍遊地獄示諸果報胡辭還叔謂胡曰既已知因果但當奉事白足阿練胡遍訪衆僧唯見始足白於面因而事之晉末朔方凶奴赫連勃勃破獲關中斬戮無數時始亦遇害而刃不能傷勃勃嗟之普赦沙門悉皆不殺始於是

潛遁山澤修頭陀之行後託跋燾復克長安擅威關洛時有博陵崔皓少習左道猜嫉釋教既位居僞輔燾所仗信乃與天師寇氏說燾以佛化無益有傷民利勸令廢之燾既惑其言以僞太平七年遂毀滅佛法分遣軍兵燒掠寺舍統內僧尼悉令罷道其有竄逸者皆遣人追捕得必梟斬一境之內無復沙門始唯閑絕幽深軍兵所不能至至太平之末始知燾化時將及以元會之日忽杖錫到宮門有司奏云有一道人足白於面從門而入燾令依軍法屢斬不傷遽以白燾燾大怒自以所佩劒斫之體無餘異唯劒所著處有痕如布線焉時北園養虎于檻燾令以始餧之虎皆潛伏終不敢近試以天師近檻虎輒鳴吼燾始知佛化尊高黃老所不能及即延始上殿頂禮足下悔其僁失始爲說法明辯因果燾大生愧懼遂感癘疾崔寇二人次發惡病燾以過由於彼於是誅剪二家門族都盡宣下國中興復正教俄而燾卒孫濬襲位方大弘佛法盛迄于今始後不知所終

釋法朗高昌人幼而執行精苦多諸徵瑞韜光蘊德人莫測其所階朗師釋法進亦高行沙門進嘗閉戶獨坐忽見朗在前問從何處來答云從戶鑰中入云與遠僧俱至日既將中願爲設食進即爲設食唯聞七鉢之聲竟不見人昔盧山慧遠嘗以一袈裟遺進進即以爲䞋朗云衆僧已去別日當取之後見執爨者就進取衣進即與之訪常執爨者皆云不取方知是先聖人權迹取也至魏虜毀滅佛法朗西適龜茲龜茲王與彼國大禪師結

約若有得道者至當爲我説我當供養及朗至乃以白王王待以聖禮後終於龜茲焚尸之日兩肩湧泉直上于天衆歎希有收骨起塔後西域人來此土具傳此事時涼州復有沙門智整亦貞苦有異行爲土主楊難當所事後入寒峽山石穴中不反

邵碩者本姓邵名碩始康人居無常所恍惚如狂爲人大口眉目醜拙小兒好追而弄之或入酒肆同人酣飲而性好佛法每見形像無不禮拜讚歎悲感流淚碩本有三男二女大男惠生者亦出家碩以宋初亦出家入道自稱碩公出入行往不擇晝夜遊歷益部諸縣及往蠻中皆因事言謔協以勸善至人家眠地者家必有死就人乞細席必有小兒亡時咸以此爲讖至四月八日成都行像碩於衆中匍匐作師子形爾日郫縣亦言見碩作師子形乃悟其分身也刺史蕭慧開及劉孟明等並挹事之孟明以男子衣衣二妾試碩云以此二人給公爲左右可乎碩爲人好韻語乃謂明曰寧自乞酒以清醼不能與阿夫竟殘年後一朝忽著布帽詣孟明少時明卒先是孟明長史沈仲玉改鞭杖之格嚴重常科碩謂玉曰天地嗷嗷從此起若除鞭格得刺史玉信而除之及孟明卒仲玉果行州事以宋元徽元年九月一日卒岷山通雲寺臨亡語道人法進云可露吾骸急繫履著脚既而依之出屍置寺後經二日不見所在俄而有人從郫縣來遇進云昨見碩公在市中一脚著履漫語云小子無宜適失我履一隻進驚而檢問沙彌沙彌答云近送尸時怖懼右

脚一屐不得好繫遂失之其迹詭異莫可測也後竟不知所終

釋慧安未詳何人少經被虜屬荆州人爲奴執役勤緊主甚愛之年十八聽出家止江陵琵琶寺風貌庸率頗共輕之時爲沙彌衆僧列坐輙使行水安恒執空瓶從上至下水常不竭時咸以異焉及受具戒稍顯靈迹嘗月晦夕共同學慧濟上堂布薩堂戸未開安乃縮濟指從壁隙而入出亦如之濟甚駭懼不敢發言後乃與濟共至塔下便語濟云吾當遠行令與君別頃之便見天人妓樂香花布滿空中濟唯驚懼竟不得語安又謂曰吾前後事亦慎無妄説説必有欲唯西南有一白衣是新發意菩薩可具爲説之於是辭去便附商人入湘川中路患痢極篤謂船主曰貧道命必應盡但出置岸邊不須器木氣絶之後即施蟲鳥商人依其言出卧岸側夜見火炎從身而出商人怪懼就往覲之已氣絶矣商人行至湘東見安亦已先至俄又不知所之濟後至陟屺寺詣隱士南陽劉虬具言其事虬即起遥禮之謂濟曰此得道之人入火光三昧也時蜀中又有僧覽法衛並有異迹時人亦疑得聖果

釋法匱本姓阮吳興於潛人少出家爲京師枳園寺法楷弟子楷素有學功特精經史瑯瑘王奂王肅並共師焉匱爲性恭默少語言樸然自守不涉人事誦法華經一部寺有上座勝法師老病匱從爲依止營護甚多及勝亡殯葬如法每齋會得直聚以造栴檀像像成自設大會其本家僑居京師大市是旦還

家又至定林復還祇園後三處考覆皆見匱來中食實是一時而三處赴焉爾日晚還房卧奄然而卒尸甚香輭手屈二指衆咸悟其得果時猶爲沙彌而靈迹殊異遂聞於武帝帝親臨幸爲會僧設供文惠文宣並到房頂禮爲營理殯葬百姓雲赴𥈤施重疊仍以所得利養起祇園寺塔是歲齊永明七年也

釋僧惠姓劉不知何許人在荆州數十年南陽劉虬立陟屺寺請以居之時人見之已五六十年終亦不老舉止趍爾無甚威儀往至病人家若瞋者必死喜者必差時咸以此爲識凡未相識者並悉其親表存亡惠甞至江邊告津吏求度吏迫以舟小未及過之須史已見惠在彼兩岸諸人咸歎神異中山甄恬南平車曇同日請惠惠皆赴之後兩家檢覆方知分身齊永明中文惠要下京行遇保誌誌撫背曰赤龍子他無所言惠後還荆遇見鎮西長史劉景蕤忽泣慟而捉之數日蕤果爲刺史所害後至湘州城南忽云地中有碑衆人試掘果得二枚惠後不知所終或云永元中卒於江陵時江陵長沙寺又有釋慧遠者本沙門慧印之倉頭也印見其有信因爲出家仍行般舟之業數歲勤苦遂有神異能分身赴請及預記興亡等

釋慧通不知何許人宋元嘉中見在壽春衣服趍爾寢宿無定遊歷村里飲讌食噉不異恒人常自稱鄭散騎言未然之事頗時有驗江陵有邊僧歸者遊賈壽春將應及鄉路值慧通稱欲寄物僧歸時自負重擔固以致辭遂强置擔上而了不覺重行數里便别去謂

僧歸曰我有姊在江陵作尼名慧緒住三層寺君可爲我相聞道尋欲往言訖忽然不見顧視擔上所寄物亦失僧歸既至尋得慧緒具說其意緒既無此弟亦不知何以而然乃自往壽春尋之竟不相見通後自往江陵而慧緒已死入其房中訊問委悉因留江陵少時路由人家墳墓無不悉其氏族死亡年月傳以相問並如其言或時懸指偷劫道其罪狀於是群盜遙見通者輒間行避走又於江津路值一人忽以杖打之語云可馳歸去看汝家若爲此人至家果延火所及舍物蕩盡齊永元初忽就相識人任漾求酒甚急云今應遠行不復相見爲謝諸知識並宜精勤修善爲先飲酒畢至墻邊卧地就看已死後數十日復有人於市中見之追及共語久之乃失

釋保誌本姓朱金城人少出家止京師道林寺師事沙門僧儉爲和尚修習禪業至宋太始初忽如僻異居止無定飲食無時髮長數寸常跣行街巷執一錫杖杖頭掛剪刀及鏡或掛一兩匹帛齊建元中稍見異迹數日不食亦無飢容與人言始若難曉後皆効驗時或賦詩言如讖記京土士庶皆敬事之齊武帝謂其惑衆收駐建康明旦人見其入市還檢獄中誌猶在焉誌語獄吏門外有兩轝食來金鉢盛飯汝可取之既而齊文惠太子竟陵王子良並送食餉誌果如其言建康令呂文顯以事聞武帝帝既延入居之後堂一時屏除內宴誌亦隨衆出既而景陽山上猶有一誌與七僧俱帝怒遣推檢失所閤吏啓云

誌久出在省方以墨塗其身時僧正法獻欲以一衣遺誌遣使於龍光罽賓二寺求之並云昨宿旦去又至其常所造厲侯伯家尋之伯云誌昨在此行道旦眠未覺使還以告獻方知其分身三處宿焉誌嘗盛冬袒行沙門寶亮欲以納衣遺之未及發言誌忽來引納而去又時就人求生魚鱠人爲辦覓致飽乃去還視盆中魚游活如故誌後假武帝神力見高帝於地下常受錐刀之苦帝自是永廢錐刀齊衛尉胡諧病請誌誌注䟽云明屈明日竟不往是日諧亡載屍還宅誌云明屈者明日屍出也齊太尉司馬殷齊之隨陳顯達鎮江州辭誌誌畫紙作一樹樹上有烏語云急時可登此後顯達逆節留齊之鎮州及敗齊之叛入廬山追騎將及齊之見林中有一樹樹上有烏如誌所畫悟而登之烏竟不飛追者見烏謂無人而返卒以見免齊屯騎桑偃將欲謀反往詣誌誌遥見而走大呼云圍臺城欲反逆斫頭破腹後未旬事發偃叛往朱方爲人所得果斫頭破腹梁鄱陽忠烈王恢嘗屈誌來第會忽令覓荊子甚急既得安之門上莫測所以少時王便出爲荊州刺史其預鑒之明此類非一誌多去來興皇淨名兩寺及今上龍興甚見崇禮先是齊時多禁誌出入今上即位下詔曰誌公迹拘塵垢神遊冥寂水火不能燋濡蛇虎不能侵懼語其佛理則聲聞以上談其隱淪則遁仙高者豈得以俗士常情空相拘制何其鄙狹一至於此自今行來隨意出入勿得復禁誌自是多出入禁內天監五年冬旱雩祭備至而未降

雨誌忽上啓云誌病不差就官乞活若不啓白官應得鞭杖願於華光殿講勝鬘請雨上即使沙門法雲講勝鬘講竟夜便大雪誌又云須一盆水加刀其上俄而雨大降高下皆足上嘗問誌云弟子煩惑未除何以治之誌答云十二識者以爲十二因緣治惑藥也又問十二之旨答云旨在書字時節刻漏中識者以爲書之在十二時中又問弟子何時得靜心修習答云安樂禁識者以爲禁者止也至安樂時乃止耳後法雲於華林殿講法華至假使黑風誌忽問風之有無答云世諦故有第一義則無也誌往復三四番便笑云若體是假有許亦不可解難可解其辭旨隱没類皆如此有陳征虜者舉家事誌甚篤誌嘗爲其現眞形光相如菩薩像焉誌知名顯奇四十餘載士女恭事者數不可稱至天監十三年冬於臺後堂謂人曰菩薩將去未及旬日無疾而終尸骸香軟形貌熈悅臨亡自然一燭以付後閤舍人吳慶慶即啓聞上歎曰大師不復留矣燭者將以後事囑我乎因厚加殯送葬于鍾山獨龍之阜仍於墓所立開善精舍勑陸倕製銘辭於塚內王筠勒碑文於寺門傳其遺像處處存焉初誌顯迹之始年可五六十許而終亦不老人咸莫測其年有徐捷道者居于京師九日臺北自言是誌外舅弟小誌四年計誌亡時應年九十七時梁初蜀中又有道香僧朗亦並有神力云

論曰神道之爲化也蓋以抑誇强摧侮慢挫兇銳解塵紛至若飛輪御實則善信歸降竦石參烟則力士潛伏當知至治無心剛柔在

化自晉惠失政懷愍播遷中州寇蕩竇羯亂交淵曜篡虐於前勒虎潛兇於後郡國分崩民遭塗炭澄公憫鋒鏑之方始痛刑害之未央遂彰神化於葛陂騁懸記於襄鄴藉祕呪而濟將盡擬香氣而拔臨危瞻鈴映掌坐定凶吉終令二石稽首荒裔子來澤潤蒼生固無以校也其後佛調耆域涉公杯度等或韜光晦影俯同迷俗或顯現神奇遥記方兆或死而更生或窆後空槨靈迹怪詭莫測其然但典章不同去取亦異至如劉安李脫書史則以爲謀僭妖蕩仙録則以爲羽化雲翔夫理之所貴者合道也事之所貴者濟物也故權者反常而合道利用以成務然前傳所紀其詳莫究或由法身應感或是遁仙高逸但使一分兼人便足高矣至如慧則之感香甕能致痼疾消瘳史宗之過漁梁迺令潛鱗得命白足臨刃不傷遺法爲之更始保誌分身圓户帝王以之加信光雖和而弗汚其體塵雖同而弗渝其眞故先代文紀並見宗録若其誇衒方伎左道亂時因神藥而高飛藉芳芝而壽考與夫鳴鳴雲中狗吠天上蛇鵠不死龜靈千年曾是爲異乎

讚曰土資水澤金由火煎强梁息化假見威權澄照襄土開導淄川惠茲兩葉綏彼四邊如不繫賴民命何全

高僧傳卷第十一

音釋

鵄赤脂切槃鵄山名　墌之亦切址也　⿱林必音祕　蹍女展切踐也　帔

披義切 傉 奴篤切 埭 徒賚切堰也 筰 在各切索也 讁 陟革切責罰也 圌 淳沿切與篅同囷也 萎 於為切蔿也 殯 必刃切蓖塗也 鞾 許戈切有勒履也 殪 於計切死也 佉吒 佉丘伽切吒陟駕切 㹠 徒昆切 遄 淳緣切疾也 躓 知利切路也 蔑 莫結切輕易也 弁 皮變切冠也 啜 昌悅切茹也 洊 才甸切水也 箠捶 並主蘂切箠杖也捶擊也 梟 堅堯切斬首也 餧 於偽切飼也 諐 正作諐起虔切過辠也 七 畀履切匙也 爨 七亂切進火曰爨 匍匐 匍薄胡切匐蒲北切匍匐以手行也 醼 於甸切合飲也 嗷 五高切衆口愁也 綰 烏板切拖也 僑 渠消切寓也 蕤 人垂切 讌 於甸切與醼同 雩 雲俱切禱雨祭名 倕 是為切 槨 古博切外棺也 衒 熒絹切自矜也 繄 煙奚切是也

高僧傳第十二 習禪 明律

梁會稽嘉祥寺沙門 慧皎 撰

習禪第四 二十一人

竺僧顯本姓傅氏北地人貞苦善戒節蔬食誦經業禪爲務常獨處山林頭陀入外或時數日入禪亦無飢色時劉曜寇蕩西京朝野崩亂顯以晉太興之末南遊江左復歷名山修己恒業後遇疾綿篤乃屬想西方心甚苦至見無量壽佛降以真容光照其身所苦都愈是夕更起澡浴爲同住及侍疾者說已所見幷陳誡因果辭甚精研至明清晨平坐而化室内有殊香旬餘乃歇

帛僧光或云曇光未詳何許人少習禪業晉永和初遊于江東投剡之石城山山民咸云此中舊有猛獸之災及山神縱暴人蹤久絶光了無懼色雇人開剪負杖而前行入數里忽大風雨羣虎號鳴光於山南見一石室仍止其中安禪合掌以爲棲神之處至明旦雨息乃入村乞食夕復還中經三日乃夢見山

神或作虎形或作蛇身競來怖光光一皆不恐經三日又夢見山神自言移往章安縣韓石山住推室以相奉爾後薪採通流道俗宗事樂禪來學者起茅茨於室側漸成寺舍因名隱嶽光每入定輙七日不起處山五十三載春秋一百一十歲晉太元之末以衣蒙頭安坐而卒衆僧咸謂依常入定過七日後怪其不起乃共看之顏色如常唯鼻中無氣神還雖久而形骸不朽至宋孝建二年郭鴻任剡入山禮拜試以如意撥胷颯然風起衣服消散唯白骨在焉鴻大愧懼收之于室以塼疊其外而泥之畫其形像于今尚存

竺曇猷或云法猷燉煌人少苦行習禪定後遊江左止剡之石城山乞食坐禪甞行到一蠱家乞食猷呪願竟忽見蜈蚣從食中跳出猷快食無他後移始豐赤城山石室坐禪有猛虎數十蹲在猷前猷誦經如故一虎獨睡猷以如意扣虎頭問何不聽經俄而羣虎皆去有頃壯蛇競出大十餘圍循環往復舉頭向猷經半日復去後一日神現形詣猷曰法師威德既重來止此山弟子輙推室以相奉猷曰貧道尋山願得相值何不共住神曰弟子無爲不爾但部屬未洽法化卒難制語遠人來往或相侵觸人神道異是以去耳猷曰本是何神居之久近欲移何處去耶神曰弟子夏帝之子居于此山二千餘年寒石山是家舅所治當往彼住尋還山陰廟臨別執手贈猷香三奩於是鳴鞞吹角陵雲而去赤城山山有孤巖獨立秀出干雲猷摶石作梯升巖宴坐接竹傳水以供常用禪學造者十有

餘人王羲之聞而故往仰峯高挹致敬而反赤城巖與天台瀑布靈溪四明並相連屬而天台懸崖峻峙峯嶺切天古老相傳云上有佳精舍得道者居之雖有石橋跨澗而橫石斷人且莓苔青滑自終古已來無得至者猷行至橋所聞空中聲曰知君誠篤今未得度却後十年自當來也猷心悵然夕留中宿聞行道唱布薩聲旦復欲前見一人鬢眉皓白問猷所之猷具答意公曰君生死身何可得去吾是山神故相告耳猷乃退還道經一石室過中憩息俄而雲霧晦合室中盡鳴猷神色無擾明旦見人著單衣幘來曰此乃僕之所居昨行不在家中遂致擾動大深愧怍猷曰若是君家請以相還神曰僕家室已移請留令住猷停少時猷每恨不得度石橋後潔齋累日復欲更往見橫石洞開度橋少許覩精舍神僧果如前說因共燒香中食食畢神僧謂猷曰却後十年自當來此今未得住於是而反顧看橫石還合如初晉太元中有妖星現帝普下諸國有德沙門精勤佛事令齋懺禳災猷乃祈誠冥感至六日旦見青衣小兒來悔過云橫勞法師是夕星退別說云禳星是帛僧光未詳猷以太元之末卒於山室屍猶平坐而舉體綠色晉義熙末隱士神世標入山登巖故見猷屍不朽其後欲往觀者輙雲霧所惑無得窺也時又有慧開慧眞等亦善禪業入餘姚靈祕山各造方丈禪龕于今尚在

釋慧嵬不知何許人止長安大寺戒行澄潔多棲處山谷修禪定之業有一無頭鬼來嵬

神色無變乃謂鬼曰汝旣無頭便無頭痛之患一何快哉鬼便隱形復作無腹鬼來但有手足嵬又曰汝旣無腹便無五藏之憂一何樂哉須臾復作異形嵬皆隨言遣之後冬時天甚寒雪有一女子來求寄宿形貌端正衣服鮮明姿媚柔雅自稱天女以上人有德天遣我來以相慰喻談說欲言勸動其意嵬厥志貞確一心無擾乃謂女曰吾心若死灰無以革囊見試女遂淩雲而逝顧歎曰海水可竭須彌可傾彼上人者秉志堅貞後以晉隆安三年與法顯俱遊西域不知所終

釋賢護姓孫涼州人來止廣漢閻興寺常習禪定爲業又善於律行纖毫無犯以晉隆安五年卒臨亡口出五色光明照滿寺內遺言使燒身弟子行之旣而肢節都盡唯手一指不然因而埋之塔下

支曇蘭青州人少蔬食樂禪誦經三十萬言晉太元中遊剡後憩始豐赤城山見一處林泉清曠而居之經于數日忽見一人而形長數丈呼蘭令去又見諸異形禽獸來以恐蘭見蘭恬然自得乃屈膝禮拜云珠欺王是家舅今往韋鄉山就之推此處以相奉爾後三年忽聞車騎隱隱從者彌峯俄而有人著幘稱珠欺王通旣前從其妻子男女等二十三人並形貌端整有逾於世旣至蘭所暄涼訖蘭問住在何處答云樂安縣韋鄉山久服風聞今與家累仰投乞受歸戒蘭卽授之受法竟嚫錢一萬蜜二器辭別而去便聞鳴笳動吹響震山谷蘭禪衆十餘共所聞見晉元熙中卒於山春秋八十有三矣

釋法緒姓混高昌人德行清謹蔬食修禪後入蜀於劉師塚間頭陀山谷虎兕不傷誦法華維摩金光明常處石室中且禪且誦盛夏於室中捨命七日不臭屍左側有香經旬乃歇每夕放光照徹數里村人即於屍上爲起塚塔焉

釋玄高姓魏本名靈育馮翊萬年人也母冦氏本信外道始適魏氏首孕一女即高之長姊生便信佛乃爲母祈願願門無異見得奉大法母以僞秦弘始三年夢見梵僧散華滿室覺便懷胎至四年二月八日生男家内忽有異香及光明照壁迄旦乃息母以兒生瑞兆因名靈育時人重之復稱世高年十二辭親入山久之未許異日有一書生寓高家宿云欲入中常山隱父母即以高憑之是夕咸見村人共相祖送明旦村人盡來候高父母云昨已相送今復覓耶村人云都不知行豈容已送父母方悟昨之迎送乃神人也高初到山便欲出家山僧未許云父母不聽法不得度高於是暫還家啓求入道經涉兩旬方卒先志旣背俗乖世改名玄高聰敏生知學不加思至年十五已爲山僧說法受戒已後專精禪律聞關右有浮馱跋陀禪師在石羊寺弘法高往師之旬日之中妙通禪法跋陀歎曰善哉佛子乃能深悟如此於是卑顔推遜不受師禮高乃杖策西秦隱居麥積山山學百餘人崇其義訓禀其禪道時有長安沙門釋曇弘秦地高僧隱在此山與高相會以同業友善時乞佛熾槃跨有隴西西接涼土有外國禪師曇無毗來入其國領徒立衆訓

以禪道然三昧正受既深且妙隴右之僧稟承蓋寡高乃欲以己率衆即從毗受法旬日之中毗乃反啓其志時河南有二僧雖形爲沙門而權侔僞相恣情乖律頗忌學僧曇無毗既西反舍夷二僧乃向河南王世子曼讒構玄高云蓄聚徒衆將爲國災曼信讒便欲加害其父不許乃擯高往河北林陽堂山山古老相傳云是羣仙所宅高徒衆三百往居山舍神情自若禪慧彌新忠誠冥感多有靈異磬既不擊而鳴香亦自然有氣應真仙士往往來遊猛獸馴伏蝗毒除害高學徒之中遊刃六門者百有餘人有玄紹者秦州隴西人學究諸禪神力自在手指出水供高洗漱其水香淨倍異於常每得非世華香以獻三寶靈異如紹者又十一人紹後入堂術山蟬蛻而逝昔長安曇弘法師遷流岷蜀道洽成都河南王藉其高名遣使迎接弘既聞高被擯誓欲申其清白乃不顧棧道之艱冒險從命既達河南賓主儀畢便謂王曰王既深鑒遠識何以信讒棄賢貧道所以不遠數千里正欲獻此一言耳王及太子赧然愧悔即遣使詣高卑辭遜謝請高還邑高既曠濟爲懷忘忿赴命始欲出山風雷忽起樹木摧折崩石塞道呪願曰吾誓志弘道豈得滯方乃風息路開漸還到國王及臣民近道候迎内外敬奉崇爲國師河南化畢進遊涼土沮渠蒙遜深相敬事集會英賓發高勝解時西海有樊會僧印亦從高受學志狹量褊得少爲足便謂已得羅漢頓盡禪門高乃密以神力令印於定中備見十方無極世界諸佛所說法

門不同卯於一夏尋其所見末不能盡方知定水無底大生愧懼時魏虜託跋燾僭據平城軍侵涼境燾舅陽平王杜超請高同還僞都既達平城大流法化僞太子託跋晃事高爲師晃一時被讒爲父所疑乃告高曰空羅枉苦何由得脫高令作金光明齋七日懇懺燾乃夢見其祖及父皆執劒烈威問汝何故信讒言枉疑太子燾驚覺大集羣臣告以所夢諸臣咸言太子無過實如皇靈降誥燾於太子無復疑焉蓋高誠感之力也燾因下書曰朕承祖宗重光之緒思闡洪基恢隆萬代武功雖照而文教未暢非所以崇太平之治也今者域内安逸百姓富昌宜定制度爲萬世之法夫陰陽有往復四時有代序授子任賢安全相付所以休息疲勞式固長久古今不易之令典也朕諸功臣勤勞日久當致仕歸第雍容高爵頤神養壽論道陳謨而已不須復親有司苦劇之職其令皇太子副理萬機總統百揆更舉良賢以備列職擇人受任而黜陟之故孔子曰後生可畏焉知來者之不如今於是朝士庶民皆稱臣於太子上書如表以白紙爲別時崔皓寇天師並先得寵於燾恐晃纂承之日奪其威柄乃譖云太子前事實有謀心但結高公道術故令先帝降夢如比物論事迹稍形若不誅除必爲巨害燾遂納之勃然大怒即勑收高高先時嘗密語弟子云佛法應衰吾與崇公首當其禍乎于時聞者莫不慨然時有涼州沙門釋慧崇是僞魏尚書韓萬德之門師德既次於高亦被疑阻至僞太平五年九月高與崇公俱被

幽縶其月十五日就禍卒於平城之東隅春秋四十有三是歲宋元嘉二十一年也當爾之時門人莫知是夜三更忽見光繞高先所住處塔三帀還入禪窟中因聞光中有聲云吾已逝矣諸弟子方知已化哀號痛絶旣而迎屍於城南曠野沐浴遷殯兼營理崇公別在異處一都道俗無不嗟駭弟子玄暢時在雲中去魏都六百里旦忽見一人告之以變仍給六百里馬於是揚鞭而反晚間至都見師已亡悲慟斷絶因與同學共泣曰法今旣滅頗復興不如脫更與請和尚起坐和尚德匪常人必當照之矣言畢高兩眼稍開光色還悅體通汗出其汗香甚須臾起坐謂弟子曰大法應化隨緣盛衰盛衰在迹理恒湛然但念汝等不久復應如我耳唯有玄暢當得南度汝等死後法當更興善自修心無令中悔言已便卧而絶也明旦遷柩欲闍維之國制不許於是營墳即窆道俗悲哀號泣望斷有沙門法達爲僞國僧正欽高日久未獲受業忽聞徂化因而哭曰聖人去世當復何依累日不食常呼高上聖人自在何能不一現應聲見高飛空而至達頂禮求哀願見救護高曰君業重難救當可如何自今已後依方等懺悔當得輕受達曰脫得苦報願見矜救高曰不忘一切寧獨在君達又曰法師與崇公並生何處高曰吾願生惡世救護衆生即已還生閻浮提崇公常祈安養已果心矣達又問不審法師已階何地高曰我諸弟子自有知者言訖奄然不見達密訪高諸弟子咸云是得忍菩薩至僞太平七年託跋燾果毀

滅佛法悉如高言時河西國沮渠牧犍時有沙門曇曜亦以禪業見稱僞太傅張潭伏膺師禮

釋僧周不知何許人性高烈有奇志操而韜光晦迹人莫能知常在嵩山頭陀坐禪魏虜將滅佛法周謂門人曰大難將至乃與眷屬數十人共入寒山山在長安西南四百里嵠谷險阻非軍兵所至遂卜居焉俄而魏虜肆暴停者悉斃其後尋悔誅滅崔氏更興佛法僞永昌王鎮長安奉旨將更修立訪求沙門時有説寒山有僧德業非凡王即遣使徵請周辭以老疾令弟子僧亮應命出山周後將殂告弟子曰吾將去矣其夕見火從繩牀後出燒身經二日方盡煙炎張天而房不燼弟子收遺灰架以塼塔弟子僧亮姓李長安人受業於僧周初永昌王請僧無敢應者咸以言佛法初興疑有不測之慮亮曰像運寄人正在今日若被誅剪自身當之如其獲全則道有更振之期又僧周加勸於是隨使至長安未至之頃王及民人掃灑街巷比室候迎王親自枉道接足致敬亮爲陳誠禍福訓示因果言約理詣和而且切聽者悲喜各不自勝於是修復故寺延請沙門關中大法更興亮之力也

釋慧通關中人少止長安太后寺蔬食持呪誦增一阿含經初從涼州禪師慧紹諮受禪業法門觀行多所遊刃常祈心安養而欲棲神彼國微疾乃於禪中見一人來形甚端嚴語通言良時至矣須臾見無量壽佛光明暉然通因覺禪具告同學所見言訖便化異香

在房三日乃歇春秋五十九矣

釋淨度吳興餘杭人少好遊獵嘗射孕鹿墮胎鹿母銜痛猶就地舐子度乃心悟因摧弓折矢出家蔬食誦經三十餘萬言常獨處山澤坐禪習誦若邑中有齋集輒身然九燈端然達曙以為供養如此者累年後忽告弟子云令辦香湯洗浴說法數千章誡以生死因果言訖奄然而化簫鼓香煙自空而至同時眷屬數十人皆所聞見

釋僧從未詳何許人禀性虛靜隱居始豐瀑布山學兼內外精修五門不服五穀唯餌棗栗年垂百歲而氣力休强禮誦無輟與隱士褚伯玉為林下之交每論道說義輒留連信宿後終於山中

釋法成涼州人十六出家學通經律不餌五穀唯食松栢脂孤居巖穴習禪為務元嘉中東海王懷素出守巴西聞風遣迎會於涪城夏坐講律事竟辭反因停廣漢復弘禪法後小疾便告衆云亡成常誦寶積經於是自力誦之始得半卷氣劣不堪乃令人讀之一遍纔竟合掌而卒侍疾十餘人咸見空中有紺馬背負金棺升空而逝

釋慧覽姓成酒泉人少與玄高俱以寂觀見稱覽曾遊西域頂戴佛鉢仍於罽賓從達摩比丘諮受禪要達摩曾入定往兜率天從彌勒受菩薩戒後以戒法授覽還至于填復以戒法授彼方諸僧後乃歸路由河南河南吐谷渾慕延世子瓊等敬覽德聞遣使并資財令於蜀立左軍寺覽即居之後移羅浮天宮寺宋文請下都上鍾山定林寺孝武起中興

寺復勅令移住京邑禪僧皆隨踵受業吳興沈演平昌孟顗並欽慕道德爲造禪室於寺宋大明中卒春秋六十餘矣

釋法期姓向蜀郡郫人早喪二親事兄如父十四出家從智猛諮受禪業與靈期寺法林共習禪觀猛所諳知皆已證得後遇玄暢復從進業及暢下江陵期亦隨從十住觀門所得已九有師子奮迅三昧唯此未盡暢歎曰吾自西涉流沙北履幽漠東探禹穴南盡衡羅唯見此一子特有禪分後卒於長沙寺春秋六十有二神光映屍體更香潔時蜀龍華寺又有釋道果者亦以禪業顯焉

釋道法姓曹燉煌人棄家入道專精禪業亦時行神呪後遊成都王休之費鏗之請爲興樂香積二寺主訓衆有法常行分衛不受別請及僧食乞食所得常減其分以施蟲鳥每夕輒脫衣露坐以飼蚊虻如此者累年後入定見彌勒放齊中光照三塗果報於是深加篤勵常坐不卧元徽二年於定中滅度平坐繩牀貌如恒日

釋普恒姓郭蜀郡成都人也爲兒童時嘗於日光中見聖僧在空中說法向家人叙之並未之信後苦求出家止治下安樂寺獨處一房不立眷屬習靖業禪善入出住與蜀韜律師爲同意自說入火光三昧光從眉直下至金剛際於光中見諸色像先身業報頗亦明了宋昇明三年卒春秋七十有八未亡一月日忽與親知告別竟無慼顏時人謂是戲言將終之日微有病相唯俗家一奴看之明旦平坐而卒奴不解强取卧之尸竟不伸衆僧

來見更令坐之手屈三指其餘皆伸衆僧試取捋之亦隨手即伸伸已復更屈生時體淨死更潔白於是依得道法闍維之薪積始然便有五色煙起殊香芬馥州將王玄載乃爲之讚曰大覺眇無像懸應貴忘靖一念會道場空過萬劫來信心虛東想遇聖藻西影妙趣澄三界傳神四禪境俗物故參差眞性理恒炳韜光寄浮世遺德方化逈

釋僧審姓王太原祁人晉驃騎沈之後也祖世寓居譙郡審少出家止壽春石澗寺誦法華首楞嚴常謂非禪不智於是專志禪那聞曇摩蜜多道王京邑乃拂衣過江止于靈曜寺精勤諮受曲盡深奧時羣劫入山審端坐不動乃脫衣以施之又說法訓勗劫賊慙愧流汗作禮而去靈鷲寺慧高從受禪業乃請審還寺別立禪房清河張振後又請居棲玄寺文惠文宣並加敬事傅琰蕭赤斧皆諮戒訓王敬則入房見審正見入禪因彈指而出謂聖道人即奉米千斛請受三歸永明八年卒春秋七十有五時有僧謙超志法達慧勝並業禪亦各有異迹

釋法悟齊人家以田桑爲業有男六人並皆成長悟年五十喪妻舉家鬱然慕道父子七人悉共出家南至武昌履行山水見樊山之陽可爲幽棲之處本隱士郭長翔所止於是有意終焉時武昌太守陳留阮晦聞而奇之因爲剪徑開山造立房室悟不食稉米常資麥飯日一食而已誦大小品法華常六時行道頭陀山澤不避虎兕有時在樹下坐禪或經日不起以齊永明七年卒於山中春秋七

十有九後有沙門道濟踵其高業今武昌謂其所住爲頭陀寺焉

釋曇超姓張清河人形長八尺容止可觀蔬食布衣一中而已初止都龍華寺元嘉末南遊始興遍觀山水獨宿樹下虎兕不傷大明中還都至齊太祖即位被勑往遼東弘讚禪道停彼二年大行法化建元末還京俄又適錢塘之靈隱山每一入禪累日不起後時忽聞風雷之聲俄見一人秉笏而進稱嚴鎮陳通須臾有一人至形甚端正羽衛連翩下席禮敬自稱弟子居在七里住周此地承法師至故來展奉富陽縣人故冬鑿麓山下爲塼侵壞龍室羣龍共忿作三百日不雨今已一百餘日井池枯涸田種永罷法師既道德通神欲仰屈前行必能感致潤澤蒼生功有歸也超曰興雲降雨本是檀越之力貧道何所能乎神曰弟子部曲止能興雲不能降雨是故相請耳遂許之神倏然而去超乃南行經五日至赤亭山遥爲龍咒願説法至夜羣龍悉化作人來詣超所禮拜超更説法因乞三歸自稱是龍超請其降雨乃相看無言其夜又與超夢云本因忿立誓法師既導之以善輒不敢違命明日晡時當降雨超明旦即往臨泉寺遣人告縣令辦船於江中轉海龍王經縣令即請僧浮船啓首轉經纔竟遂即降大雨高下皆足歲以獲收超以永明十年卒春秋七十有四

釋慧明姓康康居人祖世避地于東吳明少出家止章安東寺齊建元中與沙門共登赤城山石室見猷公尸骸不朽而禪室荒蕪高

蹤不繼乃雇人開剪更立堂室造卧佛并龕公像於是棲心禪誦畢命枯槁後於定中見一女神自稱呂姥云常加護衛或時有白猨白鹿白蛇白虎遊戲堦前馴伏宛轉不令人畏齊竟陵文宣王聞風祗挹頻遣三使慇懃敦請乃蹔出京師到第文宣敬以師禮少時辭還山苦留不止於是資給發遣以建武之末卒於山中春秋七十

論曰禪也者妙萬物而爲言故能無法不緣無境不察然後緣法察境唯寂乃明其猶淵池息浪則徹見魚石心水既澄則凝照無隱老子云重爲輕根靜爲躁根君故輕必以重爲本躁必以靜爲基大智論云譬如服藥將身權息家務氣力平健則還修家業如是以禪定力服智慧藥得其力已還化衆生是以四等六通由禪而起八除十入藉定方成故知禪之爲用大矣哉自遺教東移禪道亦授先是世高法護譯出禪經僧光曇猷等並依教修心終成勝業故能內踰喜樂外折妖祥擯鬼魅於重巖覩神僧於絕石及沙門智嚴躬履西域請罽賓禪師佛䭾跋陀更傳業東土玄高玄紹等亦並親受儀則出入盡於數隨往反窮乎還淨其後僧周淨度法期慧明等亦鴈行其次然禪用爲顯屬在神通故使三千宅乎毛孔四海結爲凝酥過石壁而無壅擎大衆而弗遺及夫悠悠世道碌碌仙術尚能停波止雨呪火燒國正復玄高逝矣而更起道法坐而從化焉足異哉若如鬱頭藍弗竟爲禽獸所惱獨角仙人終爲扇陀所亂皆由心道雖攝而與愛見相應比夫螢爝之

於日月曾是爲匹乎

讚曰禪那杳寂正受淵深假夫輟慮方備幽尋五門棄惡九次叢林枯鑠山海聚散昇沈茲德裕矣如不厲心

明律第五十三人

釋慧猷一　釋僧業二
釋慧詢三　釋僧璩四
釋道儼五　釋僧隱六
釋道房七　釋道營八
釋志道九　釋法頴十
釋法琳十一　釋智稱十二
釋僧祐十三

釋慧猷江左人少出家止江陵辛寺幼而蔬食履操至性方直及具戒已後專精律禁時有西國律師卑摩羅叉來適江陵大弘律藏猷從之受業沉思積時乃大明十誦講說相續陝西律師莫不宗之後卒於江陵著十誦義疏八卷

釋僧業姓王河內人幼而聰悟博涉衆典後遊長安從什公受業見新出十誦遂專功此部儁發天然洞盡深奥什歎曰後世之優波離也值關中多難避地京師吳國張邵挹其貞素乃請還姑蘇爲造閑居寺地勢清曠環帶長川業居宗秉化訓誘無輟三吳學士輻湊肩聯又以講道餘隙屬意禪門每一端坐輙有異香充塞房中近業坐者咸所共聞莫不嘆其神異昔什公在關未出十誦乃先譯戒本及流支入秦方傳大部故戒心之與大本其意正同在言或異業乃改正一依大本今之傳誦二本雙行業以元嘉十八年卒於

吳中春秋七十有五業弟子慧先襲業風軌亦數當講説

釋慧詢姓趙趙郡人少而蔬食苦行經遊長安受學什公研精經論尤善十誦僧祇乃更製條章義貫終古宋永初中還止廣陵大開律席元嘉中至京師止道場寺寺僧慧觀亦精於十誦以詢德爲物範乃令更振他寺於是移止長樂寺大明二年卒於所住春秋八十有四矣

釋僧璩姓朱吳國人出家爲僧業弟子總銳衆經尤明十誦兼善史籍頗製文藻始住吳虎丘山宋孝武欽其風聞勑出京師爲僧正悅衆止于中興寺時有沙門僧定自稱得不還果璩集僧詳斷令現神足定云恐犯戒故不現耳璩案律文有四因緣得現神足一斷疑網二破邪見三除憍慢四成功德定既虛誑事暴即日明擯璩仍著誡衆論以示來葉璩既學兼內外又律行無疵道俗歸依車軌相接少帝准從受五戒豫章王子尚崇爲法友袁粲張敷並一遇傾蓋後移止莊嚴卒於所住春秋五十有八述勝鬘文旨并撰僧尼要事兩卷今行於世時又有道表律師率直有高行宋明帝勑晉熙王爕從請戒焉

釋道儼雍丘小黃人少有戒行善於毗尼精研四部融會衆家又以律部東傳梵漢異音文頗左右恐後人諮訪無所乃會其旨歸名曰決正四部毗尼論後遊於彭城弘通律藏遂卒於彼春秋七十有五時棲玄寺又有釋慧曜者亦善十誦

釋僧隱姓李秦州隴西人家世正信隱年八

歲出家便能長齋至十二年蔬食及受具戒執操彌堅常遊心律苑妙通十誦誦法華維摩聞西涼州有玄高法師禪慧兼舉乃負笈從之於是學盡禪門深解律要高公化後復西遊巴蜀專任弘通頃之東下上江陵琵琶寺又諮業於慧徹徹名重當時道扇方外隱研訪少時備窮經律禪慧之風被於荊楚州將山陽王劉休祐及長史張岱並諮稟戒法後刺史巴陵王休若及建平王景素皆稅駕禪房屈膝恭禮後卧疾少時問侍者日中未答云已中乃索水漱口顏貌怡然忽爾從化春秋八十矣時江陵上明寺復有成具律師亦善十誦及雜心毗曇等

釋道房姓張廣漢五城人道行清貞少善律學止廣漢長樂寺每禮佛燒香香煙直入佛頂又勤誨門人改惡行善其不改者乃爲之流泣後卒所住春秋一百二十歲矣

釋道營未詳何許人始住靈曜寺習禪晚依觀詢二律師諮受毗尼偏善僧祇一部誦法華金光明蔬素守節莊嚴道慧冶城智秀皆師其戒範張永請還吳郡蔡興宗復要往上虞永後於京師婁湖苑立閑心寺復請還居講席頻仍學徒甚盛昇明二年卒春秋八十有三矣時有釋慧祐者本丹徒人年三十出家厲身苦節精尋律教齊初入東講摩訶僧祇部齊竟陵王子良遣迎出都仍止閑心寺焉

釋志道姓任河內人性溫謹十七出家止靈曜寺蔬素少欲六物之外略無兼畜學通三藏尤長律品何尚之欽德致禮請居所造法

輪寺先時魏虜滅佛法後世嗣興而戒授多闕道既誓志弘通不憚艱苦乃攜同契十有餘人往至虎牢集洛秦雍淮豫五州道士會於引水寺講律明戒更伸受法僞國僧禁獲全道之力也後還京邑王奐出鎮湘州攜與同遊以永明二年卒於湘土春秋七十有三時京師瓦官寺又有超度者亦善十誦及四分著律例七卷云

釋法頴姓索燉煌人十三出家爲法香弟子住涼州公府寺與同學法力俱以律藏知名頴伏膺已後學無再請記在一聞研精律部博涉經論元嘉末下都止新亭寺武南下改治此寺以頴學業兼明勑爲都邑僧正後辭任還多寶寺常習定閑房亦時開律席及齊高即位復勑爲僧主資給事事有倍常科頴以從來信施造經像及藥藏鎮於長干齊建元四年卒春秋六十有七撰十誦戒本并羯磨等時天保寺又有慧文律師亦善諸部毗尼爲瑯琊王奐所事云

釋法琳姓樂晉原臨邛人少出家止蜀郡裴寺專好戒品研心十誦常恨蜀中無好師宗俄而隱公至蜀琳乃剋已握錐以日兼夜及隱還陝西復隨從數載諸部毗尼洞盡心曲後還蜀止靈建寺益部僧尼無不宗奉常祈心安養每誦無量壽及觀音經輙見一沙門形甚姝大常在琳前至齊建武二年寢疾不愈注念西方禮懺不息見諸賢聖皆集目前乃向弟子述其所見令死後焚身言訖合掌而卒即於新繁路口積木燔尸煙炎衝天三日乃盡收斂遺骨即於其處而起塔焉

釋智稱姓裴本河東聞喜人魏冀州刺史徽之後也祖世避難寓居京口稱幼而慷慨頗好弓馬年十七隨王玄謨申坦北討獫狁每至交兵血刃未嘗不心懷惻怛痛深諸己却乃歎曰害人自濟非仁人之志也事寧解甲遇讀瑞應經乃深生感悟知百年不期國城非重乃投南澗禪房宗公請受五戒宋孝武時迎益州印禪師下都供養稱便東意歸依印亦厚相將接及印反汶江因扈遊而上於蜀裴寺出家印爲之師時年三十有六乃專精律部大明十誦又誦小品一部後東下江陵從隱具二師更受禪律值義嘉搆亂乃移卜京師遇頴公於興皇講律稱諮決隱遠發言中詣一時之席莫不驚嗟定林法獻於講席相值聞其往復清玄仍攜止山寺於是溫誦小品研構毗尼後餘杭寶安寺釋僧志請稱還鄉開講十誦雲棲寺復屈爲寺主稱乃受任少時舉其綱目示以憲章頃之反都文宣請於普弘講律僧衆數百皆執卷承旨稱辝家入道務遣繁累常絕慶弔杜塞人事每有凶故秉戒節哀唯行道加勤以終朞功之制朱方沙門慧始請稱還鄉講説親里知舊皆來問訊悉慇懃訓勗示以孝慈臨别涕泣固留不止還京憩安樂寺法輪常轉講大本四十餘遍齊永元三年卒春秋七十有二著十誦義記八卷盛行於世弟子僧辯等樹碑于安樂寺稱弟子聰超二人最善毗尼爲門徒所挹

釋僧祐本姓俞氏其先彭城下邳人父世居于建業祐年數歲入建初寺禮拜因踊躍樂

道不肯還家父母憐其志且許入道師事僧範道人年十四家人密爲訪婚祐知而避至定林投法達法師達亦戒德精嚴爲法門梁棟祐師奉竭誠及年滿具戒執操堅明初受業於沙門法頴頴既一時名匠爲律學所宗祐乃竭思鑽求無懈昏曉遂大精律部有邁先哲齊竟陵文宣王每請講律聽衆常七八百人永明中勑入吳試簡五衆幷宣講十誦更伸受戒之法凡獲信施悉以治定林建初及修繕諸寺并建無遮大集捨身齋等及造立經藏搜校卷軸使夫寺廟廣開法言無墜咸其力也祐爲性巧思能自准心計及匠人依標尺寸無爽故光宅攝山大像剡縣石佛等並請祐經始准畫儀則今上深相禮遇凡僧事碩疑皆勑就審決年衰脚疾勑聽乘輿入內殿爲六宮受戒其見重如此開善智藏法音慧廓皆崇其德素請事師禮梁臨川王宏南平王偉儀同陳郡袁昂永康定公主貴嬪丁氏並崇其戒範盡師資之敬凡白黑門徒一萬一千餘人以天監十七年五月二十六日卒于建初寺春秋七十有四因窆于開善路西定林之舊墓也弟子正度立碑頌德東莞劉勰製文初祐集經藏既成使人抄撰要事爲三藏記法苑記世界記釋迦譜及弘明集等皆行於世

論曰禮者出乎忠信之薄律亦起自防非是故隨有犯緣乃製篇目迄乎雙樹在迹爲周自金河滅影迦葉嗣興因命持律尊者憂波離比丘使出律藏波離乃手執象牙之扇口誦調御之言滿八十反其文乃訖於是題之

樹葉號曰八十誦律是後迦葉阿難末田地
舍那波斯憂波毱多此五羅漢次第任持至
掘多之世有阿育王者王在波吒梨弗多城
以因往昔見佛遂爲鐵輪御世而猜忌不忍
在政苛虐焚蕩經書害諸得道其後易心歸
信追悔前失遠會應眞更集三藏於是互執
見聞各引師說依據不同遂成五部而所制
輕重時或不同開遮廢立不無小異皆由如
來往昔善應物機或隨人隨根隨時隨國或
此處應開餘方則制或此人應制餘者則開
五師雖同取佛律而各據一邊故篇聚或時
輕重綱目不無優降依之修學並能得道故
如來在世有夢氎因緣已懸記經律應爲五
部大集經云我滅度後遺法分爲五部顛倒
解義隱覆法藏名曇無毱多即曇無德也讀

誦外書受有三世善能問難說一切性皆得
受戒名薩婆即薩婆多也說無有我輕諸煩
惱名迦葉毗說有我不說空名婆蹉富羅以
廣博遍覽五部名摩訶僧祇善男子如是五
部雖名別異而皆不妨諸佛法界及大涅槃
又文殊師利問經云我涅槃後百年當有二
部起一摩訶僧祇二大衆老少同會共菩薩
會出律也從此部流散更生七部二者體毗
履部純老宿共會出律也從此部流散更生
十一部故彼經偈云十八及二本悉從大乘
出無是亦無非我說未來起又執見不同傳
中亦有十八部而名字小異故以五部爲根
本從薩婆多部生四部彌沙塞生一部迦葉
毗生二部並是佛泥洹後二百年内僧祇生
六部流傳至四百年中曇無德生五部經中

或時止道五師者舉其領袖而言或時十八二十則通列異論也自大教東傳五部皆度始弗若多羅誦出十誦梵本羅什譯爲晉文未竟多羅化焉後曇摩流支又誦出所餘什譯都竟曇無德部佛陀耶舍所翻即四分律也摩訶僧祇部及彌沙塞部並法顯得梵本佛馱跋陀羅譯出僧祇律佛馱什譯出彌沙塞部即五分律也迦葉毗部或言梵本已度未被翻譯其善見摩得勒伽成因緣等亦律之枝屬也雖復諸部皆傳而十誦一本最盛東國以昔卑摩羅叉律師本西土元匠來入關中及往荆陜皆宣通十誦盛見宗録曇猷親承音旨僧業繼踵弘化其間璩儼隱榮等並祖述猷業列奇宋代而皆依文作解未甚鑽掘其後智稱律師竭有深思凡所披釋並開拓門戶更立科目齊梁之間號稱命世學徒傳記于今尚爲夫慧資於定定資於戒故戒定慧品義次第故當知入道即以戒律爲本居俗則以禮義爲先禮記云道德仁義非禮不成教訓正俗非禮不備經云戒爲平地衆善由生三世佛道藉戒方住故神解五法制使先知斬草三根不可不識然後定慧法門以次修學而謬執之徒互生異論偏於律者則言戒律爲指事數論虛誕薄知篇聚名目便言解及波離止能漉水翻囊已謂行齊羅漢唯我曰僧餘皆木想此則自讚毀他功不贖過我慢矜高蓋斯謂也偏於數論者則言律部爲偏分數論爲通方於是扈背毗尼專重陰入得意便行曾莫拘礙謂言地獄不燒智人鑊湯不煮般若此皆操之失柄還以

自傷相鼠羺羊豈非斯謂

讃曰盤盂設誡几杖施銘人如不勗奚用剋秉納衣旣補篇聚由生緘持口意枯槁心形怡慼兩鏡欣憂二瓶

高僧傳卷第十二

音釋

燉煌燉徒渾切煌胡光切燉煌郡名　蹲徂尊切踞也　奩力鹽切盛香器　鞞駢迷切馬上鼓也　憩去制切息也　確苦角切堅也　嚫梵語具云達嚫此云財施嚫初覲切　積資四切聚也　赧奴板切面慙而赤也　褊俾緬切褊陿也　燾徒到切　頤以之切養也　劇奇逆切煩劇也　縶陟立切縶也　斃毗祭切死也　舐神帋切餂也　涪房尤切水名　顗魚豈切　捋郎括切摩也　譙昨焦切　爝即略切火炬也　鑠書藥切銷也　璩強魚切　雋子峻切與俊同　爕蘇協切　燔附袁切爇也　獫狁獫虛檢切狁余準切獫狁北夷也　邳毗脂切　[山+聶]書涉切　窆方驗切下棺也　莞沽歡切　勰胡頰切　苛寒歌切酷虐也　羺奴侯切胡羊也

高僧傳卷第十三 忘身 誦經

梁會稽嘉祥寺沙門慧皎撰

忘身第六 十一人

晉

釋僧羣一

宋

釋曇稱二　釋法進三

釋僧富四　釋法羽五

釋慧紹六　釋僧瑜七

釋慧益八　釋僧慶九

齊

釋法光十　釋曇弘十一

釋僧羣未詳何許人清貧守節蔬食誦經後遷居羅江縣之霍山構立茅室山孤在海中上有石盂徑數丈許水深六七尺常有清流古老相傳云是羣僊所宅羣僊飲水不飢因絕粒後晉安太守陶夔聞而索之羣以水遺夔出山輙臭如此三四夔躬自越海天甚清霽及至山風雨晦暝停數日竟不得至迺歎曰俗內凡夫遂爲賢聖所隔慨恨而反羣菴舍與盂隔一小澗常以一木爲梁由之汲水後時忽有一折翅鴨舒翼當梁頭就唼羣羣欲舉錫撥之恐畏傷損因此廻還絕水不飲數日而終春秋一百四十矣臨終向人說年少時經折一鴨翅驗此以爲現報

釋曇稱河北人少而仁愛惠及蜫蟲晉末至彭城見有老人年八十夫妻窮悴迺捨戒爲奴累年執役而內修道德未甞有廢鄉鄰嗟之及二老卒傭賃獲直悉爲二老福用擬以自贖事畢欲還道法物未備宋初彭城駕山

下虎災村人遇害日有一兩稱乃謂村人曰虎若食我災必當消村人苦諫不從即於是夜獨坐草中呪願曰以我此身充汝飢渴令汝從今息怨害意未來當得無上法食村人知其意正各泣拜而還至四更中聞虎取稱村人逐至南山噉身都盡唯有頭存因葬而起塔爾後虎災遂息

釋法進或曰道進或曰法迎姓唐涼州張掖人幼而精苦習誦有超邁之德爲沮渠蒙遜所重遜卒子景環爲胡寇所破問進曰今欲轉略高昌爲可尅不進曰必捷但憂災餓耳迴軍即定後三年景環卒弟安周續立是歲飢荒死者無限周既事進進屢從求乞以賑貧餓國蓄稍竭進不復求迺淨洗浴取刀鹽至深窮窟餓人所聚之處次第授以三歸便掛衣鉢著樹投身餓者前云施汝共食衆雖飢困猶義不忍受進即自割肉抟鹽以啖之兩股肉盡心悶不能自割因語餓人云汝取我皮肉猶足數日若王使來必當將去但取藏之餓者悲悼無能取者須臾弟子來至王人復至舉國奔赴號叫相屬因轝之還宮周勑以三百斛麥以施飢者別發倉廩以賑貧民至明晨乃絕出城北闍維之煙焰衝天七日乃歇屍骸都盡唯舌不爛即於其處起塔三層樹碑于右進弟子僧遵姓趙高昌人善十誦律蔬食節行誦法華勝鬘金剛般若又篤厲門人常懺悔爲業

釋僧富姓山高陽人父覇爲藍田令富少孤居貧而篤學無猒採薪爲燭以照讀書及至冠年備盡經史美姿容善談論後遇僞秦衛

將軍楊邕資其衣粮習鑿齒攜共志學及聽安公講放光經遂有心樂道於是剃髮依安受業安亡後還魏郡廷尉寺下帷潛思絕事人間時村人有劫劫得一小兒欲取心肝以解神富逍遥路口遇見劫具問其意因脱衣以易小兒羣劫不許富曰大人五藏亦可用不劫謂富不能忘身因妄言亦好富乃念曰我幻餧之軀會有一死令以濟人雖死猶生即自取劫刀畫胷至臍羣劫更相咎責四散奔走即送小兒還其家路口時行路一人見富如此因問其故富雖復頓悶口猶能言廼具答以此事此人悲悼傷心還家取針縫其腹皮塗以驗藥畢還寺將息少時而差後不知所終

釋法羽冀州人十五出家爲慧始弟子始立行精苦修頭陀之業羽操心勇猛深達其道常欲仰軌藥王燒身供養時偽秦晉王姚緒鎮蒲坂羽以事白緒緒曰入道多方何必燒身不敢固違幸願三思羽誓志既重即服香油以布纏體誦捨身品竟以火自燎道俗覩視莫不悲慕焉時年四十有五

釋慧紹不知氏族小兒時母哺魚肉輙吐咽菜至疑於是便蔬食至八歲出家爲僧要弟子精勤懍厲苦行標節後隨要止臨川招提寺廼密有燒身之意常雇人斫薪積於東山石室高數丈中央開一龕足容己身廼還寺辭要苦諫不從即於焚身之日於東山設大衆八關并告别知識其日闔境奔波車馬人衆及賫金寶者不可稱數至初夜行道紹自行香行香既竟執燭然薪入中而坐誦藥王

本事品衆既不見紹悟其已去禮拜未畢悉至蘋所蘋已洞然誦聲未息火至額聞唱一心言已奄絶大衆咸見有一星其大如斗直下煙中俄而上天時見者咸謂天宫迎紹經三日薪聚乃盡紹臨終謂同學曰吾燒身處當生梧桐愼莫伐之其後三日果生焉紹焚身是元嘉二十八年年二十八紹師僧要亦清謹有懿德年一百六十終於寺

釋僧瑜姓周吳興餘杭人弱冠出家業素純粹元嘉十五年與同學曇溫慧光等於廬山南嶺共建精舍名曰招隱瑜常以爲結累三塗情形故也情將盡矣形亦宜捐藥王之轍獨何云遠於是屢發言誓始契燒身以宋孝建二年六月三日集薪爲龕并請僧設齋告衆辭別是日雲霧晦合密雨交零瑜迺誓曰若我所志克明天當清朗如其無感便當滂注使此四輩知神應之無昧也言已雲景明霽至初夜竟便入薪龕中合掌平坐誦藥王品火焰交至猶合掌不散道俗知者奔赴彌山並稽首作禮願結因緣咸見紫氣騰空久之迺歇時年四十四其卒後旬有四日瑜房中生雙桐根枝豐茂巨細相似貫壤直聳遂成連奇樹理識者以爲娑羅寶樹尅炳泥洹瑜之庶幾故見斯證因號爲雙桐沙門吳郡張辯爲平南長史親覩其事具爲傳讚讚曰

悠悠玄機茫茫至道出生入死孰爲妙寶其一

自昔藥王殊化絶倫往聞其說今覩斯人其二

英英沙門慧定心固凝神紫氣表迹雙樹其三

其德可樂其操可貴文之作矣式颺髣髴其四

釋慧益廣陵人少出家隨師止壽春宋孝建

中出都憩竹林寺精勤苦行誓欲燒身衆人聞者或毁或讚至大明四年始就却粒唯餌麻麥到六年又絶麥等但食酥油有頃又斷酥油唯服香丸雖四大綿微而神情警正孝武深加敬異致問慇懃遣太宰江夏王義恭詣寺諫益益誓志無改至大明七年四月八日將就焚燒迺於鍾山之南置鑊辦油其日朝乘牛車而以人牽自寺之山以帝王是兆民所憑又三寶所寄乃自力入臺至雲龍門不能步下令人啓聞慧益道人今捨身詣門奉辭深以佛法仰累帝聞改容即躬出雲龍門益既見帝重以佛法憑囑於是辭去帝亦續至諸王妃后道俗士庶塡滿山谷投衣棄寶不可勝計益迺入鑊據一小牀以吉貝自纏上加一長帽以油灌之將就著火帝令太宰至鑊所請喻曰道行多方何必殞命幸願三思更就異途益雅志確然曾無悔念迺答曰微軀賤命何足止留天心聖慈罔已者願度二十人出家降勑即許益迺手自執燭以然帽帽然巳迺棄燭合掌誦藥王品火至眉誦聲猶分明及眼乃昧貴賤哀嗟響震幽谷莫不彈指稱佛惆悵抆淚火至明旦迺盡帝於于時聞空中笳管異香芬苾帝盡日方還宮夜夢見益振錫而至更囑以佛法明日帝爲設會度人令齋主唱白具序徵祥燒身之處起藥王寺以擬本事也

釋僧慶姓陳巴西安漢人家世事五斗米道慶生而獨悟十三出家止義興寺淨修梵行願求見佛先捨三指末誓燒身漸絶粮粒唯服香油到大明三年二月八日於蜀武擔寺

西對其所造淨名像前焚身供養刺史張悦躬出臨視道俗僑舊觀者傾邑行雲爲結苦雨悲零俄而晴景開明天色澄淨見一物如龍從積升天時年二十三天水太守裴方明爲收灰起塔

釋法光秦州隴西人少而有信至二十九方出家苦行頭陀不服綿纊絶五穀唯餌松葉後誓志燒身迺服松膏及飲油經于半年至齊永明五年十月二十日於隴西記城寺内集薪焚身以滿先志火來至目誦聲猶了至鼻迺昧奄然而絶春秋四十有一時永明末始豐縣有比丘法存亦燒身供養郡守蕭緬遣沙門慧深爲起灰塔

釋曇弘黄龍人少修戒行專精律部宋永初中南遊番禺止臺寺晚又適交阯之仙山寺誦無量壽及觀音經誓心安養以孝建二年於山上聚薪密往積中以火自焚弟子追及抱持將還半身已爛經月小差後近村設會舉寺皆赴弘於是日復入谷燒身村人追救命已終矣於是益薪進火明旦乃盡爾日村居民咸見弘身黄金色乘一金鹿西行甚急不暇暄涼道俗方悟其神異共收灰骨以起塔焉

論曰夫有形之所貴者身也情識之所貴者命也是故飡脂飲血乘肥衣輕欲其怡懌也餌术含丹防生養性欲其壽考也至如析一毛以利天下則恡而弗爲撤一飡以續餘命則惜而不與此其弊過矣自有宏知達見遺己贍人體三界爲長夜之宅悟四生爲夢幻之境精神逸乎蜚羽形骸滯於瓶穀是故摩

頂至足曾不介心國城妻子捨若遺芥今之所論蓋其人也僧羣止爲一鴨而絕水以亡身僧富止救一童而畫腹以全命法進割肉以啖人曇稱自餧於災虎斯皆尚乎兼濟之道忘我利物者也昔王子投身功踰九劫剎肌貿鳥駭震三千惟夫若人固亦超邁高絕矣爰次法羽至于曇弘皆灰燼形骸棄捨珍愛或以情祈安養或以願生知足故雙桐表於房裏一館顯自空中符瑞彪炳與時間出然聖教不同開遮亦異若是大權爲物適時而動利現萬端非教所制故經云能然手足一指逾勝國城布施若是出家凡僧本以威儀攝物而今殘毀形體壞福田相考而爲談有得有失得在忘身失在違戒故龍樹云新行菩薩不能一時備行諸度或滿檀而乖孝如王子投虎或滿慧而乖慈如檢他斷食等皆由行未全美不無盈缺又佛說身有八萬戶蟲與人同氣人命既盡蟲亦俱逝是故羅漢死後佛許燒身而今未死便燒或損於蟲命有失說者或言羅漢尚入火光夫復何怪有言入火光者先已捨命用神智力後迺自燒然性地菩薩亦未免報軀或時投形火聚或時裂體分人當知殺蟲之論其究莫詳焉夫三毒四倒乃生死之根栽七覺八道實涅槃之要路豈必燔炙形體然後離苦若其位鄰得忍俯迹同凡或時爲物捨身此非言論所及至如凡夫之徒鑒察無廣竟知盡壽行道何如棄捨身命或欲邀譽一時或欲流名萬代及臨火就薪悔怖交切彰言既廣恥奪其操於是僶俛從事空嬰萬苦若然非所謂

也

讚曰若人挺志金石非英鑠茲所重祈彼寶城芬梧蓊蔚紫館浮輕騰煙曜彩吐瑞含禎千秋尚美萬代傳馨

誦經第七二十一人

釋曇邃一	釋法相二
竺法純三	釋僧生四
釋法宗五	釋道冏六
釋慧慶七	釋普明八
釋法莊九	釋慧果十
釋法恭十一	釋僧覆十二
釋慧進十三	釋弘明十四
釋慧豫十五	釋道嵩十六
釋超辯十七	釋法慧十八
釋僧侯十九	釋慧彌二十
釋道琳二十一	

釋曇邃未詳何許人少出家止河陰白馬寺蔬食布衣誦正法華經常一日一遍又精達經旨亦爲人解說常於夜中忽聞扣戶云欲請法師九旬說法邃不許固請乃赴之而猶是眠中比覺已身在白馬塢神祠中并一弟子自爾日日密往餘無知者後寺僧經祠前過見有兩高座邃在北弟子在南如有講說聲又聞有奇香之氣於是道俗共傳咸云神異至夏竟神施以白馬一匹白羊五頭絹九十匹呪願畢於是各絕邃後不知所終

釋法相姓梁不測何人常山居精苦誦經十餘萬言鳥獸集其左右皆馴若家禽太山祠有大石函貯財寶相時山行宿于廟側忽見一人玄衣武冠令相開函言絕不見其函石

蓋重過千鈞相試提之飄然而起於是取其財以施貧民後度江南止越城寺忽遊縱放蕩優俳滑稽或時裸袒干冒朝貴晉鎮北將軍司馬恬惡其不節招而鴆之頻傾三鍾神氣清夷淡然無擾恬大異之至晉元興末卒春秋八十時有竺曇蓋竺僧法並苦行通感善能神呪請雨爲揚州刺史司馬元顯所敬法亦善神呪晉丞相會稽王司馬道子爲起冶城寺焉

竺法純未詳何許人少出家止山陰顯義寺苦行有德善誦古維摩經晉元興中爲寺上蘭渚買故屋暮還於湖中遇風而船小純唯一心憑觀世音口誦不輟俄見一大流船乘之獲免至岸訪船無主須臾不見道俗感歎神感後不知所終

釋僧生姓袁蜀郡郫人少出家以苦行致稱成都宋豐等請爲三賢寺主誦法華習禪定嘗於山中誦經有虎來蹲其前誦竟廼去後每至諷詠輒見左右四人爲侍衞年雖衰老而翹勤彌厲後微疾便語侍者云吾將去矣於後可爲燒身弟子謹依遺命

釋法宗臨海人少好遊獵嘗於剡遇射孕鹿墮胎鹿母銜箭猶就地舐子宗廼悔悟知貪生愛子是有識所同於是摧弓折矢出家業道常分衞自資受一食法蔬苦六時以悔先罪誦法華維摩常升臺諷詠響聞四遠士庶禀其歸戒者三千餘人遂開拓所住以爲精舍因誦爲目號曰法華臺也宗後不測所終

釋道冏姓馬扶風人初出家爲道懿弟子懿病嘗遣冏等四人至河南霍山採鍾乳入穴

數里跨木渡水三人溺死炬火又亡冏判無濟理冏素誦法華唯憑誠此業又存念觀音有頃見一光如螢火追之不及遂得出穴於是進修禪業節行彌新頻作數過普賢齋並有瑞應或見梵僧入坐或見騎馬人至並以未及暄涼倏忽不見後與同學四人南遊上京觀矚風化夜乘冰度河中道冰破三人沒死冏又歸誠觀音乃覺脚下如有一物自跂復見赤光在前乘光至岸達都止南澗寺常以般舟為業嘗中夜入禪忽見四人御車至房呼令上乘冏欻不自覺已見身在郡後沈橋間見一人在路坐胡牀侍者數百人見冏驚起冏曰坐禪人耳彼人因謂左右曰向止令知處而已何忽勞屈法師於是禮拜執別令人送冏還寺扣門良久方開入寺見房猶閉衆咸莫測其然宋元嘉二十年臨川康王義慶攜往廣陵終於彼也

釋慧慶廣陵人出家止廬山寺學通經律清潔有戒行誦法華十地思益維摩每夜吟諷常聞闇中有彈指讃嘆之聲嘗於小雷遇風波船將覆沒慶唯誦經不輟覺船在浪中如有人牽之倏忽至岸於是篤厲彌勤宋元嘉末卒春秋六十有二

釋普明姓張臨淄人少出家稟性清純蔬食布衣以懺誦為業誦法華維摩二經及諷誦之時有別衣別座未嘗穢雜每至勸發品輙見普賢乘象立在其前誦維摩經亦聞空中倡樂又善神呪所救皆愈有鄉人王道真妻病請明來呪明入門婦便悶絕俄見一物如狸長數尺許從狗竇出因此而愈明嘗行水

傍祠巫覡自云神見之皆奔走以宋孝建初中卒春秋八十有五

釋法莊姓申淮南人十歲出家爲廬山慧遠弟子少以苦節標名晚遊關中從叡公禀學元嘉初出都止道場寺性率素止一中而已誦大涅槃法華淨名每後夜諷誦比房常聞莊房前有如兵仗羽衛之響實天神來聽也宋大明初卒於寺春秋七十有六

釋慧果豫州人少以蔬食自業宋初遊京師止瓦官寺誦法華十地嘗於圊廁見一鬼致敬於果云昔爲衆僧作維那小不如法墮在噉糞鬼中法師德素高明又慈悲爲意願助以拔濟之方也又云昔有錢三千埋在柿樹根下願取以爲福果即告衆掘取果得三千爲造法華一部并設會後夢見此鬼云已得改生大勝昔日果以宋太始六年卒春秋七十有六

釋法恭姓關雍州人初出家止江陵安養寺後出京師住東安寺少而苦行殊倫服布衣餌菽麥誦經三十餘萬言每夜諷詠輒有殊香異氣入恭房者咸共聞之又以弊納聚蚤蝨常披以飼之宋武文明三帝及衡陽文王義季等並崇其德業所獲信施常分給貧病未嘗私蓄宋太始中還西卒於彼春秋八十時烏衣復有僧恭者德業高明綱總寺任亦不食粳粮唯餌豆麥

釋僧覆未詳何許人少孤爲下人所養七歲出家爲曇亮弟子學通諸經蔬食持呪誦大品法華宋明帝深加器重勑爲彭城寺主率衆有功宋太始末卒春秋六十有六

釋慧進姓姚吳興人少而雄勇任性遊俠年四十忽悟心自啓遂爾離俗止京師高座寺蔬食素衣誓誦法華用心勞苦執卷輒病迺發願願造法華百部以悔前障始聚得錢一千六百時有劫來問進有物不答云唯有造經錢在佛處羣劫聞之赧然而去於是聚集信施得以成經滿足百部經成之後病亦小差誦法華一部得過情願既滿厲操逾堅常迴諸福業願生安養未亡少時忽聞空中聲曰汝所願已足必得生西方也至齊永明三年無病而卒春秋八十有五時京師龍華寺復有釋僧念誦法華金光明蔬食避世

釋弘明本姓嬴會稽山陰人少出家貞苦有戒節止山陰雲門寺誦法華習禪定精勤禮懺六時不輟每旦則水瓶自滿實諸天童子以爲給使也明嘗於雲門坐禪虎來入明室内伏于牀前見明端然不動久久乃去又時見一小兒來聽明誦經明曰汝是何人答云昔是此寺沙彌盜帳下食今墮圊中聞上人道業故來聽誦經願助方便使免斯累也明即說法勸化領解方隱後於永興石姥巖入定又有山精來惱明明捉得以腰繩繫之鬼遜謝求脱云後不敢復來乃解放於是絶迹元嘉中郡守平昌孟顗重其貞素要出安止道樹精舍後濟陽江摠於永興邑立昭玄寺復請明往住大明末陶里董氏又爲明於村立栢林寺要明還止訓勗禪戒門人成列以齊永明四年卒於栢林寺春秋八十有四

釋慧豫黄龍人來遊京師止靈根寺少而務學遍訪衆師善談論美風則每聞臧否人物

輙塞耳不聽或時以異言間止瓶衣率素日
以一中自畢精勤標節以救苦爲先誦大涅
槃法華十地又習禪業精於五門甞寢見有
三人來扣戶並衣冠鮮潔執持華蓋豫問覓
誰答云法師應死故來奉迎豫曰小事未了
可申一年不答云可爾至明年滿一周而卒
是歲齊永明七年春秋五十有七豫同寺有
沙門法音亦素行誦經

釋道嵩姓夏高密人年十歲出家少而沉隱
有志用及具戒之後專好律學誦經三十萬
言交接上下未甞有喜慍之色性好檀捨隨
獲利養皆以施人瓶衣之外略無兼物宋元
徽中來京師止鍾山定林寺守靖閑房懺誦
無輟人有造者輙爲說法訓奬以代饌焉從
之請戒者甚衆後卒於山中春秋四十有九

釋超辯姓張燉煌人幼而神悟孤發履操深
沉誦法華金剛般若聞京師盛於佛法乃越
自西河路由巴楚達于建業頃之東適吳越
觀矚山水停山陰城傍寺少時後還都止定
林上寺閑居養素畢命山門誦法華日限一
遍心敏口從恒有餘力禮千佛凡一百五十
餘萬拜足不出門三十餘載以齊永明十年
終於山寺春秋七十有三葬于寺南沙門僧
祐爲造碑墓所東莞劉勰製文時有靈根釋
法明祇洹釋僧志益州釋法定並誦經十餘
萬言蔬食苦行有至德焉

釋法慧本姓夏侯氏少而秉志精苦律行冰
嚴以宋大明之末東遊禹穴隱于天柱山寺
誦法華一部蔬食布衣志耽人外居閣不下
三十餘年王侯稅駕止拜房而反唯汝南周

顒以信解兼深特與相接時有慕德希禮或因顒介意時一見者以齊建武二年卒于山寺春秋八十有五時若耶懸溜山有釋曇遊者亦蔬食誦經苦節爲業

釋僧侯姓龔西涼州人年十八便蔬食禮懺及具戒之後遊方觀化宋孝建初來至京師誦法華維摩金光明常二日一遍如此六十餘年蕭惠開入蜀請法同遊後惠開協同義嘉負罪歸闕侯乃還都於後崗創立石室以爲安禪之所自息慈以來至于捨命魚肉葷辛未嘗近齒脚影小蹉輙空齋而過齊永元二年微覺不愈至中不能食乃索水漱口合掌而卒春秋八十有九時普弘有釋慧温亦誦法華維摩首楞嚴蔬苦有高節

釋慧彌姓楊氏弘農華陰人漢太尉震之後裔也年十六出家及具戒之後志修遠離乃入長安終南山巖谷險絶軌迹莫至彌負鍚獨前虎兕無擾少誦大品又精修三昧於是剪茅結宇以爲棲神之宅時至則持鉢入村食竟則還室禪誦如此者八年後聞江東有法之盛乃觀化京師止于鍾山定林寺習業如先爲人温恭仁讓喜愠無色戒範精明奬化忘倦諮賢求善恒若未足凡黒白造山禮拜者皆爲說法提誘以代餚饌爰自出家至于衰老葷醪鮮豢一皆永絶足不出山三十餘年曉夜習定常誦般若六時禮懺必爲衆先以梁天監十七年閏八月十五日終於山舍春秋七十有九葬于寺南立碑頌德時定林又有沙門法仙亦誦經有素行後還吳爲僧正卒於彼

釋道琳本會稽山陰人少出家有戒行善涅槃法華誦淨名經呉國張緒禮事之後居富陽縣泉林寺寺常有鬼怪自琳居之則消琳弟子慧韶爲屋所壓頭陷入胷琳爲祈請韶夜見兩胡道人拔出其頭旦起遂平復琳於是設聖僧齋鋪新帛於牀上齋畢見帛上有人迹皆長三尺餘衆咸服其徵感富陽人始家家立聖僧座以飯之至梁初琳出居齊熙寺天監十八年卒春秋七十有三

論曰諷誦之利大矣而成其功者希焉良由總持難得惛忘易生如經所説止復一句一偈亦是聖所稱美是以曇邃通神於石塢僧生感衛於空山道冏臨危而獲濟慧慶將没而蒙全斯皆實德内充故使徵應外啓經云六牙降室四王衛座豈粤虛哉若乃凝寒靜夜朗月長宵獨處閑房吟諷經典音吐遒亮文字分明足使幽顯忻踊精神暢悦所謂歌誦法言以此爲音樂者也

讚曰法身既遠所寄者辭沉吟反復惠利難思無怠三業有競六時化人乃衞變衆來兹此焉實德誰與較之

高僧傳卷第十三

音釋

虁渠龜切　臰尺救切與臭同　唼子合切入口也　懍力荏切危懼也　抆無粉切拭也　芬苾苾毗必切芬苾香氣也　憍渠驕切旅寓也　纊苦謗切絮也　餌忍止切食也　緬彌兗切　懌羊益切悦也　蜚芳微切與飛同　縠胡谷切縐紗也　刳苦胡切屠也　彪悲幽切　蓊蔚蓊烏孔切

蔚於胃切蓊蔚草木盛貌**優俳**優於求切俳步皆切優俳雜戲也**滑稽**

滑古忽切稽堅奚切滑稽談諧也**郱**蒲麋切**冋**俱永切**矚**之蜀切視

也**攲**居僞切載物也**欻**許勿切忽也**淄**側持切**覡**胡狄切男巫也

圊廁圊七情切廁初吏切圊廁溷也**豢**胡慣切養獸曰豢**遒**慈秋切健

也

高僧傳卷第十四

梁會稽嘉祥寺沙門　慧皎　撰

興福第八十四人

晉

竺慧達姓劉本名薩阿并州西河離石人少好畋獵年三十一忽如暫死經日還穌備見地獄苦報見一道人云是其前世師爲其說法訓誨令出家往丹陽會稽吳郡覓阿育王塔像禮拜悔過以懺先罪既醒即出家學道改名慧達精勤福業唯以禮懺爲先晉寧康中至京師先是簡文皇帝於長干寺造三層塔塔成之後每夕放光達上越城顧望見此刹杪獨有異色便往拜敬晨夕懇到夜見刹下時有光出乃告人共掘掘入丈許得三石碑中央碑覆中有一鐵函函中又有銀函銀函裏金函金函裏有三舍利又有一爪甲及一髮髮伸長數尺卷則成螺光色炫燿乃周宣王時阿育王起八萬四千塔即此一也既道俗歎異乃於舊塔之西更竪一刹施安舍

利晉太元十六年孝武更加爲三層又昔咸和中丹陽尹高悝於張侯橋浦裏掘得一金像無有光趺而製作甚工前有梵書云是育王第四女所造悝載像還至長干巷口牛不復行非人力所御乃任牛所之徑趣長干寺爾後一年許有臨海漁人張係世於海口得銅蓮華趺浮在水上即收送縣縣表上臺勑使安像足下契然相應後有西域五僧詣悝云昔於天竺得阿育王像至鄴遭亂藏置河邊王路既通尋覓失所近得夢云像已出江東爲高悝所得故遠涉山海欲一見禮拜耳悝即引至長干五人見像歔欷涕泣像即放光照于堂內五人云本有圓光今在遠處亦尋當至晉咸安元年交州合浦縣採珠人董宗之於海底得一佛光刺史表上晉簡文帝勑施此像孔穴懸同光色一種凡四十餘年東西祥感光趺方具達以剎像靈異倍加翹勵後東遊吳縣禮拜石像此像以西晉將末建興元年癸酉之歲浮在吳松江滬瀆口漁人疑爲海神延巫祝以迎之於是風濤俱盛駭懼而還時有奉黃老者謂是天師之神復共往接飄浪如初後有奉佛居士吳縣民朱應聞而歎曰將非大覺之垂應乎乃潔齋共東靈寺帛尼及信者數人到滬瀆口稽首盡虔歌唄至德即風潮調靜遥見二人浮江而至乃是石像背有銘誌一名惟衛二名迦葉即接還安置通玄寺吳中士庶嗟其靈異歸心者衆矣達停止通玄寺首尾三年晝夜虔禮未嘗暫廢頃之進適會稽禮拜鄮縣塔此塔亦是育王所造歲久荒蕪示存基墟達翹

心東想乃見神光燄發因是修立龕砌羣鳥無敢棲集凡近寺側畋漁者必無所復獲道俗傳感莫不移信後郡守孟顗復加開拓達東西覲禮屢表徵驗精誠篤勵終年無改後不知所之

釋慧元河北人爲人性善喜愠無色常習禪誦經勸化福事以爲恒業晉太元初於武陵平山立寺有二十餘僧飡蔬幽遁永絕人途以太元十四年卒卒後有人入武當山下見之神色甚暢寄語寺僧勿使寺業有廢自是寺內常聞空中應時有磬聲依而集衆未嘗差失沙門竺慧直居之直精苦有戒節後絕粒唯餌松栢因登山蟬蛻焉

釋慧力未知何許人晉永和中來遊京師常乞蔬食苦行頭陀修福至晉興寧中啓乞陶處以爲瓦官寺初標塔基是今塔之西每夕標塔基輒東移十餘步旦取還已復隨徙潛共伺之見一人著朱衣武冠拔標置東方仍於其處起塔今之塔處也記者云立寺後三十年當爲天火所燒至晉孝武太元二十一年七月夜自然火起寺僧數十人都無知者明旦見塔已成灰聚帝曰此國不祥之相也即勑楊法尚李緒等速令修復至九月帝崩有戴安道所製五像及戴顒所治丈六金像昔鑄像初成而面首殊瘦諸工無如之何乃迎顒看之顒曰非面瘦也乃臂胛肥耳既鑢減臂胛而面相自滿諸工無不歎息又有師子國四尺二寸玉像並皆在焉昔師子國王聞晉孝武精於奉法故遣沙門曇摩抑遠獻此佛在道十餘年至義熙中乃達晉司徒王

謐嘗入臺見東掖門外有寺人擲摶所著處輙有光出怪令掘之得一金像含光趺長七尺二寸謐即啓聞宋高祖迎入臺供養宋景平末送出瓦官寺今移龍光寺

釋慧受安樂人晉興寧中來遊京師蔬食苦行常修福業嘗行過王坦之園夜輙夢於園中立寺如此數過受欲就王乞立一間屋處未敢發言且向守園客私期說之期云王家之園恐非所圖也受曰若令誠感何憂不得即詣王陳之王大喜即以許焉初立一小屋每夕復夢見一青龍從南方來化爲刹柱受將沙彌試至新亭江尋覓乃見一長木隨流來下受曰必是吾所夢見者也於是雇人牽上豎立爲刹架以一層道俗競集咸歎神異坦之即捨園爲寺以受本鄉爲名號曰安樂寺東有丹陽尹王雅宅西有東燕太守劉鬬宅南有豫章太守范甯宅並施以成寺後有沙門道靖道敬等更加修飾于今崇麗焉

釋僧慧未知何許人自少來好修福業晉義熙中共長安人行長生立寺於京師破塢村中始遷域其處起草屋數間便集僧設齋至中夜堂内兩燈忽自然行進前數十步油暮如故無所傾覆大衆驚嗟訪諸耆老咸言燈所移處是昔時外國道人起塔之基於是就共修立以燈移表瑞因號崇明寺焉

釋曇翼本吳興餘杭人少而信悟早有絕塵之操初出家止廬山寺依慧遠修學蔬素苦節見重門人晚適關中復師羅什經律數論並皆叅涉又誦法華一部以晉義熙十三年與同志曇學沙門俱遊會稽履訪山水至秦

望西北見五岫駢峯有耆闍之狀乃結草成菴稱曰法華精舍太守孟顗富春人陳載並傾心挹德贊助成功翼蔬食澗飲三十餘年以宋元嘉二十七年卒春秋七十立碑山寺旌其遺德會稽孔逭製文異同遊曇學沙門後移卜秦望之北號曰樂林精舍有韶相灌蒨並東嶽望僧咸共憩焉時有釋道敬者本瑯琊胄族晉右將軍王羲之曾孫避世出家情愛丘壑棲于若耶山立懸溜精舍敬後為供養衆僧乃捨具足專精十戒云

釋僧洪豫州人止于京師瓦官寺少而修身整潔後率化有緣造丈六金像鎔鑄始畢未及開模時晉末銅禁甚嚴犯者必死宋武帝時為相國洪坐罪繫于相府唯誦觀世音經一心歸命佛像夜夢所鑄像來手摩洪頭問怖不洪言自念必死像曰無憂見像胷方尺許銅色燋沸會當行刑府參軍監殺而牛奔車壞因更剋日續有令從彭城來云未殺僧洪者可原遂獲免還開模見像胷前果有燋沸洪後以苦行卒

釋僧亮未知何許人少以戒行著名欲造丈六金像用銅不少非細乞能辦聞湘州界銅溪伍子胥廟多有銅器而廟甚威嚴無人敢近亮聞而造焉告刺史張劭借健人百頭大船十艘劭曰廟既靈驗犯者必斃且有蠻人守護詎可得耶亮曰若果福德與檀越共如其有咎躬自當之劭即給人船三日三夕行至廟所亮與手力一時俱進去廟屋二十許步有兩銅鑊容百餘斛中有巨蛇長十餘丈出遮行路亮乃正儀執錫呪願數十言蛇忽

然而隱俄見一人秉竹笏而出云聞法師道
業非凡營福事重令特相隨喜於是令人輦
取廟銅既多十未取一而舫已滿唯神牀頭
有一唾壺中有一蝘蜓長二尺許乍出乍入
議者咸云神最愛此物亮遂不取於是而去
遇風水甚利比羣蠻相報追逐不復能及還
都鑄像既成唯燄光未備宋文帝爲造金薄
圓光安置彭城寺至宋太始中明帝移像湘
宫寺今猶在焉
釋法意江左人好營福業起五十三寺晉義
熙中鍾山祭酒朱應子先是孫恩建義之黨
竄居此山分其外地少許與意爲寺號曰延
賢寺後杯度去來此寺云此處尋有諸變後
時當好地對天堂易爲福業俄爲野火所燒
後齊諧及張寅等藉杯度之旨語在度傳乃
與意共行山地更欲修立而無水不可住意
惟杯度之言乃竭誠禮懺乞西方池水經于
三日懇惻彌至忽聞空中有聲撲然著地意
恐是金帛試令人掘入二尺許泫然清流遂
成澗不絶於是立寺意後不知所終
釋慧敬南海人少遊學荆楚亦博通經論而
常以福業爲務故義學不得全功凡所之造
皆興立塔像助成衆業後還鄉復修理雲岑
永安諸寺敬既精於戒節而志操嚴明故嶺
外僧尼咸附諮稟後被勑爲僧主訓領有功
敬有一奴子及沙彌忽爲鬼所打後山精見
形詣敬具謝愆失云部屬不解横撓法師眷
屬有頃悉皆平復凡興福業皆迴向西方臨
終之日室有奇香經久乃歇
釋法獻廣州人始居北寺寺歲久彫衰獻率

化有緣更加治葺改曰延祥後入藏微山創寺寺成後有兩童子攜手來歌云藏微有道德歡樂方未央言終忽然不見舉寺驚嗟咸歎神異獻後入禪忽見一人來云磬繩欲斷何不治獻驚起往視垂將委地由其手接得無折損獻出家以來常勸化福事而棲心禪戒未嘗虧節後不知所終

釋法獻姓徐西海延水人先隨舅至梁州仍出家至元嘉十六年方下京師止定林上寺博通經律志業强悍善能匡拯衆計修葺寺宇先聞猛公西遊備矚靈異乃誓欲忘身往觀聖迹以宋元徽三年發踵金陵西遊巴蜀路出河南道經芮芮既到于闐欲度葱嶺值棧道斷絶遂於于闐而反獲佛牙一枚舍利十五粒并觀世音滅罪呪及調達品又得龜茲國金鎚鍱像於是而還其經途危阻見其別記佛牙在烏纏國自烏纏來芮芮自來梁土獻賫牙還京師十有五載密自禮事餘無知者至文宣感夢方傳道俗獻律行精純德爲物範瑯琊王肅王融吳國張融張綣沙門慧令智藏等並投身接足崇其誡訓獻以永明之中被勅與長干玄暢同爲僧主分任南北兩岸暢本泰州人亦律禁清白文惠太子奉爲戒師獻後被勑三吳使沙簡二衆暢亦東行重申受戒之法時暢與獻二僧皆少習律檢不競當世與武帝共語每稱名而不坐後中興僧鍾於乾弘殿見帝帝問鍾所宜鍾答貧道比苦氣帝嫌之乃問尚書王儉先輩沙門與帝王共語何所稱預正殿坐不儉答漢魏佛法未興見記傳自僞國稍盛皆稱貧

道亦預坐及晉初亦然中代有庾冰桓玄等皆欲使沙門盡敬朝議紛紜事皆休寢宋之中朝亦頗令致禮而尋竟不行自爾迄今多預坐而稱貧道帝曰暢獻二僧道業如此尚自稱名況復餘者抱拜則太甚稱名亦無嫌自爾沙門皆稱名於帝主自暢獻始也暢以建武初亡春秋七十有五獻以建武末卒年與暢同窆于鍾山之陽獻弟子僧祐爲造碑墓側丹陽尹吳興沈約製文獻於西域所得佛牙及像皆在上定林寺牙以普通三年正月忽有數人並執仗初夜扣門稱臨川殿下奴叛有人告云在佛牙閣上請開閣檢視寺司即隨語開閣主帥至佛牙座前開函取牙作禮三拜以錦手巾盛牙繞山東而去至今竟不測所在

釋僧護本會稽剡人也少出家便剋意苦節戒行嚴淨後居石城山隱嶽寺寺北有青壁直上數十餘丈當中央有如佛燄光之形上有叢樹曲幹垂陰護每經行至壁所輒見光煥炳聞絃管歌讚之聲於是擊爐發誓願博山鐫造十丈石佛以敬擬彌勒千尺之容使凡厥有緣同覩三會以齊建武中招結道俗初就彫剪疎鑿移年僅成面樸頃之護遘疾而亡臨終誓曰吾之所造本不期一生成辦第二身中其願剋果後有沙門僧淑纂襲遺功而資力莫由未獲成遂至梁天監六年有始豐令吳郡陸咸罷邑還國夜宿剡溪值風雨晦冥咸危懼假寐忽夢見三道人來告云君識信堅正自然安隱有建安殿下感患未瘳若能治剡縣僧護所造石像得成就者必

獲平豫冥理非虛宜相開發也咸還都經年稍忘前夢後出門乃見一僧云聽講寄宿因言去歲剡溪所屬建安王事猶憶此不咸當時矍然答云不憶道人笑曰宜更思之仍即辭去咸悟其非凡乃倒屣詣訪追及百步忽然不見咸豁爾意解具憶前夢乃剡溪所見第三僧也咸即馳啓建安王王即以上聞勑遣僧祐律師專任像事王乃深信益加喜踊充遍抽捨金貝誓取成畢初僧祐未至一日寺僧慧逞夢見黒衣大神翼從甚壯立于龕所商略分數至明旦而祐律師至其神應若此初僧護所創鑿龕過淺乃鏟入五丈更施頂髻及身相克成瑩磨將畢夜中忽當萬字處色赤而隆起今像胷萬字處猶不施金薄而赤色在焉像以天監十二年春就功至十五年春竟坐軀高五丈立形十丈龕前架三層臺又造門閣殿堂并立衆基業以充供養其四遠士庶並提挾香華萬里來集供施往還軌迹填委自像成之後建安王所苦稍瘳今年已康復王後改封今之南平王是也

釋法悅者戒素沙門也齊末勑爲僧主止京師正覺寺敦修福業四部所歸悅嘗聞彭城宋王寺有丈八金像乃宋王車騎徐州刺史王仲德所造光相之奇江右稱最州境或應有災祟及僧尼横延釁戾像則流汗汗之多少則禍患之濃淡也宋泰始初彭城北屬羣虜共欲遷像遂至萬夫竟不能致齊初兖州數郡欲起義南附亦驅逼衆僧助守營壍時虜帥蘭陵公攻陷此營獲諸沙門於是盡執二州道人幽繫囹裏遣表僞臺誣以助亂像

時流汗舉殿皆濕時僞梁王諒鎮在彭城亦多少信向親往像所使人拭之隨拭隨出終莫能止王乃燒香禮拜至心誓曰衆僧無罪弟子自當營護不使罹禍若幽誠有感願拭汗即止於是自手拭之隨拭即澡王具表其事諸僧皆見原免悦既欣覩靈異誓願瞻禮而關禁阻隔莫由克遂又昔宋明皇帝經造丈八金像四鑄不成於是改爲丈四悦乃與白馬寺沙門智靖率合同緣欲造丈八無量壽像以伸厥志始鳩集金銅屬齊末世道凌遲復致推斥至梁方以事啓聞降勑聽許并助造光趺材官工巧隨用資給以梁天監八年五月三日於小莊嚴寺營鑄匠本量佛身四萬斤銅融瀉已竭尚未至胷百姓送銅不可稱計投諸爐冶隨鑄而模内不滿猶自如先又馳啓聞勑給功德銅三千斤臺内始就量送而像處已見羊車傳詔載銅鑪側於是飛鞴消融一鑄便滿甫爾之間人車俱失比臺内銅出方知向之所送信實靈感工匠喜踊道俗稱讚及至開模量度乃踊成丈九而光相不差又有大錢二枚猶見在衣條竟不銷鑠並莫測其然尋昔量銅四萬准用有餘後益三千計闕未滿而祥瑞冥密出自心圖故知神理幽通殆非人事初像素既成比丘道招常夜中禮懺忽見素所晃然洞明詳視久之乃知神光之異鑄後三日未及開模有禪師道度梁高僧也捨其七條袈裟助費開項俄而遥見二僧跪開像髻逼就觀之倏然不見時悦靖二僧相次遷化勑以像事委定林僧祐其年九月二十六日移像光宅寺是

月不雨頗有埃塵及明將遷像夜有輕雲徧上微雨沾澤僧祐經行像所係念天氣遥見像邊有光焰上下如燈如燭并聞揵椎禮拜之聲入户詳視掩然俱滅防寺蔣孝孫亦所同見是夜淮中賈客並聞大航船下催督治橋有如數百人聲將知靈器之重豈人致焉其後更鑄光趺並有華香之瑞自葱河以左金像之最唯此一耳

論曰靑優塡初刻栴檀波斯始鑄金質皆現寫眞容工圖妙相故能流光動瑞避席施虔爰至髮爪兩塔衣影二臺皆是如來在世已見成軌自收迹河邊闍維林外八王請分還國起塔及瓶灰二所於是十剎興焉其生處得道說法涅槃肉髻頂骨四牙雙跡鉢杖唾壺泥洹僧等皆樹塔勒銘標揭神異爾後百有餘年阿育王遣使浮海壞撤諸塔分取舍利還值風潮頗有遺落故今海族之中時或遇者是後八萬四千因之而起育王諸女亦次發淨心並鐫石鎔金圖寫神狀至能浮江汎海影化東川雖復靈迹潛通而未彰視聽及蔡愔秦景自西域還至始傳畫氎釋迦於是涼臺壽陵並圖其相自茲厥後形像塔廟與時競列洎于大梁遺光粤盛夫法身無像因感見有參差故形應有殊別若乃心路蒼茫則眞儀隔化情志慊切則木石開心故劉殷至孝誠感釜庾爲之生銘丁蘭溫凊竭誠木母以之變色魯陽迴戈而日轉杞婦下淚而城崩斯皆隱惻入其性情故使徵祥照乎耳目至如慧達招光於剎杪慧力感瑞於塔基慧受申誠於浮木僧慧顯證於移燈洪亮

並忘形於鑄像意獻皆盡命於伽藍法獻專志於牙骨竟陵爲之通感僧護蓄抱於石城南平以之獲應近有光宅丈九顯曜京畿宋帝四鑠而不成梁皇一冶而形備妙相踊而無虧瑞銅少而更足故知道藉人弘神由物感豈曰虛哉是以祭神如神在則神道交矣敬像如敬佛則法身應矣故入道必以智慧爲本智慧必以福德爲基譬猶鳥備二翼一舉萬尋車足兩輪一馳千里豈不勤哉豈不勗哉

讚曰眞儀揜曜金石傳暉爰有塔像懷戀者依現奇表極顯瑞旍威巖藏地踊水汎空飛篤矣心路必契無違

高僧傳卷第十四

音釋

悝（枯回切） 歔欷（歔朽居切欷香依切歔欷泣咽而抽息也） 滬（音户水名） 唄（蒲拜切梵誦也） 鄮（莫候切） 墌（之亦切基址也） 胛（古狎切肩胛也） 鑢（良倨切錯鑢也） 篹（作管切竹器） 逭（胡玩切） 艘（所鳩切船也） 蝘蜓（蝘於殄切蜓大典切蝘蜓蟲名） 悍（侯旰切性勇急也） 葺（七入切修補也） 鍱（與涉切） 綣（口阮切） 鐫（子泉切雕也） 矍（居縛切驚顧貌） 鏟（初限切與剗同削也） 鎣（烏定切磨飾也） 祟（雖遂切禍祟也） 釁（許覲切隙也） 韛（蒲拜切吹火韋囊也） 愔（於金切）

高僧傳卷第十五 經師 唱導

梁會稽嘉祥寺沙門慧皎撰

經師第九 十一人

晉

帛法橋一 支曇籥二

宋

釋法平三 釋僧饒四

釋道慧五 釋智宗六

齊

釋曇遷七 釋曇智八

釋僧辯九 釋曇憑十

釋慧忍十一

帛法橋中山人少樂轉讀而乏聲每以不暢為慨於是絕粒懺悔七日七夕稽首觀音以祈現報同學苦諫誓而不改至第七日覺喉内豁然即索水洗漱云吾有應矣於是作三契經聲徹里許遠近驚嗟悉來觀聽爾後誦經數十萬言晝夜諷詠哀婉通神至年九十聲猶不變以晉穆帝永和中卒於河北即石虎末也有弟子僧扶亦戒行清高

支曇籥本月支人寓居建業少出家清苦蔬食憩吳虎丘山晉孝武初勑請出都止建初寺孝武從受五戒敬以師禮籥特稟妙聲善於轉讀嘗夢天神授其聲法覺因裁製新聲梵響清靡四飛却轉反折還弄雖復東阿先變康會後造始終循環未有如籥之妙後進傳寫莫匪其法所製六言梵唄傳響于今後終於所住年八十一

釋法平姓康康居人寓居建業與弟法等俱

出家止白馬寺爲曇籥弟子共傳師業響韻清雅運轉無方後兄弟同移祇洹弟貌小醜而聲踰於兄宋大將軍於東府設齋一往以貌輕之及聞披卷三契便挹腕神服乃歎曰以貌取人失之子羽信矣後東安嚴公發講等作三契經竟嚴徐動麈尾曰如此讀經亦不減發講遂散席明更開題議者以爲相成之道也兄弟並以元嘉末卒

釋僧饒建康人出家止白馬寺善尺牘及雜技偏以音聲著稱擅名於宋武之世響調優游和雅哀亮與道綜齊肩綜善三本起及須大拏每清梵一舉輒道俗傾心寺有般若臺饒常臺外梵轉以擬供養行路聞者莫不息駕踟蹰彈指稱佛宋大明二年卒春秋八十六時同寺復有超明明慧少俱爲梵唄長齋時轉讀亦有名當世

釋道慧姓張潯陽柴桑人年二十四出家止廬山寺志行清貞博涉經典特稟自然之聲故偏好轉讀發響合奇製無定准條章析句綺麗分明後出都止安樂寺轉讀之名大盛京邑晚移朱方竹林寺誦經數萬言每夕諷詠轉聞閭中有彈指唱薩之聲宋大明二年卒春秋五十有一

釋智宗姓周建康人出家止謝寺博學多聞尤長轉讀聲至清而爽快若乃八關長夕中宵之後四衆低昂睡蛇交至宗則升座一轉梵響干雲莫不開神暢體豁然醒悟大明三年卒年三十一時有慧寶道詮雖非同時作法相似甚豐聲而高調製用無取焉宋明忽賞道詮譏者謂逢時也

釋曇遷姓支本月支人寓居建康篤好玄儒遊心佛義善談莊老并注十地又工正書常布施題經巧於轉讀有無窮聲韻梵製新奇特拔終古彭城王義康范曄王曇首並皆遊狎遷初止祇洹寺後移烏衣寺及范曄被誅門有十二喪無敢近者遷抽貨衣物悉營葬送孝武聞而歎賞謂徐爰曰卿著宋書勿遺此士王僧虔爲湘州及三吳並攜共同遊齊建元四年卒年九十九時有道場寺釋法暢瓦官寺釋道琰並富聲哀婉雖不競遷等抑亦次之

釋曇智姓王建康人出家止東安寺性風流善舉止能談莊老經論書史多所綜涉既有高亮之聲雅好轉讀雖依擬前宗而獨拔新異高調清徹寫送有餘宋孝武蕭思話王僧虔等並深加識重僧虔臨湘州攜與同行蕭守吳復招同入齊永明五年卒於吳國年七十九

釋僧辯姓吳建康人出家止安樂寺少好讀經受業於遷暢二師初雖祖述其風晚更措意斟酌哀婉折衷獨步齊初嘗在新亭劉紹宅齋辯初夜讀經始得一契忽有羣鶴下集階前及辯度卷一時飛去由是聲震天下遠近知名後來學者莫不宗事永明七年二月十九日司徒竟陵文宣王夢於佛前詠維摩一契因聲發而覺即起至佛堂中還如夢中法更詠古維摩一契便覺韻聲流好有工恒日明旦即集京師善聲沙門龍光普知新安道興多寶慧忍天保超勝及僧辯等集第作聲辯傳古維摩一契瑞應七言偈一契最是

命家之作後人時有傳者並訛漏失其大體辯以齊永明十一年卒

釋曇憑姓楊犍為南安人少遊京師學轉讀止白馬寺音調甚工而過旦自任時人未之推也於是專精規矩更加研習晚遂出羣翁然改觀誦三本起經尤善其聲後還蜀止龍淵寺巴漢學者皆崇其聲範每梵音一吐輒象馬悲鳴行途住足因製造銅鐘願於未來當有八音四辯庸蜀有銅鐘始於此也後終於所住時蜀中有僧道光亦微善轉讀

釋慧忍姓蕢建康人少出家住北多寶寺無餘行解止是愛好音聲初受業於安樂辯公備得其法而哀婉細妙特欲過之齊文宣感夢之後集諸經師乃共忍斟酌舊聲詮品新異製瑞應四十二契忍所得最長妙於是令慧微僧業僧尚超明僧期超猷慧旭法曇慧滿僧胤慧豪法慈等四十餘人皆就忍受學遂傳法于今忍以隆昌元年卒時年四十餘

釋法隣 平調牒句殊有宮商

釋曇辯 一往無奇彌久彌勝

釋慧念 少於氣調殊有細美

釋曇幹 爽快碎磕傳寫有法

釋曇進 亦入能流偏善還品

釋慧超 善於三契後不能稱

釋道首 怯於一往長道可觀

釋曇調 寫送清雅恨功夫未足

凡此諸人並齊代知名其浙左江西荊陝庸蜀亦頗有轉讀然止是當時詠歌乃無高譽故不足而傳也已上八人無傳

論曰夫篇章之作蓋欲伸暢懷抱褒述情志詠歌之作欲使言味流靡辭韻相屬故詩序云情動於中而形於言言之不足故詠歌之也然東國之歌也則結韻以成詠西方之讃也則作偈以和聲雖復歌讃爲殊而並以協諧鍾律符靡宮商方乃奥妙故奏歌於金石則謂之以爲樂讃法於管絃則稱之以爲唄夫聖人制樂其德四焉感天地通神明安萬民成性類如聽唄亦其利有五身體不疲不忘所憶心不懈倦音聲不壞諸天歡喜是以般遮絃歌於石室請開甘露之初門淨居舞頌於雙林奉報一化之恩德其間隨時讃詠亦在處成音至如億耳細聲於宵夜提婆颺響於梵宮或令無相之旨奏於篪笛之上或使本行之音宣於竽瑟之下並皆抑揚通感佛所稱讃故咸池韶武無以匹其工激楚梁塵無以較其妙自大教東流乃譯文者衆而傳聲蓋寡良由梵音重複漢語單奇若用梵音以詠漢語則聲繁而偈迫若用漢曲以詠梵文則韻短而辭長是故金言有譯梵響無授始有魏陳思王曹植深愛聲律屬意經音既通般遮之瑞響又感漁山之神製於是删治瑞應本起以爲學者之宗傳聲則三千有餘在契則四十有二其後帛橋支籥亦云祖述陳思而愛好通靈別感神製裁變古聲所存止一千而已至石勒建平中有天神降于安邑廳事諷詠經音七日乃絶時有傳者並皆訛廢逮宋齊之間有曇遷僧辯太傅文宣等並慇懃嗟詠曲意音律撰集異同斟酌科例存於舊法正可三百餘聲自茲厥後聲多

散落人人致意補綴不同所以師師異法家家各製皆由昧乎聲旨莫以裁正夫音樂感動自古而然是以玄師梵唱赤鷹愛而不移比丘流響青鳥悅而忘翥曇憑動韻猶令象馬蹉跼僧辯折調尚使鴻鶴停飛量人雖復深淺籌感抑亦次焉故擊石拊石則百獸率舞簫韶九成則鳳凰來儀鳥獸且猶致感況乃人神者哉但轉讀之爲懿貴在聲文兩得若唯聲而不文則道心無以得生若唯文而不聲則俗情無以得入故經言以微妙音歌歎佛德斯之謂也而頃世學者裁得首尾餘聲便言擅名當世經文起盡曾不措懷或破句以全聲或分文以足韻豈唯聲之不足亦乃文不成詮聽者唯增恍惚聞之但益睡眠使夫八眞明珠未揜而藏曜百味淳乳不澆而自薄哀哉若能精達經旨洞曉音律三位七聲次而無亂五言四句契而莫爽其間起擲盪舉平折放殺游飛却轉反疊嬌哢動韻則揄靡弗窮張喉則變態無盡故能炳發八音光揚七善壯而不猛凝而不滯弱而不野剛而不鋭清而不擾濁而不蔽諒足以超暢微言怡養神性故聽聲可以娱耳聆語可以開襟若然可謂梵音深妙令人樂聞者也然天竺方俗凡是歌詠法言皆稱爲唄至於此土詠經則稱爲轉讀歌讚則號爲梵音昔諸天讃唄皆以韻入絃管五衆既與俗違故宜以聲曲爲妙原夫梵唄之起亦肇自陳思始著太子頌及睒頌等因爲之製聲吐納抑揚並法神授今之皇皇顧惟蓋其風烈也其後居士支謙亦傳梵唄三契皆湮没不存世有

共議一章恐或謙之餘則也唯康僧會所造泥洹梵唄于今尚傳即敬謁一契文出雙卷泥洹故曰泥洹唄也爰至晉世有生法師初傳覓歷今之行地印文即其法也籥公所造六言即大慈哀愍一契于今時有作者近有西涼州唄源出關右而流于晉陽今之面如滿月是也凡此諸曲並製出名師後人繼作多所訛漏或時沙彌小兒互相傳校疇昔成規殆無遺一惜哉此既同是聲例故備之論末

唱導第十　十人

宋

釋道照一　釋曇頴二

釋慧璩三　釋曇宗四

釋曇光五　釋慧芬六

釋道儒七　釋慧重八

釋法願九　釋法鏡十

齊

釋道照姓麴西平人少善尺牘兼博經史十八出家止京師祇洹寺披覽羣典以宣唱爲業音吐嘹亮洗悟塵心指事適時言不孤發獨步於宋代之初宋武帝甞於内殿齋照初夜略叙百年迅速遷滅俄頃苦樂參差必由因果如來慈應六道陛下撫矜一切帝言善又之齋竟別嚫三萬臨川王道規從受五戒奉爲門師宋元嘉十年卒年六十六照弟子慧明姓焦魏郡人神情俊邁祖習師風亦有名當世

釋曇頴會稽人少出家謹於戒行誦經十餘

萬言止長干寺性恭儉唯以善誘爲先故屬意宣唱天然獨絶凡要請者皆貴賤均赴貧富一揆張暢聞而歎曰辭吐流便足騰遠理頴嘗患瘡癬積治不除房内恒供養一觀世音像晨夕禮拜求差此疾異時忽見一蛇從像後緣壁上屋須臾有一鼠子從屋脫地涎涶沐身狀如已死頴候之猶似可活即取竹刮除涎涶以傅癬上所傅既遍鼠亦還活信宿之間瘡痍頓盡方悟蛇之與鼠皆是祈請所致於是精勤化導勵節彌堅宋太宰江夏王義恭最所知重後卒於所住年八十一

釋慧璩丹陽人出家止瓦官寺該覽經論涉獵書史衆技多閑而尤善唱導出語成章動辭製作臨時採博罄無不妙宋太祖文皇帝車騎臧質並提攜友善雅相崇愛譙王鎭荆要與同行後逆節還朝於梁山設會頃之譙王敗璩還京後宋孝武設齋璩唱導帝問璩曰今日之集何如梁山璩曰天道助順況復爲逆帝悅之明旦別覲一萬後勅爲京邑都維那大明末終於寺年七十二

釋曇宗姓虢秣陵人出家止靈味寺少而好學博通衆典唱說之功獨步當世辯口適時應變無盡嘗爲孝武唱導行菩薩五法禮竟帝乃笑謂宗曰朕有何罪而爲懺悔宗曰昔虞舜至聖猶云予違爾弼湯武亦云萬姓有罪在予一人聖王引咎蓋以軌世陛下德邁往代齊聖虞殷履道思沖寧得獨異帝大悅後殷淑儀薨三七設會悉請宗宗始歎世道浮僞恩愛必離嗟殷氏淑德榮幸未暢而滅實當年收芳今日發言悽至帝泫愴良久賞

異彌深後終於所住著京師塔寺記二卷時靈味寺復有釋僧意者亦善唱説製談經新聲哀亮有序

釋曇光會稽人隨師止江陵長沙寺性喜事五經詩賦及筭數卜筮無不貫解年將三十喟然歎曰吾從來所習皆是俗事佛法深理未染一毫豈剪落所宜耶乃屏舊業聽諸經論識悟過人一聞便達宋衡陽文王義季鎮荆州求覓意理沙門共談佛法磬境推光以當鴻任光固辭王自詣房敦請遂從命給車服人力月供一萬每設齋會無有導師王謂光曰奬導羣生唯德之大上人何得爲辭願必自力光乃廻心習唱製造懺文每執爐處衆輒道俗傾仰後還都止靈味寺義陽王旭出鎮北徐攜光同行及景和失德義陽起事以光預見乃賣七曜以決光光杜口無言故事寧獲免宋明帝於湘宮設會聞光唱導帝稱善即勑賜三衣瓶鉢後卒於寺中年六十五

釋慧芬姓李豫州人幼有殊操十二出家住穀熟縣常山寺學業優深苦行精峻每赴齋會常爲大衆説法梁楚之間悉奉其化及魏虜毀滅佛法乃南歸京師至烏江追騎將及而渚次無航芬一心念佛俄見流船忽至乘之獲免至都止白馬寺時御史中丞袁愍孫常謂道人偏執未足與議乃命左右令候覓沙門試欲詰之會得芬至袁先問三乘四諦之理却辯老莊儒墨之要芬既素善經書又音吐流便自旦之夕袁不能窮於是敬以爲師令子弟悉從受戒芬又善神呪所治必驗

後病篤服丸藥人勸令之以酒芬曰積時持戒寧以將死終難虧節乃語弟子云吾其去矣以齊永明三年卒于興福寺年七十九臨終有訓誡遺文云云

釋道儒姓石渤海人寓居廣陵少懷清信慕樂出家遇宋臨川王義慶鎮南兗儒以事聞之王賛成厥志爲啓度出家出家之後蔬食讀誦凡所之造皆勸人改惡修善遠近宗奉遂成導師言無預撰發響成製元嘉末出都止建初寺長沙王請爲戒師盧丞相伯仲孫等共買張敬兒故宅爲儒立寺今齊福寺是也儒以齊永明八年卒年八十一

釋慧重姓閔魯國人僑居金陵早懷信悟有志從道願言未遂以長齋菜食每率衆齋會常自爲唱導如此累時乃上聞於宋孝武大明六年勅爲新安寺出家於是專當唱説禀性清敏識悟深沉言不經營應時若瀉凡預聞者皆留連信宿增其懇詣後移止瓦官禪房永明五年卒年七十三時瓦官復有釋法覺又敦慧重之業亦擅名齊代

釋法願本姓鍾名武厲先潁川長社人祖世避難移居吳興長城願常爲梅根治監有施愼民代之先時文書未校愼民遂偏當其負願乃詐求分罪有旨免愼民死除願爲新道令家本事神身習鼓舞世間雜技及蓍爻占相皆備盡其妙嘗以鏡照面云我不久當見天子於是出都住沈橋以傭相自業宗愨沈慶之微時經請願相願曰宗君應爲三州刺史沈君當位極三公如是歷相衆人記其近事所驗非一遂有聞於宋太祖太祖見之取

東治因及一奴美顔色者飾以衣冠令願相之願指因曰君多危難下階便應著鉗鑠謂奴曰君是下賤人乃暫得免耶帝異之即勑住後堂知陰陽祕術後少時啓求出家三啓方遂爲上定林遠公弟子及孝武龍飛宗慤出鎮廣州攜願同往奉爲五戒之師會譙王構逆羽檄嶺南慤以諮願願曰隨君來誤殺人今太白犯南斗法應殺大臣宜速改計必得大勳果如願言慤遷豫州刺史復攜同行及竟陵王誕舉事願陳諫亦然願後與刺史共欲滅衆僧牀脚令依八指之制時沙門僧導獨步江西謂願濫匡其士頗有不平之色遂致聞於孝武即勑願還都帝問願何致故詐菜食願答菜食已來十餘年帝勑直閤沈攸之强逼以肉遂折前兩齒不迴其操帝大怒勑罷道作廣武將軍直華林佛殿願雖形同俗人而棲心禪戒未嘗虧節有頃帝崩昭太后令聽還道太始六年校長生捨宅爲寺名曰正勝請願居之齊高帝親事幼主恒有不測之憂每以諮願願曰後七月當定果如其言及高帝即位事以師禮武帝嗣興亦盡師敬永明二年願遭兄喪啓乞還鄉至鄉少時勑旨重疊願後出憩在湘宮鑾駕自幸降寺省慰願云脚疾未消不堪相見帝乃轉蹕而去文惠太子嘗往寺問訊願既不命令坐文惠作禮而立乃謂願曰葆吹清鐃以爲供養其福云何願曰昔菩薩八萬妓樂供養佛尚不如至心今吹竹管子打死牛皮此何足道其秉德邁時皆此之類其王侯妃主及四遠士庶並從受戒悉遵師禮願往必直前無

有通白咸致隨喜日盈萬計願隨以修福未嘗蓄聚或雇人禮佛或借人持齋或糴米穀散飼魚鳥或貿易飲食賑給囚徒興功立德數不可紀願又善唱導及依經說法率自心抱無事宮商言語訛雜唯以適機爲要可謂其智可及其愚不可及也後入定三日不食忽語弟子云汝等失飯籮矣俄而寢疾時寺側遭燒寺在下風煙燄將及弟子欲輿願出寺願曰佛若被燒我何用活即苦心歸命於是三面皆焚唯寺不燼齊永元二年年八十七卒

釋法鏡姓張吳興烏程人幼而樂道事未獲從值慧益燒身啓帝度二十人鏡即預其一也事法願爲師既得入道履操冰霜仁施爲懷曠拔成務於是研習唱導有邁終古齊竟陵文宣王厚相禮待鏡誓心弘道不拘貴賤有請必行無避寒暑財不蓄私常興福業建武初以其信施立齊隆寺以居之鏡爲性敦美以賞接爲務故道俗交知莫不愛悅雖義學功淺而領悟自然造次嘲難必有酬酢齊永元二年卒年六十四其後瓦官道親彭城寶與耆闍道登並皆祖述宣唱高韻華言非忝前列傾衆動物論者從之今上爲長沙宣武王治鏡所住寺因寺改曰宣武也

論曰唱導者蓋以宣唱法理開導衆心也昔佛法初傳于時齊集止宣唱佛名依文致禮至中宵疲極事資啓悟乃別請宿德升座說法或雜序因緣或傍引譬喻其後廬山釋慧遠道業貞華風才秀發每至齋集輒自升高座躬爲導首廣明三世因果却辯一齋大意

後代傳受遂成永則故道照曇頴等十有餘人並駢次相師各擅名當世夫唱導所貴其事四焉謂聲辯才博非聲則無以警衆非辯則無以適時非才則言無可採非博則語無依據至若響韻鐘鼓則四衆驚心聲之爲用也辭吐俊發適會無差辯之爲用也綺製彫華文藻橫逸才之爲用也商搉經論採撮書史博之爲用也若能善茲四事而適以人時如爲出家五衆則須切語無常苦陳懺悔若爲君王長者則須兼引俗典綺綜成辭若爲悠悠凡庶則須指事造形直談聞見若爲山民野處則須近局言辭陳斥罪目凡此變態與事而興可謂知時衆又能善說雖然故以懇切感人傾誠動物此其上也昔草創高僧本以八科成傳卻尋經導二伎雖於道爲末

而悟俗可崇故加此二條足成十數何者至如八關初夕旋繞周行煙蓋停氛燈帷靖耀四衆專心叉指緘嘿爾時導師則擎爐慷慨含吐抑揚辯出不窮言應無盡談無常則令心形戰慄語地獄則使怖淚交零徵昔因則如見往業覈當果則已示來報談怡樂則情抱暢悅敘哀慼則灑泣含酸於是闔衆傾心舉堂惻愴五體輸席碎首陳哀各各彈指人人唱佛爰及中宵後夜鐘漏將罷則言星河易轉勝集難留又使遑迫懷抱載盈戀慕當爾之時導師之爲用也其間經師轉讀事見前章皆以賞悟適時拔邪立信有一分可稱故編高僧之末若夫綜習未廣諳究不長既無臨時捷辯必應遵用舊本然才非己出製自他成吐納宮商動見紕繆其中傳寫訛誤

亦皆依而宣唱致使魚魯淆亂鼠璞相疑或時禮拜中間懺疏忽至既無宿蓄恥欲出頭臨時抽造謇棘難辯意慮荒忙心口乖越前言既久後語未就抽衣謦咳示延時節列席寒心觀徒啓齒施主失應時之福衆僧乖古佛之教既絶生善之萌秖增戲論之惑始獲濫吹之譏終致伐匠之咎若然豈高僧傳之謂耶

高僧傳卷第十五

音釋

籥以灼切　扼腕扼於革切腕烏貫切扼腕握臂也　蕢苦怪切與蒯同　砰磕砰披萌切磕口答切砰磕石相築聲　踡跼踡具員切跼渠足切踡跼不伸也　湮於眞切沈也　嘹力昭切嘹喨聲之清徹也　蓍書之切用之以蒿屬筮　鏁蘇果切與鎖同　蹕壁吉切警蹕也　搉克角切揚搉也　淆胡切渾也

高僧傳序録卷第十六

梁會稽嘉祥寺沙門 慧皎 撰

原夫至道沖漠假蹄筌而後彰玄致幽凝藉師保以成用是由聖迹迭興賢能異託辯忠烈孝慈以定君父之道明詩書禮樂以成風俗之訓或忘功遺事尚彼虛沖或體任榮枯重茲達命而皆教但域中功存近益斯蓋漸染之方未與盡其神性至若能仁之爲訓也考業果幽微則循復三世言至理高妙則貫絶百靈若夫啓十地以辯慧宗顯二諦以詮智府窮神盡性之旨管一樞極之致餘教方之猶羣流之歸巨壑衆星之拱北辰懋哉邈矣信難得以言尚至迺教滿三千形遍六道皆所以接引幽昏爲大利益而以淨穢異聞升墜殊見故秋方先形聲之奉東國後見聞之益雲龍表於夜明風虎彰乎宵夢洪風既扇大化斯融自爾西域名僧往往而至或傳度經法或教授禪道或以異迹化人或以神力救物自漢之梁紀曆彌遠世涉六代年將五百此土桑門含章秀起羣英間出迭有其人衆家記録叙載各異沙門法濟偏叙高逸一迹沙門法安但列志節一行沙門僧寶止命遊方一科沙門法進迺通撰論傳而辭事闕略並皆互有繁簡出没成異考之行事未見其歸宋臨川康王義慶宣驗記及幽明録太原王琰冥詳記彭城劉悛益部寺記沙門曇宗京師寺記太原王延秀感應傳朱君台徵應傳陶淵明搜神録並傍出諸僧叙其風素而皆是附見亟多疎闕齊竟陵文宣王三寶記傳或稱佛史或號僧録既三寶共叙辭

旨相關混濫難求更為蕪昧瑯瑘王巾所撰僧史意似該綜而文體未足沙門僧祐撰三藏記止有三十餘僧所無甚衆中書郗景興東山僧傳治中張孝秀廬山僧傳中書陸明霞沙門傳各競舉一方不通今古務存一善不及餘行逮于即時亦繼有作者然或褒讚之下過相揄揚或敘事之中空列辭費求之實理無的可稱或復嫌以繁廣刪減其事而抗迹之奇多所遺削謂出家之士處國賓王不應勵然自遠高蹈獨絶尋辭榮棄愛本以異俗為賢若此而不論竟何所紀嘗以暇日遇覽羣作輒搜檢雜録數十餘家及晉宋齊梁春秋書史秦趙燕涼荒朝僞曆地理雜篇孤文片記并博諮故老廣訪先達校其有無取其同異始于漢明帝永平十年終至梁天監十八年凡四百五十三載二百五十七人又傍出附見者二百餘人開其德業大為十例一曰譯經二曰義解三曰神異四曰習禪五曰明律六曰遺身七曰誦經八曰興福九曰經師十曰唱導然法流東土蓋由傳譯之勳或踰越沙險或汎漾洪波皆忘形徇道委命弘法震旦開明一焉是賴兹德可崇故列之篇首至若慧解開神則道兼萬億通感適化則彊暴以綏靖念安禪則功德森茂弘讚毗尼則禁行清潔忘形遺體則矜悋革心歌誦法言則幽顯含慶樹興福善則遺像可傳凡此八科並以軌迹不同化洽殊異而皆德効四依功在三業故為羣經之所稱美衆聖之所褒述及夫討覈源流商推取捨皆列諸讚論備之後文而論所著辭微異恒體始標

大意類猶前序未辯時人事同後議若間施前後如謂煩雜故總布一科之末通稱爲論其轉讀宣唱雖源出非遠然而應機悟俗實有偏功故齊宋雜記咸列秀者今之所取必其製用超絶及有一介通感迺編之傳末如或異者非所存焉凡十科所叙皆散在衆記今止刪聚一處故述而無作俾夫披覽於一本之内可兼諸要其有繁辭虚讚或德不及稱者一皆省略故述六代賢異止爲十三卷并序録合十四軸號曰高僧傳自前代所撰多曰名僧然名者本實之賓也若實行潛光則高而不名寡德適時則名而不高名而不高本非所紀高而不名則備今録故省名音代以高字其間草創或有遺逸今此十四卷備讚論者意以爲定如未隱括覽者詳焉

高僧傳第一卷 譯經上 十五人

漢雒陽白馬寺攝摩騰

雒陽白馬寺竺法蘭

雒陽安清

雒陽支迦樓讖 竺佛朔 安玄 嚴佛調 支曜 康巨 康孟詳

魏雒陽曇柯迦羅 康僧鎧 曇帝 帛延

吳建業建初寺康僧會

吳武昌維祇難 法立 法巨

晉長安竺曇摩羅刹 聶承遠 聶道眞

長安帛遠 帛法祚 衛士度

建康建初寺帛尸梨蜜

長安僧伽跋澄 佛圖羅刹

長安曇摩難提 趙政

廬山僧伽提婆 僧伽羅叉

燉煌竺法乘 竺法行 竺法存

剡東岇山竺潛 竺法友 竺法蘊 竺法濟 康法識

剡沃洲山支遁 支法虔 竺法仰

剡山于法蘭 竺法興 于法道 支法淵

剡白山于法開 于法威

燉煌于道邃

剡葛峴山竺法崇 道寶

始寧山竺法義

東莞竺僧度 竺慧超

高僧傳第五卷 義解二 十五人

晉長安五級寺釋道安 王嘉

蒲坂釋法和

太山竺僧朗 支僧敦

京師瓦官寺竺法汰 曇壹 曇貳

飛龍山釋僧光 道護

荊州上明竺僧輔

京師瓦官寺竺僧敷

荊州長沙寺釋曇翼 僧衛

荊州長沙寺釋法遇

荊州上明釋曇徽

長安覆舟山釋道立 僧當 法濬

長沙寺釋曇戒

於潛青山竺法曠

吳虎丘東山寺竺道壹 帛道猷 道寶 道施

山陰嘉祥寺釋慧虔 曇試 智明

高僧傳第六卷 義解三 十三人

晉廬山釋慧遠

蜀龍淵寺釋慧持 慧巖 僧恭 道泓 曇蘭

廬山釋慧永 僧融

廬山釋僧濟

京師北多寶寺釋道亮 静林 慧隆
丹陽釋梵敏 僧籥
京師中興寺釋道温 僧慶 慧定 僧嵩
京師莊嚴寺釋曇斌 曇濟 曇宗
京師何園寺釋慧亮
下定林寺釋僧鏡 曇隆
京師靈根寺釋僧瑾 曇度 玄運
京師興皇寺釋道猛 道堅 慧鸞 慧敷 僧訓 道明
山陰靈嘉寺釋超進 曇慧 道憑
呉興小山釋法瑤 曇瑤
京師新安寺釋道猷 道慈 慧整 覺世
京師冶城寺釋慧通

高僧傳第九卷 義解五　二十七人

齊僞魏濟州釋僧淵 慧記 道登
僞魏釋曇度
京師莊嚴寺釋道慧 玄趣 僧達
京師中興寺釋僧鍾 曇纖 曇遷 僧表 僧最 敏達 僧寶
京師天保寺釋僧盛
京師湘宮寺釋弘充 法鮮
高昌郡釋智林
京師靈根寺釋法瑗 法愛 法常 智興
蜀齊后山釋玄暢
上定林寺釋僧遠 道憑 法令 慧泰
荆州竹林寺釋僧慧 曇慎 慧敞 僧岫
上定林寺釋僧柔 弘稱 僧拔 惠熙
山陰法華山釋惠基 僧行 道恢 慧旭 惠深 惠永 法洪
京師謝寺釋慧次 僧寶 僧智 法珍 慧調 僧嚮 僧猛

宋京師杯度
偽魏長安釋曇始
高昌釋法朗 智整
岷山通雲寺邵碩
江陵琵琶寺釋惠安 僧覽 法衛
齊京師枳園寺沙彌釋法匱 法楷
荊州釋僧惠 慧遠
壽春釋慧通
梁京師釋保誌 道香 僧朗
高僧傳第十二卷 習禪二十一人 明律十二人
習禪
晉江左竺僧顯
剡隱岳山帛僧光
始豐赤城山竺曇猷 慧開 惠眞
長安釋慧嵬

廣漢閻興寺釋賢護
始豐赤城山支曇蘭
蜀石室山釋法緒
宋偽魏平城釋玄高 慧崇
長安寒山釋僧周 僧亮
長安太后寺釋慧通
餘杭釋淨度
始豐瀑布山釋僧從
廣漢釋法成
京師中興寺釋慧覽
荊州長沙寺釋法期 道果
成都釋道法
蜀安樂寺釋普恒
齊京師靈鷲寺釋僧審 僧謙 超志 法隱 法達 慧勝

武昌樊山釋法悟 道濟
錢塘靈隱山釋曇超
始豐赤城山釋慧明

明律

宋江陵釋慧猷
吳閑居寺釋僧業 慧光
京師長樂寺釋慧詢
京師莊嚴寺釋僧璩 道遠
彭城郡釋道儼 慧曜
江陵釋僧隱 成具
廣漢釋道房
京師閑心寺釋道榮 慧祐
齊鍾山靈曜寺釋志道 超度
京師多寶寺釋法頴 慧文
蜀靈建寺釋法琳

京師安樂寺釋智稱 聰超
京師建初寺釋僧祐

高僧傳第十三卷 忘身十一人 誦經二十一人

忘身

晉霍山釋僧羣
宋彭城駕山釋曇稱
高昌釋法進 僧遵
魏郡廷尉寺釋僧富
僞秦蒲坂釋法羽 慧始
臨川招提寺釋慧紹 僧要
廬山招隱寺釋僧瑜
京師竹林寺釋慧益
蜀武擔寺釋僧慶
齊隴西釋法光
交阯仙山釋曇弘

誦經

晉河陰白馬寺釋曇邃

越城寺釋法相 曇蓋 僧法

山陰顯義寺竺法純

蜀三賢寺釋僧生

宋剡法華臺釋法宗

京師南澗寺釋道冏

廬山釋慧慶

臨渭釋普明

京師道場寺釋法莊

京師瓦官寺釋慧果

京師東安寺釋法恭 僧恭

京師彭城寺釋僧覆 慧林

齊京師高座寺釋慧進 僧念

永興栢林寺釋弘明

京師靈根寺釋慧豫 法音

上定林寺釋道嵩

上定林寺釋超辯 法明 僧志 法定

山陰天柱山釋法慧 曇遊

京師後崗釋僧侯 慧温

梁上定林寺釋慧彌 法仙

富陽齊堅寺釋道琳

高僧傳第十四五卷 興福十四人 經師十一人 唱導十八人

興福

晉并州竺慧達

武陵平山釋慧元 竺慧直

京師瓦官寺釋慧力

京師安樂寺釋慧受

宋京師崇明寺釋僧慧

山陰法華山釋僧翼

齊隆寺釋法鏡

右十五卷十科凡二百五十七人

弟子孤子王曼頴頓首和南一日蒙示所撰高僧傳并使其掎摭力尋始竟但見偉才紙弊墨渝迄未能罷若廼至法既被名德已興年幾五百時經六代自摩騰法蘭發軫西域安侯支讖荷錫東都雖跡標出没行實深淺咸作舟梁大爲利益固宜油素傳美鉛槧定辭昭示後昆揄揚往秀而道安羅什間表秦書佛澄道進雜聞趙册晉史見捨復恨局當時宋典所存頗因其會兼且攙出君台之記糅在元亮之說感應或所商榷幽明不無梗槩汎顯傍文未足光闡間有諸傳文非隱括景興偶採居山之人僧寶偏綴遊方之士法濟唯張高逸之例法安止命志節之科康泓專紀單開王季但稱高座僧瑜卓爾獨載玄暢超然孤録唯釋法進所造王巾有著意存該綜可擅一家然進名博而未廣巾體立而不就梁來作者亦有病諸僧祐成簡旣同法濟之責孝秀染毫復獲景興之誚其唱公纂集最實近之求其鄙意更恨煩冗法師此製始所謂不刊之筆綿亘古今包括内外屬辭比事不文不質謂繁難省玄約豈加以高爲名既使弗逮者恥開例成廣足使有善者勸向之二三諸子前後撰述豈得絜長量短同年共日而語之哉信門徒竟無一言可豫市肆空設千金之賞方入選龍函上登麟閣出内瓊笈卷舒玉笥弟子雖實不敏少嘗好學頃日延餘觸途多昧且獲披來帙斯文在斯鑽仰弗暇討論何所誠非子通見元則之論

良愧處道知休奔之書徒深謝安慕竺曠風流般浩憚支遁才俊耳不見旬日窮情已勞扶力此白以代訴盡弟子孤子王曼頴頓首和南君白一日以所撰高僧傳相簡意存鍼艾而來告累紙更加拂拭顧惟道藉人弘理由教顯而弘道釋教莫尚高僧故漸染已來照明遺法殊功異行列代而興敦厲後生理宜綜緝貧道少乏懷書抱筴自課之勤長慕鉛墨塗青揚善之美故於聽覽餘閒厝心傳録每見一介可稱輙有懷三省但歷尋衆記繁約不同或編列參差或行事出没已詳别序兼具來告所以不量寸管輕樹十科商摧條流意言略舉而筆路蒼茫辭語陋拙本以自備疎遺豈宜濫入高聽檀越既學兼孔釋解貫玄儒抽入綴藻内外淹劭披覽餘暇脱助詳閲故忘鄙俚用簡龍門然事高辭野久懷多愧來告吹噓更增慚懼今以所著讃論十科重以相簡如有紕謬請備斟酌釋慧皎白

高僧傳録序卷第十六

右此傳是會稽嘉祥寺釋慧皎法師所撰法師學通内外精研經律著涅槃疏十卷梵網戒等義疏並爲世軌又撰此高僧傳及序共十四卷梁末承聖二年太歲癸酉避侯景難來至湓城少時講説甲戌歲二月捨化春秋五十有八江州僧正慧恭爲首經營葬于廬山禪閣寺墓時龍光寺釋僧果同避難在山遇見時事聊記之云耳

音釋

懋莫候切美也 悛七全切 雒郎各切與洛同 岇吾浪切 峴户顯

切

詵所臻切　肇治小切　斌卑巾切　瑗于願切　敞楚兩切

斐數尾切　掎摭掎舉綺切繫其後曰掎摭之石切采拾也　鉛槧鉛余專切鉛粉也槧七豔切版牘也

糅女救切雜也　梗槩梗古猛切槩古代切梗槩大略也

筴楚革切與策同編簡也　⿰忄典⿰忄墨⿰忄典他典切慙也⿰忄墨密北切與嘿同

湓蒲奔切水名

續高僧傳

唐釋道宣撰

清刻龍藏佛說法變相圖

續高僧傳序

唐 釋 道 宣 撰

原夫至道絕言非言何以範世言惟引行即行而乃極言是以布五位以擢聖賢表四依以承人法龍圖成太易之漸龜章啓彝倫之用逮于素王繼轍前修舉其四科班生著詞後進弘其九等皆所謂化導之恒規言行之權致者也惟夫大覺之照臨也化敷西壤迹紹東川踰中古而彌新歷諸華而轉盛雖復應移存没法被澆淳斯乃利見之康莊趹有之弘略故使體道欽風之士激揚影響之賓會正解而樹言扣玄機而即號並德充宇宙神冠幽明像設煥乎丹青智則光乎緇素固以詳諸經部誠未繢其科條竊以葱河界於剡洲風俗分於唐梵華胥撰列非聖不據其

篇則二十四依付法之傳是也神州所紀賢愚雜其題引則六代所詳群録是也然則統斯大抵精會所歸莫不振發蒙心網羅正理俾夫騁足九達遺蹤望而可尋徇目四馳高山委而仰止昔梁沙門金陵釋寶唱撰名僧傳會稽釋惠皎撰高僧傳創發異部品藻恒流詳覈可觀華質有據而緝裒吳越叙略魏燕良以博觀未周故得隨聞成彩加以有梁之盛明德云繁薄傳三五數非通敏斯則同世相侮事積由來中原隱括未傳簡録時無雅贍誰爲補之致使歷代高風颯焉終古余青襟之歲有顧斯文祖習乃存經綸攸闕是用憑諸名器竚對殺青而情計栖遑各師偏競逖聽成簡載紀相尋而物忌先鳴藏舟遽往徒懸積抱終撫光陰敢以不才輙陳筆記引疎聞見即事編韋諒得列代因之更爲冠冕自漢明夢日之後梁武光有以前代别釋門咸流傳史考酌資其故實删定節其先聞遂得類續前驅昌言大寶季世情槩量重聲華至於鳩聚風猷略無繼緒維隋初沙門魏郡釋靈裕儀表綴述有意弘方撰十德記一卷偏叙昭玄師保未粤廣嗣通宗餘則孤起支文薄言行狀終亦未馳高觀可爲長大息矣故使霑預染毫之客莫不望崖而戾止固其然乎今余所撰恐墜接前緒故不獲已而陳或博諮先達或取訊行人或即目舒之或討讎集傳南北國史附見徽音郊郭碑碣旌其懿德皆撮其志行舉其器略言約繁簡事通野素足使紹胤前良允師後聽始距梁之初運終唐貞觀十有九年一百四十四載包

括岳瀆歷訪華夷正傳三百三十一人附見一百六十人序而申之大爲十例一曰譯經二曰解義三曰習禪四曰明律五曰護法六曰感通七曰遺身八曰讀誦九曰興福十曰雜科凡此十條世罕兼美今就其尤最者隨篇擬倫自前傳所叙通例已頒迴互抑揚寔遵弘檢且夫經導兩術掩映於嘉苗護法一科綱維於正網必附諸傳述知何續而非功取其拔滯開元固可標於等級餘則隨善立目不競時須布教攝於物情爲要解紛靜節總歸于末第區別世務者也至於韜光崇岳朝宗百靈秀氣逸於山河貞槩銷於林薄致有聲諠玄谷神凝紫煙高謝於松喬俯眄於窮轍斯皆具諸別紀抑可言乎或復匿迹城闉陸沉浮俗盛業可列而吹嘘罕遇故集見勳風素且樹十科結成三袠號曰續高僧傳若夫搜擢源派剖析憲章粗識詞令琢磨行業則備于後論更議而引之必事接恒篇終成詞費則削同前傳猶恨逮于末法世挺知名之僧未覩嘉猷有淪典籍庶將來同好又塵斯意焉

續高僧傳卷第一

譯經篇初 本傳六人 附見二十七人

梁楊都正觀寺沙門僧伽婆羅傳第一

僧伽婆羅梁言僧養亦云僧鎧扶南國人也幼而穎悟早附法律學年出家偏業阿毗曇論聲榮之盛有譽海南具足已後廣習律藏勇意觀方樂崇開化聞齊國弘法隨舶至都住正觀寺爲天竺沙門求那跋陀之弟子也復從跋陀研精方等未盈炎燠博涉多通乃解數國書語值齊曆亡墜道教陵夷婆羅靜潔身心外絕交故擁室棲閑養素資業大梁御寓搜訪術能以天監五年被勑徵召於楊都壽光殿華林園正觀寺占雲館扶南館等五處傳譯訖十七年都合一十一部四十八卷卽大育王經解脫道論等是也初翻經日於壽光殿武帝躬臨法座筆受其文然後乃付譯人盡其經本勑沙門寶唱惠超僧智法

雲及袁曇允等相對疏出華質有序不墜譯宗天子禮接甚厚引爲家僧所司資給道俗改觀婆羅不畜私財以其嚫施成立住寺太尉臨川王宏接遇隆重普通五年因疾卒于正觀春秋六十有五梁初又有扶南沙門曼陀羅者梁言弘弱大齎梵本遠來貢獻勑與婆羅共譯寶雲法界體性文殊般若經三部合一十一卷雖事傳譯未善梁言故所出經文多隱質時有居士木道賢以天監十五年獻優樓頻經一卷文既鮮具不辯來由又有太學博士江泌女僧法者小年出家有時靜坐閉目誦出淨土妙莊嚴等經始從八歲終於十六總出三十五卷天監年中在華光殿親對武帝誦出異經楊都道俗咸稱神授若驗佛經斯唯宿習未可餘談竊尋外典生知者聖學知者次此則局談今身昧於過往耳若不然者何以辯內外賢聖淺深之通塞哉如前傳曇諦之憶書鎮近俗崔子之念金環代有斯蹤定非外託逮太清中湘東王記室虞孝敬者學周內外撰內典博要三十卷該羅經論條貫釋門諸有要事備皆收録頗同皇覽類苑之流渚宮陷沒便襲染衣更名道命流離關輔亦有著述云

梁楊都莊嚴寺沙門釋寶唱傳第二

釋寶唱姓岑氏吳郡人即有吳建國之舊壤也少懷恢敏清貞自蓄顧惟隻立勤田爲業資養所費終於十畆至於傍求傭書取濟寓目蹠略便能強識文彩鋪贍義理有聞年十八投僧祐律師而出家焉祐江表僧望多所製述具如前傳紀之唱既始陶津經律諮禀

承風建德有聲宗嗣住莊嚴寺博採群言酌其精理又惟開悟士俗要以通濟爲先乃從處士顧道曠呂僧智等習聽經史莊易略通大義時以其遊涉世務謂有俗志爲訪家室執固不迴將及三十天廢既崩喪事云畢建武二年擺撥常習出都專聽涉歷五載又中風疾會齊氏云季遭亂入東遠至閩越討論舊業天監四年便還都下乃勑爲新安寺主帝以時會雲雷遠近清晏風雨調暢百穀年登豈非上資三寶中賴四天下藉神龍幽靈叶贊方乃福被黔黎歆兹厚德但文散群部難可備尋下勑令唱總撰集録以擬時要或建福禳災或禮懺除障或饗接神鬼或祭祀龍王部類區分近將百卷八部神名以爲三卷包括幽奥詳略古今故諸所祈求帝必親覽指事祠禱多感威靈所以五十許年江表無事兆民荷頼緣斯力也天監七年帝以法海浩瀚淺識難尋勑莊嚴僧旻於定林上寺纘衆經要抄八十八卷又勑開善智藏纘衆經理義號曰義林八十卷又勑建元僧朗注大般涅槃經七十二卷並唱奉別勑兼賛其功綸綜終始緝成部袠及簡文之在春坊尤躭内教撰法寶聯壁二百餘卷别令寶唱綴比區別其類遍略之流帝以佛法沖奥近識難通自非才學無由造極又勑唱自大教東流道門俗士有叙佛理著作弘義並通鳩聚號曰續法輪論合七十餘卷使夫迷悟之賓見便歸信深助道法無以加焉又撰法集一百三十卷並唱獨專慮纘結成部上既親覽流通内外十四年勑安樂寺僧紹撰華林佛

殿經目雖復勒成未愜帝旨又勑唱重撰乃因紹前録注述合離甚有科據一袠四卷雅愜時望遂勑掌華林園寶雲經藏搜求遺逸皆令具足備造三卷以用供上緣是又勑撰經律異相五十五卷飯聖僧法五卷帝又注大品經五十卷于時佛教隆盛無得稱焉道俗才華互陳文理自武帝膺運時年三十有七在位四十九載深以庭陰早傾常懷哀感每歎曰雖有四海之尊無由得申罔極故留心釋典以八部般若爲心良田是諸佛由生又即除災滌累故收採衆經躬述注解親臨法座講讀敷弘用此善因崇津靈識頻代二皇捨身爲僧給使洗濯煩穢仰資冥福每一捨時地爲之震相繼齋講不斷法輪爲太祖文皇於鍾山竹澗建大愛敬寺糺紛協田臨睨百丈翠微峻極流泉灌注鍾龍遍嶺飫鳳乗空創塔包巖壑之奇宴坐盡山林之邃結構伽藍同尊園寢經營彫麗奄若天宮中院之去大門延袤七里廊廡相架簷霤臨屬旁置三十六院皆設池臺周宇環遶千有餘僧四事供給中院正殿有栴檀像舉高丈八匠人約量晨作夕停每夜恒聞作聲旦視輙覺功大及終成後乃高二丈有二相好端嚴色相超挺殆由神造屢感徵迹帝又於寺中龍淵别殿造金銅像舉高丈八躬申供養每入頂禮歔欷哽噎不能自勝預從左右無不下泣又爲獻太后於青溪西岸建陽城門路東起大智度寺京師爽塏通博朝市之中途川陸之顯要殿堂宏敞寶塔七層房廊周接華果間發正殿亦造丈八金像以申追福

五百諸尼四時講誦寺成之日帝顧謂群后曰建斯兩寺奉福二皇用表罔極之情以達追遠之思而不能遣蓼莪之哀復於中宮起至敬殿景陽臺立七廟室崇宇嚴肅欝若卿雲粉壁朱柱交映相耀設二皇座具備諸禮冠蘊奩篋舉目興慕晨昏如在衣服輕暖隨時代易新奇芳旨應時日薦帝又曰雖竭工匠之巧殫世俗之奇水石周流華樹雜沓限以國務不獲朝夕侍食惟有朔望親奉饋奠而無所瞻仰內心崩潰如焚如灼又作聯珠五十首以明孝道又制孝思賦廣統孝本至於安上治民移風易俗度越終古無得而稱故元帝云伏尋我皇之爲孝也四運推移不以榮枯遷貿五德更用不以貴賤革心臨朝端默過隙之思彌軫垂拱巖廊風樹之悲逾切潔齋宗廟虔事郊禋言未發而涕零容不改而傷慟所謂終身之憂者是也蓋虞舜夏禹周文梁帝萬載論孝四人而已廣如譯所撰金樓子述之又以大通元年於臺城北開大通門立同泰寺樓閣臺殿則宸宮九級浮圖迴張雲表山樹園池沃蕩煩積其年三月六日帝親臨幸禮懺敬接以爲常准卽捨身之地也雖億兆務殷而卷不輟手披閱內外經論典墳恒以達曙爲則自禮記古文周書左傳莊老諸子論語孝經往哲所未詳悉皆爲訓釋又以國學員限隔於貴賤乃更置五館招引寒儁故使孔釋二門榮茂峙列帝前後集百有餘卷著通史書苑數千卷唱當斯盛世頻奉璽書預叅翻譯具如別傳初唱天監九年先疾復動便發二願遍尋經論使無

遺失搜括列代僧録創區別之撰爲部袠號曰名僧傳三十一卷至十三年始就條列其序略云夫深求寂滅者在於視聽之表考乎心行者諒須丹青之工是知萬象森羅立言之不可以已者也大梁之有天下也威加赤縣功濟蒼生皇上化範九疇神遊八正頂戴法橋服膺甘露竊以外典鴻文布在方冊九品六藝尺寸罔遺而沙門淨行獨亡紀述玄宗敏德名絕終古擁歎長懷靡茲永歲律師釋僧祐道心貞固高行超邈著述諸記振發宏要寶唱不敏預班二落禮誦餘日捃拾遺漏文廣不載初以脚氣連發入東治療去後勑追因此抵罪謫配越州尋令依律以法處斷僧正慧超任情乖旨擯徙廣州先懺京師大僧寺遍方徙嶺表永棄荒裔遂令鳩集爲役多闕晝則伏懺夜便纘録加又官私催逼惟日弗暇中甄條流文詞墜落將發之日遂以奏聞有勑停擯令住翻譯而此僧史方將刋定改前宿繁更加芟足故其傳後自序云豈敢謂僧之董狐庶無曲筆耳然唱之所撰文勝其質後人憑據揣而用之故數陳賞要爲時所列不測其終

元魏北臺恒安石窟通樂寺沙門釋曇曜傳第三

釋曇曜未詳何許人也少出家攝行堅貞風鑒閑約以元魏和平年任北臺昭玄統綏輯僧衆妙得其一住恒安石窟通樂寺即魏帝之所造也去恒安西北三十里武周山谷北面石崖就而鐫之建立佛寺名曰靈巖龕之大者舉高二十餘丈可受三千許人面別鐫

像窮諸巧麗龕别異狀駭動人神櫛比相連三十餘里東頭僧寺恒供千人碑碣見存未卒陳委先是太武皇帝太平真君七年司徒崔皓邪佞諛詞令帝崇重道士寇謙之拜爲天師珍敬老氏虔劉釋種焚毀寺塔至庚寅年太武感致癘疾方始開悟兼有白足禪師來相啓發帝旣心悔誅夷崔氏事列諸傳至壬辰年太武云崩子文成立即起塔寺搜訪經典毀法七載三寶還興曜慨前陵廢欣今重復故於北臺石窟集諸德僧對天竺沙門譯付法藏傳并淨土經流通後賢意存無絶時又有沙門曇靖者以創開佛日舊譯諸經並從焚蕩人間誘導憑准無因乃出提謂波利經二卷意在通悟而言多妄習故其文云東方泰山漢言岱岳陰陽交代故謂代岳出於魏世乃曰漢言不辯時代斯一妄也太山即此方言乃以代岳譯之兩語相翻不識梵魏斯二妄也其例甚衆具在經文尋之可領舊録别有提謂經一卷與諸經語同但增加五方五行同石糅金疑成僞耳並不測其終隋初開皇關壤往往民間猶習提謂邑義各持衣鉢月再興齋儀範正律遆相監檢甚具翔集云

元魏南臺洛下永寧寺天竺沙門菩提流支傳第四

菩提流支魏言道希北天竺人也遍通三藏妙入總持志在弘法廣流視聽遂挾道宵征遠莅葱左以魏永平之初來遊東夏宣武皇帝下勑引勞供擬殷華處之永寧大寺四事將給七百梵僧勑以流支爲譯經之元匠也

其寺本孝明皇帝熈平元年靈太后胡氏所立在宮前閶闔門南御道之東中有九層浮圖架木爲之舉高九十餘丈上有金剎復高十丈出地千尺去臺百里已遥見之初營基日掘至黄泉獲金像三十二軀太后以爲嘉瑞奉信法之徵也是以飾制瓌奇窮世華美剎表置金寶瓶容二十五斛承露金盤一十一重鐵鎖角張盤及鎖上皆有金鐸如一石甕九級諸角皆懸大鐸上下凡有一百三十枚其塔四面九間六窻三户皆朱漆扉扇垂諸金鈴層有五千四百枚復施金鐸鋪首佛事精妙殫土木之功繡柱金鋪驚駭心目高風永夜鈴鐸和鳴鏗鏘之音聞十餘里北有正殿形擬太極中諸像設金玉繡作工巧綺麗冠絶當世僧房周接千有餘間臺觀星羅參差間出彫飾朱紫績以丹青栝柏楨松異草叢集院墻周币皆施椽瓦正南三門樓開三道三重去地二百餘尺狀若天門赫弈華麗挾門列四力士四師子飾以金玉莊嚴煥爛東西兩門例皆如此所可異者唯樓兩重北門通道但露而置其四門外樹以青槐亘以淥水京師行旅多庇其下路斷飛塵不由渰雲之潤清風送涼豈籍合歡之發乃詔中書舍人常景制寺碑景河内人敏學博通知名海内太和十九年高祖擢爲修律博士有詔令刊定律格永成通式景乃商確今古條貫科猷即魏律二十篇是也歷官中書舍人黄門侍郎祕書監幽州刺史居室貧儉事若農家唯有經史盈車所著文集百餘篇給事中封暐伯作序行世寺既初成明帝及太后

共登浮圖視宮中如掌內下臨雲雨上天清朗以見宮內事故禁人不聽登之自西夏東華遊歷諸國者皆曰如此塔廟閻浮所無孝昌二年大風發屋拔樹刹上寶瓶隨風而墮入地丈餘復命工人更安新者至永熈三年二月爲天所震帝登凌雲臺望火遣南陽王寶炬録尚書長孫稚將羽林一千來救于斯時也雷雨晦冥霰雪交注第八級中平旦火起有二道人不忍焚爐投火而死其燄相續經餘三月入地刹柱乃至周年猶有煙氣其年五月有人從東萊郡至云見浮圖在於海中光明儼然同覩非一俄而雲霧亂起失其所在至七月平陽王爲侍中斛斯椿所挾西奔長安至十月而洛京遷于漳鄴先時流支奉勑創翻十地宣武皇帝命章一日親對筆受然後方付沙門僧辯等訖盡論文佛法隆盛英儁蔚然相從傳授孜孜如也帝又勑清信士李廓撰衆經録廓學通玄素條貫經論雅有標擬故其録云三藏流支自洛及鄴爰至天平二十餘年凡所出經三十九部一百二十七卷即佛名楞伽法集深密等經勝思惟大寶積法華涅槃等論是也並沙門僧朗道湛及侍中崔光等筆受具列唐貞觀內典録廓又云三藏法師流支房內經論梵本可有萬夾所翻新文筆受藁本滿一間屋然其慧解與勒那相亞而神悟聰敏洞善方言兼工呪術則無抗衡矣嘗坐井口澡鑵內空弟子未來無人汲水流支乃操柳枝聊撝井中密加誦呪纔始數遍泉水上涌平及井欄即以鉢酌用之盥洗旁僧具見莫測其神咸共

嘉歎大聖人也流支曰勿妄褒賞斯乃術法外國共行此方不習謂爲聖耳懼惑世人遂祕不傳于時又有中天竺僧勒那摩提魏云寶意博贍之富理事兼通誦一億偈偈有三十二字尤明禪法意存遊化以正始五年初届洛邑譯十地寶積論等大部二十四卷又有北天竺僧佛陀扇多魏言覺定從正光年至元象二年於洛陽白馬寺及鄴都金華寺譯出金剛上味等經十部當翻經日於洛陽内殿流支傳本餘僧參助其後三德乃徇流言各傳師習不相詢訪帝以弘法之盛略叙曲煩勑三處各翻訖乃參校其間隱没互有不同致有文旨時兼異綴後人合之共成通部見寶唱等録初寶意沙門神理標異領牒魏詞偏盡隅奥帝每令講華嚴經披釋開悟精義每發一日正處高座忽有持笏執名者形如天官云奉天帝命來請法師講華嚴經意曰今此法席尚未停止待訖經文當從來命雖然法事所資獨不能建都講香火維那梵唄咸亦須之可請令定使者即如所請見講諸僧旣而法事將了又見前使云奉天帝命故來下迎意乃含笑熙怡告衆辭訣奄然卒於法座都講等僧亦同時殞魏境聞見無不嗟美時又有沙門法場於洛陽譯辯意長者問經一卷雖闕傳對而是正文見法上録又熙平元有南天竺波羅柰城婆羅門姓瞿曇氏名般若流支魏言智希從元象元年至興和末於鄴城譯正法念聖善住迴諍唯識等經論凡一十四部八十五卷沙門曇琳僧昉等筆當時有沙門菩提流支與般若流支

前後出經而衆録傳寫率多輕略各去上字但云流支而不知是何流支迄今群録譯目相涉難得詳定又斯城郡守楊衒之撰洛陽伽藍記五卷故其序略云三墳五典之說九流百氏之言並理在人區而義非天外至如一乘二諦之言六通三達之旨西域備詳東土靡記若夫頂日感夢滿月流光陽門飾毫眉之像夜臺圖紺髮之形爾來奔競其風遂廣至如晉室永嘉寺惟有四十二皇魏受圖嵩洛京寺出餘千數皆帝王士庶篤信經營名僧異瑞紛綸間起今採摘祥異者具以注之文多不載時西魏文帝大統中丞相宇文黑泰興隆釋教崇重大乘雖攝總萬機而恒揚三寶第內常供百法師尋討經論講摩訶衍又命沙門曇顯等依大乘經撰菩薩藏衆經要及百二十法門始從佛性終盡融門每日開講即恒宣述以代先舊五時教迹迄今流行香火梵音禮拜唱導咸承其則雖山東江表乃稱學海儀表有歸未能逾矣至周文帝二年有波頭摩國律師攘那跋陀羅周言智賢共耶舍崛多等譯五明論謂聲醫工術及符印等並沙門智僊筆受建武帝天和年有摩勒國沙門達摩流支周言法希奉勑爲大冢宰晉陽公宇文護譯婆羅門天文二十卷又令摩伽陀國禪師闍那耶舍周言藏稱共弟子闍那崛多等於長安故城四天王寺譯定意天子問經六部沙門圓明道辯及城陽公蕭吉等筆受

陳南海郡天竺沙門拘那羅陀傳第五

拘那羅陀陳言親依或云波羅末陀譯云眞

諦並梵文之名字也本西天竺優禪尼國人焉景行澄明器宇清肅風神爽拔悠然自遠群藏廣部罔不措懷藝術異能偏素諳練雖遵融佛理而以通道知名遠涉艱關無憚夷險歷遊諸國隨機利見梁武皇帝德加四域盛昌三寶大同中勑直後張汜等送扶南獻使返國仍請名德三藏大乘諸論雜華經等眞諦遠聞行化儀軌聖賢搜選名匠惠益氓品彼國乃屈眞諦幷賫經論恭膺帝旨既素蓄在心渙然聞命以大同十二年八月十五日達于南海沿路所經乃停兩載以太清二年閏八月始屆京邑武皇面申頂禮於寶雲殿竭誠供養帝欲傳翻經教不羨秦時更出新文有逾齊日屬道銷梁季寇羯憑陵法爲時崩不果宣述乃步入東土又往富春令陸元哲創奉問津將事傳譯招延英秀沙門寶瓊等二十餘人翻十七地論適得五卷而國難未靜側附通傳至太寶三年爲侯景請還在臺供養于斯時也兵饑相接法幾頹焉會元帝啓祚承聖清夷乃止于金陵正觀寺與願禪師等二十餘人翻金光明經三年二月還返豫章又往新吳始興後隨蕭太保度嶺至于南康並隨方翻譯棲遑靡託逮陳武永定二年七月還返豫章又上臨川晉安諸郡眞諦雖傳經論道缺情離本意不申更觀機壤遂欲汎舶往楞伽修國道俗虔請結誓留之不免物議遂停南越便與前梁舊齒重覈所翻其有文旨乖競者皆鎔冶成範始末輪通至文帝天嘉四年楊都建元寺沙門僧宗法准僧忍律師等並建業標領欽聞新教故

使遠浮江表親承芳問諦欣其來意乃爲翻攝大乘等論首尾兩載覆疎宗旨而飄寓投委無心寧寄又汎小舶至梁安郡更裝大舶欲返西國學徒追逐相續留連太守王方奢述衆元情重申邀請諦又且徇人事權止海隅伺旅東裝未思安堵至三年九月發自梁安汎舶西引業風賦命飄還廣州十二月中上南海岸刺史歐陽穆公頠延住制旨寺請翻新文諦顧此業緣西還無指乃對沙門慧愷等翻廣義法門經及唯識論等後穆公薨沒世子紇重爲檀越開傳經論時又許焉而神思幽通量非情測甞居別所四絕水洲紇往造之嶺峻濤涌未敢陵犯諦乃鋪舒坐具在水上跏坐其內如乘舟焉浮波達岸既登接對而坐具不濕依常敷置有時或以荷葉蹋水乘之而渡如斯神異其例甚衆至光太二年六月諦猒世浮雜情弊形骸未若佩理資神早生勝壤遂入南海北山將捐身命時智愷正講俱舍聞告馳往道俗奔赴相繼山川刺史又遣使人伺衛防遏躬自稽顙致留三日方紆本情因爾迎還止于王園寺時宗愷諸僧欲延還建業會揚輦碩望恐奪時榮乃奏曰嶺表所譯衆部多明無塵唯識言乖治術有蔽國風不隸諸華可流荒服帝然之故南海新文有藏陳世以太建元年遘疾少時遺訣嚴正勗示因果書傳累紙其文付弟子智休至正月十一日午時遷化時年七十有一明日於潮亭焚身起塔十三日僧宗法准等各賫經論還返匡山自諦來東夏雖廣出衆經偏宗攝論故討尋教旨通覽所譯則

彼此相發綺績鋪顯故隨處翻傳親流䟽解依止勝相後䟽並是僧宗所陳躬對本師重爲釋旨增減或異大義無虧宗公別著行狀廣行於世且諦之梁時逢喪亂感竭運終道津靜濬流離弘化隨方卷行至於部袠或分譯人時別今總歷二代共通數之故始梁武之末至陳宣初位凡二十三載所出經論記傳六十四部合二百七十八卷微附華飾盛顯隋唐見曹毗別曆及唐貞觀内典録餘有未譯梵本書並多羅樹葉凡有二百四十夾若依陳紙翻之則列二萬餘卷今見譯訖止是數甲之文並在廣州制旨王園兩寺是知法寶弘博定在中天識量玭瑣誠歸東夏何以明之見譯藏經減三千卷生便棄擲習學全希用此量情情可知矣初諦傳度攝論宗愷歸心窮括教源銓題義旨遊心既久懷敞相承諦又面對闡揚情理無伏一日氣屬嚴厲衣服單疎忍噤通宵門人側席愷等終夜靜立奉侍諮詢言久情諠有時眠寐愷密以衣被覆足諦潛覺知便曳之于地其節儉知足如此愷如先奉侍逾久逾親諦以他日便喟然憤氣衝口者三愷問其故答曰君等欵誠正法實副衆傳但恨弘法非時有阻來意耳愷聞之如噎良久聲淚俱發跪而啓曰大法絶塵遠通赤縣群生無感可遂理耶諦以手指西北曰此方有大大國非近非遠吾等沒後當盛弘之但不覩其興以爲太息耳即驗往隅今統數揚有宗傳者以爲神用不同妄生異執惟識不識其識不無慨然時有中天竺優禪尼國王子月婆首那陳言高空遊

化東魏生知後朗體悟幽微專學佛經尤精義理洞曉音韻兼善方言譯僧伽吒經等三部七卷以魏元象年中於鄴城司徒公孫騰第出沙門僧昉筆受屬齊受魏禪蕃客任情那請還鄉事流博觀承金陵弘法道聲遠肅以梁武大同年辭齊南度旣達彼國仍被留住因譯大乘頂王經一部有勑令那總監外國往還使命至太清二年忽遇于闐僧求那跋陀陳言德賢齎勝天王般若梵本那因祈請乞願弘通嘉其雅操豁然授與那得保持用爲希遇屬侯景作亂未暇翻傳携負東西諷持供養至陳天嘉乙酉之歲始於江州興業寺譯之沙門智昕筆受陳文凡六十日覆疏陶練勘閱俱了江州刺史黃法𣰰爲檀越僧正釋惠恭等監掌具經後序那後不知所終時又有扶南國僧須菩提陳言善吉於楊州城內至敬寺爲陳主譯大乘寶雲經八卷與梁世曼陀羅所出七卷者同少有差耳並見隋世三寶録

陳楊都金陵沙門釋法泰傳第六

釋法泰不知何人學達釋宗跨轢淮海住楊都大寺與慧愷僧宗法忍等知名梁代並義聲高邈宗匠當時有天竺沙門眞諦挾道孤游遠化東鄙會虜寇勍殄僑寓流離一十餘年全無陳譯將旋舊國途出嶺南爲廣州刺史歐陽頠固留因欲傳授周訪義侶擬閱新文泰遂與宗愷等不憚艱辛遠尋三藏於廣州制旨寺筆受文義垂二十年前後所出五十餘部并述義記皆此土所無者泰雖博通教旨偏重行猷至於律儀所及性無違越諦

又與泰譯明了論釋律二十二大義并疏五卷勒于座右遵奉行之至陳太建三年泰還建鄴并賫新翻經論創開義旨驚異當時其諸部中有攝大乘俱舍論文詞該富理義凝玄思越恒情尠能其趣先是梁武宗崇大論兼翫成實學人聲望從風歸靡陳武好異前朝廣流大品尤敦三論故泰雖屢演道俗無受使夫法座絕嗣閴爾無聞會彭城沙門靜嵩避地金陵學聲早被獨拔千載希斯正理晝談恒講夜請新宗因循荏苒乃經涼燠泰振發玄門明衷弘詣覈其疑議每臻玄極皆隨機桉旨披釋無遺事出嵩傳泰博諮眞諦傳業嵩公知我者希浮謗斯及不測其終智愷俗姓曹氏住楊都寺初與法泰等前後異發同往嶺表奉祈眞諦愷素積道風詞力殷贍乃對翻攝論躬受其文七月之中文疏並了都合二十五卷後更對翻俱舍論十月便了文疏合數八十三卷諦云吾早值子綴緝經論結是前翻不應少欠今譯兩論詞理圓備吾無恨矣愷後延諦還廣州顯明寺住本房中請諦重講俱舍纔得一遍至陳光大中僧宗法准惠忍等度嶺就諦求學以未聞攝論更爲講之起四月初至臘月八日方訖一遍明年宗等又請愷於智慧寺講俱舍論成名學士七十餘人同欽諮詢講至業品疏第九卷文猶未盡以八月二十日遘疾自省不救索紙題詩曰千秋本難滿三時理易傾石火無恒燄電光非久明遺文空滿笥徒然昧復生泉路方幽噎寒隴向淒清一隨朝露盡惟有夜松聲因放筆與諸名德握手語別端

坐儼思奄然而卒春秋五十有一即光大二年也葬於廣州西䕃寺南崗自餘論文真諦續講至惑品第三卷因爾乖豫便廢法事明年肇春三藏及化諦有菩薩戒弟子曹毗者愷之叔子明敏深沉雅有遠度少攜至南中受學攝論諮承諸部皆著功勣太建二年毗請建興寺僧正明勇法師續講攝論成學名僧五十餘人晚住江都綜習前業常於白塔等寺開演諸論冠履群儒服同賢士登座談吐每發深致席端學士並是名賓禪定僧榮日嚴法侃等皆資其學時有循州平等寺沙門智敷者弱年聽延祚寺導緣二師成實并往北土沙門法明聽金剛般若論又往希堅二德聽婆沙中論皆洞涉精至研覈宗旨必得本師臨聽言無浮雜義得明暢者方始離

之餘例准此及翻攝論乃爲廣州刺史安南將軍陽山公頠請宅安居不獲專習後翻俱舍方預其席及愷講此論數與道尼等二十人並掇拾文䟽於堂聽受及愷之云亡諦撫膺哀慟遂來法准房中率尼嚮敷等十有二人共傳香火令弘攝舍兩論誓無斷絶皆共奉旨無敢墜失至三藏崩後法侶凋散未嗣將虧太建九年敷相續敷弘最多聯類同聽諦席未有高者太建十一年二月有跋摩利三藏弟子惠哿者本住中原值周武滅法避地歸陳晚隨使劉璋至南海獲涅槃論敷曾講斯經欣其本習伏膺請求便爲開說止得序分種性分前十三章玄義後返豫章鶴嶺山敷又與璣法師隨從因復爲說第三分具得十海十道及進餘文哿因遘疾不任傳授

乃令敷下都覔海潮法師當窮論旨以十四年至於建業所尋不值乃遇棲玄寺曉禪師賜與曇林解涅槃疏釋經後分文兼論意而不整足便還故寺常講新文十三章義近三十遍開皇十二年王仲宣起逆焚燒州境及敷寺房文疏並燼其年授敷令任廣循二州僧任經停五載廢闕法事後解僧任方於本州道場寺偏講攝論十有餘遍坐中達解二十五人璣山瞰等並堪領匠仁壽元年遘疾終於本寺敷撰諦之翻譯歷始末指訂并卷部時節人世詳備廣有成叙道尼住本九江尋宗訓旨興講攝論騰譽京師開皇十年下勑追入旣達雍輦開悟弘多自是南中無復講主雖云敷說蓋無取矣

續高僧傳卷第一

音釋

纘（作管切綜集也）剡（時冉切縣名）逖（他歷切遠也）縶（陟立切羈縶也）胤（羊晉切繼也）闉（於眞切城門也）黔（巨鹽切黑也）袠（直一切書衣也）糺（吉黝切與糾同）睨（魚計切衺視也）袤（莫候切延亘南北也）霤（力救切屋簷滴雨爲霤）哽噎（哽古杏切噎烏結切哽噎悲塞也）蓼莪（蓼力竹切莪五何切蓼莪詩之篇名）奩（力鹽切匣也）雋（子峻切與俊同）芟（所咸切芟刈也）鐫（子全切刻也）櫛（阻瑟切櫛比也）莅（力置切臨也）瓌（公回切偉也）繢（胡對切畫也）渰（衣檢切雲興貌）撝（吁爲切手指撝也）盥（古玩切澡手也）昉（分兩切）諳（烏含切練歷也）顩（魚毀切）玼（才支切病也）闐（堂練切于闐西域國名也）昕（許斤切）氍（其倶切與氍同）轢（郎狄切陵踐也）勍（渠京切彊也）僑（渠驕切旅居也）哿（嘉我切）瞰（苦濫切）

續高僧傳卷第二

唐　釋　道　宣　撰

譯經篇二 本傳四人 附見八人

隋西京大興善寺北天竺沙門那連提黎耶舍傳一 萬天懿

隋西京大興善寺北賢豆沙門闍那崛多傳二 僧就 法智

隋東都雒濱上林園翻經館南賢豆沙門達摩笈多傳三 侯君素 劉馮 徐同卿 費長房

隋東都上林園翻經館沙門釋彥琮傳四 行矩

那連提黎耶舍此言尊稱北天竺烏場國人正音應云鄔荼其王與佛同氏亦姓釋迦刹帝利種此云土田主也田劫初之時先爲分地主因即號焉今所謂國王者是也舍年十七發意出家尋值名師備聞正教二十有一得受具篇聞諸宿老歎佛景迹或云其國有鉢某國有衣頂骨牙齒神變非一遂即起心願得瞻奉以戒初受須知律相旣滿五夏發足遊方所以天梯石臺之迹龍廟寶塔之方廣周諸國並親頂禮僅無遺逸曾竹園寺一住十年通履僧坊多值明德有一尊者深識人機見語舍云若能靜修應獲聖果恐汝遊涉終無所成爾日雖聞情無領悟晚來却想悔將何及耶舍北背雪山南窮師子歷覽聖迹仍旋舊壤乃覩烏場國主眞大士焉自所經見罕儔其類試略述之安民以理民愛若親後夜五更先禮三寶香花妓樂竭誠供養

日出昇殿方覽萬機次到辰時香水浴像官中常設日百僧齋王及夫人手自行食齋後消食習諸武藝日景將昳寫十行經與諸德僧共談法義復與羣臣量議治政瞑入佛堂自奉燈燭禮拜誦讀各有恒調了其常業乃還退靜三十餘年斯功不替王有百子誠孝居懷釋種餘風亂流此國但以寺接山阜野火所焚各相差遣四遠投告六人爲伴行化雪山之北至于峻頂見有人鬼二路人道荒險鬼道利通行客心迷多尋鬼道漸入其境便遭殺害昔有聖王於其路首作毗沙門天王石像手指人路同伴一僧錯入鬼道耶舍覺已口誦觀音神呪百步追及已被鬼害自以呪力得免斯厄因復前行又逢山賊專念前呪便蒙靈衞賊來相突對目不見循路東指到芮芮國值突厥亂西路不通返鄉意絕乃隨流轉北至泥海之旁南岠突厥七千餘里彼旣不安遠投齊境天保七年届於京鄴文宣皇帝極見殊禮偏異恒倫耶舍時年四十骨梗雄雅物議憚之緣是文宣禮遇隆重安置天平寺中請爲翻經三藏殿內梵本千有餘夾勑送於寺處以上房爲建道場供窮珍妙別立廚庫以表尊崇又勑昭玄大統沙門法上等二十餘人監掌翻譯沙門法智居士萬天懿傳語懿元鮮卑姓萬俟氏少出家師婆羅門而聰慧有志力善梵書語攻呪符術由是故名預參傳焉初翻衆經五十餘卷大興正法弘暢衆心宣帝重法殊異躬禮梵本顧羣臣曰此乃三寶洪基故宜偏敬其奉信推誠爲如此也耶舍每於宣譯之暇時陳

神呪冥救顯助立功多矣未幾授昭玄都俄轉爲統所獲兵祿不專自資好起慈惠樂興福業設供飯僧施諸貧乏獄囚繫畜咸將濟之市鄽內所多造義井親自漉水津給衆生又於汲郡西山建立三寺依泉旁谷制極山美又收養癘疾男女別坊四事供承務令周給又往突厥客館勸持六齋羊料放生受行素食又曾遇病百日不起天子皇后躬問起居耶舍歎曰我本外客德行未隆乘輿今降重法故爾內撫其心慚懼交集建德之季周武克齊佛教與國一時平殄耶舍外假俗服內襲三衣避地東西不遑寧息五衆凋窘投厝無所儉餓溝壑者減食施之老病扶力者隨緣濟益雖事力匱薄拒諫行之而神志休强說導無倦屯負留難更歷四年有隋御寓重隆三寶開皇之始梵經遥應爰降璽書請來弘譯二年七月弟子道密等侍送入京住大興善寺其年季冬草創翻業勑昭玄統沙門曇延等三十餘人令對翻傳主上禮問殷繁供奉隆渥年雖朽邁行轉精勤曾依舍利弗陀羅尼具依修業夢得境界自身作佛如此靈祥雜沓其例非一後移住廣濟寺爲外國僧主存撫覊客妙得物心忽一旦告弟子曰吾年老力微不久去世及今明了誡爾門徒佛法難逢宜勤修學人身難獲愼勿空過言訖就枕奄爾而化時滿百歲即開皇九年八月二十九日也初耶舍先逢善相者云年必至百亦合登仙中壽果終其言驗矣登仙冥理猶難測之然其面首形偉特異常倫頂起肉髻聳若雲峯目正處中上下量等耳高

且長輪郵成具見人榮相未比於斯固是傳法之碩德也法主既喪哀驚道俗紹隆之事將漸墜焉凡前後所譯經論一十五部八十許卷即菩薩見實月藏日藏法勝毗曇等是也並沙門僧琛明芬給事李道寶等度語筆受昭玄統沙門曇延昭玄都沙門靈藏等二十餘僧監護始末至五年冬勘練俱了並沙門彥琮製序具見齊周隋三代經録尋耶舍遊涉四十餘年國五十餘里十五萬瑞影靈迹勝寺高僧駛水深林山神海獸無非奉敬並預徵降事既廣周未遑陳叙沙門彥琮爲之本傳具流於世時又有同國沙門毗尼多流支此言滅喜不遠五百由旬來觀盛化開皇二年於大興善譯象頭精舍大乘總持經二部給事李道寶傳語沙門法纂筆受沙門彥琮製序

闍那崛多此言德志北賢豆（賢豆本音因陀羅婆陀那此云主處謂天帝所護故也賢豆之音彼國之訛略耳身毒天竺此方之訛稱也而彼國人總言賢豆而已約之以爲五方也）犍陀囉國人也此云香行國焉居富留沙富邏城此云丈夫宮也刹帝利種姓金步此云項也謂如孔雀之項彼國以爲貴姓父名跋闍邏婆囉此云金剛堅也少懷遠量長垂清範位居宰輔燮理國政崛多昆季五人身居最小宿植德本早發道心適在髫齓便願出家二親深識其度不違其請本國有寺名曰大林遂往歸投因蒙度脫其郁波第耶此云常近受持者今所謂和尚此乃于闐之訛畧也名曰嗜那耶舍此云勝名專修宴坐妙窮定業其阿遮利耶此云傳授或云正行即所謂阿闍梨也亦近國之訛略

耳名曰闍若那跋達囉此云智賢遍通三學偏明律藏崛多自出家後孝敬專誠教誨積年指歸通觀然以賢豆聖境靈迹尚存便隨本師具得瞻奉時年二十有七受戒三夏師徒結志遊方弘法初有十人同契出境路由迦臂施國淹留歲序國王敦請其師奉爲法主益利頗周將事巡歷便踰大雪山西足固是天險之峻極也至猒怛國既初至止野曠民希所須食飲無人營造崛多遂捨具戒竭力供侍數經時艱冥靈所祐幸免災橫又經渴羅槃陀及于闐等國屬遭夏雨寒雪暫時停住既無弘演棲寓非久又達吐谷渾國便至鄯州于時即西魏後元年也雖歷艱危心逾猛厲發蹤跋涉三載于茲十人之中過半亡没所餘四人僅存至此以周明帝武成年初屆長安止草堂寺師徒遊化已果來心更登淨壇再受具足精誠從道尤甚由來稍參京輦漸通華語尋從本師勝名被明帝詔延入後園共論佛法殊禮別供充諸禁中思欲通法無由自展具情上啓即蒙別勑爲造四天王寺聽在居住自茲已後乃翻新經既非弘泰羈縻而已所以接先闕本傳度梵文即十一面觀音金仙問經等是也會譙王宇文儉鎮蜀復請同行於彼三年恒任益州僧主住龍淵寺又翻觀音偈佛語經建德隳運像教不弘五衆一期同斯俗服武帝下勑追入京輦重加爵禄逼從儒禮秉操鏗然守死無懼帝愍其貞亮哀而放歸路出甘州北由突厥闍梨智賢還西滅度崛多及以和尚乃爲突厥所留未久之間和尚遷化隻影孤寄莫

知所安頼以北狄君民頗弘福利因斯飄寓隨方利物有齊僧寶暹道邃僧曇等十人以武平六年相結同行採經西域往返七載將事東歸凡獲梵本二百六十部迴至突厥俄屬齊亡亦投彼國因與同處講道相娛所賷新經請翻名題勘舊録目轉覺巧便有異前人暹等内誠各私慶幸獲寶遇匠德無虗行同誓焚香共契宣布大隋受禪佛法卽興暹等賷經先來應運開皇元年季冬屆止京邑勑付所司訪人令譯二年仲春便就傳述夏中詔曰殷之五遷恐民盡死是則域吉凶之土制短長之命謀新去故如農望秋龍首之山川原秀麗卉木滋阜宜建都邑定鼎之基永固無窮之業在玆可域城曰大興城殿曰大興殿門曰大興門縣曰大興縣園苑池沼其號並同寺曰大興善也於此寺中傳度法本時崛多仍住北狄至開皇五年大興善寺沙門曇延等三十餘人以躬當翻譯音義乖越承崛多在北乃奏請還帝乃別勑追延崛多西歸已絶流滯十年深思明世重遇三寶忽蒙遠訪欣願交并卽與使乎同來入國于時文帝巡幸洛陽於彼奉謁天子大悅賜問頻仍未還京闕尋勑敷譯新至梵本衆部彌多或經或書且内且外諸有翻傳必以崛多爲主僉以崛多言識異方字曉殊俗故得宣辯自運不勞傳度理會義門句圓詞體文意粗定銓本便成筆受之徒不費其力試比先達抑亦繼之爾時耶舍已亡專當元匠於大興善更召婆羅門僧達摩笈多并勑居士高天奴高和仁兄弟等同傳梵語又置十大德

沙門僧休法粲法經慧藏洪遵慧遠法纂僧暉明穆曇遷等監掌翻事銓定宗旨沙門明穆彥琮重對梵本再審覆勘整理文義昔支曇羅什等所出大集卷軸多以三十成部及耶舍高齊之世出月藏經一十二卷隋初復出日藏分一十五卷既是大集廣本而前後譯分遂使支離部袠羈散開皇六年有招提寺沙門僧就合之爲六十卷就少出家專寶坊學雖加宣導恨文相未融乃例括相從附入大部至於詞旨愜當未善精窮比有大興善寺沙門洪慶者識度明達爲國監寫藏經更整改就所合者名題前後甚得理致且今見翻諸經有多是大集餘品略而會之應滿百卷若依梵本此經凡十萬偈據以隋文可三百卷崛多曾傳于闐東南二千餘里有遮拘迦國彼王純信敬重大乘宮中自有摩訶般若大集華嚴三部王躬受持親執鎖鑰轉讀則開香華供養或以諸餅果誘引小王令其禮拜此國東南可二十餘里山甚巖險有深淨窟置大集華嚴方等寶積楞伽方廣舍利弗花聚二陀羅尼都薩羅藏摩訶般若八部般若大雲經等凡十二部減十萬偈國法相傳防衛守護又有入滅定羅漢三人窟中禪寂每至月半諸僧就山爲其淨髮此則人法住持有生之所憑賴崛多道性純厚神志剛正愛德無猒求法不懈博聞三藏遠究眞宗遍學五明兼閑世論經行得道場之趣總持通神呪之理三衣一食終固其誠仁濟弘誘非闗勸請勤誦佛經老而彌篤強識先古久而逾詣士庶欽重道俗崇敬隋滕王遵仰

戒範奉以爲師因事塵染流擯東越又在甌閩道聲載路身心兩救爲益極多至開皇二十年便從物故春秋七十有八自從西服來至東華循歷翻譯合三十七部一百七十六卷即佛本行集法炬威德護念賢護等經是也並詳括陶冶理教圓通文明義結具流於世見費長房三寶録初隋高祖又勑崛多共西域沙門若那竭多開府高恭恭息都督天奴和仁及婆羅門毗舍達等於內史內省翻梵古書及乾文至開皇十二年書度翻訖合二百餘卷奏聞進內見唐貞觀內典録時又有優婆塞姓瞿曇氏名達摩般若此言法智父名般若流支備詳餘傳智本中天國人流滯東川遂鄉華俗而門世相傳祖習傳譯高齊之季爲昭玄都齊國既平佛法同毀智因僧職轉任俗官冊授洋州洋川郡守隋氏受禪梵牒即來有勑召還使掌翻譯法智妙善方言執本自傳不勞度語譯業報差別經等成都沙門釋智鉉筆受文詞銓序義體日嚴寺沙門彥琮製序見隋代經録

達摩笈多此言法密本南賢豆羅囉國人也刹帝利種姓弊耶伽羅此云虎氏有弟四人身居長子父母留戀不聽出家然以篤愛法門深願離俗年二十三往中賢豆界鞬拏究撥闍城此云耳出於究牟地謂黃色花因花園以得名也僧伽囉摩此云衆園舊云僧伽藍者訛略也笈多於此寺中方得落髮改名法密年二十五方受具戒其郁波第耶佛馱笈多此云覺密阿遮利夜名旹拏達多此云德施又一阿遮利夜名爲普照通大小乘經

論咸能誦說行賓荼夜法謂行乞食者舊名爲分衛入第耶那此云念修舊爲禪那及持訶那並訛僻也恒入此觀以爲常業笈多受具足後仍住三年就師學問師之所得略窺户牖後以普照師爲吒迦國王所請從師至彼經停一載師還本國笈多更留四年住於提婆鼻何囉此云天遊也天謂國王遊謂僧處其所王立故名天遊舊以寺代之寺乃此土公院之名所謂司也廷也又云招提者亦訛略也世依字解招謂招引提謂提携並浪語也此乃西言耳正音云招鬪提奢此云四方謂處所爲四方衆僧之所依住也於是歷諸大小乘國及以僧寺聞見倍多北路商人頗至於彼遠傳東域有大支那國焉舊名真丹震旦者並非正音無義可譯惟知是此神州之總名也初雖傳述不甚明信未作來心但以志在遊方情無所繫遂往迦臂施國六人爲伴仍留此國停住王寺笈多遂將四伴於國城中二年停止遍歷諸寺備觀所學遠遊之心尚未寧處其國乃是北路之會雪山北陰商旅咸湊其境於商客所又聞支那大國三寶興盛同侶一心屬意來此非惟觀其風化願在利物弘經便踰雪山西足薄佉羅國波多叉拏國達摩悉鬚多國此諸國中並不久住足知風土諸寺儀式又至渴羅槃陀國留停一年未多開導又至沙勒國同伴一人復還本邑餘有三人停在王寺謂沙勒王之所造也經住兩載仍爲彼僧講念破論有二千偈旨明三印多破外道又爲講如實論亦二千偈約其文理乃是世間論義之法又

至龜茲國亦停王寺又住二年仍爲彼僧講釋前論其王篤好大乘多所開悟留引之心旦夕相造笈多係心東夏無志潛停密將一僧間行至烏耆國在阿蘭拏寺講通前論又經二年漸至高昌客遊諸寺其國僧侶多學漢言雖停二年無所宣述又至伊吾便停一載值難避地西南路絶砂磧水草俱乏同侶相顧性命莫投乃以所賫經論權置道旁越山求水冀以存濟求旣不遂勞弊轉增專誦觀世音呪夜雨忽降身心充悅尋還本途四顧茫然方道迷失踟躕進退乃任前行遂達于瓜州方知曲取北路之道也笈多遠慕大國跋涉積年初契同徒或留或歿獨顧單行屆斯勝地靜言思之悲喜交集尋蒙帝旨延入京城處之名寺供給豐渥卽開皇十年冬十月也至止未淹華言略悉又奉別勑令就翻經移住興善執本對譯允正寔繁所誦大小乘論並是深要至於宣解大弘微旨此乃舊學頻遣積疑然而慈恕立身柔和成性心非道外行在言前戒地夷而靜智水幽而潔經洞字源論窮聲意加以威容詳正勤節高猛誦響繼晨宵法言通內外又性好端居簡絶情務寡薄嗜欲息杜希求無倦誨人有踰利己曾不忤顏於賤品輕心於微類遂使未覩者傾風暫謁者欽敬自居譯人之首惟存傳授所有覆疎務存綱領煬帝定鼎東都敬重隆厚至於佛法彌增崇樹乃下勑於洛水南濱上林園內置翻經館搜舉翹秀永鎮傳法登卽下徵笈多并諸學士並預集焉四事供承復恒常度致使譯人不墜其緒成簡無

晉於時及隋網云頹郊壘煙構梵本新經一時斯斷笈多蘊其深解遂闕陳弘始於開皇中歲經至大業末年二十八載所翻經論七部合三十二卷即起世緣生藥師本願攝大乘菩提資粮等是也並文義澄潔華質顯暢見唐貞觀内典録至武德二年終于洛汭初笈多翻普樂經一十五卷未及練覆值僞鄭淪廢不暇重修今卷部在京多明八相等事有沙門彦琮内外通照華梵並聞預參傳譯偏承提誘以笈多遊履具歷名邦見聞陳述事逾前傳因著大隋西國傳一部凡十篇本傳一方物二時候三居處四國政五學教六禮儀七飲食八服章九寶貨十盛列山河國邑人物斯即五天之良史亦乃三聖之宏圖故後漢西域傳云靈聖之所降集賢懿之所挺生者是也詞極綸綜廣如所述初開皇十三年廣州有僧行塔懺法以皮作帖子二枚書爲善惡兩字令人擲之得善者吉又行自撲法以爲滅罪而男女合雜妄承密行青州居士接響同行官司檢察謂是妖異其云此塔懺法依占察經自撲懺法依諸經中五體投地如太山崩特以奏聞乃勑内史侍郎李元操就大興善問諸大德有沙門法經彦琮等對云占察經見有兩卷首題菩提登在外國譯文似近代所出衆藏亦有寫而傳者檢勘羣録並無正名及譯人時處塔懺與衆經復異不可依行勑因斷之時有秀才儒林郎侯白奉勑撰旌異傳一部二十卷多叙感應即事亟涉弘演釋門者白字君素本相鄴人識敏機對揖崇臺省帝以多聞前古爰引賓

王觀國程器終于此職又有晉府祭酒徐同卿撰通命論兩卷卿以文學之富鏡達玄儒等教亦明三世因果但文言隱密先賢之所未辯故引經史正文會通運命歸於因果意在顯發儒宗助佛宣教導達羣品咸奔一趣蓋卿博識有據故能洞此幽求又有翻經學士涇陽劉凴撰內外旁通比校數法一卷凴學通玄素偏工數術每以前代翻度至於數法比例頗涉不同故演斯致其序略云世之道藝有淺有深人之禀學有踈有密故尋籌之用也則兼該大術其不思也則致惑三隅然東夏數法自有三等之差西天所陳何無異端之例然則先譯諸經並以大千稱爲百億言一由旬爲四十里依諸算計悉不相符竊疑翻傳之日彼此異音指撝之際於斯取失故衆經筭數之法與東夏相參十十變之旁通對衍庶擬翻譯之次執而辯惑旣粲隷經詁故即而叙之至開皇十五年文皇下勑令翻經諸僧撰衆經法式時有沙門彦琮等准的前録結而成之一部十卷奏呈入內並見隋代費氏諸録時有翻經學士成都費長房本預緇衣周朝從廢因俗博通妙精玄理開皇之譯即預搜揚勑召入京從例修緝以列代經録散落難收佛法肇興年載蕪沒乃撰三寶録一十五卷始於周莊之初上編甲子下録年號并諸代所翻經部卷目軸別陳叙亟多條例然而瓦玉雜糅眞僞難分得在通行闕於甄異録成陳奏下勑行之所在流傳最爲該富矣

釋彦琮俗緣李氏趙郡柏人人也世號衣冠

門稱甲族少而聰敏才藻清新識洞幽微情符水鏡遇物斯覽事罕再詳初投信都僧邊法師因試令誦須大拏經減七千言一日便了更誦大方等經數日亦度邊異之也至于十歲方許出家改名道江以慧聲洋溢如江河之望也聽十地論榮譽流振州邑所推十二在嵯峩山誦法華經不久尋究便遊鄴下因循講席乃返鄉寺講無量壽經時太原王劭任趙郡佐寓居寺宇聽而仰之友敬彌至齊武平之初年十有四西入晉陽且講且聽雷爾道張汾朔名布通儒尚書敬長瑜及朝秀盧思道元行恭邢恕等並高齊榮望欽揖風猷同爲建齋講大智論親受披導歎所未聞及齊后西幸晉陽延入宣德殿講仁王經國統僧都用爲承奉聽徒二百並是英髦帝親臨御筵文武咸侍皇太后及以六宮同昇法會勑侍中高元海扶琮昇座接侍上下而神氣堅朗希世驚嗟析理開神咸遵景仰十六遭父憂猒辭名聞遊歷篇章爰逮子史頗存通閱右僕射楊休之與文林館諸賢交欵情狎性愛恬靜延而方造及初進具日次晡時戒本萬言誦試兼了自爾專習律檢進討行科及周武平齊尋蒙延入共談玄籍深會帝心勑預通道觀學士時年二十有一與宇文愷等周代朝賢以大易老莊陪侍講論江便外假俗衣內持法服更名彥琮武帝自纘道書號無上祕要于時預霑綸綍特蒙收採至宣帝在位每醮必累日通宵談論之際因潤以正法時漸融泰頗懷嘉賞授禮部等官並不就與朝士王劭辛德源陸開明唐怡等

情同琴瑟號爲文外玄友大象二年隋文作相佛法稍興便爲諸賢講釋般若大定九年正月沙門曇延等同舉奏度方蒙落髮時年二十有五至其年二月十三日高祖受禪改號開皇即位講筵四時相繼長安道俗咸萃其塵因即通會佛理邪正沾濡沐道者萬計又與陸彦師薛道衡劉善經孫萬壽等一代文宗著内典文會集又爲諸沙門撰唱導法皆改正舊體繁簡相半即現傳習祖而行之開皇三年隋高幸道壇見畫老子化胡像大生怪異勑集諸沙門道士共論其本又勑朝秀蘇威楊素何妥張賓等有叅玄理者詳計奏聞時琮預在此筵當掌言務試舉大綱未及指覈道士自述陳其矯詐因作辯教論明道教妖妄者有二十五條詞理援據宰輔褒

賞其年西域經至即勑翻譯旣副生願欣至泰然從駕東巡旋途并部時煬帝在蕃任總河北承風請謁延入高第親論往還允愜懸佇即令住内堂講金光明勝鬘般若等經又奉别教撰修文䟽契旨卓陳雅爲稱首又教住大興國寺爾後王之新詠舊叙恒令和之又遣蕭慤諸葛頴等羣賢迭往叅問談對名理宗師有歸隋秦王俊作鎮太原又蒙延入安居内第叙問殷篤琮别夜寐夢見黄色大人身長三丈執玻瓈椀授云椀内是酒琮於夢中跪受之曰蒙賜寶器非常荷恩但以酒本律禁未敢輙飲寤已莫知其由及後王躬造觀音畫像張設内第身量所執宛同前夢於是私慰素抱悲慶交并至十二年勑召入京後掌翻譯住大興善厚供頻仍時文帝御

寓盛弘三寶每設大齋皆陳懺悔帝親執香鑪琮爲宣導暢引國情恢張皇覽御必動容靖顧欣其曲盡深衷其言誠感達如此類也煬帝時爲晉王於京師曲池施營第林造日嚴寺降禮延請永使住之由是朝貴賢明數增臨謁披會玄旨屢發信心然而東夏所貴文頌爲先中天師表梵旨爲本琮乃專尋葉典日誦萬言故大品法華維摩楞伽攝論十地等皆親傳梵書受持讀誦每日闇閱要周乃止仁壽初年勑令送舍利于并州時漢王諒於所治城隅內造寺仍置寶塔今所謂開義寺是也琮初至塔所累日雲霧晦合及至下晨時正當午雲開日耀天地清朗便下舍利瘞而藏之又感瑞雲夾日五色相間仁壽末年又奉勑送舍利于復州方樂寺今名龍蓋寺也本基荒毀南齊初立周廢頽滅纔有餘址而處所顯敞堪置靈塔令人治翦忽覺頭上痒悶因檢髮中獲舍利一粒形如黍米光色鮮發兩斧試之上下俱陷而舍利不損頻更椎打光色逾盛掘深七尺又獲塼藏銅銀諸合香泥宛然但見清水滿合其底蹤迹似有舍利尋覓不見方知髮中所獲乃是銀合所盛末又覓石造函遍求不獲乃於竟陵縣界感得一石磨治既了忽變爲玉五色光潤內徹照見旁人又於石中現衆色像引石向塔又感一鵝飛至函所自然馴狎隨石去住初無相離雖見同羣了無顧眄逐去還來首尾十日恒在輿所有人將至餘處便即鳴叫飛翔踰院而入及至埋訖便獨守塔繞旋而已又感塔所前池有諸魚鼈並舉頭出水

北望舍利琮便爲説法竟日方隱又感塔所井水十五日間自然涌溢埋後乃止四月八日雲滿上空正午將下收雲並盡惟餘塔上團圓如蓋五色間錯映發日輪至藏舍利其雲乃散琮欣感嘉瑞以狀奏聞帝大悅録爲別記藏諸祕閣仁壽二年下勑更令撰衆經目録乃分爲五例謂單譯重翻別生疑僞隨卷有位帝世盛行尋又下勑令撰西域傳素所諳練周鏡目前分異訛錯深有徵舉故京壞名達多尋正焉有王舍城沙門遠來謁帝事如後傳將還本國請舍利瑞圖經及國家祥瑞録勑又令琮翻隋爲梵合成十卷賜諸西域琮以洽聞博達素所關心文章騰翥京輦推尚凡所新譯諸經及見講解大智釋論等並爲之序引又著沙門名義論別集五卷

並詞理清簡後學師欽大業二年東都新治與諸沙門詣闕朝賀特被召入內禁敘故累宵談述治體呈示文頌其爲時主見知如此因即下勑於洛陽上林園立翻經館以處之供給事隆倍逾關輔新平林邑所獲佛經合五百六十四夾一千三百五十餘部並崑崙書多梨樹葉有勑送館付琮披覽并使編敘目録以次漸翻乃撰爲五卷分爲七例所謂經律贊論方字雜書七也必用隋言以譯之則成二千二百餘卷勑又令裴矩共琮修纘天竺記文義詳洽條貫有儀凡前後譯經合二十三部一百許卷制序述事備于經首素患虛冷發痢無時因卒于館春秋五十有四即大業六年七月二十四日也俗緣哀悼歸葬栢人初大漸之晨形羸神爽問弟子曰齋

時至未對曰未也還瞑目而卧如此再三乃迴身引頸向門視日齋時已至吾其終矣索水盥手焚香迎彌勒畫像合掌諦觀開目閉目乃經三四如入禪定奄爾而終持續屬之方知已絶且琮神慧夙成彰於孩稚奉信貞恪松梓其心本師五臺山沙門道最最亦風采標映故琮不墜其門凡所遊習澹然獨靜雖經物忤曾無言及抑道從俗勑附文館屢逢光價能無會情斯乃立操虛宗遊情靡測講誦相沿初未休舍會夢入地獄頗見苦緣由念經佛等名嘗得解脫送往山樓之上尋又歷觀諸獄備覩同講名僧五苦加之具言其狀爲說十善良久方覺至後數年更夢前事由稱佛菩薩名又嘗放免高祖具聞勑琮錄出賜諸道俗永爲警誡自爾專思罪累屏絶人事息意言筌行方等懺供給貧病晚以所誦梵經四千餘偈十三萬言七日一遍用爲常業然琮久參傳譯妙體梵文此土羣師皆宗鳥迹至於音字詁訓罕得相符乃著辯正論以垂翻譯之式其詞曰彌天釋道安每稱譯胡爲秦有五失本三不易也一者胡言盡倒而使從秦一失本也二者胡經尚質秦人好文傳可衆心非文不合二失本也三者胡經委悉至於歎詠丁寧反覆或三或四不嫌其繁而今裁斥三失本也四者胡有義說正似亂詞尋檢向語文無以異或一千或五百今並刈而不存四失本也五者事以合成將更旁及反騰前詞已乃後說而悉除此五失本也然智經三達之心覆面所演聖必因時時俗有易而删雅古以適今時一不易也

愚智天隔聖人巨階乃欲以千載之上微言傳使合百王之下末俗二不易也阿難出經去佛未久尊大迦葉令五百六通迭察迭書今離千年而以近意量裁彼阿羅漢乃兢兢若此此生死人而平平若是豈將不以知法者猛乎斯三不易也涉茲五失經三不易譯胡爲秦詎可不慎乎正當以不關異言傳令知會通耳何復嫌於得失乎是乃未所敢知也余觀道安法師獨稟神慧高振天才領袖先賢開通後學修經録則法藏逾闡理衆儀則僧寶彌盛世稱印手菩薩豈虛也哉詳梵典之難易銓譯人之得失可謂洞入幽微能究深隱至於天竺字體悉曇聲例尋其雅論亦似閑明舊喚彼方總名胡國安雖遠識未變常語胡本雜戎之胤梵唯真聖之苗根既懸殊理無相濫不善諳悉多致雷同見有胡貌即云梵種實是梵人漫云胡族莫分真僞良可哀哉語梵雖訛比胡猶別改爲梵學知非胡者竊以佛典之興本來西域譯經之起原自東京歷代轉昌迄茲無墜久之流變稍疑虧動競逐澆波尠能迴覺討其故事失在昔人至如五欲順情信是難棄三衣苦節定非易忍割遺體之愛入道要門捨天性之親出家恒務俗有可反之致忽然已反梵有可學之理何因不學又且發蒙草創服膺章簡同鸚鵡之言放邯鄲之步經營一字爲力至多歷覽數年其道方博乃能包括今古網羅天地業似山丘志類淵海彼之梵法大聖規謨略得章本通知體式研若有功解便無滯匹於此域固不爲難難尚須求況其易也或

以内執人我外慚諮問枉令祕術曠隅神州靜言思之慼而流涕向使法蘭歸漢僧會適吳士行佛念之儔智嚴寶雲之末纔去俗衣尋教梵字亦霑僧數先披葉典則應五天正語充布閻浮三轉妙音普流震旦人人共解省翻譯之勞代代咸明除疑網之失於是舌根恒淨心鏡彌朗藉此聞思永爲種性安之所述大啓玄門其間曲細猶或未盡更憑正文助光遺迹粗開要例則有十條字聲一句韻二問答三名義四經論五歌頌六呪功七品題八專業九異本十各疎其相廣文如論安公又云前人出經支讖世高審得故本難繼者也羅叉支越斵鑿之巧者也竊以得本關質斵巧由文舊以爲鑿今固非審握管之暇試復論之先覺諸賢高名參聖慧解深發功業弘啓創發玄路早入空門辯不虛起義應雅合但佛教初流方音勘會以斯譯彼仍恐難明無廢後生已承前哲梵書漸播真宗稍演其所宣出竊謂分明聊因此言輒銓古譯漢縱守本猶敢遥議魏雖在昔終欲懸討或繁或簡理容未適時野時華例頗不定晉宋尚於談說爭壞其淳秦涼重於文才尤從其質非無四五高德緝之以道八九大經録之以正自兹以後迭相祖述舊典成法且可憲章展轉同見因循共寫莫問是非誰窮始末僧鬘惟對面之物乃作華鬘安禪本合掌之名例爲禪定如斯等類固亦衆矣留支洛邑義少加新真諦陳時語多飾異若令梵師獨斷則微言罕革筆人參制則餘辭必混意者寧貴樸而近理不用巧而背源儻見淳質

請勿嫌煩昔日仰對尊顏瞻尚不等親承妙吼聽猶有別諍論起迷豫晒涅槃之記部黨興執懸著文殊之典雖二邊之義佛亦許可而兩間之道比丘未允其致雙林早潛一味初損千聖同志九旬共集雜碎之條尋訛本誠水鵠之頌俄舛昔經一聖纔亡法門即減千年已遠人心轉僞旣乏瀉水之聞復寡懸河之說欲求冥會詎可得乎且儒學古文變猶紕繆世人今語傳尚參差況凡聖殊倫東西隔域難之又難論莫能盡必慇懃於三復靡造次於一言歲校則利有餘日計則功不足開大明而布範燭長夜而成務宣譯之業未可加也經不容易理藉名賢常思品藻終慚水鏡兼而取之所備者八誠心愛法志願益人不憚久時其備一也將踐覺場先牢戒足不染譏惡其備二也筌曉三藏義貫兩乘不苦闇滯其備三也旁涉墳史工綴典詞不過魯拙其備四也襟抱平恕器量虛融不好專執其備五也眈於道術澹於名利不欲高衒其備六也要識梵言乃閑正譯不墜彼學其備七也薄閱蒼雅粗諳篆隷不昧此文其備八也八者備矣方是得人三業必長其風靡絶若復精搜十步應見香草微收一用時遇良林雖往者而難儔庶來者而能繼法橋未斷夫復何言則延鎧之徒不迥隆於魏室護顯之輩豈偏盛于晉朝或曰一音遙說四生各解普被大慈咸蒙遠悟至若開源白馬則語逐洛陽發序赤烏則言隨建業未應强移此韻始符極旨要工披讀乃究玄宗遇本即依眞僞篤信案常無改世稱仰述誠在一

心非關四辯必令存梵詎是通方對曰談而不經旁慚博識學而無友退愧寡聞獨執管錐未該穹壤理絶名相彌難穿鑿在昔圓音之下神力冥加滿字之間利根迥契然今地殊王舍人異金口即令懸解定知難會經旨若圓雅懷應合直餐梵響何待譯言本尚虧圓譯豈純實等非圓實不無踈近本固守音譯疑變意一向能守十例可明緣情判義誠所未敢若夫孝始孝終治家治國足宣至德堪弘要道泥復淨名之勸發心善生之歸妙覺奚假落髮翦鬚苦違俗訓持衣捧鉢頓改世儀坐受僧號詳謂是理遝學梵章寧容非法崇佛爲主羞討佛字之源紹釋爲宗恥尋釋語之趣空覩經葉弗興敬仰忽見梵僧倒生侮慢退本追末吁可笑乎像運將窮斯法見續用茲紹繼誠可悲夫文多不載琮師尚宗據深究教源故章抄疏記諸無所及述製書論不敘丘墳著福田論僧官論慈悲論默語論鬼神錄通極論辯聖論通學論善知識錄等並賦詞弘贍精理通顯初所著通極者破世術諸儒不信因果執於教迹好生異端此論所宗佛理爲極言辯聖者明釋教宣眞孔教弘俗論老子教不異俗儒靈實等經則非儒攝言通學者勸引儒流遍師孔釋令知內外備識俗眞言善知識者是大因緣登聖越凡不因善友無人達也門人行矩者即琮兄子爲立行記流之千世矩少隨琮學諮訓葉經東西兩館並參翻譯爲性頗屬文翰通覽墳索夙爲左僕射房玄齡所知深見禮厚貞觀初奏勑追入既達京室將事翻傳遂疾

而終不果開演鄉族流慟接柩趙州所譯衆
經具存餘録

續高僧傳卷第二

音釋

眣徒結切日昃也芮而鋭切萬俟萬音木俟音其萬俟覆姓也窘
巨隕切困也厝倉故切安置也璽想里切王者印也燮悉協切和也
髫徒聊切小兒髫也齓初覲切毁齒也鄯時戰切隳許規切毁也
暹息廉切鑰弋灼切鍵鑰也鉉胡畎切羅力加切鞬居言切
龜茲龜音丘茲音慈龜茲國名也磧七迹切沙漠也踟躕踟直離切
躕直朱切踟躕行不進貌壘魯水切軍壁也汭儒稅切水北日汭巏嵍
巏古亂切嵍五刀切巏嵍山名也綍分勿切大索也煬餘亮切㲉若角
切瘞於計切埋瘞也翥章恕切舉也忤五故切逆也刈倪祭切芟
刈也尠息淺切少也邯鄲邯戶干切鄲都寒切邯鄲趙地名斲竹角
切斫也

續高僧傳卷第三

唐　釋　道　宣　撰

譯經篇三　本傳三人

唐京師勝光寺中天竺沙門波頗傳一

京師清禪寺沙門釋慧賾傳二

京師紀國寺沙門釋慧淨傳三

波羅頗迦羅蜜多羅此言作明知識或一云波頗此云光智中天竺人也本刹利王種姓刹利帝十歲出家隨師習學誦一洛叉大乗經可十萬偈受具已後便學律藏薄通戒網心樂禪思又隨勝德修習定業因循不捨經十二年末復南遊摩伽陀國那蘭陀寺值戒賢論師盛弘十七地論因復聽採以此論中兼明小教又誦一洛叉偈小乗諸論波頗識度通敏器宇沖邃博通內外研精大小傳燈教授同侶所推承化門人般若因陀羅跋摩等學功樹勣深達義網今見領徒本國匡化爲彼王臣之所欽重但以出家釋子不滯一方六月一移任緣靡定承北狄貪勇未識義方法藉人弘敢欲傳化乃與道俗十人展轉北行達西面可汗葉護衙所以法訓勗曾未浹旬特爲戎主深所信伏日給二十人料旦夕祗奉同侶道俗咸被珍遇生福增敬日倍於前武德九年高平王出使入蕃因與相見承此風化將事東歸而葉護君臣留戀不許王即奏聞下勑徵入乃與高平同來謁帝以其年十二月達京勑住興善寺釋門英達莫不修造自古教傳詞旨有所未喻者皆委其宗緒括其同異內計外執指掌釋然徵問相

讎披解無滯乃上簡聞蒙引內見躬傳法理無爽對揚賜綵四十段并宮禁新納一領所將五僧加料供給重頻慰問勞接殊倫至三年三月上以諸有非樂物我皆空眷言眞要無過釋典流通之極豈尚翻傳下詔所司搜揚碩德備經三教者一十九人於大興善創開傳譯沙門慧乘等證義沙門玄謩等譯語沙門慧賾慧淨慧明法琳等綴文又勑上柱國尚書左僕射房玄齡散騎常侍太子詹事杜正倫參助銓定光祿大夫太府卿蕭璟總知監護百司供送四事豐華初譯寶星經後移勝光又譯般若燈大莊嚴論合三部三十五卷至六年冬勘閱既周繕寫云畢所司詳讀乃上聞奏下勑各寫十部散流海內仍賜頗物百段餘承譯僧有差東帛又勑太子庶子李伯藥制序具如論首波頗意在傳法情望若絃而當世盛德自私諸已有人云頗僥倖時譽取馳於後故聚名達廢講經論斯未是弘通者時有沙門靈佳卓犖拔羣妙通機會對監護使具述事理云頗遠投東夏情乖名利欲使道流千載聲震上古昔符姚兩代翻經學士乃有三千今大唐譯人不過二十意在明德同證信非徒說後代昭奉無疑於今耳識者僉議攸同後遂不行時爲太子染患衆治無效下勑迎頗入內一百餘日親問承對不虧帝旨疾既漸降辭出本寺賜綾帛等六十段并及時服十具頗誓傳法化不憚艱危遠度葱河來歸震旦經途所亘四萬有餘躬賫梵本望並翻盡不言英彥有墜綸言本志頹然雅懷莫訴因而構疾自知不救分

散衣資造諸淨業端坐觀佛遺表施身下勅特聽尋爾而卒於勝光寺春秋六十有九東宮下令給二十人轝屍坐送至于山所闍維既了沙門玄碁收拾餘骸爲之起塔於勝光寺在乘師塔東即貞觀七年四月六日也有識同嗟法輪輟軫四年之譯三袠獻功掩抑慧燈埋照慼累用茲弘道未敢有聞既而人喪法崩歸傚斯及伊我東鄙匪咎西賢悲夫

釋慧曠俗姓李荊州江陵人早悟非常神思鋒逸九歲投本邑隱法師出家隱體其精爽異倫即度爲沙彌講授之暇誨以幽奧曠領牒玄理曾不再思執卷誦文紙盈四十荊楚秀望欽而美之初從隱聽涅槃法華後別聽三論皆剖析新奇抗擬標會開皇中年住江陵寺大興法席羣師雲起道俗以曠嘉績夙成咸欲觀其器略共請爲法主顧惟披導有旨因而踐焉甫年十二剏開涅槃比事吐詞義高常伯論難相繼辯答泠然少長莫不緘心頌聲載路荊州刺史宜龍公元壽聞其幼譽驚挺親駕謁焉素倍前聞大相褒賞以事奏聞云希世卓秀者也登即有詔令本州備禮所在供送既達京輦殊蒙慰引賜納僧伽棃并衣一襲仍令住清禪寺從容法侶敦悅玄儒才藻屢揚汲引無竭預有衣冠士族皆來展造門庭莫不讚其洽聞博達機捷之謂也未猒斯煩梗思濬清神乃從應禪師稟資心學掩關兩載情蹈諸門遂語默於賢聖之間談授於經緯之理值隋氏云喪法事淪亡道闕當年情欣棲靜以大業末歲移卜終南之高冠嶺因巖搆室跡素形心會唐運勃興

蒼生攸濟曠不滯物我來從帝城講誨暫揚傾都請道武德年內釋侶云繁屢建法筵皆程氣宇時延興寺百座講仁王經王公卿士並從盛集沙門吉藏爰竪論宗聲辯天臨貴賤傾目曠纔施銳責言清理詣思動幾神驚越四部駭心百辟藏顧而歎曰非惟論辯難繼抑亦銀鈎罕蹤今上在蕃親觀論府深相結納擬爲師友六使來召令赴別第曠以生名殺身之累由來有人退讓餘詞一不聞命及貞觀開譯詔簡名僧衆以文筆知名兼又統詳論旨乃任爲翻論之筆譯訖奏聞有勑賜帛百疋衣服一具曠又著論序曰般若燈論者一名中論本有五百偈借燈爲名者無分別智有寂照之功也舉中標目者鑑亡緣觀等離二邊也然則燈本無心智也亡照法性平等中義在斯故寄論以明之也若夫尋詮滯旨執俗迷眞顛倒斷常之間造次有無之內守名喪實攀葉亡根者豈欲爾哉蓋有由矣請試陳之若乃構分別之因招虛妄之果惑累熏其內識惡友結其外緣致使慢聳崇山見深滄海恚火難觸詞鋒罕當聞說有而快心聽談空而起謗六種偏執各謂非偏五百論師諍陳異論或將邪亂正或以僞齊眞識似悟而翻迷教雖通而更壅可謂捐珠翫石棄寶負薪觀畫怖龍尋迹怯象愛好如此良可悲夫龍樹菩薩救世挺生呵嗜慾而發心閱深經而自鄙掌獨尊之懸記然法炬於閻浮且其地越初依功超伏位既窮一實且究二能佩兩印而定百家混三空而齊萬物點塵劫數歷試諸難悼彼羣迷故作斯論

文玄旨妙破巧申工被之鈍根多生怯退有分别明菩薩者大乘法將體道居衷遐覽眞言爲其釋論開祕密藏賜如意珠略廣相成師資互顯至如自乘異執鬱起千端外道殊計紛然萬緒驢乘競馳於駕駟螢火爭耀於龍燭莫不標其品類顯厥師宗王石旣分玄黄亦判西域染翰乃有數家考實析微此爲精詣若含通本末有六千偈梵文如此翻則減之我皇帝神道邁於羲皇陶鑄侔於造化崇本息末無爲太平守毋存子不言而治以爲聖教東流年淹數百而憶象所負闕者猶多希聞未聞勞於寤寐中天竺國三藏法師波頗蜜多羅學兼半滿博綜羣詮喪我怡神搜玄養性遊方在念利物爲懷故能附杙傳身舉煙命伴冒氷霜而越葱嶺犯風熱而度沙河時積五年途經四萬以大唐貞觀元年頂戴梵文至止京輦昔秦徵童壽苦用戎兵漢請摩騰遠勞蕃使詎若方茲感應道契冥符家國休祥德人爰降有司奏見殊恱帝心勑住興善勝光即傳新經之始仍召義學沙門及王公宰輔對翻此論研覈幽旨去華存實目擊則欣其會理函丈則究其是非文雖定而覆詳義乃明而重審歲在諏訾檢勘云畢其爲論也觀明中道而存中失觀空顯第一而得一乖空然司南之車本示迷者照膽之鏡爲鑑邪人無邪則鏡無所施不迷則車不爲用斯論破申其猶此矣雖復斥内遮外盡妄窮眞而存乎妙存破如可破蕩蕩焉恢恢焉迎之靡測其源順之罔知其末信是瑩心神之砥礪越溟險之舟輿駭昏識之雷霆

照幽途之日月者矣此土先有中論四卷本偈大同賓頭盧伽爲之注解晦其部執學者昧焉此論既興可爲龜鏡庶明達君子詳而味之序成未即聞上帝勑秘書監虞世南作序見賾之所製嘆嗟無以加焉因奏聞上仍以序列于卷首所在傳寫緘于經藏以貞觀十年四月六日終於所住春秋五十有七葬于京郊之東列隧立碑頌其芳德大常博士褚亮爲文自賾之知道倫等崇其辯機時俗以擬慧乗固爲篤論詞注難窮無施不遂講華嚴大品涅槃大智度攝大乘及中百諸論皆詮釋章部決滯有聞又誦涅槃法華竟文淳美時爲衆述清轉動神又抽減什物用寫藏經尋閱纔止便修虔奉又善導達衆首舒暢物情爲諸文雄之所稱叙特明古迹偏曉書畫京華士子屢陳眞僞皆資其口實定其人世文章詞體頗預能流草隸筆功名流臺府每有官供勝集必召而處其中公卿執紙請書塡赴賾隨紙賦筆飛驟如風藻蔚雄態綺華豐富故在所流詠翫玩極多懸諸屛障或銘座右著集八卷行世

釋慧淨俗姓房氏常山眞定人也家世儒宗鄉邦稱美淨即隋朝國子博士徽遠之猶子也生知天挺雅懷篇什風格標峻器宇沖邈年在弱歲早習丘墳便曉文頌榮冠閭里十四出家志業弘遠日頌八千餘言總持詞義罕有其比遊聽講肆諮質碩疑徵究幽微每臻玄極聽大智度及餘經部神彩孤拔見聞驚異有志念論師馳名東夏時號窮小乘之巖穴也乃從聽習雜心婆沙學周兩遍文義

精通根葉搜求務括清致由是嘉聲遠布學徒欽屬開皇之末來儀帝城屢折重關更馳名譽大業初歲因尋古迹至於槐里遇始平令楊宏集諸道俗於智藏寺欲令道士先開道經于時法侶雖般無敢抗者淨聞而謂曰明府盛結四部銓衡兩教竊有未諭請諮所疑何者賓主之禮自有常倫其猶冠屨不可顛倒豈於佛寺而令道先爲主乎明府教義有序請不墜績令曰有旨哉幾誤諸後即令僧居先座得無辱矣有道士于永通頗挾時譽令懷所重次立義曰有物混成先天地生吾不知其名字之曰道令即命言申論仍曰法師必須詞理切對不得犯平頭上尾于時令冠平帽淨因戲曰貧道既不冠帽寧犯平頭令曰若不犯平頭當犯上尾淨曰貧道脫屣昇座自可上而無尾明府解巾冠帽可謂尾而無頭令有靦容淨因問通曰有物混成爲體一故混爲體異故混若體一故混正混之時已自成一則一非道生若體異故混未混之時已自成二則二非一起先生道冠餘列請爲稽疑於是通遂茫然忸怩無對淨曰先生既能開關延敵正當鼓怒餘勇安得事如桃李更生荊棘仍顧令曰明府既爲道助何以救之令遂赧然爾後頻有援救皆應機偃仆罔非覆軌自爾大小雙玩研味逾深注述之餘尋繹無暇卻掃閑室總略舊宗纘述雜心玄文爲三十卷包括羣典籠罩古今四遠英猷皆敘沉隱末又以俱舍所譯詞旨宏富雖有陳迹未盡研求乃無師獨悟思擇名理爲之文䟽三十餘卷遂使經部妙義接紐

明時罽賓正宗傳芳季緒學士頴川庾初孫請註金剛般若乃爲釋文舉義鬱爲盛作窮眞俗之教源盡大乘之祕要遐邇流布書寫誦持文學詞林傳諸心口聲績相美接肩恒聞太常博士褚亮英藻清拔名譽早聞欽此芳猷爲之序引其詞曰若夫大塊均形役智從物情因習改性與慮遷然則達鑒窮覽皎乎先覺炳慧炬以出重昏拔愛河而昇彼岸與夫輪轉萬劫葢染六塵流遁以徇無涯踳駁而趨捷徑不同日而言也頴川庾初孫早弘篤信以爲般若所明歸於正道顯大乘之名相標不住之宗極出乎心慮之表絶於言像之外是以結髮受持多歷年所雖妙音演説成誦不虧而靈源邈湛或有未悟嗟迷方之弗遠睠祇途而大息屬有慧淨法師博通奥義辯同炙輠理究連環庾生入室研幾伏膺善誘乘此誓願仍求註述法師懸鏡忘疲衢罇自滿上憑神應之道傍盡心機之用敷暢微言宣揚至理曩日舊疑渙焉冰釋今兹妙義朗若霞開爲像法之梁棟變羣生之耳目辭峰秀上映鷲岳而相高言泉激壯赴龍宮而競遠且夫釋教西興道源東注世閲賢智才兼優洽精該睿旨罕見其人今則妙門重闢藉甚當世相此玄宗鬱爲稱首歲維閹茂始創懷袖月躔仲呂爰兹絶筆緇俗攸仰軒蓋成陰扣鐘隨其大小鳴劒發其光彩一時學侶專門受業同涉波瀾遞相傳授方且顧蔑林遠俯視安生獨步高衢對揚正法遼東眞本望懸金而不刊指南所寄藏羣玉而無朽豈不盛哉豈不盛哉武德初歲時爲三

府官僚上下咸集延與京城大德競陳言論有清禪法師立破空義聲色奮發厲逸當時相府記室王敬業啓上曰登座法師義鋒難對非紀國慧淨無以挫其銳者即令對論淨曰今在英雄之側厠龍象之間奉對上人難爲高論雖然敢藉斂秋霜之威布春雨之澤使慧淨諮質小疑令法師揄揚大慧豈非佛法之盛哉因問曰未審破空空有何破答曰以空破空非以有破難曰執空爲病還以空破是則執有爲病還以有除覆却往還遂無以解貞觀二年新經既至將事傳譯下勑所司搜選名德淨當斯集筆受大莊嚴論詞旨深妙曲盡梵言宗本既成并續文疏爲三十卷義冠古今英聲藉甚三藏法師對僕射房玄齡鴻臚唐儉庶子杜正倫于志寧撫淨背而歎曰此乃東方菩薩也自非精爽天拔何以致斯言之極哉甚爲異域見欽如此至貞觀十年本寺開講王公宰輔才辯有聲者莫不畢集時以爲榮望也京輔停輪盛言陳抗皆稱機判委綽有餘逸黃巾蔡子晃秦世英道門之秀纔伸論擊因遂徵求自覆義端失其宗緒淨乃安詞調引晃等飲氣而旋合坐解顔貴識同美爾後專當法匠結衆敷弘標放明穆聲慹臺府梁國公房玄齡求爲法友義結俗兄晨夕希謁躬盡虔敬四事供給備展翹誠淨體斯榮問忘身爲法又撰法華經纘述十卷勝鬘仁王般若溫室盂蘭盆上下生各出要纘盛行於世並文義綺密高彥推之故其每有弘通光揚佛日緇素雲踊慶所洽聞于時大法廣弘充溢天壤頗亦淨之功

也然末代所學庸淺者多若不闚外則言無所厝如能摧伏異道必以此學爲初每以一分之功遊心文史讚引成務兼濟其神而性慕風流情寄仁厚泛愛爲心忘己接物舒寫言晤終日無疲故使遠近聞風參請塡委皆應變接叙神悅而歸或筆賦緣情觸興斯舉留連旬日動成文會和琳法師初春法集之作曰鷲嶺光前選祇園表昔恭哲人崇踵武弘道會羣龍高座登蓮葉塵尾振霜松塵飛揚雅梵風度引踈鍾靜言澄義海發論上詞鋒心虛道易合跡廣席難重和風動淑氣麗日啓時雍高才掞雅什顧己濫朋從因茲仰積善靈華庶可逢又與英才言聚賦得昇天行詩曰馭風過閬苑控鶴下瀛洲欲採三芝秀先從千仞遊駕鳳吟虛管乘槎泛淺流頹

齡一已駐方驗大椿秋又和盧賛府遊紀國道場詩曰日光通漢室星彩晦周朝法城從此構香閣本岧嶤珠盤仰承露刹鳳俯摩霄落照侵虛牖長虹拖跨橋高才暫騁目雲藻遂飄飄欲追千里驥終是謝連鑣又於冬日普光寺卧疾值雪簡諸舊遊詩曰卧病苦留滯闢户望遥天寒雲舒復卷落雪斷還連凝華照書閣飛素婉琴絃迴飄洛神賦皎映齊紈篇縈階如鶴舞拂樹似花鮮徒賞豐年瑞沉憂終自憐於是帝朝宰貴趙公燕公以下名臣和繫將百許首中書舍人李義府文苑之英秀者也美之不已爲詩序云由斯聲唱更高玄儒屬目翰林文士推承冠絶競述新製請摘瑕累淨以人之作者嗟非奇挺乃搜採近代藻鋭者撰詩英華一袠十卷識者懷

鈆採其冠冕呉王諮議劉孝孫文才翹跤爲之序曰釋教之爲義也大矣哉智識所不能名言視聽所不得聞見馬鳴龍樹弘聖旨於前慧遠道安闡微言於後至於紹高蹤而孤引踵逸軌以遐征誰之謂歟慧淨法師即其人矣法師淳和稟氣川岳降精神解内融心幾外朗髫年對日丱歲条玄擢本森梢干雲階乎尺木長瀾淼漫浴日導乎蒙泉而慧炬夙明禪枝早茂臨閲川而軫慮睠定水以怡神慨彼勞生悟茲常樂三乘奥義渙矣氷消二諦法門怡然理順俄而發軔東夏杖錫西秦至於講肆法筵聆嘉聲而響赴剖疑析滯服高義而景從明鏡屢照而不疲鴻鐘待扣而斯應窮涯盈量虚往實歸誠佛法之棟梁僧徒之領袖者也余昔遊京輦得伸景慕寥寥淨域披雲而見光景落落閑居入室而生虚白法師導余以實際誘余以眞如挹海不知其淺深學山徒仰其峻極嘗以法師數演之暇商攉翰林若乃園柳天榆之篇阿閣綺窻之詠魏王北上陳思南國嗣宗之賦明月彭澤之摛微雨逮乎顔謝掞藻任沈遒文足以理會八音言諧四始咸逈相祖述鬱爲龜鏡豈獨光於曩代而無繼軌者乎近世文人才華間出周武帝震彼雄圖削平漳滏隋高祖韞兹英略龕定江淮混一車書大開學校温邢譽高於東夏徐庾價重於南荆王司空孤秀一時沈恭子標奇絶代凡此英彦安可闕如自參墟啓祚重光景曜大弘文德道冠前王邁軸之士風趣林壑之賓雲集故能抑揚漢徹孕育曹丕文雅鬱興於茲爲盛余雖

不敏竊有志焉旣而舟壑潛移悼陵谷而遷貿居諸易晚惻人世之難常固請法師暫迴清鑒採摭詞什耘翦蘩蕪蓋君子不常矜莊刪詩未爲斯玷自劉廷尉所撰詩苑之後纂而續焉潁川庾初孫學該墳索行齊顏閔京兆韋山甫耿介有奇節弋獵綜羣言與法師周旋情踰膠漆覩斯盛事咸共贊成生也有涯庚侯長逝永言怛化不覺流襟頃覽其遺文久爲陳迹今亦次乎汗簡貽諸後昆法師式遵舊章纂斯鴻烈余聊因暇日敬述芳猷俾郢唱楚謠同管絃而播響春華秋實與天地而長存遂使七貴揖其嘉猷五衆欣其慧識凡預能流家藏一本自爾國家盛集必預前驅每入王宮頻登上席簡在帝心羣官攸敬皇儲久餐德素乃以貞觀十三年集諸宮臣及三教學士於弘文殿延淨開闡法華道士蔡晃講道論好獨秀高宗下令遣與抗論晃即整容問曰經稱序品第一未審序第何分淨曰如來入定徵瑞放光現奇動地雨花假遠開近爲破二之洪基作明一之由漸故爲序也第者爲居一者爲始序最居先故稱第一晃曰第者弟也爲弟則不得稱一言一則不得稱第兩字矛盾何以會通淨曰向不云乎第者爲居一者爲始先生旣不領前宗而謬陳後難使是自難何成難人晃曰言不領者請爲重釋淨啓令曰昔有二人一名蚩奴道帚忘掃一名身子一聞千解然則蚩奴再聞不悟身子一唱便領此非授道不明但是納法非俊晃曰法師言不出脣何所可領淨曰菩薩說法聲震十方道士在坐如迷如

醉豈直形體聾瞽其智抑亦有之晃曰野干説法何由可聞淨曰天宮嚴衛理絶獸蹤道士寬逃謂人爲畜時有國子祭酒孔頴達心存道黨潛扇蠅言曰佛家無諍法師何以構斯淨啓令曰如來存日已有斯事佛破外道外道不通反謂佛曰汝常自言平等今既以難破我即是不平何謂平等佛爲通曰以我不平破汝不平汝若得平即我平也而今亦爾以淨之諍破彼之諍彼得無諍即淨無諍也于時皇儲語祭酒曰君既譔説眞爲道黨淨啓令曰慧淨常聞君子不黨其知祭酒亦黨乎皇儲怡然大笑合座歡踊令曰不徒法樂以至於斯故淨之樞機三教發悟一斯類也頻入宮闈與道抗論談柄暫撝四坐驚慴蔡晃等既是道門鋒領屢逢挫拉心聲俱靡

皇儲目矚淨之神鋭難加也乃請爲普光寺任下令曰紀國寺上座慧淨法師名稱高遠行業著聞綱紀伽藍必有弘益請知寺任淨以弘宣爲務樂於寂止雖蒙榮告情所未安乃委固辭不蒙允許慨斯恩迫致啓謝曰伏奉恩令以慧淨爲普光寺主仍知本寺上座事奉旨驚惶罔知攸措但慧淨不揆庸短少專經論用心過分因構沉痾暨犬馬齒隆衰弊日甚頼全生納養僅時敷説磨鈍策蹇濫被吹嘘至於提頓綱維由來未悟整齊僧衆素所不閑恩遣曳此庸衰總彼殷務竊悲魚鹿易處失燥濕之宜方圓改質乖任物之性既情不逮事實迫於心撫躬驚惕不遑啓處然恩旨隆渥罔敢辭讓謹以謝聞伏増戰悚令答曰忽辱來書甚以傾慰三復之後自覺

欣然竊聞如來雖迹起人間而道籠天外神功妙力不可思議寂爾無爲則言語道斷湛然常住則心行處滅但爲衆生煩惱漂没愛河得不大拯橫流令登彼岸故出入三界昇降六天經營十方良爲於此若夫鹿園福地鷲嶺靈山灑甘露於禪林轉法輪於淨域付囑菩薩濟拔黔黎然後放光面門滅影雙樹寶船雖没遺教猶存即是如來法身無有異也然人能弘道非道弘人遠有彌勒文殊親承音旨近則圖澄羅什發明經教五百一賢信非徒說千里一遇蓋匪虛言法師昔在俗緣門稱通德飛纓東序鳴玉上庠故得垂裕後昆傳芳猶子嘗以詩稱三百不離於苦空典禮三千未免於生滅故發弘誓願迴向菩提落彼兩髦披茲三服至如大乘小乘之偈廣說略說之文十誦僧祇八部般若天親無著之論法門句義之談皆剖判胸懷激揚清濁至於光臨講座開置法筵精義入神隨類俱解寫懸河之辯動連環之辭碧雞譽於漢臣白馬稱於傲吏以今方古彼復何人所以仰請法師爲普光寺主兼知紀國寺上座事又聞若獨善之心有限則濟物之理不弘彼我之意未忘則他自之情不坦且普光紀國俱是道場舊住新居有何差別法師來狀云魚鹿易處失燥濕之宜斯乃意在謙虛假稱珍怪昔聞流水長者遂能救十千之魚曠野獵師豈得害三歸之鹿但使筌蹄不用則言象自忘淨又謝曰重蒙令旨恩渥載隆追深悚怍但慧淨學慚照雪解愧傳燈濫叨榮幸坐致非望復蒙垂茲神翰播斯弘誘文麗辰

象調諧金石加以恩兼道俗澤總存亡獎進高深譬超山海循環百遍悲喜交懷徒知銘感豈陳螢露頻煩曲降顧已多慚謹以狀聞用增怵惕登又下令與普光寺衆曰蓋聞正法沒於西域像教被於東華古往今來多歷年所而難陀迦葉馬鳴龍樹既同瓶瀉有若燈傳故得妙旨微言垂文見意是以三十二相遍滿人天十二部經敷揚刹土由其路者則高騁四衢之上迷其塗者則輪迴六趣之中理窟法門玄宗祕藏非天下之至賾孰能與於此乎皇帝以神道設教利益羣生故普建仁祠紹隆正覺卜兹勝地立此伽藍請赤縣之名僧徵帝城之上首山林之士擁錫來遊朝廷之賓摳衣趨座義筵濟濟法侶詵詵寔聚落之福田黔黎之壽域加以叢楹疊榦寶塔華臺洪鍾扣而弗諠清梵唱而逾靜若夫盧舍那佛坐普光法堂靈相葳蕤神變彤纖以今方古闇與冥符名器之間豈容虛立然僧徒結集須有綱紀詢諸大衆罕值其人積日搜揚頗有僉議咸云紀國寺上座慧淨自性清淨本來有之風神秀徹非適今也至於龍宮寶藏象力尊經皆挺自生知無師獨悟豈止四諦一乘之說七處八會之談要其指歸得其真趣而已固亦滌除玄覽老氏之至言潔靜精微宣尼之妙義莫不窮理盡性尋根討源其德行也如彼其學業也如此今請爲普光寺主仍知本寺事法師比者逡巡静退不肯降重殷勤苦請方始尅從但菩薩之家體尚和合若得無諍三昧自然永離十纏亦願合寺諸師共弘此意其迎請之禮任

依僧法又令所司建講設齋并請法師廣開義理淨以僚寀大集光榮一旦非夫經力何以致斯乃創開法華未陳大論英達高勝擁萃門筵故能接誘玄素撫承學識傳詞馳論大響嘉猷縱達清言光前絕後太子中舍辛諝學該文史傲誕自矜題章著翰莫敢當擬預有殺青諝必裂之于地謂僧中之無人也淨憤斯輕侮乃裁論擬之文云紀國寺釋慧淨敬酬東宮辛中舍曰披覽高論博究精微旨贍文華驚心眩目辯超炙輠理跨連環幽難勃以縱橫摛藻紛其駱驛暎雲霞而比爛叶金石以相諧絢矣文章沖乎探賾非夫哲士誰其溢心瞻彼上人固難與對輕持不敏敢述朝聞豈曰稽疑寧酬客難也來論云一音演說各隨類解蝡動衆生皆有佛性然則佛陀之與先覺語從俗異智慧之與般若義本玄同習智覺若非勝因念佛慧豈登妙果答曰大矣哉斯舉也深固幽遠杳冥難測吾子爲信乎爲疑乎其信也豈不然乎哉其疑也豈不深乎哉然則下士不笑不足以爲道淺智不謗不足以爲深仰度高明固無笑謗矣但其言濩落理涉嫌疑今當爲子略陳梗槩若乃問同答異文郁郁於孔書名一義乖理堂堂於釋教若名同不許義異則問一不得答殊此例既昇彼並自沒如其未喻更爲提撕夫以住無所住萬善所以兼修爲無不爲一音所以齊應豈止絕聖棄智抱一守雌冷然獨善義無兼濟較言優劣其可倫乎二宗既辯百難斯滯來論云必謂彼此名言遂可分別一音各解乃翫空談答曰誠如來旨

亦須分別竊以逍遥一也鵬鷃不可齊乎九萬榮枯同也椿菌不可齊乎八千而況爝火之侔日月浸灌之方時雨寧以分同明潤而遂均其曜澤哉至若山毫一其小大彭殤均其壽夭廷楹亂其横豎施厲混其妍媸斯由相待不定相奪可忘莊生所以絶其有封非謂未始無物斯則以余分別攻子分別子忘分別即余忘分別矣君子劇談幸無謔論一言易失駟馬難追斯文誠矣深可慎哉來論云諸行無常觸類緣起復心有待資氣涉求然則我淨受於熏修慧定成於繕刻答曰無常者故吾去也緣起者新吾來也故吾去矣吾豈常乎新吾來矣吾豈斷乎新故相傳假熏修以成淨美惡更代非繕刻而難功是則生滅破於斷常因果顯乎中觀鬱乎宗也談乎妙也斯實莊釋玄同東西理會而吾子去彼取此得無謬乎來論云續鳧截鶴庸詎真如草化蜂飛何居弱喪答曰夫自然者報分也熏修者業理也報分已定二鳥無羨於短長業理資緣兩蟲有待而飛化然則事像易疑沉冥難曉幽求之士淪惑罔息至若道圓四果尚昧衣珠位隆十地猶昏羅縠聖賢固其若此而況庸庸者乎自非鑒鏡三明雄飛七辯安能妙契玄極敷究幽微貧道藉以受業家門朋從是寄希能擇善敢進芻蕘如或鏗然願詳金牒矣於是廊廟貴達咸仰高風人藏一本緘諸懷袖同聚談宴以爲言先辛侯由茲頂戴頻祛邪網帝里榮勝望日披雲各撤金帛樹與來福沙門法琳包括經史摘掞昔聞承破邪疑乃致書曰近覽所報辛中

舍析疑論詞義包舉比喻超絶璀璨眩離朱之目鏗鏘駭師曠之耳固以妙盡寰中事殫辯囿譬玉衡之齊七政猶溟海之統百川煥焕乎巍巍乎言過視聽之外理出思議之表足可杜諸見之門開得意之路者也至如住無所住兼修之義在焉爲無不爲齊應之功弘矣將令守雌顏厚獨善醜容乃理異之顯哉豈玄同之可得夫立像以表意得意則像忘若忘其所忘則彼此之情斯泯非忘其不忘小大之殊有異是知日月既出無用爝火之光時雨既降何煩浸灌之澤故云彼此可忘非無此也故吾去也因故去而辯無常新吾來也籍新來以談縁起非新非故熏修之義莫成無繕無尅美惡之功孰著蓋以生滅破彼斷常之迷寄因果示其中觀之路斷常見息則弱喪同歸中觀理融則眞如自顯或談業理以明熏習乍開報分以釋自然意出情端旨超文外報分有在凫鶴自忘其短長業理相因草蜂各任其飛化可謂於無名相中假名相説體眞會俗豈不然歟詳中舍天挺之才未等若人盡理之説子期可慚於喪偶顏生有愧其坐忘可以息去取之兩端泯顛沛之一致楚既得之齊亦未爲失也法師博物不羣智思無限當今獨步即日梁棟既爲衆所知識實亦名稱普聞加以累謁金門頻登上席扇玄風於鶴籥振法鼓於龍樓七貴挹其波瀾五師推其神儁既聳垂天之翼又縱横海之鱗支遁之疋王何寧堪並駕帛祖之方嵇阮未足連衡用古儔今君有之矣琳謝病南山棲心幽谷非出非處蕩慮於風

雲無見無聞寄情於泉石偶觀名作實遣繁憂乍覽瓊章用袪痼疾徘徊吟諷循環卷舒蘊畜懷袖之中不覺紙勞字故略申片意謹此白書其所著述賦詞爲諸道賢稱美如此及貞觀十九年更崇翻譯所司簡約又無聯類下詔追赴謝病乃止今春秋六十有八聲聞轉高心疾時動或停法雨暫有登臨雲屯學館義侶則掇其冠冕文句則定其短長詞彩則揭其菁華音韻則響其諧調神氣高爽足引懦夫牆宇崇深彌開廉士斯並自叙而即筆故不盡其纖隱云也

續高僧傳卷第三

音釋

賾士革切 犖力角切卓犖超絕也 驀莫胡切 闃苦穴切息也 杙與職切橛也 靦他典切慙也 忸怩忸女六切怩女夷切忸怩心慙也 赧乃版切面赤愧也 什芳遇切踣倒也 踳駮踳尺尹切駮北角切踳駮乖舛也 輠合果切盛膏器 闒茂闒衣廉切歲在戌曰闒茂 懋莫候切美盛也 掞舒贍切舒也 鑣悲驕切馬銜外鐵也 丱古患切丫角貌 淼彌沼切大水貌 遒慈秋切健也 滏奉甫切水名在鄴 矛莫浮切 盾食尹切 謿楚交切代人言也 懾之涉切心伏也 拉盧合切折也 怵惕怵尺律切惕他歷切怵惕悚懼也 摳苦侯切褰衣也 詵所臻切衆也 葳蕤葳於非切蕤如佳切葳蕤盛貌 肸蠁肸許訖切蠁許兩切肸蠁響布也 絇翾縣切文貌 蝡乳兖切蟲動貌 菌巨殞切地蕈也 爝即約切火炬也 殤尸羊切未成人喪曰殤 媸充脂切醜也 璀取猥切璀璨玉光也 掇都括切採也 懦奴卧切畏怯也

續高僧傳卷第四上

唐 譯 道 宣 撰

譯經篇四 本傳二人

唐京師大慈恩寺釋玄奘傳一
京師大慈恩寺梵僧那提傳二

唐京師大慈恩寺釋玄奘傳

釋玄奘本名禕姓陳氏漢太丘仲弓之後也子孫徙於河南故今爲洛州緱氏人焉祖康北齊國子博士父惠早通經術長八尺明眉目拜江陵令解纓而退即大業年識者以爲尅絡隱淪之候故也兄素出家即長捷法師也容貌堂堂儀局瓌秀講釋經義聯班羣伍住東都淨土寺以奘少罹窮酷攜以將之日授精理旁兼巧論年十一誦維摩法華東都恒度便預其次自爾卓然梗正不偶時流口誦目緣略無閑鈌覩諸沙彌劇談掉戲奘曰經不云乎夫出家者爲無爲法豈復恒爲兒戲可謂徒喪百年且思齊之懷尚鄙而不取拔萃出類故復形在言前耳時東都慧日盛弘法席涅槃攝論輪馳相係每恒聽受昏明思擇僧徒異其欣奉美其風素愛敬之至師友叅榮大衆重其學功弘開役務時年十五與兄住淨土寺由是專門受業聲望逾遠大業餘曆兵饑交貿法食兩緣投庇無所承沙門道基化開井絡法俗欽仰乃與兄從之行達長安住莊嚴寺又非本望西踰劒閣旣達蜀都即而聽受阿毗曇論一聞不忘見稱昔人隨言鏡理又高倫等至於婆沙廣論雜心玄義莫不鑿窮巖穴條疏本幹然此論東被

弘唱極繁章鈔異同討逾數十皆蘊結胷府聞持自然至於得喪筌旨而能引用無滯時皆訝其憶念之力終古罕類也基每頷而歎曰余少遊講肆多矣未見少年神悟若斯人也席中聽侶僉號英雄四方多難總歸綿益相與稱讃逸口傳聲又僧景攝論道罪迦延世號難加人推精覈皆師承宗據隅奥明銓昔來攝論十二住義中表銷釋十有二家講次誦持率多昏漠而奘初聞記録片無差舛登座叙引曾不再緣須便爲述狀逾宿構如斯甚衆不可殫言武德五年二十有一爲諸學府雄伯沙門講揚心論不窺文相而涌注無窮時曰神人不神何能此也晚與兄俱住益南空慧寺私自惟曰學貴經遠義重疏通鑽仰一方未成探賾有沙門道深體悟成實學稱包富控權敷化振網趙邦憤發内心將捐巴蜀捉深知其遠量也情顧勤勤每勸勉之而正意已行誓無返面遂乃假緣告别間行江硤經途所及荆揚等州訪逮道隣莫知歸詣便北達深所委參勇鎧素襲嘉問縱洽無遺終始十月資承略盡時燕趙學侶相顧逢秋後發前至抑斯人也沙門慧休道聲高邈行解相當夸罩古今獨據鄴中昌言傳授詞鋒所指海内高尚又往從焉不面生來相逢若舊去師資禮事等法朋偏爲獨講雜心攝論指摘纖隱曲示綱猷相續八月領酬無斁休又驚異絶歎撫掌而嗟曰希世若人爾其是也沙門道岳宗師俱舍闡弘有部包籠領袖吞納喉襟揚業帝城來儀羣學乃又從焉創迹京都詮途義苑沙門法常一時之最

經綸教悟其徒如林奘乃一舉十問皆陳幽奥坐中杞梓拔思未聞由是馳譽道流擅聲日下沙門僧辯法輪論士機慧是長命來連坐吾之徒也但爲俱舍一論昔所未聞因爾服膺曉夕諮請岳審其殷至慧悟霞明樂説不窮任其索隱覃思研採晬周究竟沙門玄會匠剖涅槃删補舊疏更張琴瑟承斯令問親位席端諮質遲疑渙然祛滯僕射宋公蕭瑀敬其脫穎奏住莊嚴然非本志情棲物表乃又惟曰余周流吳蜀爰逮趙魏末及周秦預有講筵率皆登踐已布之言令雖藴胷襟未吐之詞宗解籤無地若不輕生殉命誓往華胥何能具覿成言用通神解一覩明法了義眞文要返東華傳揚聖化則先賢高勝豈決疑於彌勒後進鋒穎寧輟想於瑜伽耶時年二十九也遂厲然獨舉詣闕陳表有司不爲通引頓迹京輦廣就諸蕃遍學書語行坐尋授數日傳通側席面西思聞機候會貞觀三年時遭霜儉下勑道俗隨豐四出幸因斯際徑往姑臧漸至燉煌路由天塞裹粮弔影前望悠然但見平沙絶無人徑迴遑委命任業而前展轉因循達高昌境初奘在涼州講揚經論華夷士庶盛集歸崇商客通傳預聞蕃域高昌王麴文泰得信佛經復承奘告將遊西鄙恒置郵馹境次相迎忽聞行達通夕立候王母妃屬執炬殿前見奘苦辛備言意故合宮下淚驚異希有延留夏坐長請開弘王命爲弟母命爲子殊禮厚供日時恒致乃爲講仁王等經及諸機教道俗係戀並願長留奘曰本欲通開大化遠被家國不辭賤命

忍死西奔若如來語一滯此方非唯自虧發足亦恐都爲法障乃不食三日僉見極意無敢措言王母曰今與法師一遇並是往業因緣脫待果心東返願重垂誠誥遂與奘手傳香信誓爲母子麴氏流淚執足而別仍勑殿中侍郎賫綾帛五百疋書二十四封并給從騎六十人送至突厥葉護牙所以大雪山北六十餘國皆其部統故重遺遣奘開前路也初至牙所信物倍多異於恒度謂是親弟具以情告終所不信可汗重其賄賂遣騎前告所部諸國但有名僧勝地必令奘到於是連騎數十盛若皇華中途經國道次飡候供給頻具倍勝於初自高昌至於鐵門凡經一十六國人物優劣奉信淳踈具諸圖傳其鐵門也即鐵門關漢之西屏入山五百旁無異路一道南出險絕人物左右石壁竦立千仞色相如鐵故因號焉見漢門扉一豎一臥外鐵裹木加懸諸鈴必掩此關寔惟天固南出斯門土田温沃花果榮茂地名都貨羅也縱千餘里廣三千餘東拒葱嶺西接波斯南大雪山北據鐵門縛芻大河中境西流即經所謂博叉河也其境自分爲二十七國各有君長信重佛教僧以十二月十六日安居坐其春分以斯時濕熱雨多故也又前經國凡度十三至縛喝國土地華博時俗號爲小王舍城國近葉護南牙也突厥常法夏居北野花草繁茂放牧爲勝冬處山中用遮寒厲故有兩牙王都城外西南寺中有佛澡鑵可容斗許及佛掃箒并以佛牙守護莊嚴殆難瞻覩奘爲國使躬事頂戴西北不遠有提謂波利兩

城建塔表靈即爰初道成獻麨長者之本邑髮爪塔也又東南行大雪山中七百餘里至梵衍國僧有數千學出世部王城北山有立石像高百五十尺城東卧佛長千餘尺並精舍重接金寶莊校晃曜人目見者稱歎又有佛齒舍利劫初縁覺齒長五寸許金輪王齒長三寸許并商那和修鉢及九條衣絳色猶存又東山行至迦畢試國奉信彌勝僧有六千多大乘學其王歲造銀像高丈八延請遐邇廣樹名壇國有如來爲菩薩時齒長可寸餘又有其髮引長尺餘放還螺旋自斯地北民雜胡戎制服威儀不叅大夏名爲邊國蜜利車類唐言譯之垢濁種也又東七百至濫波國即印度之北境矣言印度者即天竺之正名猶身毒賢豆之訛號耳論其境也北背雪山三垂大海地形南狹如月上弦川平廣衍周九萬里七十餘國依止其中時或乖分略地爲國今則盡三海際同一王命又東雲山那伽羅曷國即布髮掩泥之故地詳諸經相意有疑焉何則討尋本事乃在賢劫已前蓮花定光名殊三佛既非同劫類被火災何得故處今猶泥濕若以爲虚佛非妄語如彼諸師各陳異解有論者言此實本地佛非妄也雖經劫壞本空之處願力莊嚴如因事也並是如來流化斯迹常存不足怪矣故其勝地左則標樹諸窣堵波即靈塔之正名猶偷婆斗藪婆之訛號耳阿育王者此號無憂恨不覩佛興諸感戀繼是聖迹皆起銘記故於此處爲建石塔高三十餘丈又有石壁佛影蹈迹衆相皆竪標記並如前也

城南不遠醯羅城中有佛頂骨周尺二寸其相仰平形如天蓋佛髑髏蓋如荷葉槃佛眼圓精狀如柰許澄淨皎然有佛大衣其色黃赤佛之錫杖以鐵爲環紫檀爲笴此五聖迹同在一城固守之務如傳國寶北近突厥昔經侵奪雖至所在還潛本處斯則赴緣隱顯未在兵威奘奉覩靈相悲淚橫流手撥末香親看體狀倍增欣悅即以和香抑其頂骨覩有嘉瑞又增悲慶近有北狄大月支王欲知來報以香取相乃示馬形甚非所望加諸布施積功懺悔又以香取現師子形雖位獸王終爲畜類情倍歸依又加施戒乃現人天方還本國故其俗法見五相者一金錢取其相者酬七金錢俗利其寶用充福物既非僧掌固守彌崇無論道俗必先酬價奘被王命觀覩具周旁國諸僧承斯榮望同來禮謁又東山行至健馱邏國佛寺千餘民皆雜信城中素有鉢廟衆事莊嚴昔如來鉢經於此廟乃數百年今移波斯王宮供養城東有迦膩王大塔基周里半佛骨舍利一斛在中擧高五百餘尺相輪上下二十五重天火之災今正營構即世中所謂雀離浮圖是也元魏靈太后胡氏奉信情深遣沙門道生等賫大旛長七百餘尺往彼掛之脚纔及地即斯塔也亦不測雀離名生所由左側諸迹其相極多近則世親如意造論之地遠則捨於千眼睒奉二親檀特名山達拏本迹仙爲女亂佛化鬼母並在其境皆無憂王爲建石塔高者數百餘尺立標記焉自北山行達烏長那國即世中所謂北天竺烏長國也其境周輪五千餘

里果實充備爲諸國重傳云即昔輪王之苑囿也僧有萬餘兼大乘學王都四周多諸古迹忍仙佛蹠半偈避雊析骨書經割肉代鴿蛇藥護命血飲夜叉如斯等相備列其境各具瞻奉情倍欣欣城之東北減三百里大山龍泉名阿波邏即信度河之本源西南而流經中所謂辛頭河也王都東南越山逆河鐵橋棧道路極懸險千有餘里至極大川即古烏仗之王都也中有木慈氏像高百餘尺即末田地羅漢將諸工人三返上天方得成者身相端嚴特難陳説還返烏仗南至呾叉始羅國具見伊羅鉢龍所住之池月光抉目之地育王標塔舉高十丈北有石門殊極高大崇竦重山道由中過斯又薩埵捨身處也自此東南山行險阻經一小國度數鐵橋減二

千里至迦濕彌羅國即此俗常傳罽賓是也莫委罽賓由何而生觀其圖域同罽賓耳本是龍海羅漢取之引衆而住通三藏也故其國境四面負山周七千餘里門徑狹迮僧徒五千多學小乘國有大德名僧勝奘就學俱舍順正理因明聲明及大毗婆沙王慇遠至給書手十人供給寫之有佛牙長可寸餘光白如雪自濫波至此統山諸國形禮鄙薄俗習胡蕃雖預五方非印度之正境也以住居山谷風雜諸邊自此南下通望無山將及千里至磔迦國土據平川周萬餘里兩河分注冉木繁榮于時徒伴二十餘人行大林中遇賊劫掠纔獲命全入村告乞乃達東境大林有婆羅門年七百歲貌如三十明中百論及外道書云是龍猛弟子乃停一月學之又東

那僕底國就調伏光法師學對法顯宗理門等論又東詣那伽羅寺就月胄論師學衆事分婆沙又東至禄勒那國就闍那崛多大德學經部婆沙又就蜜多犀那論師學薩婆多部辯眞論漸次東南路經六國多有遺迹育王標塔高二十丈者其數不少中有末兔羅國最饒蹤緒城東六里有一山寺昔烏波毱多唐言近護即五師之一也是其本住所建比巖石室高二十餘丈廣三十步其側不遠復有獼猴墮阬處四佛經行處賢聖依住處靈相衆矣又東南行經于七國至劫比他國俗事大自在天其精舍者高百餘尺中有天根形極偉大謂諸有趣由之而生王民同敬不爲鄙恥諸國天祠率置此形大都異道乃有百數中所高者自在爲多有一大寺五百僧徒淨人僕隸乃有數萬皆宅其寺側中有三道階南北而列即佛爲母忉利安居夏竟下天帝釋之所作也寶階本基淪没並盡後王倣之在其故地猶高七十餘尺育王爲建石柱高七丈餘光淨明照隨人罪福影現其中旁有賢劫四佛經行石基長五十許步高于七尺足蹈所及皆有蓮華文生焉國西北不遠二百許里至羯若鞠闍國唐言曲女城也王都臨殑伽河即恒河之正名矣源從北來出大雪山其土邪正雜敬僧徒盈萬多諸聖迹四佛行坐處七日説法處佛牙髮爪等塔精舍千餘名寺異相多臨河北裝於此國學佛使日胄二毗婆沙於毗耶犀那三藏所經于三月王號戒日正法治世將五十載言戒日者謚法之名此方虆後量德以贈彼土

初登即先薦號以滅後美之徒虛名耳今猶御世統五印度初治邊陲爲小國也先有室商佉王威行海内酷虐無道劉殘釋種拔菩提樹絶其根苗選簡名德三百餘人阬之餘者並充奴隸戒日深知樹於禍始也與諸官屬至菩提阬立大誓曰若我有福統臨海内必能崇建佛法願菩提樹從地而生言已尋視見菩提萌阬中上踊遂迴兵馬往商佉所威福力故當即除滅所以抱信誠篤倍發由來還統五方象兵八萬軍威所及並藉其力素不血食化境有羊皆贖施僧用供乳酪五年一施傾其帑藏藏盡還蓄時至復行用此爲常有犯王法乃至叛逆罪應死者遠斥邊裔餘者懲罰蓋不足言故諸國中多行盜竊非假伴援不可妄進又東南行二千餘里經

于四國順殑伽河側忽被秋賊須人祭天同舟八十許人悉被執縛唯選奘公堪充天食因結壇河上置奘壇中初便生饗將加鼎鑊當斯時也取救無緣注想慈尊彌勒如來及東夏住持三寶私發誓曰餘運未絶會蒙放免必其無遇命也如何同舟一時悲啼號哭忽惡風四起賊船而覆没飛沙折木咸懷恐怖諸人又告賊曰此人可愍不辭危難專心爲法利益邊陲君若殺之罪莫大也寧殺我等不得損他衆賊聞之投刃禮愧受戒悔失放隨所往達憍償彌外道殷盛王都城中有佛精舍高六十尺中有檀像即昔優闐大王造之置在天之景也其側龍窟聖迹多矣又東比千餘里至室羅伐悉底國即舍衛舍婆提之正名也周睇荒毀才有故基斯匿冶宫

須達故宅址墌存焉城南五里有逝多林即祇陁園也勝軍王臣善施所造今寺頽滅尚有石柱舉高七丈育王標樹邊有塼室一區中安如來爲母說法像自餘院宇湮没蕩盡但有佛洗病比丘處目連舉身子衣處佛僧常汲故井處外道陰謗殺婬女處佛異論處身子捔處瑠璃没處得眼林處迦葉波佛本生地諸如上處皆建石塔並無憂王之所造也寺東不遠三大深阬即調達瞿波戰遮女人所没之處阬極深邃臨望無底自古及今大雨洪注終無溢滿又東將七百里至劫毗羅伐窣堵國即迦毗羅衞淨飯王所治之都也空城十餘無人棲住故宫輒城周十五里荒寺千餘惟宫中一所存焉王寢殿基上有銘塔即如來降神之處也彼有說云五月八日神來降者上座部云十五日者與此方迷微復不同豈有異耶至如東夏所尚素王爲聖將定年筭前達尚迷況復曆有三代述時紀號猶自差舛顧惟理越情求赴機應感皆乘權道適變爲先豈以常人之耳目用通於至極也城之南北有過去二佛生地諸塔育王石柱銘記甚多都城西北數百千塔並是瑠璃所誅諸釋旣是聖者後人爲造當斯時也有四釋子忿其見逼不思犯戒出外拒軍瑠璃遂退後還本國城中不受告曰吾爲法種誓不行師汝退彼軍非吾族也旣被放斥遠投諸國本是聖胤競宗樹之今烏仗梵衍等王並其後也城東百里即是如來生地之林今尚存焉或有說者三月八日上座部云十五日也此土諸經咸云四月八日斯亦感

見之機異計多耳又東七里方至拘尸中途諸異略不復紀創達此城不覺五情失守崩踊躃地頂之顧眄但見荒城隤阤純陀宅基有標誌耳西北四里河之西岸即娑羅大林周帀輪徑三十餘里中央高竦即涅槃地有一甎室卧像北首旁施塔柱具書銘記而諸說混淆通列其上有云二月十五日入涅槃者或云九月八日入涅槃者或云自彼至今過千五百年者或云過九百年者城北渡河即焚身地方二里餘深三丈許土尚黃黑狀同焦炭諸國有病服其土者無不除愈故其焚處致有阬耳其側復有現足分身雉鹿諸塔並具贍巳又西南行大深林中七百餘里達婆羅痆斯國即常所謂波羅柰也城臨殑伽外道殷盛乃出萬計天寺百餘多遵自在

僧徒三千並小乘正量部也王都東北波羅柰河之西塔柱雙建育王所立影現佛像覩者興敬度河十里即鹿野寺也周閭重閣堥若仙宮僧減二千皆同前部佛事高勝諸國最矣中有轉法輪像狀如言說旁樹石柱高七十餘尺內影外現衆相備矣斯即如來初轉法處其側復有五百獨覺塔三佛行坐處寺中銘塔聖迹極多乃有數百又有佛所浴池浣衣浣器之水皆有龍護曝衣方石鹿王迎佛之地並建石塔動高三百餘尺相甚弘偉故略陳耳順河東下減於千里達吠舍釐即毗舍離也露形異術偏所豐足國城舊基周七十里人物寡鮮但爲名地其中說淨名處寶積淨名諸故宅處身子證果處姨母滅度處七日結集處阿難分身處此之五處後

代名建勝塔標示自斯東北二千餘里入大雪山至尼波羅國純信於佛僧有二千大小兼學城東有池中有天金光浮水上古老傳云彌勒下生用爲首飾或有利其寶者夜往盜之但見火聚騰燄都不可近今則流深巨窮其底水又極熱難得措足唐國使者試火投之燄便涌起因用煑米便得成飯其境北界即東女國與吐蕃接境比來國命往還率由此地約指爲語唐梵相去一萬餘里自古迴邅致途遠阻又從梵吠舍南濟殑河達摩揭陀國即摩竭提之正號也其國所居是爲中印度矣今王祖胤繼接無憂無憂即頻毗婆羅之曽孫也王即戒日之女婿矣今所治城非古所築殑伽南岸有波吒釐城周七十里即經所謂華氏城也王宮多花故因名焉

昔阿育王自新王舍遷都於此左側聖所其量彌繁城之西南四百餘里度尼連禪河至伽耶城人物希少可千餘家又行六里有伽耶山自古諸王所登封也故此一山世稱名地如來應俗就斯成道頂有石塔高百餘尺即寶雲等經所説之處周迴四十里内聖迹充滿山之西南即道成處有金剛座周百餘步其地則今所謂菩提寺是也寺南有菩提樹高五丈許遶樹周垣壘甎爲之輪迴五百許步東門對河北門通寺院中靈塔相狀多矣如來得道之日互説不同或云三月八日及十五日者垣北門外大菩提寺六院三層墻高四丈皆甎爲之師子國王買取此處與造斯寺僧徒僅千大乘上座部所住持也有骨舍利狀人指節肉舍利者大如眞珠彼土

十二月三十日當此方正月十五日世稱大神變月若至其夕必放光瑞天雨奇花充滿樹院奘初到此不覺悶絶良久穌醒歷覩靈相昔聞經說今宛目前恨居邊鄙生在末世不見眞容倍復悶絶旁有梵僧就地接撫相與悲慰雖備禮謁恨無光瑞停止安居迄於解坐彼土常法至於此時道俗千萬七日七夜競申供養凡有兩意謂覩光及希樹葉每年樹葉恰至夏末一時飛下通夕新抽與故齊等時有大乘居士爲奘開釋瑜伽師地爾夜對講忽失燈明又覩所佩珠璫瓔珞不見光彩但有通明晃朗內外洞然而不測其由也怪斯所以共出草廬望菩提樹乃見有僧手擎舍利大如人指在樹基上遍示大衆所放光明照燭天地于時衆閙但得遥禮雖目覩瑞心疑其火合掌虔跪乃至明晨心漸萎頓光亦歇滅居士問曰既覩靈瑞心無疑耶奘具陳意居士曰余之昔疑還同此也其瑞既現疑自通耳余見菩提樹葉如此白楊具以問之奘曰相狀畧同而扶疎茂盛少有異也於此寺東望屈叱播陀山即經所謂鷄足山也直上三峯狀如鷄足因取號焉去菩提寺一百餘里頂樹大塔夜放神炬光明通照即大迦葉波寂定所也路極梗澀多諸林竹師子虎象縱橫騰倚每思登踐取進無由奘乃告王請諸防援蒙給兵三百餘人各備鋒刃斬竹通道日行十里爾時彼國聞奘往山士女大小數盈十萬奔隨繼至共往鷄足既達山阿壁立無路乃縛竹爲梯相連而上達頂者三千餘人四睇欣然轉增喜踊具覩石

鏬散花供養自山東北百有餘里至佛陀伐那山有大石室佛曾遊此天帝就石塗香以供行至其處今猶郁烈不遠山室可受千人如來三月於中坐夏壘石爲道廣二十步長五里許即頻毗娑羅修覲上山之所由也又東六十里便至矩奢揭羅補羅古城唐言茅城多出香茅故因名也其城即摩揭陀之正中經本所謂王舍城者是矣崇山四周爲其外郭上如坤垷皆甎爲之西通小徑北闢山門廣長從狹周輪百五十里其中宮城周三十餘里内諸古迹其量復多宮之東北可十五里有姞栗陀羅矩吒山即經所謂耆闍崛山者是也唐言鷲峯之臺於諸山中最高顯映奪接山之陽佛多居住從下至頂編石爲階廣十餘步長六里許佛常往來於斯道也

歷覯崖岫備諸古迹不可勝紀廣如圖傳山城北門强一里許即迦蘭陀竹園精舍石基東户甎室今仍現在自園西南行六里許南山之陰大竹林中有石室焉即大迦葉波與千無學結集經教所託之地又西二十餘里即大衆部結集處也山城之北可五里許至曷羅闍姞利呬城唐言新王舍也餘傳所稱者是矣又北三十餘里至那爛陀寺唐言施無猒也贍部洲中寺之最者匆高此矣五王共造供給倍隆故因名焉其寺都有五院同一大門周閭四重高八丈許並用甎壘其最上壁猶厚六尺外郭三重牆亦甎壘高五丈許中間水遶極深池壍備有花畜嚴麗可觀自置已來防衛清肅女人非濫未曾容隱常住僧衆四千餘人外客道俗通及邪正乃出

萬數皆周給衣食無有窮竭故復號寺爲施無猒也中有佛院備諸聖迹精舍高者二十餘丈佛昔於中四月說法又有精舍高三十餘丈中諸變態不可名悉置立銅像高八丈餘六層閣盛莊嚴綺飾即戒日之兄滿胄王造也又有鍮石精舍高可八丈戒日親造彫裝未備日役千工彼國常法欽敬德望有諸論師智識清遠王給封户乃至十城漸降量賞不減三城其寺現在受封大德三百餘人通經已上不掌僧役重愛學問諮訪異法故烏耆已西被於海内諸出家者皆多義學任國追隨都無隔礙王雖守國不敢遮障故彼學徒博聞該贍奘歷諸國風聲久遠將造其寺衆差大德四十人至莊迎宿莊即目連之本村也明日食後僧二百餘俗人千餘擎輿幢蓋香花來迎引入都會與衆相慰問訖唱令住寺一切共同又差二十人引至正法藏所即戒賢論師也年百六歲衆所仰重故號正法藏博聞强識内外大小一切經書無不通達即昔室商佉王所阬之者爲賊孼出潛淪草莽後興法顯道俗所推戒日增邑十城科税以入賢以税物成立寺廟奘禮讃訖並命令坐問從何來答從支那國來欲學瑜伽等論聞已啼泣召弟子覺賢說以舊事賢曰和尚三年前患困如刀刺欲不食而死夢金色人曰汝勿猒身往作國王多害物命當自悔責何得自盡有支那僧來此學問已在道中三年應至以法惠彼彼復流通汝罪自滅吾是曼殊室利故來相勸和尚今損正法藏問在路幾時奘曰出三年矣既與夢同悲喜

交集禮謝訖寺素立法通三藏者負置十人由來闕一以奘風問便處其位日給上饌二十盤大人米一升檳榔豆蔻龍腦香乳酥蜜等淨人四婆羅一行乗象輿三十人從大人米者秔米也大如烏豆飯香百步惟此國有王及知法者預焉故此寺通三藏者給二十盤即二十日漸減通一經者猶給五盤五日過此已後便依僧位便請戒賢講瑜伽論聽者數千人十有五月方得一遍重爲再講九月方了自餘順理顯揚對法等並得諮稟然於瑜伽偏所鑽仰經於五年晨夕無輟將事博義未忍東旋賢誡曰吾老矣見子殉命求法經途十年方至今日不辭朽老力爲申明法貴流通豈期獨善更叅他部恐失時緣智無涯也惟佛乃窮人命如露非旦則夕即可

還也便爲裝行調付給經論奘曰敢聞命矣意欲遍巡諸國還途北指以高昌昔言不得違也便爾東行大山林中至伊爛拏國見佛坐迹入石寸許長五尺二寸廣二尺一寸旁有瓶迹没石寸許八出花文都似新置有佛立迹長尺八寸闊强六寸又東南行路經五國將四千里至三摩呾吒國濵斥大海四佛曾遊見青玉像舉高八尺自斯東北山海之中凡有六國即達林邑道阻且長兼多瘴癘故不遊踐又從西行將二千里達揭羅拏國邪正兼事别有三寺不食乳酪調達部也又西南行七百餘里至烏荼國東境臨海有發行城多有商侶停於海次南大海中有僧伽羅國謂執師子也相去約指二萬餘里每夜南望見彼國中佛牙塔上寶珠光明騰燄暉

赫現於天際又西南行具經諸國並有異迹可五千里至憍薩羅國即南印度之正境也崇信佛法僧徒萬許其土寬廣林野相次王都西南三百餘里有黑蜂山昔古大王為龍猛菩薩造立斯寺即龍樹也其寺上下五重鑿石為之引水旋注多諸變異㳂波方達今淨人固守罕有登者龕中石像形極偉大寺成之日龍猛就山以藥塗之變成紫金世無等者又有經藏甲縛無數古老相傳盡初結集並現存在雖外佛法屢遭誅殄而此一山住持無改近有僧來於彼夏坐但得讀誦不許持出具陳此事但路幽阻難可尋問又復南行七千餘里路經五國並有靈迹至秣羅矩吒國即贍部最南濱海境也山出龍腦香焉旁有巖頂清流繞旋二十許帀南注大海中有天宮觀自在菩薩常所住處即觀世音之正名也臨海有城古師子國今入海中可三千餘里非結大伴則不可至故不行也自此西北四千餘里中途經國具諸神異達摩訶剌他國其王果勇威英自在未賓戒日寺有百餘僧徒五千大小兼學東境山寺羅漢所造有大精舍高百餘尺中安石像長八丈許上施石蓋凡有七重虛懸空中相去各三尺許禮謁見者無不歎訝斯神也自此因循廣尋聖迹至鉢伐多國有數名德學業可遵又停二年學正量部根本論攝正法論成實論等便東南還那爛陀叅戒賢已往杖林山勝軍論師居士所其人刹利種學通內外五明數術依林養徒講佛經義道俗歸者日數百人諸國王等亦來觀禮洗足供養封賞城

邑奘從學唯識決擇論意義論成無畏論等首尾二年夜夢寺内及外林邑火燒成灰見一金人告曰却後十年戒日王崩印度便亂下當如火蕩覺已向勝軍説之奘意方決嚴具東還及永徽之末戒日果崩今並饑荒如所夢矣初那爛陀寺大德師子光等立中百論宗破瑜伽等義奘曰聖人作論終不相違但學者有向背耳因造會宗論三千頌以呈戒賢諸師咸稱善先有南印度王灌頂師名般若毱多明正量部造破大乘論七百頌時戒日王討伐至烏茶國諸小乘師保重此論以用上王請與大乘師決勝王作書與那爛陀寺可差四僧善大小内外者詣行在所擬有論義戒賢乃差海慧智光師子光及奘爲四應命將往未發間有順世外道來求論難書四十條義懸於寺門若有屈者斬首相謝彼計四大爲人物因旨理沉密最難徵覈如此陰陽誰窮其數此道執計必求捔決彼土常法論有負者先令乘驢屎瓶澆頂公於衆中形心折伏然後依投永爲皂隷諸僧同疑恐有殿負默不陳對奘停既久究達論道告衆請對何得同恥各立旁證往復數番通解無路神理俱喪溘然潛伏預是釋門一時騰踊彼既屈已請依先約奘曰我法弘恕不在刑科稟受我法如奴事王因將向房遵正法要彼烏茶論又別訪得尋擇其中便有謬濫謂所伏外道曰汝聞烏茶所立義不曰彼義曾聞特解其趣即令説之備通其要便指纖芥申大乘義破之名制惡見論千六百頌以呈戒賢等師咸曰斯論窮天下之勍寇也何

敵當之

續高僧傳卷第四上

音釋

禕於宜切 緱古侯切緱氏縣名 羅鄰知切遭也 舛尺兗切錯也 殫都寒切極盡也 硤胡夾切州名 斁夷益切厭也 覃徒含切覃思謂覃靜思慮也 晬子對切一歲周時也 覿亭歷切見也 燉徒渾切燉煌郡名 麴苦匊切 置郵置竹吏切郵于求切日入馬遆曰置步遆曰郵烏質切驛傳遆馬也 可汗可音克汗音寒可汗虜國王名也 賄賂賄呼罪切賂魯故切賄賂贈遺也 麨尺沼切乾糧也 笴古旱切莖笴也 睒失冉切 蹠之石切脚掌也 棧士諫切棚閣也 磔陟革切 阬口莖切陷也 帑他朗切金帛所藏也 址墌址諸市切墌之石切址墌基址也 眄莫甸切視也 隤徒回切下墜也 阤池爾切小崩也 疷厮疷女黠切厮息後切 迴

邅迴胡對切迂曲也邅直羨切轉也 鏬呼訝切孔隙也 埤堄埤匹詣切堄五計切埤堄城上女墻也 姞巨乙切 攲丘奇切傾也 溘渴合切奄忽也

續高僧傳卷第四下

唐 釋道宣 撰

唐京師大慈恩寺釋玄奘傳之餘

奘意欲流通教本乃放任開正法遂往東印度境迦摩縷多國以彼風俗並信異道其部衆乃有數萬佛法雖弘未至其土王事天神愛重教義但聞智人不問邪正皆一奉敬其人創染佛法將事弘闡故往開化既達於王歎奘勝度神思清遠童子王聞欣得面欵遣使來請再三乃往既至相見宛若舊遊言議接對又經晦朔于時異術雲聚請王決論言辯纔交邪徒草靡王加崇重初開信門請問諸佛何所功德奘讚如來三身利物因造三身論三百頌以贈之王曰未曾有也頂戴歸依此國東境接蜀西蠻聞其途路兩月應達于時戒日王臣告曰東蕃童子王所有支那大乘天者道德弘被彼王所重請往致之其大乘天者即印度諸僧美奘之目也王曰我已頻請辭而不來何因在彼即使語拘摩羅王可送支那法師來共會祇羅國童子王命象軍一萬方船三萬與奘泝殑伽河以赴戒日戒日與諸官屬百餘萬衆順河東下同集羯朱祇羅國初見頂禮嗚足盡敬散花設頌無量供已曰弟子先請何爲不來答以聽法未了故此延命王曰彼支那國有秦王破陣樂歌舞曲秦王何人致此歌詠奘曰即今正國之天子也是大聖人撥亂反正恩霑六合故有斯詠王曰故天縱之爲物主也乃延入行宮陳諸供養乃述制惡見論顧謂門師曰日光既出螢燭奪明師所寶者他皆破訖試

救取看小乘諸僧無敢言者王曰此論雖好然未廣聞欲於曲女城大會命五印度能言之士對衆顯之使邪從正捨小就大不亦可乎是日發勅普告天下總集沙門婆羅門一切異道會曲女城自冬初泝流臘月方到爾時四方翕集乃有萬數能論義者數千人各擅雄辯咸稱克敵先立行殿各容千人安像陳供香花音樂請奘昇座即標舉論宗命衆徵覈竟十八日無敢問者王大嗟賞施銀錢三萬金錢一萬上氎衣一百具仍令大臣執奘袈裟巡衆唱言支那法師論勝十八日來無敢問者並宜知之于時僧衆大悅曰佛法重興乃令邊人權智若此便辭東歸王重請住觀七十五日大施場相事訖辭還王勑所部遞送出境并施青象金銀錢各數萬戒日拘摩羅等十八大國王流淚執別奘便辭而不受以象形大日常料草四十餘圍餅食所須又三斛許戒日又勑令諸屬國隨到供給諸僧勸受象施皆曰斯勝相也佛滅度來王雖崇敬種種布施未聞以象用及釋門象爲國寶今既見惠信之極矣因即納象而反錢實然其象也其形圓大高可丈三長二丈許上容八人并諸什物經像等具並在其上狀如重堵相似空行雖逢奔逸而安穩不墜瓶水不側緣國北旋出印度境戒日威被咸賞供待入畢利國山川相半沃壤豐熟僧徒數萬並學大乘東北山行過諸城邑上大雪山及至其頂諸山並下又上三日達最高嶺南北通望但見横山各有九重過斯已往皆是平地雖有小山孤斷不續唯斯一嶺蔓延高

遠約略為言贍部一洲山叢斯地何以知耶至如西境波斯平川渺漫東尋嵬崿莫有窮蹤北則橫野蕭條南則印度臯衍即經所謂香山者也達池幽邃未可尋源四河所從皆由斯出爾雅所謂崑崙之墟豈非斯耶案諸禹貢河出磧石蓋局談其潛出處耳張騫尋之乃遊大夏固是超步所經猶不言其發源之始斷可知矣奘引從前後自勒行衆沿嶺而下三日至地達覩貨羅諸故都邑山行八百路極艱險寒風切骨到於活國中途所經皆屬北狄而此王者突厥之胤統管諸胡總御鐵門以南諸小國也自此境東方入葱嶺嶺據贍部洲中南接雪山北至熱海東漸烏鎩西極波斯縱廣結固各數千里冬夏積雪氷嚴崖隒過半已下多出山葱故因名焉昔人云葱嶺傳雪即雪山也今親自驗則知其非雪山乃居葱嶺已南東西亘海南望平野北達叢山方名葱嶺又東山行經於十國二千餘里至達摩悉鐵帝國境在山間東西千六百里南北極廣不踰四五里許臨縛芻河從南而來不測其本僧寺十餘有一石像上施金銅圓蓋人有旋遶蓋亦隨轉豈由機巧莫測其然又東山行近千里達商彌國東至大川廣千餘里南北百餘里絕無人住川有龍池東西三百南北五十其池正在大葱嶺內贍部洲中最高地也何以明之池出二河其西流者至達摩悉鐵國與縛芻河合自此以西水皆西流其東流者至佉沙西界與徙多河合自此已東水皆東流故分二河各注兩海故知高也池出大鳥卵如斗許案條支

國大卵如甕豈非斯耶又東五百至朅盤陀國北背徙多河即經所謂悉陀河也東入鹽澤潛於地中涌於積石爲東夏河矣其國崇信佛法城之東南三百餘里大崖兩室各一羅漢現入滅定七百餘年鬚髮漸長互近諸僧年別爲剃又東千餘方出葱嶺至烏鎩國城臨徙多西有大山崖自崩墜中有僧焉瞑目而坐形甚奇偉鬚髮下垂至於肩面問其委曲乃迦葉佛時人矣近重崩崖没於山内奘至斯國與象別行先度雪河象晚方至水漸汎漲不悉山道尋嶺直下牙衝岸樹象性凶獷反拔却頓因即致死悵恨所經巳越山險將達平壤不果祈願東過踈勒乃至沮渠可千餘里同伴五百皆共推奘爲大商主處位中營四面防守且自沮渠一國素來常鎮十部大經各十萬偈如前所傳國實護之不許分散今屬突厥南有大山現三羅漢入滅盡定東行八百達于遁國地惟沙壤寺有百餘僧徒五千並大乘學城西山寺佛曽遊踐有大石室羅漢入定石門封掩初奘既度葱嶺先遣侍人賫表陳露達國化也下勑流問令早相見行達于遁以象致死所賫經像交無運致又上表請尋下別勑令于遁王給其鞍乘既奉嚴勑駝馬相運至于沙州又掌別勑計其行程酬雇價直自爾乘傳二十許乘以貞觀十九年正月二十四日届于京郊之西道俗相趨屯赴闐闠數十萬衆如值下生將欲入都人物諠擁取進不前遂停別館通夕禁衛候備遮斷停駐道旁從故城之西南至京師朱雀門街之都亭驛二十餘里列衆

禮謁動不得旋于時駕幸洛陽奘乃留諸經像送弘福寺京邑僧衆競列幢帳助運莊嚴四部諠譁又倍初至當斯時也復感瑞雲現于日北團圓如蓋紅白相映當于像上顯發輪光既非遶日同共嗟仰從午至晡像入弘福方始歇滅致使京都五日四民廢業七衆歸承當此一期傾仰之高終古罕類也奘雖逢榮問獨守館宇坐鎮清閑恐陷物議故不臨對及至洛濱特蒙慰問并獻諸國異物以馬馱之別勑引入深宮之内殿面奉天顏談叙眞俗無爽帝旨從卯至酉不覺時延迄于閉鼓上即事戎旃問罪遼左明旦將發下勑同行固辭疾苦兼陳翻譯不違其請乃勑京師留守梁國公房玄齡專知監護資備所須一從天府初奘在印度聲暢五天稱述支那人物爲盛戒日大王并菩提寺僧思聞此國爲日久矣但阻無信使未可依憑彼土常傳贍部一洲四王所治東謂脂那主人王也西謂波斯主寶王也南謂印度主象王也北謂獫狁主馬王也皆謂四國藉斯以治即因爲言奘既安達恰述符同戒日及僧各遣中使賷諸經寶遠獻東夏是則天竺信命自奘而通宣述皇猷之所致也使既西返又勑王玄策等二十餘人隨往大夏并贈綾帛千有餘段王及僧等數各有差并就菩提寺僧召石蜜匠乃遣匠二人僧八人俱到東夏尋勑往越州就甘蔗造之皆得成就先是菩提寺僧三人送經初至下勑普請京城設齋仍於弘福譯大嚴等經不久之間奘信又至乃勑且停待到方譯主上虛心企仰頻下明勑令奘

速至但爲事故留連不早程達旣見洛宫深沃虚想即陳翻譯搜擢賢明上曰法師唐梵具贍詞理通敏將恐徒揚仄陋終虧聖典奘曰昔者二秦之譯門徒三千雖復翻傳猶恐後代無聞懷疑乖信若不搜舉同奉玄規豈以偏能妄參朝委頻又固請乃蒙降許帝曰自法師行後造弘福寺其處雖小禪院虚静可爲翻譯所須人物吏力並與玄齡商量務令優給旣承明命返迹京師遂召沙門慧明靈潤等以爲證義沙門行友玄賾等以爲綴緝沙門智證辯機等以爲録文沙門玄模以證梵語沙門玄應以定字僞其年五月創開翻譯大菩薩藏經二十卷余爲執筆并刪綴詞理其經廣解六度四攝十力四畏三十七品諸菩薩行合十二品將四百紙又復旁翻

顯揚聖教論二十卷智證等更迭録文沙門行友詳理文句奘公於論重加陶練次又翻大乘對法論一十五卷沙門玄賾筆受微有餘隙又出西域傳一十二卷沙門辯機親受時事連紕前後兼出佛地六門神呪等經都合八十許卷自前代已來所譯經教初從梵語倒寫本文次乃迴之順同此俗然後筆人觀理文句中間增損多墜全言今所翻傳都由奘旨意思獨斷出語成章詞人隨寫即可披翫尚賢吴魏所譯諸文但爲西梵所重貴於文句鉤鎖聯類重沓布在唐文頗居繁複故使綴工專司此位所以貫通詞義加度節之銓本勒成祕書繕寫于時駕返西京奘乃表上并請序題尋降手勑曰法師夙標高行早出塵表泛寳舟而登彼岸搜妙道而闢法

門弘闡大猷蕩滌衆累是以慈雲欲卷舒之蔭四空慧日將昏朗之照八極舒朗之者其惟法師乎朕學淺心拙在物猶迷況佛教幽微豈敢仰測請爲經題非已所聞其新撰西域傳者當自披覽及西使再返勑二十餘人隨往印度前來國命通議中書勑以異域方言務取符會若非伊人將淪聲教故諸信命並資於奘乃爲轉唐言依彼西梵文詞輕重令彼讀者尊崇東夏尋又下勑令翻老子五千文爲梵言以遺西域奘乃召諸黄巾述其玄奥領疊詞旨方爲翻述道士蔡晃成英等競引釋論中百玄意用通道經奘曰佛道兩教其致天殊安用佛言用通道義窮覈言跡本出無從晃歸情曰自昔相傳祖憑佛教至於三論晃所師遵准義幽通不無同會故引

解也如僧肇著論盛引老莊猶自申明不相爲怪佛言似道何爽綸言奘曰佛教初開深文尚擁老談玄理微附佛言肇論所傳引爲聯類豈以喻詞而成通極今經論繁富各有司南老但五千論無文解自餘千卷多是醫方至如此土賢明何晏王弼周顒蕭繹顧歡之徒動數十家注解老子何不引用乃復旁通釋氏不乃推步逸蹤乎既依翻了將欲封勒道士成英曰老經幽邃非夫序引何以相通請爲翻之奘曰觀老治身治國之文文詞具矣叩齒咽液之序其言鄙陋將恐西聞異國有愧鄉邦英等以事聞諸宰輔奘又陳露其情中書馬周曰西域有道如老莊不奘曰九十六道並欲超生師承有滯致淪諸有至如順世四大之術冥初六諦之宗東夏所未

言也若翻老序則恐彼以爲笑林遂不譯之奘以弘讚之極勿尚帝王開化流布自古爲重又重表曰伏奉墨勑猥垂奨喻祇奉綸言精守振越玄奘業尚空疎謬忝法侶幸屬九瀛有截四表無虞憑皇靈以遠征恃國威而訪道窮遐冐險雖勵愚誠纂異懷荒寔資朝化所獲經論奉勑翻譯見成卷軸未有詮序伏惟陛下睿思雲敷天華景爛理包繫象調逸咸英跨千古以飛聲掩百王而騰實竊以神力無方非神思不足詮其理聖教玄遠非聖藻何以序其源故乃冐犯威嚴敢希題目宸睠沖邈不垂矜許撫躬累息相顧失圖玄奘聞日月麗天既分暉於户牖江河紀地亦流潤於巖涯雲和廣樂不祕響於聾昧金壁奇珍豈韜彩於愚瞽敢縁斯理重以干祈伏乞雷雨曲垂天文俯照配兩儀而同久與二曜而俱懸然則鷲嶺微言假神筆而弘遠雞園奥義託英詞而宣暢豈止區區梵衆獨荷恩榮亦使蠢蠢迷生方超塵累而已表奏之日勑遂許焉謂駙馬高履行曰汝前請朕爲汝父作碑今氣力不如昔願作功德爲法師作序不能作碑汝知之貞觀二十五年幸玉華宫追奘至問翻何經論答正翻瑜伽上問何聖所作明何等義具答已令取論自披閱遂下勑新翻經論寫九本頒與雍洛相兗荆楊等九大州奘又請經題上乃出之名大唐三藏聖教序於明月殿命弘文館學士上官儀對羣僚讀之其詞曰

蓋聞二儀有象顯覆載以含生四時無形潛寒暑以化物是以窺天鑑地庸愚皆識其端

明陰洞陽賢哲罕窮其數然而天地包乎陰陽而易識者以其有象也陰陽處乎天地而難窮者以其無形也故知象顯可徵雖愚不惑形潛莫覩在智猶迷況乎佛道崇虛乘幽控寂弘濟萬品典御十方舉威靈而無上抑神力而無下大之則彌於宇宙細之則攝於毫釐無滅無生歷千劫而不古若隱若顯運百福而長今妙道凝玄遵之莫知其際法流湛寂挹之莫測其源故知蠢蠢凡愚區區庸鄙投其旨趣能無疑惑者哉然則大教之興基乎西土騰漢庭而皎夢照東域而流慈昔者分形分跡之時言未馳而成化當常現常之世民仰德而知遵及乎晦影歸眞遷儀越世金容掩色不鏡三千之光麗像開圖空端四八之相於是微言廣被拯含類於三塗遺訓遐宣導羣生於十地然而眞教難仰莫能一其指歸曲學易遵邪正於焉紛糺所以空有之論或習俗而是非大小之乘乍沿時而隆替有玄奘法師者法門之領袖也幼懷貞敏早悟三空之心長契神情先包四忍之行松風水月未足比其清華仙露明珠詎能方其朗潤故以智通無累神測未形超六塵而迥出隻千古而無對凝心內境悲正法之陵遲棲慮玄門慨深文之訛謬思欲分條析理廣彼前聞截僞續眞開茲後學是以翹心淨土往遊西域乘危遠邁杖策孤征積雪晨飛途閒失地驚砂夕起空外迷天萬里山川撥煙霞而進影百重寒暑躡霜雨以前蹤誠重勞輕求深願達周遊西宇十有七年窮歷道邦詢求正教雙林八水味道餐風鹿苑鷲峯

瞻奇仰異承至言於先聖受眞教於上賢探賾妙門精窮奥業一乘五律之教馳驟於心田八藏三篋之文波濤於口海爰自所歷之國總將三藏要文凡六百五十七部譯布中夏宣揚勝業引慈雲於西極注法雨於東垂聖教缺而復全蒼生罪而還福濕火宅之乾燄共拔迷塗朗愛水之昏波同臻彼岸是知惡因業墜善以緣昇昇墜之端惟人所託譬夫桂生高嶺雲露方得泫其華蓮出淥波飛塵不能汚其葉非蓮性自潔而桂質本貞良由所附者高則微物不能累所憑者淨則濁類不能沾夫以卉木無知猶資善而成善況乎人倫有識不緣慶而求慶方冀茲經流施將日月而無窮斯福遐敷與乾坤而永大百寮稱慶奘表謝曰　竊聞六爻探賾局於生滅之場百物正名未涉眞如之境猶且遠徵羲冊覩奥不測其神遐想軒圖歷選並歸其美伏惟皇帝陛下玉毫降質金輪御天廓先王之九州掩百千之日月斥列代之區域納恒沙之法界遂使給園精舍並入提封貝葉靈文咸歸冊府玄奘往因振錫聊謁崛山經途萬里怙天威如咫步匪乘千葉詣雙林如食頃搜揚三藏盡龍宮之所儲研究一乘窮鷲嶺之遺旨並已載於白馬還獻紫宸尋蒙下詔賜使翻譯玄奘識乖龍樹謬忝傳燈之榮才異馬鳴深愧寫瓶之敏所譯經論紕舛尤多遂荷天恩留神構序文超象繫之表若聚日之放千光理括衆妙之門同慧雲之濡百草一音演說億劫罕逢忽以微生親承梵響踊躍歡喜如聞授記表奏之日尋下勅曰

朕才謝珪璋言慚博達至於內典尤所未閑昨製序文深爲鄙拙惟恐穢翰墨於金簡標瓦礫於珠林忽得來書謬承褒讚循躬省慮彌益厚顏善不足稱空勞致謝又重表謝勑云朕往不讀經兼無才智忽製論序翻汚經文具覽來言枉見褒飾愧逢虛美唯益眞慚自爾朝宰英達咸申擊讚釋宗弘盛氣接成陰皇太子述上所作三藏聖教序曰夫顯揚正教非智無以廣其文崇闡微言非賢莫能定其旨蓋眞如聖教者諸法之玄宗衆經之軌躅也綜括宏遠奧旨遐深極空有之精微體生滅之機要詞茂道曠尋之者不究其源文顯義幽履之者莫測其際故知聖慈所被業無善而不臻妙化所敷緣無惡而不翦開法網之綱紀弘六度之正教拯羣有之塗炭啓三藏之祕扃是以名無翼而長飛道無根而永固道名流慶歷邃古而鎭常赴感應身經塵劫而不朽晨鍾夕梵交二音於鷲峯慧日法流轉雙輪於鹿菀排空寶蓋接翔雲而共飛莊野春林與天花而合彩伏惟皇帝陛下上玄資福垂拱而治八荒德被黔黎斂衽而朝萬國恩加朽骨石室歸貝葉之文澤及昆蟲金匱流梵說之偈遂使阿耨達水通神甸之八川耆闍崛山接嵩華之翠嶺竊以法性凝寂靡歸心而不通智地玄奧感懇誠而遂顯豈謂重昏之夜燭慧炬之光火宅之朝降法雨之澤於是百川異流同會於海萬區分義總成乎實豈與湯武校其優劣堯舜比其聖德者哉玄奘法師者夙懷聰令立志夷簡神清髫齓之年體拔浮華之世凝情定室

匿迹幽巖棲息三禪巡遊十地超六塵之境獨步迦維會一乘之旨隨機化物以中華之無質尋印度之眞文遠涉恒河終期滿字頻登雪嶺更獲半珠問道往還十有七載備通釋典利物爲心以貞觀十九年二月六日奉勑於弘福寺翻譯聖教引大海之法流洗塵勞而不竭傳智燈之長焰皎幽闇而恒明自非久植勝緣何以顯揚斯旨所謂法相常住齊三光之明我皇福臻同二儀之固伏見御製衆經論序照古騰今理含金石之聲文抱風雲之潤治輒以輕塵足岳墜露添流略舉大綱以爲斯記自此常叅內禁扣問沉隱翻譯相續不爽法機勑賜雲衲一領妙絶古今又勑天下寺度五人維持聖種皆其力也冬十月隨駕入京於北闕造弘法院鎮恒在彼

初於曲池爲文德皇后造慈恩寺追奘令住度三百人有令寺西北造翻經院給新度弟子一十五人弘福舊處仍給十人今上嗣録素所珍敬追入優問禮殊恒秩永徽二年請造梵本經臺蒙勑賜物尋得成就又追入內於修文殿翻發智等論降手詔飛白書慰問優洽顯慶元年正月爲皇太子於慈恩設大齋朝寀總至黃門侍郎薛元超中書郎李義府曰譯經佛法之大未知何德以光揚耶奘曰公此之問常所懷矣譯經雖位在僧光價終憑朝貴至如姚秦鳩摩羅什則安成侯姚嵩筆受元魏菩提流支則侍中崔光録文貞觀波頗初譯則僕射蕭瑀太府蕭璟庶子杜正倫等監閱詳定今並無之不足光遠又大慈恩寺聖上切風樹之哀追造壯麗騰實之

美勿過碑頌若蒙二公爲致言則不朽之跡自形於今古矣便許之明旦遣給事宣勑云所須官人助翻者已處分訖其碑朕自作尋勑慈恩翻譯文義須精宜令左僕射于志寧中書令來濟禮部許敬宗黄門侍郎薛元超中書郎李義府等有不安穩隨事潤色若須學士任追三兩人及碑成請神翰自書蒙特許尅日送寺京寺咸造幢蓋又勑王公已下太常九卿及兩縣妓樂車從千餘乗駐弘福寺上居安福門俯臨將送京邑士女列於道側自北之南二十餘里充仞衢街光俗興法無與儔焉又賜山水衲妙勝前者并以服玩百有餘件顯慶二年駕幸洛陽預從安置東都積翠宫召入大内麗日殿翻觀所緣等論又於明德宫翻大毗婆沙等論奘少離桑梓白首言歸訪問親故零落殆盡惟有一姊迎與相見訪以墳壟旋殯未遷便卜勝地施塋改葬其少室山西北緱氏故縣東北遊仙鄉控鶴里鳳凰谷即奘之生地也不遠有少林寺即魏孝文所立是翻十地之所意願棲託爲國翻譯蒙手勑云省表知欲晦跡巖泉追林遠而架往託慮禪寂軌澄什以標今仰挹風徽寔所欽尚朕業空學寡靡究高深然以淺識薄聞未見其可法師津梁三界汲引四生智皎心燈定凝意水非情塵之所曀豈識浪而能驚然以道德可居何必太華疊嶺空寂可舍豈獨少室重巒幸戢來言勿復陳請即市朝大隱不獨貴於昔賢見聞弘益更可珍於即代遂因寢言顯慶三年下勑爲皇太子造西明寺成令給上房僧十人以充侍者

有大般若者二十萬偈此土八部咸在其中不久下勑令住玉華翻經供給一准京寺遂得託靜不爽譯功以顯慶五年正月元日創翻大本至龍朔三年十月末了凡四處十六會說總六百卷般若空宗此焉周盡於間又翻成唯識論辯中邊論唯識二十論品類足論等至十一月表上此經請製經序於蓬萊宮通事舍人馮義宣勑許之奘生常以來願生彌勒及遊西域又聞無著兄弟皆生彼天又頻祈請咸有顯證懷此專至益增翹勵後至玉華但有隙次無不發願生覩史多天見彌勒佛自般若翻了惟自策勤行道禮懺麟德元年告翻經僧及門人曰有為之法必歸磨滅泡幻形質何得久停行年六十五矣必卒玉華於經論有疑者今可速問聞者驚曰年未耆耄何出此言報曰此事自知遂往辭佛先造俱胝十億像所禮懺辭別有門人外行者皆報好去今與汝別亦不須來來亦不見至正月九日告寺僧曰奘必當死經云此身可惡猶如死狗奘既死已近宮寺山靜處藏之因既卧疾開目閉目見大蓮花鮮白而至又見偉相知生佛前命僧讀所翻經論名目已總有七十三部一千三百三十卷自懷欣悅總召門人有緣並集云無常將及急來相見於嘉壽殿以香木樹菩提像骨對寺僧門人辭訣并遺表訖便默念彌勒令傍人稱曰南謨彌勒如來應正等覺願與含識速奉慈顏南謨彌勒如來所居內衆願捨命已必生其中至二月四日右脇累足右手支頭左手髀上鏗然不動有問何相報曰勿問妨吾

正念至五日中夜弟子問曰和尚定生彌勒前不答曰決定得生言已氣絶神逝迄今兩月色貌如常又有冥應略故不述又下勑葬日聽京城僧尼幢蓋往送於是素蓋素幢浮空雲合哀笳哀梵氣遏人神四俗以之悲涼七衆惜其沉沒乃葬於白花原四十里中皂素彌滿其塋與兄捷公相近若然白塔近燭帝城尋下别勑令改葬於樊川與州縣相知供給吏力乃又出之衆咸歎異經久埋瘞色相如初自非願力所持焉能致此余以闇昧濫霑斯席與之對晤屢展炎涼聽言觀行名實相守精厲晨昏計時分業虔虔不懈專思法務言無名利行絶虛浮曲識機緣善通物性不倨不諂行藏適時吐味幽奇辯開疑議寔季代之英賢乃佛宗之法將矣且其發蒙入法特異常倫聽覽經論用爲恒任旣周行東夏挹酌諸師披露肝膽盡其精義莫不傾倒林藪更新學府遂能不遠數萬諮求勝法誓捨形命必會爲期發趾張掖途次龍沙中途艱險身心僅絶旣達高昌倍光來價傳國祖送備閱靈儀路出鐵門石門躬乗沙嶺雪嶺歷天險而志逾慷慨遭凶賊而神彌厲勇兼以歸禀正教師承戒賢理遂言揚義非再授廣開異論包藏胷臆致使梵侶傾心不遺其法又以起信一論文出馬鳴彼土諸僧思承其本奘乃譯唐爲梵通布五天斯則法化之縁東西互舉又西華餘論深尚聲明則奘乃畢心請決隨授隨曉致有七變其勢動發異蹤三循廣論恢張懷抱故得施無猒寺三千學僧皆號智囊護持城塹及覩其脣吻聽

其詞義皆彈指讚歎斯何人也隨其遊歷塞外海東百三十國道俗邪正承其名者莫不仰德歸依更崇開信可以家國增榮光宅惟遠獻奉歲至咸奘之功若非天挺英靈生知聖授何能振斯鴻緒導達遺蹤前後僧傳往天竺者首自法顯法勇終于道邃道生相繼中途一十七返取其通言華梵妙達文筌揚導國風開悟邪正莫高於奘矣恨其經部不翻猶涉過半年未遲暮足得出之無常奄及惜哉

那提三藏此言福生具依梵言則云布如烏伐邪以言煩多故此但訛略而云那提也本中印度人少出家名師開悟志氣雄遠弘道爲懷歷遊諸國務在開物而善達聲明通諸詁訓大夏名爲文士擬此土蘭臺著作者性汎愛好奇尚聞有涉悟不憚遠夷曾往執師子國又東南上楞伽山南海諸國隨緣達化善解書語至此敷演度人立寺所在揚扇承脂那東國盛轉大乘佛法崇盛贍洲稱最乃搜集大小乘經律論五百餘夾合一千五百餘部以永徽六年創達京師有勑令於慈恩安置所司供給時玄奘法師當途翻譯聲華騰蔚無由克彰掩抑蕭條般若是難既不蒙引返充給使顯慶元年勑往崑崙諸國採取異藥既至南海諸王歸敬爲別立寺度人授法弘化之廣又倍於前以昔被勑往理須返命慈恩梵本擬重尋研龍朔三年還返舊寺所賫諸經並爲奘將北出意欲翻度莫有依憑惟譯八曼荼羅禮佛法阿吒那智等三經要約精最可常行學其年南海真臘國爲那

提素所化者奉敬無已思見其人合國宗師假途遠請乃云國有好藥唯提識之請自採取下勑聽往返迹未由余自博訪大夏行人云那提三藏乃龍樹之門人也所解無相與奘碩返西梵僧云大師隱後斯人第一深解實相善達方便小乘五部毗尼外道四圍陀論莫不洞達源底通明言義詞出珠聯理暢霞舉所著大乘集義論可有四十餘卷將事譯之被遣遂闕夫以抱麟之歎代有斯蹤知人難哉千齡罕遇那提挾道遠至投俾北冥既無所待乃三被毒載充南役崎嶇數萬頻歷瘴氣委命遺命斯人斯在嗚呼惜哉

論曰觀夫翻譯之功誠遠大矣前錄所載無得稱焉斯何故耶諒以言傳理詣惑遣道清有由奇也所以列代賢聖祖述弘導之風奉信賢明憲章翻譯之意宗師舊轍頗見詞人埏埴既圓稍工其趣至如梵文天語元開大夏之鄉鳥迹方韻出自神州之俗具如別傳曲盡規猷遂有僥倖時譽叨臨傳述逐轉鋪詞返音列喻繁略科斷比事擬倫語迹雖同校理誠異自非明逾前聖德邁往賢方能隱括殊方用通弘致道安著論五失易窺彥琮屬文八例難涉斯並古今通叙豈妄登臨若夫九代所傳見存簡錄漢魏守本本固去華晉宋傳揚時開義舉文質恢恢諷味餘逸厥斯以降輕扇一期騰實未聞講悟蓋寡皆由詞逐情轉義寫情心共激波瀾永成通式充車溢藏法寶住持得在福流失在訛競故勇猛陳請詞同世華制本受行不惟文綺至聖般鑒深有其由詳籍所傳滅法故也即事可

委況弘識乎然而習俗生常知過難改雖欲徙轍終陷前蹤粤自漢明終于唐運翻傳梵本多信譯人事語易明義求罕見厝情獨斷惟任筆功縱有覆疎還遵舊緒梵僧執葉相等情乖音語莫通是非俱濫至如三學盛典唯詮行旨八藏微言宗開詞義前翻後出靡墜風猷古哲今賢德殊恒律豈非方言重阻臆斷是投世轉澆波奄同浮俗昔聞淳風雅暢既在皇唐綺飾訛雜寔鍾季葉不思本實妄接詞鋒競掇芻蕘鄭聲難偃原夫大覺希言絕世特立八音四辯演暢無垠安得凡懷虛參聖慮用爲標擬誠非立言雖復樂說不窮隨類各解理開情外詞逸寰中固當斧藻標奇文高金玉方可聲通天樂韻過恒致近者晉宋顏謝之文世尚企而無比況乖於此安可言乎必踵斯蹤時俗變矣其中蕪亂安足涉言往者西涼法讖世號通人後秦童壽時稱僧傑善披文意妙顯經心會達言方風骨流便弘衍於世不虧傳述宋有開士慧嚴寶雲世係賢明勃興前作傳度廣部聯輝絕蹤將非面奉華胥親承詁訓得使聲流千載故其然哉餘則事義相傳足開神府寧得如瓶寫水不妄叨流薄乳之喻復存今日終虧受誦足定澆淳世有奘公獨高聯類往還震動備盡觀方百有餘國君臣諮敬言議接對不待譯人披析幽旨華戎胥悅唐朝後譯不屑古人執本陳勘頻開前失旣闕今乖未遑釐正輒略陳此夫復何言

續高僧傳卷第四下

音釋

泝蘇故切逆流而上曰泝　殑伽梵語也此云天堂來殑其陵切　嵬吾回切高峻貌　嶍逆各切崖也　鎩所錯切烏鎩國名　隒魚險切厓也　獱古偽切惡也　闐闠闐徒年切衆盛也闠烏結切塞滿也　獫狁獫虛撿切狁庾準切獫狁北夷名也　顒魚容切　衽忍甚切衣襟也　甸堂練切畿甸也　璟俱永切　曀壹計切陰曀也　耄莫報切老也　䏶部禮切股也　藪蘇后切　塹七鹽切遶城水也　吻武粉切脣邊曰吻　埏埴埏尸連切埴常職切

續高僧傳卷第五

唐 釋 道 宣 撰

義解篇初

本傳十二人 附見一十九人

釋法申本姓呂任城人也祖世寓居青州申幼出家夙懷儒素廣學經論妙思獨遠彌歷年祀覩空晝有日夜惆悵隱士平原明曇聊嘲之曰三陽在節明辰淑景何不飲美酒賦新詩而終日竟歲瞪税四壁百年俄頃知得成儒素以不答曰蓋是平生鄙好何論得失頃之而大明成論譽美州鄉值宋太始之初莊嚴寺法集勑請度江住安樂寺累當師匠道俗欽賞建元之中遭本親遠喪道途迴阻有礙北歸因爾屏絕人事杜塞講說逮齊竟陵王蕭子良永明之中請二十法師弘宣講

授苦相徵屈辯不獲免當斯之盛無與友者兼又淳厚仁惠不出厲言安閑守素不狎人世以天監二年卒春秋七十有四時復有道達惠命並以勤學顯名達姓裴河東聞喜人住廣陵永福精舍少以孝行知名拯濟危險道潤江瀆永明中爲南兗州僧正在職廉潔雅有治才罷任之日唯有紙故五束惠命廣陵人住安樂寺開濟篤素專以成實見知

釋僧韶姓王齊國高安人幼願拔俗弱年從志斂眼道俗恭敬師宗美姿制善舉止情性溫和韻調清雅好弘經教名顯州壤專以毗曇擅業元徽之初始來皇邑住建元寺寛厚閑澹不妄交遊宋季澆薄體裁無准物競目前榮枯俄頃韶閉房自守狀若無人及齊氏開泰禮教夙被白黒鑚仰講說頻仍後學知宗前修改觀毗曇一部化流海內諮聽之徒常有百數齊文慧及竟陵王蕭子良雅相欽禮清河崔慧親從北面諮承餘誨以天監三年卒于住寺春秋五十有八時建元又有法朗兼以慧學知名本姓沈氏吳興武康人家遭世禍因住建業大明七年與兄法亮被勑紹繼慧益出家初住藥王寺亮履行高潔經數修明朗稟性疎率不事威儀聲轉有聞義解傳譽集注涅槃勒成部袠而言謔調笑不擇交遊高人勝已少見齒錄並卒于天監中

釋法護姓張東平人初以廉直居性不耐貪叨年始十三而善於草隸其師道邕亦有清風撫其首曰觀汝意氣必能振發遺法及至受戒仍遭父憂居喪房內經涉四載不預法事禮畢羸瘠不堪隨衆宋孝建中來都遊觀

住建元寺雅好博古多講經論常以毗曇命家弗尚流俗言去浮華不求適會趣通文理從其學者百有餘人齊竟陵王總校玄釋定其虛實仍於法雲寺建豎義齋以護爲標領解釋膠結每無遺滯物益懷之遠有曠度不交榮俗凡所遊往必皆名輩齊侍中陳留阮韜光祿阮晦中書侍郎汝南周顒並虛心禮待未嘗廢也自從天子至于侯伯不與一人遊狎皎然獨坐勗勵門徒無營苟利惟以經數仁義存懷以天監六年卒于住所春秋六十有九時新安寺智遠天保寺僧達並以勤學有功遠幼懷清淨守志不競講說大乘好修福務達平和開拓頗自矜尚

釋智欣姓潘丹陽建康人也稚而聰警稟懷變躁率爾形儀過無修整年十八歲世間近事經耳不忘曾入棲靜寺正值上講聞十二因緣義云生死輪轉無有窮已便慨然有離俗之志他日即就棲靜僧審禪師求出家焉篤好博學多習近事師訓之曰觀汝神明人非率爾所可習學皆非奥遠何耶答曰欲擴其節目耳及具足後從東安寺道猛聽成實論四遍雖周未曾注記結袟而反亭然獨悟莫與爲羣不交當世無有因得叅其門者也及至講說文義精悉四衆推服聽者八百餘人陳心序事貴在可解不務才華有異流俗客問未申酬答已罷皆美其豐贍名重四海齊永明末太子數幸東田携諸内侍亟經進寺欣因謝病鍾山居宋熙寺確然自得不與富貴遊往行不苟合交不妄親嚫施之物構改住寺以天監五年卒春秋六十一葬于山

墓

釋僧若莊嚴寺僧璩之兄子也璩以律行清嚴見之前傳若少而廉靜邑里推之十五出家住虎丘東山精舍事師恭孝與人友善性好勤學出都住冶城寺二十餘年經數通達道俗器賞太常卿吳郡陸惠曉左氏尚書陸澄深相待接年三十二志絕風塵未東返虎丘棲身幽室簡出人世披文翫古自足雲霞雖復茹菜不充單複不贍隨宜任運罕復經懷瑯琊王斌守吳每延法集還都謂知已曰在郡賴得若公言謔大忘衰老見其比歲放生爲業仁逮蟲魚愛及飛走講說雖踈律經不絕何必滅迹巖岫方謂爲道但出處不失其機彌覺其德高也天監八年勅爲彼郡僧正親當元帥猶肆意山內故失匡救之美致有貪慢之誚未必加諸已要亦有貶暮齡以普通元年卒春秋七十復有僧令者若之兄也亦以碩學知名少而儁譽長益廉退經律通明不求早世復有法度者住定林寺沉審其性言不卒暴先行而後從焉時莊嚴寺又有惠梵惠朗並以內外廣學一期標譽梵本吳氏剡人剛決强斷不事形名朗肌貌霜潔時人目爲白朗屢講衆經頗入能例

釋法寵姓馮氏南陽冠軍人後遭世難寓居海鹽少有絕俗之志二親愛而弗許執志固請乃曰須待爲汝婚竟隨意所欲十八納妻經始半年捨家服道住光興寺成辦法式習學威儀其後出都住興皇寺又從道猛曇濟學成實論二公雅相歎賞日夜辛勤不以寒暑動意吳郡張融與周顒書曰古人遺族故

留兒女法寵法師絶塵如棄唾若斯之志大矣遠矣又從長樂寺僧周學通雜心及法勝毗曇又從莊嚴曇斌歷聽衆經採玄析奥妙盡深極高難所指罕不倒戈音吐藴藉風神秀舉齊竟陵王子良甚加禮遇甞於西邸義集選請名學事委冶城智秀而競者尤多秀謂寵曰當此應對卿何如我答曰先悦後拒我不及卿詮名定實卿不及我秀有慚色年三十八正勝寺法願道人善達樊許之術謂寵曰君年滿四十當死無可避處唯有祈誠諸佛懺悔先愆挑脱或可冀耳寵因引鏡驗之見面有黒氣於是貨賣衣鉢資餘併市香供飛舟東逝直至海鹽居在光興閑房禮懺杜絶人物晝忘食息夜不解衣迄年四十歳暮之夕忽覺兩耳腫痛彌生怖懅其夜懺達四更聞户外有人言曰君死業已盡遽即開户都無所見明晨借問僉言黒氣都除兩耳乃是生骨斯實懺蕩之基功不虚也末又從東夏慧基聽其講導言論往復旬日之間文疑理滯反啓其志又鼓棹西歸住道林寺開宇臨澗敞軒映水解衮尋經每自惆悵而不能已及東昬在位多請遊於北山因而移寓天保寺天監七年齊隆寺法鏡殂殁僧正惠超啓寵鎮之勑曰法寵法師造次舉動不踰律儀不俠性欲不事形勢慈仁愷悌雅有君子之風匡政寺廟信得其人矣上每義集以禮致之略其年臘勑常居坐首不呼其名號爲上座法師請爲家僧勑施車牛人力衣服飲食四時不絶寺本陋小帝爲宣武王修福下勑工人繕改張飾以待寵焉因改名爲宣

武寺也門徒敦厚常百許人普通四年忽感風疾不能執捉舒經格上晝夜不休赴諸法事坐輿講說未疾禮佛常以百拜爲限後不能起居猶於牀上依時百過俯仰虔敬所懺所願與本不異後疾甚中使參候相望於道以普通五年三月十六日卒春秋七十四皇上傷悼道俗悲戀勑葬定林寺墓一切凶事天府供給舍人主書監視訖事復有沙門智果管氏吳人住海鹽光興寺清直平簡善諸經術又剡縣公車寺沙門僧淑据採衆師弁爲已任隨問隨答思慮周廣雖有徽覈而未盡其要妙也

釋僧遷姓樂氏襄陽杜人少出家進忠退儉早協州鄉晚遊都邑住靈根寺却掃一房淨若仙觀潔整衣服塵水不涤從靈味寺寶亮諮學經論文理通達藉甚知名性方稜不撓高自崇遇若非意得罕所賓接武帝以家僧引之吳平侯蕭昺亦遇之以禮天監十六年夏帝嘗夜見沙門惠詡他日因赴法會遷問詡曰卿前夜何所道詡曰卿何忽問此而言氣甚厲遷抗聲曰我與卿同出西州俱爲沙門卿一時邀逢天接便欲凌駕儕黨我惟事佛視卿輩蔑如也衆人滿坐詡有慚忒其之梗正皆類此也以普通四年卒春秋五十九矣

釋僧旻姓孫氏家于吳郡之富春有吳開國大皇帝其先也幼孤養能言而樂道七歲出家住虎丘西山寺爲僧迴弟子從迴受五經一聞能記精神洞出標羣獨秀每與同輩言謔及諸典禮未嘗不慨然欲爲已任宋吏部

郎吳郡張辯謂之曰沙彌何姓家在何處旻曰貧道姓釋家于此山辯甚異之特進張緒見而歎曰松栢雖小已有凌雲之氣由是顯譽年十三隨迴出都住白馬寺寺僧多以轉讀唱導爲業旻風韻清遠了不厝意年十六而迴亡哀容俯仰率由自至喪禮畢移住莊嚴師仰曇景景久居寺住雅有風軌大小和從寺給僧足旻安貧好學與同寺法雲禪崗法闡稟學柔次遠亮四公經論夕則合被而卧晝則假衣而行往返諮詢不避炎雪其精力篤課如此大明數論究統經律原始要終望表知裏內鑒諸已旁啓同志前疑往結靡不冰泮雖命世碩學有是非之辯旻居中振發曾無擁滯光緒既著風猷弘遠齊文惠帝竟陵王子良深相貴敬請遺連接尚書令王

儉延請僧宗講涅槃經旻扣問聯環言皆摧敵儉曰昔竺道生入長安姚興於逍遙園見之使難道融義往復百翻言無不切衆皆覩其風神服其英秀今此旻法師超悟天體性極照窮言必典詣能使前無橫陣便是過之遠矣文宣嘗請柔次二法師於普弘寺共講成實大致通勝冠蓋成陰旻於末席論議詞旨清新致言宏邈往復神應聽者傾屬次公乃放麈尾而歎曰老夫受業於彭城精思此之五聚有十五番以爲難窟每恨不逢勍敵必欲研盡自至金陵累年始見竭於今日矣且試思之晚講當答及晚上講裁復數交詞義遂擁次公動容顧四座曰後生可畏斯言信矣年二十六永明十年始於興福寺講成實論先輩法師高視當世排競下筵其會如

市山棲邑寺莫不掩扉畢集衣冠士子四衢輻湊坐皆重膝不謂爲迮言雖竟日無起疲倦皆仰之如日月矣希風慕德者不遠萬里相造自晉宋相承凡論議者多高談大語競相誇罩及旻爲師範稜落秀上機變如神言氣典正座無洪聲之侶重以性多謙讓未嘗以理勝加人處衆澄眸如入禪定其爲道俗所推如此時人稱曰析剖磐隱通古無例條貫始終受者易悟庶方蕩諸異論大同正法矣於是名振日下聽衆千餘孜孜善誘曾無告倦晉安太守彭城劉業嘗謂旻曰法師經論通博何以立義多儒答曰宋世貴道生頓悟以通經齊時重僧柔影毗曇以講論貪道謹依經文文玄則玄文儒則儒耳時竟陵王世子蕭昭胄出守會稽有要旻共往征虜別之旻曰吾止講席相識未嘗修詣聞其得郡便狼狽遠別意所不欲衆因是亦止永元元年勅僧局請三十僧入華林園夏講僧正擬旻爲法主旻止之或曰何故答曰此乃內潤法師不能外益學士非謂講者由是譽傳遐邇名動京師瑯琊王仲寶吳人張思光學冠當時清貞獨絕並投分請交申以縞帶年立之後頻事開解蔚爲宗匠九部五時若指諸掌玄理伏難坦然夷易故緇素結轍華鄙邀延復屯萃矣時有令聞夙成負先來之風著年素望懷薪舊之恥設伏者比肩翹開者間出旻隨方領會弘量有餘皆銜璧輿櫬嚮然風靡者一人而已值齊曆橫流道屬昏詖時寵小人世嫉君子因避地徐部仍受請入吳法輪繼轉勝幢屢建皆隨根獲潤有聞南北

皇梁膺運乃翻然自遠言從帝則以天監五年遊于都輦天子禮接下筵亟深睠悅勑僧正慧超銜詔到房欲屈與法寵法雲汝南周捨等入華林園道義自茲已後優位日隆六平制注般若經以通大訓朝貴皆思弘厥典又請京邑五大法師於五寺首講以旻道居其右迺眷帝情深見悅可因請爲家僧四事供給又勑於惠輪殿講勝鬘經帝自臨聽仍選才學道俗釋僧智僧晃臨川王記室東莞劉勰等三十人同集上定林寺抄一切經論以類相從凡八十卷皆令取衷於旻十一年春忽感風疾後雖小間心猶忘誤言語遲蹇旻曰自登座講說已二十年如見此病例無平復講事盡矣乃修飾房內隅立道場日夜禮懺後吳郡太守張充吳興太守謝覽各遣僚佐至都表上延請有勑給船仗資粮發遣二郡迎候舟檝滿川京師學士雲隨霧合中途守宰莫不郊迎晉陵太守蔡撙出候門迎之歎曰昔仲尼素王於周今旻公又素王於梁矣天監末年下勑於莊嚴寺建八座法輪講者五僧以年臘相次旻最處後衆徒彌盛莊嚴講堂宋世祖所立欒櫨增映延袤遐遠至於是日不容聽衆執事啓聞有勑聽停講五十日悉移窻户四出簷霤又進給牀五十張猶爲迫迮桄桯摧折日有十數得人之盛皆此類焉旻因捨什物嚫施擬立大堂慮未周用待庫生長傳付後僧又於簡靜寺講十地經堂宇先有五間慮有迫迮又於堂前權起五間合而爲一及至就講寺內悉滿斯感化之來殆非意矣少與齊人張融謝朓友善

天人才學通人莫不致禮雖居重名不嘉榮勢閑處一室簡通豪右衆人多恨之唯吳郡陸倕博學自居名位通顯早崇禮敬旻亦密相器重時爲太子中庶儐從到房旻稱疾不見倕欣然曰此誠弟子所望也人皆推倕之愛名德也彌重旻之不趣於世曁普通之後先疾連發彌懷退靜夜還虎丘人無知者時蕭昺出守吳興欲過山展禮山主智遷先知以告旻旻曰吾山藪病人無事見貴二千石昔戴顒隱居北嶺宋江夏王入山詣之高卧牖下不與相見吾雖德薄請附戴公之事矣及蕭至旻從後門而適其年皇太子遣通事舍人何思澄銜命致禮贈以几杖鑪奩褥席麈尾拂扇等五年下勑延還移住開善使所在備禮發遣不得循常以稽天望於路增劇未堪山寺權停莊嚴因遂彌留以至大漸良醫上藥備于寺內中使參候相望馳道以大通八年二月一日清旦卒于寺房春秋六十一天子悲惜儲君嗟悼勑以其月六日窆於鍾山之開善墓所喪事大小隨由備辦隱士陳留阮孝緒爲著墓誌弟子智學惠慶等建立三碑其二碑皇太子湘東王並爲製文樹于墓側徵士何胤著文立於本寺初旻甞樂於禪默乃依所立義試遍安心旬日之間遂得入定問諸禪師皆云門戶雖殊造寂不異又甞於講日謂衆曰昔彌天釋道安每講於定坐後常使都講等爲含靈轉經三契此事久廢既是前修勝業欲屈大衆各誦觀世音經一遍於是合坐欣然遠近相習爾後道俗捨物乞講前誦經由此始也時有靈根寺道

起比丘勤學自勵願明解如是夢有人言僧是法師毗婆尸佛已能講說君始修習云何可等但自加功不患不隨分得解後大領悟是甞造彌勒佛并諸供具朝夕禮謁乃夢見彌勒佛遣化菩薩送菩提樹與之菩薩曰菩提樹者梁言道場樹也弟子頗宣其言是聞而冣之曰禮有六夢正夢唯一乃是好惡之先徵故周立占夢之官後代廢之正以俗人澆僞亟多假託吾前所夢乃心想耳汝勿傳之以莊嚴寺門及諸墻宇古製不工又吳虎丘山西寺朽壞日久並加繕改事盡於麗是所造經像全不封附須者便給放生布施未甞倦廢弟子諮曰和尚所修功德誠多未始建大齋會恐福事未圓是曰大齋乃有一時發起之益吾寡乏人力難得盡理又且米菜醬醋樵水湯炭踐蹹洗炙傷害微蟲豈有數量慮有此事故不敢爲也如復求寄王宮官府有勢之家使役雖多彌難盡意近識觀之藉此開悟智者窺之有求名之誚要請法俗侵星早到若不專至有乖素心若現斯言猶涉譏笑故吾不爲也是笑言美善舉止吐納膏腴自生顧眄風飈滿室凡所施爲不爲名利勤注教冣形於言晤先人後己常若不及甞有餘師言弟子不恭者是呼與相見爲設飲食方便誘喻遂成善士生無左道卜筮不妄罔惑凡人又不假託奇怪以誑近識貴人君子皆景慕焉營居負販者亦望風而畏敬聞其名者僞夫正鄙夫立所著論疏雜集四聲指歸詩譜決疑等百有餘卷流世

釋法雲姓周氏義興陽羨人晉平西將軍處

之七世也母吳氏初産坐草見雲氣滿室因以名之七歲出家更名法雲從師住莊嚴寺爲僧成玄趣寶亮弟子而儁朗英秀卓絶時世年十三始就受業太昌僧宗莊嚴僧達甚相稱讃寶亮每曰我之神明殊不及也方將必當棟梁大法矣齊永明中僧柔東歸於道林寺發講雲諮決累日詞旨激揚衆所歎異年小坐遠聲問難敘命置小牀處之於前共盡往復由是顯名與同寺僧旻等年臘齊名譽歷採衆師且經且論四時遊聽寒暑不輟或講前講末初夜後夜覆述文義閒隙遊習於路思義輙不自覺行過所造其勤勵專至類皆如此曾觀長樂寺法調講論出而顧曰震旦天子之都衣冠之富動靜威儀勿易爲也前後法師或有詞無義或有義無詞或俱有詞義而過無威儀今日法座俱巳闕矣皆由習學不優未應講也及年登三十建武四年夏初於妙音寺開法華淨名二經序正條源羣分名類學徒海湊四衆盈堂僉謂理由言盡紙卷空存及至爲賓構擊縱横比類紛鯁機辯若疾風應變如行雨當其鋒者罕不心瞀賓主咨嗟朋僚胥悅時人呼爲作幻法師矣講經之妙獨步當時齊中書周顒瑯琊王融彭城劉繪東莞徐孝嗣等一代名貴並投莫逆之交孝嗣每日見雲公俊發自顧缺然而性靈誠孝勞於色養及居母憂毀瘠過禮累日不食殆不勝喪僧旻謂曰聖人制禮賢者俯就不賢者企及且毀不滅性尚出儒宗況佛有至言欲報生恩近則時奉顔儀使物生悅遠則啓發菩提以導神識又云恩愛

重賊不可寬放寬放此者及所親愛墮於惡道唯有智者以方便力善能治制則惠兼存没入諸善趣矣宜思遠理使有成津何可恣情同於細近耶雲乃割哀情微進飲粥永元元年曾受毗陵郡請道俗傾家異端必集弘振風猷道被京城鼓舞知歸巾褐誠亙及梁氏高臨甚相欽禮天監二年勑使長召出入諸殿影響弘通之端贊揚利益之漸皇高亟延義集未曾不勑令雲先入後下詔令時諸名德各撰成實義疏雲乃經論合撰有四十科爲四十二卷俄尋究了又勑於寺三遍敷講廣請義學充諸堂宇勑給傳詔車牛吏力皆備足焉至七年制注大品朝貴請雲講之辤疾不赴帝云弟子既當今日之位法師是後來名德流通無寄不可不自力爲講也因從之尋又下詔禮爲家僧資給優厚勑爲光宅寺主創立僧制雅爲後則皇太子留情内外選請十僧入於玄圃經於兩夏不止講經而亦懸談文外雲居上首偏加供施自從王侯逮于榮貴莫不欽敬至於吉凶慶弔不避寒暑時人頗謂之遊俠而動必弘法不以此言關懷中書郎順陽范縝著神滅論羣僚未詳其理先以奏聞有勑令雲答之以宣示臣下雲乃遍與朝士書論之文采雖異而理義倫通又與少傳沈約書曰主上令審神滅論令遣相呈夫神妙寂寥可知而不可説義經丘而未曉理涉旦而猶昬至人凝照有本襲道赴機垂審臣下旨訓周密孝享之祀既彰桀懷曾史之慕三世之言復闡紂慠彼論之情預非草木誰不歔欷同挹風猷共加弘贊

也約答曰神本不滅久所服膺神滅之談良用駭惕近約法師殿内亦蒙勑答一本懼受頂戴尋覽忘疲豈徒伏斯外道可以永離衆魔孔釋兼弘於是乎在實不刊之弘旨百代之舟航弟子亦即彼論徵厝疑覈比展具以呈也雲以天監末年欲報施主之恩於秣陵縣同下里中造寺一所勑以法師建造可仍以法師爲名即禪崗之西山也郊郭内地實爲爽塏結宇孤巖北面城市懷潤隱嶺窮人野之致終日談論曾無休廢天監將末扶南國獻經三部勑雲譯之詳決梁梵皆理明意顯狀若親承帝抄諸方等經撰受菩薩戒法構等覺道場請草堂寺慧納法師以爲智者躬受大戒以自莊嚴自茲厥後王侯朝士法俗傾都或有年臘過於智者皆望風奄附啓受戒法雲曰戒終是一先巳同稟今重受者誠非所異有若趣時於是固執帝累勸奬每加説喻答曰當先發願若得應相然後從受雲欲發起中表菩提之心捨巳身外嚫施之物通啓於華林園光華殿設千僧大會分此諸物爲五種功德上帝隨喜警梵從時鏘金候旭百和氤氳衆妓繁會觀者傾城莫不稱歎普通六年勑爲大僧正於同泰寺設千僧會廣集諸寺知事及學行名僧羯磨拜授置位羽儀衆皆見所未聞得未曾有爾後雖遘疾時序而講説無廢及於扶接登座奬勵乃止至御幸同泰開大涅槃勑許乘輿上殿凭几聽講及遭父憂由是疾篤至于大漸以大通三年三月二十七日初夜卒于住房春秋六十有三二宮悲惜爲之流慟勑給東園祕

器凡百喪事皆從王府下勑令葬定林寺側太子中庶瑯瑘王筠爲作銘誌弟子周長胤等有猶子之慕創造二碑立于墓所湘東王蕭繹各爲製文初雲年在息慈雅尚經術於妙法華研精累思品酌理義始末照覽乃往幽巖獨講斯典竪石爲人松葉爲拂自唱自導兼通難解所以垂名梁代誠績有聞而文疏稠疊前後繁映致依講誦有阻恒功嘗於一寺講散此經忽感天華狀如飛雪滿空而下延于堂內升空不墜訖講方去有保誌神僧道超方外罕有得其情者與雲互相敬愛呼爲大林法師每來雲所輙停住信宿嘗言欲解師子吼請法師爲說即爲剖析誌便彈指讚曰善哉微妙微妙矣儀同陳郡袁昂云有常供養僧學雲法華日夜發願望得慧解等之忽夢見一僧曰雲法師燈明佛時已講此經那可卒敵也每於講次有送錢物乞誦經者多獲徵應及得善夢如別記述夷陵縣漁人於網中得經一卷是泥洹四相品末題云宋元徽二年王寶勝敬造奉光宅寺法雲法師以事勘校時雲年始十歲名未遠布寺無光宅而此品正則初云弘法次斷魚肉驗今意行頗用相符其有機神變化人莫敢競其類者雲得此告彌深弘演云爾

釋慧澄姓蘭氏番禺高要人十四出家依和上道達住隨喜寺而在性貞苦立素齋戒魚肉葷辛畢世未視當齊氏之季百工輟業澄閉戶禮誦不修聞達天監初建開闡學校白黑樂求皆得其志澄深懷願望以日爲歲世始廓清南路猶梗負笈踟躕欲前未進親舊

誄曰何不就饒聚粮貨待路好通爲爾栖栖横生憂苦澄曰榮華賄貨此何見關日月如電時不待人耳於是間關寄託遂至京室憩莊嚴寺仍從僧旻以申北面勤苦下帷專攻一事且經且律或數或論十餘年中鉤深索隱猶晦迹下筵而名聞日遠桂陽王蕭象聞風欽悦延請入第頂禮歸依求屈講說親自餐服遂使遠近投集聞者斐然後桂陽出鎮南岳請與同行瀟湘道俗重增歸敬法席繼興善誘忘倦澄以違親歲久逝暫定省而番禺四衆向風欽德迎請重疊年年轉倍以普通四年隨使南返中途危阻素情無憚食值飢客合盤施之船人更辦不肯復受若見單薄解衣賑之及至南海復停隨喜七衆屯結其會如林讚請法施頻仍累迹理喻精微淺深無隱新舊學望如草偃焉於斯五載法利無限未及旋都遇疾而卒春秋五十有二即大通元年也時復有慧朗慧略法生慧武等皆從僧旻受學雖復廣綜諸部並以成實擅名朗居貧好學博達多通久當師匠巧於傳述略聰明儁警宣講有則品別支條分籍甚有嘉譽生尋訪異聞博述經論銓次祕奥物益奇之武振揚文義省約不繁宣流未廣蘭摧中葉年三十餘卒

釋法令姓董氏未詳何人家遭世禍因寓建康少出家住定林上寺立操貞堅廉和寡欲博覧經論多所通達善涅槃大小品尤精法華阿毗曇心登師子座發無畏辯先標綱要却泒條流言約旨遠馳名京學兼好禪寂以息攀緣但多疾瘵亟爲廢替自責先身執相

分別起諸違害今受殃咎因誦大品一部用袪封滯清淨調和隨從梵行足不下山三十三歲葷辛不食弊衣畢世以天監五年卒春秋六十有九時寺復有慧泰慧纂並以學聞泰克己修身篤勤禪智偏能談授纂心性清率不事形骸貞實抱素雅有國士之器

釋智藏姓顧氏本名淨藏吳郡吳人少傳曜之八世也高祖彭年司農卿曾祖淳錢唐令祖瑾之貟外郎父映奉朝請早亡其母嘗夢繞吳城一帀密雲四布而天中開朗衆星墜地取而吞之因而有娠焉及生藏也少而聰敏常懷退讓果食衣服爰及威儀皆新華先讓而處下末由此擊譽鄉閭敬而尚重年十六代宋明帝出家以泰初六年勑住興皇寺事師上定林寺僧遠僧祐天安寺弘宗此諸名德傳如前述藏稟依訓範敬義弘隆嘗遇師疾甚不食多日藏亦從之待師進飲藏還進飲乃至平復方從師好自是戒德堅明學業通奧衆所知識超於夷等當時柔次二公玄宗蓋世初從受學挹酌經論統辯精理及其開闡延敵莫能涉其津者藏洞曉若神徵言每吐預有比蹤罔不折伏於是二僧歎揖自以弗及之也齊太尉文憲王公深懷欽悅爰請安居常歎相知之晚太宰文宣王建立正典紹隆釋教將講淨名選窮上首乃招集精解二十餘僧探授符策乃得於藏年臘最小獨居末坐敷述義理罔或抗衡道俗翕然彌崇高譽先是會稽愼法師志欲宣通妙法乃請文宣方求講匠以藏名稱普聞允當僉屬遂流連會計多歷年祀服膺鼓篋寔繁有

徒但以律部未精重遊京輦信同瓶瀉有似燈傳俄而十誦明了諸部薄究未還吳郡道流生地也學人裹糧隨之不少永元二年重遊禹穴居法華山繼衆弘業及齊德將謝王室大騷天地旣閉經籍道廢遂翻然高舉欲終焉禹穴逮有梁革命大弘正法皇華繼至方遊京輦天子下禮承修榮貴莫不來敬聖僧寶誌遷神窀穸于鍾阜於墓前建塔寺名開善勑藏居之初藏未受具戒遇誌於定林上寺遂推令居前垂示崇敬之迹識知德望有歸告之先見矣時梁武崇信釋門宮闕恣其遊踐主者以負扆南面域中一人議以御座之法唯天子所昇沙門一不霑預藏聞之勃然厲色即入金門上正殿踞法座抗聲曰貧道昔爲吳中顧郎尚不慙御榻況復迺祖定光金輪釋子也檀越若殺貧道即殺不慮無受生之處若付在上方獄中不妨行道即拂衣而起帝遂罷勑任從前法斯跨略天子高岸釋門皆此類也有墅姥者工相人也爲記吉凶百不失一謂藏曰法師聰辯蓋世天下流名但恨年命不長可至三十一矣時年二十有九聞斯促報講解頓息竭精修道發大誓願不出寺門遂探經藏得金剛般若受持讀誦畢命奉之至所厄暮年香湯洗浴淨室誦經以待死至俄而聞空中聲曰善男子汝往年三十一者是報盡期由般若經力得倍壽矣藏後出山試過前相者乃大驚起曰何因尚在世也前見短壽之相今了一無沙門誠不可相矣藏問今得至幾答云色相骨法年六十餘藏曰五十知命已不爲夭況復

過也乃以由縁告之相者欣服竟以畢年辯世終如相言於是江左道俗競誦此經多有徵應乃至于今日有光大感通屢結遠梁大同中敬重三寶利動昏心澆波之儔肆情下達僧正憲綱無施於過門帝欲自御僧官維任法侶勑主書遍令許者署名于時盛哲無敢抗者皆匿然投筆後以疏聞藏藏以筆橫轢之告曰佛法大海非俗人所知帝覽之不以介意斯亦拒略萬乘季代一人而已帝意彌盛事將施行於世雖藏後未同而勑已先被晚於華光殿設會衆僧大集後藏方至帝曰比見僧尼多未調習白衣僧正不解律科以俗法治之傷於過重弟子暇日欲自爲白衣僧正亦依律立法此雖是師之事然佛亦復付囑國王向來與諸僧共論咸言不異法師意旨如何藏曰陛下欲自臨僧事實光顯正法但僧尼多不如律所願垂慈矜恕此事爲後帝曰弟子此意豈欲苦衆僧耶正謂俗愚過重自可依律定之法師乃令矜恕此意何在答曰陛下誠欲降重從輕但末代衆僧難皆如律故敢乞矜恕帝曰請問諸僧犯罪佛法應治之不答曰竊以佛理深遠教有出沒意謂亦治亦不治帝曰惟見付囑國王治之何處有不治之說答曰調達親是其事如來置之不治帝曰法師意謂調達何人答曰調達乃誠不可測夫示迹正欲顯教若不可不治聖人何容示此若一向治之則衆僧不立一向不治亦復不立帝動容追停前勑諸僧震懼相率啓請帝曰藏法師是大丈夫心謂是則道是言非則道非致詞宏大不以形

命相累諸法師非大丈夫意實不同言則不異弟子向與藏法師碩諍而諸法師默然無見助者豈非意在不同耳事遂獲寢藏出告諸徒屬曰國王欲以佛法爲已任乃是大士用心然衣冠一家子弟十數未必稱意況復衆僧五方混雜未易辨明正須去其甚泰耳且如來戒律布在世間若能遵用足相綱理僧正非但無益爲損弘多常欲勸令罷之豈容讚成此事或曰理極如此當萬乘之怒何能夷然藏笑曰此實可畏但吾年老縱復阿旨附會終不長生然死本所不惜故安之耳後法雲謂衆曰常於義理之中未能相謝一日之事眞可愧伏不久勅於彭城寺講成實聽侶百餘皆一時翹秀學觀榮之又勅於慧輪殿講般若經別勅大德三十人預座藏開

釋發暢各有清拔皆著私記擬後傳習天監末年春捨身大懺招集道俗幷自講金剛般若以爲極悔唯留衣鉢餘者傾盡一無遺餘陳郡謝幾卿指挂衣竹戲曰猶留此物尚有意耶藏曰身猶未滅意何由盡而尚懷靖處託意山林還居開善因不履世時或勅會乃上啓辭曰夙昔顧省心或不調欲依佛一語於空閑自制而從緣流二十餘載在乎少壯故可推斥今既老病身心俱減若復退一毫便不堪自課故願言靜處少自禁衛非敢傲世求名非欲從閑自誕特是常人近情懼前途之已迫耳帝手勅喻曰求空自閑依空入慧高蹈養神實是勝樂不違三乘亦以隨喜惟別之際能無恨然岐路贈言古人所重猶勸法師行無礙心大悲爲首方便利益隨時

用舍不宜頓杜以隔礙心行菩薩道無有是處勑往反頻仍久之藏持操不改帝將受菩薩戒勑僧正牒老宿德望時超正畧牒法深慧約智藏三人而帝意在於智藏仍取之矣皇太子尤相敬接將致北面之禮肅恭虔往朱輪徐動鳴笳啓路降尊下禮就而謁之從遵戒範永爲師傅又請於寺講大涅槃親臨幄坐爰命諮質朝賢時彥道俗盈堂法筵之盛未之前聞又於北閣更延談論皆歎曰陪預勝廣未曾有也藏任吹噓眞行平等毀譽不動榮利未干宴坐空閑嶷然山立雖神寓凝隔風韻清髙其應物也汲汲然如有不足可謂望儼即温君子之變者矣自現處巖岫晦形人世又於寺外山曲别立頭陀之舍六所並是茅茨容膝而已皇太子聞而遊覽焉

各賦詩而返其後章云非日樂逸遊意欲識箕潁藏結心世表常行懺悔每於六時翹仰靈相口云理味深玄淺思斟酌自抱疑礙恐乖聖意多僻因而懇惻詞淚俱發嘗宿靈曜寺夜漸用心見有金光照曜一室洞明人問其故答曰此中奇妙未可得言是旦遘疾至于大漸帝及儲君中使相望四部白黒日夜參候勑爲建齋手制願文并繼以醫藥而天乎不憖唯增不降臨終詞色詳正遺言唯在弘法以普通三年九月十五日卒於寺房春秋六十有五勑葬獨龍之山赴送盈道同爲建碑墳所寺内各一新安太守蕭機製文湘東王繹製銘太子中庶子陳郡殷鈞爲立墓誌初藏甞夢見金粟如來入室共談執二塵尾其一實裝其一素者素留素者與藏又徵士

廬江何胤居吳郡虎丘山遇一神僧捉一函書云有人來寄語須臾失之及開函視全不識其文詞後訪魏僧云是大莊嚴論中間兩紙也時人咸謂藏之所致又彭城劉混之罪當從戮藏時處後堂爲帝述四等義外奏聞之帝曰今爲國事不得逍四等義如何藏曰言行乗機也今機發而不中失在何人四等之舉義非徒設帝遂捨而不問竟以獲免劉氏終亦不委斯由其潛濟益被率多如此凡講大小品涅槃般若法華十地金光明成實百論阿毗曇心等各著義疏行世

續高僧傳卷第五

音釋

瞪除庚切直視貌 濆符分切水厓也 瘠才亦切瘦也 拓他各切斥開也 袟直質切書衣也 確克角切堅也 捃舉蕴切拾也 撓爾紹切屈也 詡況羽切 麈腫庾切麋屬 勍渠京切彊也 縞古老切白繒也 櫬初覲切棺也 詖彼義切傾邪也 窆彼驗切棺曰窆 下颷甲遥切旋風也 鯁古杏切塞也 瞀莫候切猶亂也 莞姑歡切東莞郡名 惙陟劣切憂也 塏可亥切高爽也 氛氳氛數文切氳於云切氛氳香氣貌 番禺番音潘禺音愚番禺廣州縣名 瘵側界切病也 窀穸窀株倫切穸詳亦切長埋謂之窀長夜謂之穸 扆隱豈切畫斧屏風也 墅上與切田廬也 姥莫補切女老稱也 憖魚僅切強也

續高僧傳卷第六上

唐　釋　道　宣　撰

義解篇二

正傳二十一
附見一十八

釋慧超姓廉氏趙郡陽平人中原喪亂避難於鍾離之朝哥縣焉初生之夕神光照室幼而簡靜寡慾已有成人之符也八歲出家從臨菑縣建安寺沙門惠通通素無業術立行

專撲超直心祇順奉敬無怠而外聽諸講內
精學業時遇風雨艱辛泥路擁塞不以爲辞
嘗寓坐有梵僧蓋不測之人也一見嗟異曰
斯人若不爲五衆之傑則爲八州刺史兼叙
神光之瑞如符契焉遂廣採經部兼明數論
並盡其深義朗若貫珠名僧勝集稠人廣座
紛綸飛伏雍容模楷故早爲皂白挹其髙軌
後南遊江左住南澗寺僧宗見而善之受涅
槃等經開拓條緒畧通幽致歷閲衆師多所
叅涉偏以無量壽命家吏部謝籥每稱之曰
君子哉若人也又善用俳諧尤能草隷兼習
朱許又工占相自齊曆告終梁祚伊始超現
病新林情存拯溺信次之間聲馳日下尋有
别勑乃授僧正戒德內修威儀外潔凡在緇
侣咸稟成訓天子給傳詔羊車局足健歩衣

服等供自聲教所被五部憲章咸稟風則帝
以般若之義眞諦所宗偏令化導故諮質鋒
起懸辯若流又經聚徒都治講菩提心義論
談之暇夜分未寢忽見大力善神形甚都麗
既而言曰當率集同緣共來飡受不言姓字
於此告辭及就講之辰倏然滿座容貌瓌異
莫有識者竟席便散其感迹徵異爲若此也
加以性好山水亟異幽尋而翼從之聲聞于
數里山人怪視唯見超身麤獵之徒莫不自
息天監年中帝請爲家僧禮問殊積初戒典
東流人各傳受所見偏執妙法猶漏皇明御
寓撥採羣經圓壇更造文義斯構事類因果
於此載明有詔令超受菩薩戒恭惟頂禮如
法勤修上復齋居空室夢其勤行戒品面申
讃悦時共延美而超鳴謙蹈禮好靜篤學從

之遊處未覿愠喜之儀加以形過八尺腰帶十圍雍容高步當時譽顯帝又請於慧輪殿講淨名經上臨聽覽未啓莊嚴寺園接連南澗因構起重房若鱗相及飛閣穹隆高籠雲霧通碧池以養魚蓮構青山以棲羽族列植竹果四面成陰木禽石獸交横入出又羅列童侍雅勝王侯剖決衆情一時高望在位二十餘年晚以陵谷互遷世相難恃因白解免閉房養素以普通七年五月十六日遷神於寺房行路殞涕學徒奔赴凡厥喪事出皆天府門人追思德澤乃為立碑 湘東王繹陳郡謝幾卿各為製文俱鐫墓所

釋慧約字德素姓婁東陽烏場人也祖世蟬聯東南冠族有占其塋墓者云後世當有苦行得道者為帝王師焉母留氏夢長人擎金像令吞之又見紫光繞身因而有孕便覺精神爽發思理明悟及誕載之日光香充滿身白如雪時俗因名為靈粲故風鑒貞簡神志凝靜撫塵之歲有異凡童惟聚沙為佛塔壘石為高座七歲便求入學即誦孝經論語乃至史傳披文見意宅南有果園隣童競採常以為患乃捨己所得空拳而返鄉土以蠶桑為業常懷悲惻由是不服綿纊季父喜畋獵恣惡死此情何別乃絶羶腥叔父遂避於他里行勳戮夢赤衣使者手持矛戟謂曰汝終日殺生菩薩教化又不能止捉來就死驚覺汗流旦便毀諸獵具深改前咎約復至常所獵處見麋鹿數十頭騰倚隨船若有愧謝者所居僻左不嘗見寺世崇黃老未聞佛法而

宿習冥感心存離俗忽值一僧訪以至教彼乃舉手東指云剡中佛事甚盛因仍不見方悟神人至年十二始遊于剡徧禮塔廟肆意山川遠會素心多究經典故東境謡曰少達妙理婁居士宋泰始四年於上虞東山寺辯覩翦落時年十七事南林寺沙門慧靜靜於宋代僧望之首律行總持爲特進顔延年司空何尚之所重又隨靜住剡之梵居寺服勤就養年踰一紀及靜之云亡盡心喪之禮服闋之後却粒巖棲餌以松朮蠲疾延華深有成益齊竟陵王作鎮禹穴聞約風德雅相歎屬時有釋智秀曇纖慧次等並名重當鋒同集王坐約既後至年夏未隆王便斂躬盡敬衆咸懷不悦之色王曰此上人方爲釋門領袖豈今日而相待耶故其少爲貴勝所崇也如此齊中書郎汝南周顒爲剡令欽服道素側席加禮於鍾山雷次宗舊館造草堂寺亦號山茨屈知寺任此寺結宇山椒疏壤幽岫雖邑居非遠而蕭條物外既冥賞素誠便有終焉之託顒歎曰山茨約至清虚滿世齊太宰文簡公褚淵太尉文憲公王儉佐命一期功高百代欽風味道共弘法教淵嘗請講淨名勝鬘儉亦請開法華大品淵遇疾晝寢見梵僧云菩薩當至尋有道人來者是也俄而約造焉遂豁然病愈即請受五戒齊給事中婁幼瑜少有學術約之族祖也每見輒起爲禮或問此乃君族下班何乃恭耶瑜曰菩薩出世方師於天下豈老夫致敬而已時人未喻此旨惟王文憲深以爲然且約孝通冥感思歸遄返而二親喪亡並及臨訣孺慕嬰號

不交人世積時停鄉以開慈道後還都又住草堂少傅沈約隆昌中外任携與同行在郡惟以靜漠自娛禪誦爲樂異香入室猛獸馴階常入金華山採拮或停赤松澗遊止時逢宿火乍屬神光程異不思故略其事有道士丁德靜於館暴亡傳云山精所斃乃要大治祭酒居之妖猶充斥長山令徐伯超立議請約移居曾未浹旬而神魅弭息後晝卧見二青衣女子從澗水出禮悔云夙障深重墮此水精晝夜煩惱即授以歸戒自爾災怪永絕及沈侯罷郡相携出都還住本寺恭事勤肅禮敬彌隆文章往復相繼晷漏以沈詞藻之盛秀出當時臨官莅職必同居府舍率意往來甞以朱門蓬户爲隔齊建武中謂沈曰貧道昔爲王褚二公供養遂居令僕之省檀越爲之當復入地矣天監元年沈爲尚書僕射啓勑請入省住十一年臨丹陽尹無何而歎有憂生之嗟報曰檀越福報已盡貧道未得滅度詞旨悽然俄而沈殞故其預契未然皆此類也既而留心方等研精九部皆蘊匱胷襟陶鎔懷抱顯說弘通當仁不讓劬勞汲引蔭益羣品皇帝斵彫反樸信無爲道發菩提心構重雲殿以戒業精微功德淵廣既爲萬善之本實亦衆行所先譬巨海百川之長若須彌羣山之最三果四向緣此以成十力三明因茲而立帝乃博採經教撰立戒品條章畢舉儀式具陳制造圓壇用明果極以爲道資人弘理無虛授事藉躬親民信乃立且帝皇師臣大聖師友遂古以來斯道無墜農軒周孔憲章仁義況理越天人之外義超名器

之表以約德高人世道被幽寘允膺闍棃之尊屬當智者之號逡巡退讓情在固執慇懃勸請辭不獲命天監十一年始勑引見事協心期道存目擊自爾去來禁省禮供優洽至十八年已亥四月八日天子發弘誓心受菩薩戒乃幸等覺殿降彫玉輦屈萬乘之尊申在三之敬暫屏袞服恭受田衣宣度淨儀曲罄誠肅于時日月貞華天地融朗大赦天下率土同慶自是入見别施漆榻上先作禮然後就坐皇儲已下爰至王姬道俗士庶咸希度脫弟子著籙者凡四萬八千人甞授戒時有一乾鵲歷階而昇狀若餐受至說戒畢然後飛騰又甞述戒有二孔雀驅斥不去勑乃聽上徐行至壇俛頸聽法上曰此鳥必欲滅度别受餘果矜其至誠更爲說法後數日二

鳥無何同化又初授戒夜夢從草堂寺以綿羃席路直至臺門自坐禪牀去地數丈天人圍遶爲衆說法以事而詳等黃帝之夢往華胥同目連之神登兜率至人行止孰能議之而愛悅閑靜祥萃虛室寺側依棲咸生慈道故使麞麚羣於兕虎鳧鶩狎於鷹鸇飛走騰伏自相馴擾非夫仁澤潛化孰能如此者乎後靜居閑室忽有野媼賫書數卷置經案上無言而出并持異樹自植於庭云青庭樹也約曰此書美也不俟看之如其惡也亦不勞視經七日又見一叟請書而退此樹葉綠華紅扶踈尚在又感異鳥身赤尾長形如翡翠相隨棲息出入樹間中大通四年夢見舊宅白壁朱門赫然壯麗仍發願造寺詔乃號爲本生焉大同二年又勑改所居竹山里爲智

者里縉雲舊壤傳芳圖諜山川靈異擅奇函夏福地仙鄉此焉攸立而約飯餌松朮三十餘年布艾爲衣過七十載鳴謙立操標望當時乃以大同元年八月使人伐門外樹枝曰輦駕當來勿令妨路人未之測至九月六日現疾北首右脅而卧神識恬愉了無痛惱謂弟子曰我夢四部大衆旛花羅列空中迎我淩雲而去福報當訖至十六日敕遣舍人徐儼參疾答云今夜當去至五更二唱異香滿室左右肅然乃曰夫生有死自然恒數勤修念慧勿起亂想言畢合掌便入涅槃春秋八十有四六十三夏天子臨訣悲慟僚宰輟聽覽者二旬有一其月二十九日於獨龍山寶誌墓左殯之初約卧疾見一老公執錫來入及遷化日諸僧咸卜寺之東巖帝乃改葬獨龍抑其前見之叟則誌公相迎者乎又臨終夜所乘青牛忽然鳴吼淚下交流至葬日敕使牽從部伍發寺至山吼淚不息又建塔之始白鶴一雙繞墳鳴唳聲甚哀婉葬後三日欻然未逝下敕豎碑墓左詔王筠爲文

釋曇鸞或爲巒未詳其氏鴈門人也家近五臺山神迹靈怪逸于民聽時未志學便往尋焉備覩遺蹤心神歡悦便即出家内外經籍具陶文理而於四論佛性彌所窮研讀大集經恨其詞義深密難以開悟因而注解文言過半便感氣疾權停筆功周行醫療行至汾州秦陵故墟入城東門上望青霄忽見天門洞開六欲階位上下重複歷然齊覩由斯疾愈欲繼前作顧而言曰命惟危脆不定其常本草諸經具明正治長年神仙往往間出心

願所指修習斯法果尅既已方崇佛教不亦善乎承江南陶隱居者方術所歸廣博弘贍海內宗重遂往從之既達梁朝時大通中也乃通名云北國虜僧曇鸞故來奉謁時所司疑爲細作推勘無有異詞以事奏聞帝曰斯非覘國者可引入重雲殿仍從千迷道帝先於殿隅却坐繩牀衣以袈裟覆以納帽鸞至殿前顧望無承對者見有施張高座上安几拂正在殿中傍無餘座徑往昇之豎佛性義三命帝曰大檀越佛性義深略已標叙有疑賜問帝却納帽便以數關往復因曰今日向晚明須相見鸞從座下仍前直出詰曲重沓二十餘門一無錯誤帝極歎訝曰此千迷道從來舊侍往還疑阻如何一度遂乃無迷明旦引入太極殿帝降階禮接問所由來鸞曰欲學佛法恨年命促減故來遠造陶隱居求諸仙術帝曰此傲世遁隱者比屢徵不就任往造之鸞尋致書通問陶乃答曰去月耳聞音聲茲辰眼受文字將由頂禮歲積故使眞應來儀正爾整拂藤蒲具陳花水端襟斂思竚聆警錫也及届山所接對欣然便以仙方十卷用酬遠意還至浙江有鮑郎子神者一鼓涌浪七日便止正值波初無由得度鸞便往廟所以情祈告必如所請當爲起廟須臾神即見形狀如二十來告鸞曰若欲度者明旦當得願不食言及至明晨濤猶鼓怒纔入船裏怗然安靜依期達帝具述由緣有勑爲江神更起靈廟因即辭還魏境欲往名山依方修治行至洛下逢中國三藏菩提留支鸞往啓曰佛法中頗有長生不死法勝此土仙

經者乎留支唾地曰是何言歟非相比也此方何處有長生不死法縱得長年少時不死終更輪廻三有耳即以觀經授之曰此大仙方依之修行當得解脫生死也鸞尋頂受所賫仙方並火燒之自行化他郡流靡弘廣魏主重之號爲神鸞焉下勑令住并州大寺晚復移住汾州北山石壁玄中寺時往介山之陰聚徒蒸業今號鸞公巖是也以魏興和四年因疾卒于平遥山寺春秋六十有七臨至終日旛花幢蓋高映院宇香氣蓬勃音聲繁閙預登寺者並同矚之以事上聞勑乃葬于汾西泰陵文谷營建磚塔并爲立碑今並存焉然鸞神宇高遠機變無方言晤不思動與事會調心練氣對病識緣名滿魏都用爲方軌因出調氣論又著作王邵隨文注之又撰禮淨土十二偈續龍樹偈後又撰安樂集兩卷等廣流於世仍自號爲有魏玄簡大士云

釋慧韶姓陳氏本潁川太丘之後避亂居于丹陽之田里焉性恬虛寡嗜慾沉毅少言童幼早孤依兄而長悌友之至聞於閭閻十二猒世出家具戒便遊京楊聽莊嚴旻公講釋成論纔得兩遍記注略盡謂同學慧峯曰吾沐道日少便知旨趣斯何故耶將非所聞義淺爲是善教使然乎乃試聽開善藏法師講遂覺理與言玄便盡心鑽仰當夕感夢往開善寺採得李子數斛撮欲噉之先得枝葉覺而悟曰吾正應從學必踐深極矣尋爾藏公遷化有龍光寺綽公繼踵傳業便廻聽焉旣闕論本制不許住惟有一被又屬嚴冬便撤之用充寫論忍寒連嗽方得頂聽文義兼善

獨見之明卓高衆表辯滅諦爲本有用麤細而折心時以爲穿鑿有神思也梁武陵王出鎮庸蜀聞彼多叅義學必須碩解弘望方可開宣衆議薦舉皆不合意王曰憶往年法集有僉僧韶法師者乃堪此選耳若得同行想能振起邊服便邀之至蜀於諸寺講論開導如川流嘗於龍淵寺披講將訖靜坐房中感見一神青衣恰服致敬曰願法師常在此弘法當相擁衞言訖而隱遂接席數遍清悟繁結昔在楊都苦氣疾綴慮恒動及至蜀講衆病皆除識者以爲寺神之所護矣于時成都法席恒並置三四法鼓齊振競敬玄門而韶聽徒濟濟莫斯爲盛又率諸聽侶諷誦涅槃大品人各一卷合而成部年恒數集倫次誦之如有謬忘及講聽眠失者皆代受罰對衆謝曰斯則訓導不明耳故身令獎物其勤至若此武陵布政於蜀每述大乘及三藏等論沙門寶彖保該智空等並後進峯岫叅預撰集勒卷既成王賜錢十萬即於龍淵寺分贍學徒頻教令掌僧都苦辭不受性不乘騎雖貴勝請講逢值泥雨輒自策杖戴笠履芒屩而赴會焉少而齋潔不涉珍羞後遇時患藥雜豬脂拒而不服非時漿飲故絕生常候病者仰觀顏色怡悅禮誦不替當似微差乃告曰吾今無處不痛如壞車行路常欲摧折但自強耳恨所營尊像未就吾將去矣遺屬道俗憑爲莊嚴便洗浴剃髮剪爪禮拜漱口坐于龍淵寺摩訶堂中奄然而卒春秋五十有四即天監七年七月二日也時成都民應始豐者因病氣絕而心上熅五日方醒云被攝

至閻王所聞處分云迎韶法師須臾便至王下殿合掌頂禮更無言説惟畫文書作大政之字韶便出外坐於曠路樹下見一少童以漆柳箕擎生袈裟令韶著之有數十僧來迎豐惟識和慈二禪師旛花列道騰飛而去又當終之夕有安浦寺尼久病悶絶及後醒云送韶法師及五百僧登七寶梯到天宮殿講堂中其地如水精牀席華整亦有麈尾几案蓮華滿池韶就座談説少時便起送別者令歸其生滅冥祥感見類此

釋慧皎未詳氏族會稽上虞人學通內外博訓經律住嘉祥寺春夏弘法秋冬著述撰涅槃義疏十卷及梵網經疏行世又以唱公所撰名僧頗多浮沈因遂開例成廣著高僧傳一十四卷其序略云前之作者或嫌以繁廣刪減其事而抗迹之奇多所遺削謂出家之士處國賓王不應勵然自遠高蹈獨絶尋辭榮棄愛本以異俗爲賢若此而不論竟何所紀又云自前代所撰多曰名僧然名者本實之賓也若實行潛光則高而不名若寡德適時則名而不高名而不高本非所紀高而不名則備今錄故省名音代以高字傳成通國傳之實爲龜鏡文義明約即世崇重後不知所終江表多有裴子野高僧傳一袟十卷文極省約未極通鑒故其差少

釋道辯姓田氏范陽人有別記云著納擎錫入於母胎因而生焉天性疎朗才術高世雖曰耳聾及對孝文不爽帝旨由是榮觀顯美遠近欽茲剖定邪正開釋封滯是所長也初住北臺後隨南遷道光河洛魏國有經號大

法尊王八十餘卷盛行於世辯執讀知僞集而焚之將欲廣注衆經用通釋典筆置聽架鳥遂銜飛見此異徵便寢斯作但注維摩勝鬘金剛般若小乘義章六卷大乘義五十章及申玄照等行世有弟子曇永亡名二人永潛遁自守隱黃龍山撰搜神論隱士儀式名文筆雄健負才傲俗辯杖之而徙於黃龍初無恨想而晨夕遥禮云

釋道登姓芮東莞人聰警異倫殊有信力聞徐州有僧藥者雅明經論挾策從之研綜涅槃法花勝鬘後從僧淵學究成論年造知命譽動魏都北土宗之累信徵請登問同學法度曰此請可乎度曰此國道學如林師匠百數何世無行藏何時無通塞十方含靈皆應度脫何容盡期南國相勸行矣如慧遠拂衣廬阜曇諦絶迹昆山彭城劉遺民辭事就閑斯並自是一方何必盡命虛想巖穴遠追巢許縱復如此終不離小乘之機豈欲使人在我先道不益世者哉隨方適化爲物津梁不亦快乎登即受請度亦隨行及到洛陽君臣僧尼莫不賓禮魏主邀登昆季策授榮爵以其本姓不華改芮爲耐講說之盛四時不輟末趣恒岳以息浮競學侶追隨相仍山舍不免談授遂終于報德寺焉春秋八十有五即魏景明年也

續高僧傳卷第六　上

音釋

菑莊持切　麋旻悲切　羶尸連切羊臭也　勦子小切殺也　遄市緣切疾也　拮吉屑切拘持也手　斃昆祭切死也　鎣烏定切磨也　麕居筠切麏也　麚古瑕切牡鹿也　兕序姊切獸名似牛一角　鶩莫卜切野鴨也　鸇張連切鷂屬　媼烏皓切女老稱也　恬徒兼切安靖也　愉容朱切和樂也　覘癡廉切闚視也　撮倉活切取也　噉徒濫切食也　傖鋤庚切吳人罵楚人曰傖　屩訖約切草履也

續高僧傳卷第六下

唐 釋 道 宣 撰

釋僧密未詳氏族樂安人曾未勝衣便從翦落幼而易悟情解過人年至十六學友如林更相開導有聞鄉黨將欲廣聞視聽師弗之許也因爾潛遁出寺從道明沙門受業一二年中聲華負海泰始之初濟江住莊嚴寺器望凝練風儀峻雅五衆宗推七貴敬異深沉詳正不以利害嬰心雖復同居衆内未有測其量者時人以方法汰頗謂確言累居南面徒衆甚盛無經不講專以成實纏奇負氣高論少所推下下才在事未能賞重潛相譏構於竟陵王密不敘濁清任其盡罪乃啓擯淮南學士隨者三十餘人相仍講化天監四年卒于江北春秋七十三矣

釋曇准姓弘魏郡湯陰人住昌樂王寺出家從智誕法師受業鑽研之勤衆有弗及處靜味道無風塵之志善涅槃法華聞諸伊洛閑居遊思不交世務承齊竟陵王廣延勝道盛興講説遂南度止湘宮寺處處採聽隨席談論雖逢塗阻未曾告勞次公歎曰此北道人非直美容止善言笑烈亮恢廓雅有器度至於言論深有情致齊臨川王蕭映長沙王蕭晃厚相欽禮廬江何默彭城劉繪並到房接足甲其戒誥講揚相繼成其業者二百餘人以天監十四年卒春秋七十有七時寺復有智深比丘聰慧博識經論有功天子王侯多所賓接性好直言無所推屑每商略獫狁物有不平由是坎壈弘宣阻少

釋道超姓陸吳郡吳人吳丞相敬風之六世

也祖昭尚書金部父遵散騎侍郎超少以勤篤知名與同縣慧安早投莫逆俱遊上京共契請業時旻法師住靈基寺值旻東講因共聽沙門法珍成論至滅諦初聞三心滅無先後超曰斯之言悞非吾師也見旻解冠一方海内諮仰輟寢忘味以夜係晝但性褊躁鋭不顧功少願望巳多每打髀歎曰爲爾漠漠生肇笑人又聞龍光寺僧整始就講說彌復勇鋭歎曰乃可無七尺何事在於人後惆悵疚心累日廢業因自懺悔求諸佛菩薩乞加威神令其慧悟如僧旻也事在旻傳遂勤劬苦至有頃洞徹終日熈怡獨語獨笑每言無價寶珠我今已得雍容高歩負氣陵俗白黑攺觀名駕當時及至講說解析疑伏每無遺隱若復爲賔雅伏意氣求相擊抗若遇機臨敵無不應躡同寺僧道賁年齒小大亦微向學方而性多怠惰不能克巳横相陵罵超亦盱衡嘯慠未之數也他日賁曰我之與卿誰相優劣超曰若論年臘請以相寄智臆之量未論先後時爲直言自超處獨房屏絶賔伴内外墳典常擁膝前而手不釋卷加以塵埃滿屋蟋蟀鳴壁中書郎吳郡張率謂曰蟲鳴聒耳塵土埋膝安能對此而無忤耶答曰時聞此聲是代簫管塵隨風來我未暇掃致忤名賔爲愧多矣時人高其放達年三十六以天監初卒有慧安道人住湘宫寺探玄析奥甚有精理年三十二卒于住寺時以盛年俱卒楊輦同哀

釋僧喬姓華氏吳興東遷人出家住龍光寺聞僧旻說前修立義有諸同異則忘寢息志

欲禀受又聽其語論轉捷則撫掌累歎思與偕也隆昌之世法筵轉少仍與同寺僧整實淵慧濟慧紹等請旻移住於是終晨竟夜一心諮求布被禦冬單蔣藉體饘粥糊口茹菜充饑而未曾以貧寒變節但自勤勵維日不足研精奧粹理悟深明三四年間經論通達後旻還莊嚴龍光慧生問曰諸少相携並得成器其間勝負可得聞耶旻曰喬公儒雅清虛履令用古卷舒文義優遊教理鉤深致遠善能讎校謙而未講莫與爭先此乃遺法之所寄也整公精勤經論博綜有序同其業者重其情懷淵公不無神明而心性偏激亟違禮度久從異集無以測其多少濟公神識清審經素有功論文未熟由其體羸不堪辛苦故耳且於義理足以明道志行足以厲俗紹公情性知理篤有志行貧而有累學不得恒向無妨礙不患不成美器自喬學之成也不修世務不附名聞閉門靜處坐無雜客澄懷潛悟獨得而已年三十六天監初卒生本住湘州學明經數頻御法座少秉高操慕安汰之風覩而弊衣蔬食終身不改美風姿善草隸整住襄陽未遊夏首道化大行濟番禺人末還嶺表德被南越文義風宣有廣被焉並天監中卒

釋慧開姓袁氏吳郡海鹽人初出家爲宣武寺寵公弟子仍從學阿毗曇及成實論建武之中遊學上京住道林寺歷聽藏旻二公經論後移住彭城學無時習經耳不忘多從酒謔博弈自娛而值造次之機關無對辯人間席上訥其詞也後忽剖略前習專攻名教處

衆演教咸慶新聞及至解名析理應變無窮辭逢勍敵巧談罕有折其角者講席基連學人影赴遂使名稱普聞衆所知識陳郡謝諼雅相欽賞出守豫章迎請講說厚加嚫遺還未達都分散已盡彭城劉業出守晉安知居處屢空餉錢一萬即贍寒餒不終一日開立性虛蕩不畜資財皆此之類也而情在踈率不事形儀衣裳塵滓未曾舉意浣濯同旅有不耐者皆代其解澣寒則披絮待成夏則隱席至燥以天監六年卒春秋三十有九同寺有曇儁者以遊學顯名通貫衆經兼勤禮誦風素一槩寒暑彌盛侍中王慈比季司徒長吏江革友于並與之朋遊焉

釋明徹姓夏吳郡錢唐人六歲喪父仍願出家住上虞王園寺學無師友從心自斷每見勝事未曾不留心諦視遇客讀釋道安傳云聞安少孤爲外兄所養便歔欷鳴咽良久乃止他日借傳究尋見安弘法之美因撫膝歎曰人生居世復那可不爾乎自是專務道學功不棄日嘗與同學數輩往師後房房本朽故忽遭飄風吹屋欹斜欲倒師行不在無物支持衆人皆走徹習業如故會稽孔廣聞之歎曰孺子風素殊佳當成名器時倫因事推伏馳名東越齊永明十年竟陵王請沙門僧祐三吳講律中塗相遇維則年齒懸殊情同莫逆徹因從祐受學十誦隨出楊都住建初寺自謂律爲繩墨憲章儀體仍遍研四部校其興廢當時律辯莫有能折建武之中移業經論歷採衆師備嘗深義以是法師標正經論妙會機神覃思通微易鉤深奧乃從其成

業齋太傅蕭頴胄深相欽屬及領荆州攜遊七澤請於内第開講淨名每日諸經文句既是應機所説或有委曲深微或復但拘名字先來英舊人各厝情謬當今日望此玄宗遠無髣髴深懷愧惻時咸重其謙退及蕭氏將薨贈別麈尾軟几徽以遺命所留憑撫以盡其壽天監之初始返都邑又從旻受業少長祈請常為覆述究博深文洞明奥旨盤根交結了無遺滯遠樹名聞徽屈重疊乍經乍論四時不輟聽受之衆不遠雲集武帝欽待不次長名進于内殿家僧資給歲序無爽帝以律明萬緒條章富博欲撮聚簡要以類相從天監末年勅入華林園於寶雲僧省專功抄撰辯不獲免每侍御筵對揚奥密皇儲賞接特加恒禮故使二宫周供寒暑優洽當時名輩並蒙殊致未有恩渥如此之隆以其鳩聚將成忽遘疾沉積於壽光殿移還本寺天子親自怡色温言躬臨慰喻知當不救退而流涕中使参候晨宵不絶徽自惟將卒奉啓告辭皇心載軫於萬壽殿時内外樞揆一時慟絶以呈徽表故也其文曰因果深明倚伏寄逭明徹雖復愚短忝窺至籍將謝之間豈復遺悋但知恩知慶輙欲言之明徹本出東菀賤民而已徽有善識得厠釋門契闊少年綢繆玄覺雖未能體道微得善性運來不輟遇會昌時遂親奉御筵提攜法席且仁且訓備沐恩獎恒願舒展丹誠奉揚慈化豈意報窮便歸塵土仰戀聖世何可而言特願陛下永劫永住益蔭無涯具足莊嚴道場訓物天垂海外同為淨土勝果遐流雍容遠集明徹以

奉值之慶論道之善脫億代還生猶冀奉覲惟生惟死俱希濟拔臨盡之間忽忽如夢雖欲申心心何肯盡不勝悲哀之誠謹遣表以聞勑答省疏增其憂耿人誰不病何以遽終過甚法師至性堅明道行純備往來淨土去留安養方除四魔理無五畏唯應正念諸佛不捨大願與般若相應直至種智發菩提心彼我相攝方結來緣敬如所及菩薩行業非千百年善思至理勿起亂想覽筆悽懣不復多云帝因於寺為設三百僧會令徹懺悔自運神筆製懺願文事竟遂卒寺房時普通三年十二月七日也窆于定林寺之舊墓勑給東園祕器凶事所資隨由備辦主者監護有崇敬焉

釋法開姓俞吳興餘杭人稚年出家住北倉寺為曇貞弟子貞清素澄嚴殊有解行開少聰敏家業貧窶身服不充食噉麤澀同學僧流曇誕家有盈財服翫奢麗並從貞受業屢有年勞及鉤深造微未有逮開者也而流誕恃自優饒甚相輕忽開懷快然遂負袠西遊住禪岡寺仍從柔次二公學成實論衣不蔽形食趣支命而不避寒風暑雨以晝係夜歷業既優精解無礙終日遊談未嘗暫息心性躁銳無悶勍敵揖而不攻有時竊發潛登以掩不備當其鋒者罕不結舌由是顯名吏部尚書瑯琊王峻求嘉太守吳興丘墀皆揖敬推賞願求昴識後還餘杭止于西寺先相陵駕之者望風飲氣求相隱避以至于死開因爾講筵相接道俗歎服沙門智藏後遊禹穴講化成論開往觀之鯁難累日賓僚飡悅藏

曰開法師語論巳多自可去矣吾欲入文開曰釋迦說法多寶涌現法師指南命衆而遣容何耶藏有慚色以普通四年卒春秋六十五矣

釋道宗未知氏族荆州江陵人早年離俗住瓦官寺情性眞直不務馳競耳不妄屬口不誹言修身潔巳動靜有度歷學經論了無常師終日寢處卷軸而巳清談高論聽者忘疲衣裳麤弊飲食踈儉遭值年饑入里不給南遊嶺表其道大行以死自誓誘化不息年五十餘卒於彼土復有法敞住延賢寺少研經數長多講說齊末歲儉固窮守操清貧馳務不競貪積天監初西遊陸海東歸令楚弘宣有功焉

釋法貞不測氏族渤海東莞人九歲出家雋秀之聲不齊凡類住魏洛下之居廣德寺爲沙門道記弟子年十一通誦法華意所不解隨迷造問記謂曰後來總持者其在爾乎及至年長善成實論深得其趣修講之業卓犖標奇在於伊洛無所推下與僧建齊名時人目建爲文句無前目貞爲入微獨步貞乃與建爲義會之友道俗斯附聽衆千人隨得嚫施造像千軀分布供養魏清河王元懌汝南王元悅並折腰頂禮諮奉戒訓會魏德衰陵女人居上毀論日興猜忌逾積嫉德過常難免今世貞謂建曰大梁正朝禮義之國又有菩薩應行風教宣流道法相與去乎今年過六十朝聞夕死吾無恨矣建曰時不可失亦先有此懷以梁普通二年相率南邁貞爲追騎所及禍滅其身春秋六十一矣僧建清河

人沙彌之時慧俊出類及長成人好談名理與慧聰道寂法貞等同師道記少長相攜窮研數論遂明五聚解冠一方常日講衆恒溢千人碩學通方悅其新致造筵談賞以繼晝夜雖乃志誨成人而入里施化魏高陽王元邕亟相延請累宵言散用祛鄙悋或清晨嘉會一無逮者輒云深恨不同其叙故聞風傾渴者遥服法味矣後南遊帝室達于江陰住何園寺武帝好論義旨勑集學僧於樂受殿以次立義每於寺講成濟後業有逾於前慧聰立心閑豫解行遠聞道寂博習多聞雅傳師業並終于魏土

釋寶淵姓陳巴西閬中人也年二十三於成都出家居羅天宮寺欲學成實論爲弘通之主州鄉術淺不愜憑懷齊建武元年下都住龍光寺從僧旻法師稟受五聚經涉數載義頗染神旻曰此君任性儁警智慮過人但恨迴忽不倫動靜險躁若值通人優接當成一世名士若不遇時不得其死必當損辱大法矣淵酷好蒲摴使酒挾氣終日狼忙無所推下旻累諫曉喻返以爲讎因爾改塗復從智藏採擩先業自建講筵貨財周贍篤勵辛勤有倍恒日每言大丈夫當使人事我何能久侍人乃廣寫義疏貴市王征南書緘封一簏有意西歸同寺慧濟誂之曰昔謝氏青箱不至不得作文章今卿白簏未來判無講理淵曰殊不然此乃打狗杖耳因帶帙西反還住舊寺標定義府道俗懷欽於是論筵頻建聽衆數百自重名行少賓知巳沙門智訓遊學京華數論通敏同還本壤投分與交淵弗許

也後寺庫犯官淵自恃名高一州爲物所讓以身代當强悍不弭至於事成知當必敗因爾出郭於路以刃自刎時年六十一矣即普通七年也彭門爾前復有法文法度法護道興等並以廣學達名文貞廉好尚雅有風彩度通解大乘方嚴有則護剛直敦信不交世務與秉素懷正好仁奉義並下都住寺不墜學宗爲諸雄辨所見推仰

釋僧詢姓明太子中庶山賔之兄子也年始入禮嘗聽山賔共客談論追領往復了無漏失賔撫其首曰令使吾門不墜者其在爾乎父奉伯篤信大法知其聰儁可期神幽冥長堪濟愛海年十二勑令出家爲奉誠寺僧辯律師弟子辯性廉直戒品氷嚴好仁履信精進勇勵常講十誦詢後住冶城寺持操高尚勤辛好學從光宅寺法雲諮稟經論散帶伽藍不營雜事當時名德皆稱善焉歷耳不忘經目必憶常能覆述有如瓶瀉時人嘉其清辯白黑重其無倦凡所聽聞悉爲注記雖無大才而彌綸深極同學門友莫不傳寫以天監十六年卒春秋三十有五時復有道遂道標同海陵人並從法雲受業經論洽聞博綜有序

釋慧超姓王太原人永嘉之亂寓居襄陽七歲出家住檀溪寺爲慧景弟子景清坦平簡雅有器局普通之初總州僧正以節儉聞之超幼而清悟容止詳美進趣合度事景一年以衆大誼雜乞移禪房依止僧崇禪師習學定業年十二又從同寺僧授學通三玄齊永明中竟陵王請智秀法師與諸學士隨方講

授西至樊鄧超因憑受學同時合席皆共服其領會隨秀還都住靈根寺仍從法常乞受具足誦戒不盈二日聽律未周兩遍皆識文知義鏡其纖密禀承師訓無相忝也及師亡後又從智藏採習經論藏曰此子秀發當成美器藏之出處多與同遊備通諸部名動京邑後從慧集餐聽毗尼纔得數遍集乃歎曰不謂始學已冰寒於水矣後還鄉定省合境懷之武帝勑還爲壽光學士又勑與正觀寺僧伽婆羅傳譯阿育王經使超筆受以爲十卷而晦德進人不專矜伐故有要請多推舊德藏後使其代講讓不肯當或逢羣賢博論未曾不預辯通塞及至抗擊前敵知理將窮而必下或遇機隙便亦應躡而黙然斯亦禀識同所不安而超能謙降若此衣食趣濟榮貴未邀樸無資蓄安成康王蕭雅秀欽敬戒德出蕃要請相携於鎮講發風被遠近服歎康王薨後吳平侯蕭昺遊夏口復屈俱行法筵又鋪學者稱詠還都續講聽侶相趣二百餘僧四時習業於普通七年卒時年五十有二

釋眞玉姓董氏青州益都人生而無目其母哀其不及年至七歲教彈琵琶以爲窮乏之計而天情俊悟聆察若經不盈旬日便洞音曲後鄉邑大集盛興齋講母携玉赴會一聞欣領曰若恒預聽終作法師不憂匱餧矣母聞之欲成斯大業也乃棄其家務專將赴講無問風雨艱關必期相續玉包略詞旨氣懾當鋒年將壯室振名海岱後遭母憂捨法還家廬於墓側哀毀過禮茹菜奉齋伏凶持操

五年野宿鄉黨重之後服闋附道修整前業覽卷便講無所疑滯預聞徒侶相次歸焉齊天保年中文宣皇帝盛弘講席海內髦彥咸聚天平於時義學星羅跨轢相架玉獨標稱首登座談叙罔不歸宗盡諦窮神煥然開發耆年前達稽首崇仰遂使道俗奔隨酌衢罇而不竭矣一曾往復者別經十年聞聲即憶其名義斯總持之功莫與尚也常徒學士幾百千人耳對行往了知心性誡勗之勤彌隆餘哲生來結誓願終安養常令侍者讀經王必跪坐合掌而聽忽聞東方有淨蓮華佛國莊嚴世界與彼不殊乃深惟曰諸佛淨土豈限方隅人並西奔一無東慕用此執心難成迴向便願生蓮華佛國曉夕勤到誓不久留身無疹瘵便行後事授諸弟子衣服几杖麈尾如意分部遺誥各有差降衆初不悟之也並共驚之王曰願與運周世非可樂汝等助念蓮華佛令我得至彼岸也布薩之後便卧疾於鄴城北王家神氣無昧聲相如常動京大德並就問疾午後忽見煙雲相糺從東而來異香繽遶充塞庭宇空中出聲有如讚唄之響清亮宛然當爾之時足漸向冷口猶誦念少時而卒卒後十日香氣乃絕大衆哀仰如臨雙樹王氏昆季俱制衰絰與諸門人收其屍而葬焉

釋僧遷姓嚴吳郡吳人孝敬夙彰侍中王錫見而異焉一面定交師事鍾山靈曜道則法師則亦權行外彰深相推重後遊談講肆縱辯天垂曾難招提慧琰禪品義精思間出中座嗟揚招提因改舊致更新章句梁高有勑

興善殿義集登即銳辯如流帝有嘉之仍降家僧之禮帝制勝鬘義疏班壽光殿諸僧咸懷自悉遷深窮理窟特詔敷述皇儲尚書令何敬容以並請論擊道俗欣洽時論韙之中興荆鄴正位僧端職任朞月道風颺舉恂恂七衆不肅而成昔晉氏始置僧司迄茲四代求之備業罕有斯焉自後探索幽求經誥盤結皆鍼肓起廢怡然從正以天保十二年四月十七日移神大寶精舍春秋七十有九二十日葬於江陵之中華北山初年少孝禀自然家貧親老珍養或闕後名德既立供覶腴旨進益陳及處艱憂毀幾致滅年方弱冠便誦法華數溢六千坐而若寐親見普賢香光照燭仍降摩頂書而不傳大漸惟幾方陳同志凡講涅槃大品十八部經各數十遍皆製義疏流于後學等觀即梁明帝之法名也自云北面歸依時移三紀擁經問道十有三年終識苦空功由善道況乎福田五世師資兩葉仁既厚矣義寔深焉遂刊碑墳隴述德如左

續高僧傳卷第六下

音釋

坎壈 壈盧感切坎壈屯蹇不得志也　髀 部禮切股也　饘 諸延切糜也　茹 如湣切食也　譓 胡桂切　滓 壯士切澱也　澣 胡管切濯衣垢也　薨 呼肱切死也　逭 胡玩切轉也　懣 莫困切與悶同心鬱也　窶 郡羽切貧無禮也　懌 羊益切　猜 倉才切疑也　刎 武粉切割也　襆 房玉

切帊也**懾**質涉切喪氣也**疹**丑刃切病也**衰絰**衰倉回切喪服也絰徒結切喪服麻在首在腰皆曰經**恧**女六切慙也**韙**羽鬼切是也**鍼**諸深切刺病也**肓**呼光切心上鬲下曰肓

續高僧傳卷第七

唐 釋 道 宣 撰

義解篇 正紀十 附見四

釋洪偃俗姓謝氏會稽山陰人祖茂恭和凝慎不交世俗父藏博綜經史善屬文藻梁衡陽王聞而器之引爲僚友偃風神頴秀弱齡悟道晝讀經論夜諷詩書良辰華景未嘗廢學自爾幼而聰敏州里稱焉及長遊聽京邑遍聞數論後值龍光寺綽法師便委心受業特加賞接以爲絶倫由是學侶改觀轉相推伏二三年中便盡幽奥乃開筵聚衆闡揚成實舉厝閑雅詞吐抑揚後學舊齒稽疑了義横經荷笈虚往實歸由此仰膺法輪總持諸部勇氣無前任其披解宿望弘量因循舊章偃厲思雲霄曾無接對見忤前達不能降情自是來學有隅聽者踈焉遂閉志閑房高尚其道間以尋緗閲史廣求多見秋水春臺清文迥出壯思雲飛英詞錦爛又善草隸見稱時俗纖過芝葉媚極銀鉤故貌義詩書號爲

四絶當時英傑皆推賞之梁太宗之在東朝愛其儁秀欲令還俗引爲學士偃執志不迴故弗能致會武帝發講重雲延德肆問而年非宿老座第甚遠抗言高論精理入神帝賞歎久之莫不矚目偃形止自若神守如初僉服其高亮也及引進後堂加優其禮屬戎羯陵踐兵饑相繼因避地于縉雲眷眄泉石又寇斥山侶遂越嶺逃難落泊馳滯曾無安堵梁長沙王韶鎮郢聞風叙造俄而渚宮陷覆上流阻亂便事東歸因懷自靜有顧林泉乃杖策若耶雲門精舍歷覽山水美其棲遲登吳昇平亭賦詩曰蕭蕭物候晚肅肅天望清旅人聊杖策登高蕩客情川源多舊迹墟里或新名宿煙浮始旦朝日照初晴獨遊乏徒侶徐步寡逢迎信矣非吾託賞心何易并遂汎浪巖峯有終焉之志葺修寺宇結衆礪業逮陳武廓定革命惟新京輔舊僧累相延請乃顧山衆曰吾勤苦積學五十餘年事故流離未遑敷說今時來不遂何謂爲法亡身乎以天嘉之初出都講于宣武寺學徒又聚莫不肅焉雖樂說不疲而幽心恒結每因講隙遊鍾山之開善定林息心宴坐時又引筆賦詩曰杖策步前嶺褰裳出外扉輕蘿轉蒙密幽逕復紆威樹高枝影細山晝鳥聲希石苔時滑屣蟲網乍粘衣澗旁紫芝曄巖上白雲霏松子排煙去堂生寂不歸窮谷無還往攀桂獨依依會齊使通和舟車相接崔子武等擅出境之才議其瞻對衆莫能舉世祖文皇以偃内外優敏可與抗言勑令統接賔禮樞機温雅容止方稜敷述皇猷光宣帝德才詞

宏逸辯論旁馳潤以眞文引之慈寄子武等頃受詔命銜佩比蕃帝嗟賞厚惠更倍恒度皆推以還公一無所納是歲舊疾連發聽者復踈止於小室許有諮問懷不能已情有斐然乃著成論疏數十卷剖發精理構思深劇疾轉沉篤功不克就以天嘉五年九月二十一日至于大漸神氣不昧命弟子曰衆生爲貪心之所暗也貪我則惜落一毛貪他則永無猒足至於身死之後使高其墳重其槨必謂九泉之下還結四鄰一何可歎而皇甫謐楊王孫微得我意雖知會歸丘壤而未知初度之心令冥目之後以此脯腊鄙形布施上飛下走一切衆生若前身相負仍以相償如無相對則生我檀善此之微心亦趣菩提物莫不共矣言畢合掌終於宣武寺焉春秋六十有一知與不知咸懷惻愴即以其月二十二日尸陀於鍾山開善寺之東岡焉然偃始自離俗迄于遷化唯學是務儉節掃衣弗事華纊每緣情觸興輙叙其致而文彩灑落罕有嗣者綴述篇章隨手散失後人掇聚集之成二十餘卷值亂零失猶存八軸陳太建年學士何儁尚之封于祕閣

釋法朗俗姓周氏徐州沛郡沛人也祖奉叔齊給事黃門侍郎青州刺史父神歸梁貞外散騎常侍沛郡太守朗託生之始母曰劉氏夢見神人乘樓殿入懷夢中如言身與空等旣而覺寤四體輕虛有異恒日五辛雜味因此悉斷爰在髫齓卓出凡童孝敬純備志操貞立家雄六郡氣蓋三邊少習軍旅早經行陣儉約治身寵辱無能移也俄而假節寧遠

將軍徐子彥北伐門設長戟坐休大樹惟曰兵者凶器身曰苦因慾海邪林安能覺者年二十一以梁大通二年二月二日於青州入道遊學楊都就大明寺寶誌禪師受諸禪法兼聽此寺彖律師講律本文又受業南澗寺仙師成論竹澗寺靖公毗曇當時譽動京畿神高學衆所以天口之侶藏耳之賓心計目覽莫不奔競但以鷲山妙法羣唱罕弘龍樹遺風宗師不輟前傳所紀攝山朗公解玄測微世所嘉尚人代長往嗣續猶存乃於此山止觀寺僧詮法師飡受智度中百十二門論并華嚴大品等經於即彌綸藏部探賾幽微義吐精新詞含華冠專門强學課篤形心可謂師逸功倍於斯爲證永定二年十一月奉勑入京住興皇寺鎮講相續所以華嚴大品四論文言往哲所未談後進所損略朗皆指擿義理徵發詞致故能言氣挺暢清穆易曉常衆千餘福慧彌廣所以聽侶雲會揮汗屈膝法衣千領積散恒結每一上坐輒易一衣闡前經論各二十餘遍二十五載流潤不絕其間興樹四部兩宮法輪之華當時莫偶以太建十三年歲在辛丑九月二十五日中夜遷神寺房春秋七十有五即以其月二十八日窆于江乘縣羅落里攝山之西嶺初攝山僧詮受業朗公玄旨所明惟存中觀自非心會析理何能契此清言而頻迹幽林禪味相得及後四公往赴三業資承爰初誓不涉言及久乃爲敷演故詮公命曰此法精妙識者能行無使出房輒有開示故經云計我見者莫說此經深樂法者不爲多說良由藥病有

以不可徒行朗等奉旨無敢言厝及詮化往四公放言各擅威容俱禀神略勇居禪衆辯住長干朗在興皇布仍攝領禪門宏敞慧聲遐討皆莫高於朗焉然辯公勝業清明定慧兩舉故其講唱兼存禪衆抑亦詮公之篤厲也然其義體時與朗違故使與皇座中排斥中假之誚布勇兩公見于别紀昔梁天監十六年六月七日神僧寶誌記興皇寺云此寺當有青衣開士廣弘大乘及朗遊學之時初服青納及登元席乃與符同又南陌居士杜法粲年踰八十頗識歸心昔夢寺内有旛花天妓塡塞殿堂緇素法衆充牣筵席洎朗來儀創會公私齋講又盛符焉又十二年五月七日帳下淨人解齊失曉朗夜扣閤催之而洪鍾自響良久不絶故其禎祥早著其例此

也東朝於長春殿義集嗣君親揺玉柄述朗所竪諸師假名義以此榮稱豈惟釋氏宗匠抑亦天人儀表故其所獲檀嚫充造經像修治寺塔濟給窮厄所以房内畜養鵝鴨雞犬其類繁多所行見者無不收養至朗寢息之始皆寂無聲遊觀之時鳴吠喧亂斯亦懷感之致矣侍中領軍廬陵王聲懋權衡資承戒約遂仰奏承華爲之銘頌其墓誌文太子詹事濟陽江總故陳主叔寶時在春宫爲之銘曰洪源遠派傳芳馥蕙君子哲人英芬是繼朱旄既杖青組仍曳紉虎戎卸貳貌狄制功可冠軍業非出世揖彼聲色超此津濟津濟伊何裂斷網羅忍衣早記乗樓夜過航斯苦海涸此愛河若非智士孰寄宣揚法雲廣被慧日舒光既椎衡櫓自闢金湯夢齊鼓説應

異鍾霜識機知命同彼現病夙心棲遁度脫難竟化緣已矣乃宅丘穽智炬寂滅頹巖遼夐遼夐空岑搖落寒侵弦餘月暗霧下松深香滅窮壟旛橫宿林切切管清遙遙鼓聲野煙四合孤禽一鳴風悽唄斷流急寒生神之淨土形沉終古勒此方墳用旌蘭社

釋慧勇厥姓桓氏其先譙國龍亢人也祖法式尚書外兵錢唐令因此遁迹于虎丘山後客寓居吳郡吳縣東鄉桓里父獻弱齡早亡母張氏嘗夢身登佛塔獲二金菩薩俄育二男並幼而入道長則慧聰勇其次也初出楊都依止靈曜寺則師爲和尚銑志禪誦治身蔬菲隨方受業不事專門豈非版金成寶方資刻鏤宣王有美必待刮摩誠有由矣年登具戒從靜衆寺峯律師遊學十誦有龍光寺僧綽建元寺法寵並道秀域中聲高梵表乃服膺座右稟宗成實刻情砥礪寢食忘疲苦思沉淪坑岸斯墜彌歷寒暑博習大成至年三十法輪便轉自此遠致學徒盛開講肆高視上京鬱爲翹彩專講論文將十許遍俄而梁季傾覆人百沸騰每思遁世莫知其所于時攝山詮尚直轡一乘橫行出世隨機引悟有願遵焉嘗行報恩寺前忽見人云從攝山來授竹如意謂勇曰尋當如意俄失蹤迹信宿之間又有漆函盛三論一部置房前窻上尋究莫知來也欣玆嘉瑞銑勇難任因此拂衣里閈駕言泉石期神杳冥非企禽臺之侶修空習慧寔追林遠之風便停止觀寺朝夕侃侃如也詮師忘以年期義兼師友抑亦宮羽相諧冰藍待益之志也自此言刈章句採

擷希徵凡厥釋經莫不包舉大法獲傳於焉是賴天嘉五年世祖文皇請講於太極殿百辟具陳七衆咸華景仰之輩觀風繼踵遊息之伍附影成羣自此聲名籍甚矣住大禪衆寺十有八載及造講堂也門人聽侶經營不日接霤飛軒製置弘敞題曰般若之堂也以至德元年五月二十八日遘疾少時平旦神逝春秋六十有九然其大漸之時神容不變經宿頂暖衆皆異之至六月六日窆于攝山西嶺自始至終講華嚴涅槃方等大集大品各二十遍智論中百十二門論各三十五遍餘有法華思益等數部不記又早捨親愛弱而貞苦文章聲辯時世高之爰至啓手啓足不緇不涅寔像教之棟梁精義之林藪弟子等追深北面之禮鐫石碑之其文侍中尚書令濟陽江總製

釋寶瓊姓徐氏本惟東莞避難辭莒後居毗陵曲阿縣焉祖邕齊右軍父僧達梁臨川王諮議並高器局崇導儒素瓊絜清山水峯瀾早被身長七尺五寸背胛龍文口三十九齒異相奇挺故能踈秀風彩蘊藉威容少鄙鱗裳便欣毳服幼年出俗師事沙門法通通初見而嗟重深爲道器也不使服勤年過志學欲稟光宅寺雲法師義但以經藏飈拔聲實沸騰無礙奔涌談吐横逸竊疑詞富兼駭唱高乃移聽南澗仙師研精數論名解映徹洞殫義窟仙嘗覽瓊私記三復嗟賞後於高座普勸寫之自爾門徒傳寫此疏初受具年已能覆述未登五歲便爲法主仍與仙公抗衡敷化梁高祖三教妙旨罔不踈通選揚名德

分寄弘道瓊之高義簡在帝心爰降綸綍入壽光殿言重茂林更輕雲閣便辭還鄉之建安寺上黄侯曄分竹此邦毎深尊敬情兼師友彼郡一旦老少相喧競云建安伽藍白龍出現奔排到寺惟見瓊講有識之士異而目之爲白瓊焉素與簡子周弘正早申莫逆彼驟噫曰夫有希世之才而不在京華開導乘桴之歎令人太息乃有學侣復請還都發成實題僧正慧令切難聯環瓊乃徐拂麈尾從容而對令乃引遠公舊責曰不疾而速杼軸何爲答曰不思造業安得精固令開舉止雅音韻賔主相悦殊加稱賞梁祖年暮惟事熏修臣下偃風清言扇俗縉紳學者必兼文義所以屢開理教維摩涅槃道被下筵慷飛上席解頤利齒木舌鋒牙叟塞駢羅煙隨霧涌

亦有明玉豐貂紆青拖紫車馬溢於寺衢衣簪滿於法座斯感物之盛罕有加也到茂灌民譽之重任孝恭詞筆之富皆執卷稽疑服膺請業恭息世謨疏菲好學後進英華隨父共聽偏深玄義遂講涅槃傳瓶不失于兹乃驗未仍入道奄至無常頂暖信宿手屈三指復與諸天飛下住宅對父談話宛若平生褒讃出家稱揚法利俄將翼從凌虚而没留香在室經日不消故知彼此異人躬爲學衆誠難測其本量也逮梁室版蕩有陳建業武帝尊法嗅味特深數引金言頻開玉牒降狎言笑詢訪名理求定三年夏於重雲殿閣正弘大品夢朱衣神禮而諫曰般若多難仰祈疾講頻爾轉數詞逾懇到至七月十日乃白僧曰昨夜神人見催經餘一卷午前取訖講竟

出宮殼雷已響還纔至寺驟雨便零重雲殿一時都盡豈非勝人宣法幽冥敬重陳祖昇遐方知前告文帝纂曆禮異彌深鬱下絲綸爲京邑大僧正辭讓雖切敦喻更隆乃顧當仁俾膺範物遂之斯任然以金陵都會朝宗所依刹寺如林義筵如市五部六羣果舍苗雜惟調水乳罕和鹽梅多没象泥終枯鳥樹乃鎮之以清淨馭之以無爲篇禁不煩遮罰每省故僧尼仰之自肅道俗稱之益敬七衆日用而不知四遠欽風而不足故得法位久司疵謗無玷屢陳表退去而復昇始終惟令於是乎在自梁僧之於此任熏灼威儀翼衛亞於王公服玩陳於鄭楚故使流水照於衢路吏卒喧於堂廡瓊臨已來頓祛前政自營靈壽惟從息慈壞色蔽身尼壇容膝蕭然率

爾有位若無朝野嘉其眞素同侶美其如法海東諸國圖像還蕃頂禮遥敬古人有言匪馳令譽孰動殊方其見賢如此以至德二年甲辰之歲二月二十三日纔覺不悆建初寺寶瓊法師當時之偶對也少而共學聲德齊揚爾夕神人忽來報曰彭城僧正今先無常日夢上天有疏請講暨三月二十日正念告終遺誡掩坎不煩銘誌春秋八十一有詔慰焉喪事所須隨由資給仍以天子鹵簿仗借爲榮飾終古所希幸也以四月五日窆于鍾山之陽名僧舊墓爾時填逵咽陌哀慟相奔皂素驚嗟郊坰失色初瓊入京將臨法席既無人識不許房居乃求僧正慧超寄南澗住超聞未許見而駭曰此少俊當紹吾今位法門所託何慮無房即命寺網忻然處置及孝

宣請講太子常迎屢見神人形甚長偉客來翼從未爲大將軍章照達講通感亦然又非測也然其厚德容衆鳴謙儉約出處無忤言行無擇尅壯不休孜孜講導吐音遥弈發義昭彰或遇勍手時逢的匠薄麈象扇漼已冰消故寔繁有徒服而無斁及晚僧望益重居處逾輕惟屏罔設飾用不置臘歲叅謁黒白摩肩方便他行避斯榮供斯可謂狎人世而空閑縮司存而無事也又聖人至理開士微言月落參横清誦無逸及燭然香馥懺禮方宵迹息心勤外和内祕宣揚之暇綽有餘閑兼採玄儒每窺子史彫蟲藁隸體物摛玄並入性靈悉能該洽又可謂不撓大猷無遺小道也凡講成實九十一遍撰玄義二十卷講文二十遍文疏十六卷講涅槃三十遍製疏十七卷講大品五遍製疏十三卷餘有大乘義十卷法華維摩等經並著文疏故不備載布在州邑兄孫普光承籍風訓立履貞確思慕平昔追攀日求與同學道莊明解等樹碑于金陵之舊墟其文慧日道場釋法論莊入室馳聲見于別紀解昇堂流譽王領江都隋末尚存安危未測

釋警韶姓顧氏會稽上虞人學年入道事叔僧廣以爲師範廣律行貞嚴當時領袖初韶遊都聽講便能清論年登冠肇還鄉受戒護持奉信如擎油鉢有沙門道林請留鄉土乃夢韶舌相廣長而欲將斷既寤深惟留戀斯成墜失愧悔前請便勸出都於即大弘法化傳燈不絶即莊嚴旻公之遺緒也次稟龍光僧綽乃是開善瓊支末又探習三藏廣綜衆

家年二十三講大品經味法當時摩肩溢道
後還建元晉陵等寺敷演經論解冠羣宗詔
乃願年四十長就講說而學侶相顧不勝欽
尚時年三十有九爲建元寺講主臨終遺令
傳法韶遵崇餘烈即坐演之受業之賓有逾
師保梁簡文邵陵及岳陽等大相欽重師承
訓誨從危難後世改情浮乃往豫章將通道
務時余豫州黃司空等素情所仰請爲戒師
會外國三藏眞諦法師解該大小行攝自他
一遇欣然與共談論諦歎曰吾遊國多矣罕
値斯人仍停豫都爲翻新金光明并唯識論
及涅槃中百句長解脫十四音等朝授晚傳
夜聞晨說世諺寫瓶重出知什再生者也梁
岳陽王於荊立位遣信遠迎楚都弘法韶念
報地之重來勑遂乖陳武定天文皇嗣業並
弘尚正道勑請還都戒範承仰優禮彌隆天
嘉四年有會稽慧藻同泰道倫等二百餘人
連署請韶長講於白馬寺廣弘傳化十有餘
年旣登耳順便令慧藻續講躬往瓦官宴坐
少時法門深妙時沙門智顗定慧難踰人神
頗測靜歎精利事等夙成共諸前學頻請重
講留意綿久以疾辭之又爲新安殿下黃司
空等共僧三請不免勤注又於王府略說維
摩龍光寺中廣敷成實亦得數年成諸學肆
未辭朽老歸志山林乃入幽巖自靖十有餘
載至德元年十月十一日日中時右脅而卧
神慮澄然崩於開善寺春秋七十有六其月
十六日窆於鍾嶺獨龍之山所講成實論五
十餘遍涅槃三十遍新金光明三十餘遍維
摩天王仁王等經遍數繁亂不紀廣叙

釋安廩姓秦氏晉中書令靖之第七世也寓居江陰之利成縣焉考正妙思滔玄怡心屆寂乃製入神書一首洞曆三卷青烏之道莫不傳芳廩幼而聰頴獨悟不羣十三偏艱孝知遠近斷水骨立聞者涕零古人有言知子父也乃攝以典教業遂多通而性好老莊早達經史又善太一之能并解孫吳之術是以才藝有功文武清播仍欲披榛問隱華門圭竇而虛懷機發體悟眞權年二十五啓勑出家乃遊方尋道北詣魏國於司州光融寺容公所採習經論容律訓嚴凝肅成濟器并聽嵩高少林寺光公十地一聞領解頓盡言前深味名象並畢中意又受禪法悉究玄門請業之徒屢申弘益在魏十有二年講四分律近二十遍大乘經論並得相仍梁泰清元年始發彭沛門人擁從還屆楊都武帝敬供相接勑住天安講華嚴經標致宏綱妙指機會值梁運既終法輪停轉洎大陳御寓永定元年春乃請入内殿手傳香火接足盡虔長承戒範有勑住耆闍寺給講連續既會夙心遂欣久處世祖文皇又請入昭德殿開講大集樂說不窮重筵莫擬孝宣御曆又於華林園内北面受道闡化涉勞因以遘疾至德元年建寅之月遷化于房皇心惻悼賻贈有加即以其月窆於開善之西山春秋七十有七門人痛其安放士庶失其歸依矣

釋慧布姓郝氏廣陵人也少懷遠操性度虛梗年十五處于江陽家門軍將時有戎役因願領五千人爲將清平寇塞豈不果耶衆韙其言十六遭兄亡悟世非常思解俗網親眷

知有武略咸不許之二十有一方從本願旣爰剃落便入楊都從建初寺瓊法師學成實論通假實之旨物議所歸而布悵斯至理未盡懷抱承攝山止觀寺僧詮法師大乘海嶽聲譽遠聞乃往從之聽聞三論學徒數百翹楚一期至於洞達清玄妙知論旨者皆無與尚時號之爲得意布或云思玄布也故詮之解難聽者似解而領悟猶迷及依言願通而構難踈略致使談論之際每有客問必待布而爲答時人爲之語曰詮公四友所謂四句朗領語辯文章勇得意布布稱得意最爲高也後於大品善達章中悟解大乘煩惱調順攝心奉律威儀無玷常樂坐禪遠離囂擾誓不講說護持爲務末遊北鄴更涉未聞於可禪師所暫通名見便以言悟其意可曰法師所述可謂破我除見莫過此也乃縱心講席備見宗領周覽文義並具胷襟又寫章疏六馱負還江表並遺朗公令其講說因有遺漏重往齊國廣寫所闕賫還付朗自無一畜衣鉢而已專修念慧獨止松林蕭然世表學者欣慕甞造思禪師與論大義連徹日夜不覺食息理致彌密言勢不止思以鐵如意打案曰萬里空矣無此智者坐中千餘人同聲歎悅又與邈禪師論義即命公之師也聯綿往還三日不絕邈止之歎其慧悟遐舉而卑身節行不顯其美梁太清末侯景作亂荒餧累年三日失食至四日有人遺布飯而微似猪肉之氣雖腹如火然結心不食故得遭斯困厄不履非濫又曾患脚氣醫令服葅自此至終常陳此罪或見諸人樂生西方者告云方

土乃淨非吾願也如今所願化度衆生如何在蓮華中十劫受樂未若三途處苦救濟也陳至德中邀引恭禪師建立攝山棲霞寺結淨練衆江表所推名德遠投禀承論旨時爲開滯理思幽微不爲僧師不役下位常自縫洗六時無闕纔扣揵椎已居衆首端坐如木見者懍然名聞光遠請謁如市陳主諸王並受其戒奉之如佛末以年暮不參衆食勑給其乳牛而布迴充入衆煢煢謹攝實高僧焉年至七十與衆別云布命更至三五年在但老困不能行道住世何益常願生邊地無三寶處爲作佛事去也幸各好住願努其力於是絕穀不食命將欲斷下勑令醫診之縮臂不許沈皇后欲傳香信又亦不許臨終遺訣曰長生不喜夕死無憂以生無所生滅無所滅故也諸有學士徒衆並委恭禪師吾無慮矣以陳貞明元年十一月二十三日卒于棲霞終後手屈三指捋之雖申還屈乃至林中一月猶爾未終前大地連動七日便卒移屍就林山地又動太史奏云得道人星滅矣時以當之初將逝告衆前云昨夜二菩薩見迎一是生身一是法身吾已許之尋有諸天又來迎接以不願生故不許耳流光照於侃禪師户侃怪光盛出户見二人向布房中不知是聖也旦往述之恰然符合言已端坐而化有見鬼者望見旛花滿寺光明騰焰不測其故入山視之乃布公去世

釋亡名俗姓宋氏南郡人本名闕殆世襲衣冠稱爲望族弱齡遁世永絕妻孥吟嘯丘壑任懷遊處凡所憑准必映美阮嗣宗之爲人

也長富才華鄉人馳譽事梁元帝深見禮待有製新文帝多稱述而恭慎慈敬謙靜爲心每從容御筵賜問優異及梁曆不緒潛志玄門遠寄岷蜀脫落塵累初投兊禪師兊亦定慧澄明聲流闗鄴名乃三業依憑四儀恭仰彫純假於禪誦興慮著於篇什預有學徒問道無倦會周氏跨有井絡少保蜀國公宇文儁鎮之性愛賢才重德素禮供殊倫聲聞臺省後齊王續部伏敬日增任滿還雍遂勸歸謁帝勞遣既深處爲夏州三藏朝省以名文翰可觀元非玄侶而冥德沒世將徵拔之測其器宇有經國之量朝省總議或以威恩加之或以情異轉之然名雅亮卓然曾無易節天和二年五月大冢宰宇文護遺書曰言念欽屬未敘企積道體休愈無虧慮耶蓋能仁

處世志存匡救非先輪迴獨尚慈善既道亞生知才高七步豈虛緇染沉流當途但靈廓妙理三業同臻冀思莫二皂白非感耳悕解偏執讚我時朝匪惟眞俗俱抽亦是彼我一貫故令往白念報雅懷名答云辱告深具懷抱寒暑異域苦樂殊心輙略常談且陳事實貧道眞質醜陋恒嬰疾惱因傴成恭惟道是務不曾妻息五十二年自捨俗緣十有五載萬人歸國皆停都邑羸病一僧獨流荒裔無罪可罰無能可使百慮九思是所未喻文多不載又列六不可十歎息援據事敘綸貫始終書略結云沙門持戒心口相應所列六條若有一誑生則蒼天猒之死則鐵鉗拔之烊銅灌之仰戴三光行年六十不欺闇室況乃明世且鄉國殄喪宗戚衰亡貧道何人獨堪

長久誠得收迹巖中攝心塵外支養殘命敦修慧業此本志也寄骸精舍乞食王城任力行道隨緣化物斯次願也如其不爾獨處丘壑安能憒憒久住閻浮地乎護得書體其難拔乃與書迎還云法師秉心彌固棲遊世表玄圭啓運不屈伯夷之節蒼精御曆豈損嘉遁之志今遣往迎名達咸陽貴遊奉謁隆禮厚味彌增常限以稱謂廣流藏景難伏誓當棲玄後德便閑放無累乃著實人銘曰余十五而尚文三十而重勢位值京都喪亂冠冕淪没海内知識零落殆盡乃喟然歎曰夫以迴天倒日之力一旦早彫岱山磐石之固忽焉爐滅定知世相無常浮生虛僞譬如朝露其停幾何大丈夫生當降魔死當飼虎如其不爾修禪足以養志讀經足以自娛富貴名

譽徒勞人耳乃棄其簪弁剃其鬚髮衣衲杖錫聽講談玄戰國未寧安身無地自猒形骸甚於桎梏思絶苦本莫知其津大乘經曰如說行者乃名是聖不但口之所言小乘偈曰能行說爲正不行何所說若說不能行不名爲智者至於顏回好學勤改前非季路未修懼聞後語功勞智擾役神傷命爲道日損何用多知誓欲枯木其形死灰其慮降此患累以求虛寂乃作絶學箴文名息心讚擬夫周廟其銘曰法界有如意寶人焉九緘其身銘其膺曰古之攝心人也誡之哉誡之哉無多慮無多知多知多事不如息意多慮多失不如守一慮多志散知多心亂心亂生惱志散妨道勿謂何傷其苦悠長勿言何畏其禍鼎沸滴水不停四海將盈纖塵不拂五岳將成

防未在本雖小不輕關爾七竅閉爾六情莫視於色莫聽於聲聞聲者聾見色者盲一文一藝空中小蚋一伎一能日下孤燈英賢才藝是爲愚弊捨棄浮樸躭溺淫麗識馬易奔心猨難制神旣勞役形必損斃邪徑終迷脩塗永泥莫貴才能是曰惛懵誇拙羡巧其德不弘名厚行薄其高速崩徒舒翰卷其用不恒內懷憍伐外致怨憎或談於口或書於手邀人令譽亦孔之醜凡謂之吉聖以之咎賞悅暫時悲憂長久畏影畏迹逾走逾劇端坐樹陰迹滅影沈猒生患老隨思隨造心想若滅長死長絕不死不生無相無名一道虛寂萬物齊平何勝何劣何重何輕何賤何辱何貴何榮澄天愧淨皎日慙明安夫岱嶺固彼金城敬貽賢哲斯道利貞又著至道論淳德論遣執論去是非論影喻論修空論不殺論等文多清素語恒勸善存質去華不存粉墨有集十卷盛重於世不知所終有弟子僧琨性沉審善音調爲隋二十五衆讀經法主捜括羣籍採摭賢聖所撰諸論集爲一部稱曰論場有三十卷披卷一閱俱覽百家亦新學之宗匠者矣後於曲池造靜覺寺每臨水映竹體物賦詩頗有篇什云

釋道寵姓張俗名爲賓高齊元魏之際國學大儒雄安生者連邦所重時有李範張賓齊鏕安席才藝所指莫不歸宗後俱任安下爲嗣年將壯室領徒千餘至趙州元氏縣堰角寺側即今所謂應覺是也從寺索水沙彌持與問具幾塵方可飲之素不內涉罔然無對乃以水澆面賓大恚謂徒屬曰非爲以水辱

我亘顯佛法難思吾今投心此道宜各散矣即日於寺出家寺法入道三年歷試以賔聰明大博不可拘於常制即日便與具戒遂入西山廣尋藏部神用深拔慨歎晚知魏宣武帝崇尚佛法天竺梵僧菩提留支初翻十地在紫極殿勒那摩提在太極殿各有禁衛不許通言校其所譯恐有浮濫始於永平元年至四年方訖及勘讎之惟云有不二不盡那云定不二不盡一字爲異通共驚美若奉聖心寵承斯問便諳流支訪所深極乃授十地曲教三冬隨聞出疏即而開學聲唱高廣鄴下榮推時朝宰文雄魏收邢子才楊休之等昔經寵席官學由成自遺世網形名靡寄相從來聽皆莫曉焉寵默識之乃曰公等諸賢既稱榮國頗曾受業有所來耶皆曰本資張氏猷俗出家寵曰師資有由今見若此乃曰罪極深矣初聆聲相寔等昔師容儀頓改致此無悟於是同敦三大盤此一心悲慶相循遂以聞奏以德溢時命義在旌隆日賜黃金三兩盡於身世匠成學士堪可傳道千有餘人其中高者僧休法繼誕禮罕宜儒果等是也一說云初勒那三藏教示三人房定二士授其心法慧光一人偏教法律菩提三藏惟教於寵寵在道北教罕宜四人光在道南教憑範十人故使洛下有南北二途當現兩說自斯始也四宗五宗亦仍此起今則闕矣輒不繁云

釋慧嵩未詳氏族高昌國人其國本沮渠涼王避地之所故其宗族皆通華夏之文軌焉嵩少出家聰悟敏捷開卷輒尋便了中義潛

蘊玄肆尤翫雜心時爲彼國所重嵩兄爲博士王族推崇雅重儒林未欽佛理覩嵩英鑒勸令反俗教以義方嵩曰腐儒小智未足歸賞固當同諸糟粕餘何可論兄頻遮礙乃以易林祕隱問之嵩初不讀俗典執卷開剖挺出前聞兄雖異之殊不信佛法之博要也嵩以毗曇一偈化令解之停滯兩月妄釋紛紜乃有其言全乖理義嵩總非所述聊爲一開泠然神悟便大崇信佛法博通玄奧乃恣其遊涉于時元魏末齡大演經教高昌王欲使釋門更闡乃獻嵩并弟隨使入朝高氏作相深相器重時智遊論師世稱英傑嵩乃從之聽毗曇成實領牒文旨信重當時而位處沙彌更摇聲略及進具後便登元坐開判經誥雅會機緣乃使鋒銳劾敵歸依接足既學成望遠本國請還嵩曰以吾之博達義非邊鄙之所資也旋環鄴洛弘導爲宗後又重徵嵩固執如舊高昌乃夷其三族嵩聞之告其屬曰經不云乎三界無常諸有非樂況復三途八苦由來所經何足怪乎及高齊天保革命惟新上統榮望見重宣帝嵩以慧學騰譽頻以法義陵之乃徙於徐州爲長年僧統仍居彭沛大闡宏猷江表河南率遵聲教即隋初志念論師之祖承也以天保年卒於徐州

續高僧傳卷第七

音釋

曅（域輙切盛也）謐（彌畢切）腊（思積切乾肉也）擿（他歷切摘發也）紉（尼鄰切）卸（司夜切）穽（疾政切）敻（翾正切遠也）閈（侯肝切里門也）胛（古洽切肩胛也）觿（翾規切童子所佩角也）毳（充芮切毛布也）頤（盈之切頷也）叜（正作⿰土則初力切叜塞遮遏充滿也）騈（蒲眠切騈聯也）鹵（郎古

切鹵溥車駕羽儀也　逵渠惟切九達道也　垌古螢切林外曰垌　顗魚豈切　榛鋤臻切木叢生也　賻符遇切贈終曰賻　囂許驕切喧也　薤下戒切葷菜也　煢渠營切獨也　傴於武切背俯也　鉗巨鹽切　憒古對切心亂也　桎質日切足械也　梏姑沃切手械也　蚋儒稅切醯雞也　懵莫孔切闇也　堰於蹇切

續高僧傳卷第八

唐　釋　道　宣　撰

義解篇四

正紀十四人 附見二人

釋僧範姓李氏平鄉人也幼遊學羣書年二十三備通䟽略至於七曜九章天文筮術諮無再悟徒侶萬千抵掌解頤誇矜折角時人語曰相州李洪範解徹深義鄴下張賓生領悟無遺斯言誠有旨矣兼以年華色美都無伉儷之心思附法門燒指而修供養年二十九棲遲下邑聞講涅槃輙試一聽開悟神府理思兼通乃知佛經之祕極也遂投鄴城僧始而出家焉初學涅槃經頓盡其致又棲心林慮靜其浮情復向洛下從獻公聽法華華嚴宗匠前修是非衢術後徒轍光師而受道焉耽味虛宗歲紀遷貿既窮筌相學志無新

乃出遊開化利安齊魏每法筵一舉聽衆千餘逮旋趾鄴都可謂當時明匠遂使崔覲注易諮之取長宗景造歷求而捨短大儒徐遵明李寶頂等一見信於言前授以菩薩戒法五衆歸之如市講華嚴十地地持維摩勝鬘各有疏記復變疏引經製成爲論故涅槃大品等並稱論焉地持十部獨名述也然屬詞繁壯不偶世情亦是一家之作故可觀採而言行相輔祥徵屢降嘗有膠州刺史杜弼於鄴顯義寺請範冬講至華嚴六地忽有一鴈飛下從浮圖東順行入堂正對高座伏地聽法講散徐出還順塔西爾乃翔逝又於此寺夏講雀來在坐西南伏聽終於九旬又曾處濟州亦有一烏飛來入聽訖講便去斯諸祥感衆矣自非道洽冥符何能與此嘗講華嚴輒有一僧加毀云是乃伽斗竟何所解當夜有神加打死而復穌其見聞者皆深敬異嘗宿他寺意欲聞戒有僧昇座將欲豎義乃曰豎論法相深會聖言何勞布薩僧常聞耳忽見一神形高丈餘貌甚雄峻來到座前問豎義者今是何日答曰是布薩日神即以手搭之曳于座下委頓垂死次問上座搭曳同前由是自勵至終僧事私緣竟無說欲乃至疾重輿而就僧將終之日延像入房下牀跪地惟悔宿觸而已時當正午遺誡而卒於鄴東大覺寺時春秋八十即天保六年三月二日也初範昔儒入釋崇信日增寂想空門不緣世務口無流略之語身絕非法之遊隨得財賄即施門人衣食有無未曾宣述安忍善惡喜怒不形洗穢奉禁終始如一而留意華嚴

爲來報之業夜禮千佛爲一世常資未歲年
事旣隆身力不濟猶依六時叩頭枕上自有
英悟之量罕能繼者而感通靈異則事全難
准云
釋曇遵姓程氏河北人少猒世網投法光出
家而容色盛美堂堂然也恐染戒淨還返俗
焉資學旣明允當時寄有魏擢爲員外郎二
十有三情背朝官復請光公以爲師保光以
舊事捨而不度遵跪啓曰今沒命皈依遠崇
至道如不允副必從邪見壞及三寶光審其
情至即度而授戒因從稟學功踰一紀大乘
頓教法界心源並披析義理挺超時匠手無
異筆而變他成已故談述有續而章疏闕焉
初出化行洛下流衍齊楚晉魏乃至燕趙通
傳道務攝治相襲丞相淮陰王肱深器之德
動貴重傾心奉禮年餘七十舉爲國者尋轉
爲統後少覺有疾便坐誦維摩勝鬘卷了命
終卒於鄴下時年八十有五承化門人罕繼
其後初遵賦志清高無爲立性褰帷開户標
樹方遠形無妄涉口不俗談動靜自嚴不假
方便而敬愛宗師罕階儔緒光師終日遵在
齊州初聞哀問不覺從牀而墜口中流血其
誠孝動人如此之類也多遊念慧有得機緣
温講而終業矣
釋惠順姓崔齊人侍中崔光之弟也少愛儒
宗統知雅趣長猒塵網爲居士焉初聽涅槃
略無遺義因講而睡聞有言曰此解乃明猶
未爲極心遂遲疑伺決其病承都下有光律
師者廣涉大乘文無不曉因往洛陽時年二
十有五即投光而出家焉寓於門下纂修地

旨倦無終食歲紀相尋證教两途鋭鏡於心内三持三聚影現於神外博見融冶陶然有餘講十地地持華嚴離摩並立䟽記年將知命欲以大法弘利本鄉即傳歸戒情無不愜隨有講會衆必千餘精誠之響廣流東夏故齊趙瀛冀有奉信者咸禀其風焉僕射祖孝徵欽尚厥德奏爲國都年七十有二終於鄴下之總持寺當終之日身心清卓專念平等而爲心印然順族冑菁華言誠世範惠解騰譽事義沉深而志存順法不局一方衣略鮮華食無兼味受施尋散情闕愛憎形寄任緣未依夏臘進止在益不顧己損言行適時不與物諍故傳者具舒不敢遺其事行矣

釋道憑姓韓平恩人十二出家投貴鄉邵寺初誦維摩經自惟歷覽日計四千四百言一聞無忘乃通數部後學涅槃略觀遠節復尋成實初得半文便豎大義聰明之譽無羨昔人致使遐邇聞風咸思頂謁七夏欲講涅槃惟曰文一釋異情理難資恐兼虛課謗法誠重八夏既登遂行禪境漳滏伊洛徧討嘉猷後於少林寺攝心夏坐問道之僧披榛而至聞光師弘揚戒本因往聽之涉悟大乘深副情願經停十載聲聞漸高乃辭光通法弘化趙魏傳燈之美罕有斯焉講地論涅槃華嚴四分皆覽卷便講目不尋文章䟽本無手不舉筆而開塞任情吐納清奕洞會詮旨有若證焉故京師語曰憑師法相上公文句一代希寶斯言信矣時人以其口辨方於身子也以齊天保十年三月七日卒於鄴城西南寶山寺春秋七十有二將終之前大鍾兩口小

觸而破康存之日願生安養故使臨終光尋滿室憑獨見之異香充庭大衆皆美初憑之處道弘護居心經律遮講福智雙習骨族血親往來頓絕勢貴豪家全無遊止而乞食自資少所恒習袒肩洗淨老而彌固脛臂無服生死齊焉兼以心緣口授杜於文相者古今絕矣

釋靈詢姓傅氏漁陽人也少年入道學成實論并涅槃經窮其幽府又於論中刪要兩卷注而釋之盛行於世後弃小道崇仰光公曉夕研尋十有餘載纖旨祕教備知通塞雖博知羣籍而擅出維摩兼有疏記至還京漳鄴遊歷燕趙化霑四衆邪正分焉而書畫有功頗愛篇什文筆之華時所推舉美容貌善風儀詞辯雅淨聽者無撓初爲國都魏末爲并州僧統齊初卒於晉陽時年六十九矣

釋法上姓劉氏朝歌人也五歲入學七日通章六歲隨叔寺中觀戲情無鼓儛但禮佛讀經而聲氣爽拔衆人奔遶傾渴觀聽年登八歲略覽經誥博盡其理九歲得涅槃經披而誦之即生猒世至于十二投禪師道藥而出家焉因遊相土尋還汲鄉又往東都棲皇務道神氣高爽照曉詞論所在推之咸謂聖沙彌也後潛林慮上胡山寺誦維摩法華纔淡二旬兩部俱度因誦求解還入洛陽博洞清玄名聞伊洛年暨學歲創講法華酬抗疑難無不歎伏善機問好徵覈決通非據昌言勝負而形色非美故時人諺曰黑沙彌若來高座逢災也後值時儉衣食俱乏專意涅槃無心饑凍故一粒之米加之以菜一衣爲服兼

之以草練形將盡而精神日進乃投光師而受具焉性戒夙成不勞師導勤勤諦理無失寸陰忽聞父病尋往覲之既至即殂一宿同止明旦起洛度毋及姊將入鄴都時屬大荒投寄無措聽法心猛委而南旋夏聽少林秋還漳岸毋子相見不覺潸然既慧業有聞衆皆陳請乃講十地地持楞伽涅槃等部輪次相續並著文疏又偏洞筭數明了機調綱紀法化難繼其塵故時人語曰京師極望道場法上斯言允矣年階四十遊化懷衞爲魏大將軍高澄奏入在鄴微言一鼓衆侶雲屯但上戒山峻峙慧海澄深德可軌人威能肅物故魏齊二代歷爲統師昭玄一曹純掌僧錄令史員置五十許人所部僧尼二百餘萬而上綱領將四十年道俗歡愉朝廷胥悅所以

四萬餘寺咸禀其風崇護之基罕有繼彩既道光遐燭乃下詔爲戒師文宣帝布髮於地令上踐焉天保二年又下詔曰仰惟慈明緝寧四海欲報之德正覺是馮諸鷙鳥傷生之類宜放于山林即以此地爲太皇太后經始寶塔廢鷹師曹爲報德寺斯即碎蕩邪霧載清佛海當時昌盛自古推焉上總擔荷並得緝諧內外闡揚皂白咸允非斯柱石孰此棟梁哉且而景行既宣逸響遐被致有高句麗國大丞相王高德乃深懷正法崇重大乘欲播此釋風被于海曲然莫測法教始末緣由西徂東壤年三十帝代故具錄事條遣僧向鄴啓所未聞事敘略云釋迦文佛入涅槃來至今幾年又於天竺幾年方到漢地初到何帝年號是何又齊陳佛法誰先傳告從爾至

今歷幾年帝遠請具注弁問十地智論等人法所傳上答略云佛以姬周昭王二十四年甲寅歲生十九出家三十成道當穆王二十四年癸未之歲穆王聞西方有化人出便即西入而竟不還以此爲驗四十九年在世滅度巳來至今齊代武平七年丙申凡經一千四百六十五年後漢明帝永平十年經法初來魏晉相傳至今流布上廣答緣緒文極指訂今略舉梗概以示所傳末勑住相州定國寺而容德顯著感供繁多所得施利造一山寺本名合水即鄴之西山今所謂修定寺是也山之極頂造彌勒堂衆事莊嚴備殫華麗四事供養百五十僧及齊破法湮不及山寺上私隱俗服習業如常願若終後覲覩慈尊如有殘年願見隆法更一頂禮慈氏如來而

業行精專幽明感遂屬隋運將動佛日潛離深果宿心喜遍心府形羸微篤設轝坐之袈裟覆頭弟子扛舉往昇山寺合掌三禮右遶三周便還山舍誦維摩勝鬘卷訖而卒於合水故房春秋八十有六即周大象二年七月十八日也上形量過人岧然衆表百千衆中孤超頸現衣服率素納補爲宗五條袛支由來以布法衣瓶鉢以外更無餘財生不履乘步以畢命門人成匠任情所學不私巳業遍用訓人言常含笑罪不加杖自上未任巳前儀服通混一知綱統制樣别行使夫道俗兩異上有功焉制寺立淨亦始於此故釋門東敞能扇清風莫與先矣初天保之中國置十統有司聞奏事須甄異文宣乃手注狀云上法師可爲大統餘爲通統故帝之特遇事之

如佛凡所吐言無不承用又遵重戒禁願常
宣説盡報行之每至布薩晨旦致厚供設禮
請僧及年高聲變恐煩於衆歲暮之夕猶遵
此法其奉信也如此撰增一數法四十卷並
略諸經論所有名教始從一法十百千萬有
若數林實傳持之要術也又著佛性論二卷
大乘義章六卷文理沖洽詳略有聞又撰衆
經録一卷包舉品類耳並行於世有弟子法
存者本是李老監齊天保屏除歸于釋種明
解時事分略有據上乃擢爲合水寺都維那
當有齊之盛每年三駕皆往山寺有所覲禮
六軍既至供出僧厨存隨事指撝前後給濟
三官並足後終於隋初靈裕法師資學有承
具之本傳

釋道愼姓史高陽人十四出家誦聽依業受
具已後入洛從光師學於地論後稟上統而
志涅槃性度虚簡風量陶然綱網門徒維攝
大法而爲已任每叅説戒跪聽訖文講悟昏
情詞無繁長智者恐其言少愚者慮其不多
五衆愛重故宣帝請爲國都綏撫遺法得無
虧緒禪匠僧達論士法靈皆伏其辯對至於
滔滔風流大觀時俗則愼過之遠矣末乘車
送帝迴返本寺兩轅併折不日而終於鄴城
定國寺春秋六十有五

釋僧妙一名道妙本住冀州後居河東蒲坂
禁行精苦聰慧夙成遍覽群籍尤通講論而
稟性謙退喜愠不干其抱故每講下座必合
掌懺悔云佛意難知豈凡夫所測今所説者
傳受先師未敢專輒乞大衆於斯法義若是
若非布施歡喜時以解冠前彥行隆端達覩

其虚已皆服其德義衆益從之後住本鄉常念寺即仁壽寺也聚徒集業以弘法樹功擊響周齊甚高名望周太祖特加尊敬大統年時西域獻佛舍利太祖以妙弘贊著績遂送令供養因奉以頂戴曉夜旋仰經于一年忽於中宵放光滿室螺旋出窻漸延于外須臾光照四遠騰扇其焰照屬天地當有見者謂寺家失火競來救之及覩神光乃從金瓶而出皆歎未曾有也妙仰瞻靈相涕泗交橫乃燒香跪而啓曰法界衆生已覩聖迹伏願韜祕靈景反寂歸空於是光還螺旋卷入瓶內爾夜州治士女燒香讚歎之聲聞于數十餘里寺有一僧睡居房內衆共喚之惛惛不覺竟不見光相未幾便遇癘疾咸言宿業所致遂有感見之差自妙之云亡光不復現其本佛骨今仍在焉昔齊武平末鄴古城中白馬寺此是石趙時浮圖澄所造本爲木塔年增朽壞勑遣修之掘得舍利三粒一赤一白一青寶瓶盛之京邑貴賤共看心至者颷然涌上不信戲慢者倒傾亦不出時俗迴邪者衆齊王舅廣武王胡長邕曾染佛宗勑令還俗雖居貴望不捨具戒置舍利於水鉢請乞行道即見三枚相逐上水旋器右行七遍既滿一時沉下邕與子弟更加深信而妙講解涅槃以爲恒業叙略綱致久學者深會其源分部文句皆臨機約截遍遍皆異所以學侶罕成而爲英傑者所美化行河表重敬莫高延及之鄉酒肉皆絕現生葱韭以土掩覆並非由教令而下民自徙其惡矣有學士曇延承著宗本更廣其致具見別傳

釋慧善幼出家善法勝毗曇住楊都棲玄寺徵擊論道四座驚神會有梁末彦逃難江陵承聖季年因俘秦壤住長安崇華寺義學之美爲周家宰見知別修供養敷導終老以天和年卒于長安時年六十善以智度論每引小乘相證成義故依文次第散釋精理譬諸星月助朗太陽猶如衆花繽紛而散故著斯文名爲散花論也其序略云著述之體貴言約而理豐余頗悉諸作而今覼縷者正由斯轍罕人諳練是以觸義殷勤逢文指掌有詳覽者想鑒茲焉文多不盡

釋寶彖姓趙氏本安漢人後居綿州昌隆之蘇溪焉天性仁讓慧心俊朗嬰孩有異二親欲試其度以諸綵帛花果弓矢書疏羅置其前彖便撥除餅果上取書疏衆共歎異咸知必有成濟也及年七歲有緣至巴西郡太守楊眺問云承兒大讀書因何名爲老子彖曰始生頭白故也眺密異之十六事梁平西王初爲道士童子未學佛法平西識其機鑒使知營功德事因見佛經欣其文名重其義旨就檢讀誦迷悟轉分恒求佛法用祛昏漠年二十有四方得出家即受具戒先聽律典首尾數年略通持犯迴聽成實傳授忘倦不悋私記須便輙給研心所指科科別致末又聽韶法師講徧窮旨趣武陵王門師大集摩訶堂令講請觀音初未綴心本無文疏始役情思抽怗句理詞義洞合聽者盈席私記其言因成疏本廣行於世後還涪川開化道俗外典佛經相續訓導引邪歸正十室而九又鈔集醫方療諸疾苦或報以金帛者一無所受

便有銜義懷德者捨俗出家或緣障未諧者盡形八戒彖雖道張井絡風播岷峩而志意頹然唯在通於正法誠心標樹不競人物見大集一經未弘蜀境欲爲之疏記使後學有歸乃付著經律就山修纘而衆復尋之致有煩擾再稔方就一無留難初至虛空藏品於義不達閉目思之不覺身上空中離床三四尺許欻然大悟竟文慧發寫不供宣據此爲言志力難擬矣時益州武擔寺僧實願最初請講大衆雲集聞所未聞莫不歎悅又屬僧崖菩薩出世爲造經本因爾傳持至今不絕故寶坊一學曲被劒南後制涅槃法華等疏皆省繁易解聽無遺悶州境皂素生難遭想每言吾命不長唯當自勵身心節約衣食望引殘運耳故麤弊接報弘誘爲心護生安衆以爲恒務忽感風疾不言久之命將欲絕私心發誓願諸佛護念得分付諸物作是念已欻然能語顧命子弟誨示禍福吾即當去催作遺疏分處衣資陪奉三寶下筆署訖還不能言侍人通以漿飲閉口拒之疾甚爲喚佛名便合掌在額奄然而卒於潼州光興寺今所謂綿州大振響寺也春秋五十即周之保定元年十一月二十三日矣初未終之前本所住山於五月內無故自崩塵霧闇天舉衆驚駭莫測其怪至于八月中山北村人並見尊像從山寺來乘空北逝幡花列前僧衆從後往問寺中都無知者當爾之時彖正赴光興寺講因以白之彖曰此我之徵相不預他也及終於此寺果如所圖云

釋曇衍姓夏侯氏南兗州人初生之時牙齒

具焉世俗異之七歲從學聰敏絶倫十五擢爲州都公事有隙便聽釋講十八舉秀才貢上鄴都過聽光公法席即禀歸戒棄捨俗務專功佛理學流三載績鄰前達年二十三投光出家即爲受戒聽涉無暇乃捐食息然於藏旨有疑通諮碩學並辟罔逮遂開拓寰宇置立規猷顧諸徒曰吾從師積年心悟未決賴因遊意累思豁然有據其猶低目面墻則冥無所解延頸出户則遠近斯見由是講事無廢毗贊玄理聲辯雄亮言會時機自齊鄴燕趙皆履神化雖遭緣阻安若無倦常隨義學千僧有餘出家居士近於五百並恢廓道志戒禁居心趙郡王高叡上洛王高元海膠州刺史杜弼並齊朝懿戚重臣留情敬奉僕射祖孝徵奏爲國都緝諧道政不墜玄網而披散詞理言尚寡要故經文繁富者則指摘一句用攝廣文時人貴其通贍鎔裁而簡衷矣嘗於暇日私恨曰昔在俗流尊不見遂今世人無知汙我淨戒若不爾者應有所得以開皇元年三月十八日忽告侍人無常至矣便誦念彌勒佛聲氣俱盡於時正中傍僧同覩顔色怡悦時年七十有九卒於洺州盧氏宅自衍之生也殊相感人而立操貞直心用叡約情及濟世故積散所拯貧病爲初法利所被如行先授但見經像必奉禮迎送道遇貧陋必悲憐垂泣其謹質深信爲若此也又恒樂聽戒生來兩闕維摩勝鬘日緣一遍辛腥臭物曾不臨矚下氣逼流身出户外以清淨僧房不爲熏勃故也未終之前有夢見衍朱衣螺髮須垂於背二童侍之昇空而西北

高逝尋爾便終時共以爲天道者矣

釋慧榮姓顧氏會稽山陰人也梁高大通年辭親出聽時建初彭城盛弘成實素未陳略即盡清辯一衆同嗟便開令望而稟性虛廓不指世務唯以法事餘全無叙鄉邑二親哀其弱喪數因行李寄以書信榮得而焚之顧諸友曰余豈不懷乎廢余業也書中但二字耳復何開乎人問是何答吉凶也如此積功三十餘載不號義龍誓無返迹自是專業勇鎧聲稱彌遠即而講悟學者歸之年至五十門人亦爾乃大弘法席廣延緇素時梁儲在座素不識之令問講者何名乃抗聲曰禹穴慧榮江東獨步太子不識何謂儲君一座掩耳以爲慘愽之太甚也榮從容如舊傍若無人後與諸徒還歸故邑其母尚在餘並物故乃喟然歎曰十五辭隣故五十還故隣少年不識我長老無一人本邑道俗欲光其價而忌其言令也大集諸衆令其豎義榮曰余學廣矣輙豎恐致餘詞任衆舉其義門然後標據衆以其博達矜尚乃令豎八十種好謂必不能誦持榮曰舉衆無人也斯乃文繁義可知耳即部分上下以法繩持須臾牒數列名出體僉雖難激蓋無成濟晚又出都相仍講授至德末年卒于揚都

釋曇延俗緣王氏蒲州桑泉人也世家豪族官歷齊周而性協書籍鄉邦稱叙年十六因遊寺聽妙法師講涅槃深悟其旨遂捨俗服膺幽討深致出言清越厲然不羣時在弱冠便就講說詞辯優贍弘裕方雅每云佛性妙理爲涅槃宗極足爲心神之遊翫也延形長

九尺五寸手垂過膝目光外發長可尺餘容止肅邕慈誘汎博可謂堂堂然也視前直進顧必轉身風骨陶融時共傳德及進具後器度日新機鑒俊拔遐邇矚目雖大觀奥典而恐理在膚寸乃更聽華嚴大論十地地持佛性寶性等諸部皆超略前導統津准的自顧影而言曰余與爾沉淪日久飄泊何歸今可挾道潛形精思出要遂隱於南部太行山百梯寺即所謂中朝山是也時山中有薛居士者學總玄儒多所該覽聞延少年知道風悟超倫遂從而謁焉言謔相高未之揖謝薛乃戲題四字謂方圓動靜命延體之延應聲曰方如方等城圓如智慧日動則識波浪靜類涅槃室薛驚異絶歎曰由來所未見希世挺生即斯人也爾後恒來尋造質疑請義延幽居靜志欲著涅槃大疏恐有滯凡情每祈誠寤寐夜夢有人被於白服乘於白馬騣尾拂地而談授經旨延手執馬騣與之清論覺後惟曰此必馬鳴大士授我義端執騣知其宗旨語事則可知矣便述疏說偈曰歸命如來藏不可思議法等續撰既訖猶恐不合正理遂持經及疏陳於州治仁壽寺舍利塔前燒香誓曰延以凡度仰測聖心銓釋已了具如別卷若幽致微達願示明靈如無所感誓不傳授言訖涅槃卷軸並放光明通夜呈祥道俗稱慶塔中舍利又放神光三日三夜輝耀不絶上屬天漢下照山河合境望光皆來謁拜其光明所照與妙法師大同則師資通感也乃表以聞帝大悦勑延就講既感徵瑞便長弘演所著文疏詳之于世時諸英達僉議

用比遠公所製遠乃文句愜當世實罕加而
標舉宏綱通鏡長騖則延過之久矣周太祖
素揖道聲尤相欽敬躬事講主親聽清言遠
近馳華觀採如市而所獲供事曾不預懷性
好恬虛罔忤時政太祖以百梯太遠諮省路
艱遂於中朝西嶺形勝之所爲之立寺名曰
雲居國俸給之通於聽衆有陳躬使周弘正
者博考經籍辯逸懸河遊說三國抗敘無礙
以周建德中年銜命入秦帝訝其機捷舉朝
恧彩勑境内能言之士不限道俗乃搜採巖
穴遁逸高世者可與弘正對論不得墜于國
風時蒲州刺史中山公宇文氏夙承令範乃
表上曰曇延法師器識弘偉風神爽拔年雖
未立而英辯難繼者也帝乃總集賢能期日
釋奠帝躬御法筵朝宰畢至時周國僧望二
人輪次登座發言將訖尋被正難徵據重疊
救解莫通帝及羣僚一朝失色延座居末第
未忍斯慙便不次而起帝曰位未至何事輙
起延曰若是他方大士可藉大德相臨今乃
遠國微臣小僧足堪支敵延徑昇高座帝又
曰何爲不禮三寶答曰自力兼擬未假聖賢
加助帝大悦正遂搆責陳難延乃引義開關
而正頗挾機調用前殿後延秉勢挫拉事等
摧枯因即頂拜伏膺慨知歸之晚自陳云弟
子三國履歷訪可師之師不言今日乃遇於
此矣即請奉而受戒晝夜諮問求用宗之及
返陳之時延所著義門并其儀貌並録以歸
國每夕北禮以爲曇延菩薩焉初正辯延曰
預搆風雲山海詩四十首並抽拔奇思用上
於延以留後別及一經目竟不重尋命筆和

之題如宿誦酬同本韻意寔弘通正大服焉
更無陳對乃跪而啓曰願示一言緘諸胷臆
延曰爲賔設席賔不坐離人極遠熱如火規
矩之用皮中裹正曰斯則常存意矣帝以延
悟發天眞五衆法則便授爲國統使夫周壞
導達延又有功至武帝將廢二教極諫不從
便隱於太行山屏迹人世後帝召延出輔中
使屢違而確乎履操更深巖處累徵不獲逮
天元遘疾追悔昔愆開立尊像且度百二十
人爲菩薩僧延預在上班仍恨猶同俗相還
藏林藪隋文創業未展度僧延初聞改政即
事剃落法服執錫來至王庭面申弘理未及
勑慰便先陳曰敬聞皇帝四海爲務無乃勞
神帝曰弟子久思此意所恨不周延曰貧道
昔聞堯世今日始逢云云帝奉聞雅度欣泰

本懷共論開法之模乎化之本延以寺宇未
廣教法方隆奏請度僧以應千二百五十比
丘五百童子之數勑遂總度一千餘人以副
延請此皇隋釋化之開業也爾後遂多凡前
後別請度者應有四千餘僧周廢伽藍並請
興復三寶再弘功兼初運者又延之力矣移
都龍首有勑於廣恩坊給地立延法師衆開
皇四年下勑改延衆可爲延興寺面對通衢
京城之東西二門亦可取延名以爲延興延
平也然其名爲世重道爲帝師而欽承若此
終古罕類昔中天佛履之門遂曰瞿曇之號
今國城奉延所諱亞是其倫又改本住雲居
以爲棲巖寺勑太樂令齊樹提造中朝山佛
曲見傳供養延安其寺宇結衆成業勑賚蠟
燭未及將爇而自然發焰延奇之以事聞帝

因陂住寺可爲光明也延曰弘化須廣未可自專以額重奏别立一所帝然之今光明寺是也其幽顯呈祥例率如此至六年亢旱朝野荒然勑請二百僧於正殿祈雨累日無應帝曰天不降雨有何所由延白事由一二帝退與僚宰議之不達意故勑京兆太守蘇威問延一二所由答曰陛下萬機之主羣臣毗贊之官並違治術俱愆玄化故雨而不雨事由一二耳帝遂躬事祈雨請延於大殿登御座南面授法帝及朝宰五品已上咸席地北面而受八戒戒授纔訖日正中時天有片雲須臾遍布便降甘雨遠近咸足帝悦之賜絹三百段而延虛懷物我不滯客主爲心凡有貲財散給悲敬故四遠飄寓投造徧多一時粮粒將盡寺主道睦告云僧料可支兩食意欲散衆延曰當使都盡方散耳明旦文帝果送米二十車大衆由是安堵或者謂延有先見之明故停衆待供未幾帝又遺米五百石于時年屬饑荐賴此僧侶無改帝既禀爲師父之重又勑密戚懿親咸受歸戒至於食息之際帝躬奉飲食手御衣裳用敦弟子之儀加敬情不能已其爲時君禮重又此類也勑又拜爲平等沙門有犯刑網者皆對之泣淚令彼折伏從此或投迹山林不敢容世者以開皇八年八月十三日終於所住春秋七十有三矣臨終遺啓文帝曰延逢法王御世偏荷深恩往緣業淺早相乖背仰願至尊護持三寶始終莫二但末世凡僧雖不如法簡善度之自招勝福帝聞之哀慟勑王公已下並往臨弔并罷朝三日贈物五百段設千僧齋

初延康日告門人曰吾亡後以我此身且施禽獸餘骸依法焚揚無留殘骨以累看守弟子沙門童真洪義通幽覺朗道遜玄琬法常等一代名流并文武職僚如滕王等例咸被髮徒跣而從喪至于林所登又下勑於終南焚地設三千僧齋齋訖焚之天色清朗無雲而降細雨若闍毗如來之狀也大衆驚駭嗟歎得未曾有隋文學呂叔挺美其哀榮碑其景行文如別集然延恒以西方爲正任語默之際注想不移侍人觀之若在深定屬大漸之始寺側有任金寶者父子信向云見空中旛蓋列於柩前兩行而引從延興寺南達于山西斯亦幽冥叶贊諒非徒擬自延之莅道勢總權衡而卑牧自居克念成治解冠羣術行動物情故爲七衆心師豈止束形加敬及聞薨背無不涕零各修銘誄讃揚盛業時内史薛道衡白帋云延法師弱齡捨俗高蹈塵表志度恢弘理識精悟靈臺神寓可仰而不可窺智海法源可涉而不可測同夫明鏡屢照不疲譬彼洪鐘有來斯應往逢道喪玄維落紐棲志幽巖確乎不拔高位厚禮不能迴其慮嚴威峻法未足懼其心經行宴坐夷險莫二戒德律儀始終如一聖皇啓運像法再興卓爾緇衣鬱爲稱首屈宸極之重伸師資之義三寶由其弘護二諦藉以宣揚信足追蹤澄什超邁安遠不意法柱忽傾仁舟遽沒匪直悲纏四部固亦酸感一人師等杖錫挈瓶夙承訓導昇堂入室具體幽微在三之情理百恒動往矣柰何其爲時賢珍敬如此所著涅槃義疏十五卷寶性勝鬘仁王等疏各

有差其門人弟子紹緒厥風具如別傳

釋慧遠姓李氏燉煌人後居上黨之高都焉天縱殊朗儀止沖和局度通簡崇履高邈幼喪其父與叔同居偏蒙提誘示以仁孝年止三歲心樂出家每見沙門愛重崇敬七歲在學功逾常百神志峻爽見稱明智十三辭叔往澤州東山古賢谷寺時有華陰沙門僧思禪師見而度之思練行高世衆所宗仰語遠云汝有出家之相善自愛之初令誦經隨事訓誨六時之勤未勞呼策登爲虐暴不安攜以南詣懷州北山丹谷每以經中大義問師皆是玄隱深知長有成器也年十六師乃令隨闍黎湛律師往鄴大小經論普皆博涉隨聽妙深隱特蒙賞異而偏重大乘以爲道本年滿進具又依上統爲和上順都爲闍黎光師十大弟子並爲證戒時以爲聲榮之極者也便就大隱律師聽四分律流離請誨五夏席端淘簡精麤差分軌轍滅諍犍度前後起紛自古相傳莫曉來意遠乃剖析約斷位以單重原鏡始終判之即離皆理會文合今行誦之末專師上統綿貿七年迥洞至理爽拔微奧負笈之徒相誼亘道講悟繼接不略三餘沐道成器量非可筭乃攜諸學侶返就高都之清化寺焉衆緣歡慶歎所未聞各出金帛爲之興會講堂寺宇一時崇敞韓魏士庶通共榮之及承光二年春周氏剋齊便行廢教勑前修大德並赴殿集武帝自昇高座敘廢立義命章云朕受天命養育兆民然世弘三教其風彌遠考定至理多皆愆化並令廢之然其六經儒教文弘治術禮義忠孝於世

有宜故須存立且自眞佛無像則在太虛遥敬表心佛經廣歎而有圖塔崇麗造之致福此實無情何能恩惠愚民嚮信傾竭珍財廣興寺塔既虛引費不足以留凡是經像盡皆廢滅父母恩重沙門不敬勃逆之甚國法豈容並退還家用崇孝始朕意如此諸大德謂理何如于時沙門大統法上等五百餘人咸以帝爲王力決諫不從僉各默然下勑頻催答詔而相看失色都無答者遠顧以佛法之寄四衆是依豈以杜言情謂理伏乃出衆答曰陛下統臨大域得一居尊隨俗致詞憲章三教詔云眞佛無像信如誠旨但耳目生靈賴經聞佛籍像表眞若使廢之無以興敬帝曰虛空眞佛咸自知之未假經像遠曰漢明已前經像未至此土衆生何故不知虛空眞佛帝時無答遠曰若不藉經教自知有法三皇已前未有文字人應自知五常等法爾時諸人何爲但識其母不識其父同於禽獸帝亦無答遠又曰若以形像無情事之無福故須廢者國家七廟之像豈是有情而妄相尊事武帝不答前難詭通後言乃云佛經外國之法此國不用七廟上代所立朕亦不以爲是將同廢之遠曰若以外國之經廢而不用者仲尼所說出自魯國秦晉之地亦應廢而不學又若以七廟爲非將欲廢者則是不尊祖考祖考不尊昭穆失序昭穆失序則五經無用前存儒教其義安在爾則三教同廢將何治國帝曰魯邦之與秦晉雖封域乃殊莫非王者一化故不類佛經七廟之難帝無以通遠曰若以秦魯同遵一化經教通行者震

旦之與天竺國界雖殊莫不同在閻浮四海之内輪王一化何不同遵佛經而今獨廢帝又不答遠曰陛下向云退僧還家崇孝養者孔經亦云立身行道以顯父母卽是孝行何必還家方名爲孝帝曰父母恩重交資色養棄親向踈未成至孝遠曰若如來言陛下左右皆有二親何不放之乃使長役五年不見父母武帝云朕亦依番上下得歸侍奉遠曰佛亦聽僧冬夏隨緣修道春秋歸家侍養故目連乞食餉母如來擔棺臨葬此理大通未可獨廢帝又無答遠抗聲曰陛下今恃王力自在破滅三寶是邪見人阿鼻地獄不揀貴賤陛下何得不怖帝勃然大怒面有瞋相直視於遠曰但令百姓得樂朕何辭地獄諸苦遠曰陛下以邪法化人現種苦業當共陛下同趣阿鼻何處有樂可得帝理屈言前所規意盛更無所答乃下勑云僧等且還後當更集有司録取論僧姓字當斯時也齊國初殄周兵雷震見遠抗詔莫不流汗咸謂粉其身骨煑以鼎鑊而遠神氣嵬然辭色無撓上統衍法師等執遠手泣而謝曰天子之威如龍火也難以犯觸汝能窮之大經所云護法菩薩應當如是彼不慘華非汝咎也遠曰正理須申豈顧形命卽辭諸德曰時運如此聖不能違恨不奉侍目下以爲大恨法實不滅大解之願不以憂惱遂潛于汲郡西山勤道無倦三年之間誦法華維摩等各一千遍用通遺法旣而山棲谷飲禪誦無歇理窟更深浮囊不捨大象二年天元微開佛化東西兩京各立陟岾大寺置菩薩僧須告前德詔令安

置遂爾長講少林大隋受禪天步廓清開皇之始蒙預落髮舊齒相趨翔于雒邑法門初闢遠近歸奔望氣成津奄同學市所以名馳帝闕皇上聞焉下勑授洛州沙門都匡任佛法遠辝不獲免即而位之而立性質直榮辱任緣不可威畏不可利動正氣雄逸道風齊肅愛敬調柔不容非濫至於治犯斷約不避强禦講導之所皆科道具或致資助有虧或不漉水護淨或分衞乖法或威儀失常並不預聽徒自餘惰眠失時或後及法席並依衆式有罰無赦欲徒侶肅穆容止可觀開皇五年爲澤州刺史千金公請赴本鄉此則像法再弘桑梓重集親踈合慶何以加之七年春往定州途由上黨留連夏講遂闕東傳尋下璽書慇懃重請辝又不免便達西京于時勑召大德六人遠其一矣仍與常隨學士二百餘人創達帝室親臨御筵敷述聖化通孚家國上大悅勑住興善寺勞問豐華供事隆倍又以興善盛集法會寔繁雖有揚化終爲事約乃選天門之南大街之右東西衝要遊聽不疲因置寺焉名爲淨影常居講說弘敘玄奥辯暢奔流吐納自深宣談曲盡於是四方投學七百餘人皆海內英華法輪前轍望京趣寺爲法道場但以堂宇未成同居空露邃篨庵舍巷分州部日夜祖習成器相尋雖復與諸德英名一期至於歸學師尋千里繼接者莫高於遠矣形長八尺五寸眼長三寸腰有九圍十三幅裙可爲常服登座振吼雷動蟄驚允愜羣望斯爲盛矣開皇十二年春下勑令知翻譯刊之辝義其年卒于淨影寺春

秋七十矣晃旒哀感爲之罷朝帝吁嗟曰國失二寶也時遠與李德林同月喪而故動帝心自遠括髮尋師本圖傳授周歷兩代化滿八方著疏屬詞彌綸終始承習開悟櫛比塵連同範時朝得稱方駕初見病數日講堂上棟脊無故自折相顧颯然知必不損及大漸之日端坐正神相如入定侍人不覺其卒忽聞室有異香咸生疑怪屬之以纘方悟氣盡昔在清化先養一鵝聽講爲務頻經寒暑遠入關後鵝在本寺棲宿廊廡晝夜鳴呼衆僧患之附使達京至淨影大門放之徑即鳴叫騰躍入遠房內爾後如前馴聽但聞法集鍾聲不問旦夕覆講竪義皆入堂伏聽僧徒梵散出户翔鳴若值白黑布薩雖聞鍾召終不入聽時共異之若遠常途講解依法潛聽中間汎及餘語便鳴翔而出如斯又經六載樂聽一時不虧後忽哀叫庭院不肯入堂自爾二旬遠便棄世又當終之日澤州本寺講堂衆柱及高座四脚一時同陷僉議以感通幽顯兩寺勒碑薛道衡製文虞世基書丁氏鐫之時號爲三絶初遠周聽大乘可六七載洞達深義神解更新每於鄴京法集竪難罕敵由此名冠遠近異論所推既而勤業曉夕用心太苦遂成勞疾十五日內覺觀相續不得眠睡氣上心痛狀如刀切食弱形羸殆將欲絶憶昔林慮巡歷名山見諸禪府備嘗傳法遂學數息止心於境尅意尋繹經于半月便覺漸差少得眠息方知對治之良驗也因一夏學定甚得靜樂身心怡悅即以已證用問僧稠稠云此心住利根之境界也若善調攝

堪爲觀行遠每於講際至於定宗未嘗不讚美禪那槃桓累旬信慮求之可得也自恨徇於衆務無暇調心以爲失耳七夏在鄴創講十地一舉榮問衆傾餘席自是長在講肆伏聽千餘意存弘獎隨講出疏地持疏五卷十地疏十卷華嚴疏七卷涅槃疏十卷維摩勝鬘壽觀溫室等並勒爲卷部四字成句綱目備舉文旨允當罕用擬倫又撰大乘義章十四卷合二百四十九科分爲五聚謂教法義法染淨雜也並陳綜義差始近終遠則佛法綱要盡於此焉學者定宗不可不知也自遠之通法也情趣慈心至於深文隱義每丁寧頻復提撕其耳惟恨學者受之不速覽者聽之不盡一無所惜也是以自於齊朝至于關輔及畿外要荒所流章疏五十餘卷二千三百餘紙紙别九百四十五言四十年間曾無痾疢傳持教道所在弘宣並皆成誦在心于今未絶本住清化祖習涅槃寺衆百餘領徒者三十並大唐之稱首也而遠勇於法義慈於救生戒乘不緩偏行拯溺所得利養並供學徒衣鉢之外片無留惜嘗製地持疏訖夢登須彌山頂四顧周望但唯海水又見佛像身色紫金在寶樹下北首而卧體有塵埃遠初則禮敬後以衣拂周遍光淨覺罷謂所撰文疏頗有順化之益故爲此徵耳又自說云初作涅槃疏訖未敢依講發願乞相夢見自手造塑七佛八菩薩像形並端峙還自繢飾所畫既竟像皆次第起行末後一像彩畫將了旁有一人來從索筆代遠成之覺後思曰此相有流末世之境也乃廣開敷之信如夢

矣又未終一年夢見淨影長竿自倒燈耀自滅便至歲日所使淨人小兒二人手放從良分處什物並爲功德又勑二時講前令大衆誦般若波羅蜜呪限五十遍以報四恩初不中怠又傷學衆不能課力每因講曰如此正義須臾不聞識者以爲達宿命也及覺輕貶於房外香湯洗浴即在外宿至曉入房食粥倚牀而卧問曰早晚答云今可夘時乃曰吾今覺冷氣至臍去死可二三寸在可除倚牀自跏其足正身歛目不許扶侍未言其卒驗方知化香若栴檀久而尋滅後乃卧之手足柔軟身分並冷唯頂上暖焉有沙門智猛者相人也伏佩法教每蒙延及故疏爲行狀擬學者所承猛談說有倫機會稱善振名東夏云

續高僧傳卷第十

音釋

菁子盈切精英曰菁華　潸踈姦切涕流貌　鷙脂利切猛鳥也　颯悉合切風聲也　俘芳無切軍所虜獲也　覼縷覼力戈切縷力主切覼縷委曲也　騣子紅切馬鬣也　鶩亡遇切馳鶩也　餉式亮切饋也　悛且緣切改也　岵侯古切　䯾此宰切鬖髻也　雒歷各切與洛同　疢丑刃切與疹同病也

續高僧傳卷第九

唐 釋 道 宣 撰

義解篇五 正紀十四人 附見六人

釋寶海姓龔巴西閬中人少出家有遠志承揚都佛法崇盛便決誓下峽既至金陵依雲法師聽習成實旁經諸席亟發清譽乃引衆别講徒屬兼多于時梁高重法自講涅槃命海論佛性義便昇論榻雖往返言晤而執鍮鉐香爐帝曰法師雖斷慳貪香爐非鍮不執海應聲曰陛下位居宸極帽簪非爇不戴帝大悅衆咸驚歎及後還蜀住謝寺大弘講肆武陵王紀作鎮井絡敬愛無已每就海宿請談玄理乃忘晝夜至旦王將盥手日影初出王曰日暉粉壁狀似城中風動刹鈴方知寺裏其晨車蓋迎王馬復嘶鳴海曰遥看蓋動喜遇陳思忽聽馬鳴慶逢龍樹相與欣笑而

出王昇車謂御從曰聽海法師言詞令我盤桓而不能去其辨給無方爲此例也周氏跨躡梁益庸公鎭方彌加深敬越於恒伍時年八十謂門人法明曰吾死至矣一無前慮但悲去後圖塔湮滅耳當露屍以遺鳥獸及建德之年果被除屏今院宇荒毀唯餘一堂容像存焉

釋智方蜀川資中人其先東吳遠祖宦於西蜀遂乃家焉童稚出家止州郭龍淵寺輪法師所早與寶海周旋同往揚都雲法師講下而機辯爽利播名揚越每講商略詞義清雅泉飛故使士俗執紙扡撮者常數百人初講法華至塔品高妙遂序王釋義了乃曰何必昔佛國土有此高妙即揚都福地亦甚莊嚴至如彌天七級共日月爭光同泰九層與煙霞競色方井則倒垂荷葉圓桶則側布蓮花似安住之居南類尼佉之鎭北耳聞目見庶可聯衡録得者秘以賫歸益部嗚呼嗟歎爲驚絶故其語出成章狀如宿構寶海頻來擊難發其聲采故海問曰三變此方改穢成淨亦能變凡成聖不答曰化佛甚多挾故須廣凡聖自爾何勞改變又難若爾則六十小劫謂如食頃但是聖覩凡不能覩凡聖俱覩凡聖俱聖方笑曰高座何曾道此乃是自道自難耳海覺言失乃謿曰三隅木斗何謂智方尋聲報曰瓦礫洿池那稱寶海衆大笑而散及疾甚海恒來看慰乃謝曰智方不能攝養致此沉痾仰勞仁者數來垂問願生善處常與同遊俄而異香滿室中夜卒於益部年九十餘

釋羅雲姓邢氏南郡松滋人初從上明東寺出家志操所懷附悉成德承金陵道王索隱者若林遂輕千里遠追勝侶會揚都道朗盛業興皇乃傾首法筵鑽仰徽列一乘四論大剖津途于時嘗命學徒括究幽隱雲年十六甫在幼冲銳志前驅問常無常義而容色無撓賓主綽然衆咸嘉賞朗乃以所服帔處衆贈之自此名稱踰遠所在傳之而樂法不窮如愚莫滯自朗遷後廣諮所聞又從福緣寺亘法師將酌遺逸亘縱解無遺任其鑽仰雲以三論奥義未被荆南二漳多阻誓當弘演有栖禪寺陟禪師定慧兼修注心開剖于時六合混壹三楚全盛衆若稻麻人多杞梓雲創還鄉寺乘此應機居端座爲請益之師吐清言爲住法之首總管宜陽公王世積詔使舍人蕭子寶躬臨法席成誦德音有龍泉寺地隔囂塵心在閒曠乃居之五十餘年修葺棟宇常坐不卧領徒五百時呈翹楚煬帝承名有勑追入避迹鑿坏以病而退昔釋道安於上明東寺造堂七間曇翼後造五間連甍接棟横列十二雲此堂中講四經三論各數十遍不於文外別有撰述皆心思口演冰釋理順故得空有兩忘教義雙舉時松滋有道士姓俞(抽祐切)者學冠李宗業該儒史常講莊老私用内經雲命門人慧成道勝曰彼道士蜂飛蟻聚掠牛盜法情實難容可傳吾旨摧彼邪蹤成等詣彼而坐道士曰人天交接兩得相見成曰脱珍御服著弊垢衣習近窮迷將開漸化時以爲名答成前呼俞爲先生俞瞋曰我非俗士那諂我爲先生成曰汝既諱

喚先生請除先字還依舊姓名曰俞生所以句句之中常銜俞生于時大衆欣笑無已道士負慙折角雲奉執高尚稚鎮時俗迎送慶弔一無預焉或負榮傲道者聞而往造及見叅禮汗流心戰生緣在神山之下一夏居上靜處思玄母日自賷登上供設有問其故荅曰即此爲報母之劬勞也昔朱粲寇擾荊南寺多焚毀惟雲所造龍泉獨存以賊中總管雲曾授戒所以尊師重法寺獲存焉雲兄弟五人皆爲法師而雲最小神彩特達入室弟子十人椿誂澄憩等傳道開化岷蜀江淮故未序曆以隋大業十二年四月二十三日端坐遷於寺房春秋七十五中書令岑文本製碑沙門道顒即雲之兄也學通大小名聞道俗於上明東寺起重閣在安公驢廟臺北傳云安公乘赤驢從上明往襄州檀溪一夕返覆撿校兩寺并四層三所人今重之名爲驢廟此廟即繫驢處也

釋法安姓田枝江人神彩俊越見稱童幼年十八遊學金陵初聽成實後學中觀於興皇座下十有餘年庶乎屢空智乎特秀三千學侶獨標三絕之名形長八尺風儀挺特一也解義窮深二也精進潔已三也時聽涅槃每立異義令衆難之人雖巨衆無能屈者由是聲聞楚越一時朗公知其頴拔令論義應命構擊問領如響往復既久便止朗曰爾義窮乎對曰義若恒沙何可盡也時學聞名安者多目之爲沙安三論四經皆講製廣初章及鹿角章等理致宏遠流傳江漢年過不惑迴情在定更不談說時往成禪師所共論之道

琢磨心性動經晨夕而不敢僧食不飲濁漿春秋六十五終於等界寺寺在斯州之上西望沙州即劉虬注法華之地今經臺餘基尚在焉

釋慧哲姓趙氏襄陽人識度弘朗業操清遠出家已後南趣揚都會陳國文昌載隆三寶僧正瓊公精理入神淨行純備徽銜紫相世號烏瓊帝尚重焉奉爲大僧正也藍護法城爲物依止陳氏王族歸戒所投自餘槐棘無敢造者住建初寺禎明元年忽然坐逝葬樓湖之山天子哀之以黃麾諸仗衛送墓所初未終頃所住寺塔三日光現因而告終道俗異焉時彭城寺寶瓊者善講說有風釆形相奇白世號白瓊事見別傳哲初祭聽其講大開令業聚徒講說屢發新聲以慧悟自矜頗懷傲誕承輿皇道朗神辯若劒罕有當鋒因而從其言晤往復移時答對逾遠哲大異之即從伏聽沉隱徽密自然通解而威容自矜動止懷法曾於行路忽遇雷雨霖注哲從容如常不失規矩時雨瀉靴水安行達寺行步庠序視瞻不眄轉身徐顧無妄乖越時人呼爲象王哲也又善護根門節量口腹便利滌沐罕有延濫所以召請俗舍信宿經時皆不覩其流穢歎美增盛及講三論俊朗之譽重光先價引衆泝流屆于本邑住城西望楚山光福禪房下龍泉寺常以弘法爲務涅槃三論遞互相續學士三百餘人成器傳燈可有五十即慧品法粲智嵩法同慧璿慧楞等是也各領徒屬所在通化開皇十七年四月卒于龍泉時年五十有九葬于西望山寺弟子

慧嵩等樹碑于本住沙門慧嚮製文嚮有奇才思力道壯爲總管薛道衡所重嵩有學聲多所遊貫令住京都頻揚講説時同邑有洪哲者統閒大小每開法肆以達解之望微近慧日故西楚傳號爲前後兩哲云

釋慧暅姓周氏其先家本汝南漢末分崩避地江左小震是宅多歷年世今爲義興陽羡人也祖韶齊殿中將軍父覆梁長水校尉並偃仰衡門不求聞達優游卒歲易農而仕暅穎悟冥來挺操童幼鑽求六經略通大義蓋家教之常習非其好也年十八乃喟然歎曰服膺周孔以仁義爲先歸心黄老以虚無爲貴而往來生死出入塵勞乃域中之累業非出世之要道也既發希有之志仍感非常之應夢見一塔累級五層畫彩莊嚴岧然峻峙因而禮拜願昇此塔少選之頃俄上相輪當時身心快樂未曾有也於是將遊京邑途次朱方遇竹林寺詡法師雅相嗟賞乃依止出家爲十戒和上尋出都住甘露鼓寺進具已後從靜衆峰師受十誦律又聽龍光綽師成實自綽化往更採衆師屬意毗曇并八揵度將欲並遊秘奥盡掇菁華還從龍光學士大僧都舒法師研精成論及舒没故親受遺囑值梁室版蕩京寺荒殘乃裂裳杖錫來止南徐寔報地恩兼修法事陳武在田朱方歷試夙承高譽雅相欽重司空侯公次牧此州虚心頂戴永定三年侯公入輙乃請出都於白馬寺講涅槃經及成實論學徒雲結不遠千里揮汗鼓袂風雨生焉法筵之盛莫或斯擬天嘉二年學士寶持等二百七十人請講於

湘宮寺太建四年宣帝勑請徙講東安後主昔在春坊亟經義集僧屬才辯雄遠特所濫心及嗣寶位深惟敬仰至德元年下詔爲京邑大僧都四年轉大僧正及天下混一來止徐方緣會敷弘無替時序以開皇九年七月十日遷神於中寺春秋七十有五其月二十八日窆於鍾山之巖惟䀈行業清高靈祇響應神通感召不可思也昔在陳朝每年夏中常請於樂遊苑爲陳氏七祖及揚都六廟諸神發涅槃大品經並延神座俱在講筵所以翠旌孔蓋羽服霓裳交亂人物驚神眩目而往來迎送必降雲雨冥期無爽十有餘載常於食後講前假寐偃息及講時將至輙見朱衣人曰法師好起也陳領軍將軍任忠少爲將帥雅好畋遊然宿植勝因善機將發庖厨饔餼悉放奇光覩而悵之竊懷憂懼夜夢異人來謂已曰如請東安講則所見必當無憂既而覺悟歡喜踊躍置罘矰繳一時焚爐仍屈兩夏於府講說因此懺悔承持二經受不殺戒故靈迹寔繁未陳萬一凡講成實玄義六十三遍論文十五遍涅槃大品各二十餘遍五十許年法事相接自餘衆部略而不載菩薩戒弟子司空吳明徹等公侯將相貴遊朝士數千餘人難以勝記弟子智瑜等以音儀永謝餘論將空非彼豐碑無陳聲實乃勒銘于寺中菩薩戒弟子著作郎瑯琊王冑製文云

釋慧弼姓蔣氏常州義興人也祖玄略以忠孝登朝父元覗以才華待詔咸佩印綬並奏絃歌季父元舉陳世功臣庭列鼓鐘路横騶

駟車馬之客塡階琴嘯之賔盈席見弼青襟之年神爽咸異嗟曰此子若逢鳳德終爲王佐之才既挺龍顔必有封侯之應弼情存出俗因而答曰無爲之貴可以娛情有待之煩徒勞人耳於即蔬素栖遲便思脫屣陳武龍飛大興元福永定二年躬紆袞冕爲剪周羅三衣什物一時通給乃伏業於惠殿寺領法師爲弟子領東南竹箭震澤風聲王族望僧塗香是屬弼親承雅訓聽受成實年登弱冠握錐淮海值寶梁明上盛弘新實天宮晃公又敷心論遂窮神追討務盡教源所以六足八犍四眞五聚明若指掌罔或有遺天嘉元年遊諸講肆旁求俊烈備見栢梁悟茅茨之陋頻上三休恨土階之鄙乃去小從大徙轍晉章聽紹隆哲公弘持四論纔經一悟功倍

常徒研味數旬精通玄極是知大智本行與日月而齊明名稱普聞將風雲而共遠然其神思沉鬱詞吐抑揚剪萬古之槃根朗百年之暗室浙左欽德更甚江東太建十年下勑於長城報德寺講涅槃法華瓶錫盈堂簪裾滿席質疑請道接踵成林禀戒承歸排肩如市莫不謂百步之香草或千年之聖人爰至哲公將乎大漸仍遣使者召還京室彎几塵尾經書義疏預是講儀一皆付囑欲令法輪不斷佛種相仍弼頂受遺令時滿六年敷演論經各盈十遍傳授之美後見伊人隋師伐罪陳運受終思報地恩言旋故里安國寺者陳武所營基址乃存房廡凋壞弼蒙犯霜露振錫揚煙廣率良朋願言修理故得寺宇光華門房儼麗故眞觀法師製寺碑曰花塼錦

石更累平階夏藻秋蓮環莊竦塔月臨月殿粉壁照於金波雲映雲臺畫粱承於玉葉是也至於經像繕修鍾磬鎔範其爲法利吁可勝言以開皇十九年正月忽抱氣疾便覺彌留至三月半午時從化春秋六十有二穸于華陽之山學士慧方陪隨歲久義解鉤深堪任傳燈咸以付囑乃立碑於寺云

釋靈裕俗姓趙定州鉅鹿曲陽人也年居童幼異行感人每見儀像沙門必形心隨敬聞屠殺聲相亦切愴胷懷致使鄉黨傳芳親縁爲之止殺年登六歲便知受戒父母強之誓心無毀尋授章本及以千文不盈晦朔書誦俱了至於孝經論語纔讀文詞兼明注解由是二親偏愛望嗣門風年七歲啓父出家父以慧解夙成意宗繼世決誓不許唯令俗學專尋世務礙之道法裕私歎曰不得七歲出家一生壞矣遂通覽群籍資於父兄並包括異同深契幽賾唯老莊及易未預承傳年十五潛欲逃世會丁父艱便從世次苫凷縈縛杖而能起服畢猒俗心猛不敢辝母嘿往趙郡應覺寺投明寶二禪師而出家焉其人亦東川之標領也既初染大法勑令誦經裕執卷而誓曰我今將學必先要心三藏微言定當窮旨終無處中下之流暨於儒釋兩教遍須通曉也年始登冠聞慧光律師英猷鄴下即往歸禀會已没世纔經七日獨嗟無遇戒約何依乃迴投憑師聽於地論荏苒法席終于三年二十有二方進具戒還從明寶二德求爲本師乃皆辝曰吾爲汝縁吾非汝師可往勝上所也遂赴定州而受大戒即誦四分

僧祇二戒自寫其文八日之中書誦俱了有定州刺史侯景訪裕道行奏請度之隷入公名甚相器重後南遊漳滏於隱公所偏學四分隨聞尋記五夏行之又以地論初與慧光開悟之元匠流衍弘道道憑即光師之所親承憑光並有別傳裕依憑法席晨夜幽通發奇剖新者皆共推揖有齊宣帝盛弘釋典大統法上勢覆群英學者望風響附用津僥倖唯裕仗節專貞卓然不偶倫類但慮未聞所聞用爲翹結耳後上統深委高亮欽而敬之自此專業華嚴涅槃地論律部皆博尋舊解穿鑿新異唯大集般若觀經遺教等疏抜思胷襟非師講授又從安遊榮等三師聽雜心義嵩林二師學成實論功將一紀解貫二乘綱領有存皆備科舉而精爽弘贍理相兼通曽與諸僧共談儒教旁有講席忝涉間聞兩聽同散竟以相聞覆述句義並無一遺由此鄴下擅名遐邇馳譽且而剛梗嚴毅守節自專至於都講覆述勵懷非任世供道望銷聲避隱有事不獲已者讓而受之夏居十二鄴京創講名節既著言令若新預聽歸依遂號爲裕菩薩也皆從受戒之三聚大法自此廣馬因以導物爲恒務矣意存綱領不在章句致有前後重解言義不同忘筌者會其宗歸循文者失其宏趣會齊后染患願講華嚴昭玄諸統舉裕以當法主四方一會雅爲稱先時有雄雞一頭常隨衆聽遠千講散乃大鳴高飛西南樹上經夜而終俄爾疾遂有瘳斯亦通感之明應也内宫由是施袈裟三百領裕受而散之文宣之世立寺非一勑召德望

並處其中國俸所資隆重相架裕時鬱爲稱首令住官寺乃固讓曰國意深重德非其人幸以此利授堪受者其高謝榮時爲類若此有善生法供則受而無憚其攝引陶化又若此也故其所行藏不爲世情之所同測矣年四十有七將隣知命便即澄一心想禪處巖阿未盈炎溽范陽盧氏聞風遠請裕秉時弘濟不滯行李便往赴焉至止講供常溢千人聽徒嘉慶前後重疊後還鄴下與諸法師連座談說齊安東王樓叡致敬諸僧次至裕前不覺怖而流汗退問知其異度即奉爲戒師寶山一寺裕之經始叡爲施主傾撤金貝其潛德感人又此類也周氏滅齊二教淪沒乃潛形世壞衣以斬縗三升之布頭經麻帶如喪考妣誓得佛法更始方襲舊儀引同侶二十餘人居于聚落夜談正理晝讀俗書學既探幽隨覽綴述各有部類名如後列時屬儉歲粮粒無路造卜書一卷令占之取價日米二升以爲恒調既而言若知來疑者叢開得米遂多裕曰先民有言舐蜜刃傷驗於今矣索取十書對衆焚之日別自往須臾獲價卷席而歸所得食調及時將返用供同厄遂達有年大隋運興載昌釋教裕德先先彥即預搜揚開皇三年相州刺史樊叔略創弘講會延請諸僧並立節前標遺法明寄一期影響千計盈門裕當元帝允副玄望有敕令立僧官略乃舉爲都統因語略曰統都之德裕德非其德統都之用裕用非其用既其德用非器事理難從僉謂捨於此人則薦失綱要後更申請乃潛遊燕趙五年行化道振兩河開

皇十年在洺州靈通寺夜於庭中得書一牒言述命報厄在咸陽初莫測其然也至于明年文帝崇仰釋門遠訊髦彥皆云裕德覆時望矣因下詔曰敬問相州大慈寺靈裕法師朕遵崇三寶歸向情深恒願闡揚大乘護持正法法師梵行精淳理義淵遠弘通聖教開導聾瞽道俗欽仰思作福田京師天下具瞻四方輻湊故遠召法師共營功業宜知朕意早入京也裕得書惟曰咸陽之厄驗於斯矣然命有隨遭可辝以疾又曰業緣至矣聖亦難違乃步入長安不乘官乘時年七十有四勑遣勞待令住興善仍詔所司盛集僧望評立國統衆議咸屬莫有異詞裕笑曰當相通委何用云云遂表辝請還置言詳覈帝覽表究情依即聽返僕射高熲等意存統重又表請留帝即下勑令且住此裕曰一國之主義無二言今復重留情所未可告門人曰王臣親附久有誓言近則侮人輕法退則不無遙敬故吾斟酌向背耳尋復三勑固邀裕確執如上帝語蘇威曰朕知裕師剛正是自在人誠不可屈節乃勑左僕射高熲右僕射蘇威納言虞慶則總管賀若弼等諸公詣寺宣旨代帝受戒懺罪并送綾錦衣服絹三百段助營山寺御自注額可號靈泉資送優洽有逾常准力步而歸達于本邑顧而言曰往返之弊厄不亡乎由是勑問屢馳覬錫重沓稽疑請決者不遠而至餐風沐道者復結于前矣裕末又住演空寺相州治西秉操彌堅履行逾肅帝聞之又下詔曰敬問演空寺大德靈裕法師朕遵仰聖教重興三寶欲使生靈咸

蒙福力法師捨離塵俗投旨法門精誠若此深副朕懷其爲國主思問如此類也及仁壽中年分布舍利諸州起塔多有變瑞時人咸嘉爲吉徵也裕聞而歎曰此相禍福兼表矣由雜白花白樹白塔白雲相現吉緣所爲凶兆衆初不信之也俄而獻后文帝相次昇遐一國素衣斯言有據相州刺史内陽公薛胄所住堂礎忽變爲玉胄謂爲善徵也設齋慶之裕曰斯瑠璃耳宜慎之誡之可禳之以福胄不從其言後楊諒起逆事有相緣乃流之邊裔追悔昔言不慎之晚矣又於寒陵山所造九級浮圖仁壽末歲止營四層裕一旦急催曰一切無常事有障絶通夜壘構將結八重命令斷作僅得施座安欃值晉陽事故生民無措其手足裕命復懸於後載其先見之明皆若此也於時鄴下昌言裕師將過世矣道俗雲合同稟歸戒訪傳音之無從裕亦信福命之云盡乃示誨善惡勵諸門人從覺不悆至第七日旦援筆制詩二首

初篇哀速終曰

今日坐高堂　明朝卧長棘　一生聊已竟
來報將何息

其二悲永殯曰

命斷辭人路　骸送鬼門前　從今一別後
更會幾何年

至夜告侍者曰痛今在背吾將去矣至于三更忽覺異香滿室内外驚之裕靜慮口縁念佛相繼達于明相奄終于演空寺焉春秋八十有八即大業元年正月二十二日也哀動山寺即殯於寶山靈泉寺側起塔崇焉初裕

清貞潔已正氣雲霄器識堅明抗迹塵表師資傳授斯寄得人身佩白光映照幽晦眄睞高視瞻見遠近而奉禁自守杜絶世煩虔虔附道克念齊聖母病綿篤追赴已終中路聞之竟不親對嗟曰我來看母今何所看宜歸鄴寺爲來生福耳其剖略親愛如此之類至於弘法軌模萬代宗轄志存遠大不局偏授故有單講雙時雅爲恒度略文對講生常不經必有傳講要須延請供承顒仰方登法座甞有一處敷演將半因行遊觀乃近韮園顧向其本緣云是講主所有裕曰弘法之始爲遣過原惡業未傾清通焉在此講不可再也宜即散之便執錫持衣徑辞而出講主曰法師但講此業易除耳復未足憂之便借倩村民犁具一時耕殺四十畝韮擬種穀田斯道俗相依言行無越一人而已其講悟也始徵終著聲氣雄遠辯對無滯言罕重宣或一字盤桓動移數日或一止之中便銷數卷及至後講更改前科增減出没乘機顯晦致學者疑焉裕曰此大士之宏規也豈可以恒情而斷之故十夏初登而爲領袖傾敬或大德同集間以謔情及裕之臨席無不肅然自持諠閙攸靜所以下座尼衆莫敢而叅而性剛威奕服章麤弊貴達之與厮下承對一焉去來自彼曾無迎送故通儒開士積疑情決藝術異能抱策呈解皆頂受絶歎言不寫情可謂坐鎮雅俗於斯人矣故鄴下諺曰衍法師伏道不伏俗裕法師道俗俱伏誠其應對無思發言成論故也又營諸福業寺宇靈儀後於寶山造石龕一所名爲金剛性力住持那羅

延窟面別鐫法滅之相山幽林竦言切事彰每春遊山之僧皆往尋其文理讀者莫不歔欷而持操矣其遺迹感人如此自前後行施悲敬兼之袈裟爲惠出過千領疾苦所及醫療繁多但得厚味先必奉僧身預倫伍片無貯納講授之隙正面西方凡所涕唾返而咽之一報無棄形不妄涉口不浮詞又畜訓誨絶於呵捶乃至責問童稚誡約門人自述已名彼號仁者苦言切斷聞者淚流自有師資希附斯軌年登耳順養衆兩堂簡以未具異室將撫言行有濫即令出衆非律所許寺法不停女人尼衆誓不授戒及所住房由來禁約不令登踐斯勵格後代之弘略也沙彌受具和上德難故盡報不行自餘師證至時臨衆若授以三聚則七衆備傳故使弘法之時方聽女衆入寺並後入先出直往無留致有法席清嚴響傳寓內侍者供給不預沙彌僧制澄正無論主客內惟護法外肅悠過身服清修不御綾綺垂裙踝上四指衫袖僅與肘齊祇支極長至脛而已設見衣制過度則處衆割之故方裙正背大氈被褥皮革上色錢寶等物並不入房何況身履而爲資具斯又處儉之從教矣常服五條由來以布縱有繒帛成施終以惠人祇支亦爾餘則弊納而已世有激刺頗用以爲邀名者時或達之裕曰吾聞君子爭名小人爭利復何辭乎或曰名本利緣耳裕曰吾得利便失名矣又曰此乃詐爲善相答曰猶勝眞心爲罪也時人以爲佳言其志行之儀可垂世範故傳者不漏其節焉自年三十即存著述初造十地疏四卷

地持維摩般若疏各兩卷華嚴疏及旨歸合九卷涅槃疏六卷大集疏八卷四分律疏五卷大乘義章四卷勝鬘央掘壽觀仁王毗尼毋往生論上下生遺教等諸經各爲疏記成實毗曇智論各抄五卷聖迹記兩卷佛法東行記衆經宗要譯經體式受菩薩戒法并戒本首尾注華嚴等經論序大小乘同異論舍利目連傳御衆法等各有聚類宗要可傳又製安民論陶神論各十卷勸信釋宗論彂卯成殺論字本七卷莊紀老綱式經兆緯相録醫決符禁法文斷水蟲序齊世三寶記滅法記光師弟子十德記僧制寺誥十怨十志頌齊亡消日頌觸事申情頌寺破報應記孝經義記三行四去頌詩評弁雜集等五十餘卷久行於世言無華侈微涉古製略情取理者久而味之又凡所授法意專行用有返斯趣者告曰原聖人垂教教被行人人既不行還同不學有違者驅出斯又重法成人者也觀裕安民陶神二論意在傳燈惠流氓品篤識高行此焉攸屬有黃龍沙門鄴中周聽經論禪律罔不呑委行解相貫學者傳之將返燕郡故來別裕乃致請曰願垂示一言要法所謂即解即行而能長益沙門道行者裕曰必如來言臨別相告後將首路裕曰經誥禪律恐雜聖心高僧一傳即凡景行輒以相酬可爲神用耳其人欣戴賫傳還鄉斯寔殷鑒物表機悟有宗也又生常處衆必先端首說戒羯磨無傳欲法諷諫之術聞者如流嘗於京輦入淨影寺正值布薩徑坐堂中見遠公說欲裕抗聲曰惠遠讀疏而云法事因緣衆僧

聽戒可是魔說合座驚起恠斥其言識者告遠遠趨而詣堂裕曰聞仁弘法身令易傳凡習尚欣聖禁寧准遠頂禮自誡銜泣受之由是至終遠常赴集其生物信順皆若此焉自東夏法流化儀異等至於立教施行取信千載者裕其一矣

釋慧藏姓郝氏趙國平棘人十一歲出家即流聽視未登冠具屢講涅槃剖析深奇符契文旨及律儀圓備更業毗尼行等明珠解逾前建末聽智論十地華嚴般若等經論博見之舉人誰肯推但深窮性體義難抑伏皆仰謝高斷罕不師焉年登不惑乃潜于鵲山末食山漿澄心玄奧研詳雖廣而以華嚴爲本宗洞盡幽微未測邪正仰託聖助希示是非登即夜降靈感空中聲言是是既聞斯告因撰義疏躬自傳揚經預學流普皆餐揖齊主武成降書邀請於太極殿開闡華嚴法侶雲繁士族咸集時共榮之爲大觀之盛也自爾專弘此部傳習彌布屬周毀經道剗迹人間栖息煙霞保護承網隋初開法即預出家講散幽旨歸途開悟化自東川風行草偃行成達義德以誘仁泳玉方心松筠等質故法雨常流仁風普扇致使道俗慶其來蘇蒙心重其開犇開皇七年文帝承敬德音遠遣徵請蒲輪既降無爽綸言藏乘機立教利見大人杖錫京輦仍即謁帝承明亟陳奧旨凡所陶誘允副天心即六大德之一也有勑加之殊禮故二紀之内四時不墜後以般若釋論群唱者多至於契賞皆無與尚時有沙門智穩僧朗法彦等並京室德望神慧峯起祖承舊

習希奉新文乃請開講金剛般若論藏氣截雲霞智隆時列將欲救拯焚溺即而演之于時年屬秋方思力虛廓但控舉綱致標異新理統結詞義言無浮汎故稟益之徒恐其聲止皆崇而敬焉以大業元年十一月二十九日遘疾卒于空觀寺春秋八十有四臨終誡心曠濟累囑露骸弟子奉謹遺訣陳屍林麓掩骼修塔樹于終南山至相寺之前峯焉立銘表德鐫于塔後沙門明則爲製碑文見之別集

釋智脫俗姓蔡氏其先濟陽考城人也後因流宦故復爲江都郡人焉祖平齊新昌太守父遠珍梁北兗州司馬脫初誕之夕神光照室旬日之間枯泉自涌斯蓋智炬欲明法流將導之徵也然其幼而風儀頴秀氣調清遠七歲出家爲鄴下頴法師弟子頴法侶鴛鴻釋門龍象華嚴十地冠絕漳流乃專經請道寸陰無棄宮牆重仞咸得其門久之又聽江都強師成實及毗曇論分流異泒濫觴必盡盤根錯節遊刃有餘即於大衆便事覆講瀉缾珠貫驗在于茲緇素嗟伏咸高神略時丹陽莊嚴寺爝法師成論之美名實騰涌遠近朝宗獨步江表脫乃服義下風思餐法味既適金陵研機幽旨精統詞理馳譽兩都每宴居避喧清談玄論爝師深加賞讚稱爲重器及高座云亡三千咸在爰命門徒以相付囑及續敷義席常轉法輪與嚴之部於斯榮盛既揖論主之知人又歎傳燈之弘教故雕琢門侶無輟於時衆侶百餘一期俊乂成其器者九十許人據此敷揚之功今古罕類也陳

至德中常請入內講說開悟亟動神機自鄱陽王伯山兄弟僕射王克中書王固等敬仰惟深並申北面隋祖留心法寶闡揚至教於岐陽宮建齋發講有詔於脫先昇寶座乃遣舍人崔君德宣旨曰昔獨步一方未足爲貴今爲四海論主始見英才於即發言抗論剖斷如流莫不緘口卷舌迴車復路晃旒清耳屢動睟容群辟解頤日夜忘倦煬帝作牧邗江初建慧日盛搜異藝海岳搜揚脫以慧業超悟爰始霑預既處齊衡功倍勵業日夕相係通晤諸部而標勇無前出言成論鼓激支派深有會宗故道場英賢學門崇仰而脫雅爲論士衆所推焉後隋帝入京住日嚴寺遣學士諸葛頴賚教書請講於即奉命成化宣譽天朝自江南成實並述義章至於論文曾無顧涉脫憤激先達創開其論命筆制疏消散有聞更使德溢由來重新其美自帝居望苑大緝玄猷以脫譽動物情下令使修論疏素已條貫卷奏將成乃結爲四十卷尋用奏聞及獻后既崩福事宏顯乃召日嚴英達五十許人承明內殿連時行道尋又下令講淨名經儲后親臨時爲盛集沙門吉藏命章元座詞鋒奮發掩蓋玄儒道俗翕然莫不傾首脫以同法相讓未得盡言藏乃顯德自矜微相指斥文至三解脫門脫問曰三解脫門以何箭射藏曰未解彎弧何論放箭脫即引據徵勘超拔新奇遂使投解莫從處坐緘默殿下乃分品量德依位演之既預席端便盡胷臆仍令與道莊法師遞昇高座共談玄理實主無竭貴達咸欣副后嗟味載形音旨頻遣

庶子張衡殷勤稱叙曰法師碩學鉤深古今罕例仰觀談説稱實不虚覽所撰論疏光溢心目可更造淨名疏及大小名教便給書吏尋録勤成釋二乘名教四卷淨名疏十卷常自披翫又遣畫工圖其形於寶臺供養每雕輦來儀未嘗不鞠躬致敬瞻仰遺塵有若真對初梁代琰法師撰成論玄義十七卷文詞繁富難於尋閱學者相傳莫敢刪正脱乃研詳領要演暢惟新理在忘筌義深功倍卷軸因舊宗旨不殊當世盛行無不欣慶斯可謂懸鏡拂而逾明寶珠瑩而加彩是也仁壽末年龍飛之始以脱夙昔敦厚情在深衷賜帛四百段用隆厥德也大業元年隨駕洛邑二年暮冬見身有疾自強不息猶事法筵三年正月九日弟子智翔智傳侍疾忽有異香滿室赤光照牖即夜香水盥漱遺跡周悉端坐正念以至無常時年六十有七乘輿震悼賻贈優厚勑施物三百段喪事所須隨用供給又勑黄門侍郎張衡監護自脱之傳道也聲辯清徹衆莫之諠標宗控引咸有聯類章疏雖古陳解若新每至隱栝必重疊研覆預在講肆永袪昏漠求文檢義功不虚延自見弘誘而成濟者罕繼斯塵矣初脱每開講題必夢與優填瑞像齊立豈非住持三寶功用均也又諸有疑義昔所未了輒見梵僧隨方解釋未亡之前夢一童子手執蓮花云天帝釋還來請講臨終之日又見此相觀其睿思通微名高宇内妙感靈應夫豈徒然凡講大品涅槃淨名思益各三十許遍成論玄文各五十遍傳業學士惠詮道灌詮聲德雙揚灌立

履貞梗各踵斆弘知名當世又以其年二月二十五日式建方墳於洛陽縣金谷里之北邙山樹碑于側其文隨秘書郎會稽虞世南撰大業中年脫之亡後昔與藏公素情不狎乃託形於病僧惠旻具述前緣藏聞而見之與共論議傾心盡禮領託舊情故幽明不墜其緒云

釋法澄吳郡人少機警善談論文章書史頗皆綜涉初從興皇朗公講釋三論至於教旨乖競者皆條理而通暢焉末聚徒立講於江都開善寺常聽二百餘僧化洽吳楚傳譽淮海負袠相趨日增位席晉王置四道場澄被召入安時悟物弘道無絕仁壽三年奉命關壤居于日嚴廣流視聽憲章新致披講智論聲望彌重京師碩學咸諮問之煬帝徙駕東都定鼎伊洛從出淆右因疾而終時年七十餘矣

釋道莊揚州建業人遊踐經史聽習玄論皆會其標詣而儀止弘雅立性滔然故少爲同倫所尚初聽彭城寺瓊法師禀受成實宗匠師表門學所推瓊後年疾相侵將欲傳緒通召學徒宗猷顧命衆咸揖讓於莊允當遺寄瓊曰莊公學業優奧誠如弘選理副諸望用光於後然其首大足小終無後成恐其徒轍餘宗耳遂不行衆議莊後果鄙小乘歸崇大法從興皇朗法師聽酌四論一聞神悟挺慧孤超後入內道場時聲法鼓一寺榮望無不預筵諮謁前疑披解無滯年德既富皆敬而推焉帝昔處蕃致書禮問詩論嘉篇每令和繼詞彩豐逸屢動人心末又追入京師住日

嚴寺頻蒙謁見訓抗新叙引處宮闈令其講授言悟清華玄儒總萃皆歎其博要也晚出曲池日嚴本室又講法華直叙綱致不存文句著疏三卷皆風骨雅趣師者衆焉煬帝初臨以莊留連夙顧道味所流賜帛五百段氈三十領隨駕東指因疾而卒於洛陽時年八十一矣即大業之初也有集數十卷多在淮南少流北壤

釋法論姓孟氏南郡人初住荊州天皇寺博通内外詞理鋒挺隱淪青溪之覆舟山味重成實研洞文彩談叙之暇命筆題篇梁明帝重其雅素厚禮徵召而性在虛閑不流世供葛屩蒲服用卒生年隋煬在蕃遠聞令德召入道場晨夕賞對王有新文頌集皆共詢謀處俗傳揚亟移歲序後入京輦住日嚴寺文帝時幸仁壽論往謁見特蒙接對躬事展禮帝美其清悟爲設淨饌於大寶殿論即在座上詩叙談帝德宮觀宏麗今古高祖重加歎賞及晉王之處春坊優禮彌厚中使慰沃啓疏相尋大業元年將移東闕下勑賜千秋樹皮袈裟一領帛五百段氈四十領皇后賜狐腋皮坐褥及法服等物故其道望帝后感供之隆爲類此也因隨駕至洛不久而終時年七十八矣皇上哀悼賻贈有嘉仍勑所在傳送葬于荊楚自論爰初莅法崇尚文府雖外涉玄儒而内弘佛教所以綴釆篇什皆叙釋風當即續叙名僧將成卷袠未就而卒本遂不行顧惟高德有墜者衆有別集八卷行世

釋僧粲姓孫氏汴州陳留人也幼年尚道遊學爲務河北江南東西關隴觸地皆履靡不

通經故涉歷三國備齊陳周諸有法肆無有虛踐工難問善博尋調逸古今風徽遐邇自號爲三國論師機譎動人是所長也開皇十年迎入帝里勑住興善頻經寺任緝諧法衆治績著聲至十七年下勑補爲二十五衆第一摩訶衍匠故著十種大乘論一通二平三逆四順五接六挫七迷八夢九相即十中道並據量經論大開軌轍亦初學之巧便也仍於總化寺敷通此論以攝學衆又著十地論兩卷窮討幽致散決積疑仁壽二年文帝下勑置塔諸州所司量遣大德多非暮齒粲欲開闡佛種廣布皇風躬率同倫洪遵律師等叅預使任及將發京輦面別帝庭天子親授靈骨慰問優渥粲曰陛下屬當佛寄弘演聖蹤粲等仰會慈明不勝欣幸豈以朽老用辝

朝望帝大悅曰法師等豈不以欲還鄉壤親事弘化宜令所司備禮各送本州粲因奉勑送舍利于汴州福廣寺初達公舘異香滿院充塞如煙及將下塔還動香氣如前蓬勃又放青光映覆寶帳寺有舍利亦放青光與今送者光色相糺又現赤光當佛殿上可高五尺復現青赤雜光在寺門上三色交映良久乃没粲具表聞詳于別傳仁壽年末又勑置塔於滑州修德寺初停舘宇夜放黃光遍滿一室千人同見後放五色食頃方滅自爾求者輙現不可殫言及至塔寺夜別放光乃照一寺與晝無別有趙威德者患目積年蒙照平復當下塔日又放光明塔上空雲五色間錯或如賢聖仙人龍鳳林樹等像峙于雲内數萬士女嗟詠成音前後往使皆感靈瑞文

帝歎重更加敬仰時李宗有道士褚揉者鄉本江表陳破入京既處玄都道左之望探微辨析妙擬三玄學尠宗師情無推尚每講莊老粲必聽臨或以義求或以機責隨揉聲相即勢沉浮注辯若懸泉起轉如風卷故王公大人莫不解頗撫髀訝斯權變嘗下勑令揉講老經公卿畢至唯沙門不許預坐粲聞之不忍其術乃率其門人十餘攜以行床徑至館所防衛嚴設都無畏憚直入講會人不敢遮揉序王將了都無命及粲因其不命抗言激刺詞若俳諧義寔張詮既無以通講席因散群僚以事聞上帝曰朕之福也得與之同時隋齊王暕見禮下筵欽玆歎咽常欲見其談說故致於法會有沙門吉藏者神辯飛玄望重當世王每懷摧剉將傾折之以大業五年於西京本第盛引論士三十餘人令藏登座咸承群難時衆以爲榮會也皆忝預焉粲爲論士英華命章標問義筵聽者謂藏無以酬及牒難接解謂粲無以嗣往還抗敘四十餘翻藏猶開析不滯王止之更令次座接難義聲纔卷粲又續前難勢更延累問還得二三十翻終于下座莫不齊爾時人異藏通贍坐制勍敵重粲繼接他詞慧發鋒挺從午至夕無何而退王起執粲手而謝曰名不虛稱見之今日矣躬奉麈尾什物用顯其辯功焉而行攝專貞不貪華望及禪定鬱起名德待之道行既隆最初勑命粲以高位厚味沉累者多苦辭不就以大業九年卒於興善春秋八十有五弟子僧鸞僧鳳並以繼軌馳名鸞本姓王名爲大業八歲通禮十歲講傳於江

都凮有驚俗之譽及投簪佛種經論有聞隋末返俗唐初出仕位至給事中凮有别傳自光徽續

續高僧傳卷第九

音釋

纛徒到切　洿汪湖切濁也　杞梓杞袪巳切梓將几切杞梓並木名　適慈秋切健也　晅況晚切　詡況羽切　掇丁括切採也　窆陂驗切下棺也　饔餼饔於恭切熟牲曰饔餼虛氣切牲腥曰餼　罝罦罝子邪切兎罟也罦扶游切斷車網也　繒繳繒子登切繳職略切　晛合管切　凷苦怪切土也　滏扶甫切　絰徒結切喪服也　睟思季切潤澤貌　邦河干切　僔子損切

續高僧傳卷第十

唐　釋　道　宣　撰

義解篇六 正傳十七人 附見五人

隋彭城崇聖道場釋靖嵩傳一

西京大禪定道場釋靖玄傳二 弟子明則

襄陽沙門釋智潤傳三

吳郡虎丘山釋智聚傳四

丹陽攝山釋慧曠傳五

丹陽仁孝道場釋智琳傳六

西京寶刹道場釋淨願傳七

西京禪定道場釋智凝傳八 靈覺 道卓

西京眞寂道場釋法彥傳九

西京海覺道場釋法總傳十

西京大興善道場釋僧曇傳十一 慧重

西京大禪定道場釋靈璨傳十二

西京勝光道場釋法瓚傳十三

西京淨影道場釋寶儒傳十四

西京光明道場釋慧最傳十五

西京禪定道場釋僧朗傳十六

西京淨影道場釋慧暢傳十七 僧溫

釋靖嵩俗姓張涿郡固安人幼抱貞幹在物不群追以俗塵期之道務十五出家有同學靖融早達經論通該小大尤究雜心每以佛宗深要曲流委示嵩神氣俊越聰悟天機隨覽義門覆踈陶練重以心計不測返以問融融無以對也乃告曰卿稚齒末學徹悟若斯可往京鄴必成濟器及登冠受具南遊漳輦屬高齊之盛佛教中興都下大寺略計四千見住僧尼僅將八萬講席相拒二百有餘在衆常聽出過一萬故寓内英傑咸歸厥邦有

太學寺融智法師大齊國統法上之神足也解貫衆師道光二藏學徒五百負衮摩肩常講涅槃及十地論嵩聞之乃投誠焉北面從範攻研數載隨聞覆述每擊奇致於即學徒舉目相與推師又以行要肇基必先戒約乃詣雲暉二律師所博求明誨涉門二載薄鏡宗條唯有小乘未遑詳閱遂從道猷法誕二大論主面受成雜兩宗諮諏幽奥纂習餘烈數百僧徒各啓龍門人分鳳翼及嵩之位席上經五遍旁探婆沙迦延舍利弗等妙通文理屢動恒神便又博觀衆經師模論道勢傾八位詞號四飛獨步河山舟航三藏憑附参請智光時傑齊瑯琊王深相器重弘肩風猷每於肇春廣延學侶大集鄴都特開法座奉嵩爲法主進勵學徒因爾導悟成津彌逢凉燠傳芳接武響譽東河俄屬周武屏除釋門離潰遂與同學法貴靈侃等三百餘僧自北徂南達于江左陳宣帝遠揖德音承風迎引令侍中袁憲至京口城禮接登岸帝又使騶馬蔡凝宣勅云至人爲法以身許道法師等善明治亂歸寄有叙可謂懷道正士深可嘉之宜於都郭大寺安置所司供給務令周洽仍令推薦義學長者即弘像教時建業僧正令嵩貴二人對弘小論神理流暢瞻勇當時學侶相延數過五百㲉漏分業茂績新奇有天竺三藏厥號親依賫攝舍二論遠化邊服初歸梁季終歷陳朝二十餘年通傳無地雖云譯布講授無聞唯嵩獨拔玄心翫味兹典纔有講隙便詣沙門法泰諮決疑義數年之中精融二部自佛性中邊無相唯識異執等

論四十餘部皆總其綱要部會區分隋高廓清百越文軌大同開皇十年勑僚庶等有樂出家者並聽時新度之僧乃有五十餘萬爰初沐化未曰知津嵩與靈侃等二百許僧聞機乘濟俱還江北行達餘方盛開講肆上柱國徐州總管乞符令和率其所部同延住前京兆王寺具狀聞奏有勑給額爲崇聖寺焉於是常轉法輪江淮通潤遂使化移河北相繼趨途望氣相奔俱諮攝論嵩學資眞諦義寔天親思逸言前韻高傳後大乘極旨於是手通自此領匠九州垂章四海撰攝論疏六卷雜心疏五卷又撰九識三藏三聚戒二生死等玄義並流于世爲時所宗隋文封禪岱宗鑾駕齊魯關中義學因從過于徐邦詣嵩法肆伏膺受業由此門徒擁盛章疏大行隋煬昔鎮揚越立四道場教旨載馳嵩終謝遣及登紫極又勑徵召固辤乃止門人問其故答曰王城有限動止嚴難雖内道場不如物外沙門名爲解脫如何返以事業累乎吾曾遊兩都屢逢擶蕩弊此勞役耳恒每清素自潔私立道場日加禮誦修諸淨業講導相續策衆六時精苦已來垂三十載然其扣頭手膝按地之所悉成軌跡狀若人模其景行徵明爲若此也自有論師多迷行旨而嵩奉遵法度初不墜淪常遇天雨瀑鑵在庭恐傷他性令淨人知舉方自從用同諸學士咸敬憚其知量焉加以性愛文藻時摛詩頌重復嘉尚林泉每登踐陟子史篆隸模楷于今世論劇談頗有承緒忽以大業十年遘疾卒于本寺春秋七十有八光禄大夫彭城道留守順

政公董純與部内道俗殯于神皐之原益州
道基昔預末筵餐風飲德悼流遰之安放悲
墳隧之荒侵爲之行狀廣於世矣
釋靜玄姓趙氏天水人也識度淹弘清鑒懸
遠七歳任郡學生勤閲三冬藝該六典皇隋
肇運便業李張名預黄巾身同觀宇呼及沆
瀣吐納陰沉每思五千道德良非造眞七誡
超昇本爲浮詭乃捨其巾褐服此伽藍澄練
一心專宗經部時年在息慈頻登法匠華夷
欽仰緇素屬目受具已後聲勢轉高遂使化
靡隴西扇縈河洛以秦涼荒要佛法澆移將
欲結其頹綱布此遺僧具列正法要務奏上
文皇蒙勑允述綸言獎拔登下河右頒條依
用元德太子籍甚芳猷翹想欽揖爰降令旨
遠召京華玄遂恭承嘉惠來翔帝宇有令於
大興善道場盛弘法會飛軒鳴玉杖錫挈瓶
總萃觀風德音通被縱遠論體舒散疑蹤能
使難者由門解宣盡力時綮法師居坐謂曰
自河凉義侶則道朗擅其名沿歷至今爾其
接軫代不可削斯人在斯由此顯譽京師綽
然高步會高祖昇遐鬱興禪定遂應詔住焉
常轉梵輪弘匠非少大業七年正月二十九
日無疾而化春秋四十有三初玄生平言論
慈悲爲主每許遺骸棄之林野有天水同侶
沙門慧嚴追想昔言送屍山麓肌肉巳盡便
鳩聚遺身搆茲塼塔於終南龍池寺之西岑
樹銘塔所用旌厥德沙門明則爲文則本冀
人通玄儒有才慧訥言敏行尤所承統文藻
雖馳時未之賞乃制覺觀寺碑物亦不悟僕
射楊素見而奇之由斯一顧方高聲問奏住

仁壽宮三善寺東都譯經又召入舘專知綴緝隋末卒於所住有集行世薛道衡每日則公之文屢發新彩英英獨照其爲時賢所尚也如此矣

釋智潤不詳姓氏襄陽人也無師獨悟自然猒世周章邑野借訪出道承鄴下盛宗佛法十統鬱興令譽滂流洋溢天壤潤不勝其喜踊躍不安年始二十便趣遠詣會導統開弘十地即從服業經未越序頻參覆論河北風少望塵許焉晚學華嚴涅槃咸增榮顯又聽光統四分領受文言兼習小論具辯通塞時號博贍尠有加之又聞江表大弘三論既是本願不遠而歸正值長干辯公當塗首唱預從聽受一悟欣然文義重深遂多時載後還漢陰鎮常講導化行江漢善生道俗大業初建延住慧日該富之量更溢由來會征遼左求功岳瀆勑潤岷蜀祭禱江神還至西京因疾而化卒于禪定寺時年七十有五即大業十年矣

釋智聚姓朱氏住蘇州虎丘東山寺神氣清遠彰於襁褓深猒籠樊樂希寥廓初投武丘胤法師胤道藝之重羽儀當世聚分陰無怠請益深旨有同郡顧希馮會稽謝峻岳義府經肆東南之美並欽高德同揖清風由是儒釋通弘眞俗具舉宮墻重仞允得其門纔踰弱冠便弘講說莊嚴暠師新實一宗鷹揚萬代遂伏膺諮質百舍非遠斐發既精疑滯咸析汝南周弘正博通內外鑒賞人倫常歎嘉之以爲釋門之瑚璉也陳鄱陽王伯山新安王伯周新蔡王叔齊並降貴慕道延請敷說

至德二年奉勑於太極殿講金光明天子親臨法席具僚咸在故能瀉此懸河振斯木鐸亹亹奇韻超超入神或有捷徑小道互持邪論莫不迴車杜口改心易業人主歎賞稱善久之至德三年丁外憂泣血銜哀殆將毀滅因此言歸舊里止於東山精舍善說不休法輪常轉開皇十一年爰降勑書慇懃勞問法師栖身淨土援志法門普爲衆生宣揚正教勤修功德率勵法徒專心講誦曠濟群品欽承德業甚以嘉之尚書令楚公素左僕射邳公威並躬到道場接足頂禮咸捨淨財資莊形命十二年勑置僧官道俗稽請居平等之任聚以服道斯人直心應物和合之衆清風穆如也時郡將宗成劉公夙仰高名常欽盛德及剖符臨鎮請爲菩薩戒師齊王暕以帝子之貴作牧淮海乃降教書至山延曰弟子下車舊楚亟改炎涼遜聽清規其來有日敬承幽栖山谷多歷年所道風勝氣獨擅當今故以德冠林遠道超生什炳斯慧炬以悟群迷獨步江東何甚之美未獲稽疑下筵餐承高義杼軸之勞載盈懷抱據虎之岫川途不遥翔鷺之濤風煙相接必願振忍辱之衣赴翹勤之望乃固辭以疾事不獲從引藉平臺深加敬禮頻遣使人請弘大教惟聚志違人世心逸江湖詞翰懇惻固求東返王亦弘以塵外得遂宿心資給所須將送甚重於是接淅晨征還居山寺現疾浹旬而神用無爽以大業五年十一月二十四日終於本住容貌若存頂暖身柔皆如平日聞諸前記乃感果之徵也春秋七十有二即以其年十二月窆

于山之南嶺惟聚性託夷遠衿情閒澹等懷遇物弘量居心楚越拘情得喪兼遣方寸之地悠然罕測美風姿善談笑流連賞悟見者忘返加以樂說忘疲總持無失講大品涅槃法華等各二十遍單經適務者罕得記焉又居身清儉不在飾玩衣鉢已外隨用檀捨方丈之內虛空蕭然机榻之間文疏而已故能道盛一時名重當世其所造丈八盧舍那無量壽荆州瑞像於寺供養并起澗西佛殿二所迴廊周遍具二莊嚴弟子道恭循子道順德惟上首業盛傳燈咸樹高碑用旌景行秘書虞世南爲文

釋慧曠俗姓曹氏譙國人也其後別派今爲襄陽人焉祖亮宗梁給事黃門侍郎衛尉卿父譪直閣將軍曠秀氣標於弱歲天然孝敬率性高廉十二出家事江陵寶光寺澄法師祇勤儀訓肅奉帷筵發明幽旨頗超群輩後辭明帝諸宮問道王圻居律行寺聽彭城講玄關斯闢大義已通將事隨方轉相弘教乃與宗愷准韻諸師俱值真諦受攝大乘唯識等論金鼓光明等經俄而真諦涅槃法朋彫徙乃共同學僧宗俱栖匡岫分時敷說法化彌隆州宰鄱陽長沙二王俱敦師資之敬後於湘郢二州累載弘道雖親覺久忘而地恩待報以陳至德元年言旋舊邑即隋開皇之三年也於遍覺道場傳經引化曠既律行嚴精義門綜博道俗具瞻綱維是寄統掌八載攝是焉迴後又奉勅移居興國寺任攸委綵綸再降香蘇屢錫秦孝王帝子之尊建麾襄沔聞風佇德親奉歸戒煬帝纂曆當符尊賢

味道爰降王人延居輦轂道次江陽辝疾不見蒙勑丹陽栖霞山寺以事治養又素協性松筠輔神泉石賞狎既弁纏痾用弭於栖霞法堂更敷大論新聞舊學各譚勝解且歸善禪房本栖玄精舍竟陵文宣之餘迹禪師慧曉之遺風鏡潭月樹之奇雲閣山堂之妙曾事遊處遂有終焉之志後携子弟徙而憩之崖谷泯人世之心煙霞賞高蹈之域其有懷眞慕義者復萃於斯矣以大業九年五月十六日終于寺房春秋八十頂煖淹時手屈二指斯又上生得道之符也以其月二十日窆于寺之西山弟子等樹碑紀德常州沙門法宣爲文

釋智琳姓閭丘氏高平防轝人也祖儼閒居傲世老曇珍梁國常侍琳弱齡淑聞彰于鄉黨處士卞詮擅名當世年在幼學服膺請業禮易莊老悉窮幽致詮嘉其早慧命曰希世神童也逮于德壯超然離俗即事仁孝寺沙門法敷導就養之儀禀息慈之戒蔬餐苦節篤志熏修法華維摩受持成誦屬以敷公告逝戒品未圓乃高步上京更崇師轍依止東安寺大僧正晅法師既其力生有奉尸羅乃具爰禀成論兼習毗尼既洽聞持將弘傳授瞻言鄉縣思報地恩以陳太建十年旋于舊里南徐州刺史蕭摩訶深加禮異爰請敷説於是鬱居宗匠盛轉法輪受業求聞寔繁有衆至十一年下勑爲曲阿僧正至德二年勑補徐州僧都稱道攸歸諒由德舉開皇十六年潤州刺史李海游屈爲斷事綱維是寄允當僉屬所居仁孝寺者梁故征西諮議郯僧

紹捨宅所造殿堂肇搆亂離遄及琳乃嗣興梓匠爰加藻飾輪奐弘敞實有力焉前後造中人像五區夾紵像一區神儀顯曜相好嚴挺又於育王山頂造五層塼塔擬夫八萬同時一期高妙講大品法華淨名金鼓各有其遍所度弟子千有餘人常想趣道津要莫尚禪那以招隱伽藍俗外塵表山房閒寂茂林幽邃終焉之所有志栖焉迫以緣礙弗之果也然其溫嚴自持誨引無倦財玩靡積隨行給濟威容感物信爲道門之傑矣以大業九年五月六日跏趺合掌終於仁孝之東房春秋七十先是五月初有清信士劉正勤請講彌勒琳喻以無常初未之許至是果終信哉知命及將大漸誡諸弟子尸陀林者常所願言吾謝世後無違此志沙門智鏗等謹遵遺言以其月十一日遷于育王之山時屬流金林多鷙獸始乎仲夏曁是杪秋膚體儼然曾無損異道俗嗟賞歎未曾有又以其年閏九月八日於招隱東山式構方墳言遵卜兆全身舍利即窆山龕方俗並臻同門畢至涕泣撫心盈山響谷乃樹碑於寺之門右其文江陽介士蔡壞所製

釋淨願未詳其氏代州人也三十出家博聞強記推覈經論夙有成規遠爲諸學之所先仰創進大戒專師律部既越立年彌隆盛業以旦達曙翹精固習覲採五遍便就講說初以其壯室入道人多輕侮試聽其談說矚其文理清洞開散片無擁滯各投心位席莫不致敬願連講四分接承十遍又聽十地華嚴及諸小論末師准攝論綱紐章句並通了談

對課以篤形有續注聖言依解製節廣流章疏晚入京輔探略未聞雖經懷抱無一新術時未測其通照也住于寶刹寺中潛其容藝後因法集願欲矜其名采次當竪義意存五陰便登座而立衆以其非倫皆寂無言論良久緘默願俯視衆曰竪義已久如何不有問乎衆曰竪何等義乃邀問耶願曰名相久矣衆自不知諸德坐席口傳余則色心俱立便安然處座氣勇如雲自述曰計未勞止此且修人事耳時以爲矯異露潔也及難擊往還對答雲雨皆先定其番數後隨數盡言開塞任於當時邪正由其通滯或重疑積難由來不決者而能詮達其理釋然新暢於即預是聰慧歸蹤者多遂移就寶昌四序恒接草堂土塸以此敷弘正時攝論晚夜雜心或統解涅槃或判銷四分無擇餘暇軌範後賢凡所開言並乖舊解制疏出後更不重看臨講呼喚皆裹規矩其洽聞不忘世罕加焉至如舍利毗曇文旨重隱讀者猶難况通其義願執卷披文泠然洞盡乃造疏十卷文極該贍會文帝造塔勑遣送舍利于潭州之麓山寺初至州治度湘西岸將及山所忽有奇鳥數萬爲群五色相翻飛浮水上行次向船似如迎引及至舍利還飛向前往還迅速衆莫不怪及登岸上鳥便行望相從飛空同至塔所識者以爲山神眷屬之變像故也願以瑞聞帝大嗟賞而教授爲務六時禮悔初儀不怠敬慎法律如聞奉用自見法匠多略戒宗並由虧信而重所學故也今願兼而美之獨覺澆世可謂明人護戒於是乎得矣京邑擅名初

皆欽羨及見其談講經術並憲章先達改正文議封言者衆不勝品藻皆滯其恒習聽者不滿十人又以言令卓絶非造心者所覬故不爲晚進所入及大業初歲辯相法師進入慧日見徒一百並識知津皆委於願自此如常開悟衆倍前聞更相擊賛令嚮彌遠四方因造日就義筵皆聞所未聞欣至難義至於分暢深伏標舉綱門坐者不覺離席膝前皆美其義彩之英拔也相仍一歲奄就無常春秋六十有餘即大業五年五月也然願有博見之長而寡於福業驗乎從學屯盛便喪豈不然耶旣而舍利毗曇竟未披講疏又失落後代絶通又可悲之深矣

釋智凝不詳姓族豫州人年小出家積傳師習經目不忘並貫懷抱所誦衆經數十萬言須臾便引誦未嘗温故及進具後日聲清望群宗遙指恐無後成凝聞之歎曰俗尚朝聞不懷夕死出世道要何累厚生遂往彭城嵩公仰諮攝論幽神外動正義斯臨心若舊聞再無重請初筵纔訖第二勝相顧諸徒曰攝論綱旨都可見矣餘文無暇更聽便欲制疏往辭於嵩嵩曰後生標領爾並驅耶恨功未後通恐乖僻耳凝曰蒙法師開明大照舉例可知失在支許故無所慮便拜首別焉時以爲誇誕未之欣尚也及著疏旣了剖決詞宗依而講解聲望轉盛後赴京輦居于辯才引衆常講亟傳徽緒隋文法盛屢興殿會名達之僧多參勝集唯凝一人領徒弘法至於世利曾不顧眄所以學侶成德實異同倫後住禪定猶宗舊習大業年中卒於住寺春秋四

十有八初凝傳法關東無心京講有明及法師者攝論嘉名宗績相師凝當其緒年事衰頻仍令學士延凝既達相見一無餘迷但問云黎耶識滅不凝曰滅矣及乃勇身起坐撫掌大慶不久而卒凝因承及緒故學者不移其宗兼行潔清嚴風霜不變六時自課福智無歇故辯才一寺躬事修營汲灌樹植平坦僧院初無有關長打將了便就元席說法既竟還依福事章疏之務手不執文隨時扣寂對至鍾鼓或一宿施會賚及百千或一時外食嚫兼金帛皆曾無別念志存授法故所在傳嗣矣有道士靈覺道卓並蜀土名僧依承慧解擅迹京室晚還益部弘贊厥宗故岷絡攝論由之而長矣

釋法彥姓張寓居洛州早歲出家志隆大法而聰明振響冠達儕倫雖三藏並通偏以大論馳美遊涉法會莫敢抗言故齊周及隋京國通懼皆畏其神爽英拔也故得彥所造言賓主兼善使夫妙義精致出言傳旨齊公高熲訪道遐方知彥聲績乃迎至京邑雖復智亮冒於當時而謙素形于聲色所以新故挾情有增陵勃者彥奉而敬之不以年齒相顧由是識者彌愛而珍重焉有法侃法師本住江表被召入關彼方大德淵法師者正法高傑義學所推語侃曰天地雖廣識達者稀晚學之秀法彥一人可與論理餘則云云從他取悟耳及侃至京相見方知淵之遠鑒也開皇十六年下勑以彥為大論眾主住真寂寺鎮長引化仁壽造塔復召送舍利于汝州四年又勑送于沂州善應寺掘基深丈乃得金

沙濤汰成純凡二升許光耀奪目又感黃牛自至塔前屈膝前足兩拜而止迴身又禮文帝比景象一拜及入石函三萬許人並見天雲五色長十餘丈闊三四丈四繞白雲狀如羅綺正當基上空中自午及未方乃歇滅後復降五色雲從四方來狀同前瑞又感玄鶴五頭從西北來迴旋塔上乃經四度去復還來復感白鶴於上徘徊久之乃逝又感五色蛇屈盤函外長可三尺頭向舍利驚終不怖如此數度刺史鄭善果表曰臣聞敝天育物則乾象著其能順地養民則坤元表其德是以陶唐祇躬弗懈休氣呈祥夏后水土成功玄圭告錫方知天時人事影響若神伏惟陛下秉圖揖讓受命君臨區宇無塵聲教盡一含弘光大慈愍無邊天佛垂鑒降茲榮瑞掘基六處並得異砂炫燿相輝俱同金寶牛爲禮拜太古未經雲騰五色於今方見又感蛇形雜彩盤旋塔基鶴颺玄素徘徊空際雖軒皇景瑞空傳舊章漢帝慶徵徒書簡冊自非德隆三寶道冠百王豈能感斯美慶致招靈異帝悅之著于別記彥傳業眞寂道俗承音左僕射高熲奉以戒法合門取信於今不傾並彥之開濟以大業三年卒于所住春秋六十餘矣

釋法總姓段氏并州太原人也少以誦涅槃爲業既通全部志在文言未遑聽涉十餘年中初不替廢後聽玄義便即傳講前後二紀領悟非一而寬厚遜仰爲物歸投開皇年中勑召爲涅槃衆主居于海覺聚結四方常敷至理無捨炎燠仁壽歲初勑送舍利于隋州

之智門寺掘基三尺獲神龜一枚色黃且緑狀如彩繡頭有八字云上大王八萬七千年腹下有王興二字馳步往來都無所食及舍利所由令人治道於隋侯橋側柳樹又雨甘露狀如雨下香甜濃潤衆共飲之總乃表聞帝敬謁靈祥恒以此龜置於御座與臣下觀之有經年月帝遊北苑放之清池雖沉泳少時還出趂池循逐帝躬前後非一陪衛咸覩共欣徵感及四年春又勑送舍利于遼州下生寺放光分粒其相極多石函變爲錦文及童子之象函之北面現於雙樹下有卧佛又於函南現金剛捉杵擬山之相又於函東現二佛俱立并一騏驎又於函西現一菩薩并一神尼曲身合掌向於菩薩更有諸相略不述之又放大光撩亂而起動眩人目從暝達曉諸燈雖滅而光續照不異日月之明爾夕陰雨佛堂鵄吻放於黃光飛移東南三百餘步外人謂火走赴知非尋光所發乃從堂中舍利處出衆皆通見大發道心八日將下五色雲蓋覆于塔上又感奇鳥素身烏尾赤觜口銜片雲狀如華盖亦現塔上斯瑞之感五萬餘人一時同見及填下訖雲鳥皆滅四月九日基上放光分爲五道直西而去色如彩畫數百里引之見者非一總躬臨此瑞喜發內心具圖上聞勑封秘閣後因故業講誦不疲大業年中卒於海覺春秋七十矣門人行等玄會嗣續擅名見于別傳

釋僧曇姓張氏住洛州少小出家通諸經論慨佛法未具發憤求之以髙齊之季結友西行前達葱山會諸梗澁路既不通乃旋京輦

梵言音字並通詁訓開皇十年勑召翻譯事如別傳住大興善後勑送舍利於蒲州之栖巖寺即古雲居寺也山曰中朝西臨河涘世稱形勝莫尚於斯初送達州治而栖巖佛殿内有鍾鼓之音響震一寺迫而就檢一無所見靈輿至寺是夜於浮圖上放大光明流照堂内通朗無翳如是前後頻放神光或似香爐乘空而上或飛紫焰如花如葉乍散乍聚或如佛像光趺宛具或如虹氣環遶塔帳累日連宵昱耀難准又州治仁壽寺僧夜望栖巖光如樓闕照於山谷又去山寺八十里住者見光如火皆謂野火燒寺及來尋覔乃知靈相其祥瑞之感如此也至仁壽末年又勑於殷州智度寺置塔初至州治見佛像垂手正坐在于瓶内迄至入函常不變異又地生羅紋屋上見青蓮華及菩薩像大衆同覩又見龍盤蛇屈之象并大人足跡及牛馬鳥獸等跡又置塔處有小蛇二枚停住不去因即構基入地四尺飛泉上涌癘疫已下六根壞人服者通損既值斯緣乃移北置以避於泉故二蛇之住深有由矣曇雲以傳譯之美繼業終寺即大業初年矣時有慧重沙門姓郭雍州人練道少年綜尋内外志力方梗不憚威侮攝論十地户牖由開勑請造塔於泰州岱岳寺初停公館舍利金瓶自然開現放光流外道俗咸覩送至寺塔將入石函又放光明晃耀人目岳表白氣三道下流直向塔基良久乃歇又岳神廟户由來封閉舍利至止三度自開識者以神來敬禮故耳後不委其終

釋靈璨懷州人遠公之門人也禀性淳直寛

柔著稱遊學相鄴研蘊正理深明十地涅槃備經講授隨遠入關十數之一也住大興善後爲遠公去世衆侶無依開皇十七年下勅補爲衆主於淨影寺傳揚故業積經年稔仁壽興塔降勅令送舍利于懷州之長壽寺初建塔將下感一雄雉集於函上載飛載止曾無驚懼與受三歸便近人馴遶似如聽受迴頭鼓舞欣躍自娱覆勘其形實非雉也身具五彩羽毛希世以狀奏聞勅勘瑞圖云彩鸞也璨令寺僧執之放于北山飛鳥群迎鳴唳而去又感異跡三十餘步直來塔所不見還蹤及四月八日將入石函又放光明旋環隱没道俗崩踊無不發心仁壽末年又勅送於澤州古賢谷景淨寺起塔即遠公之生地也初至州治半月之間十八種相前後迭起或如星光遶旋或如丹氣碧雲紫霞白霧羅布上空照燭城郭及映闤闠數萬道俗同時一見送至基所光如列宿大小交錯數亦無量更有諸相具如別傳璨後住大禪定如舊所傳武德之初卒於本寺春秋七十矣

釋法瓚齊州人也安心寂定樂居巖穴頭陀苦行是所經懷隱於泰岳之阜開蒙訓接善知方便兼以達解諦義時揚清論致有覆喪坐無輟講待移之誚與世瓚初聞之深自赧作曰問非切並不欲困人謂言彼解何言致斃因遂杜口不事言論閑謁尋問披翫而已開皇十四年文帝省方招訪名德人有述其清曠者乃下勅延之與帝同歸達于京邑住勝光寺肅肅禪侶擁篲門庭以身範世復見斯日仁壽置塔勅令送舍利于齊州泰山神

通寺即南燕主慕容德爲僧朗禪師之所立也事見前傳燕主以三縣民調用給於朗並散營寺上下諸院十有餘所長廊延袤千有餘間三度廢教人無敢撤欲有犯者朗輙現形以錫杖撝之病困垂死求悔先過還差如初井深五尺由來不減女人臨之即爲枯竭燒香懺求還復如故寺立已來四百餘載佛像鮮榮色如新造衆禽不踐于今儼然古號爲朗公寺以其感靈即目故天下崇焉開皇三年文帝以通徵屢感故改曰神通也初至寺内即放圓光乍赤乍白時沉時舉或如流星人衆同見井水涌溢酌而用之下後還復又感群鹿自然至塔雖鼓吹衆鬧馴附無恐又感鵚鵰一雙從四月三日終于八日恒來釁前立聽梵讚恰至埋訖迹絕不來斯之感致罕聞於古瓚具以聞後導以禪定時揚法化言無嚴切而密附懷抱遂終於所住

釋寶儒幽州人也童子出家遊博諸講居無常准惟道是務後至鄴下依止遠公十地微言頗知綱領值周喪法寶南歸有陳達命清通亟振名譽自隋氏戡定文軌大同便歸洛汭還師於遠聽大涅槃首尾三載通鏡其旨即蒙覆述遠自處坐印可其言慕義相從還居淨影慧心更舉遐討前英立破之間深鑒彌密仁壽建塔鄧州乃勑令住寺名大興國也帝昔龍潛所基既至求石訪無美者乃取寺内璞石鐫斲爲函石本麤惡磨飾將了乃變成碼碯細膩異倫復有隷字三枚云正國得也形設正直巧類神工名筆之人未可加點又見種種林木麟鳳等像儒與官人圖以

表奏返寺之後閉門修業時因食次方見其面不久卒於本寺

釋慧最瀛州人也初聽涅槃遊學鄴下因聞即講曽未經遍而言議綸綜綽爾舒閒故爲同席諸賢之所歎仰周滅齊日南奔江表復習慧門頗通餘論且自北僧在陳多乖時俗惟最機權内動不墜風流多爲南方周旋膠漆隋室定天中原安泰便觀化輦掖參聽異聞後住光明時傳雅導而好居靜退非賢不友神志宏標氣調高遠不妄受辱必清瑕累其立志也如此仁壽年中勑遣送舍利于荆州大興國寺龍潛道場昔者隋高作相因過此寺遇一沙門深相結納當時器重不測其言及龍飛之後追憶舊旨下詔徵之其身已逝勑乃營其住寺雕其舊房故有興國龍潛之美號也並出自綸言帝之別意又道場前面步廊自崩僧欲治護控引未就及舍利既至將安塔基廻行顯敞唯斯壞處商度廣狹恰裹塔形有識者云豫毀其廊用待安塔及四月八日舍利院内忽然霧起齊後便歇日光朗照有雲如蓋正處塔空仍下細雨不濕餘處又感鳧鶴衆鳥塔上飛旋又見雲間紫色狀如花炬又雨天花如雪紛紛而下竟不至地後又送舍利於吉州發蒙寺掘深八尺獲豫章板一條古塼六枚銀瓶二口得舍利一枚浮水順轉又得一寶體含九彩人不識之具以聞奏寺有瑞像宋大明五年寺僧法均夢見金容希世梵音清遠因行達于三曲江見像深潭光浮水上與太守周湛等接出計有千斤而輕同數兩身長六尺四寸金銅

所成後長沙郡送光趺達都文帝勑遣還安像所宛然符合總高九尺餘佛衣緣下有梵書十餘字人初不識後有西方僧讀云此迦維羅衛國育王第四女之所造也忽爾失去乃在此耶梁天監末屢放光明照于一室武帝將請入京因事遂止大同七年佛身流汗其年劉敬宣爲賊燒郡及寺並盡唯佛堂不及至于十年像又通汗湘東王乃迎至江陵祈福放光十二年還返發像至寺放光三日乃止陳天嘉六年更加莊飾故世傳其靈異處處摸寫最躬事頂禮圖于光明而骨氣雄幹誠爲調御之相今時所輕略故也後卒于住寺

釋僧朗恒州人少而出俗希崇正化附從聽衆尋繹大論及以雜心談唱相接歸學同市入關住空觀寺復揚講席隨方利安而仁恕在懷言笑温雅有在其席無悶神心宏博見知衆所推尚時有異問素非所覽者便合掌答云僧朗學所未通解惟至此故英聲大德咸美其識分不敢蔑其高行也仁壽置塔下勑令送舍利於番州今所謂廣州靈鷲山果實寺寶塔是也初至州始巡行處所至果實寺便可安之寺西對水枕山荒榛之下掘深六尺獲石函三枚二函之内各有銅函盛二銀像并二銀仙其一函内有金銀瓶大小相盛中無舍利銘云宋元徽元年建塔又寺中舊碑云宋永初元年天竺沙門僧律嘗行此處聞鐘磬聲天花滿山因建伽藍其後有梵僧求那跋摩來居此寺曰此山將來必逢菩薩聖主大弘寶塔遂同銘之今朗規度山勢

惟此堪置暗合昔言諒非徒作事了還京住
禪定寺講習爲務大業末年終於所住春秋
七十有餘矣
釋慧暢姓許氏萊州人也偏學雜心志存名
實拘滯疆界局約文義初不信大乘以言無
宗當事同虛誕也後聞遠公播迹洛陽學聲
遐討門人山峙時號通明暢乃疑焉試往尋
造觀其神略乃見談述高邃冒罔天地返顧
小道狀等遊塵便折挫形神伏聽三載達解
涅槃慨其晚悟又至京邑仍住淨影陶思前
經師任成業仁壽置塔勑送舍利於牟州拒
神山寺帝爲山出黃銀別勑以塔鎮之用酬
恩惠山在州東五里昔始皇取石爲橋此山
拒而不去因遂名焉山南四里有黃銀穴塔
基之處名温公堆傳云昔高齊初有沙門僧
温行年七十道行難測遊化爲任曾受梁高
供養一十二年後辭北還行住此堆創立寺
宇因山爲號而虎狼鳥獸遶寺鳴吼似若怖
温温出戶語曰汝是畜生十惡所感吾是人
道十善所招罪福天懸何勞干我汝宜速去
既聞斯及於是鳥獸永絶此山而温身長七
尺威儀懍人眉長尺餘垂蔽其面欲有所覩
以手褰之故至于今雖有寺號而俗猶呼爲
温公堆焉暢安處事了還返京寺綜習前業
終世不出言問慶弔亦所不行預知其亡清
浴其體端坐待卒至期奄逝春秋七十有餘
矣

續高僧傳卷第十

音釋

諏子須切咨事也 偘口旱切 摛丑知切掞也布也 沆瀣沆下朗切瀣乎代切沆瀣露氣也 釂子肖切 邳符柸切 暕古限切 圻渠冝切 鷙支義切猛也 鴟赤脂切 垍都回切聚土阜也

續高僧傳卷第十一

唐　釋　道　宣　撰

義解篇七 正紀十二人 附見五人

釋志念俗緣陳氏冀州信都人其先潁川寔蕃之後胤也因官而居河朔焉念冰清表志岳峙登神俊朗絶倫觀方在慮爰至受具問道鄴都有道長法師精通智論爲學者之宗乃荷箱從聽經于數載便與當席擅名所謂誕札休繼等一期俊列連衡齊德意謂解非滿抱終于蓋棺乃遊諸講肆備探沖奥務盡幽賾又詣道寵法師學十地論聽始知終聞同先覽於即道王河北流聞西秦有高昌國慧嵩法師統解小乘世號毗曇孔子學匡天下衆侶塵隨沙門道猷智洪晃覺散魏等並稱席中杞梓慧苑琳琅念顧眄從之成名猷上皆博通玄極堪爲物依乃旋踵本鄉將弘法澤時刺史任城王彦帝之介弟情附虚宗既屬念還爲張法會與僧瓊法師對揚道化

盛啓本情雙演二論前開智度後發雜心岠
對勍鋒無非喪律時州都沙門法繼者兩河
俊士燕魏高僧居坐謂念曰觀弟功行慧悟
超邁若斯必大教由興名垂不朽也於即頻
弘二論一十餘年學觀霞開談林霧結齊運
移曆周毀釋經遂乃逃迸海隅同塵素服重
尋小論亟動天機疑慮廓銷竚聆明運值隋
國創與佛日還復勑訪之始即預出家而包
藴迦延未遑敷述至開皇四年謂弟沙門志
湛曰吾躬冠小乘自揣與羅漢齊鑣也但時
未至故且歛翮耳湛夙飱法味欣其告及以
事達明彥法師彥成實元緒素襲念名與門
人洪該等三百餘人躬事邀延闡開心論遂
騁垂天之翼引蓋世之功俯仰應機披圖廣
論名味之聚緣重之識卷舒負古之下立廢
終窮之前大義千有餘條並爲軌導至如迦
延本經傳謬來久業犍度中脫落四紙諸師
講解曾無異尋念推測上下懸續其文理會
詞聯皆符前作初未之悟也後江左傳本取
勘遺蹤校念所住片無增減時爲不測之人
焉撰迦延雜心論疏及廣鈔各九卷盛行於
世受學者數百人如汲郡洪該趙郡法懿漳
濵懷正襄國道深魏郡慧休河間圓粲浚儀
善住汝南慧凝高城道照洛壽明儒海岱圓
常上谷慧藏並蘭菊齊芳踵武傳業關河濟
洽二十餘年隋漢王諒作鎮晉陽班條衛冀
搜選名德預有弘宣念與門學四百餘人奉
禮西幷將承王供諒乃於宮城之內更築子
城安置露塔別造精舍名爲內城寺引念居
之今之開義寺是也勞問殷至特加尤禮又

令上開府諮議參軍王頗宣教云寡人備是帝子民父莅政此蕃召請法師等遠來降趾道不虛運必藉人弘正欲闡揚佛教使慧日清朗兆庶蒙賴法之力也宜銓舉業長者可於大興國寺宣揚正法當即大衆還推念爲既預經綸即弘敷訓先舉大論末演小乘辯注若飛流聲暢如天鼓三乘並騖四部填煙其知名者則慧達法景法楞十力圓經法達智起僧鸞僧藏靜觀寶超神素道傑等五百餘人並九七揚名五乘馳德精窮內外御化一方銷鄙悋於筵中斷封疑於理際仁壽二年獻后背世有詔追王入輔王乃集僧曰今須法師一人神解高第者可共寡人入朝擬抗論京華傳風道俗衆皆相顧未之有對王曰如今所觀念法師堪臨此選遂與同行既達京師禪林創講王自爲檀越經營法祀念登座震吼四答冰消清論徐轉群疑潛遣由是門人慕義千計盈堂遂使義窟經笥九衢同軌百有餘日盛啓未聞王又與念同還并部晉陽學衆竚想來儀王又出教令於寶基寺開授方面千里法座輟音執卷承旨相趨階位會隋高晏駕中外相疑漢王列境舉兵鯨鯢海陸念乘疊還里與沙門明空等講宣二論紹業滄濵望風總集大業之始載蕩妖氛招引義學光諸慧日屢詔徃徵頻辭不赴以大業四年卒於滄土時年七十有四渤海太守金紫光禄大夫歷陽公宋元亮及諸緇素若喪厥親爲之建塔益州福成寺道基法師慧解通微祖習有所乃爲之行狀援引今古文質存焉

釋智炬姓吳氏吳郡人性矜莊善機會美容貌雅爲衆表又善草隸偏愛文章每值名賓輙屬興綴彩鋪詞横錦勇思霏霜而儀軌憲司未沿流俗初聽興皇朗公講討窮深致學冠時雄而神氣高標在物峯出威儀庠序容止端隆雖寢處虛閒立操無改有人私覘兩月徒行空野攝衣無見抄反欣其謹慎故重敘之講四論大品洞開幽府鏡識宗歸披釋金陵望風頓帙吐納機辯適對當時弘匠浙東砥礪前學致使禹穴西鶩成器極繁末於故都建初寺又講三論常聽百人蔣州刺史武山公郭演隋之良宰創莅南蕃奉敬諮謁降情歸禁隋煬往鎮揚越採拔英靈炬既譽洽東歐名流西楚徵居慧日處以異倫而執志出群言成世則欲使道張帝里學潤秦川開皇十九年更移關壤勑住京都之日嚴寺供由晉國教問隆繁置以華房朋以明德一期俊傑並是四海搜揚規矩特立清秀不偶群侶覃思幽尋無徵不討外辞以疾内寔旁通業競六時研精九部纔有昏昧覽與賦詩時暫闋餘便觀統略製中論疏止解偈文責自所銷鄙而輕削每講談敘清擢宗致雅渉曇影之風義窟文鋒頗懷洪偃之量時有同師沙門吉藏者學本與皇威名相架文藻横逸炬實過之所以每講序王皆製新序詞各不同京華德望餐附味道者殷矣而性罕外狎課力遑詞自非衆集未曾瞻覿以大業二年正月卒于寺房春秋七十有二葬京郊之南門人慧感慧賾親承嘉誨詢處有歸後於江之左右所在通化各領門侶衆出百人傳

嗣宗勳不爽遺緒
釋慧海張氏河東虞鄉人久積聞熏早成慧力年在童齓德類老成所以涉獵儒門歷覽玄肆雖未窮其章句略以得其指歸乃曰可以栖心養志者其惟佛法乎年至十四遂落髮染衣爲沙門大昭玄統曇延法師弟子也流心宗匠觀化群師十八便講涅槃至於五行十德二淨三點文旨洞曉詞彩豐贍既受具戒轉猒囂煩屏迹山林專崇禪業居于弘農之伏讀山會周武肆勃仁祠廢毀乃竄身避難奔齊入陳戒品無虧法衣不捨又採聽攝論研窮至趣大隋御宇方踐京邑帝姊城安長公主有知人之鑒欽其德望爲立伽藍遂受以居之今之靜法寺是也課業四部三學兼弘門徒濟濟于今傳美末愛重定行不好講說緘默自修唯道是務而無恃聲望不言加飾直心道場於斯人矣仁壽已前文帝頻顧璽書分布舍利每感異祥恒有延譽之美故感應傳云初海造塔于定州恒岳寺塔基之左有瀅名曰龍淵其水不流深湛懸岸及將安置即揚濤沸湧激注通于川陸父老傳云此水流竭不定但有善事相投必即泄流奔注其徵感如此類也後又送舍利于熊州十善寺有人攣躄及痼疾者積數十年聞舍利初到輿來禮懺心既殷至忽便差損輕健而歸久值亢旱飛塵天塞又感甘澤地如油塗日朗空清來蘇數萬大業二年五月二十七日卒于本寺春秋五十有七初病極命諸徒曰吾聞上棟下宇生民之齷齪外槨內棺世界之縈羈既累形骸於桎梏亦礙生世

於大悲豈揖禮義於闤闠卜宅葬於煩飾者也宜宗焚葬用嗣先塵貽諸有類矣弟子欽崇德範收骨而建塔于終南之峯即至相之前嶺也刻石立銘樹于塔所自海之立寺情務護持勤攝僧倫延迎賓客凶年亟及振名京邑云爾

釋辯義姓馬氏貝州清河人也少出家沉靜寡世事志懷恢厚善與人交久而篤敬言無勃怒滔然遠量初歸猷論師學雜心貫通文義年始登冠便就講說據法傳導疑難縱橫隨問分析曾無遺緒有沙門曇散者解超遂古名重當時聞義開論即來讎擬往返十番更無後嗣義曰理勢未窮何不盡論散曰余之難人問不過十御今答勢不盡知復何陳當即驚譽兩河甫爲稱首屬齊歷云季周喪道津乃南達建業傳弘小論屢移聲價更隆中土隋煬搜選名德令住日嚴以義學功顯著遂之關輔諮義決疑日不虛席京師俊德雲恭道撫及賾淨等皆執文諮議窮其深隱並未盡其懷也後以世會明時寺多高達一處五講常係法輪義皆周歷觀詳折中弘理而晦景銷聲不咎前失必應機墜緒者並從容辞讓無何而退不欲顯黙於前故英雄敬其早牧傳芳又甚於昔仁壽二年隋漢王諒遠迎志念法師來萃京室王欲銜其智術也乃於禪林寺創建法集致使三輔高哲咸廢講而同師馬義廁其筵肆聆其雅致乃以情之所滯封而問之前後三日皆杜詞莫對念處坐命曰向所問者乃同疑馬請在下座返詢其志義潛隱容德世罕共宗及見慧發不

期合京竦神傳聽其爲顯晦皆此類也煬帝昔位春宫獻后崩背召日嚴大德四十餘人皆四海宗師一時翹楚及義對揚玄理允塞天心沙門道岳命宗俱舍既無師受投解莫從凡有疑議皆賫而取决岳每歎曰余之廣揚對法非義孰振其綱哉故洽聞之美見稱英達時有沙門智炬吉藏慧乘等三十餘人並煬帝所欽日嚴同止請義開演雜心顧惟不競即就元席既對前達不事附文提舉綱紐標會幽體談述玄極不覺時延其爲時賢所重如此以大業二年遘疾卒于住寺春秋六十有六葬京郊之南東宫舍人鄭頲爲之碑頌初義仁壽二年奉勑送舍利於本州寶融寺既達州治忽放光明寺僧智耀先有舍利九分將入道場數之加得十二分又放光明隨人緣念色相不同青紅紫白同時異見或佛像僧形重沓而出前後放光日流數度將入塔夕復於基上氣發黄紫去地四尺填平後夜又放大光上屬星漢下遍城邑合境頂戴欣其嘉瑞四年春末又奉勑於廬州獨山梁静寺起塔初與官人案行置地行至此山忽有大鹿從山走下來迎於義騰踊往還都無所畏處既高敞而恨水少僧衆汲難本有一泉乃是僧粲禪師燒香求水因即奔注至粲亡後泉涸積年及將擬置一夜之間枯泉還涌道俗欣慶乃至打刹起基數放大光如火如雷旋達道場遍照城郭官民同見共嗟希有

釋明舜姓張青州人少在佛宗學周經籍偏以智論著名次第誦文六十餘卷明統大旨

馳譽海濱解慧連環世稱雄傑值法滅南投届于建業栖止無定周流講席後過江北住安樂寺時弘論府肆意經王大小諸乘並因准的盛爲時俊所採時沙門慧乘辯抗淮陽義歸有叙從舜指摘大論定其宗領遂爾弘導累稔栖意未終夕經入夢具見冥官徵責福業舜荅講智度論并誦本文六十餘卷冥官云講解浮虛誦文是實餘齡未盡且放令還旣寤便止談論專私自業末爲晉王召入京輦住日嚴寺傳燈事絶終寞其心時叙玄義頻傾品藻仁壽四年下勅造塔令送舍利于蘄州福田寺寺在州北三里鼓吹山上每天雨晦冥便增鼓角之響因以名焉竹林蒙密層巘重疊唯有一路纔可通車寺處深林極爲閒坦是南齊高帝所立也三院相接最頂別院名曰禪居趙州沙門法進之所立也下瞻雲霧至於平旦日晩望見橫雲之上乃有仙寺每日如此實爲希有之勝地也舜案行山勢唯此爲佳乃於次院之内安置靈塔掘基三尺得一小蛇可長尺餘五色備飾乃祝曰若爲善相可止香奩依言即入遣去復來經停三日便失所在又深一丈獲方石二叚縱廣徑丈五采如錦楞側炅然如人所造即以石函置上而架塔焉以大業二年卒于京寺春秋六十矣門人慧相者慧聲有據崇嗣厥業扇美江都

釋智梵姓封氏渤海條人後因祖父剖符遂居涿郡之良鄉焉岐嶷彰美早悟歸信年十二届河間郡值靈簡禪師求而剃落遂遊學鄴都師承大論十地等文並嘗味弘旨溫習

眞性俊響遐逸同侶歸宗二十有三躬當師導後策錫嶠函通化京壤綿歷二紀利益弘多結衆法筵星羅帝里開皇十六年天水扶風二方勝壤聞梵道務競申奏請有敕許焉梵住吹虛舟憩翼天水大行道化信靡如風仁壽末年重還魏闕法輪重轉學侶雲隨開褒剖文皆傳義旨其年季春奉敕置塔於鄧州寶香寺仍於塔東流水獲毛龜八枚寺內基東池內又獲八枚皆大小相似與世無異但毛色青綠可長三寸背上橫行五節而起光相超異出水便靡但見綠甲入水毛起歷然上崍具以奏聞由是騰實楚都知名帝闕大業五年又應詔旨令住禪定靜緣攝想無替暄寒九年二月四日卒于寺房春秋七十有五遺囑施身門徒遵旨乃送終南山鳩集餘骸緘于塔內外施銘文于今傳尚矣

釋彥淵姓趙氏京兆武功人也家世榮茂冠蓋相承猒此浮假希聞貞素十三出家道務宏舉定慧攸遠屬周武陵法而戒足無毀慨佛日潛淪擬決目餘烈乃剜眼奉養用表慧燈之光華也然幽情感通遂果心願暨隋文重開正法卽預緇衣而慧業遐舉聞持莫類自華嚴地持涅槃十地皆一聞無墜歷耳便講旣釋衆疑時皆歎伏行必直視動靜咸安住則安禪緣諸止觀一盋之與百納始習至終常坐之與山居報傾便止譏疑有涉歛足不行尼寺市鄽由來不往斯誠節動後昆厲清末法兼以是非長短罕附胷懷供給僧儔身先執物承靈裕法師擅步東夏乃從而問焉居覆法堂函經晦朔身服麤素擢景末筵

目不尋文口無談義門人以爲蒙類也初未齒之裕居座數覩異其器宇而未悉其慧解乃召入私室與論名理而神氣霆擊思緒鋒遊對答如影響身心如鐵石裕因大嗟賞以爲吾之徒也遂不許住堂同居宴寢論道説義終日竟夜兩情相得頓寫幽深淵謂理出不期更流神府博觀盛集全無可師還返裕所具陳性欲後整操關壤屏迹終南置寺結徒分時程業三輔令達歸者充焉今之至相寺是也裕後勑召入朝纔有間隙徑投淵寺欣暢意得傾陰屢改又以帝之信施爲移山路本居迮隘兼近川谷將延法衆未日經遠裕卜西南坡阜是稱福地非唯山衆相續亦使供擬無虧淵即從焉今之寺墉是也自爾迄今五十餘載凶年或及而寺供無絶如裕所示斯亦預見之明也因疾卒于至相之本房春秋六十有八即大業七年四月八日也初淵奉持瓦鉢一受至終行住隨身未曾他洗終前十日破爲五叚因執而歎曰鉢吾命也命緣巳謝五陰散矣因而遘疾此則先現滅相後遂符焉及正捨壽之時鐘聲無故[斯/瓦]破三年之後更復如本此皆德感幽顯呈斯徵應率如此類也弟子法琳夙奉遺蹤敬崇徽緒於散骸之地爲建佛舍利塔一所用津靈德立銘表志云

釋道宗俗姓孫氏萊州即墨人少從青州道藏寺道奘法師學通經論奘明達識慧標舉河海名播南北立四種梨耶聞熏解性佛果等義廣如別傳宗受業智論十地地持成實毗曇大小該博晚住州中遊德寺寺即宗之

所造房堂園圃悉是經綸聲名雄遠玄素攸仰及講大論天雨衆花旋繞講堂飛流户内既不委地久之還去合衆驚嗟希有瑞也宗雖目對初不怪之行講如初後不重述時共伏其遠度晚住慧日英彦同聚該富是推常講成實弘匠後學爲鄭欽敬禮問優繁上清東夏又欽德素召入西京住勝光寺復延入弘義宫通宵法集群后百辟咸從伏聽披闡新異振發時心自爾周輪隨講無替雖無成濟而學者推焉以武德六年卒于所住春秋六十一秦府下教贈物二百段收葬于終南山至相寺之南巖

釋普曠俗姓樊氏扶風郡人也七歲出家依止圓禪師而爲沙彌居山餌栢一十五載誦讀經教日夕相繼及進大戒便行頭陀乞食人間栖投林塚二十餘載剛梗嚴毅卓犖不群言議酬捷孤然天挺後遊聚落採拾遺文因過講席聽其餘論素未開解聞即憲章便搆心曲陳論高座發言新奇卒難解釋皆歎其俊鋭莫肯前驅每與周武對揚三寶析理開神有聲朝典佛法正隆未勞聽解遂往樊川頭陀自靜夜宿寒林人有索其首者曠引刀將刎乞者止之又從索耳便刵而惠之建德之年將壞二教關中五衆騷擾不安曠聞之躬往帝庭廣陳至理不納其言退而私業于斯時也寺塔湮廢投命莫從遠造則力竭難通近從則心輕易徙遂因其俗住消息其中武帝雖滅二教意存李術便更置通道觀學士三百人並選佛道兩宗奇才俊邁者充之曠理義精通時共僉舉任居學正剖斷時

秀爲諸生先不久廢觀聽士隨才賦任曠力怯躬耕糠粒無委寄禄登庸復任岐山從事奉遵舊約不黷情染衣故氈裝倨傲臨官剃髮留鬢頭戴紗帽纓其咽領用爲常軌有事判約筆斷如流務涉繁擁者便云我本道人不閑俗網周國上下咸委其儀度也顧曠通博任其處世隋氏將興菩薩僧立相如朝服不同剃翦負罝百二十人並括前法牙角不涅塵俗者曠識悟闇達當其一焉尋復廢之大法昌顯並預出家同居興善果敢雄慤衆所先之隋文以通道觀鍾賜玄都觀黃巾一族同共移來將達前所曠率其法屬徑往爭之立理既平便又刵耳道士望風索然自散乃懸于國寺聲震百里隋高㬥駕禪定鬱興乃召居之大業末年又登綱任大唐啓運別奉詔書曩積芳猷日別相見武德三年三月卒於慈門寺春秋七十三遺告捨身山路不須塋壟弟子捃萃餘骨起塔於終南龍池之峯樹銘旌德于今存焉

釋保恭姓崔青州人也晉永嘉南遷止于建業父超道本州刺史十一投炅法師將欲試其神彩乃以觀音誦之初夜一時須臾便度自謂聞之如經月頃即度出家會炅亡歿夢見兩蛇從師脚出入恭脚中忽爾驚覺自覺心志弘雅身相安怡便往開善徹法師所聽採成論義疏極細狀如蠅頭一領入紙不遺一字衆齊五百莫不推先受具已後隨慧曉禪師綜習定業深明觀行頻蒙印可又聽成實謂有餘悟反求所明翻成疑阻即以問諸講匠皆無通者逢髙昌嵩公開揚地持十地

因從受學不逾年稔大義皆明於前疑中又削其半乃行依地持偏講法花控引宗歸得其奧旨陳至德初攝山慧布北鄴初還欲問禪府苦相邀請建立清徒恭揖慧布聲便之此任樹立綱位引接禪宗故得棲霞一寺道風不墜至今稱之詠歌不絶恭又從布聽採三論善會玄言於前諸疑都並消釋及布之亡委以徒衆既承付囑率誘如初而德素尊嚴見者皆憚整理僧務功在護持仁壽末年獻后崩背帝造佛寺綜御須人僉委聲實以狀聞奏下勅徵入爲禪定道場主綱正僧綱清肅有聞迄于隋代常莅斯任隋齊王暕奉其道德禮以爲師既受戒已施衣五百領一無所受乃從餘散唐運初興歸心泉石遂避官於藍田悟眞寺棲息林岫將事終焉而御衆攝持聲光帝里武德二年下勅召還依舊檢校仍改禪定爲大莊嚴及舉十德統攝僧尼京輦諸僧懾憚威嚴遂不登及高祖聞之曰恭禪師志行清澄可爲綱紀朕獨舉之既位斯任諸無與對遂居大德之右專當剖斷平恕衷詣衆無怨焉以武德四年十二月十九日卒于大莊嚴寺春秋八十初恭弱年入道志力兼常不以利傾不以威動敦肅嚴毅深有大猷曾經山行虎伏前道從邊直過情無顧及大業中年梟感起逆僧有競者言與同謀于時正在堂中登座竪義兵衛奄至圍繞階庭合衆驚惶將散其席恭曰自省無事待論義訖當自辯之從容談叙都無異色斯例甚衆略陳一二由茲風聞陳隋唐代三國天子之所隆焉葬于京郊之西南其碑唐秘

書監蕭德言製文
釋法侃鄭氏滎陽人也弱年從道志力堅明體理方廣常流心府聞泰山靈巖行徒清肅瑞迹屢陳遠揚榮澤年未登冠遂往從焉會彼衆心自欣嘉運及進具後勵節弘規預在清訓務機登践後周流講席博覽群宗隨聞戢戴有倫前達有淵法師道播當時雄傑推指妙通十地尤明地持侃又從焉聽其開釋皆周涉正理遵修章彩屬齊曆不緒周湮法教南度江陰栖遲建業聽採新異鎣飾心神攝慮緣求擬諸柒木陳平之後北止江都安樂寺有曹毗者清信士也明解攝論真諦親承侃乃三業歸從文義請決即開融勝相覆叙所聞毗自聽之恐有遺逸侃每於隱義發明鋪示既允愜當毗皆合掌稱善隋煬晉蕃昔鎮揚越搜舉名器入住日嚴以侃道洽江湑將欲英華京部乃召而隆遣既達本寺厚供禮之盛業弘被栖心止觀時復開導惟識味德禮懺匠益惰學亟動物心仁壽二年文帝感瑞廣召名僧用增像化勑侃往宣州安置舍利既奉勑往至統叙國風陶引道俗華化歸法者數亦殷矣初孟春下詔之日宣州城内官倉之地夜放光明紅赤洞發舉焰五文廣一丈許官人軍防千有餘人一時奔赴謂是火起及至倉所乃是光相古老傳云此倉本是永安舊寺也至于明日永安令寺擬置塔處又放光明如前無異衆並不委其然也季春三月侃到宣州權止公舘案行置所通皆下濕一州之上不過永安既預光待因搆塔焉又令掘倉光之處果得石函恰同官

樣不須繕造因藏舍利又降甘露凝於樹枝
香甘過世又感紫芝一枝生於舍利堂壁九
枝盤曲光色殊異遂令以表聞奏又造塔黎
州還令侃往初至舘停闡空中天樂繁會聒
耳道俗慶之又感異香互來充鼻掘地四尺
獲一古瓦銘云千秋萬歲樂未央侃奉福弘
業亟發徵祥抑是冥通豈唯人事旋還京邑
講授相尋大唐受禪情存護法置十大德用
清朝寄時大集僧衆標名序位侃儀止肅然
挺超莫擬既德充僧望遂之斯任恂恂善誘
弘悟繁焉晚移興善講道無替武德六年十
一月卒於所住春秋七十三矣殯於東郊焉
頭空内侃學專攝論躡足親依披析幽旨煥
然標詣解義釋名見稱清徹諸赴聽者欣其
指況有道撫法師者俊穎標首京城所貴本
住總持宗師異解用通攝論及臨侃席數扣
重關束心展禮餐承音訓遂捨其本習從歸
眞諦且侃形相英偉庠序端隆折旋俯仰皆
符古聖所以隋朝盛德行業乃殊至於容服
可觀引命徵召必以侃爲言首其威儀之選
爲如此也及其少服紫石老遂苦之醫診云
須以豬肉用壓藥勢侃曰終須一謝豈得噉
他因縱疾取終其翹誠重物又若於此(侃初立名立人安品後值内慧日道場沙門智騫曰侃之爲字人口爲信又從川者言信的也因從之)
釋吉藏俗姓安本安息人也祖世避仇移居
南海因遂家于交廣之間後遷金陵而生藏
焉年在孩童父引之見於眞諦仍乞詺之諦
問其所懷可爲吉藏因遂名也歷世奉佛門
無兩事父後出家名爲道諒精勤自拔苦節

少倫乞食聽法以爲常業每日持鉢將還跣足入塔遍獻佛像然後分施方始進之乃至涕唾便利皆先以手承取施應食衆生然後遠棄其篤謹之行初無中失諒恒將藏聽興皇寺道朗法師講隨聞領解悟若天眞年至七歲投朗出家採涉玄猷日新幽致凡所諮稟妙達指歸論難所標獨高倫次詞吐贍逸弘裕多奇至年十九處衆覆述精辯鋒遊酬接時彥綽有餘美進譽揚邑有光學衆具戒之後聲聞轉高陳桂陽王欽其風釆吐納義旨欽味奉之隋定百越遂東遊秦望止泊嘉祥如常敷引禹穴成市問道千餘志在傳燈法輪繼轉開皇末歲煬帝晉蕃置四道場國司供給釋李兩部各盡搜揚以藏名解著功召入慧日禮事豐華優賞倫異王又於京師置日嚴寺別教延藏往彼居之欲使道振中原行高帝壤既初登京輦道俗雲奔觀其狀則傲岸出群聽其言則鍾鼓雷動藏乃遊諸名肆薄示言蹤皆掩口杜辭尠能具對然京師欣尚妙重法華乃因其利即而開剖時有曇獻禪師福門鉦鼓樹業光明道俗陳迹創首屈請敷演會宗七衆聞風造者萬計隘溢堂宇外流四面乃露縵廣筵猶自繁擁豪族貴遊皆傾其金具清信道侶俱慕其芳風藏法化不窮財施塡積隨散建諸福田用既有餘乃充十無盡藏委付曇獻資於悲敬逮仁壽年中曲池大像舉高百尺繕修乃久身猶未成仍就而居之誓當搆立抽捨六物弁訖四緣旬日之間施物連續即用莊嚴峙然高映故藏之福力能動物心凡有所營無非成

就隋齊王暕夙奉音猷一見欣至而未知其神府也乃屈臨第幷延論士京輦英彥相從前後六十餘人並已陷折前鋒令名自著者皆來總集藏爲論主命章陳曰以有怯之心登無畏之座用木訥之口釋解頤之談如此數百句王顧學士傅德充曰曽未近鋒禦寇止如向述恐罕追斯蹤充曰動言成論驗之今日王及僚友同歎稱美時沙門僧粲自號三國論師雄辯河傾吐言折角最先徵問往還四十餘番藏對引飛激注贍洎然兼之間施體貌詞彩鋪發合席變情赧然而退於是芳譽更舉頻奕由來王謂未得盡言更延兩日探取義科重令竪對皆莫之抗也王稽首禮謝永歸師傅幷嚫吉祥麈尾及諸衣物晚以大業初歲寫二千部法華隋曆告終造二十五尊像捨房安置自處卑室昏曉相仍竭誠禮懺又別置普賢菩薩像帳設如前躬對坐禪觀實相理鎮累年紀不替於終及大唐義舉初届京師　武皇親召釋宗謁于虔化門下衆以藏機悟　有聞乃推而叙對曰惟四民塗炭乗時拯溺道俗慶賴仰澤穹旻武皇欣然勞問勤勤不覺影移語久別勑優矜更殊恒禮武德之初僧過繁結置十大德綱維法務宛從物議居其一焉實際定水欽仰道宗兩寺連請延而住止遂通受雙願兩以居之齊王元吉久揖風猷親承師範又屈住延興異供交獻藏任物而赴不滞行藏年氣漸衰屢增疾苦勑賜良藥中使相尋自揣勢極難瘳懸露非久乃遺表於帝曰藏年高病積德薄人微曲蒙神散尋得除愈但風氣暴增命

在旦夕悲戀之至遺表奉辭伏願久住世間緝寧家國慈濟四生興隆三寶儲后諸王並具遺啓累以大法至于清旦索湯沐浴著新淨衣侍者燒香令稱佛號藏跏坐儼思如有喜色齋時將及奄然而化春秋七十有五即武德六年五月也遺命露骸而色逾鮮白有勑慰贈令於南山覓石龕安置東宮已下諸王公等並致書慰問并贈錢帛今上初爲秦王偏所崇禮乃遍慰曰諸行無常藏法師道濟三乘名高十地惟懷弘於般若辯囿包於解脫方當樹德淨土闡教禪林豈意湛露晞晨業風飄世長辭奈苑遽掩松門兼以情切緒言見存遺旨迹留人往彌用悽傷乃送於南山至相寺時屬炎熱坐于繩牀屍不摧臭跏趺不散弟子慧遠樹績風聲收其餘骨鑿石瘞于北巖就而碑德初藏年位息慈英名馳譽冠成之後榮扇逾遠貌像西梵言寔東華含嚼珠王變態天挺剖斷飛流殆非積學對晤帝王神理增其恒習決滯疑議聽衆忘其久疲然而愛狎風流不拘檢約貞素之識或所譏焉加又縱達論宗頗懷簡略御衆之德非其所長在昔陳隋廢興江陰陵亂道俗波迸各棄城邑乃率其所屬往諸寺中但是文疏並皆收聚置于三間堂内及平定後方挑簡之故自學之長勿過於藏注引宏廣咸由此焉講三論一百餘遍法華三十餘遍大品智論華嚴維摩等各數十遍並著玄疏盛流於世及將終日製死不怖論落筆而卒詞云略舉十門以爲自慰夫含齒戴髮無不愛生而畏死者不體之故也夫死由生來宜

畏於生吾若不生何由有死見其初生即知終死宜應泣生不應怖死文多不載慧遠依承侍奉俊悟當時敷傳法化光嗣餘景末投迹于藍田之悟眞寺時講京邑亟動衆心人世即目故不廣叙

續高僧傳卷第十一

音釋

岠其呂切違也　翮下革切勁羽也　敻虛政切遠也　璽胥里切王者之印曰璽　齷齪齷於角切齪測角切　頲他領切　竦息拱切動也　墌之亦切基址也　犖呂角切超絕貌　刎武粉切斷頸也　刵而志切刑耳也　糇戸鈎切乾粮也　炅俱茗切　鎣烏絅切光飾也　瘞於計切埋也　彰音靜

續高僧傳卷第十二

唐 釋 道 宣 撰

義解篇八 本傳十五人 附見七人

釋慧隆俗姓何氏丹陽句容人也祖翦梁武陵王長史父㦸梁散騎常侍隆十一出家師於宣武寺僧都沙門慧舒舒道業遐暢風標清舉學堪物軌德允人師鳥迴當職秉持攸寄隆恭撝恪慎備盡師資年屆十三志存聽學纔欲聞道即感靈瑞有人自稱姓蔣名規授法華一部便曰將來佛法寔用相寄發言適竟莫知所之以義推之若非四依齊位九師均德豈能當斯負荷剋感聖言遂聽法雲寺確法師成論一遍未周已究深隱習業數載獨稱標拔及登具戒更采毗尼故得五篇一河殊製異飲備皆斷覈洞盡銓衡及梁運

蕩覆避世順時雖屬彫荒學功靡棄彭城寺内引化如流陳氏御曆重闡玄蹤僧正暅公道門德望於茲寺内結肆開筵義侶玄徒四方雲萃隆當入室獨冠群英既解慧超挺命令敷述及暅將化遺旨在斯法筵是繼誠當嘉旨然其識用淹華言辯清富每至商攉玄理頻徙遲疑雖復談柄屢撝言鋒時礪而碩難自撤簡綽澄遠隋氏馭宇九有同朝上德高人咸紆延請隆志存栖晦以老疾致辞居舊敷弘仍以卒歲仁壽元年十一月十六日卧疾二十日遷化爾時冬至告節氣序祁寒雲布彌天雪飛遍野及中宵之泥洹也天色開霽星漢澄明豈非神靈哀悶天龍感悼之明瑞矣然隆慈濟成性不尚華飾柔順知足無貪爲寶凡講成論三十遍涅槃大品各十餘遍餘則有差故不具叙未終前領弟子於高座寺南山頂聚土築壇語曰我若捨形不煩棺槨可於此處以施禽蟲壇竟便遷誠哉知命後依遺命仍樹高碑寺沙門法宣爲文

釋慧海姓張氏清河武城人少年入道師事鄴都廣國寺冏法師聽涅槃楞伽始通再遍便能覆述上首加賞又經五稔學徒推服更從青州大業寺道猷法師受摩訶衍毗曇等然猷慧辯無礙開智難思海以潁脫之才當斯榮寄以周大象二年來儀濤浦創居安樂修葺伽藍莊嚴佛事建造重閣躬自經始咸資率化竭筋力而忘倦蒙寒暑而載馳常以淨土爲期專精致感忽有齊州僧道詮賫畫無量壽像來云是天竺雞頭摩寺五通菩薩乘空往彼安樂世界圖寫尊儀既冥會素情

深懷禮懺乃覩神光熠爍慶所希幸於是模寫懇苦願生彼土沒齒爲念以大業五年五月旦疹患增甚語弟子曰我當滅矣申手五指用表終期氣息綿微屬纊斯待至五日夜欻然而起依常面西禮竟跏坐至曉方逝春秋六十有九顏色恬和儼如神在道俗悲凉競申接足花香如雨下金寶若山積充委階墀福慧之力矣然其自少精苦老而逾篤般舟密行之法蘭若思惟之儀亟展修行瑞相常擾兼以慈仁救護有劇諸已誘勸慱約必竭其才宰官居士之流老病貧窮之侶並情遺重輕德施平等斯固器宇該含末代之通人也講涅槃三十遍誦法華經一部講五十遍即以其月九日琢石於寺鐫爲巨室而移坐焉江都縣令辛孝凱崇信是投內外通捨解衣撤膳躬自指撝弟子慧昞以全身處乃架塔築基增其華麗仍建碑旌德於寺之門秘書學士瑯琊王眘爲文

釋慧覺姓孫氏其先太原晉陽人也江右喪亂遷居丹陽之秣陵焉覺之在孕梁代誌公不測人也遊宅徘徊顧而言曰此處當出神童俄而載誕有若符契幼而風神特達氣調不群雖則青衿便有奇心遠識於五陰六塵深知泡電誓求離俗二親弗能違也年八歲出家研精法相其初伏業即興皇朗法師也學門擁盛咸暢玄風入室之徒莫非人傑覺禀承宏論備覩幽旨領略津會鐫求幽賾騁馳衆妙得自胷襟宗匠加賞相繫稱爲法器加以遊心九部備觀數論詭說異門並尋枝葉既而歎曰枌揄豈冲天之舉小道乖適遠

之津聊以忘憂非吾徒也夫澄神入慧莫尚五門攝山泉石致美息心勝地乃摳衣獨往止于栖霞寺焉有慧布法師空解第一深明方等或有未悟韞櫝于懷佇知音者及見欣然便即開授又以大智度論江左少弘布備宗緒將陳請說乃垂覃思申暢幽微布公披襟歎美即命開講於是舊文新意兩以通之遠近餐服聞所未聞釋論廣興於斯盛矣陳晉安王伯恭爲湘州刺史深加禮異弁請講衆南行弘演吏部尚書毛喜護軍將軍孫瑒並鞠躬頂禮虔仰殊常左衛將軍傅縡學通内外氣調甚高緇素之間無所推敬每見覺來必心形俱肅劇談高論留連無已天爵服人皆如此類隋朝剋定江表憲令惟新一州之内止置佛寺二所數外伽藍皆從屏廢覺懼金剛之地淪毀者多乃百舍兼行上聞天聽有勑霈然從其所請啓沃神衿弘護像法信有力焉煬帝昔居藩屏化牧淮甸欽佇勝人義踰仄席乃賜書曰法師安善涼暑惟宜承栖遲龜山之域闡揚龍樹之旨其義端雄辯獨演暢於稽陰談柄微言偏引汲於鏡水弟子欽風籍甚味道尤深今於城内建慧日道場延屈龍象大弘佛事盛轉法輪上人名稱普聞衆所知識今遣迎候遲能光拂也於即賁然來儀膺此嘉命法濟上人者靈智難思於永福道場請開大論主上親臨法席稱善久之後止白塔恒事敷說大品涅槃華嚴四論等二十餘部遍數甚多學徒滿席法輪之盛莫是過也先是江都舊邸立寶臺經藏五時妙典大備於斯及踐位東朝令旨允屬

掌知藏事僉曰得人大業二年從駕入京於路見疾而神色怡然法言無廢及至將漸明語如常咸見金剛大神前後圍繞外國梵僧燒香供養初有智覺禪師爰感靈應乃見覺名題於金録固其所得位地義量難測至三月二十二日遷化於泗州之宿預縣春秋五十有三惟覺美詞令善容止身長八尺風表絶倫攝齊昇堂俯仰可則覩其威儀莫不改容易觀寓目忘倦至於吐納玄言宣揚妙義雄辯清論雲飛泉涌眞可謂日月入懷風飆滿室雖復褊志滯情亦頓忘鄙悋然其芝蘭所化陶誘之功日就月將固亦弘矣兼通外典妙善尺牘屬詞染翰造次可觀折簡所至皆爲楷模加以風度淹遠雅量弘深談絶是非心夷彼我峻矣重仞人莫之窺信施相積隨用檀捨二翼之外纖芥罔遺止有論文談疏盈於几篋而已豈非拔俗之奇才通方之正士也有詔喪事所須隨由備辦恩禮周給務從優厚并具舟楫王人將送其年五月十三日還窆於江陽縣之茱萸里傳業學士數甚滋多門人智果稟承遺訓情深追遠乃與同學紀諸景行碑于寺門秘書詔誥舍人虞世南爲文金紫光禄大夫内史侍郎虞世基爲銘見於別集

釋道判姓郭氏曹州承氏人也三歲喪親十五遊學般涉史籍略綜儒道十九發心出家投于外兄而剃落焉具戒已後歷求善友深猒俗累絶心再往每閱像教東傳慨面不睹靈迹委根歸葉未之或聞遂勇心佛境誓當瞻敬以齊乾明元年結伴二十一人發趾鄴

都將經關塞關邏嚴設又照月光踟躕迴首義無踰越忽值雲奔月隱乘闇度棧遇逢遊兵特蒙釋放以周保定二年達于京邑武帝賞接崇重仍令於大乘寺厚供享之經逾兩載上表乞循先志又蒙開許勑給國書幷資行調西度石磧千五百里四顧茫然絕無水草乘飢急行止經七夕便至高昌國是小蕃附庸突厥又請國書至西面可寒所此云天子治也彼土不識衆僧將欲加害增人防衛不給粮食又不許出拾掇薪菜但令餓死有周國使人諫可寒云此佛弟子也本國天子大臣敬重供養所行之處能令羊馬滋多可寒歡喜日給羊四口以充恒食判等放之而自煮菜進噉既見不殺衆生不食酒肉所行既殊不令西過乃給其馬乘遣人送還達于長安住乾宗寺判以先在窮險無人造食遂捨具戒今返京室後乃更受之停止五年逢靜藹法師諮詢道務慧業沖邃淹歷五周朝夕聞問方登階漸會武帝滅法與藹西奔于太白山同侶二十六人逃難巖居不忘講授中百四論日夜研尋恂恂奉誨雖有國誅靡顧其死東引尋山岠于華岳凡所遊遁者望日烝焉遂離考山室二十餘所依承藹德爲入室之元宗始末一十五年隨逐不捨後藹捨身窮谷用陳護法判舍酸茹毒奉接遺骸建塔樹銘勒于巖壁天元嗣曆尋改邪風創立百二十人爲菩薩僧判當其數初住陟岵寺大隋受命廣開佛法改爲大興善馬判道穆僧徒歷總綱任敦攝彝倫有光先範開皇之肇於終南山交谷東嶺池號野豬迥出雲端俯臨

原陸躬自案行可爲栖心之場也結草爲庵集衆講説開皇七年勑遣度支侍郎李世師將天竺醫工就造精舍常擬供奉知判道業修曠給額爲龍池寺焉大將軍雲定興以爲擅越四事供給無爽二時侍郎獨孤機餐奉音猷於宅後園别立齋宇請來栖息終日將事禀其法戒薛國公及夫人鄭氏夙奉清訓年别至山諮承戒誥決通疑議以大業十一年五月四日平旦卒於山寺春秋八十有四初判釋蒙啓法性狎林泉少欲無競樂居儉攝行慈濟之偏所留心履苦登危彌其本意故每至粟麥二熟行乞貯之至厚雪彌山則遺諸飛走所以山侶遊僧蒙其獎濟者殷矣又食不擇味生無患苦僧事鞅掌身先令之而弘道終朝處處無怠雖暫遊世恒歸山室斯亦巖岫之學觀矣

釋淨業俗姓史氏漢東隨人也年登小學即露緇服閭里嘉之號稱賢者專經之歲割愛出家淨養威儀霜厲冰潔受戒已後遊刃河内精研律部博綜異聞時有論師慧遠樹德漳河傳芳伊洛一遇清耳便申北面學涅槃等經皆品酌其致弘宣大旨而恨文廣功略章句未離及遠膺詔入關業亦負袠陪從首尾餐承盡其幽理晚就曇遷禪師學於攝論遷器宇崇廓墻仞重深遂舉知人同揚樂説嘉業鑽仰誠至乃傾襟導引隨聞頂受緘勒寸心開皇中年高步於藍田之覆車山班荆採薇有終焉之志諸清信士敬揖戒舟爲築山房竭誠奉養架險乘懸製通山美令之悟眞寺是也業確乎内湛令譽外馳仁壽二年

被舉送舍利于安州之景藏寺初通行諸基欲於十力寺置之行至景藏忽感異香滿院衆共嗟怪因而樹立將下舍利赤光挺出照于人物寺重閣上聞衆人行聲及往掩捕扃閉如初一人不見塔北有池沙門淨範爲諸道俗受菩薩戒乃有群魚游躍首皆南向似受歸相範即乘舟入水爲魚授法魚皆迴頭繞船如有聽受都無有懼業慶其所遇乃以舍利置於佛堂先有塑菩薩一軀不可移轉至明乃見迴身面於舍利狀類天然一無損匃屢興别瑞傳言不盡大業四年召入鴻臚館教授蕃僧九年復召住禪定寺聯翩荏苒徽塵清曠後欲返於幽谷告同學曰此段一行便爲不返而别未淹旬已聞怛化春秋五十有三達生知命斯亦至哉即大業十二年

二月十八日也露骸松下初業神岸温審儀止雍容敦仁尚德有古賢才調篤愛方術却粒練形冰玉雲珠資神養氣而卒非其所治徒載聲芳潔已清貞差爲傳德矣

釋童眞姓李氏遠祖隴西寓居河東之蒲坂焉少猒生死希心常住投曇延法師爲其師範綜掇玄儒英猷秀舉受具已後歸宗律句晚涉經論通明大小尤善涅槃議其詞理恒匃延興敷化不絶聽徒千數各標令望詳眞高譽繼迹於師開皇十二年勑召於大興善對翻梵本十六年别詔以爲涅槃衆主披解文義允愜衆心而性度方正善御大衆不友非類唯德是欽仁壽元年下勑率土之内普建靈塔前後諸州一百一十一所皆送舍利打刹勸課繕搆精妙眞以德王當時下勑令

徃雍州創置靈塔遂送舍利於終南山仙遊寺即古傳云秦穆公女名弄玉習仙升雲之所也初眞以十月內從京至寺路逢雨雪飛奔滂注淹漬人物唯舍利輿上獨不霑潤同共異之寺居衡谷日夕風震自靈骨初臨迄于藏瘞怡然恬靜燈耀山谷兼以陰雲四塞雨雪俱零冀得清霽見日有符程限眞乃手執熏爐興發大願恰至下期冬日垂照時正在午道俗同慶及安覆訖還復雲合大衆共歎眞心冥感之所至也大業元年營大禪定下勑召眞爲道場主辭讓累載不免登之存撫上下有聲僧綱又以涅槃本務常事弘奬言令之設多附斯文大業九年因疾卒于住寺春秋七十有一眞抱操懷亮朋附高流斯下之徒性非傾徙寺既初立宰輔交叅隆重居懷未始迎送情槩天表卒難變節當正臨食衆將四百大堂正梁忽然爆裂聲駭震霆一衆驚散咸言摧破徒跣而出者非一唯眞端坐依常執匙而食容氣不改若無所聞兼以偏悲貧病撤衣拯濟躬事扶視時所共嘉剛柔兼美焉

釋靈幹姓李氏金城狄道人祖相封於上黨遂隨封而還焉年始十歲樂聞法要遊寺觀看情欣背俗親弗違之年十四投鄴京大莊嚴寺衍法師爲弟子晝夜遵奉無怠寸陰每入講堂想處天宮無異也十八覆講華嚴十地初開宗本披會精求僉共怪焉又酬抗群鋒無所躓礙衆益欣美冠年受具專志毗尼而立性翹仰恭攝成節三業護持均持遮性周武滅法通廢仁祠居家奉戒儀體無失隋

開佛日有勑簡入菩薩數中官給衣鉢少林安置雖蒙厚供而形同俗侶開皇三年於洛州淨土寺方得落髮出家標相自此繁興有海玉法師構華嚴衆四方追結用興此典幹即於此衆講釋華嚴東夏衆首咸共褒美開皇七年因修起居道業夙聞遂蒙別勑令住興善爲譯經證義沙門至十七年遇疾悶絶唯心不冷未敢藏殯後醒述云初見兩人手把文書户前而立曰官須見師俛仰之間乃與俱往狀如乘空足無所涉到一大園七寶樹林端嚴如畫二人送達便辭而退幹獨入園東西極目但見林地山池無非珍寶焜煌亂目不得正視樹下花座或有人坐或無生者忽聞人喚云靈幹汝來此耶尋聲就之乃慧遠法師也禮訊問曰此爲何所答是兜率陀天吾與僧休同生於此次吾南座上者是休法師也遠與休形並非本身項戴天冠衣以朱紫光偉絶世但語聲似舊依然可識又謂幹曰汝與我諸弟子後皆生此矣因爾覺悟重增故業端然觀行絶交人物仁壽三年舉掌寺任素非情望因復俯從其年奉勑送舍利於洛州便置塔於漢王寺初建塔所屢放神光風起燈滅而通夕明亮不須燈照又感異香從風而至道俗通見四月八日下舍利時寺院之内樹葉皆萎鳥鳥悲叫及塡平滿還如常日時漢王諒作鎭晉陽承幹起塔王之本寺遠遣中使䞋賜什物然其善於世數機捷樞要辯注難加嘗爲獻后述懺帝心增感歔欷漣濡乃賜帛二百段用旌隆敬大業三年置大禪定有勑擢爲道場上座僧徒

一盛匡救有序至八年正月二十九日卒於寺房春秋七十有八幢蓋道俗相與奔隨乃火葬於終南之陰初幹志奉華嚴常依經本作蓮華藏世界海觀及彌勒天宮觀至于疾甚目睛上視不與人對久之乃垂顧如常日沙門童眞問疾因見是相幹謂眞曰向見青衣童子二人來召相遂而去至兜率天城外未得入宮若翹足舉望則見城中寶樹花蓋若平立則無所見也旁侍疾者曰向舉目者是其相矣眞曰若即住彼大遂本願矣幹曰天樂非久終墜輪迴蓮華藏世界是所圖也不久氣絕須臾復通眞問何所見耶幹曰見大水遍滿華如車輪幹坐其上所願足矣尋爾便卒沙門靈辯即幹之猶子也少小鞠育誨以義方攜在道位還通大典令住勝光寺衆議業行擢知綱任揚導華嚴擅名帝里云

釋敬脫不詳姓氏汲郡人也年少出家以孝行清直知名雖該覈小大偏明成實講解周鏡不虧聲聞開張衢術章疏惟新爲後學宗仰又善聲韻兼通字體蒼雅林統識其科蹤文章篇什頗預倫伍同住房院罕見餘談手不輟卷專師廣贍威儀修整未曾反顧身極長大充滿圓成時共目之以爲僧傑人有達於帝者乃追住慧日四海齊架又無與競志節堅正最爲稱首帝欲試諸大德誰爲剛亮通命引入允武殿勑監門郎將段文操拔刀逐之令走諸大德並趨步速往唯脫緩步如常語操曰卿何事以此相逼及上殿坐語論佛理帝徐顧操曰衆僧素不知俗法監門何得催耶私異脫之大志也勑賜大竹扇面闊

三尺即令執用并賜松抱高𢶉令著於宫中而出帝自送之曰誠僧傑矣爾後常弘成實無替時序以大業十三年卒于東都鴻臚寺春秋六十三自脱之聽學也常施荷擔毋置一頭經書及筆又置一頭若至食時留毋樹下入村乞食用以充繼其筆絶大麤管如臂可長三尺方丈一字莫不高推人有乞書者紙但一字耳風力遒逸觀之不猒皆施諸壁上來往觀省東都門額皆脱所題隨一賦筆更不修飾時慧日有沙門法楞者偏弘地論著述疏記聲名相副見重道場及于終世以事聞奏帝哀之殯殮所資皆從天府

釋善胄俗姓淮氏瀛州人少出家通敏易悟機悟爲心預涉講會樂詳玄極大論涅槃是所續注齊破投陳奔造非數年屬荐饑告乞是難曰濟一餅纔充延命形極羸悴衆不齒録行至一寺聞講涅槃因入論義止得三番高座無解低頭飲氣徒衆千餘停偃講唱於是扶舉而下既至房中奄然而卒胄時論訖即出竟不知之後日更造乃見造諸喪具因問其故乃云法師昨爲北僧所難乃因即致死衆不識胄不之擒捉聞告自審退而潛焉經于數日後得陳僧將挾復往他講所論義者無不致屈斃者三人由此發名振續大光吳越隋初度北依遠法師止于京邑住淨影寺聽徒千數並鋒鋭一期而胄覆述竪義神彩秀發偏師論難妙通解語遠制涅槃文疏而胄意所未弘乃命筆改張剖成卷軸鑿深義窟利實罔遺遠聞告曰知子思力無前如何對吾改作想更别圖可邪胄曰若待法師

即世方有修定則胄之虛名終無實録遠乃從之疏既究成分宗匠世亟有陳異遠亡之後勑令於淨影寺爲涅槃衆主開皇將末蜀王秀鎮部梁益携與同行岷嶓望德日歸道成務逮仁壽末歲還返關中處蜀道財悉營尊像光座嚴飾絶世名士雖途經危險而步運並達在京供養以爲模範會文帝置塔勑送舍利于梓州牛頭山華林寺嚴輿將達感猪八頭突到輿下從行至舘驅逐乃走還來如故漸至城治黒蜂四枚形甚壯偉隨輿旋遶數帀便去既至州舘夜放大光明徹屋上如火焰發食頃方滅又掘塔基入深丈餘正當函處得古瓷瓶無蓋有水清澄香美乃用盛於函内寺有九層浮圖從西南角第二級放光上照相輪如五石瓮許黄赤如火良久方隱又堂内彌勒像亦放眉間紫光并二菩薩亦放赤光通照寺院前後七度衆人同見除不來者及大業造寺廣召德僧胄應高選又住禪定屢開法席傳響相尋因感風疾脣口喎偏時人謂改張遠疏之所及也初遠以涅槃爲五分末爲闍維分胄尋之揣義改爲七分無有闍維第七云結化歸宗分自風疾多載而問難尋常爲諸學者所共驚憚後忽患損口如恒日胄曰吾患既差命必終矣此不可怪理數然也大業十三年欲返本寺衆不許之乃以土塞口欲自取死寺衆見其志決方復開許以武德三年八月内終於淨影寺春秋七十有一初患篤謂門人曰吾一生正信在心於佛理教無心輕略不慮淨土不生即令拂拭房宇燒香嚴待病來多日委卧

不起忽爾自坐合掌語侍人曰安置世尊令坐口云世尊來也胄今懺悔慙愧如是良久曰世尊去矣低身似送因卧曰向者阿彌陀佛來汝等還見不不久吾當去耳語頃便卒葬于城南韋曲之北崖遵遺令也弟子慧感住大總持講尋宗迹著名京室

釋辯相姓史瀛州人也性愛虛靜遊聽有聲業綜經術齊趙之方備聞芳績後旋洛下涉諸法席又往少林依止遠公學於十地大小三藏遍窺其隩隅而於涅槃一部詳覈有聞末南投徐部更採攝論及以毗曇皆披盡精詣傳名東壤光聞師資衆所歸向開皇七年隨遠入輔創住淨影對講弘通仁孝居心崇仰師轍仁壽置塔勑令送舍利於越州大禹寺民庶歡躍欣見遺身未及出門光自涌現青黃赤白四色昭彰流溢于外七衆嗟慶勝心屢動又於山側獲紫芝一枚長二尺三寸四枝三蓋光色鮮奇還返京都大弘法席常聽學士一百餘人並得領袖當時親承音誥大業之始召入東都於內道場敷散如故僞鄭擁逼同固洛濵武德初年蒙勑延勞還歸京室重弘經論更啓蒙心今上昔在弘義欽崇明德延入宮中通宵法論亟動天顏貺賜豐美乃令住勝光此寺即秦國之供養也故以居焉晚以素業所資慧門初闢追崇淨影仍就講說又捨所遺圖遠形相常存敬禮用光師範以貞觀初年因疾纏身無由取逝乃隱避侍人自縊而卒在于住寺春秋七十有餘矣相爲人敦素形色鮮白眉目濃朗儀止閑泰商搉名理接頻詞義有神彩矣

釋寶襲貝州人雍州三藏僧休法師之弟子休聰達明解神理超逸齊末馳聲廣於東土周平齊日隱淪本州天元嗣立創開佛法休初應詔爲菩薩僧與遵遠等同居陟岵開皇七年召入京輦住興善寺襲十八歸依誦經爲業後聽經偏以智度爲宗布響關東高聞時傑從休入京訓勗爲任開皇十六年勑補爲大論衆生於通法寺四時講化方遠總集逮仁壽造塔又勑送舍利於嵩州嵩岳寺初雲霧暗合七日蒙昧襲乃擊爐發誓願將限滿下舍利時得見日彩俄而所期既至天開光耀日當正午既副情望遂即藏翳末又送于邢州汎愛寺忽於函上見諸佛菩薩等像及以光明周滿四面不可殫言通於二日光始潛没而諸相猶存及當下時又見卧像一軀赤光踊起襲欣其所感圖而奉敬至文帝升遐起大禪定以名稱普聞召而供養武德末年卒於住寺春秋八十矣有弟子曇恭明洪皆善大論恭少而機辯見解有名曇講經論京室稱善護法匡弼頗存聖言貞觀初年勑徵爲濟法上座綱維僧務傳芳季緒後召入弘福又令知普光寺任德爲時須故輪轉無定卒於任所洪亦以榮望當時紹宗師業召入普光時復弘法而專營浴供月再洗僧繼踵安公歸心慈氏云

釋慧遷瀛州人也好學專問愛翫地論以爲心賞之極負錫馳騁求慕鄴匠雖研精一部而横洞百家每至難理則群師具叙有齊之時早肩名實又從遠公重流前業義不再緣周經一紀併通涅槃地持並得講授齊亡法

毀南奔陳國大隋革運又歸鄉壤行經洛下還附遠焉故業新聞備填胷臆及遠入關從而來至住大興善弘數爲任開皇十七年勑立五衆請遷爲十地衆主處寶光寺相續講說聲績攸陳仁壽二年勑令送舍利於本鄉弘博寺既至掘基入地六尺感發紫光散衝塔上其相如焰似今像所佩者又土上成字黑文分明云轉輪王佛塔也見此靈相咸慶希逢仁壽四年又於海州安和寺起塔掘深五尺便獲白土色逾於粉遍滿坑中復深八尺於白土內得白玉一枚方餘徑尺光潤難比及將下旦放大光明通照城郭色如紅火舍利出瓶分爲六粒現希有事衆皆歎訝遷後頻開十地京邑乃多無與比肩者及大禪定興召入處之武德末年卒於所住春秋七十有九矣自遷之歿後十地一部絕聞關壤道由人弘於斯驗矣有心之寄誠可勵諸

釋慧覺俗姓范氏齊人也達量通鑒罕附其倫而儀形秀峙眉目峯映衣服鮮潔身長七尺容止溫弘顧步淹融鏘鏘然也執持行路莫不駐步迎睇而目送者其威儀感人如此明華嚴十地講席相繼流軌齊岱榮名遠著門學成風大隋受禪闡隆像法以文皇在周既總元戎躬履鋒刃兵機失捷逃難于并城南澤後飛龍之日追惟舊壤開皇元年乃於幽憂之所置武德寺焉地惟泥濕遍以石鋪然始增基通於寺院周閭千計廊廡九重靈塔雲張景臺星布以覺識解騰譽召而處之弘闡法門多以華嚴爲首受悟請益宏略遵於四宗後被請高陽允當講匠聽衆千餘堂

宇充溢而來者不絕遂停法肆待有堂宇方可弘導爰有施主即爲造千人講堂締構斯須不月便就既登法座衆引充滿覺威容宏雅其狀若神談吐抑揚汲引玄隱披釋沖洽聽徒竦戴誠博義之弘量也著華嚴十地維摩等疏并纘義章一十三卷文質恢恢條貫倫約齊魏明德咸誦行之至武德三年會獫狁南侵覺少有恙通告門人曰吾其去矣侍者曰今寇賊臨城人路阻絕知何處去答曰生死道長去留無日明當別矣乃勑出身資爲僧設食與衆取訣通夜正念精爽泠然明相纔出奄然從化春秋九十矣初覺慧解之性素蓄胷襟福業攝生隨喜者衆凡有營理身助修治故寺之基址咸由勸勉又聞往生淨土園施爲功不遠千里青州取栗於并城開義寺種之行列千株供通五衆日呈茂美斯業弘矣時寺有二僧俱名慧達遠公門人善解當世武德之初京邑呈美又有明幹者亦亞其倫相與傳燈流芳不絕

釋智琚新安壽昌人俗姓李氏原其世系出自高陽末曹任爲理官仍以爲姓時代音變遂以理爲李因而氏焉其本冀州趙郡典午東遷徙居江左父褘仕梁員外散騎侍郎琚年十九便自出塵聽坦師釋論未淹灰管頻聞精義坦即隋齊王暕之門師也次聽雅公般若論又聽譽公三論此三法匠名價尤重琚欲潔操秉心偏窮法性諸高座主多無兼術古人有言學無常師斯言有旨廣尋遠討曲盡幽求年二十七即就敷講無礙辯才衆所知識說經待問亟動恒倫及坦將逝以五

部大經一時付囑既蒙遺累即而演之聲馮載隆玄素攸仰然其口不言人眼無受色牢醍弗嘗葷辛無犯入室弟子明衍受業由來便事之爲和上云前謂曰吾以華嚴大品涅槃釋論此之文言吾常吐納今以四部義疏付囑於汝乃三握手忽然而終卒於常州之建安寺即武德二年六月十日也窆於毗壇之南寺之舊兆衍姓丘氏晉陵名族容止可觀精彩卓異敬崇芳績樹此高碑于寺之門前陳西陽王記室譙國曹憲爲文

釋道慶姓戴其先廣陵後適度江家于無錫年十一出家事吳郡建善寺藏闍黎服勤盡禮同侶所推十七出都聽彭城寺講成實論大義餘論皆莫之遺所以時匠目曰懸日月於懷中注江河於口內者誠歸於慶矣既荷嘉問倍志兼常利齒聞於既往高座屬於茲日及陳祚云亡法朋彫散東歸無錫居鳳光寺學徒載萃誨誘如初後止毗壇弘業寺專事闡弘無棄涼暑然其容止善言笑淡名利厚交遊毫翰奔涌琴詩婉妙風神閑縱韻宇虛凝應物有方履機無忤以武德九年八月終於寺房春秋六十一即以其月二十三日窆於扶塘之山律也穿壙之日鍬鍤纔施感白鶴一群自天而下遙曳翻翔摧藏哀唳自非道光遠被何由致此異祥同寺沙門法宣曰余與伊人言忘道狎京輦少年已欣共被他鄉衰暮更喜同袍月席風筵接腕晤語吾子經堂論室促膝非異人豈意玄穹殲我良友千行徒洒百身寧贖未能抑筆聊書短銘其詞曰

十力潛景 四依匡世 踵德連暉 伊人是繼
宮牆戒忍 燈炬禪慧 並驅生林 分庭安叡
論堂撝王 義室芬蘭 坐威師子 衆遶栴檀
道潔塵外 理析談端 四儀式序 三業惟安
殲土機窮 勝人現滅 帳留餘影 車迴去轍
隴月孤照 墳泉幽咽 竹露暫團 松風長切
氣運有終 德音無絶

續高僧傳卷第十二

音釋

舂時忍切 摳苦侯切絜衣也 瑒與章切 綷子代切 颻甫遙切
棧士諫切閣木爲道也 愜苦協切快也 傈蘇協切屐也 岵侯古切
纘子卵切綜集也 禕於宜切 垗雉矯切塋域也 鍬鍤鍬七遙切鍤楚甲切鍬鍤田器也
殲子廉切滅也

續高僧傳卷第十三

唐　釋　道　宣　撰

義解篇九 本傳十七人 附見八人

釋慧因俗姓于氏吳郡海鹽人也晉太常賓之後胤祖朴梁散騎常侍父元顯梁中書舍人並碩學英才世濟其美因稟靈温裕清鑒倫通徽音深靡緇素欽屬十二出家事開善寺慧熈法師志學之年聽建初瓊法師成實曾未具戒便齊入室慧聲廣被道衆相推而欣味靜心未指章句乃詣鍾山慧曉智瓘二禪師請授調心觀法定水既清道思逾肅師襲宏略曲盡幽微而悟言神解獨酌標致又造長干辯法師稟學三論窮實相之微言弘

滿字之幽旨寫水一器青更逾藍辯後歸靜山林便以學徒相委受業弟子五百餘人踵武傳燈將三十載陳太建八年安居之始忽感幽使示王請法師部從相諠絲竹交響當即氣同捨壽體如平日時經七夕若起深定學徒請問乃云試看箱内見有何物尋檢有絹兩束因曰此爲䞋遺耳重問其故曰妄想顛倒知何不爲吾被閻羅王召夏坐講大品般若於冥道中謂經三月又見地獄衆相五苦次第非夫慈該幽顯行極感通豈能赴彼冥祈神遊異域陳僕射徐陵高才通學尚書毛喜探幽洞微時號知仁咸歸導首隋仁壽三年起禪定寺搜揚寓内遠招名德因是法門龍象乃應斯會既德隆物議大衆宗歸遂奉爲知事上座訓肅禪學柔順誘附清穆僧倫事等威權同思啓旦又寺初勝集四海一期名德相亞通濟斯美因又寔兼之矣頻講三論并製文疏要約標控學者高奉大唐弘運重興佛日舉十大德當其一焉以身御法不令而行讓以得之屈已成務故京寺宿望心敬導承咸崇菩薩戒師後進具戒者無不依而羯磨左僕射蕭瑀器局貞亮玄風凝遠刑部尚書沈叔安温柔弘雅達信通神並崇仰欽承于兹二紀因定慧兩明空有兼照弘法四代常顯一乘而莫競物情喜怒無色故遊其道者莫測其位以貞觀元年二月十二日卒于大莊嚴寺春秋八十有九未終初夜告弟子法仁曰各如法住善修三業無令一生空過當順佛語勿變服揚哀隨吾喪後事不可矣乃整容如常潛思入定於後夜分正

坐而終咸聞異香滿室遂遷坐于南山至相寺于時攀轅扶轂道俗千餘人送至城南又聞天樂鳴空弟子等爲建支提塼塔勒銘封樹蘭陵蕭鈞製文仁是鄉人少所恭奉清淨身心修行念定畢弱著性有名聞學

釋慧暠安陸人幼入道門即懷遠量收覽經義弘導居心初跨染玄綱希崇大品博聞略究而情阻未申承苞山明法師興皇遺囑世稱郢匠通國瞻仰因往從之諮奉無倦備清遐邇遂得廣流部袠恢裕興焉年方登立即昇法座談搖一指衆侶諠譁受業傳燈分風從化然以法流楚服成濟已聞岷洛三巴尚昏時罔便以法弘導遠化未聞隋大業年泝流江硤雖遭風浪厲志無前既達成都大弘法務或就綿梓隨方開訓自玉壘僧侶因此開明銜煙總萃傾味正法而成恵卹焉無憚遊涉故使來晚去思詠歌滿路又以衆斯殷雜枯折由生暠據法徵治情無猜隱時或不可其懷者計奏及之云結徒日盛道俗屯擁非是異術何能動世武德初年下勑窮討事本不實誣者罪之暠惟道在人弘義須知返乃旋途南指道出荊門隨學之賓又倍前集既達故鄉存仍前業重張領牒更叙關鍵神望彌高衆聚彌結弊其諠競避地西山之陰屏退尋閑陶練中觀經逾五載四衆思之又造山迎接處邑傳化暠隨宜利益意引行藏還返安州方等寺講說相續以貞觀七年卒於所住春秋八十有七自暠一位僧伍精勵在先日止一餐七十餘載隨得便噉無待營求不限朝中趣得便止所以蜀部豊都芳羞

兼列每旦塡供常充寺門髙並命入僧自無一受旦講若下食惟一椀自餘餅菜還送入僧有學士道勤見其羸弱恐法事稽留爲告外衆令辦厚供髙怪異常推問食所由即令勤出衆水不相襲告曰邪命之食不可御也汝聞吾言而不解教意其守節禀法也如此釋法祥同州人童稚出家清貧寡欲周勤訪道栖止無定冠具已後遵奉憲章刻意鞭後潛心玄臏二教周廢便從俗吏而抱德懷經禮誦無輟僚佐班列同共嘉尚將欲進位貢入臺府而正性慕道不思榮問乃恣其習業霑負而已隋興法現即預出家住大興國寺志操俊爽言必簡衷立身凝肅不居幽屏常處大房開通前後三十餘年當風而住虛廓其扃門未曾掩坐卧一床讀經爲業道俗問訊者自非讀盡復卷中無涉言故知其容節卷末收者咸私覿已後而奉對詳潛思玄籍博綜多持開蒙引喻言不加飾因染傷寒有勸藥療者皆無所受但苦邀心隨務量擬或患痢病有加藥者乃曰痢者水也不進自除便噉乾飯數日便差其執節堅固率皆類此兼又持信標儀不交華薄身令衆範出言歸敬故衆有諸罰詳必先致其詞聞過伏引更不怨及其德耀人神爲若此矣以武德七年沉痾累月素氣綿弱侍者叅立乃微言佛像佛像聲旣沉隱初聞未了後思乃悟迴顧看之瞥見尊儀峙然西壁光明宛具須臾漸隱又聞香樂競至愔鬱盈房道俗驚嗟又見一群白鶴從西方來遶房三帀翔轉還從來處而去於後少時而卒乃葬于城之東隅傾邑

充衢幢蓋綿亘哀慟之聲流聞遠近

釋靜藏俗姓張澤州高都人九歲出家投清化寺詮禪師而爲師主訓誨之至極附大猷進戒巳後樂思定業通微盡相宗徒有歸年二十三發弘誓曰丈夫出俗紹釋爲氏豈不欲義流天下名貫玄班者乎承鄉壤大德遠法師勑召在京弘化爲務便往從之未至値遷果非本遂乃遍諸法席聽採經論攝論十地是所偏求還住淨影弘揚所習大業九年召入鴻臚教授東蕃三國僧義九夷狼戾初染規猷賴藉乘機接誘並從法訓武德初歲太僕卿宇文明達夙昔承奉禁戒是投合門請業用比昭穆勑使達爲河之南北執節招撫綸言旣出將事首途藏送曰世界無常佛有誠誥別易會難先民遺語願常在此奉信在心達以藏夙有預聞曾經事驗拜辭曰弟子銜命於不返願師冥道昭助及至相州果爲賊王德仁所害具子世壽奏曰臣父奉勑安撫竭誠奉國爲賊所害思報皇恩藍田散谷見有故寺望得爲父修立并度僧二七人帝問欲作何寺壽以事諮藏藏曰此山上有潤玉下有流泉可名玉泉耶壽具奏聞帝依所請仍延藏往住堂宇廊廟並指撝焉遠近道俗造山修覲皆遺之法藥安時處順遂復其性以武德九年十二月因事入京遇染時患恨終京室春秋五十有六弟子道刪祖習風範地持一部敷化在心今住終南至相有名於世

釋圓光俗姓朴本住三韓秦韓辰韓馬韓光即辰韓新羅人也家世海東祖習綿遠而神

器恢廓愛染篇章校獵玄儒討雠子史文華騰翥於韓服博贍猶愧於中原遂割略親朋發憤溟渤年二十五乘舶造于金陵有陳之世號稱文國故得諮考先疑詢猷了義初聽莊嚴旻公弟子講素霑世典謂理窮神及聞釋宗乃同腐芥虛尋名教實懼生涯乃上啓陳主請歸道法有勑許焉既爰初落髮即稟具戒遊歷講肆具盡嘉謀領牒微言不謝光景故得成實涅槃蘊括心府三藏數論徧所披尋末又投吳之虎丘山念定相沿無忘覺觀息心之衆雲結林泉並綜涉四含功流八定朋善易擬筒直難虧深副夙心遂有終焉之慮於即頓絶人事槃遊聖蹤攝想青霄緬謝終古時有信士宅居山下請光出講固辭不許苦事邀延遂從其志創通成論未講般若皆思解俊徹嘉聞飛移兼糅以絢彩織綜詞義聽者欣欣會其心府從此因循舊章開化成任每法輪一動輒傾注江湖雖是異域通傳而沐道頓除嫌郄故名望横流播于嶺表披榛負橐而至者相接如鱗會隋后御宸威加南國曆窮其數軍入揚都遂被亂兵將加刑戮有大主將望見寺塔火燒走赴救之了無火狀但見光在塔前被縛將殺既怪其異即解而放之斯臨危達感如此也光學通吳越便欲觀化周秦開皇九年來遊帝宇值佛法初會攝論肇興奉佩文言振績徽緒又馳慧解宣譽京皐勣業既成道東須繼本國遠聞上啓頻請有勑厚加勞問放歸桑梓光往還累紀老幼相欣新羅王金氏面申虔敬仰若聖人光性在虛閑情多汎愛言常含笑

愠結不形而牋表啓書往還國命並出自胷襟一隅傾奉昔委以治方詢之道化事異錦衣情同散國乘機敷訓垂範于今年齒旣高乘輿入內衣服藥食並王后自營不許佐助用希專福其感敬爲此類也將終之前王親執慰囑累遺法兼濟民斯爲說徵祥被于海曲以彼建福五十八年少覺不悆經于七日遺誡淸切端坐終于所住皇隆寺中春秋九十有九即唐貞觀四年也當終之時寺東北虛中音樂滿空異香充院道俗悲慶知其靈感遂葬于郊外國給羽儀葬具同於王禮後有俗人兒胎死者彼土諺云當於有福人墓埋之種胤不絕乃私瘞於墳側當日震此胎屍擲于塋外由此不壞敬者率崇仰焉有弟子圓安神志機頴性希歷覽慕仰幽求遂北趣九都東觀不耐又西燕魏後展帝京備通方俗預尋經論跨轢大綱洞淸纖旨晚歸心學高軌光塵初住京寺以道素有聞特進蕭瑀奏請住於藍田所造津梁寺四事供給無替六時矣安嘗敘光云本國王染患醫治不損請光入宮別省安置夜別二時爲說深法受戒懺悔王大信奉一時初夜王見光首金色晃然有像日輪隨身而至王后宮女同共覩之由是重發勝心剋留疾所不久遂差光於秦韓馬韓之間盛通正法每歲再講匠成後學䞋施之資並充營寺餘唯衣鉢而已

釋海順姓任氏河東蒲坂人容貌方偉音韻圓亮長面目少髭髯儀服不群於衆有異少處寒素生於田野早喪慈父與母孤居孝愛之情靡由師傳廉直之性獨拔懷抱每恨家

貧無資受業故年在志學尚未有聞乃慷慨辭親脫落求道出家依于沙門道愻愻道光玄胄名扇儒宗具見後傳順躬事學禮晝夜誦經初無暫替文不再覽日殆三千歲登具受履操逾遠志業尤勇念定所持誓無黜累仍以威儀麤著身過可防語笑易爲口非難護乃因他患緘默不言却掃蓬扉事心而已方以學行之始慧解爲先遂閱討衆經服膺玄宰方等諸部咸稟厥師皆探賾研機遺言領意有栖巖寺沙門神素者性好幽栖尤專大論順遠承奇調思扣沖關乃荷帙登峯諮叅講肆徒屬既衆鑽仰殊多有所詢求但舉綱要順頻時屢請徵以爲繁雖愠色不形而勞心可驗順逡巡退席曰昔陳亢問一得三今者請一蒙二亦何遂乎曰何謂耶答曰一則見忓一則聞義素既悟其所述因斯自革於是無疑不斷有滯必申至於雜心檃栝備在婆沙研精專一始終該統或下山分衛而執卷披文或企足接明假照尋讀莫不洞開樞要妙鑒幽原順甞以餘席言於素曰海順曠劫深尤不逢賢聖周旋五趣莫能自免致生茲穢土對此凡緣未能出有欲河登無爲岸將不由心駒失轡而晦沉坑埳者乎因涕泣濡襟歔欷哽塞又曰每念二輪交轍息駕何由六道長驅思歸無路言及斯事載懷惶悚且生得爲人啓期亡憂於貧賤出家弘道僧度不易於公侯順今兼之一何可慶又以大冥之室仰屬傳燈雖不面奉如來而幸遇法師耳不量短綆輙挼深源願得賜以明珠投之渾浪如此則一生有獲千載無恨也遂

即言笑如常容儀自若素曰敢聞君子志矣恐不副雅懷素後累居僧任果停講席順以法輪罕遇遂欣禪味有沙門道傑者穎秀定慧希慕風景乃致書曰敢稽首大師門下每欲理靜攝心山泉畢志但以無明大夜非慧炬不輝故栖寄法筵聽覽玄旨至於人物聚集頗勞低仰況乃大限百年小期一念儻從風燭前路奚憑所以策駑駘之疲想千里之遠定門玄妙輒希趣入逆其不逮盍用盤桓伏願開舍養之懷退人以禮傑得書美其銳情玄暢也乃報曰促路非騏驥之逸轡灌木豈是鸞鳳之棲息故當引水而沐枯魚戢翼而朋寡鶴耳脫其不爾幸無略光陰順得書會疾遂不果行而為人高簡雅素自歸清衆絕交泯俗嘗有說種姓高尚祖禰榮貴者以誇於順順睆爾而笑曰我釋種餘暉法王之子尚須謙讓自下不敢傲誕欺人豈期庸庸之徒翻欲恃鬼陵物遂振手而去故趨時之士皆不及其門反俗之賓頗入其室而道行純潔性好追蹤曾刺血洒塵供養舍利兼以血和墨書七佛戒經剋已研心類皆如此嘗尋付法藏傳說如來涅槃法付承繼迄於師子嗣賓囑累斯盡詞事既顯若親面焉因斯悽感涕零如雨曰恨不及彼聖人拔茲沉俗也又常於宵分歸命三尊同住鄰居無得聞者或解納覆彼寒夫或減食而充餧者志好恬愉無求知足有贈衣帛者終不以介意曾從容曰自任則樂而未曾制物從我隨物則苦而未曾以我違物且鳥不栖淵魚不巢樹未必解修和讓之道而各得其所宜者亦猶

我不奪物榮物不好我辱矣又作三不爲篇其一曰我欲偃文修武身死名存研石通道祈井流泉君肝在内我身處邊荆軻拔劍毛遂捧盤不爲則已爲則不然將恐兩虎共鬬勢不俱全永存今好長絶來怨是以返跡荒逕息影柴門其二曰我欲刺股錐刃懸頭屋梁書臨雪彩牒映螢光一朝鵬舉萬里鸞翔縱任才辯遊說君王高車反邑衣錦還鄉將恐鳥殘以羽蘭折由芳籠餐詎貴鉤餌難嘗是以高巢林藪深穴池塘其三曰我欲衒才鬻德入市趨朝四衆瞻仰三槐附交標形引勢身達名超箱盈綺服厨富甘肴諷揚絃管詠美歌謡將恐塵栖弱草露宿危條無過日旦靡越風朝是以還傷樂淺非惟苦遙順神晤駭群出言可録著集數卷于時眞法陵遲

俗尚諛諂訥言敏行者爲愚巧詞令色者爲智廉潔正性衆或致譏故順理貞直之心居危不亂湼而不緇可謂懷素風焉有沙門行友者志行嚴正才慧英悟與順素交因疾黍侯順曰先民有言古之學者爲己今之學者爲人三覆斯言一何可信世人強求知解而不欲修行每思此言良用悽咽吾謂夷煩殄惑豈直專在說經以法度人何必要登高座授非其器則虛失其功學不當機則坐生自惱友遂製息心論以對之文甚宏冠順曰觀弟此作理如未盡友曰息心之論應有數篇謂顯觀述宗釋疑成義但以理玄詞密非當世之所聞故容與於靈津戢鱗而未進慨時哉之不遇始絶絃於此耳順乃重說遺教悲歎無已先有沙門慧本者逸亮高世僧也思

與順結山林之操會順方學問未暇允之本獨謝時世罔測所往後每思之言輙凄泫曰本公若乘龍之遊濯足雲表吾雖攀戀自恨縈身覊俗昇沉相異徒爲悲矣且忘懷去來者朝市亦江湖眷情生死者幽栖猶桎梏茍其性之不失不無居而不安其得志慕情爲如此也于時卧疾連稔自知不全遺文累紙呈諸師友而形同骨立情爽逾健旁問後事順曰患身爲穢器暫捨欣然魚鳥無偏水陸何簡然顧惟老母宿緣業重今想不得親别矣若棄骸餘處儻來無所見有致煎惱但死不傷生古言可録順雖不孝豈敢以身害毋耶既報不自由可側柩相待遂令遜法師説法領悟欣然須臾卒於住寺春秋三十即唐武德元年八月十五日也沙門行友者知已

沙門傳致廣其事友今被召弘福充翻譯之選建名時俗云

釋曇藏姓楊氏弘農華陰人家世望門清心自遠年十五占者謂爲壽短二親哀之即爲姻媾既本非情慮有推逼遂逃亡山澤惟念誰度行至外野少非遊踐莫知投造但念觀音久值一人貌黒而驅二牛因問所從可得宿不便告藏曰西行有寺不遠當至尋聞鐘聲忽見僧寺因求剃落便遂本心即遣出門可行百步迴望不見久乃天明西奔隴上求法爲務晚還京邑於旌善寺行道受戒聽諸經律意有所昧又往山東彼岸諸師競留對講地持十地名稱普聞故東漸海濵南窮淮服聽涉之最無與爲儔及返京師住光明寺論發新異擅聲日下獻后既崩召入禪定性

度弘裕風範肅成故使道俗推崇綱維領袖恒爲接對之役也賔客席上之美談叙曠世之能見之今矣大唐御世造寺會昌又召以爲上座撫接長幼殊有奇功貞觀譯經又召爲證義時以藏威烈氣遠容止清肅可爲與善寺主藏深懷禮讓用開賢路乃薦藍田化感寺潤法師焉即依其言舉稱斯目及皇儲失御便召入宮受菩薩戒翌日便瘳勑賜絹數百段衣對亦爾度人三千并造普光寺焉尋又下勑得遙受戒不藏曰地持論云若無戒師發弘誓願得菩薩戒因進論文勑乃以懺詞令藏披讀至皇后示疾又請入宮素患胥脚勑令輿至寢殿受戒施物極多並充功德至貞觀九年三月十八日終於會昌寺春秋六十有九哀慟兩宮弔贈相次詔葬郊西嚴村起塔圖形東宮詹事黎陽公于志寧爲碑文見于塔所

釋神迥姓田氏馮翊臨晉人弱齡挺悟辞恩出俗遠懷匠石備歷艱虞問道海西包括幽奧博採三藏研尋百氏年未及冠鬱爲鴻彩雖廣融經論而以大衍著名至於所撰序引注解群經篇章銘論合四十餘卷每於春初三月放浪巖阿迄於夏首方還京邑漁獵子史諷味名篇逸調横馳頗以此而懷簡傲也兼以嘲謔豪傑辯調內外陵轢倫右誇尚矜莊京邑所推侯王揖仰又以旬暇餘隙遊歷省臺預是文雄通名謁對或談叙儒史或開悟玄宗優遊自任亦季世縱達之高僧也故華壤英俊爲之謗曰大論主釋迦迴法界多羅一時領以其竪論之時必令五三人别難

後乃總領通之故懷斯日矣大業十年召入禪定尋又應詔請入鴻臚爲敷大論訓開三韓諸方士也貞觀三年以正道所歸通務爲則遂擁錫庸蜀流化岷峨道俗虔虔靡若風草法流亹亹所至汪濊以四年七月一日遷於法聚寺春秋六十五矣四衆哀慟悲其爲法來儀未幾而終素懷莫展益州官庶士俗以同舟列道諍趨奔于葬所素幢竟野香煙蔽空萬計哀號聲動天地於昇遷橋南焚之遵遺令也弟子玄砮收其餘柩以約秦中與同學玄究等於終南山仙遊寺北而繕塔焉究爲其文銘于塔所究清貞抱素志樂林泉頗工篇什時會精越學文驚其藻鋭也未立而終哀傷才府

釋僧鳳姓蕭氏梁高其族祖也曾祖懿梁時中宣武王大父軌梁明威將軍番禺侯顯考長陳招遠將軍新昌守鳳以族胄菁華風望高遠置情恢廓立履標峻昔在志學聰慧夙成文翰曾映聲辯超挺所製新文百有餘首冠出儒林識者咸誦固得早發延譽令逸京皐開皇之始僧粲法師名重五都學周八藏乃委心請道歸宗師傅粲鑒其精爽美其器略授以眞乘開十等之差導以玄辯踈八勢之位鳳雅有幽度領覽無遺勝氣邁於比肩賦命懷於前達時倫相顧曰師逸功倍聞之昔人冰凉青厚驗之今日會隋煬負圖歷試黄道大業中歳駐蹕南郊文物一盛千年罕及欲以軍威帝業激動鬼神乃高飾黄麾盛陳白羽霜戈曜日武帳彌川皂素列於朝堂下勑曰軍國有容華夷不革尊主崇上遠存

名體資生運通理數有儀三大懸於老宗兩敬立於釋府條格久須如何抗禮黄老子女承聲下拜唯佛一宗相顧峙立沙門明贍率先答詔具如別傳然勑頻催何爲不禮鳳時爲崇敬寺主依例被追乃擺撥直進援引經論明不可敬之理僉詳贍鳳抗詔之儀可謂蘭菊各擅其英華竹栢互陳其貞節不可削也獻后云崩禪定斯構下詔辟召來莘道場相從講解迄於暮齒善綜引安機要難問失緒顯論攸歸貞觀中年釋門重闡青田有穢白首斯與非夫領括無由弘護中書舍人杜正倫下勑監掌統詳管轄奏召以爲普集寺住尋更右遷定水上座綏緝二寺無越六和妙達衆心欣其仰止年及縱心更新誠致縶維塵境放曠山林言晤相諠終事畢矣有岐州西山龍宮寺遠來請講深幸素心承彼北背層巖南臨清渭石鏡耀日松蘿冐空暢悦幽情即而依赴大開法觀導引慧蹤遂使道俗來穌聞所未有既而厚夜悽感常志言前悲各增慨彌隆遐想以其年暮月二十三日因疾終於彼寺春秋七十有七初以疾殛委卧猶存弘法精爽不移乃力疾而起曰妙法華經最後言別終須一釋用通累念遂對衆開之下坐怗然奄爾神逝於岐州陳倉縣龍宮寺士俗官庶痛心疾首喪我所天非夫陳迹昭穆安覩乃遷靈於縣郭之北原鑿窟處之仍施白塔岧然望表遠近瞻矚無不涕零有弟子法位學聲早被言悟清遠以終天難補英聲易塵匪假陳揚於何取則乃於定水寺爲建一碑程器萬古其文左僕射燕國公

爲製惟鳳立性矜莊氣厲群伯吐言爽朗晤涉奔隨以般若爲心田以涅槃爲意得講法華經百有餘遍製疏命的亦是一家餘諸經論待時而舉初鳳之往西山便留遺疏述其遠度累以餘緣恰達彼寺因而不返樂天知命何以加之故其遺文後偈云

苦哉黑闇女　樂矣功德天　智者俱不受
愚夫納二邊　我奉能仁教　歸依彌勒前
願闍摩訶衍　成就那羅延

釋道岳姓孟氏河南洛陽人也家世儒學專門守業九歲讀詩易孝經聰敏強識卓異倫伍父畧仕隋爲臨淄令治聲遠肅有隱士西門義者博物踈通伏遁巖谷前後令召莫能致之至是步自山阿來儀府舍謂銓下吏曰西門義故遽爲吾白即以事聞令素仰高風駭其萃止延席曰先生道肩三古德重四民何能輕舉義曰吾自弱歲隱淪于兹暮齒誠不欲干遊人世抱誠棄智頊者吠聲既靜則良政字民五袴興謡兩岐成詠有欣美化故不以韜隱自私敢叙斯事令述其不逮問其治術對答若神情兼明舉乃命諸子紹續績曠岳畧等列於義前令其顧指義曰府君六子誠偉器也自長而三州縣之職保家自若也已下之三其志遠其德高業心神道求解言外固非世局之所常談也曠年十七遂得出家操行貞固志懷明約善大論及僧祇深鏡空有學徒百數禪觀著績物務所高即洛陽淨土寺明曠法師是也岳十五出家依僧粲法師爲弟子少樂學問經綸是欣及具篇禁更宗律部指途持犯性不議非而體貌魁

美風操高厲容止儼然不妄交於道俗後習成論雜心於志念智通二師備窮根葉辯義斯盡有九江道尼者創弘攝論海内知名以開皇十年至自揚都來化京輦親承眞諦業寄傳芳岳因從受法日登深解以衆聚事擁惟其廢習將欲栖形太白服業倫貫時太白寺慧安者倜儻多知世數闊達方丈一字方寸千文醫術有工經道偏練日行四百相同夸父世俗所謂長足安是也岳友而親之便往投造告所懷曰毗曇成實學知非好攝大乘論誠乃精微而傳自尼公聽受又尠今從物化請益無從中路徘徊伊何取適昔天親菩薩作俱舍論眞諦譯之初傳此土情寄於此耳安曰願聞其志岳曰余前學群部悉是古德所傳流味廣周未盡於後唯以俱舍無解遂豈結於當來耶安曰志之不奪斯業成矣後住京師明覺寺閉門静故尋檢論文日讀其詞仍洞其義一習五載不出住房唯除食息初無閑暇遂得釋然開發了通弘旨至於外義伏文非疏莫了承三藏本義並録在南思見其言載勞夢寐乃重賂遺南道商旅既憑顧是重所在追求果於廣州顯明寺得俱舍疏本幷十八部論記並是凱師筆迹親承眞諦口傳顯明即凱公所住寺也得此疏本欣載御懷諷讀沉思忘於寢食乃重就太白卒其先志於即慶弔絶緒尋繹追功口腹之累惟安供給時穀食不豐菜色相顧安廡事經勞始無匱乏綿歷歲序厥志彌隆内懃諸己乃謝安曰岳今至愚爲累獨學成譏輒不量力欲希非分一不可也食爲民本名作

實賓苟求虛譽遂勞同志二不可也斯過弘矣誠可退迹沉浮更勞重累則不可也安曰功業將成幸無異志嘉會難再無思別慮復延兩載方始出山乃以巳所尋知將開慧業遊諸講肆清論莫窮大業八年被召住大禪定道場今所謂大緫持寺是也時年四十有四少齒登器莫匪先之此時僧衆三百餘人令德風規互相推讓岳以後至名重學不從師雖欲播揚未之有許時有同德沙門法常智首僧辯慧明等並名稱普聞衆所知識相爲引重創爲請主岳撝謙藏器退辭師授徒累清言終慙疎略慧明等越席揚言曰法師何辭耶吾等情均水乳義結相成掩德移機恐爽靈鑒又人世飄寄時不再來幸不相累岳顧諸意正乃首登焉遂以三藏本疏判通俱舍先學後進潛心異論皆曰斯文詞旨宏密學爽師資縱達一朝誠自誣耳當伺其談叙得喪斯及矣岳自顧情王虛宗初無怯憚舉綱頓網大義斯通雖諍論鋒臨而響應隨遣衆咸不識其户牖故無理頓聮辯由是名振學宗法筵繼席歲舉賢良推師有寄武德初年從業藍谷化感寺側巖垂乳水岳往承之可得二升懸滴便絕乃曰吾無感也故使輟流遂以殘水寫滴下瀅中一心念誦日取一升經六十日患損方復又至二年以三藏本疏文句繁多學人研究難用詳覽遂以真諦爲本餘則錯綜成篇十有餘年方勒成部合二十二卷減於本疏三分之二並使周統文旨字去意留兼著十八部論疏通行於世以爲口實又初平鄭國有宗法師者神辯英

出時所異之皇上延入内宮立三宗義岳問以八正通局聖賢後責繞施無言以對坐見其屈乃告曰京室學市談衍寔希三宗之大於何自指及高祖之世欲使李道東移被于鳥服度人授法盛演老宗會貞觀中廣延兩教時黄巾劉進喜創開老子通諸論道岳乃問以道生一二徵據前後遂杜嘿焉岳曰先生高視前彦豈謂目擊耳通乎坐衆大笑而退故岳之深解法相傳譽京國矣至六年秋八月岳兄曠公從化悲痛纏懷徒屬慰曰人皆有死唯自裁抑岳抆淚曰同居火宅共溺愛流生死未斷何得不悲聞者義之以爲善居道俗之間也貞觀初年有梵僧波頗在京傳譯岳爲衆舉預其同列頗聞善於俱舍未始重之謂人曰此論本國學者之英華浮情

不敢措意今言善者不有謬耶因問以大義弁諸異論岳隨其慧解應答如流頗曰智慧人智慧人不言此慧吾與爾矣自爾情敦道術厚密加恒八年秋皇太子召諸碩德集弘文館殿講義岳廣開衢術延對諸賔酬接覆却神旨標被太子顧曰何處法師若此之辯也左庶子杜正倫曰大總持寺道岳法師也法門軌躅學觀所宗太子曰皇帝爲寡人造寺廣召名德而此上人猶非受請何耶倫曰虞舜存許由之節夏禹順伯成之志彼乃俗流猶從矯逸況方外之士棄名之人臣輙從其所好耳乃下令曰今可屈知寺任允副虚襟岳動容辭曰皇帝深惟固本歸誠種覺所以考茲福地建此仁祠廣召無諍之僧用樹無疆之業貧道識量未弘德行無紀今蒙知

寺任誠所不安願垂舍恕敢違恩旨屢辭不免遂住普光以貞觀十年春二月遘疾彌留諸治無効春坊中使相望於路遂卒于住寺春秋六十有九皇太子令曰普光寺上座喪事所資取給家令庶使豐厚無致遺約仍贈帛及時服法衣等儭而有勑復官給葬儀送於郊南杜城之西隅岳弟明略身長七尺三寸十九出家志懷遠悟容儀清肅特善涅槃學人從集有聲京洛住東洛天宮寺貞觀九年入朝奉慰時四海令達總集帝京唯岳及略連枝比曜時共美之及事緣將了言歸東夏岳惘然曰吾同氣四人並先即世唯余與爾相顧猶影自曠師没後心常怏怏恐藤鼠交侵欻然長逝異生難會可不思耶吾將耄矣其能久乎集會又難爾其且止因斯便住恰至明春岳便辭世略之銜疼痛鍾纏結帶疾還寺以十二年卒于所住春秋六十七矣

釋功迥姓邊汴州浚儀人年六歲便思出家慈親口授觀音經累日而度自此專訓經法九歲而送在寺年十六捨俗服志願山居因入泰岳苦心忘倦年二十五便事弘法師私自惟曰拱默山林乃是一途獨善至於導達蒙瞽維持餘寄非化誘不弘住汴州慧福寺昔在山中十地勝鬘已曾講解及遊城邑人有知者勸而說之遂因闡揚諸經論等亦備敷說晚以法華特爲時要便撰疏五卷鎮常弘演前後五十餘遍每至藥草品天必降雨故其幽誠徵感爲若此也其佛地般若制疏并講津濟後學聲滿東川又撰無性攝論疏厥功始成奄然長往於本寺年六十六余聞

之行人曰其人少欲自節衣布坐茅所獲利禄隨時散盡房無遺篋四壁廓然未終之前異香靈光至所住室二夜四至自覩嘉相門人同美迴曰願乘此瑞往生樂土因不食二十日而終所飲井水終旦泉竭殯經數日水方復舊道俗悲凉通感若此

釋神照姓淳于汴州中牟人年九歲隋亂眷屬凋亡唯毋及身萍流無託未幾毋崩投造無指朝求木實夕宿屍所行往見之莫不下泣年十二投尉氏明智律師而出家焉于時載揚律藏學徒雲集宇内初定粺粒未充照巡村邑負粮周給年經六祀勞而無倦供衆之暇夜誦法華勝鬘經雖久人無知者受具聽律每發奇思前學之流驚其迴悟又往鄴下休法師所聽攝大乘論一遍無遺講散辭還休送出寺學門怪異休顧曰斯是河南一遍照也後生領袖爾其知之又往許州空法師所聽雜心論纔始八卷爲師疾而返後因遂講之初後通冠時人語曰河南一遍照英聲不徒召爾後涅槃華嚴成實雜心隨機便講曾不辭退又造像數百鋪寫經數千卷任緣便給不爲藏蓄新譯能斷金剛般若初至披讀尋括詞義似少一行遂以情側注及後具本果與符同時咸訝其思力也貞觀中遘疾逾久而戒行無玷卒於安業本寺春秋五十有九初平素日一狗將養所往恒隨及鄰大漸長號哀厲通宵向本出家寺往返二百餘里繞寺號呼以告彼衆素不知也凶問後至方委狗徵及曙還返安業掩坎之後長眠流淚不食而殂

釋道傑姓楊其先弘農漢太尉震之後也苗裔復居河東安邑之鳴條焉天懷頴發廓然物表年纔小學便就外傳教以書計典籍粗知大略然以宿植德本情猒俗塵父母留戀抑奪不許開皇十一年歲將冠肇垂翼東飛投聞喜横水窟眞瑩法師瑩鑒其高抜即而剃落尋與受具令學涅槃等經性淨修明聞持鏡曉後往峴頭山誦法華經月便度深自惟曰經不云乎寧願少聞多解義味欲得通要必俟博遊開皇十四年往青州何記論師所聽採成實纔涉二年功高四載記顧曰吾子形貌偎偉清對有方學淺而思遠吾論其興矣儻子存於始卒吾當誨而不倦無幾而記遷化遂爾周流齊土時有裝寂安藝並號哲人從之受道多識前令又往滄冀魏念二論師所聽毗曇論又於清河道尚汲郡洪該所俱聽成實始末四載傾窮五聚乃上下捜求以問法主每令該公延頸長息嘗定該義曰論云唯一苦受而有三差此文非謂以一行苦名爲苦受而隨情說三受正以於一苦受而隨情說三受此是經部師計而跋摩述以爲宗可不爾耶該曰然傑曰若使果起酬因說苦受爲樂受亦可因成感果說惡業爲善業若言善業感樂果善業非惡業亦可樂受酬善因樂受非苦受若言樂受酬善因而體即苦受亦可善業感樂果而體即惡業若言唯是一苦受隨情說妄樂亦可唯是一惡業隨情說妄善此中多句終是一妨遠取伏意覆却例決該于時茫然曰此中頓解聽後私室便曰此子有抜群之亮難與言也吾老

矣弘興論道其在于乎由是門人胥伏開皇十九年自衛適鄴聽林法師攝論又於洪律師所聽四分略知戶牖意在小論將事東行屬隋漢王召滄州志念河間法楞長弘并部忽遇斯際即往從之聽仰迦延讀婆沙論首尾三載頗極窮通曾難念論師曰若觸空非觸入處者亦應識空非識住處若以識非分是識住處者亦應觸非分是觸入處于時念公但含笑直視竟不通之其論道迅猛皆此類也然以先攻小學意爲弘顯大乘仁壽二年又依楞法師聽十地等論爾時法門大敞宗師雲結智景大論十力攝乘雨達涅槃舜龕律部一期總萃并晉中興乃歷遊講肆觀略同異凡經六載咸陳難擊故并州語曰大頭傑難人殺然其例並雖少而一徵一責能令流汗文帝崩晉陽逆節便還故里講阿毗曇心又講地持各五六遍自惟曰徒事言說心路蒼茫至於起慧非定不發遂停講往麻谷依真慧禪師學坐思擇念慧深入緣起慧歎曰常謂法師等一從名教難偃亂流如何始習便能住想豈非宿習所致耶後依成實安般念處兩夕專想觀解大明便謂神素法師曰昨試依論文安般念觀境界極明而氣逼上心坐不安席欲除此患終須教遣請撰諸經安般同異編爲次第將依遣滯素乃取婆沙成實龍樹蘭若諸部明十六特勝六種安般之相以示之即依修習更逾明淨又往麻谷以呈所證慧曰善哉大利根者淋落泉中諸學坐者未至此處武德元年請弘十地傑笑曰息駕修禪但名自利已法講揚法化

誠爲利他至於俱利事須商度今當晝語夜默庶得小大通洽不亦可乎遂即長弘三十餘遍常隨門學百有餘人堪外化者數盈二十斯人也剛決忠恕少慾希言擇交選士踈財薄食苦樂不言喜愠無撓栖巖一衆舉爲僧主辤不獲免若浮雲焉以貞觀元年七月二十八日因疾卒山春秋五十五三十六夏初有桑泉樊綽者前周廢教僧也雖爲白衣常叅法宇傑以國士遇之綽已前亡二女同夢其父乘虛而至曰吾生西方極樂土矣知傑師將逝故來迎接因往栖巖其日傑患停講乃至壽終常見樊綽在傍合衆又聞空中伎樂異香故其去處雖遠不負弘道之功焉門人依西域闍維起塔供養

釋神素姓王字紹則其先太原遠祖勇從宦虞州遂徙居安邑鳴條之野焉氏族英望無煩述作少與道傑結張范之好相攜問道儒學之富禮易是長至於篇什繼美英彩故其遊學講肆周流國境必與相隨若此人矣所習詞義博覽俊悟則難兄難弟也至於誦經學定當席索隱則後於傑文理會通素則先之爲傑出安般念觀令其徒滯如彼傳述大業四年傑公停講學門請素接軫相尋遂從命專講毗曇四十餘遍續講成實將二十遍自餘小部不足述之其爲講也片言契理少語釋多學者玄悟聽覽不倦則傑高於素若多陳同異廣定是非鄭重校角開生覺意則素賢於傑所匠成者則蓋裕隆深英泰之徒是也故晉川稱爲素傑二公秋菊春蘭各擅其美然素温恭退讓慈愛矜恕待士慕賢不

伐諸已貞觀二年栖巖大衆請知寺任辭以法事相繼有阻僧綱衆又固請依傑師故事乃許之性寛厚善物性故得上下和睦風塵攸靜以貞觀十七年二月二十三日卒於栖巖春秋七十二自一生行業屬想西方於臨終日召門人大衆爰逮家臣與之别已自跏趺坐正威容已令讀觀音經兩遍一心靜聽自稱南無阿彌陀佛如是五六又令一人唱餘人和迄於中夜端坐儼然不覺久逝依即坐殯肌肉雖盡骨坐如初又感祥瑞略故不述初終之夕如仁壽寺志寛法師夜坐如悶夢素來過同牀止息勤勤告别曰如來大悲爲諸衆生曠劫苦行勤求大法流布人天欲使不絶我等雖居下流然佛遺寄未能發輝道業遂有季位在前素雖不肖深懷辜負毎欲推命竭愚上干天聽今大運忽臨長辭永别好住努力寛送目極忽然而覺及明莫知凶問須臾信至方知昨逝寛致書述懷與諸門人如彼

釋法護姓趙本趙郡人祖康爲濟陰守子孫遂家焉隋初有趙恒者與清河崔汪以秀才擢第時號四聰即其父也家門清儉禮素自居護時沖幼戲則圖坐登講採花列供其父知爲法器十二遭父憂未幾又丁毋艱哀慟氣絶者數四服闋造河北衛部欲學儒術忽逢勝縁提誘誨以三界牢獄示以四大毒蛇如不早悟輪迴未已便依而落髮時年十五也留誦淨名七日便度自是廣訊經誥訪無遠近遂往志念所聽毗曇法彦所聽成實縱横累稔叅預前蹤又聽律部薄閑持犯又往

彭城嵩論師所以是攝論命家海內標仰伏膺請益無所辭焉指授幽明曲盡玄致大業三年度僧化遠護應此詔名霑安陸俄而有勑遠召藝能住內道場時年三十有二既居慧日高彥成群常講中觀涅槃攝論僞鄭既降太宗初入別請名德五人護居其例自此校角攝論去取兩端或者多以新本确削未足依任而護獨得於心及唐論新出奄然符會以爲默識之有人焉貞觀十二年勑召入龍潛宅天宮寺仍知寺任勉人以德衆穆如也十七年七月二十一日曛時不豫因卒于房春秋六十有八護善外書好道術約已薄食解衣贍寒結帶終歲不飾容貌而貴勝所重通方咸萃先服石散大發數日悶亂門人慞惶夜投餅淬詭言他藥後聞正色曰吾之見欺當自責耳然陷師於非道是何理耶遂不與言其確固例如此也然好施忘倦房無圭勺之儲但一牀一機而已撰攝論指歸等二十餘篇初亡嵩山沙門智大者年九十餘傲然恬素不出三十餘年聞著杖策而至盡哀曰經論之士精苦之倫代有人矣至於純直自然識量通雅者斯人歿後固絕蹤矣中書杜正倫來弔而銘略之曰伊昔承恩謙深提耳及茲展覲慟與牀几顏泣可援沉嗟靡已庶在遐齡永陪高軌

釋玄續姓桑蜀郡成都人出家既久經綸道業涅槃成實所學之宗常講法華導引蒙曉然風彩高峻容止方複言談之際機候變通達外書工草隷時吐篇什繼美前修又能折節下人僮少道俗有才調者命來與語愛而

狎之至於侯王雄伯名儒大德便傲然特立不以介意而神爽更高辯洽雷疾有梓州東曹掾蕭平仲者梁高之孫也博學機關當時絶偶徃參談叙文集相示平仲尚之從容曰仰承高懷蔑略諸貴等今蒙禮顧深愧非人續曰諸貴驕蹇須以驕蹇對之明公汎愛故以汎愛相答仲曰法師從來不爾今日忽然疑是虚談恐非實録答曰貧道待公之虚實亦如公遇續之實虚耳相與驩笑嘗爲寶園寺製碑銘中有彈老莊曰老稱聖者莊號哲人持螢比日用岳方塵屬有祭江道士馮善英過寺禮拜見而惡之謂續曰文章各談其美若相誹毀未識所懷若不除改我是勑使當即奏聞續曰文章體勢非爾所知若稱勑使欲相威愶者我寺内年別差人當莊此是勑許亦是勑使卿欲奏我我當莊人亦能奏卿英雖大恨無如之何寺僧五十雖並遲暮皆順伏之嘗見人述莊子鵬鷃之喻便歎曰莊蒙以小大極於此矣豈知須彌不容金翅世界入於鄰虚井蛙之智纖人耳目後疾甚召僧集已罄捨都盡曰生死常耳顧各早爲津濟其夜命終貞觀中矣

釋慧壁姓弘蘇州嘉興人爰初胎孕毋絶辛鮏及誕育後生嫌臭味故始自孩嬰至于七歲菜蔬飽腹諸絶希求出家依法流水寺嚴師明教隨順修奉冠肇已後周遊訪道無擇夷險四論三經諮詢賞要學既明達還返舊居四遠承風咸來請謁門人來去常數百人曉夕誨誘樂説無倦背不著席四十餘年老無久力時撫彎几貞觀之末年七十餘伊人

不遠辯狀罕傳四遠稱揚但云不可思議大德也至於登機對晤述作墨章高軌莫聞恐埋諸古惜哉

續高僧傳卷第十三

音釋

胤羊晉切嗣也 輟陟劣切止也 戢阻立切斂也 嚚許嬌切浮也 嘲謔嘲陟交切調也謔虛約切戲也 亹無匪切不絕也 捫莫奔切 闋苦穴切終也 确訖岳切校也 驩火丸切與歡同

續高僧傳卷第十四

唐　釋　道　宣　撰

釋道基俗姓呂氏河南東平人上素挺生知譽標岐嶷年甫十四負帙遊于彭城博聽衆師隨聞成德討論奥旨則解悟言前披析新奇則思超文外故徐許騰其明略河海重其義方致使儕等高推前修仰止隋太尉尚書令楊素負材經國任總權衡嘗奉清猷躬申禮敬叙言命理噎歎而旋顧諸宰伯曰基法師佛法之後寄也自見名僧罕儔其匹即請於東都講揚心論既夙承風駕體預當衢遊刃衆部玄機秀舉遂能談瀉河傾嚮對雷動于時大業初歲隋運會昌義學高於風雲搢紳峙於山岳皆擁經講肆問道知歸踵武相趨遐邇鱗萃乃續雜心玄章并抄八卷大小

兩帙由來共傳成得諸門自昔相導皆經緯剖裂詞飛戾天控叙抑揚範超前古自爾四海標領盛結慧日道場皆望氣相師指途知返以基崇冠望表韻逸寰中大業五年勑召來止遂即對揚玄論允塞天心隋后解統玄儒將觀釋府總集義學躬臨論場鑾駕徐移鳴笳滿於馳道御筵暫止駐驆清于教門自大法東流斯席爲壯觀也時披辯之徒俱開令譽及將登法座各擅英雄而解有所歸並揖基而爲玄宰既居衆望經綸乃心便創舉宏綱次光帝德百辟卿士咸異響而共嗟焉有隋墜歷寇蕩中原求禮四夷宣尼有旨乃鼓錫南鄭張教西岷於是巴蜀奔飛望煙來萃莫不廓清遊霧邪正分焉教閲大乘弘揚攝論釐改先徹緝續亡遺道邁往初名高宇内以聽徒難襲承業易迷乃又綴大乘章抄八卷並詞致清遠風教倫通故覽卷履軾者若登龍門馬信鴻漸之有日矣故貞觀帝里寓内知名之僧傳寫流輝實爲符契但以世接無常生涯有寄將修論疏溘爾而終以貞觀十一年二月卒於益部福感寺春秋六十有餘矣時彭門蜀壘復有慧景寶暹者並明攝論譽騰京國景清慧獨舉詮暢玄津文疏抽引亟發英彩暹神志包總高岸倫儔談論倚伏態出新異數術方藝無學不長自預比肩莫有淪溺末年耽滯偏駮遂掩徽猷故不爲時匠之所班列

釋智琰字明璨俗姓朱氏吳郡吳人祖獻梁員外散騎侍郎父珉陳奉朝請琰託質華宗應生觀德母氏張夫人初懷孕日夢昇通玄

寺塔登相輪而坐遠視臨虚曾無懼色斯乃
得道超生之勝兆人師無上之奇徵是知二
曜入懷雙龍枕膝弗能及也誕育之後輙異
儕童秀氣貞心昂形瞻視八歲出家事通玄
璩法師爲弟子提屣持衣恭侍弗怠瀉缾執
杓受道彌勤年十二妙法華經通誦一部明
悟聽察咸謂神童乃自惟曰翼翼京邑四方
是則何得久拘坎井乎時年十六即日出都
聽報恩持法師講成實論聰慧夙成深智開
發故得條振穎拔後來莫二屬持公南上法
筵用輟因還故里覲省二親仍於本寺開弘
經法峯堞峻峙辯對如流時年十九莫不嗟
其少秀逾年返京從泰皇寺延法師進具德
缾儀鉢深護戒根大莊嚴寺爛法師德重中
原名高日下乃依而請道重研新實意得情
欵功倍由來誠驥足之逢善馭也陳至德三
年建仁王齋集百師百座競流天口之辯千
燈七夜爭折動神之徵時年二十有二以英
少之質忝請耆德通情則高衡折機縱難亦
大車杅軸皇上欣賞百辟嗟稱莫不愛其閑
典服其敏捷每以人世囂雜幽栖清曠屬陳
氏喪鼎便事東歸削迹武丘將三十載憑巖
面壑任三業而閑安酌澗披松隨四儀而宴
處雖形隱而名揚亦道潛而化洽於是八方
歸仰四部虔心尚書令楚國公楊素經文緯
武王佐國均乘貴負才未嘗許物行軍淮海
聞琰道勝栖山鳴鐃赴隴傾蓋承顔五體投
誠恨接足之晚左僕射邳國公蘇威重道愛
仁彌賞閑放奉使吳越躬造山楹覲貌餐音
虔拜欣躍煬帝居蕃維揚作鎮大招英彥遠

集賢明琰既道盛名高教書爰及慮使乎之負罪嗟以已之累人乃披衣出谷蒙敬厚禮因以辯疾得返舊山隋文遠欽爰降書問屬炎曆有終鋒鏑騰沸四海同弊三吳益甚檀越子弟迎出毗壇首尾十載化行常部大唐統宇咸返舊居武德七年蘇州總管武陽公李世嘉與內外公私同共奉迎還歸山寺於是禪賓慧侶更復曩時龍沼鳳林信爲懷喜然琰自他兩化得離俱修講念之餘常行法華金光明普賢等懺悔又誦法花三千餘遍感應冥祥神瑞非一宵爐未爇自起煙芬夕鑵繞空潛加溢水又願生淨土造彌陀像行三種淨業修十六妙觀與州內檀越五百餘人每月一集建齋講觀勝輪相踵將逾十載與夫般若臺內匡俗山陰共誓同期何以異也後見疾浹旬大漸斯及誡訓慈切衆侶哀泣以貞觀八年十月十一日旦遷神武丘之東寺春秋七十一其月二十二日窆于寺之南嶺遠近奔馳皂素通集花香亂空野哀慟若雲雷自古送終奚復過也惟琰幼小矜莊立性端儼精誠在操苦節彌勤口辭雜味日無再飯非義理而不履非法言而不談美貌奇姿乃超衆表牆岸整肅氷雪澟懷陳臨海王弟道安法師猒世出家內外通博沙門遍知學優業淨交遊二子時號三英及屏志林泉水絕人世芳風令德蹊逕成規莫不迴旗造山親傳香法信法海之朝宗釋門之棟榦矣講涅槃法華維摩各三十遍講觀經一百一十遍常州弘業寺沙門法宣曰余與法師昔同京縣狎道華年今接善鄰敦交暮齒雖

攀桂之歡或舛而折麻之贈不遺想清顔之如在悲德音之已寂愧披文於色絲終寄言於貞石乃與寺主智峯等共樹高碑在于寺宇

釋道愻姓張氏河東虞鄉人也神氣高邈器度虛簡善通機會鑒達治方子史流略嘗頗遊處護法御衆誠其本據雖大通群籍偏以涅槃攝論爲栖神之宅也與弟道謙發蒙相化俱趣曇延法師延正法城塹道俗宗歸觀屬天倫可爲法嗣乃度爲弟子荷擔陪隨遊栖宮闕講悟談述皆造下筵欣叙玄奧每思擊節故聽涉乃多而持覽其綱要登頂講釋屢結炎涼三晉英髦望風騰集晚住蒲州仁壽寺聚徒御化衆樹業當衢然以地居方會賓旅湊從季俗情蕪多縱凡度既行向背憎愛由生愻道會晉川行光河表日延主客資給法財皆委僧儲通濟成軌或有所遺者便課力經始周告有緣德洽氓庶爲無不遂所以方遠傳譽更振由來自蕃王府宰臺省群僚並紆駕造展諮謁餘訓或忽遽不遇者心愧悚戰如謂有所失矣斯固德動物情爲若此也愻陰道自資坐鎮時俗雖復貴賤叅請曾無迎送加以言笑溫雅談謔賦詩接晤緣機並稱詞令而奉禁守節不妄虧盈頻致祥感時所重敬大業末歲妖氛雲奔因事返京夜停關首所投主人家有五男又勾外盜見愻馬壯欲共私之夜往其所乃見十人圍遶其馬形狀雄怒擐甲執兵衆盜同怖因之退縮細尋不見又往趣之還見如初無敢近者進退至五遂達天明既不見人知是神感乃

合面歸懺焉其冥通顯益如此例也又以仁讓之性出自天心預見危苦哀憐拯濟無擇怨憎通情盡一唐初廓定未拔蒲州愻與寺僧被擁城内時有一僧恒欲危害非類加謗乃形言色愻雖聞此曾不綴慮既規不遂乃欲翻城事發將戮並無救者愻涕泣辭謝於執事曰此僧爲過事屬愻身教導未通故爲罪疊此則過由愻身起宜當見戮苦復設諫執事如是其敵而不忍見愻云云遂即釋放自此巳後更發仁風據事引之達量之弘者矣逮貞觀中年冬有請講涅槃者預知將終苦不受請前人不測意故鄭重延之乃告曰所以固辭者不終此席耳不免來意且復相煩遂往王城谷中道俗齊集愻登座正題已告四衆曰世界法爾不久當終敢辭大衆云何偈後請寄來生遂依文敘釋恰至偈初即覺失念經繞三宿卒於山所春秋七十有五即其年十二月二十五日也闔境同號若喪考妣當夜雪降周三四里乃掃路通行陳屍山嶺經夕忽有異花遶屍周帀披地涌出莖長一二尺許上發鮮榮似疑冬色而形相全異七衆驚奉悲慶諠山有折將入城示諸耆宿乃内水瓶中至明年五月猶不萎悴後拔之於地方始枯矣其冥祥所感希世如此晉州有人性愛遊獵初不奉信有傳愻之祥兆達其耳者乃造山覓之花滅屍亡唯覩空處仍大哭曰生不蒙開信死不蒙花瑞一何無感必神道有徵願重垂靈相言訖地涌奇花還長尺許欣慰嘉應遂折取而歸通告鄉川由斯起信並近年目信可妄傳乎愻弟道謙

學行之美少劣於兄而講解十地有聞關表以仁壽住寺既濵關路每因此置塵地接京都亟勞人事乃顧言幽遁歷觀山水谷號王城因而栖處時復登高臨遠摛體風雲具引名篇高調清逸道俗賓會又聚山門談謔引心未曾虛左以貞觀元年卒于山舍春秋六十七憑撫之洒淚與弟子道基等闍毗遺陰收其餘塵散之風府追惟恩悌爲造釋迦塼塔一區勒碑樹德沙門行友爲文

釋慧頵俗姓張氏清河人也有晉永嘉避地居于建業焉天性通簡風神詳正洽聞博達砥礪後賢昔在志學早經庠塾業貫儒宗藝能多具父正見有陳文國英彥所高自有别集嘉其欣奉釋門悟其神宇將欲繼世其業故有所志請並抑奪之和尚識眞日積陳情切至若不出家誓當去世乃恐其畢命且隷李宗既處靜觀權持巾褐遂授三五秘要符籙眞文弁筭數式易禁劾等法神慧開明指掌通曉又旁詢莊老三洞三清楊子太玄葛生内訣莫不鏡識根源究尋支派末乃思其眞際崇尚自然駐彩練形終期羽化討尋至理若響難追即密誦法華意歸佛種未經時序文言並竟曾陳帝度僧便預比校太建年中便蒙勅度令住同泰剃落之後親親乃知既是官許便即稱慶由附緇侶禀聽衆經後至前達日增榮唱隋降陳國北度江都又止華林栖遑問法有解法師成論名匠因從累載聽談玄義稽洽先聞更弘神略以道行成著緇素依歸開皇末年被召京寺于時晉王開信盛延大德同至日嚴並海内杞梓遍互

相師每日講秉五輪方駕遂得通觀異部遍覽衆傳讎討舊聞考定新軌陶津玄奥慧悟彌新深鑒訶黎漏文小道乃歸宗龍樹弘揚大乘故得中百般若唯識等論皆欽沐神化披閱文言講導相仍用爲己任時開屏退成慮研思所誦法華通持猶昔弁講文義以爲來習負懃守正不妄參迎沙門智首道岳等並學窮稽古架業重霄飲德欽風留連信宿詳議法律删定憲章歡笑而旋尋復造展武德之始皇姊桂陽長公主造崇義寺久崇戒範義而居之世屬休明物情望重律師玄琬道張朝市行感紫宸氣結風雲遊從龍象每事邀延叙言友敬而謙虛成治時復栖焉琬深戢機神彌隆致接故有出罪受戒常居無席矣貞觀十一年夏末風疾屢增召門人曰形勢不久將畢大辭宜各敦自愛不宜後悔恨福業未就以爲慮耳乃割其冬服並用成之又曰若識神自課可有常規恐脫昏昧非時索食一無與法後將大漸時過索粥答曰齋時過矣便默然不言其臨終奉正爲如此也至其年七月二十六日卒於所住春秋七十有四葬于高陽原之西鑿穴處之後又於南山豐德寺東巖斵石爲龕就銘表德余學年奉侍歲盈二紀慈誥温洽喜怒不形誨以行綱曲示纖密蒸嘗御涉炎涼不倦初受具後性愛定門啓陳所請乃曰戒淨定明道之次矣宜先學律持犯昭融然後可也一聽律筵十有餘載因修章句遂欣祖習貞觀初年拔思關表廣流聞見乃跪陳行意便累余曰出家爲道任從觀化必事世善不可離吾因

而流涕余勇意聞道暫往便歸不謂風樹易喧逝川難靜往還十載遂隱終天悲哉

釋道宗姓衛氏馮翊人也行性虛融寛仁篤愛優洽成濟有名當世弱年遺俗敦務釋門專志大論講散文旨周武廢道隱形俗壤内蘊明禁外附世塵隋朝開教便預剃落住同州大興國寺寺即父祖之生地也房室堂塔前後增榮背城臨水重輪疊映寺立四碑峙列方面宗於其中敷弘連席悟物旣廣閑洗塵心而形解雄遼聽徒崇重四方賓客日別經過周給供擬著名道俗大業季曆荐餒相尋丘壑塡骸人民相食唯宗偏廣四恩開化氓隸施物所及並充其供故蒲州道遜同州道宗住隔關河途經即日情同拯濟騰實廣焉衆以德望攸歸舉知寺任統攸僧侶慈旨弘被以法寄人弘成濟在律僧衆餘學彞倫斯亂乃到京室延請沙門智首中夏講說宗率其部屬三百餘人横經承旨初不覺倦立寺極久淨地全無雖未執觸終染宿煑釋文至此宗乃知非銜慨晩學未成護法乃停講翻穢方進後文又常徒布薩物貴新聞衆多說欲不赴斯集及聞欲之爲教誡爲希求本是猒怠不成聖法自爾盡報躬臨說戒諸有不來量事方許無至累約言涉勤緊者皆爲之流淚霑巾歔欷不已其欽敬正法爲若此也貞觀十二年遘疾卒于所住春秋八十有五門徒弟子五百餘人奉佩法訓無因景仰乃竭情厚葬故轜駕連陰幢蓋相接數里之間皂白斯滿墳於城東立碑表德

釋三慧樓煩人崇履涅槃以爲正業行流河

朔名振伊瀍大業初年以學功成釆下勅徵入慧日道場東都晚進玄津通涉慧有功矣而神氣清嚴顧眄成則鼓言動論衆所憚焉帝以通道明機務須揚選乃勅往巴蜀搜舉藝能屬隋運告終寓居邛僰流離從物因事引生而性絶煩囂屛居弘業鄭國公竇軌作鎮庸蜀偏所諮崇服其處靜自虛致斯隆敬異等慧觀時制用故無虛影武德九年遠朝京闕勅見勞問任處黃圖工部尚書段綸宿樹善因造靈化寺欽慧道素上奏住之時復闡弘重移榮彩頗傳筆記後學稱尋貞觀年中召入參譯綴文證義倫次可崇製翻經館序控清置列贍勇豐矣以其年卒於本寺春秋七十矣慧昔在絳州獨處別院感見神童形質希世致敬於慧云屈法師誠勗知事勿耕墓所言已便隱初來之爲述後復重來還述前事若不爲語當打彼僧必至死也登爲問之乃正耕田中故冢遂令止之由是僧侶清晏卒無後患自非立王處懷焉使非人投告故慧之垂訓不許觸犯幽顯如所引云

釋慧頵姓李氏江夏人本寔隴西世載蟬冕遙派合於天潢遠條連於若木十一世祖西晉都亭侯重避難徂南亭于夏汭因遂家焉十歲出家師事舅氏光嚴寺明智法師智即建初之入室蒙命說以開筵乃竭志依承義門斯啓于斯時也南國令主雅重仁王每歲肆筵高選名德年纔弱冠預擬斯倫高第既臨聲唱逾遠天子目覩天人仰贊光寵國恩恭先是立及天猷陳德隋運剋昌金陵講席掃土俱盡乃杖策遊吳大乘頓響爰整其旅

廣開學市遠招八埏之士以扇一極之風蘇州刺史劉權果達三德才著九能又於簡易時務依影法筵悅飲河之滿腹欣負山而無倦自有陳淪没物我分崩或漏網以東歸或入籠而北上谷風以恩相棄伐木以德相高積佇朋從咸來謁敬大業之始曲降皇華竟以疾辭逸情山水吳之高人爲之胥附咸請處於通玄依瑞像而弘演有隋昏逸作梗妖氛乃避地毗陵沉默宴處而顯靈瑞相二寺僧徒翹請弘法寺有沙門智⿱㓞石智猛風猷警邁不乏精神既遇通人傾心北面勤則不匱敏而有功並繼敷揚俱馳東箭于時也刑新輕典世涉屯蒙長淮已南猶稱吳國杜威專制端委君臨崇尚佛理飲茲歸戒大唐高祖掃舊布新起師臨洛徵威謁帝俛首應詔不悅于躬顧爲說宿因釋威憂憤達頂生之非固曉吳濞之失圖威乃接足嗚咽由斯而別有餘杭沙門道顒法濟等先禀成論義同門户不遠千里請道金陵乃鬱相然諾既而敷暢至理藥木滋繁爰逮施奉並無輕費於遠行龍泉二寺造金銅彌勒像各一軀坐高一丈五尺用結來生之緣也貞觀元年通玄上德慧儀法師道心精粹量包山海修己安人非幾不踐東晉之日吳有白尼至誠感神無遠弗届天竺石像雙濟滄波照燭神光融曜滬瀆白尼迎接因止通玄自晉距陳多顯靈瑞隋末揮颷玉石俱盡二像尊儀蒙犯霜露儀師獨苦心行切情昏曉以佛無殿僧何得安乃跋涉山谷昇景掄材不逾一年浮汎千丈履深冒險還到大吳廣開月殿指畫斯立

頵以風雨相感席卷而還無替兩時功兼二事有吳縣令陳士綽者排繁徙義傾仰法音請講法華涅槃文軸纔竟疲役增勞即以塵尾付囑學士智敟曰強學待問無憚慧風師逸功倍不慙屢照誓言既止怡然寘目以貞觀四年十月終于通玄春秋六十有七其年十一月墳于白虎之南嶺學士弟子等千餘人哀泗傷心恐芳儀之有絕乃樹高碑江王學士諸麟爲文貞觀五年弟子法韶等孝情殷至攀號靡及謹於墳前建塼塔五層禪師慧儀鄉邦勝德香火情軫兼事經綸故使瞰迥憑高當衢向術生平子弟仰瓊級而霑襟宿昔得朋望玉輪而屑涕常州沙門法宣曰余與上人情均道驗君終我疾枕淚眠號素車不馳玄壤長隔欲申悲緒聊書短銘方墳在列靈塔斯布爰屬勝人允茲崇樹於惟法主人勝德全愛河早越心燈幼傳巖嶽一簣哮吼三年青蒲應舉紫極聞天名邦佇化利物攸往衢罇日斟懸鏡常朗義海傍溢談峯直上誰謂明珠忽潛幽壤神丘掩穴素塔標墳瓊龕宿霧玉掌排雲澗松送響巖桂呈芬山飛海運遷貿相踵火入秦陵書開汲冢惟茲道力巍巍長竦

釋法恭姓顧氏吳郡人也正信天發成德自然妙識悟道高情拔俗故知爲道者貴其精力通方者歸其至當立朝者宗其篤誠招隱者味其閑放詳之於恭諒法侶之羽儀人倫之准的矣初生之夕室有異光爰洎撫塵便能捨俗事武丘聚法師爲弟子也受具戒後聽餘杭寵公成實屺公毗曇逮寵將亡乃以

麈尾付囑凡斯先達皆人傑也恭既受法寄相續弘持三吳九派之流爭趨問道而勞謙終日應對不疲行高而挾如愚學廣而陳面壁後言遊建業歷詢宗匠深疑碩難每祛懷抱固有無得之道大弘遺名之情斯著乃旋軫舊壤幽居於武丘山焉燒指供心痛惱之情頓遣檐禽庭獸長往之志彌存開皇中年州將劉權政城吳土心遊釋教乃嚴駕山庭屈還城邑住迴向寺既迫茲固請翻然迴慮以為體道由心道存則喪於彼我立教在迹教行則混其顯晦乃遊洛轉法通流甘露挹河仰岳均美前奇大唐闡化彌崇弘演貞觀十一年下敕赴洛常州法宣同時被召亦既來儀深降恩禮對揚帷扆辯說紛綸明像教之興滅證遺法之囑付入待讌筵既摛雅什田衣作詠仍即賜縑有感聖衷深見顏色特詔留住傳送京師四事資給務令優厚雍州牧魏王遙加欽請以為戒師親降跡曰昔道安晦迹襄陽聲馳秦闕慧遠栖心盧岳名振晉京故知善言之應非徒千里明月所照不隔九重法師笠澤上仁震維高德律行淨於青眼威儀整於赤髭傳燈之智不窮法施之財無盡弟子攝此心馬每渴仰於調御墾此身田常戴懷於法雨若得師資有託冀以祛此六塵善導啓行庶無迷於八正謹遣諮祈佇承慈誘既膺斯請供施特隆自爾朝野明達緇素清高聞風延佇望室奔湊者厥罕書矣然其廣植德本遐舉勝幢寶殿臨雲金容照日講筵初闢負笈相趨談䟽纔成名都紙貴加以博通內外學海截其波濤鴻筆彫章

文囿開其林藪以貞觀十四年十月六日遷神于西京大莊嚴寺春秋七十有三晃旒興悼有識含悲降勑加以賻贈并造靈轝遍給傳乘付弟子慧鸞送柩還鄉以十五年二月十五日窆於武丘之南嶺道俗奔赴望途悼泣門人等師資增感歲序易馳非夫琬琰孰陳不朽乃共竪豐碑式陳碣頌中書令江陵公岑文本製序朝散大夫著作郎劉子翼製銘兩叙風聲各其志矣

釋智正姓白氏定州安喜人也家傳信奉夙著弘通纔預有知便辭世網識見弘舉不群蒙稚年十一將欲落髮父母諸戚對之泣淚而顏色無改師知其遠度也日授未聞隨得緣記錄爲譜牒有所遺忘尋問相續身無戲掉口不妄傳奉戒精勤昏曉自策和上同師私共歎異年雖弱冠曾無驅役供贍所須悉其學問不盈數載慧聲遂遠開皇十年文皇廣訪英賢遂與曇遷禪師同入魏闕奉勑慰問令住勝光仁壽元年左僕射虞慶則欽正高行爲奏寺額造仁覺寺延而住之厚禮設御正乃深惟苦本將捐此務歸靜幽林承終南至相有淵法師者解行相高京城推仰遂往從焉道味江湖不期而會因留同住二十八年靜恭無事不涉人世有請便講詳論正理無請便止安心止觀世情言晤不附其曰貞梗自課六時無憩以貞觀十三年二月二十八日卒於本住春秋八十有一弟子智現等追惟永往感恩難顧鳩捨餘身於寺之西北鑿巖龕之銘記如在現少出家諮承法教正之箴誡略無乖錯致所著諸疏並現筆受

故正之製作也端坐思惟現執紙筆承顏立侍隨出隨書終于畢部乃經累載初不賜坐也或足疼心悶不覺倒仆正訶責曰昔人翹足七日尚有傳揚爾今纔立顛墜心輕致也其翹仰之極復何得而加焉正凡講華嚴攝論楞伽勝鬘唯識等不紀其遍製華嚴疏十卷餘並爲抄記具行於世

釋慧稜姓申屠氏西隆人胎中父亡唯母鞠育三歲儇慧思願聞法母氏憐其孤苦相從來聽襄陽潤法師三論文義之間深有領覽年至八歲其母又終無師自發獨詣邑西檀溪寺誕律師而出家十六乃往荆州茅山明法師下依位伏聽問經大意深有奇理召入房中三年曲教唯陳不有有也稜於此義深會其旨隋末還襄陽又逐安州暠師入蜀凡有法輪皆令覆述吐言質樸談理入微時人同號得意稜也及暠下獄稜亦同繩身被桎梏於成都縣獄因徒請講三論周於五遍勑還釋放便逐暠還既達安州粮粒勇貴且往隨州巡里告索暮達暠所如常採聽往還三百深有足功然其報力雄猛生無一患門學所推及暠力微四大退貶令代講涅槃咸怪其言謂違暠義時席端俊異者三十餘人將往副水百有餘日惟講三論後暠患愈還返安州常於暠房叙經大意外有側聽皆爲漫語白暠曰稜於初章全若不解明日上講請爲定之及時告曰欲定初章者出來時門侶蓋衆者二十五人一一誦呈皆云不是稜最後述句句雖異皆云得意由是靡伏莫敢輕者暠之將終告曰稜公來吾今付囑最後

續種自吾講來唯汝一人得經旨趣乃握稜手曰夫講說者應如履劒不貪利養不憚劬勞欲得燈傳多於山寺讀經法事並爲物軌如爲一人衆多亦然如此可名報佛恩也又曰共公同涉苦辛年載不少唯以無相爲本然後言矣語已而終初未囑前稜夢神人失兩眼又見一人著青衣執寳鏡放光來印稜心既受訣已百日懷戀後還襄州紫金寺講論五年衆有三百貞觀八年又還須彌講涅槃大品惟度等經至十二年三月夢鷹入寺群鳥飛去因即散衆及司功搜訪一無所獲蔣王臨襄佛法昌顯請於梵雲相續齋講道俗翕習又復騰涌至十四年正月半有感通寺祖法師曰夢見閻王請稜公講三論祖公講法華如何稜曰善哉慧稜發願常處地獄教化衆生講大乘經既有此徵斯願畢矣至九月末蔣王見稜氣弱送韶州乳二兩逼令服之其夕夢見一衣冠者曰勿服此乳閻羅王莊嚴道場已竟大有乳藥至十月半黃昏時遂覺不愈告弟子曰吾五藏已崩無有痛所四更起坐告寺主寳度曰憶年八歲往龍泉寺借觀音未至者闍已講三遍皎如目前言未訖外有大聲告曰法師早起燒香使人即到度曰何人答曰閻羅王使迎稜即起燒香洗浴懺悔禮佛訖還房中與度別食粥未了便取一生私記焚之曰此私記於他讀之不得其致矣至小食時異香忽來稜斂容便卒即十四年十月十六日也春秋六十有五合境僧衆七日七夜法集功德蔣王贈絹五十疋送於鳳林山玄素同集五千餘人開講

設齋終日方退云

釋智拔姓張襄陽人幼年清悟雅好道法六歲出家初爲潤師弟子潤顧有濟器乃攜付哲法師哲亦襄川僧望具之別傳初誦法華日通五紙經中理路略有規度惟曰斯經諸佛出世之大意也一人一道非弘不通誓畢依持開悟蒙俗周聽乃洽承帝京上德吉藏法師四海標領三乘明匠尋詣奉旨欣擊素心首尾兩遍命令覆述英俊鼓言無非亂轍藏親臨坐拔問衆曰一乘爲實遂分爲三亦可一乘爲兩分爲三不衆無敢答藏曰拔公此問深得旨矣乃躅累大法必在機緣於是還襄會賊徒擾攘無由講晤晝藏夜伏私蘊文義後值清平住者闍寺恒在常濟講法華經年別五遍門人法長後生頴萃見住梵雲領徒承業貞觀十四年九月十七日於清信士張英家宿集竪義開法華題或問今昔開覆三一之旨者答對如風響解悟時心便告稜法師曰智拔答畢須臾來難盡皆神詣今與鄉里大德檀越等相別時不測其言也遂即潸然追而察之已遷化矣合境玄素嗟惋驚異顏狀如生跏坐堅正蔣王躬臨燒香供養贈物百餘段墓所設五千人齋春秋六十八矣

釋慧持姓周汝南人也開皇初年父任豫章太守因而生焉少機警美姿制栖遊之方欣其言晤履歷名邦將挹道化初達丹陽開善寺投滿法師而爲息慈令誦大品日通五紙斯經易誦難持而能文句無爽時共美之本年登冠其身長七尺色相光偉執持威容不

妄迴盼故俗又目曰象王持也乃聽東安莊法師又聽高麗實法師三論鈎探幽極門學所高兼善老莊易史談玄之次寄言法理越公楊素治兵淮海聞風造展歎其清悟曰斯寔絕倫之僧也隋末避難往越州住弘道寺常講三論大品涅槃華嚴莊老累年不絕立志堅白晝翰有聞不出寺門將三十載跏坐不臥勤苦至終以貞觀十六年八月二十三日旦告弟子曰吾欲往他方教化急作食及時至三下前食還房跏坐繩床斂容而逝弟子謂言入定三日任之會稽丞杜伏護者蔬素長齋依常參拜聞有異香方知久化加結鏗然申而不得乃坐送大禹山都督已下玄素萬餘人悲歎相嗟至于殮所春秋六十八矣

釋慧瑜姓岑氏少孤窘三歲二親俱喪養於舅氏五歲隨外相往長沙寺聽講見佛啼泣戀慕不肯還家遂任之爲寺救苦法師弟子令誦大品五十日中一部通利晚聽三論大品鏡其宗領隨有行文觀用明的逢難入玉泉山寺側有泉旁作草庵於中宴坐二十三年初無暫離觀心純淨未可言覩泉神供奉時或見聞黑蛇一頭長二丈許隱顯現身如守護相群賊雖來無敢近者有老賊張赫伽者勇悍無前擕引十賊身挾兩刀欲殺此蛇去二百步蛇乃張目出光賊徒皆倒經兩日間瑜覺往救七人已死蛇隨瑜行爲誦大品大明呪訖三人方活於是四遠聞風往造供施委積貞觀十年荊州道俗請出昇覺寺講三論大品開化未聞佛法由盛十四年七月

二十三日合寺同見群星入井不測其故至八月十七日講大品至往生文未訖手執如意於座而卒春秋七十有九

釋智凱姓馮氏丹陽人父早亡六年聽吉藏法師法華火宅品夜告母曰經明火宅者只我身耳若我是火宅我應燒人既其不燒明知無我終夜達朝詣藏出家身相黑色故號烏凱年十三覆藏經論縱達論並不拘檢約隨藏會稽嘉祥等寺門人英達無敢右之及藏入京即還靜林聚徒常講武德七年剡縣立講聽徒五百貞觀元年往餘姚縣小龍泉寺常講三論大品等經誓不出寺脇不親席不受供施自僧而已佛殿之後忽生一池便曰只飲此池可以卒耳爲性慈仁言極獷厲時越常俗多棄狗子凱聞憐之乃令拾聚三十五十常事養育氈被同寢不辭汙染至十九年齊都督請出嘉祥令講三論四方義學八百餘人上下僚庶依時翔集用爲興顯百有餘日日論十人答對泠然消散無滯初發龍泉小池即竭凱聞歎曰池竭食亡吾無返矣至二十年七月二十八日依常登座手執如意默然不言就殮已終乃加坐送大禹山七日供養常有異香州宰自殮深發堅信乃起塔七層以旌厥德云爾

續高僧傳卷第十四

音釋

駐驛 駐中句切止也驛羊吉切與蹕同警蹕也 儕 士皆切等輩也 鋒鏑 鋒敷容切劒鋌也鏑丁狄切矢鏃也 旗 以諸切 頵 於倫切 焚 普遍切夷名 鄭 則諫切地名 埏 夷然切地之八際也 䂮 呂灼切 濞 疋詣切

滬瀆 滬胡古切瀆徒谷切滬瀆地名 勰 胡帖切 屺 去几切 賻 音附贈終帛也 驡 子朗切 稜 盧登切 儇 許緣切慧利也 暠 古老切

續高僧傳卷第十五上

唐　釋　道　宣　撰

義解篇十一 正紀十五人 附見四人

釋法敏姓孫氏丹陽人也八歲出家事英禪師爲弟子入茅山聽明法師三論明即興皇之遺屬也初朗公將化通召門人言在後事令自舉處皆不中意以所舉者並門學有聲言令自屬朗曰如吾所舉乃明公乎徒侶將千召明非一皆曰義旨所擬未知何者明耶朗曰吾座之東柱下明也明居此席不移八載口無談述身無妄涉衆旨癡明既有此告莫不迴惑私議法師他力扶矣朗曰吾舉明公必駭衆意法教無私不容瑕隱命就法座對衆叙之明性謙退泣涕固讓朗曰明公來吾意決矣爲靜衆口聊舉其致命少年捧就傳坐告曰大衆聽令問論中十科深義初未嘗言而明已解可一一叙之既叙之後大衆愜伏皆慙謝於輕懱矣即日辭朗領門人入茅山終身不出常弘此論故興皇之宗或舉山門之致者是也敏採摘精理出聽東安言

同意異更張部别年二十三又聽高麗實公講大乘經論躬爲南座結軫三周及實亡後高麗印師上蜀講論法席凋散陳氏亡國敏乃歸俗三年潛隱還襲染衣避難入越住餘姚梁安寺領十沙彌講法華三論相續不絶貞觀元年出還丹陽講華嚴涅槃二年越州田都督追還一音寺相續法輪于時衆集義學沙門七十餘州八百餘人當境僧千二百人尼衆三百士俗之集不可復紀時爲法慶之嘉會也至十九年會稽士俗請住靜林講華嚴經至六月末正講有蛇懸半身在敏頂上長七尺許作黄金色吐五色光終講方隱至夏訖還一音寺夜有赤衣二人禮敏曰法師講四部大經功德難量須往他方教化故從東方來迎法師弟子數十人同見此相至八月十七日爾前三日三夜無故闇冥恰至二十三日將逝忽放大光夜明如日因爾遷化春秋六十有七身長七尺六寸停喪七日塔表放光地爲震動異香不滅莫不怪歎道俗莊嚴送於隆安之山焉

釋慧璿姓董氏少出家在襄川周滅法後南往陳朝入茅山聽明師三論又入栖霞聽懸布法師四論大品涅槃等晚往安州大林寺聽圓法師釋論凡所遊刃並契幽極又返鄉梓住光福寺會亂入城盧總管等請在官舍講華嚴經僧徒擁聚千五百人既屬賊圍各懷翹敬不久退散深惟法力唐運斯泰又往龍泉三論大經鎮常弘闡兼達莊老子史談笑動人公私榮達衆問繁結蔣紀諸王互臨襄部躬申敬奉坐鎮如初王出門顧曰迎送

不行佛法之望也由此聲譽又逸漢南貞觀二十三年講涅槃經四月八日夜山神告曰法師疾作房宇不久當生西方至七月十四日講盂蘭盆經竟斂手曰生常信施今須通散一毫已上捨入十方衆僧及窮獨乞人幷諸異道言已而終於法座矣春秋七十有九惟璿立性虛靜不言人非賓客相投欣若朋友面常含笑慈育在懷涉獵玄儒通冠文彩襄荆士素咸傾仰之聞其長往無不墮淚初住光福寺居山頂引汲爲勞將移他寺夜見神人身長一丈衣以紫袍頂禮璿曰奉請住此常講大乘勿以小乘爲慮其小乘者亦如高山無水不能利人大乘經者猶如大海自止此山多佛出世一人讀誦講說大乘能令所住珍寶光明眷屬榮勝飲食豐饒若有小乘前事並失惟願弘持勿孤所望法師須水此易得耳來月八日定當得之自往劒南慈母山大泉請一龍王去也言已不見恰至來月七日初夜大風卒起從西南來雷震雨注在寺北漢高廟下佛堂後百步許通夜相續至明方住惟見清泉香而且美合衆同幸及亡龍泉漸便乾竭據斯以言亦通感之奇致矣

釋慧眺姓莊氏少出家以小乘爲業遊學齊徐青海諸州數論之精馳譽江漢開皇末年還住鄉壤之報善寺承象王哲公在下龍泉講開三論心生不忍曰三論明空講者著空當發言訖舌出三尺鼻眼兩耳並皆流血七日不語有伏律師聞其撥略大乘舌即挺出告曰汝大癡也一言毀經罪過五逆可信大

乘方可免耳乃令燒香發願懺悔前言舌還收入便舉往哲所誓心歛迹惟聽大乘哲之云亡爲設大齋於墓又建七處八會廣請道俗百日既滿即往香山神足寺足不踰閫常習大乘每勸諸村年别四時講華嚴等經用陳懺謝常於衆中顯陳前失獨處一房常坐常念貞觀十一年四月三日在寺後松林坐禪見有三人形貌都雅赤服禮拜請受菩薩戒訖白曰禪師大利根若不改心信大乘者千佛出世猶在地獄聞此重囑涕淚交流大哭還寺在講者房前宛轉嗚咽不能得言以水洒醒乃更大哭遶佛懺悔用此爲常又勸化士俗造華嚴大品法華維摩思益佛藏三論等各一百部至十三年三月九日中時佛前禮懺因此而終春秋八十餘矣自終七日林樹變白大泉渾濁過此方復斯亦知過能改無過者同誡可嘉矣寺去城邑將五十里從受歸戒者七千餘人塡赴山阿爲建大齋於墓所三十法師各開一經用津靈造

釋靈睿姓陳本惟潁川流寓蜀部益昌之陳鄉人也祖宗信於李氏其母以二月八日道觀設齋因乞有子還家夢見在松林下坐有七寶鉢於樹顛飛來入口便覺有娠即不喜五辛諸味及其誕已設或食者母子頭痛於是遂斷八歲二親將至道士所令誦步虛詞便面孔血出遂不得誦還家入田遇見智勝法師便曰家門奉道自欲奉佛隨師出家即將往益州勝業寺爲沙彌一夏之中大品暗通開皇之始高麗印公入蜀講三論又爲印之弟子常業大乘後隨入京流聽諸法大業

之末又返蜀部住法聚寺武德二年安州暠公上蜀在大建昌寺講開大乘睿止法筵三年後還本住常弘此部經二年許寺有異學成實朋流嫌此空論常破吾心將興害意睿在房中北壁而止初夜還床栖遑不定身毛自竪移住南床坐至三更忽聞北壁外有物撞度達於卧處就而看之乃漆竹笴槊長二丈許向若在床身即穿度既害不果又以銀鋋雇賊入房睿坐案邊覓終不獲但有一領甲在常坐處睿知相害之爲惡也即移貫還綿州益昌之隆寂寺身相黑短止長五尺言令所及通悟爲先常講大乘以爲正業貞觀元年通州騫禪師作檀越盡形供給三百聽衆至七年八月二十五日夜睿夢見衣冠者來迎騫住西方去徒衆鉢中皆空無物至三十日寺鐘大小七口銅磬十餘一時皆鳴至三更據繩床跏坐而終睿自此後周流講唱傳化不絶至二十年八月二十四日三更大風忽起高聲言曰靈睿法師來年十月往南海大國光明山西阿觀世音菩薩所受生也至期十月三日合寺長幼道俗見旛華菩薩滿寺而下晚講入房看疏讀經外有僧告幡花異香充寺及房睿聞捉經出看歛容立終堅住不倒扶卧房中三更忽起跏坐如生刺史已下躬手付香供養其屍道俗相送歸東度山設大會八千人時年八十三矣然其潔清童稚過中不飲葷辛莫履具盡報云

釋僧辯俗姓張南陽人也渚宮陷没入關住於馮翊焉年甫七歲日誦千言時以奇之聲于鄉壤十歲欣仰道法思欲出家局以公憲

未蒙剃落乃聽維摩仁王二經文義俱收昇座覆述宣吐教理有稱於時先學大德相顧曰吾等没後不足憂也此人出家紹隆遺法矣開皇初年勅遣蘇威簡取三千人用充度限辯年幼小最在末行輕其行業召令口誦言詞清囀章句契斷神明堅正見者矚目由是大蒙嗟賞餘並不試同得出家受具已後專尋經論時有智凝法師學望京華德隆岳表辯從問知津乃經累載承席覆述允盖同倫遂復旁䟽異解曲有正量識者僉悟擊其大節大業初歲召入大禪定道場衆復屯之欣其開解武德之始步出關東蒲虞陜虢大弘法化四遠馳造倍勝初聞嘗處芮城將開攝論露緩而聽李釋同弃亭玄將了黄巾致問酬答乃竟終誦前關辯曰正法自明邪風

致騎雖重廣誦不異前通黄巾高問轉增愚叟謂其義壯忽旋風勃起徑趣李宗縵倒掩抑身首煩擾冠幘交横衣髪紊亂風至僧倫怗然自滅大衆笑異其相一時便散明旦入文赧然莫集辯雖乘此勝而言色不改時共伏其弃度也貞觀翻經被徵證義弘福寺立又召居之雖屢處以英華而情不存得喪約時講説不替寒温異學名賔皆欣預席故使大海之内外僧雜華夷不遠萬里承風慕謁俱舍一論振古未聞道岳法師命章搆釋辯正講論廢而聽之隨聞出鈔三百餘紙或聞初開法肆或中途少閑但有法座無論勝負咸預位席横經而聽斯渴法之深良未儔矣而謙讓知足不重榮勢名滿天下公卿咸委而不識其形也皆來覔之辯如常威儀不變

其節任其來去曾無迎送時儕倫諸德以此
懷尚而不能行也以貞觀十六年六月十三
日卒於弘福寺春秋七十有五于時炎曦赫
盛停屍二旬而相等生存形色不變迄于葬
日亦不腐朽于時亢旱積久埃塵漲天明當
將送夜降微雨故得幢蓋引列倶得昇濟七
衆導從不疲形苦殯於郊西龍首之原鑿土
爲龕處之于內門通行路道俗同觀至今四
年鮮肌如在自辯置懷慈濟愛法爲功路見
貧苦不簡人畜皆盡其身命濟其危厄講聽
之務惟其恒習其攝論中邊唯識思塵佛性
無性論並具出章疏在世流布
釋法常俗姓張氏南陽白水人也高祖隆仕
魏因移千河北郡焉少践儒林頗知梗槩而
猒其諠雜情欣出家奉戒自守不群非類霜
懷標舉爲衆所推年十九投曇延法師登蒙
剃落旣預聽限大闡宏猷學不踰歲即講涅
槃道俗聽者咸奇理趣自爾專親侍奉曉夕
諮謀每擊幽致延仰其情理深當乃摩頂曰
觀子所涉必住持正法矣於即研精覃思無
釋寸陰時年二十二攝論初興隨聞新法仰
其弘義于時論門初闢師學多途封守舊章
鮮能迴覺常乃慱聽衆鋒校其銛銳秦齊趙
魏靡不周行時積五年鑽覈名理至於成實
毗曇華嚴地論博考同異皆爲軌轍末旋踵
上京慨茲異叙隨講出疏示顯群迷隋齊王
暕召結時望盛演釋經登預法座敷陳至理
詞義弘遠罕得其門僉共美之嘉歎成俗遂
有胥徒歸湊相續依承四時講解以爲恒任
大業之始榮唱轉高爰下勑旨入大禪定相

尋講肆成濟極多唐運初興遐邇清晏四遠投造增倍於前每席傳燈播揚非一貞觀之譯證義所資下勅徵召恒知翻任後造普光宏壯華敞又召居之衣服供給四時隨改又下勅令爲皇儲受菩薩戒禮敬之極衆所傾心貞觀九年又奉勅召入爲皇后戒師因即勅補兼知空觀寺上座撫接客舊妙識物心弘導法化長鎮不絶前後預聽者數千東蕃西鄙難可勝述及學成返國皆爲法匠傳通正教于今轉盛新羅王子金慈藏輕忽貴位棄俗出家遠聞虔仰思覲言令遂架山航海遠造京師乃於船中夢想顔色及覩形狀宛若夢中悲涕交流欣其會遇因從受菩薩戒盡禮事焉十四年有僧犯過下勅普責京寺大德綱維因集於玄武門召常上殿論及僧過常曰僧等蒙荷恩惠得預法門不能躬奉教網致有上聞天聽特由常等寡於訓誨恥愧難陳遂引涅槃付囑之旨上然之因宥大理獄囚百有餘人又延設供食訖而退及李道居先不勝此位率僧邀駕隨類表上既不蒙遂因染餘疾的無痛所右脇而終于住寺春秋七十有九即貞觀十九年六月二十六日也至七月二日葬於南郊高陽之原時炎旱既久埃塵翳日逮至發引之前夜降微雨及於明旦天地清朗雲霧四除纖塵不作道路無擁京寺僧侶門人子弟等各建修幢三十餘車前後威儀四十餘里信心士女執素幡花列侍左右乃盈數萬卿相儐從僉以榮之初常涉詣義門妙崇行解故衆所推美歸於攝論而志之所尚宗慕涅槃恒欲披講未

之欣悟遂依衆請專弘此論陶冶理味精貫冐懷依時赴講全無讀誦纔有餘暇課業行道六時自勵片無違缺有大神王冠服皆素率其部從隨其旋遶道俗時見密以高之又曾宵夜至佛堂中壁畫樂天一時起舞後於中夜又在佛堂觀音菩薩從外入戶上住空中身相瓌琦佩服瓔珞晃發希有良久便滅後經五年天將欲曙又感普賢菩薩從東而來去地五六丈許常之專精徵應爲如此也故立志清峻逾久逾劇所獲法利多造經像但務奇妙不言其價歲建檀會終盡京師悲敬兩田無遍供養自所服用麤弊而已講揚別供一不受之還布衆中持操無改著攝論義疏八卷玄章五卷涅槃維摩勝鬘等各垂疏記廣行於世弟子德遜等爲立碑于普光之門宗正卿李伯藥爲文

釋智徽俗姓焦澤州高平人也年十三志樂出家不希世累住本州清化寺依隨遠法師聽涉經論於大涅槃偏洞幽極故齒年學稔爲諸沙彌之卓秀者也立性勤恪樂理僧務每有執役不憚形苦晝供衆僧夜讀章疏衣不解帶研精無怠受具已後神思高正戒行明潔平恕儉約見者欽屬歆慕弘道歲常講涅槃十地地持維摩勝鬘用爲恒業聲務廣被遠近追風提襆裹粮尋造非一隋煬御曆珍敬彌隆大業七年下詔延請入於東都内道場禮異恒倫日增榮供徽立操自昔一不受之盈尺之貯不附箱囊率性超然不妄傾涅但專講誦宣導爲先僞鄭之初洛城恒閉徽以兵戈方始開悟未因乃杖錫出城思濟

鄉壤于時守衛嚴防梗澁難通而微安行限閾守當不覺斯固善神之所送也既達高平道俗欣赴世接此難飢餒相委乃遺以粮粒拯濟寔多皂素賴之皆餐法味便即四時長講屢有升堂外施衣帛悉供講衆頻值儉歲米食不豐異客暴來兩倍過舊微以聽侶不安爲營別院四方學士同萃其中財法兩施無時寧舍懷州都督鄖國公張亮欽挹德教遠近講說道俗屯赴又結河陽乃請爲菩薩戒師珍敬道風誓爲善友夏講涅槃解恣便訖覺少不悆衆咸怪之還房靜念俄頃便逝春秋七十九即貞觀十二年三月二十日也懷州道俗哀若至親送葬歸于本邑自微之至遠門也敬法尊人誠孝第一每登法席講析幽通皆云大法師意如此因即聲淚俱下常謂諸徒曰父母生吾肉身法師生吾法身思報此恩何由可逮唯有弘教利物薄展余懷耳所以每歲常講不敢告勞以惟斯故也兼以課已行業無虧六時手執香爐約數承禮夜不解衣一生恒爾清素寡欲不樂交遊敷化之餘便營僧事故澤部長幼詠仰于今

釋玄鑒俗姓焦澤州高平人也天性仁慈志樂清潔酒肉葷辛自然猒離十九發心投誠釋種愛重松林終日庇其下忘遺食息後住清化寺依止遠公聽採經論於大涅槃深得其趣隋運末齡賊徒交亂佛寺僧坊並隨灰爐衆侶分散顛仆溝壑鑒守心戒禁曾無慭犯食唯蔬菜衣則緼麻屢經歲序情無顰慼及至年穀豐熟還返故鄉招集緇素崇建法席勸諸信識但故伽藍皆得營復有故塔廟

並令塗掃遂使合境莊嚴赫然榮麗奉信歸向十室其九兼以正性敦直言行相高行值飲噉非法無不面陳訶毀極言過狀不避強禦或與語不受者便碎之酒器不酬其費故諸俗士聚集醼飲聞鑒來至並即奔散由是七衆尊虔敬其嚴厲重其清貞數有繕造工匠繁多豪族之人或遺酒食鑒云吾今所營必令如法作可不造無容飲酒遂即止之時清化寺修營佛殿合境民庶同共崇建澤州名長孫義素頗奉信聞役工匠其數甚衆乃送酒兩轝以致之鑒時檢校營造見有此事又破酒器狼籍地上告云吾之功德作可不成終不用此非法物也義聞大怒明欲加惱夜夢有人以刀臨之既忽寤即事歸懺又遇疫氣死亡非一皆投心乞命鑒爲懺悔令

斷酒肉病者痊復時大重之有鄉人李遷者性偏嗜酒既遇時氣無由自濟遂悔酒過用爲死調俄爾鑒至無何便去遷遂除差因爾猒離飲酒永不涉言縱忽聞氣如逢毒勢告其友曰自見鑒師已來尚不喜聞況當見也故戒節冥感皆此之類于今神志貞亮每講涅槃十地維摩四時不輟春秋八十有三初鑒以傳法之務職司其憂衆侶乖儀則糺彈驅擯時俗僉訝其梗直也及武德六年當部濩澤縣李録事者死經七日隱身謂妻曰吾是李録事也計吾猶得六年在世但爲司命枉來取我生埋塚中已訴閻王蒙放在人中浮遊六年今在鬼道未然之事皆預知也鄉家貧窘但爲他卜無不必中因可獲財以利小大便爾賣卜鬼爲通疑方遠皆詣謂爲大

聖後謂妻曰人命無常何不修福可往鑒師所聽法遂相將入講堂中安置壁角以物自障共人言議應變迅速乃經旬朔或有問者何不現形耶答曰今在鬼趣受身極陋自不忍見況復他也又往景業寺聽維摩經有餘法師謂曰今講此經感何人聽答曰自人頭已上便是鬼神上及諸天重級充滿然都講唱文諸天神等皆斂容傾耳恐其聲絶法師解釋皆散亂縱恣無心聽受願如法講說勿妄飲噉也何以知之然見諸天神等聞法師酒氣皆迴面而聽因即悔過令廢飲之鬼曰此定須斷天神不許寧不講也非惟此會獨感諸天但有法事無不來降不可輕矣鑒聞異寺有此聲告倍復信奉兢兢異常

釋玄會字懷默俗姓席氏其先豳土安定人也遠祖因宦故又居京兆樊川之秘坂焉年十二精苦絶倫欣志捐俗而儀相秀挺有異神童隋漢王諒見而奇之奏度出家仍住海覺寺爲緫法師弟子自落髮之後即預講席專志涅槃勤至之功倫等推尚緫深會之解也舉爲覆述所以槃節拘致由來擁慮者皆剖決通釋泠然可見時大賞之以爲涅槃之後胤也因爾改前舊章更新戶牖穿鑿之功難與讎抗造涅槃義章四卷義源文本時文釋抄部各四卷自延遠輟斤之後作者祖述前言唯會一人獨稱孤援武德之始學觀大張沙門曇獻道開國望造慈悲寺奏會以爲寺主經始惟新法務連續引接後昆講揚此部將四十遍于時同侶同業相推先席而讓以成治雅爲學宗性慕人法不濫尊嚴但有

法座皆通諮聽縱有舊聞傾如新渴斯敬重之極末像罕遇也故總法師曰吾非聖人何得此子入吾室乎相法師曰經云後五百歲有福智者此子謂乎法之大將豈不然乎岳法師曰此公就我學俱舍者同事攝也願比妙莊嚴世值善知識矣振法師曰此公就我學加延者乃贊成吾學耳以我小術不恥下問乃迴龍象於兎徑也吾何言哉貞觀八年又勅住弘福寺講事都廢專修定業夢登佛手號無量壽遂造彌陀像一座常擬繫心作身同觀欲入山林寺衆勸住請講涅槃至藤蛇喻忽有異蛇從栿而下顧視四方尋即不見講至諍論常有魔事因茲遘疾還返慈悲見佛來迎因而氣盡春秋五十有九即十四年五月二十七日也合邑聞知悲涼相及葬於高陽原晚又收其遺骸於故城西南隅起塼塔供養自會之弘道也温柔在性弘贍爲心遠近流寓投造非一而能推心接誘唯法是務晚又常坐乃終身世

釋行等姓吉氏馮翊人一二出家與會公同事總師爲弟子服章麤素立性鏗卓登聽淨影遠公涅槃伏讀文義時以榮之相從講說百一十遍中逢阻難必預先知或聞異香或感怪夢幢折蓋翻以爲標據即令大衆同念般若所有魔事無何而退故每講後常禮佛名及讀華嚴以爲銷障之本也又與玄會同住慈悲弘法之時等必先登會隨後赴時以爲相成之道也故常講時感雞伏聽從受戒者死而還活冥曹所放云傳等教斯亦駭動幽顯非言厝也以貞觀十六年三月六日因

疾而終春秋七十有三初臨終累日護戒之語吾何重及但少欲知足可爲永誡吾今死後勿作威儀惟以一椽輿送山所願食吾身早成正覺有乖此願非吾門人弟子等營辦幢輿盛設威儀將欲瑩送其夜列宿大明地方欲了大雨洪注道俗同擁一不得往還依遺訣單輿至山雨即通霽收葬于京南神和原起塔樹松立銘塔所

續高僧傳卷第十五

音釋

璿似宣切　睿以芮切　异余吏切與異同　歆許金切羡也　豳必鄰切地名　栿房六切梁也　翊逸職切　鏗口莖切

續高僧傳卷第十五下

唐　釋　道　宣　撰

唐蒲州仁壽寺釋志寬傳十一

相州慈潤寺釋慧休傳十二 曇元 靈範

京師弘福寺釋靈潤傳十三 淨元 智衍

京師慈恩寺釋道洪傳十四

京師慈恩寺釋義褒傳十五

釋志寬姓姚氏蒲州河東人也祖宗仕族不交群小父任隋青州刺史寬自幼及長以清約知名歷聽諸經以涅槃地論爲心要也東西訪道無釋寸陰業成登器遊講爲務生常履信言行不乖望似專正而懷抱虛蕩嘗以遊學長安詣市買絹有人曰可見付直明當送絹於此便付直還寺爲諸僧所笑寬曰自憶不負於人豈有人而乖信至期果獲以事陳之彼人云兵食可亡信不可廢弟子俗人奉之豈意釋門綴斯慮也寬常誦維摩及戒本所居住房每夜必有振動介冑之響竊而覩者咸見非常神人遶房而行又一時夜中房重閣上有打物聲同學寶通聞之驚迷不安其席寬就而慰之猶打物如故至旦看之乃舍梁將折即令拄之得免其命其爲幽靈所衛如此而性好瞻病無憚遠近及以道俗知無人治者皆舉迎房中躬運經理或患腹癰不可膿出者乃口就唼之遂至於瘥往往非一其慈惠之懷信難繼也後於中夜室內大明及覩房外與晝無異乃自縫綻衣帛不謂神光所照後召諸徒方知半夜此相數現後遂不怪加以開務誘引弘濟爲業道俗胥悅慶其幸遇屬煬帝弘道海內搜揚以寬行

解同推應斯榮命既虧慧日講悟相仍會鼻感作逆齊事拘纏寬便下獄待罪有來餉遺一一不自資通給囚僧歡笑如昔後並配徒隸役於天路常令負土使裝滿籠盡力輦送初不懈息同役僧曰此無監檢當可小停寬曰業報如此何能自欺違心行事誠未安耳末又配流西蜀行達陝州有送財帛祖餞之者並即散而不遺唯留一驢負經而已路次潼關流僧寶暹者高解碩德足破不進寬見卧于道側泣而哀焉即捨驢與乘自擔經論徒行至蜀雖有事勞而口不告倦其仁恕之性登苦知其人矣既達蜀境大發物情所在利安咸興敬悦時川邑虎暴行人斷路或數百爲群經歷村郭傷損人畜中有王獸其頭最大五色純備威伏諸獸遂州都督張遜遠聞慈德遣人往迎寬乃令州縣立齋行道各受八戒當夕虎災銷散莫知所往時人感之奉爲神聖然寬因名立行弘裕有儀凡所宣化風之靡草每至散席禮覯相仍或至十萬二十萬者皆即坐散盡了無資巳告施者曰財猶種子聚則難繁故爲散之令從用有在耳其虛懷應物爲若此也兼又輕生踈素弊服尋常一經履御形動經累稔愛護之甚有過身肉時逢儉歲躬煑糜粥親惠飢餧銜泣說化令誦佛名又以所服衣之與氈或割或減用充貧乏每年冬首預積坐氈履替觀諸沙門少者便給以此爲常貞觀之初還返蒲晉緇素慶幸歡詠如雲屢建法筵重揚利涉時州部遇旱諸祈不遂官民素承嘉績乃同請焉寬爲置壇場以身自誓不降雨者不處堂

房曝形兩日密雲垂布三日巳後合境滂流民賴來蘇有年斯在昔在蜀土亦以此致譽故使徧洽時諺號爲一代佛日有沙門神素者架業相鄰尤所欽友以先卒於栖巖寬住州寺先絕凶問忽降形歡叙欣若生平明晚來告乃知其死寬致書慰曰等同幻境俱禀泡形不意之情非復言像素法師俗風清美道器沖深包總義門研機至實但正業久成必之淨土此方薄運頓失所歸老病之僧早應先去罪重福微猶守餘報耳法師不遺故舊昨二十五日夜降神共聚同卧一床通夕言議至曉方別情猶今昔事即存亡冥感之誠未可陳述素見別傳以貞觀十七年春二月二十四日卒寬以其年夏五月十六日卒於仁壽寺春秋七十有八初未終之前右脅而卧枕於右臂告門徒曰生死長遠有待者皆爾汝等但自觀身如幻便無愛結自纒吾命亦斷當取椽兩根籧篨一領裹縛輿送無得隨俗紛紜爲不益事也言訖而卒時蒲虞等州道俗奔赴號慟川野屯於壙側七里人滿自寬從釋種靜攝居形不卧全氈不畜疋絹籧篨之事由來絕心騎乘勞具終身不涉口不及利手不執錢或有忤之便掩口私黙不行讃毀於人物也曾用錢一千五百買驢負經既至東京值卒科運大貴或頭數至萬者同侶欲爲賣之寬不許曰巳勞負荷豈復過本乎便詣市自出之但取元價此雖小事廉恥本矣

釋慧休姓樂氏瀛州人也世居海濵以蠶漁爲業而生知離惡深惟罪報常思出濟無緣

拔足或累歎通宵晨或忘餐延逾信宿雖憤氣塡胷無免斯厄十六遇相州沙門巡里行化談三世之循擾述八苦之交侵雅會夙懷背世情訣乃違親背俗投㝡律師而出家焉㝡導以義方禮逾天屬又聞靈裕法師震名西壤行解所歸現居鄴下命休從學休天機秀舉惟道居心乃背負華嚴遠遊京鄴一聞裕講鎣動身心不略昏明幽求體性而章句蕪昧至理未融展轉陶埏五十餘遍研詞文理轉加昏漠試以所解遍問諸師皆慮涉重關返啓其致乃悟曰斯固上聖之至理也豈下凡而抑度哉且博聽衆師沐心法海耳乃往渤海從明彥法師聽成實論先出章抄品藻異同慧滿冲情解津法友以彥公化世更染餘流從志念法師受學小論迦雜婆沙各聞數遍窮其本支曉其固執解既清迥行定貞嚴念曰余講小乘歲序多矣今乃值子諒不虛延休即著雜心玄章抄疏各區別部類條貫攸歸文教纔出初尋重敬頻當元宰講授相續幽致既舉慧燭天懸故使馳名冀都擊響河渭抱帙橫經肩排日謁結疑懷籤踵接登堂皆總爲書紳永開冥府故於立破諸教探隱洞明雖府學冠空宗而梗情塵境欲通惟識之旨取悟無方會裕師入關因便預從遇曇遷禪師及尼論師等講揚攝論每舉一會餘駕停輪辭吐既新領拔彌悉周涉三遍即造疏章神會幽陳廣流聽視自大小諸藏並統關鍵唯有律部未遑精閱昔以戒禁隨事可用緣求案讀即了未勞師授曾披一卷持犯茫然方悔先議更弘神府乃負律提

瓶從洪律師聽採四分一經講肆三十餘遍日漸其致終未極言顧諸學徒曰余聽涉多矣至於經論一遍入神今遊律部逾增逾暗豈非理可虛求事難通會乎而敬慎三業懍課六時纖塵或阻即申懺洗目見大小講匠知名者多奉法自修實罕聯類嘗聽礪公講律礪曰法師大德暮年如何猶勤律部休曰余憶出家之始從虎口中來即奉投戒法豈以老朽而可斯須離耶恨吾不得常聞耳其清慎之高率此例也又屢經寇蕩荒荐相仍寺衆僧廚亟經宿餟故從隋末終至唐初四度翻穢獲資淨供致使四方嘉會休有功焉暨武德年內劉闥賊興魏相諸州並遭殘戮忽一旦驚急官民小大棄城逃隱休在雲門聞有斯事乃率學士二十餘人東赴相州了無人物便牢城自固四遠道俗承休城內方來歸附當斯時也人各藏身而休挺節存國守城引衆可謂亂世知人者矣其年不久天策陳兵遠臨賊境軍實無委並出當機休既處僧端預明利害集衆告曰官軍靜亂須有逢迎僧食衆物義當先送再和大衆並無從者休懼被後罰必可乘權獨詣軍門具陳來意于時曹公徐世勣引勞賞悅仍令部從隨休至寺任付粮粒及平殄後曹公爲奏具述休功登即下勅入賊諸州見有僧尼止留三十相州一境特宜依定以事驗人休量難准又荒亂之後法律不行並用銅盂身御俗服同諸流俗休恐法滅於事躬自經營立樣造坏依法施熏遂成好鉢遍送受持於今大行並是休功緝遺緒也又僧庫火起時當中夜

忽有人告走往觀之賴始發焰救而獲免退問告由了無知者良以道通幽顯屢動禎祥貞觀九年頻勑徵召令入京師並固辭以疾無預榮問至今十九年中春秋九十有八見住慈潤爽健如前四衆懷仰蒲柳之暮猶執卷諮謀乃力倦而告曰吾學功多矣每有經律雖聽二三十遍文旨乃鏡猶恨少功欲兼異部未遑多涉耳今之後學則不同之薄知文句宗致眇然即預師範更無通觀所以終夜長慨有恥于懷致有窮括教源莫知由序此法滅在人矣今暮年開導意存成器斯猶砥礪合其刃耳安能鑪錘其樸耶所以引化席端直陳綱要而奉禁守道抑在天然挫拉形心逾衰逾篤衣服率然趣便蓋體樸懸壁上尺絹不居所得外利即迴講衆補綻衣服不勞人助見著麻履經今三十餘年雖有斷壞綴而蹈涉暫有泥雨徒跣而行有問其故答云泥軟易履不損信施耳又寒不加火熱不依凉瓶水若凍裹之草束受具已來鉢無他洗入夏已去不敢菜蔬於道往還執箒先掃存護物命寧有過之凡斯衆行前後一揆余以親展徽音奉兹景行猶恨標其大抵事略文繁以爲約耳弟子曇元高潔僧也經論及律並曾披導偏重清行不妄衣食寺雖潔淨猶懷塵點常乞食自資今託靜林隱寶山志道辭世門人靈範學通休涉慧悟少之勑召弘福時揚攝論今居宗樹業振名京邑又休以年學高遠今上重之因事遼左親幸其室叙故陳道彌會常心故又續其績

釋靈潤俗姓梁河東虞鄉人也家世衣冠邦

閭望族而風格弘毅統擬大方少踐清猷長承餘烈故能正行倫據不肅而成昆季十人秀美時譽中間三者齊慕出家父告子曰但誦觀音先度即當許也潤執卷便誦一坐不起從旦至中文言遂徹便預公度依止靈粲法師住興善寺粲有正行備于別傳年十三初聽涅槃妙通文旨將及志學銷會前聞括悟新理便登講座宣釋教意部分科宗英秀諸僧咸欣其德加又欽重行禁動靜惟安不妄遊從常資規矩所以興善大德海內名僧咸相顧而言曰此沙彌發蹤能爾堪住持矣於後深心至道通贍群師預在見聞包蘊神府當即黼藻人法珪璋解行皆統其本支該其成敗仁壽感瑞懷州造塔有勑令往官供驛乘隨師東赴乞食徒行獨無受給既達河內道俗伏其精通敬其行範所有歸戒並從於潤當即名厲河北譽滿京師聞泰岳靈巖寺僧德肅清四方是則乃杖策尋焉既覲副師遂從諮訓乃習般舟行定無替晨昏初經三七情事略疲自斯已後頓忘眠倦身心精勵遂經夏末于時同侶五百餘人各奉行定互相敦勵至於解坐同行無幾惟潤獨節秀出情事莫移皆不謀同詞敬稱徽績時父任青州益都令外祖吳超任懷州懷令堂祖吳同任齊州山茌令姨夫侯援任曹州金鄉令並潤之宗族內外親姻雖往還講肆遊其所部事逾行路一無過造及生緣背喪或有悲慕邀延者潤情若風傳不往登踐斯割愛從道皆此類也有道奘法師擅名海岱講攝大乘又往尋焉時未具戒早飛聲彩周流法席

文義圓通問難深微稱傳元宰預是同席心共揖之既承師有本即奉奘以爲和上大戒已後方詣律司十地諸經略觀文體年二十三還返京室値志念法師正弘小論將欲博觀智海預在聽徒有辯相法師學兼大小聲聞于天攝論初興盛其麟角在淨影寺創演宗門造疏五卷即登敷述京華聽衆五百餘僧竪義之者數登二百潤初從闢表創預講筵祖習異聞遂奮奇論一座驚異側目嘉之登有辯行法師機論難擬處衆高謝而敬憚焉雖則負譽帝京而神氣自得或譏毀達其耳者曾若不聞以道鎭心情無喜怒末法攸寄誠可嘉焉大業初歲風疾暴增後復本心更精新業又恐報傾旦夕不守本懷講導世流往還煩雜遂脫略人事猷俗歸閑遂往南

山之北西極澧鄠東漸玉山依止寒林頭陀爲業時與沙門空藏慧璡智信智光等京邑貞幹同修出離既處叢冢鬼神斯惱或被推盪偃仆或揚聲震吽者潤獨體其空寂宴坐如空諸被嬈者皆來依附或於深林曠野狼虎行處試心安止都無有畏當遵此行盡報傳持屬大業末年不許僧出遂虧此行乃還興善託於西院獨靜資業一食入淨常講涅槃衆經有慧定禪師等歸依受業相率修課不出院宇經于三年結侶漸多行清動衆時僧粲法師一寺頂蓋銳辯無前抗衡京國乃率諸翹望五十餘僧來至法會詳其神略人並投問玄隱之義潤領宗酬答剖判泠然咸共欣賞妙符經旨爾後譽傳先價衆聚相從既懿業內傳將流法味大業十年被召入鴻

臚教授三韓并在本寺翻新經本並宗轄有承無虧風彩會隋氏亂倫道光難緝乃隱潜于藍田之化感寺首尾一十五載足不垂世離經專業衆請便講以示未聞春秋入定還遵靜操沙門志超抗節禪府聞風造展遂等宿交相師念定欣從語嘿時天步飢餒道俗同霑化感一寺獨延賔侶磨穀爲飯藊麥等均晝夜策勤弘道爲任故四方慕義歸者雲屯周贍精麤無乖僧法共餐業果遂達有年斯誠至德冥符兼濟有日矣潤以化洽外流道聲載路與善本寺敬奉芳塵上陳勑使請充寺任便不守專志就而維之貞觀八年勑造弘福復被徵召即現翻譯證義須明衆所詳准又當斯任至於詞理有礙格言正之同倫紀位斯人最上京邑釋門寔惟僧傑初潤隋末在興善院感魔相嬈定志不移冥致善神捉去經宿告曰昨日魔子依法嚴繩深知累重自感而死若此徵應其量難紀武德七年時任化感寺主智信爲人所告勑使圍寺大顯威權潤曰山居行道心不負物賢聖所知計非所害使人逾怒忽有大風雷震山崩樹折吹其巾帽坐席飄落異處人衆喪膽遂求悔過潤曰檀越有福能感幽靈斯之祥徵昔來未有使者深愧釋然事解貞觀年中與諸法侶登山遊觀野燒四合衆並奔散惟潤安行如常顧陟語諸屬曰心外無火火實自心謂火可逃無由免火及火至潤熸餘自斂據事以量知人難矣後住弘福有僧因事奉勑還俗復經恩蕩情願出家大德連名同舉得度上聞天聽下勑深責投諸南裔驩州行

道于時諸僧創別帝里無非慟絶潤獨安然容儀自若顧曰三界往還去來恒理勑令修道何有悲涼拂衣東舉忻然而趣道俗聞見莫不歎伏尋爾勑追洛東安置化行鄭魏負帙排筵弘闡涅槃十有餘徧奧義泉飛慧流河洛乃報京邑門人疏曰吾今東行略有三益一酬往譴二順猒生三成大行吾有宿累蒙天慈責今得見酬則業累轉滅唯加心悅何所憂也愚夫癡愛隨處興著正智不爾猒不重生夫淨穢兩境同號大空凡聖有情咸惟覺性覺空平等何所著也自度度人俱利之道舉人出家依道利物願在三有普濟四生常無退轉三益如是汝等宜知各調淨根業興善而住吾無慮矣僕射房玄齡遇之稱歎累息曰大德樹言詞理俱至名實之副誠所望也不久勑追還住弘福居宗揚化涅槃正義唯此一人也然其爰初入道奉節不虧持操攝儀魁質雄雅形器八尺動靜溫和挺超聮類十三離俗更不重臨二親既崩兄弟哀訴情守自若曾無動容但爲修冥福設會千僧再度盡京施悲田食而已至於世情得喪浮艷雕華既不附心口亦無述時俗往還直知叙對皆絶供給隨言將遣前後所講涅槃七十餘遍攝大乘論三十餘遍幷各造義疏一十三卷玄章三卷自餘維摩勝鬘起信論等隨緣便講各有疏部而立義倫通頗異恒執至如攝論黎耶義該眞俗眞即無念性淨諸位不改俗即不守一性通具諸義轉依已後眞諦義邊即成法身俗諦義邊成應化體如來轉依作果報體據於眞性無滅義矣

俗諦自相有滅不滅以體從能染分義滅分能異體慮知不滅及資粮章中衆師並謂有三重觀無相無生及無性性也潤揣文尋旨無第三重也故論文上下唯有兩重捨得如文第一前七處捨外塵邪執得意言分別第八處內捨惟識想得眞法界前觀無相捨外塵想後觀無生捨惟識想第二刹那即入初地故無第三筌約三性說三無性觀據遣執唯有兩重至如本識三相自相受熏依他性中說有總別三滅又四涅槃離合義異兩處三種熏習體無有別諸如此等有異諸師存廢之旨陳具章疏弟子淨元神睿卓越博要之舉振績京畿講釋經論亟經載紀銓辯名理響逸學門加以性愛林泉捐諸名利弊衣糲食談玄爲本元以潤之立義建志尋求轉解傳風被于當世有僧法御道定人也夢見淨元兩手極大執印憑案若有所通寤以告之正披此義即因而遂廣乃成王路矣沙門智衍即潤之猶子也幼攜入道勗以教宗承明詞義深有會繫講攝論涅槃近住藍田之法池寺統津成匠亟動時譽然有法以來師資傳道其宗罕接惟潤之緒繼美前修亞迹安遠斯塵難濟見於今日矣

釋道洪姓尹氏河東人也父曜仕隋歷任江陵令有子五人洪其第三矣聰敏易悟深躭形有年在十三以開皇六年出家事京邑大德曇延法師博通內外馳譽門序雖廣流衆部偏以涅槃爲累教之極也故敷演之所以師資傳道聲績遠近亦於法衆親喻覆述後於願法師所學窮地論旁通經數德器崇振

及隋祖昇遐禪定構立乃召處之自爾專事弘經周輪無輟貞觀伊始弘護道張凡寺綱維無非令達乃敕爲律藏寺上座緝諧理事允副朝委立情清慤無競榮辱故使厚供殊禮鱗接邀延致令二宫樹福妙資搜舉物議所及莫不推先尋又下敕任大總持本居寺主春宫異供隨時薦及以追受戒之禮也貞觀十四年寶昌寺衆請講涅槃時感白雉隨人聽法集散馴狎終于講會相從傳授迄于暮齒凡講涅槃八十七遍依承宗旨罕墜彝倫及弘福譯經選充證義慈恩創起又敕徵臨以貞觀末年徵覺輕貶纔及一旬奄爾長逝春秋七十有九初染疾之始全無别痛少食不語用乖常候而數以手撝撥於空侍問其故答曰有三衣冠者數來禮拜故以止之又曰紅花緑池鮮榮可翫尋爾合掌目送於空曰大德羅睺羅來辭去也因爾潜逝殊香滿院然洪形器端偉七尺有餘沉簡仁愛慈濟存没喜愠莫顯操節不形傳者目其梗概要妙固多略耳

釋義褒姓薛常州晉陵人蓋齊相孟嘗君之後吴名臣綜瑩之胤也天體高遠履性明朗出家已後遊談在務周流會稽統御法筵初從蘇州永定寺小明法師稟學華嚴大品其即有陳興皇朗公之後嗣也專經強對亦當時之僧傑矣褒優柔教義屢啓清涼之談將事通覽辭徃縉雲山婺州永安寺曠法師所曠在陳朝興皇盛集時當法選亟動神機法主既崩遍流視聽長于禪衆棲霞布公並具式瞻親雲餘令所以四經三論江表高推褒

敬竭義筵縱思披釋諸方俊銳將事別輪曠亦勸褒行傳燈禮乃從之傳經述論三十餘年光聞五湖馳名三輔每以大乘至教元出渭陰中原播蕩乃興揚越嗟乎淳味不無流靡後住東陽金華法幢寺弘道不倦日坐忘食慈恩申請搜揚髦彥京邑承風以事聞奏下勑徵延便符昔願即而入朝時翻經三藏玄奘法師盛處權衡當陽弘演承思遠問用寫繁蕪亦既至止共詳幽致乃詰大乘經論無所不通唐朝後學多尚名體躭迷成性膠柱守株如何解網以開玄照請所學宗頓講十適勒諸門位並往歸依時在慈恩創開宏旨有空雙遣藥病齊亡乃有負氣盱衡傲然亂舉褒為提紐解決踈刷神襟責以三關徵研五句詳括文義統略悟迷經難論易悼時俗之反昏論釋深經誨今聞之異昔所以每日在座前唱聖經半講已後方明賢論于時英彥皆預席端歎其竦拔之神奇伏其辯洽之銛利宰輔冠蓋傾仰德音留連言晤寫送無絕顯慶三年冬雩祈雪候內設福場勑召入宮令與東明觀道士論義有道士李榮立本際義褒問曰既義標本際為道本於際為際本於道耶答曰互得又問道本於際際為道本亦可際本於道道為際原答亦通又並曰若使道將本際互得相反亦可自然與道互得相法答曰道法自然自然不法道又並若道法於自然自然不法道亦可道本於本際本際不本道榮既被難不能報浪嘲云既喚我為先生汝便成我弟子褒曰對聖言論申明邪正用簡帝心獨兼嘲謔塵黷天聽雖

然無言不酬聊以相答我爲佛之弟子由以事佛爲師汝既稱爲先生則應先道而生汝則斯爲道祖于時忸怩無對便下座又令褒竪義便立大智度義李徒雖難隨言即遣于時天子欣然内宮嗟賞李榮不勝其憤曰如此解義何須遠從吳來褒答曰三吳之地本出英賢横目狗身舊無人物爾後諸寺連請多以法華淨名中百經論等以開時俗龍朔元年駕往東都别召追往頻入宮禁義論横馳乃於淨土講解經論七衆載驅群公畢至英聲逾盛不久遘疾卒於淨土春秋五十有一道俗悲涼恨法門之早掩皇上悼傷久之遂敕送柩返於金華山舊寺賻贈之榮光聞遠近

論曰自佛教東傳年代雖遠條暢銓府開喻精靈可略言矣昔者漢明入夢騰蘭赴雒通悟道俗抑引邪正故使時俗一期翕然改觀非夫辯慧何以明哉然則教本通揚宗歸義舉談吐誠易識敏攸難不輕被錯授之儔淨名垂失機之責並爲沉淪典誥以解齊緣藥病相翻斯迷斯覺況復教流千載情纏五濁控詞談理能無紕紛得在傳揚失於熏習晉有道安獨興論旨准的前聖商摧義方廣疏注述首開衢路遠持追蹤於遂古願睿振藻而傳芳故著序云安和上鑿荒塗以開轍標玄旨於性空削格義於既往啓神理於來世至如道生孤拔擅奇思於當年道林遠識標新理而改旦自斯厥後祖習餘風雖云較異蓋可知矣梁高端拱御曆膺奉護持天監初年捨邪歸正遊心佛理陶思幽微於重雲殿

千僧講衆月建義筵法化通洽制五時論轉四方等注解涅槃情用未愜重申大品發明奥義當斯時也天下無事家國會昌風化所覃被于荒服鍾山帝里寶剎相臨都邑名寺七百餘所諮質文理往往而繁時有三大法師雲旻藏者方駕當塗復稱僧傑挹酌成論齊鶩先驅考定昔人非無臧否何以然耶至如講解傳授經教本宗摘文揣義情猶有失何得背本追末意言引用每日敷化但竪玄章不覩論文終于皓首如斯處位未曰紹隆若夫立文本宗誠遊義苑指月之況不爽先模隨文五失又開弘誡然則教爲理依理隨教顯附教通理弘之在人准此承導居然多惑寧乖此喻安得相符是使梁氏三師互指爲謬審文紕亂可有致言義在情求情安倚伏其中縱達論宗肅成風素榮冠道俗行業相兼者則開善智藏抑其人乎餘則慧解是長儀範多雜非無十數翹楚遵修細行然定學攝心未聞於俗故略言也太宗簡文在昔東府委心妙法遍覽玄章志歸般若剌心血而書十部又撰法集聯璧各二百餘卷然以晚從窘縶故使釋侶無聞中宗孝元體悟幽鍵更崇深信法華成論常自敷揚沙門道侃德隆時彦業貫通賢綴述新奇帝偏欽重奉爲僧正盛開學府廣召義僧還導舊轍户牖爲異宣明已下福事雖弘至於教理頗翳徽緒陳氏五政世屬虔劉京邑僧寺誅焚略盡及初臨統普備修治接棟連甍復基梁日弘福慧門世稱難紀名德勝行故是可傳雖獲五三蓋失多矣恨闕餘傳與時俱喪對此可

悲至如談嶜騰光於五湖螢朗飛蓋於三楚二瓔以匡救而傳世兩等以護法而相嗣盛德弘矣逮于北鄴最稱光大移都茲始基構極繁而兼創道場殄絕魔網故使英俊林蒸業正雲會每法筵一建聽侶千餘慧光道憑躡跡通軌法融慧遠顧視爭衡然而開剖章途解散詞義並推光統以爲言先豈非唱高和寡獨振今古即當鋒之領袖乃萬葉之師模然光初學律宗晚通理教郁郁兼美能振其芳觀其成樹骨梗分布毛目意存行猷護法爲本所以華嚴地論咸位綱模被及當今成誦無墜蓋有由矣且夫佛教東傳世稱弘播論其榮茂匆盛梁齊故武帝撫期師承護法戒定慧品莫匪陶甄受持十善無缺六時永絕辛羶長齋卒歲言行相檢誠可尊嚴自

有帝王罕能相擬于時釋侶顧視思齊篤學翹誠多陳濟器齊宣受禪權用不思或出或處非小節之所量乍智乍愚信大人之壯觀至於宗敬佛理師承戒護每布髮於地令上統踐之又能率土之內禁斷酒肉放捨鷹犬畋漁屠殺普國不行年三月六勸民齋戒公私葷菜悉滅除之又置昭玄十統肅清正法使夫二百萬衆綏緝無壅法上一人誠有功矣周武定業秦川大開釋府沙門道安復稱弘量降禮宸極展敬華夷導龍樹之江河響彌天之輿蓋地惟武服道寄文弘開蒙博施之功是其經略但以運屬道消中年毀廢雖陳顯論莫表深衷蚌病成珠竟于身世末有亡名復接斯咎坎壈貧病陷遭戎俗孝宣即位政興前朝經像漸開齋福稍起而厥化草

創義學猶微隋高荷負在躬專弘佛教開皇伊始廣樹仁祠有僧行處皆爲立寺召諸學徒普會京輦其中高第自爲等級故二十五衆峙列帝城隨慕學方任其披化每日登殿座列七僧轉讀衆經及開理義帝目覽萬機而耳餐正法于時釋門重稱高敞雖減梁齊亦後之寄沙門慧遠齊餘開士隨運高僧首達帝城即陳講議伏勤請益七百餘人道化天下三分其二自餘明勝聯鑣等驅僧粲以論士馳名慧藏以知微取號僧休洞精於大論法經妙體於教源餘則玭瑣群英詆訶龍象者復叵知矣其中尤最沙門曇延復是高傑至如坐鎮御牀口敷聲教致令萬乘頂足其德弘矣煬帝嗣籙重飛聲實道莊顧言於內外法論禮御於始終相顧光揚於兩都荚脫振藻於周魯厚德懷仁又難加也自爰初晉邸即位道場慧日法雲廣陳釋侶玉清金洞備引李宗一藝有稱三微別館法輪長轉慧炬恒明風靡之化覃延復遠當時諸部雖復具揚而涅槃攝論最爲繁富世近易昭無勞顯述及皇唐御曆道務是崇義學之明方爲弘遠伊人之風豈易披述輒託攸聞故略其致然曇嵩壁抗聲於金陵基景標宗於玉疊常辯弘揚於三輔深懿馳譽於兩河并晉則二達開模齊魯則窋才程略潤會剖符日下敬其名教微空位席嵩澤仰其義門本紀時或漏之其德不無光叙統明衆師注述通以章鈔爲工課文引義仰順前軌徒盛陂張差無弘誘或接綴前篇或粹雜時見或虛控胷臆詞理相非或旁竊他文意義蹇塞皆勤成

命氏騰譽一時言行之間河漢遼阻本寔邪求妄承傳教審夫意本焉可強乎且自經誥所被元在受持大集顯法行之文涅槃明知時之說今則婆娑章句流演澆浮翻種諸有未爲靜業超生之教豈意然邪貴如說行斯誠旨也故今當座講客寫送文義其隙復廣何以明耶且如聖行諸漏由來杜言唯識離念競陳橫想受學毗曇雲行惡戒者奉爲聰慧聽習楞伽樂飲噉者用爲通極誇罩蒙俗陵轢往賢眄視天漢率輕禁網謂邪慧爲真解以亂識爲圓智不深悛悟枉喪餘齡故使說法天禽被于念處盤特庸叟具列賢愚辯後興之前生顯頑嚚之後報冷然釋相可不誡歟原夫論義之設其本四焉或擊揚以明其道幽旨由斯得開或影響以扇其風慧業由斯弘樹或抱疑以諮明決斯要正是當機或矜伐以冐時賢妄詞以拔愚箭託緣乃四通在無嫌必事相陵還符畜獸故世中論士尠會清柔初事含容終成陷黷名聞誰賞境界非凡徒盛拒輪必歸磨臆故有王斌論並明琛蛇勢會空屋子宗統語工聽其論道唯聞殺死之言觀其容色但見紛披之相及後業之作也或生充蛇報或舌爛喉中或僧獄接其來生或猛火焚其往咎彥琮山樓之驗又可誡哉是知道寄人弘非人未可言道豈言義府並若斯耶故智藏遺塵慧光後嗣宗仰徽列豈有玷耶沙門靈裕行解相高內外通贍亦當時之難偶也然而立性剛毅峭急不倫侍人流汗可師範世或譏論以此爲先斯亦不比德而觀也語俗而談滔滔風流憂心

綿密未覩其短多容瑕累見心機動禍福相鄰若不先知何成懲艾致使裕公虛沾此及若能返求諸己斯言自亡故宣尼流無備之詞居士設未輕之論誠有由矣世有慧休即承裕緒學雜心而懼陵小犯受師禮而親執缾衣遺難而更立淨厨臨危而深誨禁約人法斯具慧解通微章疏所行誦爲珠璧猶恨不係於先業餘則故略言也

續高僧傳卷第十五下

音釋

癰於容切[illegible]也 嗽色角切吸也 籧篨籧強魚切篨直魚切籧篨竹席 簣篋簣求位切篋苦協切簣篋竹器也 揆求癸切度也 黼方矩切 績則歷切 鄠胡古切 熸子廉切火滅也 蜯步項切蚌屬

續高僧傳卷第十六上

唐　釋　道　宣　撰

習禪初 正傳二十三人 附見十五人

釋僧副姓王氏太原祁縣人也弱而不弄鑒徹絕群年過小學識成大量鄉黨稱奇不仁者遠矣而性愛之靜遊無遠近裹粮尋師訪所不逮有達磨禪師善明觀行循擾巖穴言問深博遂從而出家義無再問一貫懷抱尋端極緒爲定學宗焉後乃周歷講座備嘗經論並知學唯爲己聖人無言齊建武年南遊楊輦止於鍾山定林下寺副美其林藪得栖心之勝壤也行逾冰霜言而有信三衣六物外無盈長應時入里道俗式瞻加以王侯請道頹然不怍咫尺宮闈未嘗謁覲既行爲物覽道俗攸屬梁高素仰清風雅爲嗟賞乃命匠人考其室宇於開善寺以待之恐有山林之思故也副每逍遙於門負杖而歎曰環堵之室蓬户甕牖匡坐其間尚足爲樂寧貴廣厦而賤茅茨乎且安而能遷古人所尚何必滯此用賞耳目之好耶乃有心岷嶺觀彼峨眉會西昌侯蕭淵藻出鎮蜀部於即拂衣附之爰至井絡雖途經九折無忘三念又以少

好經籍執卷緘默動移晨晷遂使庸蜀禪法自此大行久之還返金陵復住開善先是胡翼之山有神人現以慧印三昧授與野人何規曰可以此經與南平王觀爲病行齋三七日也若不曉此法問之於副時以訪之果是其曾所行法南平遂行齋祀疾便康復豈非內因外構更相起予不久卒於開善寺春秋六十有一即普通五年也窆於下定林之都門外天子哀焉下勑流贈初疾亟之時有勸修福者副力疾而起厲聲曰貨財延命去道遠矣房中什物並施招提僧身死之後但棄山谷飽於鳥獸不亦善乎勿營棺壠以乖我意門徒涕泗不忍從之將爲勒碑旌德而永興公主素有歸信進啓東宮請著其文有令遣湘東王繹爲之樹碑寺所

釋慧勝交趾人住仙洲山寺栖遁林澤閑放物表誦法華日計一遍亟淹年序衣食節約隨身遊任從外國禪師達磨提婆學諸觀行一入寂定周晨乃起彭城劉績出守南海聞風遣請携與同歸因住幽栖寺韜明秘彩當示如愚久處者重之禪學者敬美幽栖寺中絕無食調唯資分衞大導清儉永明五年移憩鍾山延賢精舍自少及老心貞正焉以天監年中卒春秋七十時淨名寺有慧初禪師者魏天水人在孕七月而生纔有所識好習禪念嘗閑居空宇不覺雷擊大震斯固住心深寂未可量也而志高清遠淡然人外晚遊梁國住興皇寺閑房攝靜珪璋外映白黑諮訪有聲皇邑武帝爲立禪房於淨名寺以處之四時資給禪學道俗雲趨請法素懷恢廓

守志淳重貴勝王公曾不迎候普通五年卒春秋六十八葬鍾山之陰弟子智顯樹碑墓側御史中丞吳郡陸倕製文

釋道珍未詳何人梁初住廬山中恒作彌陀業觀夢有人乘船處大海中云向阿彌陀國珍欲隨去船人云未作淨土業謂須經營浴室并誦阿彌陀經既覺即如夢所作年歲綿遠乃於房中山池降白銀臺時人不知獨記其事安經函底及命過時當夕半山已上如列數千炬火近村人見謂是諸王覲禮旦就山尋乃云珍卒方委冥祥外應也後因搜檢經中方知往生本事遂封記焉用示後學時此山峯頂寺有法歸禪師者本住襄陽漢陰出家味靜爲務感夢有神來請遂往廬山遊歷諸處忽然驚覺乃尋夢而往但廬山者生來不到及至彼處樹石寺塔宛如前夢方知爲廬山神之所請也依而結宇晨夕繼業遂終山舍時又有慧景禪師者清卓出類不偶道俗孤行林阜禪慧在宗及其終後乃返握兩指人有捋者雖伸還屈如前傳所紀獲二果矣當景卒旦山峯松樹並雨甘露令名甘露峯是也生常感二鳥依時乞食及其没後絶迹此山斯之三德道肩梁朝樹銘山阿各題芳績矣

佛陀禪師此云覺者本天竺人學務靜攝志在觀方結友六人相隨業道五僧證果唯佛陀無獲遂勤苦勵節如救身衣進退惟咎莫知投厝時得道友曰修道藉機時來便剋非可斯須徒爲虛死御於震旦特是別緣度二弟子深有大益也因從之遊歷諸國遂至魏

北臺之恒安焉時值孝文敬隆誠至別設禪林鑿石為龕結徒定念國家資供倍加餘部而徵應潛著皆異之非常人也恒安城内康家資財百萬崇重佛法為佛陀造別院常居室内自靜導業有小兒見門隙内炎火赫然驚告院主合家總萃都無所見其通微玄觀斯例衆也識者驗以為得道矣後隨帝南遷定都伊洛復設靜院勑以處之而性愛幽栖林谷是託屢往嵩岳高謝人世有勑就少室山為之造寺今之少林是也帝用居處四海息心之儔聞風響會者衆恒數百篤課出要成濟極焉時或告衆曰此少林精舍別有靈祇衛護一立已後終無事乏由使造者彌山而僧廩豐溢沿彼至今將二百載雖荒荐頻繁而寺業充實遠用比之佛陀無謬傳矣時又入洛將度有緣沙門慧光年立十二在天街井欄上反蹋蹀鞾一連五百衆人諠競異而觀之佛陀因見怪曰此小兒世戲有工道業亦應無昧意欲引度權以杖打頭聲響清徹既善聲論知堪法器乃問能出家不光曰固其本懷耳遂度之解冠終古具如別傳又令弟子道房度沙門僧稠教其定業自化行東夏唯此兩賢得道記之諒有深疑年漸遲暮不預僧倫委諸學徒自相成業躬移寺外別處零房感一善神常隨影護亦令設食而祠饗之後報欲終在房門之壁手畫神像于今尚存

菩提達磨南天竺婆羅門種神慧疎朗聞皆曉悟志存大乘冥心虛寂通微徹數定學高之悲此邊隅以法相導初達宋境南越末又

北度至魏隨其所止誨以禪教于時合國盛弘講授乍聞定法多生譏謗有道育慧可此二沙門年雖在後而銳志高遠初逢法將知道有歸尋親事之經四五載給供諮接感其精誠誨以真法如是安心謂壁觀也如是發行謂四法也如是順物教護譏嫌如是方便教令不著然則入道多途要唯二種謂理行也藉教悟宗深信含生同一真性客塵障故令捨僞歸真凝住壁觀無自無他凡聖等一堅住不移不隨他教與道冥符寂然無爲名理入也行入四行萬行同攝初報怨行者修道苦至當念往劫捨本逐末多起愛憎今雖無犯是我宿作甘心受之都無怨訴經云逢苦不憂識達故也此心生時與道無違體怨進道故也二隨緣行者衆生無我苦樂隨緣縱得榮譽等事宿因所構今方得之緣盡還無何喜之有得失隨緣心無增減違順風靜冥順於法也三名無所求行世人長迷處處貪著名之爲求道士悟真理與俗反安心無爲形隨運轉三界皆苦誰而得安經曰有求皆苦無求乃樂也四名稱法行即性淨之理也磨以此法開化魏土識真之士從奉歸悟録其言語卷流于世自言年一百五十餘歲遊化爲務不測于終

釋僧可一名慧可俗姓姬氏虎牢人外覽墳索內通藏典末懷其道京輦默觀時尚獨蘊大照解悟絶群雖成道非新而物貴師受一時令望咸共非之但權道無謀顯會非遠自結斯要誰能擊之年登四十遇天竺沙門菩提達磨遊化嵩洛可懷寶知道一見悅之奉

以爲師畢命承旨從學六載精究一乘理事兼融苦樂無滯而解非方便慧出神心可乃就境陶研淨穢埏埴方知力用堅固不爲緣陵達磨滅化洛濱可亦埋形河涘而昔懷嘉譽傳檄邦畿使夫道俗來儀請從師範可乃奮其奇辯呈其心要故得言滿天下意非建立玄籍遐覽未始經心後以天平之初北就觀鄴盛開秘苑滯文之徒是非紛舉時有道恒禪師先有定學匡宗鄴下徒侶千計承可說法情事無寄謂是魔語乃遣衆中通明者來殄可門既至聞法泰然心服悲感盈懷無心返告恒又重喚亦不聞命相從多使皆無返者他日遇恒恒曰我用爾許功夫開汝眼目何因致此諸使答曰眼本自正因師故邪耳恒遂深恨謗惱於可貨財俗府非理屠害初無一恨幾其至死恒衆慶快遂使了本者絕學浮華謗黷者操刀自擬始悟一音所演欣怖交懷海迹蹄滏淺深斯在可乃從容順俗時惠清猷乍託吟謠或因情事澄伏恒抱寫剖煩蕪故正道遠而難希封滯近而易結斯有由矣遂流離鄴衛亟展寒温道竟幽而且玄故末緒卒無榮嗣有向居士者幽遁林野木食於天保之初道味相師致書通好曰影由形起響逐聲來弄影勞形不知形之是影揚聲止響不識聲是響根除煩惱而求涅槃者喻去形而覓影離衆生而求佛喻默聲而尋響故迷悟一途愚智非別無名作名因其名則是非生矣無理作理因其理則諍論起矣幻化非眞誰是誰非虛妄無實何空何有將知得無所得失無所失未及造談聊伸

此意想爲荅之可命筆述意曰說此眞法皆如實與眞幽理竟不殊本迷摩尼謂瓦礫豁然自覺是眞珠無明智慧等無異當知萬法即皆如愍此二見之徒輩伸詞措筆作斯書觀身與佛不差别何須更覓彼無餘其發言入理未加鉛墨時或纉之乃成部類具如别卷時復有化公廖公和禪師等各通冠玄奥吐言清迥托事寄懷聞諸口實而人世非遠碑記罕聞微言不傳清德誰序深可痛矣時有林法師在鄴盛講勝鬘并制文義每講人聚乃選通三部經者得七百人預在其席及周滅法與可同學共護經像初達磨禪師以四卷楞伽授可曰我觀漢地唯有此經仁者依行自得度世可專附玄理如前所陳遭賊斫臂以法御心不覺痛苦火燒斫處血斷帛裹乞食如故曾不告人後林又被賊斫其臂叫號通夕可爲治裹乞食供林林怪可手不便怒之可曰餅食在前何不可裹林曰我無臂也可不知耶可曰我亦無臂復何可怒因相委問方知有功故世云無臂林矣每可說法竟曰此經四世之後變成名相一何可悲

有那禪師者俗姓馬氏年二十一居東海講禮易行學四百南至相州遇可說法乃與學士十人出家受道諸門人於相州東設齋辭别哭聲動邑那自出俗手不執筆及俗書唯服一衣一鉢一坐一食以可常行兼奉頭陀故其所往不參邑落有慧滿者滎陽人姓張舊住餘州隆化寺遇那說法便受其道專務無著一衣一食但畜二針冬則乞補夏便通捨覆赤而已自述一生無有怯怖身無蚤虱

睡而不夢住無再宿到寺則破柴造履常行乞食貞觀十六年於洛州南會善寺側宿栢墓中遇雪深三尺其旦入寺見曇曠法師怪所從來滿曰法友來耶遣尋坐處四邊五尺許雪自積聚不可測也故其間有括訪諸僧逃隱滿便持衣鉢周行聚落無可滯礙隨施隨散索爾虛閑有請宿齋者告云天下無人方受爾請故滿每說法云諸佛說心令知心相是虛妄法今乃重加心相深違佛意又增論議殊乖大理故使那滿等師常賫四卷楞伽以爲心要隨說隨行不爽遺委後於洛陽無疾坐化年可七十斯徒並可之宗系故不別叙

釋僧達俗姓李上谷人十五出家遊學北代聽習爲業及受具後宗軌毗尼進止沉審非先祖習年登二夏爲魏孝文所重邀延廟寺闡弘四分而形器異倫見者驚奉虎頭長耳雙齒過寸機論適變時共高美與徐州龍達各題稱謂尋復振錫洛都因遇勒那三藏奉其新誨不久值那遷化覆述地論聲駭伊穀令望歸信相次稱謁後聽光師十地發明幽旨遂從受菩薩戒焉因從請業有名學衆又南會徐部隨通地論梁武皇帝撥亂弘道銜聞欣然遂即濟江造宮請見勑駙馬殷均引入重雲殿自晝通夜傳所未聞連席七宵帝歎嘉瑞因從受戒誓爲弟子下勑住同泰寺隆禮供奉旬別入殿開示弘理年移一紀道懷有據請辭還魏乃經七啓方許皆梁時充州行臺侯景爲造二寺山名天觀詔曰丈夫達念身爲苦器難可維持乃試履裁約餌苓

斷粒自此終報貨用通生末爲魏廢帝中山王勑僕射高隆之召入鄴都受菩薩戒曁齊文宣特加殊禮前後六度歸崇十善達性愛林泉居閑濟業帝爲達於林慮山黄華嶺下立洪谷寺又捨神武舊廟造定寇寺兩以居之初達經營山寺將入谷口虎踞其前乃祝曰欲造一寺福被幽靈若相許者可爲避道言訖尋去及造寺竟安衆綜業達又鄴京夜有神現身被黄服拜而跪曰弟子是戴山胡也王及三谷正備供養願不煩還達曰在山利少在京利多貧道觀機而動幸無遮止又經静夜有推户者稱曰山神之妻曰日無暇今故叅拜并奉米餻一筐進而重曰僧無偏爲禮佛之時請兼弟子名也達荅餻可將還後當爲禮因令通爲之時一拜兼唱其含幽識明皆此類也達遣弟子道奕爲山神讀金光明經月餘有虎來將狗去達聞之曰此必小道人懈怠不爲檀越讀經具問之果云三日來別讀維摩耳乃燒香禮佛告曰昨雖誦餘經其福亦屬檀越若有靈鑒放狗還也至曉狗還看於項上有銜齒處斯又接統神明殆不可測講華嚴四分十地地持雖無疏記而敷揚有據特善論議知名南北禪法一門開世殊廣曾遊梁境誌公遇而告曰達禪師是大福德人也帝亦深敬常顧侍臣云北方鸞法師達禪師肉身菩薩恒向北遥禮其爲時君所重無有加焉一時少覺微疾端坐繩床口誦般若形氣調静遂終於洪谷山寺春秋八十有二即齊天保七年六月七日也宣帝聞之崩騰驚赴舉聲大哭六軍同號山林

爲動葬於谷中巖下立碑於後余以貞觀九年親往禮謁骸骨猶存寺宇遺迹宛然如在自達奉心玄道情無間然有識同親都無嫌隙承先私憾倚加事之榮勝高流彌所謙退自季世佛法崇尚官榮僥倖之夫妄生朋翼而達爲國都聊然無顧昭玄曹局曾不經臨斯乃聖達之所輕寔世福之嘉相矣

釋僧稠姓孫元出昌黎末居鉅鹿之癭陶焉性度純懿孝信知名而勤學世典備通經史徵爲太學博士講解墳索聲蓋朝廷將處器觀國羽儀廊廟而道機潛扣欻猒世煩一覽佛經渙然神解時年二十有八投鉅鹿景明寺僧寔法師而出家落髮甫爾便尋經論悲慶交幷識神厲勇因發五願所謂財法通辯及以四大常敬三寶普福四恩初從道房禪師受行止觀房即跋陀之神足也既受禪法北遊定州嘉魚山歛念久之全無攝證便欲出山誦涅槃經忽遇一僧言從泰岳來稠以情告彼遂苦勸修禪愼無他志由一切含靈皆有初地味禪要必繫緣無求不遂乃從之旬日攝心果然得定常依涅槃聖行四念處法乃至眠夢覺見都無慾想歲居五夏又詣趙州漳洪山道明禪師受十六特勝法鑽仰積序節食鞭心九旬一食米唯四斗單敷石上不覺晨宵布縷入肉挽而不脫或煮食未熟攝心入定動移晷漏前食並爲禽獸所噉又常修死想遭賊怖之了無畏色方爲說諸業行皆摧其弓矢受戒而返嘗於鵲山靜處感神來嬈抱肩築腰氣噓項上稠以死要心因證深定九日不起後從定覺情想澄然究

略世間全無樂者便詣少林寺祖師三藏呈已所證跋陀曰自葱嶺已東禪學之最汝其人矣乃更授深要即住嵩岳寺僧有百人泉水纔足忽見婦人弊衣挾帚却坐階上聽僧誦經衆不測爲神人也便訶遣之婦有愠色以足蹋泉水立枯竭身亦不現衆以告稠稠呼優婆夷三呼乃出便謂神曰衆僧行道宜加擁護婦人以足撥於故泉水即上涌時共深異厥感如此後詣懷州西王屋山修習前法聞兩虎交鬭咆響震岩乃以錫杖中解各散而去一時忽有仙經兩卷在于床上稠曰我本修佛道豈拘域中長生者乎言已須臾自失其感致幽顯皆此類也後移止青羅山受諸癘疾供養情不憚其臭潰甘之如薺坐久疲頓舒脚床前有神輙扶之還令跏坐因屢入定每以七日爲期又移懷州馬頭山魏孝明帝夙承令德前後三召乃辭云普天之下莫非王土乞在山行道不爽大通帝遂許焉乃就山送供魏孝武帝永熙元年既召不出亦於尚書谷中爲立禪室集徒供養又北轉常山定州刺史婁叡彭城王高攸等請至文墨之大冥山創開歸戒奉信者殷焉燕趙之境道味通被略無血食衆侶奔赴禮覲塡充時或名利所纏者稠爲說偈止之聞者慙色而止便爲陳修善偈預在息心之儔更新其器既道張山世望重天心齊文宣天保二年下詔曰久聞風德常思言遇今勑定州令師赴鄴教化群生義無獨善希即荷錫暫遊承明思欲弘宣至道濟斯苦壞至此之日朕須還山當任東西無所留縶稠居山積稔業

濟一生聞有勑召絕無承命苦相敦喻方遂允請即日拂衣將出山闕雨岫忽然驚震響聲悲切駭擾人畜禽獸飛走如是三日稠顧曰慕道懷仁觸類斯在豈非愛情易守放蕩難持耶乃不約事留杖策漳滏帝躬舉大駕出郊迎之稠年過七十神宇清曠動發人心敬揖情物乘機無墜帝扶接入內爲論正理因說三界本空國土亦爾榮華世相不可常保廣說四念處法帝聞之毛竪流汗即受禪道學周不久便證深定爾後彌承清誨篤敬殷重因從受菩薩戒法斷酒禁肉放捨鷹鷂去官畋漁鬱成仁國又斷天下屠殺月六年三勑民齋戒官園私菜葷辛悉除帝以他日告曰道由人弘誠不虛應願師安心道念弟子敢爲外護檀越何如稠曰菩薩弘誓護法爲心陛下應天順俗居宗設化棟梁三寶導引四民康濟既臨義無推寄即停止禁中四十餘日日垂明誨帝奉之無失後以道化須布思序山林便辭還本住帝以陵阜迴互諮謁或難天保三年又勑於鄴城西南八十里龍山之陽爲構精舍名雲門寺請以居之兼爲石窟大寺主兩任綱位練衆將千供事繁委充諸山谷并勑國內諸州別置禪肆令達解念慧者就爲教授時揚講誦事豐厚帝曰佛法大宗靜心爲本諸法師等徒傳法化猶接囂煩未曰闡揚可並除廢稠諫曰諸法師並紹繼四依弘通三藏使夫群有識邪正達幽微若非此人將何開導皆禪業之初宗趣理之弘教歸信之漸發蒙斯人帝大喜焉因曰今以國儲分爲三分謂供國自用及以三

寶自爾徹情歸向通古無倫佛化東流此焉盛矣具如別紀即勑送錢絹被褥接軫登山令於寺中置庫貯之以供常費稠以佛法要務志在修心財利動俗事乖道化乃致書返之帝深器其量也勑依前收納別置異庫須便依給未經王府爾後詔書手勑月別頻至寸尺小緣必親言及又勑侍御徐之才崔思和等送諸藥餌觀僧疾苦帝常率其羽衛故幸谿覲稠處小房宴坐都不迎送弟子諫曰皇帝降駕今據道不迎衆情或阻稠曰昔賔頭盧迎王七步致七年失國吾誠德之不逮未敢自欺形相冀獲福於帝耳時亦美其敦愼大法得信於人黄門侍郎李獎與諸大德請出禪要因爲撰止觀法兩卷味定之賔家藏一本據以齊乾明元年四月十三日辰時絶無患惱端坐卒於山寺春秋八十有一五十夏矣當終之時異香滿寺聞者悚神勑遣襄樂王宣慰曰故大禪師志力精苦感果必然栖心寂默虛來實返妙業玄風事高緇素運往神遷定深嗟惘資崇有嘉用伸悽敬可施物五百段送千僧供於雲門以崇追福至皇建二年五月弟子曇詢等奏請爲起塔下詔曰故大禪師德業高邁三寶棟梁滅盡化終神遊物外可依中國之法闍毗起塔建千僧齋贈物千段標樹芳迹示諸後代勑右僕射魏收爲製碑文其爲時君所重前後皆此類也既而尅日進勑四部彌山人兼數萬香柴千計日正中時焚之以火莫不哀慟斷絶哭響流川登有白鳥數百徘徊煙上悲鳴相切移時乃逝仍於寺之西北建以塼塔每有

靈景異香應于道俗初稠奉信出家知竒齊魏克志禪業冠絶後塵而歴履太行往還朝野鳴謙抱素能肩清風加又威稜群賊勢慴山螭解虓虎之鬬情禁利養之深毒大儒皇氏躬爲負粮青羅獵客執刀剪髮或德感上玄澤流奉敬之苗幽誠所致粟滿信心之室樹神遮道隨器欲而法流文豹淨房銜織幞而遙棄或猛虎馴狎即背垂衣頹山將陊召出在命若斯靈相振古罕儔具如雲門象圖所紀又初勑造寺面方十里令息心之士問道經行稠曰十里大廣損妨居民恐非遠濟請半減之勑乃以方五里爲定使將作大匠紀伯邕締構伊始邕集諸鄉邑問此地名忽聞空中大聲答曰山林幽靜此處本號雲門重問所由了無一人知者帝聞異之因從空響焉今名光嚴寺是也又嘗有客僧負錫初至將欲安處問其本夏答云吾見此中三爲伽藍言終而隱既而掘地爲井果得鴟吻二焉又所住禪窟前有深淵見被毛之人偉而胡貌置釜然火水將沸涌俄有大蟒從水中出欲入釜内稠以足撥之蟒遂入水毛人亦隱其夜因致男子神來頂拜稠云弟子有兒歳歳爲惡神所噉兒子等惜命不敢當弟子衰老將死故自供食蒙師護故得免斯難稠索水噀之奄成雲霧時或讒稠於宣帝以倨傲無敬者帝大怒自來加害稠冥知之生來不至僧厨忽無何而到云明有大客至多作供設至夜五更先備牛轝獨往谷口去寺二十餘里孤立道側須臾帝至怪問其故稠曰恐身血不淨穢汚伽藍在此候耳帝下馬拜

伏愧悔無已謂尚書令楊遵彥曰如此真人何可毀謗也乃躬負稠身往寺稠磬折不受帝曰弟子負師遍天下未足謝愆云云因謂曰弟子前身曾作何等答曰作羅剎王是以今猶好殺即呪盆水令帝自視見其影如羅剎像焉每年元日常問一歲吉凶後至天保十年云今年不能好文宣不悅帝問師復何如答云貧道亦不久至十月帝崩明年夏首稠喪驗之果矣嘗以暇日帝謂曰弟子未見佛之靈異頗得覩不稠曰此非沙門所宜帝強之乃投袈裟于地帝使數十人舉之不能動稠命沙彌取之初無重焉因爾篤信兼常寺宇僧供勞賜優渥齊滅周廢以寺賜大夫柳務文文又令其親辛儉守當將家入住有神怒曰何敢陵犯須陀洹寺而儉未幾便卒隋初興復奄同初構六時禪懺著聲寰宇大業之末賊所停營房宇孑遺餘皆焚蕩余以貞觀初年陟茲勝地山林乃舊情事惟新觸處荒涼屢興生滅之歎周睇焚燼頻噎黍離之悲傳者親閱行圖故直敘之于後耳

續高僧傳卷第十六上

音釋

繹 羊益切 錆 大罪大果二切 櫢 户秋切 鞕 魚孟切堅强也 咆 蒲交切嗥也 潰 胡對切糜亂也 虓 許交切虎怒貌 鴟吻 鴟亦脂切吻武粉切

續高僧傳卷第十六下

唐 釋 道宣 撰

釋法聰姓梅南陽新野人八歲出家卓然神秀正性貞潔身形如玉蔬藿是甘無求滋饌及長成立風操逾厲淨施厚利相從歸給並迴造經藏三千餘卷備窮記論有助弘贊者無不繕集年二十五東遊嵩岳西涉武當所在通道惟居宴默因至襄陽傘蓋山白馬泉築室方丈以爲栖心之宅入谷兩所置蘭若舍今巡山者尚識故基焉初梁晉安王來都襄雍承風來問將至禪室馬騎將從無故却退王慙而返夜感惡夢後更再往馬退如故王乃潔齋躬盡虔敬方得進見初至寺側但覩一谷猛火洞然良久竚望忽變爲水經停

傾仰水滅堂現以事相詢乃知爾時入水火定也堂內所坐繩床兩邊各有一虎王不敢進聰乃以手按頭著地閉其兩目召王令前方得展禮因告境內多被虎災請求救援聰即入定須臾有十七大虎來至便與受三歸戒勑勿犯暴百姓又命弟子以布故衣繫諸虎頸滿七日已當來於此王至期日設齋衆集諸虎亦至便與食解布遂爾無害其日將王臨白馬泉內有白龜就聰手中取食謂王曰此是雄龍又臨靈泉有五色鯉亦就手食云此雌龍王與群吏嗟賞其事大施而旋有凶黨左右數十人夜來劫所施之物遇虎哮吼遮遏其道又見大人倚立禪室傍有松樹止至其膝執金剛杵將有守護竟夜迴遑日午方返王怪其來晚方以事首遂表奏聞下勑爲造禪居寺聰不往住度人安之又勑徐擒就所住處造靈泉寺周朝改爲靜林隋又改爲景空大唐仍於隋號初聰住禪堂每有白鹿白雀馴伏栖止行往所及慈救爲先忽遇屠者驅猪百餘頭聰三告曰解脫首楞嚴猪遂繩解散去諸屠大怒將事加手並佗然不動便歸過悔罪因斷殺業又於漢水漁人牽網所如前三告引網不得方復歸心空網而返又荊州苦旱長沙寺遣僧至聰所請雨便還大降陂池皆滿高祖遣廬陵王重請下都確乎不許後至廬阜驃騎威王因從受戒勸請還臺聰志存虛靜潛泝西上遁隱荊部神山湘東王承聞馳駕山門伸師襄之禮頻請下都固辭不許乃遣親故陳旻必令請得如不允者未足相見旻以事請聰不免意暫

赴所期又至青溪江陵令江禄至山爲起重閣三間湘東王以太清三年高祖崩捨宫造天宫寺邀延永住不守本志入之故里統御禪衆有扇清規禪講相叅無虧晷漏所獲檀捨通造藏經凡所至處靈瑞難述初太常劉之大具以聞高祖遂每西禮并送供養武陵上蜀從受歸戒巴峽守晉鴻上湘東王栢木爲寢殿及感放光旬日不歇王於傍造浮圖僧房講堂并王服玩作露盤立爲寶光寺請聰居之王述般若義每明日將竪義殿則夜放光明照數里不假燈燭議者以般若大慧智光幽燭所致及宣帝末臨亦同前敬聰每入道場必涕泗翹仰普賢授記天花異香音樂冥發不可議也以梁大定五年九月無疾而化端坐如生形柔頂暖手屈二指異香不歇年九十二矣其靈泉周改爲靜林隋改爲景空大唐因而不改即故地猶有所坐禪堂存焉

釋法常高齊時人領徒講肆有聲漳鄴後講涅槃并授禪數齊王崇爲國師以處衆囂雜枯折由生無俱利功捐而至楚後聞追之變形革服一舉千里又達衡岳多處林野布衣乞食又之荆峽有僧法隱者久住覆船山東嶺誦法華維摩思益以爲常業而未開心觀後至松滋見常異操乃歸而問津遂默而不對乃經一夏涕泗滂沲方示心要如說行者方知其趣隱駐心自久繫念日新深悟寂定不思議也與故人胡君義别不值題壁剋某月日當遠行至期果卒後當將終語諸僧曰吾今日作一覺長眠便入室右脇而卧明日

怪眠不覺看之巳終方悟長眠語矣

釋法京姓孫太原人寓居江陵母將懷孕夢入蓮池捧一童子端正可喜因而有娠將誕又夢乘白師子遊戲虛空京七歲出家十三與同學智淵咸昇高座說法無滯寺內長少俱夢聖僧告云京是寺元檀越願力生此方爲棟梁所以凡所投造風從水漸財利山積福門大弘殿宇小大千五百間並京修造僧衆湊集千有餘人長沙大寺聖像所居天下稱最東華第一由是道力所致幽明被之後梁二主聞便敬重奉爲僧正綱紀遺法晚抱危疾請僧像前七日行道沙門法泰夢像至於京房淨人遠志親覩像從京房返於太殿爾日即愈是知育王瑞像感降在人專注祈求無往不應不久卒寺春秋七十六矣

釋法懍姓嚴枝江人十五出家玉泉山寺衆侶清淨懍依味道積有年載禪念爲本依閑誦經法華維摩及大論鈔普皆無昧不著繒纊大布爲衣不食僧粮分衛一食不卧常坐勤厲莫儔荷錫遠遊言追勝友廬峯台嶺衡羅恒岱無遠不屆氣調清邈故山僧見者莫不挹高節而仰其奇趣也榛林猛獸之宅幽深魑魅之巖栖息無爲如在邑里昔從岱岳路出徐州遇一縣令問以公驗懍常賫法華一函乃答云此函中有行文檢覓不見令怒曰本無行文何言有耶答曰此經是諸佛所行之跡貧道履而行之還源返本即我之行文也令瞋不歇閉之七日不食誦經聲不輟令感惡夢便頂禮悔過後栖黙山以禪靜爲正業遂坐卒巖中年六十二異香紛紛旬日

乃歎時陽山僧景者不詳何人晦迹塵外以道自處陽山中泉石松竹秀竦清曠領接桃源古稱名地卜居寂照感通鬼物有懷惡念不得進前或值虎蛇驚怖失道若有問法安步無他曾有人來欲起惡念忽見大蛇繩床而出將欲吐毒懺謝得免時枝江慧璀禪師南岳思公之神足也聞而造之杜口不答璀便雨淚啓請通夕翹立固請確然乃經多日方爲披說璀出曰余遊名山上德多矣善友高尚者十有八人分得其門頗經趣入而牆仞高遠奇唱難階者斯人在斯至於年紀人所不測璀云曾問答云吾年三百歲矣不知所終

釋慧成姓叚澧陽人出家住十住寺誦法華維摩勝天王等大乘經二十餘卷進具後爲荆南佛法希尠承都大弘法席有心遠慕遂因商船往造建業正値成實靈講學者肩聯一聽十年文理略盡將旋本邑至匡山與顗師相見承南岳思禪師匡化山中引衆波動試往看之旣見欣仰欲學定業思曰卿一生學問與吾炙手猶不得暖虛喪功夫惜哉成素憑文疏依他生解忽令自檢茫若霧遊慨恨之甚不可得也乃惟曰承大師善知來意今試驗之見犀如意及手巾綫履欲得之思命令送與成遂總燒却章鈔捎擲筆硯專志正繫以必遠爲期當時造禪門者數十人皆先達者或以後至恐不相及乃以夜達晝開眼坐禪經十有五年思令入方等觀音法華般舟道場歷試銷障三年依行魔業禪鬼頗因散絶乃示以正法專思玄寂久久遂解衆

生語言三昧精思通爽靜亂齊焉彼閉目者觀道雖明開眼便失與成比校天地懸殊思云智顗先發三昧後證總持慧成及之二子寂照行解齊矣大師化往上至枝江造禪慧寺所營土木咸依俗有德行所招不久便就其地西望沙渚德鸞栖遁之地東眺上明彌天立寺之所湘東王承風迎請爲建禪衆仍構大殿鬬梁不成六月江漲於一夜中成曰有木中梁往江接取尋語往看果如所示有清信士段弘者爲精舍主忽然氣絶家人召成至宅弘乃穌曰初執至王所見禪師上殿曰與此人立功德未了願赦之王起禮足如言被放陳主聞而往召卓然不往又令江總等往迎若不允心不勞返也王人雨淚强引入船成乃奮身入水立於江上又請若不蒙下總等粉身無地從之至都受戒而返乃賜所住名禪慧寺不久市朝遷革有常律師者欲往南岳遇成同宿夜中投蝨於地而密知之及明告別成曰昨夜一檀越被凍困苦常慚之永誡將終語門人曰急砌殿基吾當講涅槃也聞皆急手恰竟而智者玉泉寺至宣相符會共談玄理良久氣絶以年月坐亡於禪衆道場年七十三矣湘東王宮内立碑今見在城中

釋法忍江陵人初投天皇寺出家受具已後受持法華維摩日常再遍衆聚多諠朽折由出西往覆舟巖下頭陀自靜觀理三十餘年木食麻衣破納而已自得幽林無求外護升粒若盡繼以水果終不馳求或一食七日跏坐求志曾於一夏費米三斗必限自恣猶盈

五升雖獨宿非入戒科而倫約一偶別行所止龕室纔容膝頭伏夏嚴冬形不出户故寒不加絮熱不減衣安然守道無爲而已忽有一象無事至龕緫于數日忽便現疾於寺北龕右脇而終春秋六十有七衣鉢塵朽衆無預焉評其估價不至於十云

釋智遠姓王族本太原寓居陝服幼而聰頴早悟非常居荊州長沙寺禪房爲法京沙門之弟子也卓然獨立靖記玄心至於戒年清潔逾厲而慧業未深遙想揚輦遂負袠泝波達于建業龍光僧綽一代英雄乃肆心仰旨專門受教學逾一紀解通三藏梁建安侯蕭正立務兼內外備弘孔釋造普明寺請遠居之以伸供養之志也有慧湛禪師定品惟深晚學宗領遂具受秘法諮質玄觀定水既澄慧門宜敞及研習大乘洞其根葉又歷名山養志弘道與沙門道會同集龍盤夙昔素心一期開決因住開善畢志山泉城闕不窺世華無涉守靜自怡年老無捨以陳太建三年十二月一日旦終于此寺禪房時年七十有七遺旨不令哭奄如入定乃窆於獨龍之山新安寺沙門慧暠曰吾與伊人早同法門久禀戒道欵法橋之忽壞痛寶舟之已沉乃率庸才仰傳實德五兵尚書蕭濟鴻才碩學行潔名高爲之銘頌

釋僧實俗姓程氏咸陽靈武人也幼懷雅亮清卓不倫嘗與諸僮共遊狡戲或摘葉獻香或聚砂成塔鄉閭敬焉知將能信奉之漸也親眷愛結不許出家喻以極言久而方遂年二十六乃得剃落有道原法師擅名魏代實

乃歸焉隨見孝文便蒙降禮大和末從原至洛因遇勒那三藏授以禪法每處皇宮諮問禪秘那奇之曰自道流東夏味靜乃斯人乎於是尋師問道備經循涉雖三學通覽偏以九次彫心故得定水清澄禪林榮蔚性少人事退迹爲功所以高蓋駟馬未曾流目清流林竹顧便亡返加又口繞黒子歆若斗形目有重瞳光明外射腋懷鳳卵七處皆平奇相超倫有聲京洛兼又道契生知化通關壤聽業未廣而無門不明而能勤整四儀靜修三法可憲章於風俗足師表於天人周太祖文皇以魏大統中下詔曰師目麗重瞳偏同虞舜背隆傴僂分似周公德宇純懿軌量難模可昭玄三藏言爲世寶篤志任持故有法相之宜與俗務之宜廢發談奏議事無不行至保定年太祖又曰師才深德大宜庇道俗以隆禮典乃躬致祈請爲國三藏實當仁不讓默而受之是使棟梁斯在儀形攸寄周氏有國重仰玄風禮異前朝受於歸戒逮太祖平梁荊後益州大德五十餘人各懷經部送像至京以眞諦妙宗條以問實既而慧心潜運南北踈通即爲披決洞出情外並神而服之於是陶化京華久而逾盛忽一旦告僧曰急備香火修理法事誦觀世音以救江南某寺堂崩厄也當爾之時揚都講堂正論法集數百道俗充滿其中聞西北異香及空中妓樂合堂驚出同共聞聽堂欻摧壞大衆無損奏聞梁主乃移以問周果如實祐大送珍寶錫遺相續而實但取三衣什物而已餘隨散之由爾名振二國事叅至聖以保定三年七月

十八日卒於大追遠寺春秋八十有八朝野驚嗟人天變色帝哀慟泣之有勑圖寫形像仍置大福田寺即以其日窆於東郊門外滕公鄽食其塚南碑石尚存弟子曇相等傳燈不窮彌隆華實以業有從爰於墓所立寺還名福田用崇寘福弁建碑于寺野二所大中興寺釋道安及義城公庾信製文今在苑内

釋僧瑋姓潘汝南平轝人也器量沉深風神詳雅十三出家仍服以弊衣資以菜食致使口腹之累漸以石帆水松寒暑之資稍以荷衣蕙帶故得結操貞於玉石清風拂於煙霞初誦金光明經進受具後下揚都於帝釋寺聽曇瑗律師講十誦淹于五載齊鏡持犯仍入攝山栖霞寺從鳳禪師所學觀息想味此情空究檢因緣秉持念慧頻蒙印指傳芳暢業遠承中息之國山名霧露巖洞幽深川香水美遂命檝西浮銷聲林藪終焉之志結此山焉聲聞先徹被于周壞天子尊賢待德下車問道召至京師親奉清誨乃勑公卿近臣妃后外戚咸受十善因奉三歸天和五年以葬毋東歸勑使爲安州三藏綏理四衆備盡六和在任之日經始壽山梵雲二寺南望楚水東指隋城度軌程功輪奐成美僧瑋德播江淮帝王隆重爰有別勑於王城之内起天寶寺用以居之既被徵召身範僧倫納衣壞味任報資給靜緣潔操齊志林朝以建德二年九月十日遘疾少時終於所住春秋六十有一門人慟感士女驚奔即以三年二月歸葬於安陸之山僧瑋容止恭莊威儀整飾遊之者肅然清規見之者自生敬仰新野庾信

載奉芳塵勒碑現集

釋曇相姓梁氏雍州藍田人與僧實同房素非師保而敉敬之重禮逾和上相聰敏易悟目覽七行禪誦爲心周給成務而慈悲誘接偏所留心因有行往見人弋繳網羅禽獸窮困者必以身代贖得脫方捨其仁濟之誠出于天性實每美云曇相福德人我不及也斯見禮如此實嘗夜詣相房恒預設座擬之相對無言目陳道合私有聽者了無音問常以爲軌乃經積載有時大癘橫流或旱澇凶儉人來問者相皆略提綱目教其治斷至時必有神効人並異之或問李順興強練何人耶相曰順與胎龍多慾強練遊行俗仙助佛揚化耳其幽記之明諒不可測也住大福田寺京華七衆師仰如神以周季末曆正法頹毀潛隱山中開皇之初率先出俗二年四月八日卒於渭陰故都圖像傳焉今在京師禪林寺終時遺言生蜀名慧寛故靈相如後所述又其承緒禪學遺屬慧端具見別傳

釋道正滄州渤海人稟質高亮言志清遠居無常處學非師授樂習禪行宗蘭若法無問寒夏栖息深林乞食於村餘唯常坐繫想繩牀下帳獨靜道俗參訊略示綱猷令其住心緣向所授故使四遠造者各務靜緣衆聚雖多而外無囂撓正任性行藏都無名貫經論講會莫不登踐皆聽其深隱略其繁長周流兩河言議超邈偏以成實知名幽冀時有隷公貫者引正住寺爲上簿書而志駭風雲曾無顧眄還返林薄嗣業相尋綜述憲法流之於世名爲六行凡聖修法也包舉一化融接

萬衢初曰凡夫罪行二曰凡夫福行三小乘人行四小菩薩行五大菩薩行六佛果證行都合六部極略一卷廣二十卷前半序分後半行體言非文質字奭詞費開皇七年賚來謁帝意以東夏釋種多沉名教歸宗罕附流滯忘返普欲捨筌檢理抱一知宗守道行禪通濟神奭具狀奏聞左僕射高熲素承道訓乃於禪林寺大集名德述正所奏時座中有僧曰帝京無人豈使海隅傳法正聞對曰本意伸明邪正不欲簡定中邊夫道在通方固須略於祖述衆無以抗也而其著詞言行衆又不願遵之於是僧徒無爲而散正知澆季之難化也遂以行法並留京輦方禪師處即返東川不悉終所今驪山諸衆多承厥緒繫業傳云

釋曇詢楊氏弘農華陰人後遷宅于河東郡焉弱年樂道久滯樊籠年二十二方捨俗事遠訪巖隱遊至白鹿山北霖落泉寺逢曇准禪師而蒙剃髮又經一載進受具戒謹攝自修宗禀心學而專志決烈同侶先之圓備戒律又誦法華初夏既登還師定業承僧稠據于蒼谷遂往問律稠亦定山郢匠前傳所敘詢以聲光所被遙相揖敬住既異林精融理極思展言造每因致隔但爲路罕人蹤岡饒野獸栖幽既久性不狎塵來往質疑未由樵逕直望蒼谷以爲行表荆棘砂礫披跨不難巖谿幽阻攀緣登陟志存正觀也故不以邪道自通又以旁垂利道由曲前而通滯吾今標指雖艱必直進以程業用斯微意隨境附心不亦善乎每云與其失道而幸通寧合道

不幸而窮耳故履踐重阻不難塗窮後經三夏移住鹿土谷修禪屬枯泉重出鹿麋繞院故得美水馴獸日濟道隣從學之徒相慶兹瑞時因請法暫往雲門值徑陰霧昬便成失道賴山神示路方會本塗此乃化感幽冥神明翊衛時有盜者來竊蔬菜將欲出園乃爲群蜂所螫詢聞來救慈心將治得全餘命嘗有趙人遠至殷勤致禮陳云因病死穌故蒙恩澤往見閻王詰問罪當就獄賴有曇詢禪師來爲請命王因放免生來未委訪尋方究又山行值二虎相鬬累時不歇詢乃執錫分之以身爲翳語云同居林藪計無大乖幸各分路虎低頭受命便飲氣而散屢逢熊虎交諍事略同此而或廓居榛梗唯詢一蹤入鳥不亂獸見如偶斯又陰德感物顯用成仁何以嘉焉每入禪定七日爲期白虎入房仍爲窟宅獨處靜院不出十年自有禪蹤斯人罕擬自爾化流河朔盛闡禪門杖策裹粮鱗歸霧結隋文重其德音致誠虔敬勑儀同三司元壽親送璽書兼以香供以開皇十九年風疹忽增卒於栢尖山寺春秋八十五十五夏矣初遘疾彌留忽有神光照燭香風拂扇又感異鳥白頸赤身遶院空飛聲唳哀切氣至大漸鳥住堂基自後狎附不畏人物或在房門至于卧席悲叫逾甚血沸眼中既爾往化鳥便飛出外空旋轉奄然翔逝又感猛虎遶院悲吼兩宵雲昏三日天地結慘又加山崩石墜林摧澗塞驚發人畜栖遑失據其哀感靈祥未可殫記後以武德五年十二月弟子靜休道願慧方等乃闍毗餘質建塔立碑沙

門明則爲文見于別集

釋法充姓畢氏九江人常誦法華并讀大品其遍難紀兼繕造寺宇情在住持末住廬山半項化城寺修定自非僧事未嘗妄履毎勸僧衆無以女人入寺上損佛化下墜俗諐然世以基業事重有不從者充歎曰生不值佛已是罪縁正教不行義須早死何慮方土不奉戒乎遂於此山香爐峯自投而下誓粉身骨用生淨土便於中虚頭忽倒上冉冉而下處于深谷不損一毛寺衆初不知也後有人上峯頂路望下千有餘仞聞人語聲就而尋之乃是充也身命猶存口誦如故迎還至寺僧感其死諫爲斷女人經于六年方乃卒世時屬隆暑而屍不臭爛香如爛瓜即隋開皇之末年矣

釋信行姓王氏魏郡人其毋久而無子就佛祈誠夢神擎兒告云我今持以相與寤已覺異常日因即有娠及行之生也性殊恒稚至年四歲路見牛車没泥牽引因悲泣不止要轉乃離或值犢毋分離或有侵欺之事生知平分不喜愛憎八歲既臨標據清敏傑慧奇拔嘗有書生問曰爾今何姓外家何姓答曰此王彼孫生因謂曰何因不氏飯乃姓孫行應聲曰飯能除飢不除渴孫能飢渴兩相除故氏孫而非飯也其隨機詶對皆此之類及履道弘護識悟倫通博渉經論情理遐舉以時勘教以病驗人藴獨見之明顯高蹈之跡先舊解義翻對不同未全聲聞兼揚菩薩而履渉言教附行爲功且如據佛之宗敬無過習由見起慢怠即懷猒離便爲邊地下賤之

因今雖聞真告心無奉敬自知藥輕病重理加勤苦竭力治之所以隨遠近處凡有景塔皆周行禮拜遶旋翹仰因爲來世敬佛之習用斯一行通例餘業其克覈詳據率如此也後於相州法藏寺捨具足戒親執勞役供諸悲敬禮通道俗單衣節食挺出時倫冬夏所擬偏過恒習故四遠英達者皆造門而諮問之行隨事直陳曾無曲指諸聞信者莫不頂受其言通捨章跡從其化及禀爲父師之禮也未拘之以法歳開皇之初被召入京僕射高頴邀延住真寂寺立院處之乃撰對根起行三階集録及山東所制衆事諸法合四十餘卷援引文據類叙顯然前後望風翕成其聚又於京師置寺五所即化度光明慈門慧日弘善寺是也自爾餘寺賛承其度焉莫不六時禮旋乞食爲業虔慕潔誠如不及也末病甚勉力佛堂日別觀像氣漸衰弱請像入房卧視至卒春秋五十有四即十四年正月四日也其月七日於化度寺送屍終南山鵄鳴之阜道俗號泣聲動京邑捨身收骨兩耳通焉樹塔立碑在于山足有居士逸民河東裴玄證製文證本出家住於化度信行至止固又師之凡所著述皆委證筆末從俗服尚絶驕豪自結徒侶更立科綱返道之賓同所繫賛生自製碑具陳已德死方鐫勒樹于塔所即至相寺北巖之前三碑峙列是也初信行敎與異迹時或致譏通論所詳未須甄別但奉行剋峭偏薄不倫至於佛宗亦萬衢之一術耳所著集記並引正文然其表題立名無定准的雖曰對根起行幽隱指體標榜語

事潛淪來哲儻詳幸知有據開皇末歲勑斷不行想同箴勗之也別有本傳流世見費節三寶録

釋慧意姓李臨原人聽大乘經論專習定行宇文廢法南投於梁與仙城山慧命同師尋討心要後住景空於聰師舊堂綜業常住不事燈燭夜常大明有鄉人德廣郡守柳靜殊不信法乃請意於宅別立禪室百日行道靜息抑禀等四人每夜潛往舉家同見禪室大明意坐卓然方生信向鄉邑道俗率受歸戒開皇初卒將逝謂弟子慧與曰今日有多客來可多辦齋食及中意果端坐而化時襄陽開皇有法永禪師者南鄉人梁明帝常供養預知運絶苦辭還襄欲終七日七夜聞音樂異香滿寺因而坐終送傘蓋山上露坐有同寺全律師臨永屍曰願留神相待至七日滿至期全亡送屍永側永屍颯然摧變時本闍梨者姓楊臨原人於寺西傘蓋山南泉立誦經堂誦金光明感四天王來聽後讀藏經皆不忘計誦三千餘卷服布乞食鉢中之餘飼房内鼠百餘頭皆馴擾爭來就人鼠有病者本以手摩捋之而不拘事檢或揭坩酒食或群小同戲呵叱僧侶或誦經書歌詠逆述來事晝則散亂夜則禮誦禪思與同衆沙門智曉交顔招集禪徒自行化俗供給定學自知終日急喚抜禪師付囑訖上佛殿禮辞遍寺衆僧咸乞歡喜於禪居寺大齋將散謂本曰往兜率天聽般若去本曰弟前去我七日即來其夜三更坐亡至四更識神往遍學寺寺相去十里至汰法師牀前其明如晝云曉欲

遠逝故來相别不得久住汰送出三重門外别訖來入房中踞牀忽然還暗呼弟子問云聞師與人語聲取火通照三門並閉方悟曉之神力出入無閡即遣往問果云已逝卒後七日無何坐終其二體骨全成無縫又有吳純等禪師多有靈異相從坐化略不叙之

續高僧傳卷第十六下

音釋

仡魚乞切 酈郎狄切 驪呂支切山名 甄居延切察也 捋郎括切摩也

續高僧傳卷第十七

唐　釋　道　宣　撰

習禪篇之二 本傳十四人 附見九人

釋慧命姓郭太原晉陽人晉徵士郭琦之後也以梁大通二年辛亥歲生于湘州長沙郡天挺英姿秀拔羣表雖居綺年人多傾異覺夢之際光觸其身明悟條序深有殊致時湘部名僧相謂曰珍闍梨位地難測然入如來室者即慧命矣故自結髮日新開裕八歲能詩書體貌凝遠識者知非常器然而銳精聽習妙入深義故使理超文外照出機前智不驚愚貞無絶俗道親物踈州閭讃重年十五誦法華經兩旬有半一部都了尋事剃落學無常師專行方等普賢等懺謝據華嚴以致明道行自襄沔聞恩光先路二大禪師千里

來儀投心者衆乃往從之後遊仙城山即古松仙之本地也先有道士孟壽者幽栖積歲祈心返正必果所願捨所居館充建寺塔及命未至山夕壽忽悦焉如夢大見神祇嚴衛館側至覺驚喜登巖悵望遂覩梵侶盈林乃命至也趍而禮謁即捨所住爲善光寺焉供事駢羅衆侶咸會晚於州治講維摩經大乗駕御之津入道乗玄之迹禪智所指罔弗倒戈既滿九旬便辭四部衣鉢隨從還反故林

有法音禪師者同郡祁人本姓王氏不言知已兩遂德朋同就長沙果願寺能禪師修學心定未經數旬法門開發諮質遲疑乃惟反啓懼失正理通訪德人故首自江南終于河北遇思邈兩師方袪所滯後俱還仙城僅得五稔預知亡日乃攜音手於松林相顧笑曰即斯兩處便可終焉侍者初聞未之悟也不盈旬望同時遇疾命以周天和三年十一月五日精爽不謬正坐跏趺面西念佛咸覩佛來合掌而卒同衆有夢天人下地幢旛照日又聞房宇唱善哉者奇香異樂聞熏非一音以其月十七日亦坐本處所現瑞相頗亦同倫然命音兩賢俱年三十有八矣即於樹下構甓成墳有弟子清信士鄭子文立碑于寺門人慧朗祖傳命業不墜禪風化行安沔道明隋世初命與慧思定業是同讃激衡楚詞采高掞命寔過之深味禪心慧聲遐被著大品義章融心論還源鏡行路難詳玄賦通述佛理識者成誦文或隱逸未喻於時有注解者世宗爲貴自居山舍學徒騰聚名溢南北有菩薩戒弟子濟北戴逵學聲早被名高諸

國乃貽書於命曰竊以渭清涇濁共混朝宗之源松長箭短同秉堅貞之質幸預含靈五常理宜範圍三教是以闕里儒童闡禮經於洙濟苦縣迦葉還妙道於流沙雖牢籠二儀蓋限茲一世豈如興法輪於鹿苑蕩妄想於鷲山半滿既陳權實斯顯誠教有淺深人無內外禪師德聲遠震行高物表攝受四依因牧羊而成誦負笈千里歷龍宮而包括故能內貫九部總雪山之秘藏外該七畧備壁水之典墳支遁天台之銘竺眞羅浮之記曇賦七嶺汰詠三河寶師妙析莊生璩公著論袁集若吞雲夢如指諸掌加以妙持淨戒如護明珠善執律儀譬臨懸鏡稟羅云之密行種賓頭之福田撫挹定水便登覺觀高陰禪枝將逾喜捨是以不遠瀟湘來儀沔陸植杖龍泉仍爲精舍迴車鴛首即創伽藍鑿嶺安龕詎假聚沙成塔因山構苑無勞布金買地開士雲會袂似華陰法侶朋衝衆齊稷下禪室晨興時芳杜若支提暮啓暫入桃源香山梵響將阮嘯而相發日殿妙音與孫琴而齊韻紫蓋負松仍搞二辯洪崖神井即鑿高心故以才堪買山德邁同輩崇峯景行牆仞懸絕弟子業風鼓慮欲海沉形泊渚宮淪覆將歷二紀晝倦坐馳夜悲愕夢未能忘懷彼我歸軫一乘遺蕩胸襟朗開三達既念鼠藤彌傷鳥繫昔在志學家傳賜書五禮優柔三玄饜飫頗絕韋編構述餘緒爰登弱冠捃摭百家及乎從仕留連文翰雖未能探龍門而梯會稽賦鵾鶵而詠鸚鵡若求其一介亦髣髴古人但深悟聚泡情悲交臂常欲蟬蛻俗解貪

味眞如一日郎城訊修隗館出膝情欣係轍
遇同進履未盡開襟遽嗟飄忽尋望拂衣世
網脫屣牽絲滄浪濯纓漢陰抱甕行湌九轉
用遣幽憂漸悟三空將登苦忍仙梁觀玉不
廢從師深澗折桃無妨請益所希彌天勝氣
作酬鑿齒鴈門高論時荅嘉賓冬暖如春願
珍清軌室邇人遐彌軫襟帶餘詞殘簡望回
金玉幽林沙門釋慧命酬書濟北戴先生夫
一眞常湛徼妙於是同玄萬聖乘機違順以
之殊迹是以西關明道東野談仁彫朴改工
有無異軫今若括此二門原茲兩教豈不歸
宗三轉會入五乘藉淺之深資權顯實斯若
地分四水始則殊名海控八河終無別味檀
越幼挺奇才夙懷茂緒華辭卓世雅致叅玄
智涉五明學兼三教益矣能忘蹈顏生之逸
軌損之爲道慕李氏之玄蹤雖復六經該廣
百家繁富聖賢異准儒墨分流或事曠而文
殷或言高而旨遠莫不納如瓶受說似河傾
明鏡匪疲洪鍾任扣子建挹以奇文長卿恧
其高趣故雖秦楚分墟周梁改俗白眉青蓋
龜玉之價弗渝栖鳳虬龍魚水之交莫異加
以識鑒苦空志排塵俗形雖廊廟器乃江湖
是以屬歎牽絲興言世網辭同應陸調合張
嚴嗟朱火之遽傳愍清波之速逝方應濯足
從道洗耳辭榮九轉充虛四窻排疾然後尋
八正以味一眞解十纏而遣三患斯之德也
寧不至哉貧道識鏡難清心塵易擁定慙花
水戒非草繫才侔撤燭學謝傳燈內有愧於
德充外無狎於人世是以淹滯一丘寓形蓬
柳端居千仞託志筠松測四序於風霜候三

旬於朓魄至乃夜聞山鳥仍伐九成晝視遊魚聊追二子華戸弊衿既在原非病朱門結駟亦於我如雲所歎藤鼠易侵樹猨難靜勞想鷲頭倦思雞足至於林凋秋葉曾無獨覺之明谷響春鸎終切寡聞之歎忽承來問曲見光譽幽氣若蘭清音如玉誠復溢目致懽而實撫膺多愧雖識謝天池未辯北溟之說而事同泥井慙聞東海之談所冀伊人於焉好我黃石匪遙結期明旦白駒可縶用永今朝善敬清猷時因素札言不洗意報此何伸時或以逵即晉代譙國戴逵今考據行事非也晉書云太元十二年徵隱士戴逵不久尋卒至梁大通三年經一百四十三載命公方生計不相見又非濟北明矣時又有沙門慧曉厥姓傅氏所以禪績勳功文才亞於慧命北遊齊壤居止靈巖數十年間幽閑積業衆初不異之也及鄉民有任山荏令者曉去鄉歲久思問親親行至縣門使人通令令正對客未許進之踟躕之間又催通引客猶未散令且更延曉悟曰非令之為進退乃吾之愛憎耳豈鄉壤之可懷耶命省事取紙援筆而裁釋子賦紙盡辭窮告曰若令問覓可以此文示之吾其去矣於是潛遁故賦云咄哉失念欻爾還覺是也及後追至靈巖窮討不見出賦示僧方知曉之才也於是人藏一本用袪鄙吝曉後尋諸名岳養素栖心時復流目人世而還晦形幽阜卒不測其所

釋慧思俗姓李氏武津人也少以弘恕慈育知名閭里稱言頌逸恒問嘗夢梵僧勸令出俗駭悟斯瑞辭親入道所投之寺非是練若

數感神僧訓令齋戒奉持守素梵行清慎及稟具足道志彌隆迥栖幽靜常坐綜業日唯一食不受別供周旋迎送都皆杜絶誦法華等經三十餘卷數年之間千遍便滿所止菴舍野人所焚遂顯癘疾求誠乞懺仍即許焉既受草室持經如故其人不久所患平復又夢梵僧數百形服瓌異上座命曰汝先受戒律儀非勝安能開發於正道也既遇清衆宜更翻壇祈請師僧四十二人加羯磨法具足成就後忽驚悟方知夢受自斯已後勤務更深尅念翹專無棄昏曉坐誦相尋用爲恒業由此苦行得見三生所行道事又夢彌勒彌陀說法開悟故造二像並同供養又夢隨從彌勒與諸眷屬同會龍華心自惟曰我於釋迦末法受持法華今值慈尊感傷悲泣豁然覺悟轉復精進靈瑞重沓瓶水常滿供養嚴備若有天童侍衛之者因讀妙勝定經歎禪功德便爾發心修尋定支時禪師慧文聚徒數百衆法清肅道俗高尚乃往歸依從受正法性樂苦節營僧爲業冬夏供養不憚勞苦晝夜攝心理事籌度訖此兩時未有所證又於來夏束身長坐繫念在前始三七日發少靜觀見一生來善惡業相因此驚嗟倍復勇猛遂動八觸發本初禪自此禪障忽起四肢緩弱不勝行步身不隨心即自觀察我今病者皆從業生業由心起本無外境反見心源業非可得身如雲影相有體空如是觀已顛倒想滅心性清淨所苦消除又發空定心境廓然夏竟受歲慨無所獲自傷昏沉生爲空過深懷慙愧放身倚壁背未至間霍爾開悟

法華三昧大乘法門一念明達十六特勝背捨陰入便自通徹不由他悟後往鑒最等師述已所證皆蒙隨喜研練逾久前觀轉增名行遠聞四方欽德學徒日盛機悟寔繁乃以大小乘中定慧等法敷揚引喻用攝自他衆雜精麤是非由起怨嫉鴆毒毒所不傷異道興謀謀不爲害乃顧徒屬曰大聖在世不免流言況吾無德豈逃此責責是宿作時來須受此私事也然我佛法不久應滅當往何方以避此難時冥空有聲曰若欲修定可往武當南岳是入道山也以齊武平之初背此嵩陽領徒南逝高鶩前賢以希栖隱初至光州值梁孝元傾覆國亂前路梗塞權止大蘇山數年之間歸從如市其地陳齊邊境兵刃所衝佛法云崩五衆離潰其中英挺者皆輕其生重其法忽夕死慶朝聞相從跨險而到者塡聚山林思供以事資誨以理味又以道俗福施造金字般若二十七卷金字法華瑠璃寶函莊嚴炫曜功德傑異大發衆心又請講二經即而敘構隨文造盡莫非幽賾後命學士江陵智顗代講金經至一心具萬行處顗有疑焉思爲釋曰汝向所疑此乃大品次第意耳未是法華圓頓旨也吾昔夏中苦節思此後夜一念頓發諸法吾既身證不勞致疑顗即諮受法華行法三七境界難卒載敘又諮師位即是十地思曰非也吾是十信鐵輪位耳時以事驗解行高明根識清淨相同初依能知密藏又如仁王十善發心長別苦海然其謙退言難見實故本迹叵詳後在大蘇弊於烽警山侶栖遑不安其地又將四十餘

僧徑趣南岳即陳光大二年六月二十二日也即至告曰吾寄此山正當十載過此已後必事遠遊又曰吾前世時曾履此處巡至衡陽值一佳所林泉竦淨見者悅心思曰此古寺也吾昔曾住依言掘之果獲房殿基塼僧用器皿又往巖下吾此坐禪賊斬吾首由此命終有全身也僉共尋覓乃得枯體一聚又下細尋便獲髑髏思得而頂之爲起勝塔報昔恩也故其往往傳事驗如合契其類非一自陳世心學莫不歸宗大乘經論鎮長講悟故使山門告集日積高名致有異道懷嫉密告陳主誣思北僧受齊國募掘破南岳勑使至山見兩虎咆憤驚駭而退數日更進乃有小蜂來螫思額尋有大蜂齧殺小者銜首思前飛揚而去陳主具問不以介意不久謀罔一人暴死二爲猘狗噛死蜂相所徵於是驗矣勑承靈應乃迎下都止栖玄寺甞往瓦官遇雨不濕履泥不汚僧正慧暠與諸學徒相逢於路曰此神異人如何至此舉朝屬目道俗傾仰大都督吳明徹敬重之至奉以犀枕別將夏侯孝威往寺禮覲在道念言吳儀同所奉枕者如何可見比至思所將行致敬便語威曰欲見犀枕可往視之又於一日忽有聲告洒掃庭宇聖人尋至即如其語須臾思到威懷仰之言於道俗故貴賤皂素不敢延留人船供給送別江渚思云寄於南岳止十年耳年滿當移不識其旨及還山舍每年陳主三信參勞供填眾積榮盛莫加說法倍常神異難測或現形小大或寂爾藏身或異香奇色祥瑞亂舉臨將終時從山頂下半山道

場大集門學連日説法苦切訶責聞者寒心告衆人曰若有十人不惜身命常修法華般舟念佛三昧方等懺悔常坐苦行者隨有所須吾自供給必相利益如無此人吾當遠去苦行事難竟無答者因屏衆斂念泯然命盡小僧靈辯見氣乃絶號吼大叫思便開目曰汝是惡魔我將欲去衆聖畟然相迎極多論受生處何意驚動妨亂吾耶癡人出去因更攝心諦坐至盡咸聞異香滿於室內頂煖身煖顏色如常即陳大建九年六月二十二日也取驗十年宛同符矣春秋六十有四自江東佛法弘重義門至於禪法蓋蔑如也而思慨斯南服定慧雙開晝談理義夜便思擇故所發言無非致遠便驗因定發慧此旨不虛南北禪宗罕不承緒然而身相挺特能自勝持不倚不斜牛象行視頂有肉髻異相莊嚴見者迴心不覺傾伏又善識人心鑒照冥伏訥於言過方便誨引行大慈悲奉菩薩戒至如繒纊皮革多由損生故其徒屬服章率加以布寒則艾納用犯風霜自佛法東流幾六百載唯斯南岳慈行可歸余嘗參傳譯屢覩梵經討問所被法衣至今都無蠶服縱加受法不云得成故知若乞若得蠶綿作衣准律結科斬捨定矣約情貪附何由縱之思所獨斷高遵聖檢凡所著作口授成章無所刪改造四十二字門兩卷無諍行門兩卷釋論玄隨自意安樂行次第禪要三智觀門等五部各一卷並行於世

釋智顗字德安姓陳氏潁川人也有晉遷都寓居荊州之華容焉即梁散騎益陽公起祖

之第二子也母徐氏夢香煙五彩縈迴在懷欲拂去之聞人語曰宿世因緣寄託王道福德自至何以去之又夢吞白鼠如是再三怪而卜之師曰白龍之兆也及誕育之夜室內洞明信宿之間其光乃止內外胥悅盛陳鼎俎相慶火滅湯冷爲事不成忽有二僧扣門曰善哉兒德所重必出家矣言訖而隱賓客異焉隣室憶先靈瑞呼爲王道兼用後相復名光道故小立二字叅互稱之眼有重瞳二親藏掩而人已知兼以臥便合掌坐必面西年大已來口不妄噉見像便禮逢僧必敬七歲喜往伽藍諸僧訝其情志口授普門品初契一遍即得二親遏絕不許更誦而情懷惆悵奄忽自然通餘文句豈非夙植德本業延于今志學之年士梁承聖屬元帝淪沒北度硤州依乎舅氏而俊朗通悟儀止溫恭尋討名師冀依出有年十有八投湘州果願寺沙門法緒而出家焉緒授以十戒道品律儀仍攝以北渡詣慧曠律師北面橫經具蒙指誨因潛大賢山誦法華經及無量義普賢觀等二旬未淹三部究竟又詣光州大蘇山慧思禪師受業心觀思又從道於就師就又受法於最師此三人者皆不測其位也思每歎曰昔在靈山同聽法華宿緣所追今復來矣即示普賢道場爲說四安樂行顗乃於此山行法華三昧始經三夕誦至藥王品心緣苦行至是眞精進句解悟便發見共思師處靈鷲山七寶淨土聽佛說法故思云非爾弗感非我莫識此法華三昧前方便也又入熙州白沙山如前入觀於經有疑輒見思來冥爲披

釋爾後常令代講聞者伏之唯於三三昧三觀智用以諮審自餘並任裁解曾不留意思躬執如意在座觀聽語學徒曰此吾之義兒恨其定力少耳於是師資改觀名聞遐邇及學成往辭思曰汝於陳國有緣往必利益思既遊南岳顗便詣金陵與法喜等三十餘人在瓦官寺創弘禪法僕射徐陵尚書毛喜等明時貴望學統釋儒並稟禪慧俱傳香法欣重頂戴時所榮仰長干寺大德智辯延入宗熙天宮寺僧晃請居佛窟斯由道弘行感故爲時彥齊迎顗任機便動即而開悟白馬警韶奉誠智文禪衆慧令及梁代宿德大忍法師等一代高流江表聲望皆捨其先講欲啓禪門率其學徒問津取濟禹穴慧榮住莊嚴寺道跨吳會世稱義虎辯號懸流聞顗講法故來設問數關徵覈莫非深隱輕誕自矜揚眉舞扇扇便墮地顗應對事理渙然清顯譴榮曰禪定之力不可難也時沙門法歲撫榮背曰從來義龍今成伏鹿扇既墮地何以遮羞榮曰輕敵失勢未可欺也綿歷八周講智度論肅諸來學次說禪門用清心海語默之際每思林澤乃夢巖崖萬重雲日半垂其側滄海無畔泓澄在于其下又見一僧搖手伸臂至于岐麓挽顗上山云云顗以夢中所見通告門人咸曰此乃會稽之天台山也聖賢之所託矣昔僧光道猷法蘭曇密晉宋英達無不栖焉因與慧辯等二十餘人挾道南征隱淪斯岳先有青州僧定光久居此山積四十載定慧兼習蓋神人也顗未至二年預告山民曰有大善知識當來相就宜種豆造醬編

蒲爲席更起屋舍用以待之會陳始興王出鎭洞庭公卿餞送迴車瓦官與顗談論幽極旣唱貴位傾心捨散山積虔拜殷重因歎曰吾昨夢逢强盜今乃表諸輭賊毛繩截骨則憶曳尾泥中仍遺謝門人曰吾聞闇射則應於絃何以知之無明是闇也脣舌是弓也心慮如絃音聲如箭長夜虛發無所覺知又法門如鏡方圓任像初瓦官寺四十人坐半入法門今者二百坐禪十人得法爾後歸宗轉倍而據法無幾斯何故耶亦可知矣吾自化行道可各隨所安吾欲從吾志也即往天台旣達彼山與光相見即陳賞要光曰大善知識憶吾早年山上摇手相喚不乎顗驚異焉知通夢之有在也時以陳太建七年秋九月矣又聞鍾聲滿谷衆咸怪異光曰鍾是召集有緣爾得住也顗乃卜居勝地是光所住之北佛壟山南螺溪之源處旣閑敞易得尋眞地平泉淸徘徊止宿俄見三人皂幘絳衣執疏請云可於此行道於是聿創草菴樹以松果數年之間造展相從復成衢會光曰且隨宜安堵至國淸時三方總一當有貴人爲禪師立寺堂宇滿山矣時莫測其言也顗後於寺北華頂峯獨靜頭陁大風拔木雷霆震吼魑魅千羣一形百狀吐火聲叫駭畏難陳乃抑心安忍湛然自失又患身心煩痛如被火燒又見亡沒二親枕頭膝上陳苦求哀顗又依止法忍不動如山故使强軟兩緣所感便滅忽致西域神僧告曰制敵勝怨乃可爲勇文多不載陳宣帝下詔曰禪師佛法雄傑時匠所宗訓兼道俗國之望也宜割始豐縣調

以充衆費蠲兩戶民用供薪水天台山縣名爲樂安令陳郡袁子雄崇信正法每夏常講淨名忽見三道寶階從空而降有數十梵僧乗階而下入堂禮拜手擎香爐遶顗三帀乆之乃滅雄及大衆同見驚歎山喧其行達靈感皆如此也永陽王伯智出撫吳興與其眷屬就山請戒又建七夜方等懺法王晝則理治夜便習觀顗謂門人智越吾欲勸王更修福禳禍可乎越對云府僚無舊必應寒熱顗曰息世譏嫌亦復爲善俄而王因出獵墮馬將絕時乃悟意躬自率衆作觀音懺法不久王覺小醒憑几而坐見梵僧一人擎爐直進問王所苦王流汗無答乃遶王一帀翕然痛止仍躬著願文曰仰惟天台闍梨德侔安遠道邁光猷遐邇傾心振錫雲聚紹像法之墜緒以救昏蒙顯慧日之重光用拯澆俗加以遊浪法門貫通禪苑有爲之結已離無生之忍見前弟子飄蕩業風沉淪愛水雖餐法喜弗袪蒙蔽之心徒仰禪悅終懷散動之慮日輪馳騖羲和之轡不停月鏡迴斡姮娥之景難駐有離有會歎息何言愛法敬法潺湲無已願生生世世值天台闍梨恒修供養如智積奉智勝如來若藥王覲雷音正覺安養兜率俱蕩一乘云云其爲天王信敬爲此類也於即化移海岸法政甌閩陳疑請道日升山席陳帝意欲面禮將伸謁敬顧問羣臣釋門誰爲名勝陳暄奏曰瓦官禪師德邁風霜禪鏡淵海昔在京邑羣賢所宗今高步天台法雲東藹願陛下詔之還都使道俗咸荷因降璽書重沓徵入顗以重法之務不賤其身乃辭

之後爲永陽若諫因又降勑前後七使並帝手疏顗以道通惟人王爲法寄遂出都焉迎入太極殿之東堂請講智論有詔羊車童子引導於前主書舍人翊從登階禮法一如國師璀闍梨故事陳主既降法筵百僚盡敬希聞未聞奉法承道因即下勑立禪衆於靈耀寺學徒又結望衆森然頻降勑於太極殿講仁王經天子親臨僧正慧暅僧都慧曠京師大德皆設巨難顗接問承對盛啓法門暅執爐賀曰國十餘齋身當四講分文析義謂得其歸今日出星收見巧知陋矣其爲榮望未可加之然則江表法會由來爭競不足及顗之御法即座肅穆有餘遂使千枝花綻七夜恬耀舉事驗心顗之力也晚出住光耀禪慧雙弘動郭奔隨傾音清耳陳主於廣德殿下勑謝云今以佛法仰委亦願示諸不逮于時檢括僧尼無貫者萬計朝議云策經落第者並合休道顗表諫曰調達誦六萬象經不免地獄盤特誦一行偈獲羅漢果篤論道也豈關多誦陳主大悅即停搜簡是則萬人出家由顗一諫矣末爲靈耀褊隘更求閑靜忽夢一人翼從嚴正自稱名云余冠達也請住三橋顗曰冠達梁武法名三橋豈非光宅耶乃移居之其年四月陳主幸寺修行大施又講仁王帝於衆中起拜殷勤儲后已下並崇戒範故其受法文云仰惟化導無方隨機濟物衞護國土汲引天人照燭光輝託迹師友比丘入夢符契之像久彰和尚來儀高座之德斯炳是以翹心十地渴仰四依大小二乘內外兩教尊師重道由來尚矣伏希俯提所謂

世世結緣遂其本願日日增長今奉請爲菩薩戒師傳香在手而臉下垂淚斯亦德動人主屈幸從之及金陵敗覆策杖荆湘路次盆城夢老僧曰陶侃瑞像敬屈護持於即往憇匡山見遠圖續驗其靈也宛如其夢不久尋陽反叛寺宇焚燒獨有茲山全無侵擾信護像之力矣末刻迹雲峯終焉其致會大業在蕃任總淮海承風佩德欽注相仍欲遵一戒法奉以爲師乃致書累請顗初陳寡德次讓名僧後舉同學三辭不免乃求四願其詞曰一雖好學禪行不稱法年既西夕遠守繩牀撫臆循心假名而已吹噓在彼惡聞過實願勿以禪法見期二生在邊表頻經離亂身闇庠序口拙暄涼方外虛玄久非其分域間搏節無一可取雖欲自慎樸直忤人願不責其規矩三徵欲傳燈以報法恩若身當戒範應重去就若重傳燈則闕去就若輕則來嫌誚避嫌安身未若通法而命願許其爲法勿嫌輕動四十餘年水石之間因以成性今王途既一佛法再興謬課庸虛沐此恩化內竭朽力仰酬外護若丘壑念起願隨心飲啄以卒殘年許此四心乃赴優旨晉王方希淨戒妙願唯諮故躬製請戒文云弟子基承積善生在皇家庭訓早趨貽教夙漸福履攸臻妙機須悟恥崎嶇於小徑希優游於大乘笑息止於化城誓舟航於彼岸開士萬行戒善爲先菩薩十受專持最上喻爲宮室必先基址徒架虛空終不能成孔老釋門咸資鎔鑄不有軌儀孰將安仰誠復能仁奉爲和尚文殊冥作闍梨而必藉人師顯傳聖授自近之

遠感而遂通波崙罄髓於無竭善財亡身於法界經有明文非徒臆說深信佛語幸願遵持禪師佛法龍象戒珠圓淨定水淵澄因靜發慧安無礙辯先物後已謙挹成風名稱遠聞衆所知識弟子所以虔誠遥注命檝遠迎每慮緣差值諸留難師亦既至心路豁然及披雲霧即銷煩惱今開皇十一年十一月二十三日於揚州總管金城設千僧會敬屈授菩薩戒戒名爲孝亦名制止方便智度歸宗奉極作大莊嚴同如來慈普諸佛愛等視四生猶如一子云即於內第躬傳戒香授律儀法告曰大王爲度遠濟爲宗名實相符義非輕約今可法名爲總持也用攝相兼之道也王頂受其旨教曰大師禪慧內融道之法澤輒奉名爲智者自是專師率誘日進幽玄所獲施物六十餘事一時迴施悲敬兩田願使福德增繁用昌家國便欲返故林王乃固請顗曰先有明約事無兩違即拂衣而起王不敢重邀合掌尋送至于城門顗曰國鎮不輕道務致停幸觀佛化弘護在懷王禮望目極銜泣而返便泝流上江重尋匡嶺結徒行道頻感休徵百越邊僧聞風至者累跡相造又上渚宮鄉壤以答生地恩也道俗延頸老幼相攜戒場講坐衆將及萬遂於當陽縣玉泉山立精舍勑給寺額名爲一音其地昔唯荒嶮神獸蛇暴創寺之後快無憂患是春亢旱百姓咸謂神怒顗到泉源帥衆轉經便感雲興雨注虛謡自滅總管宜陽公王積到山禮拜戰汗不安出曰積屢經軍陣臨危更勇未甞怖懼頓如今日其年晋王又遣手疏請還

詞云弟子多幸謬禀師資無量刧來悉憑開悟色心無作昔年虔奉身雖踈漏心護明珠定水禪支屏散歸靜荷國鎮蕃爲臣爲子豈寂四縁能入三昧電光斷結其類甚多慧解脫人厥朋不少即日欲服膺智類率先名教永汎法流兼用治國未知底滯可開化不師嚴道尊可降意不宿世根淺可發萌不菩薩應機可逗時不書云民生在三事之如一況覃釋典而不從師令之慊言備瀝素欵成就事重請棄飾詞顗答書云謬承人乏擬迹師資顧此庸微以非時許況降令命彌匪克當徒欲沉吟必乖深寄王重請云學貴承師事推物論歷求法界層心有在仰推久植善根非一生得初乃由學俄逢聖境南岳記莂說法第一無以仰過照禪師來具述此事于時心喜以域寸誠智者昔入陳朝彼國明試瓦官大集衆論鋒起榮公强口先被折角兩瓊繼軌纔獲交綏忍師讃歎嗟唱希有弟子仰延之始屈登無畏釋難如流親所聞見衆咸瞻仰承前荊楚莫不歸伏非禪不智驗乎金口此釋侶所談智者融會甚有階位譬若羣流歸乎大海此之包舉始得佛意唯願未得令得未度令度樂說不窮法施無盡乃從之重現令著淨名疏河東柳顧言東海徐儀並才華冑績應奉文義緘封寶藏王躬受持後蕭妃疾苦醫治無術王遣開府柳顧言等致書請命顗救所疾顗又率侶建齋七日行金光明懺至第六夕忽降異鳥飛入齋壇宛轉而死須臾飛去又聞豕吟之聲衆並同矚顗曰此相現者妃當愈矣鳥死復穌表蓋棺還

起豕幽鳴顯示齋福相乘至于翌日患果遂瘳王大嘉慶時遇入朝旋歸台岳躬率禪門更行前懺仍立誓云若於三寶有益者當限此餘年若其徒生願速從化不久告衆曰吾當卒此地矣所以每欲歸山今奉冥告勢當將盡死後安措西南峯上累石周屍植松覆坎仍立白塔使見者發心又云商客寄金醫去留藥吾雖不敏狂子可悲仍口授觀心論隨略疏成不加點潤命學士智越往石城寺掃灑吾於彼佛前命終施牀東壁面向西方稱阿彌陀佛勢至觀音又遣多然香火索三衣鉢杖以近身自餘道具分爲二分一奉彌勒一擬羯磨有欲進藥者答曰藥能遣病留殘年乎病不與身合藥何所遣年不與心合藥何所留智晞往曰復何所聞觀心論內復何所道紛紜醫藥累擾於他又請進齋飲答曰非但步影而爲齋也能無觀無緣即真齋矣吾生勞毒器死悅休歸世相如是不足多歎又出所製淨名疏幷犀角如意蓮華香爐與晉王別遺書七紙文極該綜詞彩風標屬以大法未乃手注疏曰如意香爐是大王者還用仰别使永布德香長保如意也便令唱法華經題顗讚引曰法門父母慧解由生本迹弘大微妙難測輟斤絶絃於今日矣又聽無量壽竟仍讚曰四十八願莊嚴淨土華池寶樹易往無人云又索香湯漱口說十如四不生十法界三觀四教四無量六度等有問其位者答曰汝等嬾種善根問他功德如盲問乳蹶者訪路云吾不領衆必淨六根爲他損已只是五品內位耳吾諸師友從觀音勢

至皆來迎我波羅提木叉是汝宗仰四種三昧是汝明導又勑維那人命將終聞鐘磬聲增其正念唯長唯久氣盡爲期云何身冷方復響磬世間哭泣著服皆不應作且各默然吾將去矣言已端坐如定而卒於天台山大石像前春秋六十有七即開皇十七年十一月二十四日也滅後依於遺教而殯焉至仁壽末年已前忽振錫被衣猶如平昔凡經七現重降山寺一還佛壟語弟子曰案行故業各安隱耶舉衆皆見悲敬言問良久而隱自顗降靈龍像育神江漢憑積善而託生資德本而化世身過七尺目佩異光學統釋門行開僧位往還山世不染俗塵屢感幽祥殆非可測初帝在蕃日遣信入山迎之因散什物標域寺院殿堂厨宇以爲圖樣告弟子曰此非小緣所能締構當有皇太子爲吾造寺可依此作汝等見之後果如言事見別傳往居臨海民以滬魚爲業罾網相連四百餘里江滬溪梁六十餘所顗惻隱貫心彼此相害勸捨罪業教化福緣所得金帛乃成山聚即以買斯海曲爲放生之池又遣沙門惠拔表聞于上陳宣下勑嚴禁此池不得採捕因爲立碑詔國子祭酒徐孝克爲文樹于海濱詞甚悲楚覽者不覺墮淚時還佛壟如常習定忽有黄雀滿空翱翔相慶鳴呼山寺三日乃散顗曰此乃魚來報吾恩也至今貞觀猶無敢犯下勑禁之猶同陳世此慈濟博大仁惠難加又居山有蕈觸樹皆垂隨採隨出供僧常調顗若他涉蕈即不生因斯以談誠道感矣所著法華疏止觀門修禪法等各數十卷又

著淨名疏至佛道品有三十七卷皆出口成章侍人抄略而自不畜一字自餘隨事疏卷不可殫言皆幽指奧徹摛思開天煬帝奉以周旋重猶符命及臨大寶便藏諸麟閣所以聲光溢于宇宙威相被于當今矣而枯骸持立端坐如生瘞以石門閉以金鑰所有事由一關別勑每年諱日帝必廢朝預遣中使就山設供尚書令楊素性虔虛簡事必臨信乃陳其意云何枯骨特坐如生勑授以戶鑰令自尋視既如前告得信而歸顗東西垂範化通萬里所造大寺三十五所手度僧衆四千餘人寫一切經一十五藏金檀畫像十萬許區五十餘州道俗受菩薩戒者不可稱紀傳業學士三十二人習禪學士散流江漢莫限其數沙門灌頂侍奉多年歷其景行可二十餘紙又終南山龍田寺沙門法琳夙預宗門親傳戒法以德音遽遠拱木俄森爲之行傳廣流於世隋煬末歲巡幸江都夢感智者言及遺寄帝自製碑文極宏麗未及鐫勒值亂便失

釋曇崇姓孟氏咸陽人生知正見幼解信奉七歲入道博誦法言勤注無絕後循聽講肆雄辯無前乃以慧燈欲全本資攝念聖果將剋必固定想遂從開禪師而從依止逮于受戒志逾清厲遂學僧祇十有餘遍依而講解聽徒三百京輔律要此而爲宗後弊於言說更崇前觀額上鼻端是所存想山間樹下爲其居處既而光明內發色想外除形木若枯心灰猶死偏精六行冠達五門開公處衆稱爲第一遂得同學齊敬又號爲無上士也及

師亡遺囑令攝後徒于時五衆二百餘人依崇習靜聲馳隴塞化滿關河尋路追風千里相屬塡門盈室坐誨門人或初修不淨或終學人空念彼慈悲弘斯正則周武皇帝特所欽承乃下勑云崇禪師德行無玷精悟獨絶所預學徒未聞有犯當是導以德義故則衆絶形清可爲周國三藏并任陟岵寺主即從而教導僧尼有序嚮名稱焉每爲僧職滯蹤未許遊涉乃假以他緣遂蒙放免末遺法淪蕩便從流俗外順王威内持道素又授金紫光祿等官並不依就雖沉厄運無廢利人大象之初皇隋肇命法炬還炤即預百二十僧勑住興善尋復别勑令宰寺任重勤辭遜又不受之而道冠僧羣王公戒範昔以佛法頽毁私願早隆謹造一寺用光末法因以奏上帝乃立九寺以副崇願皆國家供給終于文世高祖唐公素稟行門偏所歸信遂割宅爲寺引衆居之勑以虚靜所歸禪徒有譽賜額可爲清禪令之清明門内寺是也隋氏晉王欽敬定林降威爲寺檀超前後送戸七十有餘水磑及碾上下六具永充基業傳利于今天子昔所承名今親正業開皇之初勑送絹一萬四千疋布五千端綿一千屯綾二百疋錦二十張五色上米前後千石皇后又下令送錢五千貫氈五十領剃刀五十具崇福感於今願流於後望建浮圖一區用酬國俸帝聞大悦内送舍利六粒用同弘業于時釋教初開圖像全闕崇與此塔深會帝心勑爲追匠杜崇令其繕績料錢三千餘貫計塼八十萬口帝以功業別費恐有匱竭又送身所著

衣及皇后所服者總一千三百對以助隨喜開皇十一年晉王鎮總楊越爲造露盤并諸莊飾十四年内方始成就舉高一十一級竦耀太虛京邑稱最爾後覩遺相接衆具繁委王又造佛堂僧院并送五行調度種植樹木等事並委僧衆監檢助成崇旣令重當朝往還無擁宮閤之禁門籍未安須有所論執錫便進時處大内爲述淨業文帝禮接自稱師兒獻后延德又稱師女及在于本寺則勑令載馳問以起居無晨不至自所獲外利盡施伽藍緣身資蓄衣鉢而已開皇十四年十月三十日遷化寺房春秋八十矣皇情哀慘下勑葬焉所須喪事有司供給皂白弟子五千餘人送于終南山至相寺之右爲建白塔勒銘存今初崇未終七日寺内旛竿無故自折門外汲井忽爾便枯衆怪其由也及至晦夜崇遺告曰吾有去處今須付囑即以衣資施於三寶及至後夜覺有異相就而觀之方知氣絕無疾而逝形色如生因以奏聞莫不懷慟

釋慧越嶺南人住羅浮山中聚衆業禪有聞南越性多汎愛慈救蒼生栖頓幽阻虎豹無擾曾有羣獸來前因爲說法虎遂以頭枕膝越便捋其鬚面情無所畏衆咸覩之以爲異倫也化行五嶺聲流三楚隋煬在蕃搜選英異開皇末年遣舍人王延壽往召追入晉府慧日道場并隋王至京在所通化末還揚州路中感疾而卒停屍船上有若生焉夜見焰光從足而出入于頂上還從頂出而從足入竟夕不斷道俗殊歎未曾有也王教歸葬本

山以旌誠敬

釋慧實俗姓許氏潁川人少出家志敦幽尚遍履名山梁末遊歩天台綜習禪業入房閉戸出即蕩門衣鉢隨身唯留牀席實輕清之丈夫也陳祚伊始負錫龍蟠絶迹人世五十餘年貴尚頭陀恒居宴默自少及終脇不親物雖形衰年積而精節之志老而彌厲以仁壽四年八月二十三日遷于蔣州履道寺之房春秋九十有六遺旨令屍陀北嶺後收窆於山南奉造三層塼塔就而紀德

釋僧善姓席氏絳郡正平人童少出家便從定業與汲郡林落泉方公齊名各聚其類依巖服道往還絡驛白鹿太行抱犢林慮等山振名四遠歸宗殷滿有弟子僧襲者愍斯汾曲往延通化善以山衆常業恐有乖離雖經頻請曾未之許襲曰前後邀迎三十餘度元元之情情無已已磨踵有盡誓心難捨善乃從焉居住馬頭山中大行禪道蒲虞晉絳荷襆相諠衆聚繁多遂分爲四部即東西二林杯盤大黃等處是也皆零房別室星散林巖宴坐所指十一切入而爲標據徒屬五百肅然靜謐仁壽之歲其道彌隆及疾篤將亟告弟子曰吾患腸中冷結者昔在少年山居服業粮粒既斷嬾往追求敢小石子用充日夕因覺爲病耳死後可破腹看之果如所言又累曰各勤修業不勞化俗廢爾正務若吾終後不須焚燎外損物命可坐于瓮中埋之以大業初年三月十一日跏坐如生卒于大黃巖中道俗依言而殯僧襲本住絳州結心定業承習善公不虧其化晚住晉州寶嚴寺充

僧直歲監當稻田見殺水陸諸蟲不勝其酷因擲棄公名追崇故業以善師終日他行不在借訪時人又並終没遂賫諸供度就山設會悲慟先迹顧奉無由尋其遺骸莫知所在忽聞爆聲震裂響發林谷見地分涌凳出于外骸骨如雪唯舌存焉紅赤鮮映逾於生日因取骨舌兩以爲塔襲以貞觀十五年正月九日卒於山舍春秋六十有四臨終神思安隱稱念而逝時晋州西小榆山有沙門僧集者苦節山林聚徒禪業養蛇畜鼠馴附可以手持常現左右驅逐不去有俗人來輙便自隱

釋玄景姓石氏滄州人十八被舉秀才至鄴都爲和王省事讀書一遍便究文義頃便輙引曾無所遺五載之中無書可讀晚從和禪師所聽大品維摩景既後來門側立聽深鑒超拔將歸受學和以定業之望參問繁廣令依止慧法師授以大乘祕奥之極既沃乃心便志在捨俗二十有七與諸妻子執別告云自臨漳已南屬吾所遊名涅槃境臨漳已北是生死分爾之行往也吾誓非聖更不重陟還從和公剃落授以正法景晨宵思擇統解玄微遭周滅法逃潛林薄又以禪道内外相融開皇初年就緣講導儀設華約事事剏心故二時法會必香湯洒地熏爐引導前經後景初無一絶洗穢護淨欽若戒科常讀開經行不過五尋訖更展其例如前故每震法鼓動即千人屯赴供施爲儔罕疋所以景之房内黄紫緇衣上下之服各百餘副一時一換爲生物善經身一著便以施僧其感利之殷

爲如此也後因卧疾三日告侍人玄覺曰吾欲見彌勒佛云何乃作夜摩天主又云賔客極多事須看視有問其故答云凡夫識想何可檢校向有天衆欲來邀迎耳爾後異香充戸衆共聞之又曰吾欲去矣當願生世爲善知識遂終於所住即大業二年六月也自生常立願沉骸水中及其没後遵用前旨葬于紫陌河深灣之中三日往觀所沉之處返成沙墳極高峻而水分兩派道俗異其雅瑞傳迹于今玄覺孝慈居性祖學先謨後住京師隸莊嚴寺純講大乘於文殊般若偏爲意得榮觀帝壤譽顯當鋒

釋智舜俗姓孟趙州大陸人少爲書生博通墳索工書善説庠序附焉年二十餘厭世出家事雲門稠公居于白鹿始末十載常樂幽隱不事囂雜纔有昏情便有靈祇相誡或動身衣或有聲相又現白服形影丈餘遶院相警往往非一嘗與沙門曇詢同修念定經于四年後北遊贊皇許亭山依倚結業聲績及遠有資其道供者便權避之遂經紀載不須資給又獵者逐雉飛入舜房苦加勸勉終不肯止遂將雉去情不忍此因割耳遺之感舜苦諫便投弓解鷹從舜請道漸學經義於是諫篤數村捨其獵業斯則仁濟之誠也後專習道觀不務有緣妄心卒起不可禁者即刺股流血或抱石巡塔須臾不逸其慮也故髀上刺處班駁如鋪錦焉其翹勵之操同伍誠不共矣處山積歳剪剃無人便以火淨髮弊服忘食屢經寒炎度景分功無忘造次性少貪惱手不執財每見貧餒淚垂盈面或解衣

以給或割口以施由此內徹外化所親之中見其弘敬十人出家並依舜行練心節量踵武揚風後年疾既侵身力斯盡常令人稱念繫想淨方遂終于老未感氣疾忽增十有五日勵念如初卒于元氏縣屆嶺禪坊時年七十有二即仁壽四年正月二十日也初葬于終所山側後房子縣界嶂洪山民素重舜道夜偷屍柩瘞于巖中及往追覓皆藏其所三年之後開示焚之起白塔于崖上自舜之入道精厲其誠昔處儒宗頗自矜伐忽因旬假得不淨觀腹府流外驚厭叵陳所見餘人例皆不淨內溢乃就稠師具蒙印旨爲雲門官供當擬是難因就靜山曉夕通業不隸公名不行公寺而內德潛運遠聞帝闕開皇十年下詔曰皇帝敬問趙州房子界嶂洪山南谷舊禪房寺智舜禪師冬日極寒禪師道體清勝教導蒼生使早成就朕甚嘉焉朕統在兆民之上弘護正法夙夜無怠今遣開府盧元壽指宣往意并送香物如別時趙州刺史楊達以舜無公貫素絕名聞依勑散下方始知之乃爲繫名同果寺用承詔旨舜亦不臨赴山民爲之起寺三處交絡四方聞造欣斯念定而莫堪其精到不久還返斯勇猛之誠不可例每於冬初化諸緣集多辦複貯之衣就施獄囚春秋二時方等行道餘則跏坐幽林塊然不寐及登耳順心用力疲轉讀藏經凡得四遍左手執卷右手執燭十宿五宿目不曾斂佛名讚德誦閱如流昏晝六時禮懺終化有弟子智讚幼奉清誨長悟玄理攝論涅槃是所綜博今住藍田化感寺承習禪慧榮

其光緒比多徵引終遁林泉

釋智鍇姓夏侯氏豫章人少出家在揚州興皇寺聽朗公講三論善受玄文有名當日開皇十五年遇天台顗公修習禪法特有念力顗歎重之晚講涅槃法華及十誦律弘敷之盛見重於時又善外學文筆史籍彌是所長晚住廬山造大林精舍締構伊始並是營綜末又治西林寺兩處監護皆終其事然守志大林二十餘載足不下山常修定業隋文重之下勑追召稱疾不赴後豫章請講苦違不往云吾意終山舍豈死城邑道俗虔請不獲志而臨之未幾遂卒于州治之寺時以爲知命也春秋七十有八即大業六年六月也氣屬炎熱而跏坐如生接還廬阜形不摧變都無臭腐返有異香道俗歎訝遂緘于石室至今如初焉

釋智越姓鄭氏南陽人少懷離塵之志父爲求婚方便祈止長則勇幹清美于時岳陽殿下統御荆州徵任甚高非其所欲唯以情願出家王感彼誠素因遂夙心剪落已後隨方問道仍到金陵便值智者北面請業授以禪法便深達五門窮通六妙戒行清白律儀純粹又誦法華萬有餘遍瓶水自盈經之力也學徒雖衆其最居稱首有臨海露山精舍梵僧所造巨有靈異智者每臨命越令影響之晦迹已後台嶺山衆一焉是囑二十年間恂恂善誘無違遺寄便爲二衆依止四部歸崇姿容瓌偉德感物情頗存汲引每於師忌勑設千僧官齋越以衣鉢之餘以充大施隋文皇帝獻后崩日設齋呪願每獲百段曾不固

流括州刺史鄭係伯臨海鎮將楊神貴師友義重待遇不輕大業十二年十一月二十三日寢疾經旬右脇而卧卒于國清舊房春秋七十四臨終之時山崩地動境内道俗咸所見聞台山又有沙門波若者俗姓高句麗人也陳世歸國在金陵聽講深解義味開皇併陳遊方學業十六年入天台北面智者求授禪法其人利根上智即有所證謂曰汝於此有緣宜須閑居靜處成備妙行今天台山最高峯名爲華頂去寺將六七十里是吾昔頭陀之所彼山祇是大乘根性汝可往彼學道進行必有深益不須愁慮衣食其即遵旨以開皇十八年往彼山所曉夜行道不敢睡卧影不出山十有六載大業九年二月忽然自下初到佛壟上寺淨人見三白衣擔衣鉢從須臾不見至於國清下寺仍密向善友同意云波若自知壽命將盡非久今故出與大衆別耳不盈數日無疾端坐正念而卒于國清春秋五十有二送龕山所出寺大門迴轝示別眼即便開至山仍閉是時也莫問官私道俗咸皆歎仰俱發道心外覩靈瑞若此餘則山中神異人所不見固難詳矣時天台又有釋法彥者俗姓張氏清河人也周朝廢教之時避難投陳於金陵奉遇智者以太建七年陪從入天台服膺請業授以禪那既蒙訓誨不停房舍每處山間林樹之下專修禪寂三十年中常坐不卧或時入定七日方起具向師說所證法相有人聽聞曰如汝所說是背捨觀中第二觀相亦有山祇數相燒試宴坐怡然不于其慮大業七年二月三十日卒于

國清春秋六十智者門徒極多故敘其聞見耳

續高僧傳卷第十七

音釋

顗語豈切　鍇口駭切　甓蒲歷切塼也　掞舒贍切摛藻也又與焰同光焰也　鎣烏定切潔也　捃摭捃舉蘊切摭之石切括摭拾取也　鄎于分切地名　隗五賄切人名郭隗也　朓吐了切晦而月見西方曰朓　鶩亡遇切馳鶩也　賾士革切深也　墌之石切基址也　猘居例切狂犬也　鬲古老切　硤胡夾切州名　麓盧谷切山足曰麓　醤子亮切正作醬　斡烏括切旋轉也　璽想里切印也　璀取猥切　晅況遠切正作晅　瞼居奄切目上下瞼也　撙祖本切裁抑也　檝即涉切短棹也　蹶居月切僵也　滬侯古切正作滬海中取魚竹名曰滬　蕈慈荏切菌生木上曰蕈　擿抽知切掞也　磑魚對切礳也　儭初覲切正作儭施也　捋盧活切摩捋也　窆陂驗切下棺也　襆防玉切帊也　謐覓筆切安也　将亟亟訖力切急也　瓮烏貢切與甕同也　瀅烏定切水澄瀅也　囂虛驕切喧也　駁北角切已不純

續高僧傳卷第十八

唐　釋　道　宣　撰

釋曇遷俗姓王氏博陵饒陽人近祖太原歷官而後居焉少而俊朗奕異常倫年十三父毋嘉其遠悟令舅氏傳授即齊中散大夫國子祭酒博士權會也會備練六經偏究易道剖卦析爻妙窮象繫奇邇精彩乃先授以周易初受八卦相生隨言即曉始學文半餘半自通了非師受悟超詞理會深異也曾有一嫗失物就會決之得於兌卦會告遷曰汝試辨之應聲答曰若如卦判定失金釵嫗驚喜曰實如所辯遷曰兌是金位字脚兩垂似於釵象耳舅曰更依卦審悉盜者爲誰對曰失者西家白色女子奉口鬚角可年十四五者將去尋可得之後如言果獲有問其故遷曰兌是西方少女之位五色分方西爲白也兌

字上點表鬆角之象內有尖形表奉口之相推而測知非有異術舅乃釋策而歎曰吾於卜筮頗工至於取斷依俙而已豈如汝之明耶老舅實覩多慙方驗宣尼之言後生可畏也乃更授以禮傳詩尚莊老等書但經一覽義無重問于時據宗儒學獨擅英聲每言大小兩雅當時之諷刺左右二史君王之事言禮序人倫樂移風俗無非耳目之翫其勢亦可知之未若李莊論大道周易辨陰陽可以悟幽微可以怡情性究而味之乃玄儒之本也當時先達頗懱其幼年致或抗言褒貶者遷辨對縱横詞旨明爛無不挹謝其聲實自爾留心莊易歸意佛經願預染衣得通幽極二親愛之弗許懇誠歲久乃掌放遣初投饒陽曲李寺沙門慧棨棨頗解占相知有濟器告遷曰有心慕道理應相度觀子骨法當類彌天自揣非澄公有慙德義可訪高世者以副雅懷遷雖屢伸勤請而固遮弗許又從定州賈和寺曇靜律師而出家焉時年二十一本圖既遂襟期坦然猛勵精勤昏曉無倦初誦勝鬘不日便了怪而檢覆未差一字當夜問經中深疑莫非妙義既知神思大成乃與受具洎其問道從師五臺山此山靈跡極多備見神異後歸鄴下歷諸講肆棄小専大不以經句涉懷偏就曇遵法師稟求佛法綱要當有齊之盛釋教大興至於宫觀法祀皆鋒芒馳騖遷性不預涉高謝世利衆咸推焉密謂人曰學爲知法法爲修行豈以榮利即名爲道秦世道恒削跡巖藪誠有由矣遂竄形林慮山黄花谷中淨國寺蔬素覃思委身以

道有來請問乍爲弘宣研精華嚴十地維摩楞伽地持起信等咸究其深賾當尋唯識論遂感心熱病專憑三寶不以毉術纒情夜夢月落入懷乃擘而食之脆如氷片甚訝香美覺罷所苦痊復一旬有餘流味在口固其聖助食月成德遂私改名以爲月德也爾後每授人戒常云於我月德前三説受菩薩戒逮周武平齊佛法頽毀將欲保道存戒逃跡金陵結侶宵征間行假道多被劫掠進達壽陽曲水寺顧法屬曰吾等薄運所鍾屢逢群盜若怨結不解來報莫窮衆可哀彼愚迷自責往業各捨什物爲賊營懺冀於來世爲法知識既而南濟大江安然利涉由斯以推誠齋福之助也初達揚都栖道場寺掃衣分衛攝念無爲時與同侶談唯識義彼有沙門慧曉智璀等並陳朝領袖江表僧望曉學兼孔釋妙善定門璀禪慧兩深帝王師表又有高麗沙門智晃善薩婆多部名扇當塗爲法城塹並一見而結友于再叙而高沖奥有欲以聞天子者遷預知情事謂之曰余以本朝淪覆正法陵夷所以冐死浮江得叅梵侶生平果志遂得有餘結構時榮幸頗緘默唯有國子博士張機每伸盡禮請法餘景時論莊易竊傳其義用訓庠序因至桂州刺史蔣君之宅獲攝大乘論以爲全如意珠雖先講唯識薄究通宗至於思搆幽微有所流滯今大部斯洞文旨宛然將欲弘演未聞被之家國承周道失御隋曆告興遂與同侶俱辭建業緇素知友祖道新林去留哀感各題篇什曉禪師命章賦詩曰生平本胡越關吳各異津聯翩

一傾蓋便作法城親清談解煩累愁眉始得伸今朝忽分手恨失眼中人子向徑何道慧業日當新我住邦江側終爲松下塵沉浮從此隔無復更來因此別終天別迸淚忽霑巾餘之名德並有綴詞久失其文各執手辭訣登石頭岸入舟動檝忽風浪騰涌衆人無計還獨正想不移捧持攝論告江神曰今欲以大法開彼未悟若北土無運命也如何必應聞大教請停風浪龔傳法之功冥寄有屬言訖須臾恬靜安流達岸時人以爲此論譯於南國護國之神不許他境事同迦延之出罽賓爲羅剎之稽留也進達彭城新舊交集遠近欣赴鬱爲大衆有一檀越捨宅栖之遂目所住爲慕聖寺始弘攝論又講楞伽起信如實等論相繼不絕攝論北土創開自此爲始徐州總管彀城公萬緒率諸僚佐擁篲諮承盡弟子之禮遷弘化此土屢動暄涼黑白變俗大有成業自周毀正法遺形充野乃勸奬有緣於慕聖寺多構堂閣隨有收聚莊嚴供養上柱國宋公賀若弼長吏張坦出鎮揚州承風思展結爲良導及諸道俗竚願德音坦乃手疏邀延遷亦虛舟待吹還到廣陵舉郭迎望歌梵遏雲霞香花翳日月桑門一盛榮莫加斯宋公名重位高頗以學能傲誕遷應權授法不覺心醉形摧乃攜其家屬從受歸戒初停開善建弘攝論請益千計不久徐方官庶思渴法言江都纔了復迎還北盛轉法輪聲名遐布屬開皇七年秋下詔曰皇帝敬問徐州曇遷法師承修叙妙因勤精道教護持正法利益無邊誠釋氏之棟梁即人倫之

龍象也深願巡歷所在承風飡德限以朝務實懷虛想當即來儀以沃勞望弟子之內閑解法相能轉梵音者十人並將入京當與師崇建正法刊定經典且道法初興觸途草創弘獎建立終藉通人京邑之間遠近所湊宣揚法事爲慧殊廣想振錫拂衣勿辭勞也尋望見師不復多及時洛陽慧遠魏郡慧藏清河僧休濟陽寶鎭汲郡洪遵各奉明詔同集帝輦遷乃率其門人行塗所資皆出天府與五大德謁帝於大興殿特蒙禮接勞以優言又勑所司並於大興善寺安置供給王公宰輔冠蓋相望雖各將門徒十人而慕義沙門勑亦延及遂得萬里尋師於焉可想于斯時也宇內大通京室學僧多傳荒遠衆以攝論初闢投誠請祈即爲敷弘受業千數沙門慧遠領袖法門躬處坐端橫經稟義自是傳燈不絕于今多矣雖則寰宇穿鑿時有異端原其解趣莫非祖習故眞諦傳云不久有大國不近不遠大根性人能弘斯論求今望古豈非斯人乎十年春帝幸晉陽勑遷隨駕既達并部又詔令僧御殿行道至夜追遷入內與御同榻帝曰弟子行幸至此承大有私度山僧欲求公貫意願度之如何遷曰昔周武御圖殄滅三寶衆僧等或刻迹幽巖或逃竄異境陛下統臨大運更闡法門無不歌詠有歸來投聖德比雖屢蒙招引度脫而來有先後致差際會且自天地覆載莫匪王民至尊汲引萬方寧止一郭蒙慶帝沉慮少時方乃允焉因下勑曰自十年四月已前諸有僧尼私度者並聽出家故率土蒙度數十萬人遷之

力矣尋下勑爲第四皇子蜀王秀於京城置勝光寺即以王爲檀越勑請遷之徒衆六十餘人住此寺中受王供養左僕射高頴右衛將軍虞慶則右僕射蘇威光祿王端等朝務之暇執卷承旨四門博士國子助教劉子平孔門儁乂屈膝飡奉魏郡道士仇岳洞曉莊老文皇欽重入京造展共談玄理遷既爲帝王挹敬侯伯邀延抗行之徒是非紛起或謂滯於榮寵者乃著已是非論以示諸已其詞曰夫自是非彼美已惡人物莫不然以皆然故舉世紜紜無自正者也斯由未達是非之患乃致於此言至患者有十不可一是非無主二自性不定三彼我俱有四更互爲因五迭不相及六隱顯有無七性自相違八執者偏著九是非差別十無是無非初明無適主者此云我是彼云我是彼此競取乃令是非無定從彼云此非此云彼非彼此競興遂使非無適趣或者必欲以是自歸以非屬彼者此有何理而可然耶理不然故强爲之者莫不致敗耳物豈知其然哉文多不委十三年帝幸岐州遷時隨從乃勑蜀王布圍南山行春蒐之事也王逐一獸入故窑中既失蹤跡但見滿窑破落佛像王遂罷獵具以事聞遷因奏曰此經周代毀道靈塔聖儀塡委溝壑者多蒙陛下興建已得修營至於碎身遺影尚遍原野貧道觸目增慟有心無事帝聞悵然曰弟子庸朽垂拱巖廊乃使尊儀冒犯霜露如師所說朕之咎也又下詔曰云云諸有破故佛像仰所在官司精加檢括運送隨近寺內率土蒼生口施一文委州縣官人檢校

莊飾故一化嚴麗遷實有功十四年柴燎岱宗遷又上諸廢山寺幷無貫逃僧請並安堵帝又許焉因勑率土之內但有山寺一僧巳上皆聽給額私度附貫遷又其功焉乂勑河南王爲泰岳神通道場檀越即舊朗公寺也齊王爲神寶檀越舊靜黙寺也華陽王爲寶山檀越舊靈巖寺也又委遷簡齊魯名僧來住京輦其爲世重誠無以加文帝昔在龍潛有天竺沙門以一裹舍利授之云此大覺遺身也檀越當盛興顯則來福無疆言訖莫知所之後龍飛之後迫以萬機未遑興盛仁壽元年追惟昔言將欲建立乃出本所舍利與遷交手數之雖各專意而前後不能定數帝問所由遷曰如來法身過於數量今此舍利即法身遺質以事量之誠恐徒設耳帝意悟即請大德三十人安置寶塔爲三十道建軌制度一准育王帝以遷爲蜀王門師王置鎮梁益意欲令往蜀塔所檢校爲功宰輔咸以劒道危懸塗經盤折高年宿齒難冒艱阻更改奏之乃令詣岐州鳳泉寺起塔晨夕請瑞以沃帝心將造石函時寺東北二十里許忽見文石四段光潤如玉大小平正取爲重函其內自變作雙樹之形高三尺餘異色相宣或有鳥獸龍象之狀花葉旋轉之形以事上聞帝大悅二年春下勑於五十餘州分布起廟具感祥瑞如別傳叙之四年又下勑於三十州造廟遂使宇內大州一百餘所皆起靈塔勸物崇善遷實有功及獻后云崩於京邑西南置禪定寺架塔七層駭臨雲際殿堂高竦房宇重深周閭等宮闕林圃如天苑舉國

崇盛莫有高者仍下勑曰自稠師滅後禪門不開雖戒慧乃弘而行儀攸闕今所立寺既名禪定望嗣前塵宜於海內召名德禪師百二十人各二侍者並委遷禪師搜揚有司具禮即以遷爲寺主既恩勑爰降不免臨之綏撫法衆接悟賢明皆會素心振聲帝世時大興善寺有像放光道俗同見以事聞 上勑問遷曰宮中尊像並是靈儀比來修敬光何不見遷曰但有佛像皆放光明感機既別有見不見帝曰朕有何罪生不遇耶遷曰世有三尊各有光明其用異也帝曰何者是耶答曰佛爲世尊道爲天尊帝爲至尊尊有恒政不可並治所以佛道弘教開示來葉故放神光除其罪障陛下光明充于四海律令法式禁止罪源即大光也帝大悅遷美容儀風韻故臨機答對如此又器宇恢雅含垢藏疾妙於定門練精戒品天性仁慈寡於貪競雖帝王贈捨遠近獻餉一無自給並資僧衆或濟接貧薄追崇圖塔又不重厚味不飾華綺內有關鑰外屏名利顯助弘道冥心幽隱立志清簡不雜交遊時俗頗以踈傲爲論深鑒國士而體其虛心應物也凡有言述理無不當皆能遣滯顯旨深矣故遠公每云遷禪師破執入理此長勝我斯言合也詞旨典正有文章焉雖才人沉鬱含毫未能加也夙感風癭之疾運盡重增卒於禪定春秋六十有六即大業三年十二月六日也葬於終南北麓勝光寺之山園鑿石刻銘樹于墳所當停柩之日有一白犬不知何來徑至喪所雖遭遮約終不肯去見人哀哭犬亦號叫見人止哭犬亦

不聲與食不噉常於喪所右縈而卧既輦柩隨行犬便前後奔走似如監護之使及下葬訖便失所在識者以犬爲防畜將非冥衛所加乎初末終之前有夢禪定佛殿東傾數人扶之還正惟東北一柱陷地拔之不出遷房屬於陷角故有先驗之徵既卒之後有沙門專誠祈請欲知生處乃夢見淨土嚴麗故倍常傳寶樹宮闕欝然相峙道俗徒侶有數千人還獨處金臺爲衆說法雖夢通虛實而靈感猶希況隨請而知故當降靈非謬矣所撰攝論疏十卷年別再敷每舉法輪諸講停務皆傾渴奔往有若不足也又撰楞伽起信唯識如實等疏九識四明等章華嚴明難品玄解總二十餘卷並行於世有沙門明則爲之行狀覼縷終始見重京師矣

釋僧淵姓李廣漢郪人家本巨富爲巴蜀所稱及淵初誕天雨銅錢於庭家内合運處處皆滿父運疲久口噓唱乏錢不復下倉内貯米但及於半忽滿溢出親姻外内莫不歎其福報也自少至長志幹殊人行則安而徐動坐則儼而跏趺眼光外射燄燄發越容色玉潤狀若赤銅聲若洪鐘響發林動兩足輪相十角分明二手九井紋理如畫年十八身長七尺其父異之命令出家即時剃落住城西康興寺今所謂福緣是也博尋人法訪無遠近經耳不忘藴括懷抱奉戒守素大布爲衣瓶鉢之外無所蓄積與同寺毅法師交遊二人即蜀郡僧中英傑者也相隨入京博採新異有陟岵寺沙門僧寶者禪道幽深帝王所重便依學定豁爾知津經涉炎涼詳覈詞義

淵研精定道毅博通經術丘索草隷靡不留心周氏廢教便還故寺割東行房以爲私宅餘者供官隋氏運開更新締構領匠伐木連雨兩月淵執爐祈請隨語便晴造塔須金盤又請地府隨言即掘應命藏開用足餘金還歸本窟詳斯福力今古未聞常給孤獨不逆人意遠近隨助泉布若流又以錦水江波沒溺者衆便於南路欲架飛橋纔扣此機衆事咸集昔諸葛武侯指二江內造七星橋造三鐵鎗長八九尺徑三尺許人號鐵槍擬打橋柱用訖投江須便祈祠方可出水淵造新橋將行竪柱其鎗自然浮水來至橋津及橋成也又自投水道俗歌謠于今逸耳淵毅二師並爲物軌晨夕問法無虧遺寄毅以仁壽二年十二月十二日寅時告弟子曰三界無常吾其死矣言終神謝福緣本住春秋六十有九淵聞之憫然曰毅師已往我豈獨留俄而遘疾遺語同痊即以其月十四日又化春秋八十有四至十七日並窆於九里堂焉刊石紀之于寺堂陳子良爲文

釋真慧陝州河北人姓陳氏河北諸陳代稱冠族遠稱漢右相陳平中云魏向侯陳涉乃至江表陳代並出此鄉慧早厭身城父母留礙逼納妻室不免外情玉潔之志涅而逾淨開皇十二年年纔及冠二親俱往既將出俗猶縈妻累先勸喻已便爲解髮資給道具送往尼寺慧往陝州大通寺清禪師所出家受具清示以學方次第有本曰尸羅不淨三昧無由令往鄴下靜洪律師所因循兩載備探幽致又詣衛州林落泉詢禪師所朝投夕悟

經歷歲餘於詢所得畧貫終始禪侶三百嗟試聲馳詢摩其頂堪傳法燈令往山西啓請未悟慧以學日既少恐有差分更住陶研乃經兩載一一呈示去取無疑開皇十八年承命西歸路經白鹿百家巖時號幽絶山勢窮美因登遊觀又爲留連夏坐栖之又陳禪道至秋擇地無越晉川遂之蒲坂首山麻谷創築禪宇四衆爭趨端居引學蔚成定市十有八載成就極多栖巖傑昂最稱深入仁壽四年召與僧名住栖巖寺其爲人也諒直剛決清儉退讓安苦忍樂容止可觀獨處樂靜不希華靡大業元年餌黃菁絶粒百日檢校教授坐禪禮懺不減生平後覺肥充恐有學者便休服餌於閑田原北杯盤谷夏坐虎窟虎爲之移及秋虎還返窟常有山神節度時分如有遲延必來警覺以大業十一年十月七日因疾卒麻谷禪坊春秋四十有七初將終夕神彩若常曰吾將生淨土見蓮花相候又聞異鍾聲聲幽淨異香花充蔚斯相既至潛然而絶門人道俗依而闍維收骨起塔於麻谷

釋慧瓚俗姓王氏滄州人壯室出家清貞自遠承稟玄奥學慕綱紐受具已後偏業毗尼隨方聽畧不存文句時在定州居于律席講至寶戒法師曰此事即目卒難制斷如何瓚聞之私賤其説時襆中有錢三百乃擲棄之由是卒世言不及利周武誅剪避地南陳流聽羣師咸加芟改開皇弘法返跡東川於趙州西封龍山引攝學徒安居結業大小經律互談文義宗重行科以戒爲主心用所指法

依爲基道聞遠流歸向如市故其所開悟以離著爲先身則依附頭陀行蘭若法心則思尋念慧識妄知詮徒侶相依數盈二百繩牀道具齊肅有儀展轉西遊路經馬邑朔代并晉名行師尋譽滿二河道俗傾望秦王俊作鎮并部弘尚釋門於太原蒙山置開化寺承斯道行延請居之僧衆邕熙聲榮逸口至於黒白布薩要簡行淨之人知有小僁便止法事重過則依方等輕罪約律治之必須以教驗緣片缺則經律俱捨沙彌信行重斯正業從受十戒瓚不許之乃歸瓚之弟子明胤禪師遵崇行法晚還鄴相方立部衆及獻后云崩禪定初構下勑追召入京傳化自并至雍千里欽風道次逢迎禮謁修敬帝里上德又邀住于終南山之龍池寺日夜請誨聞所未聞因而卒於山舍春秋七十有二即大業三年九月也弟子志超追崇先範立衆晉川見于別傳

釋法純俗姓祝氏扶風始平人也初出家日在于周世備聞正教親奉明師意在定林情兼拯溺住帝京陟岵天宮二寺往來居止通慮爲先逢廢教道僧潛匿城市內持道服外假俗衣皇隋之興厥初度首即百二十人之一也住大興善鞭勒形心有途前稔文帝聞純懷素請爲戒師自辭德薄不敢聞命帝勤注不已遂處林中爲傳戒法四事厚禮不勝其供辭還本寺歎曰危身脆命無常不久終日保養何見牢固上供難銷遂行方等懺法四十五年常處淨場宗經檢失除食便利餘無闕廢甞於道場然燈遂感燈明續談經于

七夜不添油炷而光耀倍常私密異之爲滅累之嘉相也又油瓮所止在佛堂内忽然不見乃經再宿還來本處而油滿如故每於夜静聞有説法教授之聲異香尋隙氣衝於外就而視之一無所見識者以爲幽祇所集故也而謙弱成治趣務造功不累形骸用清心海至於三秋霖滯民苦者多純乃屏除法服微行市里或代人傭作事訖私去有與作價還乞貧人或見道俗衣服破壞塵垢皆密爲洗補跪而復處及巾屨屐藉穢汚臰處皆縫洗鮮全其例甚衆或於静時捷廁擔糞有密見者告云若情事欣泰願共同作或爲僧苦役破薪運水或王路艱阻躬事塡治因以勵俗相助平坦有來覿錫皆慘然不樂口云愛賊既來獄王潛至打縛不久矣故所獲財物

並施大衆不造經像人問其意云行道者所乏耳因以趣入也故王公等施日盈門首皆迴與僧而自著糞掃袈裟内以布裙又無腰襻以繩收束如中國法寺僧服其行也或有不敢受者以爲勝人所奉稍異常徒自叙云余初出家依于山侶晝則給供清衆暮則聚薪自照因而誦經得二十五卷謂十地經論金剛般若論金光明諸法無行等并講習通利故其所宣導皆引用斯文焉開皇十五年文帝又請入内爲皇后受戒施物出宫隨散並盡故貧寠之士聞純之入内也要必有賜並聚集街道待施而還仁壽三年遂覺不悆閉室静坐而無痛所有白衣童子手捧光明立侍於右弟子慧進入問此是何人答曰第六欲天頻來命我但以諸天著樂竟不許之

由妨修道故也常願生無佛法處教化衆生愼勿彰言死後任說至五月内弟子爲建大齋望崇玄福道俗湊集並在純前有雙鴿飛來純房内在衣笐上注目看純雖人觸捉都無有懼純云任之勿捉至暮方逝及其疾甚人有問者必誡以法行不得自縱自欺又云我不覺忽乘白象也此乃妄業耳何由可任因設齋食與諸舊别所有衣資雜物施同行者任取一事用結良縁而神志明悟不覺餘想卒于淨住寺春秋八十有五即仁壽三年五月十二日也葬于白鹿原南鑿龕處之外開門穴以施飛走後更往觀身肉皆盡而骸骨不亂弟子慧昂等率諸檀越追慕先範乃圖其儀質飾以丹青見在淨住沙門彦琮褒美厥德爲叙讚云昂少所慈育親供上行爲之碑文廣陳盛事兼以立性閑穆識悟清爽文藻攢被聞于京室著述十卷頗共傳之

釋法進不知氏族住益州綿竹縣響應山玉女寺爲輝禪師弟子後於定法師所受十戒恭謹精誠謙恪爲務唯業坐禪寺後竹林常於彼坐有四老虎繞於左右師語勿泄其相也後教水觀家人取柴見繩牀上有好清水拾兩白石安著水中進暮還寺彌覺背痛問其家人云安石子語令明往可除此石及旦進禪家人還見如初清水即除石子所苦便愈因爾習定不出此山開皇中蜀王秀臨益州妃患心腹諸治不損有綿州昌隆白崖山道士文普善者能昇刀禁火鵠鳴山有二道士能呼策鬼神符印章醮入水不溺並來同治都無有効乃使長史張英等往山請出爲

妃治病報曰吾在山住向八十年與木同性徐更苦邀進答曰盡命於此可自早還信返具報王使六司官人犢車四乘將從百人重往迎請進曰王雖貴勝命有所屬執志如初信還王大怒自入山捋手加罪既至山寺禮佛見進不覺身戰汗流王曰奉請禪師為妃治病禪師慈悲願救此苦答曰殺羊食心豈不苦痛一切衆生皆是佛子何因於妃偏生此愛王慚愧懺悔仍請出山乃曰王命既重不可不行王自先行貧道生不乘騎當可後去王曰弟子步從與師同行報曰出家人與俗異但前行應同到王行兩日方至進一旦便達徑入妃堂見進流汗因爾除差施絹五百段納衣袈裟什物等進令王妃以水盥手執物呪願總用迴入法聚寺基業即辭還山王與妃見進足離地可四五寸以大業十三年正月八日終此山中龍吟猿叫諠寺三日矣

釋靜端一名慧端本武威人後住雍州年十四投僧實禪師受治心法深所印可經魏周隋崇挹佛化闡弘不絕以靜操知名後歸于曇相禪師習行定業周滅法時乃竭力藏舉諸經像等百有餘所終始護持冀後法開用為承緒及隋開化並總發之經籍廣被端之力也重預出家還宗本習擁徒結道綽有餘勳而謙損儉退無與時爭服御三衣應法杖鉢一牀一食用卒生報獲利即散餘無資蓄名行既著貴賤是崇隋漢王諒重其戒德數受弘訓文帝獻后延進入宮從受正法稟其歸戒遂留宮宿端曰出家之人情標離俗宮

中非宿寢之所數引宮禁常弘戒約勅以牙席檀龕及諸金貨前後奉賜令與福力故令寺宇高廣皆端之餘緒焉所以財事增榮日懸寺宇一無所受並歸僧庫而常掩室下帷靜退人物仁壽年中有勅送舍利於豫州屢放白光變爲五彩旋轉瓶側見者發心鑿石爲銘文至皇帝鐫治將訖乃變爲金字分明外徹時以爲嘉瑞也屬高祖昇遐隋儲嗣曆造大禪定上福文皇召海內靜業者居之以端道悟群心勅總綱任辭不獲免創臨僧首于時四方義聚人百其心法令未揚或懲靈化而端躬事軌勉咸敬而揖之使夫餮惰之士悛勵而從訓勗者殷矣以大業二年冬十二月二十七日終于禪林本寺春秋六十有四瘞于京之東故禪林寺廟猶陳五色牙席千秋樹皮袈裟在焉由物希故觀者衆矣

釋道舜未詳何人靜處林泉庇道自隱言常舍笑談述清遠嘗止澤州羊頭山神農定藥之所結宇茅茨餘無蓄積日唯一食常坐卒歲斯亦清素之沙門也德豐內溢聲流氓俗態感蛇鼠同居在繩牀下各孚產育不相危惱又致虎來蹲踞其側便爲說法有人還往告虎令去或語之云明日人來汝不須至便如舜言虎便不現其通感深識爲若此也給侍之人與虎同住親如家犬曾莫之畏身著弊納麤無可採跣行林野不擇晨夕開皇之初忽遊聚落說法化諸村民皆盛集受法獨不爲一女受戒告云汝當生牛中其相已現戒不救汝也業不定者爾乃相濟耳時有不信其言以爲惑衆咸有疑者舜欲決於衆議

告衆曰必不信者試蹋汝牛尾業影必當不起即以足蹋女裙後空地云是尾影其女依言趣起不得時衆驚信請舜曰如何除此業報其女家積粟數萬石既懼惡業一時頓捨舜並爲營福令其懺悔如此累作惡業便傾方爲受戒由斯以談能見業影之存亡將隣聖之極矣或依諸癘村受於癘供見有膿潰外流者皆口就而嗽之情無惡念或洗其衣服或淨其心業用爲已任情向欣然初無顰感後遊於林慮洪谷北詣晉盤亭等諸山隱寺綜禪定業不測終所

釋慧歡俗姓管氏京兆雲陽人也弱齡厭俗深慕出家迫以恒網取拔無路歷任僚署頻經涼暑年逾壯齒方蒙本遂三十有七披緇在道依清禪寺崇公諮受定法攝心儀體存息短長觀覺安立泠然袪寫兼以志得林泉銷形人世捐畧塵欲山學推先甞經行山頂惧墮高巖乃在石上端居不忘禪念其感靈如此逮隋文晏駕建大伽藍以歡志德潛被召而供養大業六年二月卒大禪定道場春秋六十有九遺令施形寒林之下弟子等敢從德義送於終南楩梓谷中率諸道俗立銘樹塔矣

釋智通姓程氏河東猗氏人也生知信慤樂崇道慧將習書計遂欲出家父母異而許之十歲已後剃落敦肅恭孝執履謙沖師長友明接事無怠修持戒行歌詠法言晝夜不輟誦諸經中讃佛要偈三千餘首五十許年初無告倦自木德不競立喪攸在釋門淪廢法侶無歸方從俊律師延法師服膺受業不以

艱危阻志隋祖再興奄還蒲坂慈濟所及乃立孤老寺於城治等心賑贍以時周給授戒說法乘機間起食椹懷音日有千計仁壽創塔締構栖巖飄然脫屣就閑修業親事香花躬運掃洒口恒稱讚目常瞻睹善由巳積通爲舍生財雖有餘並充功德以大業七年十月二十四日以疾而卒於山寺春秋六十有四初未終前數日不悆維那鳴鐘而杵自折識者以爲不越振矣通聞之命侍者稱彌陀佛名迴心攝念願生彼土有入室門人項蓋者夙夜祇奉忽問蓋曰廚中作何食耶蓋曰爲何所須曰有達官諸貴來耳蓋曰昔聞生人道者見諸貴勝師本修德所詣豈在人耶至晚乃開目正視良久不眴狀有所覩旁侍加香寂然立敬炊頃方止乃彈指云不可思議也有問其故云見寶幢華蓋塔廟莊嚴初夜又迴首眄云始見明珠今何所在又云有何緣務大然燈燭遂掩燈令暗須臾復云大明何爲轉盛蓋曰室今暗昧是師淨相不可怪也乃合掌達旦曰吾生淨土矣因而氣靜山地動搖門窗震裂群雞驚雊非恒所聞寺僧道慧未曉假寐至是驚覺出倚廊下曰禪師若終必生淨土矣何以知然向於眠中見西嶺上並是樓閣殿堂乘空而去言畢方知通已終逝又蓋母王氏久懷篤信讀衆經禮懺發心以往生爲務貞觀十一年二月臨將捨命彌加勤至自見牀前有赤蓮華大如五斛甕許又見青蓮華滿宅阿彌陀佛觀音勢至一時俱到蓋與姪薛大興供侍親聞所述而興見有佛色形甚大并二菩薩久而自隱

斯並近事故傳實録沙門行友蒲晉名僧爲之本傳因著論曰夫法本不生今則無滅如身實相觀佛亦然因斯以談則三界與一識㝠歸生死共涅槃同體又何容淨穢彼此於其間哉則凡夫學人妄情未盡不能齊彼我均苦樂遺欣厭亡是非故須迴向願求標心所詣然後徃生耳其實則不然譬猶明鏡現形空谷應聲影響之來豈足遠乎而惑者以暗識生疑謂淨土越度三有超過九定絶域寥廓經途敻遠自非三乘極位及十地聖人積行累功安能生彼何其謬歟觀斯上人雖禀性温柔爲人清潔其所修習則福德偏長定慧之功蓋不足紀直以一生之散善臨命之虚心遂能自覩光明親見幢相動揺神像夢感旁人是知九品之業有徵十念之功無爽凡我同志可不勗哉若夫尋近大乘修行止觀察微塵之本際訊一念之初源便可剃棘播無常之音梟獍說甚深之法十方淨國未必過此如其眷戀妻孥盤桓弊執營生未厭逐物已疲摧百齡於倉卒之間畢一世於遑忙之際内無所措外無所恃則長劫㝠没亦奚能自返良可悲矣

釋本濟宋氏西河介休人也父祖不事王侯遁世無悶逼以僚省挂冠而返濟年爰童丱智若成人齠齔之初横經就業故於六經三史皆所留心雖云小道畧通大義故庠塾倫侶重席請言後披析既淹豁然大悟乃曰斯實宇宙之糟粕也何累人之清識乎乃歸仰釋氏辭親出家開皇元年時登十八戒定逾淨正業彌隆不服新華除其愛染躬行卑辱

愍增上慢博覽經論成誦在心講解推則循環相屬時共觀風榮斯神舉會信行禪師創開異部包括先達啓則後賢濟聞歌詠欣然北面承部瀉瓶非喻合契無差以信行初達集録山東既無本文口爲濟述皆究達玄奥及行之亡後集録方到濟覽文即講曾無滯託雖末見後詞而前傳冥會時五衆別部敬之重之著十種不敢斟量論六卷旨文清靡頗或傳之自是專弘異集嚮高別衆以大業十一年九月十二日卒於所住之慈門寺春秋五十有四弟子道訓道樹式奉尸陀追建白塔於終南山下立銘表德有弟善智天縱玄機高步世表祖師信行服膺請業酌深辯味妙簡錙銖入室隣幾精窮理窟嘗以四分之一用資形累通夏翹足攝慮觀佛誠策勤之上達也信行敬揖風猷雅相標致時衆咸悅可謂以德服人者焉撰頓教一乘二十卷因時判儀共遵流世以大業三年卒弟子等附葬于信行墓之右焉訓有分畧之能樹豐導引之說當今敷化宗首莫與儔之時暫舉莚道俗雲合聲榮感敬後恐難尋迹矣

釋僧照京兆人不詳氏族幼年入道師于靜藹遊履盛化每居幽隱頻感徵異乃高恒度恐致驚俗故罕聞之遭周滅法不偶塵囂獨處泰嶺高步松苑顧影與心相娱自得乃曰吾今居此安泰寧有樂過斯者乎彼城邑遺僧波波順俗用斯優洽一何傾附及隋初弘教遂於鄠縣南山田谷立神田寺養徒縱業名振渭川道俗崇仰立信彌積逮文帝末紀栖隱岐山以照道德遠聞意延相見令左僕

射楊素就宣勑旨躬延謁見照預知之告侍人曰當有貴客來至可辦諸食具明日果達山寺素威英自若勇悍無前及到照之住籬不覺愜然喪膽下乘將欲進步不前乃通信達照照端拱如初命素前進而通身沐汗情智失守纔得傳詔餘無措言久時少解乃以情告照曰山林幽靜討無非異檀越善意相尋理無虛垢食訖辭退照曰蒙天子優及遠近仁壽俱道在幽通未假面奉又以老疾相繼接對莫因素具事聞述其情懼帝曰戒師之威也以卿雄武故致斯憚耳乃重勑素賫香油再伸景仰下詔曰禪師德居物議道映遂初窮處巖阿養素崇業朕甚嘉焉今送供奉用展翹敬素以前虛仰景行重接山門卑處身心方陳對晤為說正教深副本懷乃欲捨其金帛開廣寺塔照曰巖泉林野即可勵心塔寺禪坊莊嚴城邑凡所送者一不受之又請受戒法照以戒行輕毀沉渾難清乃為說慈悲仁育陳理喻達竟不授戒斯亦體達機候之明匠矣以大業七年終於山寺春秋八十有三初照一受具後儀奉憲章六十餘夏三衣不改雖重補緝而受持無離唯自將奉而侍者莫持或有妄持舉者而重若泰山初無離席及照之捧接輕若鴻毛因事以詳斯亦大德之清風矣

釋洪林未詳氏族太原人也少履釋門禀受清化率志都雅言晤清穆住并州大興國寺履操栖靜退屏人物而住房連帀與衆比居整肅貞巖希言寡涉高衆盛德皆敬而奉之遊至林房莫不捻履潛步歘然趣越也其為

世重如此獨居一室積五十年賓客送迎足不踰閾至於僧法制度道俗二食身先座首勵力行奉不以道德用虧時衆餘則端坐房中儼然卓立瓶衣什物周正方所故登其門者不覺毛竪有問其故則從容談論詞義審當而不測其心造也故興國大寺百有餘僧敬異崇仰有如天岸以武德年中終于所住春秋八十餘矣

續高僧傳卷第十八

音釋

嫗威遇切老母也　鬆祖動切鬆角束髮垂髻也　邦河千切地名　篲徐醉切竹掃也　雋祖唆切與俊同　蒐䟽鳩切春獵也　窰餘招切窰竈也　覼縷覼盧戈切縷隴主切覼縷猶委曲也　鐏徒對切才戟穳也　屨屩屨俱遇切屨屬屩正作屨屩他計切屨中爲也　襻普患切系結也　悆羊茹切與豫同安也

笐合浪切竹竿也　犢徒谷切牛子也　餮他結切貪也　嗽色角切噏也　顰蹙顰毗賓切蹙子六切顰蹙愁貌　楩毗連切木名　慤克角切謹慤也　椹食枕切桑實也　敻翾正切遠也　丱古患切了角貌　齠齔齠田聊切齔初覲切齠齔始毀齒也　叟察色切正也　捻奴協切手捻也　歃殺測切小怖也

續高僧傳卷第十九

唐　釋　道宣　撰

習禪四 本傳十四人 附見二人

釋僧定丹陽人本學成實博綜有功討擊既繁便感風癘乃惟曰形異同倫學當徒轍遂屏絶還顧歸宗禪府初栖鍾山林阜獨靜空齋侍者道遊供給左右唯以粳米白粥日進一杯餘則繫念相續不愧空景經于數年不涉村邑遊刃定心更增幽賾故使門牖重隱吐納自新墻宇崇峻違順斯薄微誠獲應故所苦忽銷致令身首面目一時圓淨鬚眉並生有逾恒日雖福感所及儀貌倍常而雙眉最濃可長數寸蒼赤通頞乃成奇異定既屬斯靈瑞翹厲晨夕山中多虎蹤跡成蹊本性仁慈咸來入室牀前庭下惟繁虎跡或禪想乍浮不能安靜便通夜山行無間榛梗猛獸

鷲鳥見等同群而定安之若遊城市含育之感不可類也隋文於西京造寺遠召處之業定之心無庸世務至於受戒師禮畢志拒違預在尊巖閒便避隱嘗遇傷寒通身蒸熱如常跏坐斷食三日沙門保恭道場上首定之徒也親喻令食答曰疾勢將陵命非可保應以法援何用食爲便閉口靜室坐七日既滿所苦頓痊其立操要心爲此類也大業末歲棲心南山太和寺群盜來劫定初不怖盜曰豈不聞世有奴賊耶定曰縱有郎賊吾尚不怖況奴賊耶因剥其衣服曾無悋色至於坐氈將欲挽掣定捉之曰吾仰此度冬卿今將去命必不濟乍斷吾命於此而氈不可離吾命也群盜相看便止之以武德七年六月因有少疾跏坐如常不覺已逝春秋八十餘矣

釋道林姓李同州郃陽人也年三十五發心出家入太白山結宇深巖路絶登陟木食濟形唯法檢心更無營拯隋開皇之始創啓玄宗勑度七人選窮翹楚有司加訪搜得林焉文皇親命出家苦辭不可乃啓曰貧道聞山林之士往而不返浩然之氣獨結林泉望得連蹤既往故應義絶凡貫陛下大敞法門載清海陸乞以此名遺虛仰者帝曰名實相副其來久矣禪師但隷公府身任山棲林不從乃逃還太白仍宗前業後以事聞奏乃更搜揚仄陋窮巖倒穴方始捉獲而履節無虧勑勞殷重崇敬彌異乃賜香爐等物仍令住馮翊大興國寺經止少時又逃于梁山之陽阿崖迴曲地稱天固鑿山爲窟凝道其中武德七年七月微覺有疾遺誡門侍無越律儀又

聞笳吹響空道俗歆會又降異香大如桃棗衆皆拾而供養莫知名目燒發美暢聞者驚心經於三日精氣爽朗加坐而終停屍七日色相無改即於山西鑿龕處之衆聚如煙數盈萬計鼓舞而送生死榮焉自林之在道括隱爲先從生至終儉約爲務女人生染之本偏所誡期故林一生常不親面不爲說法不從取食不上房基致使臨終之前有來問疾者林隅障潛知遙止之不令面對斯行潔通幽故也而慈濟生靈深護物性蚤虱之屬任其遊行每徐徐舉衣恐其驚走斯仁育之量殆難嗣矣

釋法應姓王氏東越會稽人生自孩孺性度沉默隨住緣想幽思難移弱冠出家事沙門曇崇學宗禪業見于別傳時值周之初定門初闢奉法履行亘道相趣應於門學殊爲稱首後逢周禍避迹終南飯衣松蘿潛形六載專修念慧用袪夙罪精厲所及法門彌隆心用攸厝妄境斯澄屢感虎狼蹲踞廬側或入門內似有相因應素體生緣又閑禪病對猶家犬爲受三歸自爾馴狎更繁其類隨開入度還事崇公定業既深偏蒙印可徒衆五百並委維持教授奬擢允開衆望開皇十二年有勑令搜簡三學業長者海內通化崇於禪府選得二十五人其中行解高者應爲其長勑城內別置五衆各使一人曉夜教習應領徒三百於寶塔寺相續傳業四事供養並出有司聲聞惟遠下勑賜帛三百段仍用造經一藏親躬受持以武德初年素無所患云吾今將逝已有香華見迎言已卒於清禪寺春

秋八十矣
釋智周字圓朗姓趙氏其先徐州下邳人有晉過江居于婁縣之曲阜也然其神用超邈彰於青綺小學年中違親許道師事法流水寺滔法師爲力生也滔乃吳越冠冕釋門梁棟周服勤左右寸陰請業受具之後志在博聞時大莊嚴爝法師者義府經笥道映雄伯負袠淹留專功一紀究盡端涯更同寒水自金陵失御安步東歸大住伽藍開弘三寶學侶同萃言晤成群但久厭城傍早狎丘壑遂超然高舉晦迹於馬鞍山慧聚寺仁智斯合終焉不渝而止水致鑒問道弘結舊齒晚秀咸請出山濟益道俗不拘小節乃又從之横經者溢坐杖氣者泥首炎德既銷僧徒莫聚乃飜飛舊谷又遭土崩瓜剖順時違難泛然無繫寂動斯七武德五年七月五日遘疾終於大策城南武州刺史薛士通舍春秋六十有七其年十一月二十日賊退途靜弟子法度等奉迎神柩歸于本山當時人物凋踈塋隧未埋以貞觀四年二月十五日弟子惠滿等於寺之西嶺改設圓墳惟周風情閑澹識悟淹遠容止可觀進退可度量包山海調逸煙霞得喪一心慈惻萬類窮通不易其慮喜慍不形于色崇尚先達提獎後進道俗聞望咸取則焉加以篤愛蟲篆尤工草隸傍觀圖史大善篇什與兄寶愛俱沐法流陳氏二方俱馳聲績講成論小招提玄章涅槃大品等各十餘遍兼造殿閣門廊周帀壯麗當陽彌勒丈六夾紵并諸侍衞又晉司空何充所造七龕泥像年代綿遠聖儀毀落乃迎還流水

漆布丹青彫績綺華允開信表法迴向寺釋道恭曰余以擁腫拳曲不中規繩而匠石輟斤忽垂顧眄賞激流連殆逾三紀披雲對月賦曹陸之詩跋石班荆辨肇融之論故人安在仰孤帳而荒涼景行不追望長松而咽絶懼陵谷易遷竹素難久託徽猷於貞紺揚清塵於不朽其銘曰五陰城郭六賊丘陵膠固愛網縈迴業繩雄猛調御慈悲勃興危途倏靜穢海俄澄八樹潛暉五師繼軌纂此遺訓克應開士皎潔戒珠波瀾定水有道有德知足知止學總群經思深言外樂說河瀉飡風雲會七衆關鍵四部襟帶振紐頹綱緊其是賴世途淪喪適化江湄去來任物隱顯從時坏瓶何愛淨土爲期有生有滅何喜何悲窀開昔隧封與舊隴春郊草平故山松拱林昏鳥思徑深寒擁妙識歸眞玄埇虛奉

釋法藏姓荀氏潁川潁陰人三歲喪父共母偏居十歲又亡隻身而立因斯禍酷深悟無常投庇三寶用希福祐年二十二即周天和二年四月八日明帝度僧便從出俗天和四年誕育皇子詔選明德至醴泉宮時當此數武帝躬趨殿下口號鮮卑問訊衆僧兀然無人對者藏在末行出衆獨立作鮮卑語答殿庭僚衆咸喜斯酬勑語百官道人身小心大獨超群友報朕此言可非健道人耶有勑施錢二百一十貫由是面洽每蒙慰問雖身居寺內心念幽林古聖今賢皆依山靜建德二年二月剔心蕩志挾鉢擎函投於紫蓋山山即終南之一峯也乃獨立禪房高巖之下衣以百衲飡以朮松面青天而沃心吸白雲而

塡臆三年正月八日遊步山頂忽遇甘杏十枚即而噉之流味濃美周行更索全無來處既荷冥資但勤勵業其年四月二十三日毀像焚經僧令還俗給優二年惟藏山居依道自憑綿歷八載常思開法至宣帝大象元年九月下山謁帝意崇三寶到城南門以不許入進退論理武候府上大夫拓王猛次大夫乙婁謙問從何而來朋侶何在施主是誰藏報曰建德二年棄寺入山三年四月方禁僧侶唯藏在山餘並還俗乃以俗法抑出徒侶藏曰一身在山林谷爲家居鳥獸爲徒侶草木爲粮粒然自惟忖溥天之下莫非王土既居紫蓋噉食山粮准此供給則至尊所施猛等執奏下勑曰朕欲爲菩薩治化此僧既從紫蓋山來正合朕意宜令長髮著菩薩衣冠爲陟岵寺主遣內史沛國公宇文繹檢校施行內史次大夫唐怡元行恭覆奏曰天下衆僧普令還俗獨度一人違先帝詔至十月於城東面別見宣帝問三教名朕欲菩薩治化或現天身或從地出或作鹿馬用斯化道以攝衆生如何藏引妙莊嚴王二子諫父之事又曰陛下昔爲臣子不能匡諫遂令先帝焚燒聖典靈像鑄錢據斯逆害與秦始何異帝怒曰違朕先皇明詔可令遽盡藏曰仰觸聖顏乞刑都市幽顯同見誠其本心爾時命若懸藤而詞氣無駭頻經九奏安詞彌厲十奏既達帝曰道人怖不沛公曰人生所重無過於命處身極刑之地何能不怖帝聞愀然改色乃曰眞人護法祐我群生此則護䳢比丘朕不殺無事人也宜捨其刑一不須問賜菩

薩衣冠依前爲陟岵寺主頻降寵命得繼釋門既獲再生便辤帝往林泉山澤請欲幽潛御史鮑宏奉勑萬年長安藍田盩厔鄠杜五縣任藏遊行朕須見日不可沉隱雖蒙恩勑終未開弘快結心靈思懷聖道周德云謝隋祚將興大象二年五月二十五日隋祖作相於虎門學六月藏又下山與大承相對論三寶經宿即蒙剃髮賜法服一具雜綵十五段青州棗一石尋又還山至七月初追藏下山更詳開化至十五日令遣藏共景陵公檢校度僧百二十人並賜法服各還所止藏獨宿相第夜論教始大定元年二月十二日承相龍飛即改爲開皇之元焉十五日奉勑追前度者置大興善寺爲國行道自此漸開方流海內豈非藏戒行貞明禪心鬱茂何能數入朱門頻登御榻爾後每有恩勑別加慰勞并勑王公咸知朕意開皇二年內史舍人趙偉宣勑月給伏苓棗杏酥油柴炭以爲恒料而性在虛靜不圖榮利十四年自奏停料隨施供給武候將軍素和業者清信在懷延至宅中冀禮奉養積善所熏遂捨所住以爲佛寺藏率俗課勵設萬僧齋右僕射蘇威每來參謁并建大殿尊儀舍人裴矩宣勑藏禪師落髮僧首又設大齋弘法之盛孰不可等其所住處可爲濟法今之隆政坊北門僧寺是也當以慈仁攝慮有施禽畜依而養之鵝則知時旋遶狗亦過中不食斯類法津不可具紀煬帝晉蕃時臨太尉第三子綿疾天殂瘞于斯寺乃勒銘曰世途若幻生死如浮殤子何短彭祖何脩嗚呼余子有逝無留永爲法種

長依法儔教因施藏靈壽杖曰每策此杖時賜相憶答曰王殤幼子長就法門藏策靈壽何敢輒忘十六年隋祖幸齊州失預王公已下奉造觀音並勑安濟法供養仁壽元年文帝造等身釋迦六軀勑令置於藏師住寺大業二年元德太子薨凡營福業經像佛殿皆委於藏大業末歲下勑九宮並爲寺宇度僧綱管相續維持以藏名稱洽聞乃補充太平宮寺上座綏緝少達無替所臨及大唐建義人百一心淮安王創結兵旗于斯寺宇因受王請終身奉養貞觀之始情奉彌隆恩報罔極畢由造寺伺隙未展王便物故本祈不果藏亦終焉以貞觀二年終於鄠縣觀臺因殮武于阜南雲際寺沙門孝才夙素知德爲銘貞石在於龕側矣

釋慧超俗姓申屠上黨潞城人也體道懷貞冰霜其志初拂衣捨俗北趣晉陽居大興國寺禪念爲業雖畧觀名教備委邪正而偏據行途不沿言說乃別建道場盛羅儀像旛花交列衆具清鮮又鳩集異香多陳品族每以燒香供養煙氣相尋超恒躬處其中淨衣端坐詳其覺觀擬其妄業故有異香滿室靈骨充瓶隨用福流還塡欠數而莫知其所以然也至仁壽中年獻后崩立禪定寺以超名望徵入京師嚴淨形衣有逾恒日感瑞陳供無替由來至武德元年以并部舊壤懷信者多化道赴緣義難限約乃返還興國道俗欣慶奉禮交并及七年冬微痁不愈即告無常合寺齊趍佇聆遺訣超端坐如常精神更爽告衆曰同住多年凡情易隔脫有相惱希顧開

懷然人道難逢善心易失及今自任勿悞後身言訖斂手在心不覺其絕見無接對謂其未終取纊屬之乃知無氣時年七十餘坐若神景色貌通潔異香縈繞滿室充庭音樂聞空莫知來處門人大衆驚心駭目遂使士女奔赴悲咽寒雲闐塞寺院香花獻積至十二月中剋期將殯四遠白黑列道爭前從寺至山十有餘里人馬輻湊事等市鄽輿以繩牀坐如入定路既交擁卒制難加乃迴首西城破荒就墓衆又塡逼類等天崩便殯於龍阜之山開化寺側作窟處焉經停一年儼然不散日別常有供養禮拜香花無絕後遂塞其窟戶置塔於上勒銘其右用旌後德矣

釋智晞俗姓陳氏潁川人先世因官流寓家於閩越晞童稚不群幼懷物外見老病死達世浮危自省昏沉慜諸淪溺深加厭離如爲怨遂誓出塵勞訪尋勝境伏聞智者抗志台山安禪佛隴警訓迷途爲世津導丹誠馳仰遠泛滄波年登二十始獲從願一得奉值即定師資律儀具足稟受禪訣加修寂定如救頭然心馬稍調散動辭慮受命遺旨常居佛隴修禪道場樂三昧者咸共歸仰宴坐之暇時復指撝創造伽藍殿堂房舍悉皆嚴整唯經臺未構始欲就工有香鑪峯山巖崚嶮林木秀異然彼神祇巨有靈驗自古已來無敢視其峯崖況有登踐而採伐者時衆議曰今既營經臺供養法寶唯尚精華豈可率爾而已其香鑪峯檉栢木中精勝可共取之以充供養論詳既訖往諮於晞具陳上事良久答云山神護惜不可造次無敢重言各還所在

爾夜夢人送疏云香鑪峯檉栢樹盡皆捨給經臺既感冥示即便撝畧營辦食具分部人工入山採伐侍者諮曰昨日不許今那取之答曰昨由他今由我但取無苦必不相悞從旨往取檉栢之樹唯嶮而生並皆取得一無留難先師智者陳曰勸化百姓從天台渚次訖於海際所有江溪並捨爲放生之池永斷採捕隋世亦爾事並經勑隋國既亡後生百姓爲惡者多競立梁簄滿於江溪夭傷水族告訴無所乃共頂禪師往先師龕房燒香呪願當有漁人見僧在簄上立意謂墮水將船往救僅到便無因爾梁簄皆不得魚互相報示改惡從善仍停採捕時有僧法雲欲往香鑪峯頭陀晞諫曰彼山神剛强卿道力微弱向彼必不得安慎勿往也雲不納旨遂往到山不盈二宿神即現形驅雲令還自陳其事方憶前旨深生敬仰有弟子道亘在房誦經自往喚云今晚當有僧來言竟仍向門下即見一僧純著衲衣執錫持鉢形神爽俊有異常人從外而來相去二十餘步纔入路東隱而不現俄頃之間即聞東山有銅鐘聲大音震谷便云噫喚吾也未終數日語弟子云吾命無幾可作香湯洗浴適竟山中鳥獸異色殊形常所不見者並皆來集房側履地騰空悲鳴喚呼經日方散十二月十七日夜跏趺端坐仍執如意說法辭理深邃既竟告弟子曰吾將汝等造次相值今當永別會遇靡期言已寂然無聲良久諸弟子哭泣便開眼誡曰人生有死物始必終世相如是寧足可悲今去勿爾閙亂於吾也又云吾習禪已來至

於今日四十力年背不著牀吾不負信施不負香火汝等欲得將吾相見可自勤策行道力不負人弟子因即諮啓未審和尚當生何所答云如吾見夢報在兜率宮殿青色居天西北見智者大師左右有諸天人皆坐寶座唯一座獨空吾問所以答云灌頂却後六年當來昇此說法十八日朝語諸弟子汝等並早須齋吾命須臾爾日村人登山叅疾食竟辭還又曰既辛苦遠來更停少時待貧道前去其人不解苦辭不住當爾之時皎日麗天全無雲翳謂叅人曰既巳不住可疾去雨尋落去者少時驟雨如瀉春秋七十有二以貞觀元年十二月十八日午時結跏安坐端直儼然氣息綿微如入禪定因而不返時虛空中有絃管聲合衆皆聞良久乃息經停數日方入石龕顏色敷悅手足柔軟不異生平所窆龕墳在先師智者龕前二百餘步

釋智滿姓賈氏太原人立意矜持不群凡小七歲出家隨師請業凡所受道如說修行年登冠冕肇進受具戒律儀範資訓彌弘又聽涅槃等經盡其大旨名教畧圓味靜終業遂往上黨石墨山聚徒行道門徒肅穆緇素歸依禮供騈羅積而能散時屬隋初創弘大法智滿蒸仍國化引而廣之故使聞風造者負笈奔注衆雜精麤時兼久近初則設儀禮懺用攝踈情後便隨其樂欲靜思宴坐滿躬事衆法身預僧倫形止方雅威嚴猛肅眉目濃朗白黑交臨預有叅拜莫不神駭而毛動咸加景仰爲菩薩戒師而滿不重身名不輕正法雖有緣苦請未即傳授乃親爲竭誠方等

行道要取明證夢佛摩頂并爲說法宛如經相方爲授法故道俗思戒者相趍不絕而專意靜觀厭此諠浮乃徙居黎城之東山雨流泉精舍息心之士又結如林禪懺兼修止觀齊捨志弘經遠隨務或乖又往鴈門川依瓚禪師涉緣念慧瓚僧中藻鏡定室羽儀言行清澄具如別傳滿嗟遇後展欣附有餘從瓚歷遊所在宗習又依住開化結慮修心俄爲文帝追瓚入京定門斯壞衆侶乖張滿乃録其同志五十餘人西入嵐州土安山內如前綜業大感學徒隋季道消賊徒鋒起生民墜於溝壑而滿衆宛然不散斯亦道感之會也大唐建義四衆歸奔乃率侶入城就人弘道初住晉陽眞智寺以化聲廣被歸宗如市武皇別勑引勞令止許公宅中供事所須並出

義府躬往禮問覩而懼之顧語裴寂曰孤見此禪師衣毛驚起何耶答曰計無餘相應是戒神所護耳重以他日修覲曰弟子濟拔蒼生令義興大造願往還無障當爲立寺既登京華天下畧平武德元年乃詔滿所住宅爲義興寺四事供養一出國家至三年已滿德爲物歸道聲更遠帝欲處之京室下勑徵之又以北蕃南侵百姓情駭都督弘農公劉護啓留滿住用鎮衆心有勑特聽用安朝寄武德五年獫狁孔熾戎車載飾以馬邑沙門雄情果敢烽燧屢舉罔弗因以太原地接武鄉兵戎是習乃勑選二千餘僧充兵兩府登又下勑滿師一寺行業清隆可非簡例由是重流景行光問遐邇晉川髦彥沙汰之餘觀滿坐受嘉慶皆來稱美或拜伏戒範者或依承

習住者常數二百餘人而滿恒業無怠精厲其誠時或隳學親召别誡委引聖量誘化凡心預在聞命莫不淚流而身伏噎歎良久並由承法行已感發前人故得機教不妄弘矣貞觀二年四月初因動散微覺不愈遂淹灰管本性無擾門人同集日遺誡勸有沙門道綽者夙有弘誓友而敬奉因喻滿曰法有生滅道悟機緣觀相易入其門涉空頗限其位願隨所說進道有期滿仍盱衡而告曰積年誠業冀此弘持緣虚無相可緣引有有何所引豈以一期要法累劫埋乎幸早相辭勿塵妄識綽乃退焉其堅自持徵爲若此也既而氣將漸弱而志力猶强侍人圍繞觀者充室滿端坐舉面徐視學徒時次昆吾溘然而卒春秋七十有八即貞觀二年六月九日也當終前夕大地震動寺樹摧枝合衆悲敬哀相現矣泰山其頽乎法人斯逝聯類如此舉邑酸切若喪其心即以其月十二日旋殯於龍山童子谷中立塔碑德自滿捨俗從道六十餘年潔已清貞冰霜取喻弊衣節食纔止饑寒頻經斷穀用約貪染目不邪視言不浮華淨色子女來未嘗瞻對弱年登歲者不宿房中受具多夏者方令近侍約時臨衆誡以行枓餘則靜處小房晬朝方出室中唯一繩牀鉢袋挂于壁上隨道資具坐外更無致使見者懍然改容不覺發敬矣又偏重供僧勤加基業慈接貧苦備諸藥療惸惸遑遑意存利物矣

釋僧邕郭氏太原介休人祖憲荆州刺史父韶博陵太守邕神識沉靜冥符上德世傳儒

業齒冑上庠年十有三違親入道於鄴西雲門寺依止僧稠而出家焉稠公禪慧通靈戒行標異即授禪法數日便詣稠撫邕謂諸門人曰五停四念將盡此生矣仍往林慮山中栖託定門遊逸心計屬周武平齊象法隳壞又入白鹿山深林之下避時削迹餌飯松朮三逕斯絶百卉爲群麔麚伏其前山禽集其手初未之異也後乃梵音展禮焚香讀誦輒有奇鳥異獸攢聚庭宇貌如恭敬心凝聽受自非行感所及何以致斯自爾屢降幽靈勝言叵載開皇之始弘闡禪門重叙玄宗更聮榮聞有魏州信行禪師深明佛法命世異人以道隱之辰習當根之業知邕遯世幽居遣人告曰修道立行宜以濟度爲先獨善其身非所聞也宜盡弘益之方昭示流俗乃出山與行相遇同修正節開皇九年行被召入京乃與邕同來止帝城道俗莫匪遵奉及行亡殁世綱總領徒衆甚有住持之功以貞觀五年十一月十六日終於化度寺院春秋八十有九主上崇敬情深贈絲帛爲其追福以其月二十二日奉靈魄於終南山遵邕之遺令也門徒收其舍利起塔於行之塔左邕風範凝正行業精嚴卑辭屈己體道藏用及委質寒林悲纏朝野僉以身死名滅世有斯人敢樹玄石用陳令範左庶子李伯藥製文率更令歐陽詢書文筆新華多增傳本故累諠野外矣

釋灌頂字法雲俗姓吳常州義興人也祖世避地東甌因而不返今爲臨海之章安焉父夭早亡母親鞠養生甫三月孩而欲名思審

物類未知所目毋夜稱佛法僧名項仍口斆音句清辯同共驚異因告攝靜寺慧拯法師聞而歎曰此子非凡即以非凡爲字及年七歲還爲拯公弟子日進文詞玄儒並騖清藻才綺即譽當時年登二十進具奉儀德瓶油鉢彌所留思洎拯師厭世沐道天台承習定綱罔有虧緒陳至德元年從智顗禪主出居光宅研繹觀門頻蒙印可逮陳氏失馭隨師上江勝地名山盡皆遊憩三宮盧阜九向衡峯無不躡迹依迎訪問遺逸後届荆部停玉泉寺傳法轉化教敷西楚開皇十一年晉王作鎮揚州陪從智者戾止邗溝居禪衆寺爲法上將日討幽求俄隨智者東旋止于台岳晩出稱心精舍開講法華跨朗籠基超於雲印方集奔隨負篋屯涌有吉藏法師興皇入室嘉祥結肆獨擅淛東聞心道勝意之未許求借義記尋閱淺深乃知體解心醉有所從矣因廢講散衆投足天台餐稟法華發誓弘演至十七年智者現疾瞻侍曉夕艱劬盡心爰及滅度親承遺旨乃奉留書并諸信物哀泣跪授晉王乃五體投地悲淚頂受事遵賓禮情敦法親尋遣揚州總管府司馬王弘送項還山爲智者設千僧齋置國清寺即昔有晉曇光道猷之故迹也前峯佛隴寺號修禪在陳之日智者初達隴南十里地曰丹丘經行平正瞻望顯博智者標基刊木欲建道場未果心期故遺囑斯在王人入谷即事修營置梟引繩一依舊旨仁壽元年晉王入嗣來巡本國萬里川途人野畢慶頂以檀越升位寺宇初成出山衆賀遂蒙引見慰問重疊酬

對如響言無失厝臣主榮歎又遣員外散騎侍郎張乾威送還山寺施物三千段氈三百領又設千僧齋寺廟臺殿更加修緝故丹青之飾亂發朝霞松竹之嶺奄同畫錦斯實海西之壯觀也遠符智者之言具如彼傳仁壽二年下令延請云夏序炎赫道體休宜禪悅資神故多佳致近令慧日道場莊論二師講淨名經全用智者義疏判釋經文禪師既是大師高足法門委寄今遣延屈必希霈然幷法華經疏隨使入京也佇遲來儀書不盡意頂持衣負錫高步入京至夏闌弘副君欣載每至深契無不申請並隨問接對周統云籍後遺信送還覲遺隆倍國清百錄云大業元年勅江陽名僧云昔爲智者創寺因山爲稱號曰天台今須立名經論之內有何勝目可各述所懷朕自詳擇僧智操奏天台大師懸記云寺若成國則清勅云此是我師之靈瑞合扁云國清勅取大牙殿牓塡以雌黃書以大篆遣內史通事舍人盧政方送安寺門又爲寺造四週土墻及給廢寺水田又勸王弘施肥田良地以充基業大業七年治兵涿野親總元戎將欲蕩一東夷用清文軌因問左右備敘軒皇先壯阪泉之戮暴後歎峒山之問道追思智者感慕動容下勑迎頂遠至行所引見天宸敘以同學之歡又遣侍郎吳旻送還台寺爾後王人繼至房無虛月頂縱懷丘壑絕迹世累定慧兩修語默雙化乃有名僧大德近域遠方希覩三觀十如及以心塵使性並拜首投身請祈天鼓皆疏瀹情性澡雪胷襟三業屢增二嚴無盡忽以貞觀六年八月七日終於國清寺房春秋七十有二初薄示輕疾無論藥療而室有異香臨終命弟子曰彌勒經說佛入滅日香煙若雲汝多燒香吾將去矣因伸遺誡詞理妙切門人衆侶

瞻仰涕零忽自起合掌如有所敬發口三稱阿彌陀佛低身就卧累手當心色貌歡愉奄然而逝舉體柔軟頂暖經日當有同學智晞顗之親度清亮有名先以貞觀元年卒臨終云吾生兜率天矣見先師智者寶座行列皆悉有人唯一座獨空云却後六年灌頂法師昇此說法焚香驗旨即慈尊降迎計歲論期審晞不謬矣以其月九日窆于寺之南山遠近奔號諠震林谷初頂化流鄮俗神用弘方村人於法龍去山三十餘里染患將絶衆治不愈其子奔馳入山祈救頂爲轉法華經焚栴檀香疾者雖遠乃聞檀香入鼻應時痊復又樂安南嶺地曰安洲碧樹青溪泉流伏溺人逕不通頂留連愛翫顧而誓曰若使斯地夷坦當來此講經曾未浹旬白沙遍涌平如王鏡頂以感相顯不違前願仍講法華金光明二部用酬靈意嘗於章安攝靜寺講涅槃經值海賊上抄道俗奔委頂方撾鐘就講顏無懾懼賊徒麾旛詣寺忽見兵旗耀日持弓執戟人皆丈餘雄悍奮發群覩驚遽一時退散常於佛隴講暇携引學徒累石爲塔别須二片用搆塔門弟子光英先以車運一石感疑厚大更欲旁求復勞人力頂舉杖聊擣前所運石颯然驚裂遂折爲兩段厚薄等均用施塔户宛如舊契若斯靈應其相實多自頂受業天台又稟道衡岳思顗三世宗歸莫二若觀若講常依法華又講涅槃金光明淨名等經及說圓頓止觀四念等法門其遍不少且智者辯才雲行雨施或同天網作擬瓔珞能持能領唯頂一人其私記智者詞旨及

自製義記并雜文等題目並勒于碑陰弟子光英後生標俊優柔教義與國清寺衆僉共紀其行樹其碑于寺之門常州弘善寺沙門法宣爲文其詞甚麗見于別集

釋智璪俗姓張氏清河人晉室播遷寓居臨海祖元秀梁倉部侍郎任臨海内史父文懷陳中兵將軍璪受經之歲言無虛發行不慚人親里鄉鄰深加敬愛年登十七二親俱逝慘服纔釋便染病疾頻經歲月醫藥無効仍於靜夜策杖曳疾出到中庭向月而卧至心專念月光菩薩唯願大悲濟我沉痾如是繫念遂經旬朔於中夜間夢見一人形色非常從東方來謂璪曰我今故來爲汝治病即以口就璪身次第吸嗽三夜如此因爾稍痊深知三寶是我依救遂求離俗便投安靜寺慧憑法師以爲弟子逖聞智者軌行超群爲世良導即泛舸豐流直指台岫伏膺受道乃遣行法華懺悔第二七日初夜懺訖還就禪牀如欲安坐仍見九頭龍從地涌出上昇虛空明旦諮白者云此是表九道衆生聞法華經將來之世破無明地入法性空耳又陳至德四年永陽王伯智作牧仙都延屈智者來于鎮所璪隨師受請同赴會稽山九旬坐訖仍即辯王住寶林山寺行法華三昧初日初夜如有人來摇動户扇璪即問之汝是何人夜來摇户即長聲答云我來看燈耳頻經數過問答如前其寺内先有大德慧成禪師夜具聞之謂弟子曰彼堂内從來有大惡鬼今聞此聲必是鬼來取人也天將欲曉成師扣户而喚璪未暇得應便繞堂唱云苦哉苦哉其

人了矣璪即開戶問意答云汝猶在耶吾謂昨夜鬼已害汝故此嗟耳成師以事諮王王遣數十人執杖防護璪謂防人曰命由業也豈是防護之所加乎願諸仁者將領還城啓王云爾防人去後第二日夜鬼入堂內搥壁打柱周遍東西堂內六燈璪即滅五留一行道坐禪誦經坦然無懼於三七日中事恒如此行法將訖見一青衣童子稱讚善哉言已不現雖值此二緣心無憂喜璪又因事出往會稽路由剡縣孝行村乞食主人誤煑毒蕈設璪食竟進趣前途主人於後噉此餘殘並皆吐痢若死等苦鄰人見之即持藥追璪十里方及見璪怏行無恙問曰何故見尋具陳上事便笑而答曰貧道無他可棄藥反蹤不須見逐驗之道力所熏故毒不能傷也又隋大業元年駕幸江都璪銜僧命出參引見內殿御遙見璪即便避席命令前坐種種顧問便遣通事舍人盧正方送璪還山爲智者設一千僧齋度四十九人出家施寺物二千段米三千石并香酥等又爲寺造四周土墻大業六年往揚州參見仍遣給事侍郎許善心送還山爲智者設一千僧齋度一百人出家施寺物一千段䞋齋僧人絹一疋七年又往涿郡參勞謝遠來施寺物五百段遣五十人仗防援還山凡經八迴參見天子並蒙喜悅供給豐厚以貞觀十二年卒於寺春秋八十三矣

釋普明本名法京俗姓朱氏會稽人少小志操有異恒童口常稱佛聚砂以爲福事葛艾以爲殿塔不俗談戲唯志崇法有僧乞食因

即勸云郎子既有善性可向天台山出家其中有初依菩薩在彼說法遂以陳太建十四年踰山越澗來入天台正值智者處坐說法下講竟頂禮歸依願盡此生以爲弟子智者笑云宿誓願力今得相遇曉夕左右服膺無懈專求禪法兼行方等般舟觀音懺悔誦法華經一部至禎明元年陳主勑迎智者出都從往金陵居光宅寺專以禪思爲業同堂坐者奉命檢校俄而陳國云亡智者即上江州廬山東林寺明於陶侃瑞像閣內行觀音懺法冬十一月身不衣絮苦節行道見一僧云所名法京未爲善稱可改爲普明此名曉朗照了三世懺訖啓智者述之便云此冥中所示宜即改舊從新又隨智者往荆州玉泉寺每於泉側練若專思智者反路台峯令造大

鐘天台供養江陵道俗競爲營造當欲鑄時盲人來看明懸鑒機知相不吉果爾開模鐘便破缺仍即倍工修造約語衆中支不具者勿來看鑄遂得了亮崢嶸聲聞七十里鐘今見在佛隴上寺後還國清所住之房去水懸遠房頭空地純是礓石仍懷念曰若令此石出水豈不快乎言竟數日石中泉溜周給東西國清精舍隋高置立明以講堂狹小欲毀廣之共頂禪師商量頂勸勿改有括州都督周孝節遙聞此事即施杉柱泛海送來頂向赤城感見明身長一十餘丈高出松林之上翼從數十許人語頂曰兄勿苦諫事願尅成頂知神異合掌對曰不敢更諫一依仁者竪堂之日感動山王晨朝隱軫狀若雷震摧樹傾枝闊百步許自佛隴下直到於寺至于日

没還返舊蹤砰砰磕磕勢若初至又顧共道俗造堂殿金銅盧舍那像坐身丈六時有一人稱從漕溪村來施金十一兩用入像身問其姓名終不肯說禮拜辭退周訪彼村無人識者又比房侍者恒聞房内共人語話陰伺察視不見別形所聽言音唯勸修善旣而化緣就畢大漸時至清晨呼諸弟子曰夫人壽命不可常保汝等宜知便自脫新淨之衣著故破者換衣纔竟奄然就滅春秋八十有六經二宿左手仍内屈三指當於其時有房内弟子縈泰難提二人剃頭沐浴見如此事即報寺主慧綱合衆驚集倍慟于懷然其爲性不畜私財洲南諸州男女黒白歸向者數不可紀所得布施隨緣喜捨每叅隋帝悉賞命坐賜絹一百二十段用充六物不留寸尺悉造經像有勑施僧基業見於寺録造金銅尊像小大十軀悉中人已上十迴作僧施讀藏經二遍其外書寫經論彫畫殿堂修諸寺宇傍爲利益及諸靈驗功德費用運心應念即自送來充其支度不可具載

釋智藏姓魏氏華州鄭縣人也十三出家事鶉法師當西魏之世住長安陟岵寺值周滅法權處俗中爲諸信心之所藏隱雖王禁尅切不懼刑憲剃髮法服曾無變俗迄至隋初乃經六載晦迹人間不虧道禁自有同塵莫敢聯類矣移都龍首住大興善寺開皇三年乃卜終南豐谷之東阜以爲終世之所也即昔隱淪之故地矣山水交映邑野相望接叙皂素日隆化範後文帝勑左衛大將軍晉王廣就山引見藏曰山世乃異適道不殊貧道

居山日積意未移想陛下國主之體不奪物情爲宗王具聞帝帝歎訝久之乃遣内史舍人虞世基宣勑慰問并施香油熏爐及三衣什物等仍詔所住爲豐德寺焉每至三長之月藏盛開導化以智論爲言先凡所登践者皆理事齊禀京邑士女傳響相趨雲結山阿就聞法要逮武德初歲爰置僧官衆以積善所歸乃處員内道開物悟深有望焉雖預曹僚而身非世檢時復臨叙終安豐德以武德八年四月十五日遘疾少時終於所住春秋八十五然藏青衿入道自檢形神不資奢靡不欣榮泰時居興善官供頻繁願存乞食盡形全德縱任居僧務夏雨冬冰而此志罔移終不妄啜僧食晚居西郊栢林墓所頭陀自靜文帝出遊遇而結歎與諸宮人等各捨所著之衣百有餘聚藏令村人車運用充寺宇故使福殿輪奂逈拔林端靈塔架峯苕然雲表致有京郊立望得傳遙敬矣又初受具以布大衣重補厚重可齊四斤六十五夏初無一離受日説欲由來未傳常坐一食終乎大漸而形狀超挺唐量八尺二分質貌甠梧峙然峯崿之相常居寺之南岫四十餘年面臨深谷目極天際經途四里幽梗盤岨不易登升而藏手執澡瓶足躡木履每至食時乘崖而至午後還上初無顛墜因斯以談亦雄隱之高朗者故圖寫像供于兹存焉京師慈門寺沙門小曇欽藏素業爲建碑于寺門之右潁川沙門法琳製文

釋法喜俗姓李襄陽人也七歲出家顯禪師爲其保傳顯道素温贍有聞同侶後住禪定

將終前夕所居房壁自然外崩顯曰依報已乖吾將即世於是端坐閉目如有所緣奄然而卒初不覺也自喜恭恪奉侍積經載紀而顯專修定業畧於言誨便以觀量知人審喜機度事逾先習不肅而成鑚仰景行惟德是輔荆州青溪山寺四十餘僧喜爲沙彌親所供奉晝則炊煑薪蒸夜便誦習經典山居無炬然柴取明每夕自課誦通一紙如是累時所緣通利雖學諸經部類而偏以法華爲宗常假食息中間兼誦一遍餘則專以禪業繫念在前纔有昏心便又温故仁壽年内文帝勑召追隷京師住禪定寺供禮隆異儉行爲先接撫同倫謙虚成德爰有佛牙舍利帝里所珍擎以寶臺處之上室璝寶溢目非德不弘大衆以喜行解潛通幽徵屢降便以道場

相委任其監護喜遂綱維供養日夕承仰又以顯師去世意欲冥被靈奕願誦千遍法華因即不處舊房但用巡遶寺塔行坐二儀誓窮本願數滿八百情厲晨宵繫心不散覺轉休健同寺僧者見有白牛駕以寶車入喜房内追而觀之了無蹤緒方知幽通之感有遂教門而甲弱自守營衞在初諸有疾苦無論客舊皆周給贍問親爲將療至於屎尿膿吐皆就而陳之然則患疾之苦世所同輕而喜都無汚賤情倍欣懌以爲常業也致有遠近道俗帶疾相投皆悦慰其心終其報類或有外來問疾並爲痛者陳苦有問其故答云病人纏惱來問致增故耳武德四年右僕射蕭瑀於藍田造寺名曰津梁夙奉徽風嘉其弘度召而居之時屬運開猶承饑荐四方慕義

相次山門便減撤衣資用充繼乏稟歸行務衆所宗焉凡有遲疑每爲銷釋並會通旨理暢顯神心而爲行沉密卒難備紀傳者嘗同遊處故畧而述之後乃屏退自資超居衆伍驪山南阜鄉號廬陵即九紀之故墟也北負露臺之嶺南對赫胥之陵交澗深林仙賢是集即卜而宅之乃有終焉之志篤勵子弟誘導山人福始罪終十盈八九貞觀初年夜涉其半見有餤火數炬從南而來正趣山舍僧俗驚散慮是賊徒以事告喜喜曰此應無苦但自修業至明尋顧不知所由居處降靈皆此類也六年春創染微疾自知非久强加毉療終無進服至十月十二日乃告門人無常巳及勿事飃擾當黙然靜慮津吾去識勿使異人輒入房也時時唱告三界虛妄但是一心大衆忽聞林北有音樂車震之聲因以告之喜曰世間果報久巳捨之如何更生樂處終是纏累乃又入定須臾聲止香至充滿達五更初端坐而卒春秋六十有一形色鮮潔如常在定初平素之日歷巡山險行見一處幽隱可爲栖骸之所命弟子示之及其終後寺僧屬其儀貌端峙不忍行之鑿山爲窟將欲藏瘞爾一夕暴雪忽零有餘一尺周迴二里蔽於山路遂行開道中道降神於弟子曰吾欲露屍山野給施衆生如何埋藏違吾本志雪平荒逕可且停行衆不從之乃安窟內經久儼然都無摧腐宋國公親往觀之神色如在歎善而歸爾後怪無損壞遂舉其衲衣方見爲物所噉頭項巳下枯骨鮮明詳斯以論實本願之致耳且喜學年據道事仰名師

青溪禪衆天下稱最而親見奉養故得景行成明日光聲彩加以敬慎戒約聞即依行計業分功步影而食時少覺差必虛齋而過晦望懺洗清心布薩安卹貧病固是常宜衣弊食麤誠其恒志輕清拯濟見美東郊矣

續高僧傳卷第十九

音釋

璪子皓切 蹊弦雞切徑路也 榛梗榛鉏臻切木叢生貌梗古杏切塞也 部昌閣切地名 爝即約切 隧徐醉切墓道也 繄烟奚切惟也 愀七小切色變也 盩厔盩之由切厔陟栗切盩厔縣名 鄠胡古切縣名 痁詩廉切瘧病也 撝吁爲切指麾也 檉丑成切河柳也 簄侯古切海中取魚器也 獫

狁獫虛檢切狁庚準切獫狁北夷名 爟古亂切舉火也 溘口合切奄也 睟祖對切周時也 悙渠營切憂也 麢麚麢俱倫切鹿屬麚居牙切牡鹿也 斆轄覺切傚傚也 臬倪結切準的木也 嗽色角切吸吮也 礓居良切礓石也 砰磕砰披耕切磕克盍切砰磕石相築聲也 峙丈里切山立貌 崿逆各切崖崿也 岨莊所切與阻同 顥胡老切 璝姑回切玉也 卹雪律切救濟也

續高僧傳卷第二十

唐 釋 道 宣 撰

習禪篇第五 本傳十四人 附見五人

釋道昂未詳其氏魏郡人履信標宗風神清徹獨懷異操高尚世表慧解夙成殆非開悟初投于靈裕法師而出家焉裕神識剛簡氣岸雲霄審量觀能授其明訓昂飲沐清化愛敬親承歲積炎涼齊蹤上伍常於寒陵山寺陶融初教綱領玄宗日照高山此焉攸屬講華嚴地論稽洽博詣才辯天垂扣問連環思徹恒理而混斯聲迹撝謙藏用幽贊之功諒擬前傑化物餘景志結西方常願生安養履接成務故道扇漳河咸蒙惠澤後自知命極預告有緣至八月初當來取別時未測其言也期月既臨一無所患問齋時至未景次昆吾即昇高座身含奇相爐發異香援引四衆

受菩薩戒詞理切要聽者寒心于時七衆圍遶滄承遺味昂舉目高視乃見天衆繽紛管絃繁會中有清音遠亮告於衆曰兜率陀天樂音下迎昂曰天道乃生死根本由來非願常祈心淨土如何此誠不從遂耶言訖便覩天樂上騰須臾還滅便見西方香華妓樂充塞如團雲飛涌而來旋環頂上舉衆皆見昂曰大衆好住今西方靈相來迎事須願往言訖但見香爐墜手便於高座端坐而終卒于報應寺中春秋六十有九即貞觀七年八月也道俗崩慟觀者如山接捧將殯殮足下有普光堂等文字生焉自非道會靈彰行符鄰聖者何能現斯嘉應哉于斯時也遐邇嗟歎氣結成陰坐既跏趺掌文仰現預覩相迹悲慶相臨還送寒陵之山鑿窟處之經春不朽儼然如初自昂道素之聲被于東夏慈潤溫柔德光攸屬嘗養犬一頭兩耳患聾每將自逐減食而施及昂終後便失所在又登講之夜時屬陰暗素無燈燭昂舉掌高示便發異光明照堂宇大衆覩瑞怪所從來昂曰此光手中恒有耳何可怪耶其栖業隆深幽明感應誠不可度也故是道勝高世之人矣時相州有靈智沙門亦裕公弟子也機務亮敏著名當世常爲裕之都講辨唱明衷允愜望情加以明解經論每即元席文義弘遠妙思霜霏難問銳指擅步漳鄴故使四海望塵俱敦聲教後便忽覺智涯難極法行須依徒設舟航終須艤棹即屛絕章疏便修定業步驟守心懷虛成務乞食頭陀用清靈爽垂行物範光德生焉貞觀八年終於鄴下春秋七十有

五後諸學行倫巧附其塵者衆焉
釋道哲姓唐齊郡臨邑人初投潁川明及法師學十地地持爲同聽者所揖具戒已後止奉行門又從魏郡希律師禀承四分希亦指南一時盱衡五衆受教博曉將經六載輕重筌宗究其文體但爲戒慧雖通未懷定業有河内詢禪師衆推不測匠首當今嘉哲至誠傾襟爲説一悟眞諦霍然大通禪侶相謝解齊登室聞京邑道盛乃步從焉初至住仁覺寺沙門曇遷有知人之舉敬備師禮從受攝論研味至理曉悟其文標擬有方豈惟聲教遂厭辯人世潛于終南之騺谷也山粒難接授受須淨既闕使人遂虛腹累宵欣兹味定有清信士張暉陪從多年請益供奉因暫下山忽逢重雪懸路既擁七日方到哲以雖對食具爲無人授守死正念暉披雪至庵彈指覺悟方從定起斯實謹愼貿持爲此例矣京師大莊嚴寺以哲素有道聲延住華館初從衆意退居小室一食分衛不受僧利衆益重之盩厔縣民昔以隱居騺谷得信者多相率迎請乃往赴焉營構禪宇立徒策業山俗道侶相從屯赴教以正法訓以律儀野逸是憑聞諸京輔忽一旦謂門人曰無常及矣大衆難見冥目既至長恨何言遂東歸莊嚴訊問名德奄然卒於故房春秋七十二矣即貞觀九年正月也葬于京之西郊長城故人仰慕聲範遂發塚迎柩還歸盩厔行道設齋以從火葬收其餘燼爲起塼塔於城西二里端正樹側龍岸鄉中列植楊栢行往揖拜然哲迥發天才學不師古撰百識觀門十卷智照自

體論六卷大乘聞思論等行世弟子靜安道誠並承習厥宗匡輔有叙安掩迹林泉念趣在業誠行感玄解謙穆自修包括律部講導時接初住莊嚴寺以傳業高令徵入瑤臺匡化於彼餘波潛被盛績京師

釋曇榮俗緣張氏定州九門人源南鄧而分派因封而居高陽焉年十九時爲書生刻意玄理寄心無地因靈裕法師講華嚴經試往聽之便徹悟玄範畧其詮致乃投裕爲師裕神厲氣清觀榮勤攝遂即度之及受具後專業律宗經餘六載崇履禁科條暢開結乃更循講肆備聞異部偏行大業故以地持爲學先屬周廢二教韜形俗壤雖外同其塵而内服道味及隋初再教不務公名隨緣通化曾無執著年登四十務道西遊行至上黨潞城黎城諸山依巖結宇即求潛遁既懿德是充緇素歸仰便開拓柴障廣樹禪坊四遠聞風一期翕至榮形解雄邃稱病設方諸有飡飲咸歆至澤禮供日隆投造塡委以隋末陵亂人百從遑預踐兵饑希全戒德榮欲澄汰先染要假明猷事在護持躬當法主每年春夏立方等般舟秋冬各興坐禪念誦僧尼別院故處有四焉致使五衆煙隨百供鱗集日增慶泰歡躍成諠自晉魏韓趙周鄭等邦釋種更新其戒者榮實其功矣嘗往韓州鄉邑縣延聖寺立懺悔法刺史風同仁素奉釋門家傳供養送舍利三粒遺行道衆榮年垂八十親率道俗三千人步野迎路由二十餘里儐從之盛謦滿當時既達寺中乃告衆曰舍利之德挺變無方若累業有銷請所可遂乃人

人前別置水鉢加以香爐通夜苦求至明鉢內總獲舍利四百餘粒聲名達于鄉邑縣令懼其聚衆有墜條章悕停其事當夕怪獸鳴其廳宇官民竟夜不安明旦陳悔方從榮法斯德被聖凡皆此之例武德九年夏於潞城交障村立法行道所住堂舍忽自崩壞龕像舍利究然挺出布在庭中一無所損又貞觀七年清信士常疑保等請榮於州治法住寺行方等悔法至七月十四日有本寺沙門僧定者戒行精固於道場內見大光明五色間起從上而下中有七佛相好非常語僧定云我是毗婆尸如來無所著至真等正覺以汝罪銷故來爲證然非本師不與授記如是六佛皆同此詞最後一佛云我是汝本師釋迦牟尼也爲汝罪銷故來授記曇榮是汝滅罪良緣於賢劫中名普寧佛汝身器清淨後當作佛名爲普明若斯之應現感靈祥信難圖矣後卧疾於牀眼中流淚弟子圓宗曰和尚生來念慧必無不意何事悲泣答曰吾死日將逼恨更不得爲諸七衆洗濯罪累耳宗曰何必致此答曰吾縱不死亦是無用自佛法再興已來未省一度不聽說戒今旣病困說欲斯必死矣以貞觀十三年十二月終於法住寺春秋八十有五旋殯于野外後門徒出其遺骨葬于寺南建塔表之自榮履歷重難而崇尚釋風形器瓌偉過於八尺詞吐溫贍風格遒遠年登不惑斷粒練形常餌守中用省煩累而奉教結淨希見斯人日到僧廚問其監膳必有事涤親看翻穢並使食具清淨方始還房自覿名德罕聞斯類又於寺內諸

房多結淨地用擬四藥温煑之所故預沾門序散在諸方咸承風素免諸宿觸又每歲懺法必具兩儀二篇已下依律清之先使持衣說淨終形立誓然後羯磨隨治成人初聚正罪雅依大乘仍令心用理事無著有空身口威儀歸承律檢故自從訓勗奉法無虧皆終諸命報余因訪道藝行達潞城奉謁清儀具知明畧故不敢墜其芳緒

釋靜琳俗姓張氏本族南陽後居京兆之華原焉幼齡背世情附緇門初誕之日有外國道人曰此兒當貴若出家者大弘佛法七歲投僧出家以役田疇無垂道訓不果本望深惟非法也自顧而言曰此而未捨與俗何殊更從一師服膺正化遭周滅法且附俗緣年在弱冠希期無怠會隋氏啓運即投曇猛法師猛二事相攝經于五年猶事沙彌未敢受具慶蒙開法欲廣見聞辭其本師南遊樊鄧便於彼部奉進大戒既爰初受法未曉清規遠赴青齊聽於律禁後發前至爲諸聽先又於覺法師所聽受十地迴趾鄴都炬法師所採聽華嚴楞伽思益皆通貫精理妙思英拔舊傳新解往往程器時即推令敷化講散幽旨並驚所未聞而智臆所懷猶謂不足展轉周聽溥遍東川蓄解尋師又至蒲晉有沙門道遜道順者聲名大德也留講十地經于涼燠雖復聽徒欣泰而志逾煩梗下座處房撫膺審曰法本治病而今慢法更增且道貴虛通而今耽著彌固此不可也即捨講業專習禪門初學不淨念處等法又嫌其瑣小煩穡人慮乃學大乘諸無得觀離念唯識彌所開

宗每習一解陶練十年精其昔知更新後習而弊食麤衣情欲斯絶後入白鹿山山粮罕繼便誠以却粒之法孤放窮巖又經累載山中業定昬睡惑心乃臨峭絶懸崖下望千仞旁生一樹繞得勝人以草藉之加坐其上於中繫念動逾宵日怖死既重專深弘觀後聞泰岳特多靈異便往尋之既達彼山夜見火炬周環高曜峯巖即事追求累日方至乃見五六尼衆匡坐論道琳初通訊問共議唯識等理未盡言間忽然不見惆悵久悟法誠爾也後入關中遇曇遷禪師講開攝論一聞如舊慧不新聞仁壽四年下勑送舍利於華原石門山之神德寺琳即於此住居靜課業行解之盛名布京師大業三年有沙門還源等延請帝城在明輪妙象諸寺講揚攝論識者歸焉尋即降勑召入道場既達東都禪門更擁齊王暕情深理定每就諮疑請至本第從奉歸戒鴻臚蘇夔學高前古舉朝冠蓋稟宗師訓爲舟爲梁高陽道雄道體趙郡道獻明則等並釋門威鳳智海明珠咸承理味酌以華實襄陽洪哲德高楚望風力俊駭聞琳聲穆時彦故來相架乃致問云懷道者多專意何業琳見其詞骨難競聊以事徵告云山谷高深意定何在哲云山高谷深由來自爾琳曰若如來言餘處取土填谷齊山爲定高下哲悟此一言致詞歎伏由是秀頴附津稽疑重沓故令譽風宣彌繁賞會琳以像教東漸法網雖嚴至於僧儀正度猶未光闡欲遍遊閻浮備殫靈迹以十三年内具表聞帝當蒙恩詔令使巡方并給使人傳國書信行達褒

土方趣海南屬寇賊交侵中國背叛途路梗澀還返南陽義寧二年被召入京住大總持如常弘演光陰既積學者成宗武德三年正平公李安遠奏造弘法素奉崇信別令召之琳立意離緣攝慮資道會隋末壅閉唐運開弘皂白歸依光隆是慶乃削繁就簡惟敷中論爲宗餘則維摩起信權機屢展夜則勗以念慧每事徵研並使解出自心不從他授玄琬律師道王關河躬承令則自餘法侶歲獻奇倫住城王及太妃楚國太妃安平公主等皇家帝葉請戒第宅隆禮頻繁國子祭酒蕭璟工部尚書張亮詹事杜正倫司農李道裕等並誓爲弟子備諸法物恒令服御又以徒侶義學爰缺律宗乃躬請智首律師敷弘四分一舉十遍身令衆先故使教法住持京輦稱最乃至沙彌淨人咸明律相誠其功矣忽以貞觀十四年秋初染疾至十月二十六日平旦疾甚有沙門法常者盛名帝宇素與周旋故來執別琳曰不戀此生未貪來報緣集則有緣散則無而神氣澄湛由來不亂曾有問疾者答云以己之疾愍於彼疾因而流淚想諸苦趣故也便總集僧衆并諸門人告曰生死道長有心日促各宜自敬無累爾神即右脅而卧尋卒於本寺春秋七十有六餘處通冷唯頂極熱迄於焚日方始神散而形色鮮輭特異常比送於終南至相寺燒之唯舌獨在再取燒之逾更明淨斯亦弘法之力矣弟子等四十餘人奉跪慈顔無由欽仰百日之內通告有緣共轉大乘總四萬餘卷并造千粒舍利木塔舉高五丈彫飾之美晃發中

天廣布檀那用酬靈澤初琳居世化以實錄著名每述至理玄凝無不垂泣歎奉言無非涉事不徒行有通事舍人李好德者曾於雒邑受業於琳後歷官天門弊於俗務逃流山藪使弟子度之若准正勑罪當大辟後有嫉於德者罔以極刑及下獄徵琳初無拒諱監獄者深知情量取拔無由事從慮過釋然放免識者以實語天梯至死知量是莫加焉自爰初問法無憚夷險衣服壞則以紙補之牀席暖則坐於簣上節之又節量力強羸名利不緣語默沉靜修攝威儀有異名稱涕唾莫顯於口鼻飲食未言於善惡敬慎之極夫又何加兼以行位難測蚤虱不歷於身縱輒捉者尋便走散斯債負既抵故所報類希焉嘗居山谷須粒有待患繁乃合守中丸一劑可有升許得支一周琳服延之乃經三載便利之際妝洗重服故能業定堅明專注難拔時值儉歲緣村投告隨得隨施安樂貧苦嘗在講會俗士三人謀害一然兩人往殺其一中悔從琳受戒歲祀經久並從物故而受戒者忽死心煖及從醒寤備見昔愆及同謀者論告殺事其受戒人稱枉不伏引琳爲證王即召追證便有告琳生他方金粟世界王既感證因放此人又琳一生所至伽藍曾不涕唾逮至名高福重嚫錫日增並委侍人口無再問及後爲福方恨無財出以示之琳曰都不憶有此物也斯實據道爲務情無世涉可書季代足爲師鏡自住弘法敷化四方學侶客僧來如闐闠招慰安撫隨事優承而度雜公私憲章有叙故使外雖禁固內實通留山林

望而有歸軌導立而垂則逮于没後此法彌崇所以京室都寺五十有餘至于敘接賔禮僧儀邕穆者莫高於弘法矣又寺居古廢唯一佛堂僧衆創停仄陋而已琳薰勵法侶共經始之今則堂房環合厨庫殷積客主混同去留隨意裕法師云以道通物物由道感慧由道來還供道衆故僧實由客深有冥功裕語有由琳近之矣

釋慧斌姓和氏兖州人也博覽經藝文義洞開偏曉字源尤明章曜年十九鄉黨所崇爲州助教而情猒煩梗懷慕出世年二十三方預剪落尋即歷聽經律相沿兩載覩講席喧撓唯論聲勢便入臺山修諸靜慮一入八載備行觀法乃往泰山靈巖諸寺以行道爲務先年三十四方隸官名住泰州梁父甑山存道寺更尋律部博聽經論而性狎禪林譽彰遐邇及獻后云背禪定厥興下勑徵延乃旋京邑于時名望盛德八表一期各擅英髦人程鱗翼而斌夏第最小聲稱彌隆衣鉢之外更無箱襆容質清素挺異恒倫緇素目屬莫不迴向斯亦像季清嚴之僧也兼以布行純粹言無品藻每聞評論輙即黙然防護戒儀慈救爲慮每夏行履執帚先埽恐傷蟲蟻故也隨得利養容行檀濟或造漉囊或施道俗唯急要者方乃行之仍復累囑勿泄人世及帝造寺前訪綱維京室同美勿高斌也乃下詔徵爲弘福寺主緝諧上下無敢乖猷貞觀十九年十月六日遘疾終寺時年七十有二自斌之入道生常恒務多以行道呪業爲心或誦釋迦觀音或行文殊悔法歲中八十一

日六時行業前後通數八十道場身心悅懌所得法利未可知也至於教誡門學唯論煩惱須斷每有出罪露過無不爲之流涕喜怒不形誦持無忘故羯磨之匠通僧仰屬道俗歸戒其徒弘矣故使魏王巳下內外懿親及梁宋諸公皆承戒素初斌父朗有子七人家世儒宗斌第二也仁壽徵入愛敬無因朗齒迫期頤鐘鳴漏盡今古斯絕生死路分乃於汶水之陰九達之會建義井一區仍樹豐碑用裨其德其銘畧云哀哀父母載生載育亦既弄璋我顧我復一朝棄予山川滿目雲掩重關風驚大谷愛敬之道天倫在茲殷憂暮齒見子無期鑿井通給託事與詞百年幾日對此長悲王檢之南嶧陽之北獲麟之野秉禮之國居有美政俗多儒墨玉井洞開高碑斯勒

釋志超俗姓田同州馮翊人也遠祖流寓遂居并部之榆次焉少在童齔智量過人精厲不群雅度標遠厭世從道貫徹藏俞而二親恃超更無兄弟雖述其志常用抑之望嗣宗族遂從儒流遍覽流畧年垂壯室私爲娉妻超聞之避斯塵涂乃逃竄林野親姻周覓藏影無方既被執身抑從伉儷初則合巹爲蹤終亦同掩私室冀行婚禮也唯置一牀超乃抽氈席地令妻坐上躬自處牀儼思加坐勸爲說法詞極明據妻便流淚禮謝辭以相累頻經宵夕事等金形屢被詠勸誠逾玉質既確乎難拔親乃捐而任之年二十有七投并州開化寺慧瓚禪師瓚志德澄明行成衆範未展度限歷試諸難志超潔正身心勤履衆

務僧徒百數供雜五行兩食恒備六時無鈌每有苦役必事身先躓親閲驗之便度令受具自進戒品專修行儀即往定州尋採律藏括其精要刪其繁雜五夏不滿三教畧圓乃返故鄉依巖綜習初入太原之西比干山栖引英秀創立禪林曉夕勤修定慧雙啓四儀託於戒節二行憑於法依學觀詵詵無威而肅致使聞風不遠而至大業初歳政網嚴明擁結寺門不許僧出超聞之慨而上諫披衣舉錫出詣郡城望有執送將陳所諫而官私弗顧乃達江都即以事聞内史以事非要害不爲通引還遣弁部至隋季多難寇賊交横民流溝壑死者太半而超結徒歡聚餘粮不窮但恐盜竊相陵便欲奔散乃以法誡勸無變爾情鏡業既臨逃響何地衆感其言心期遂爽准式禪禮課時無輟甞夜坐禪忽有群賊排門直進炬火亂舉白刃交臨合坐端然相同儀像賊乃投伏於地拜伏歸依超因隨宜誘引量權授法咸發心敬合掌而退其剛畧攝御皆此類也高祖建義太原四遠咸萃超惟道在生靈義居秉福即率侶晉陽住凝定寺禪學數百清肅成規道俗欽承貴賤恭仰及皇旗南指三輔無塵義寧二年超率子弟二十餘人奉慶京邑武皇夙承嘉望待之若仙引登太極叙之殊禮左僕射魏國公裴寂挺生不世器璉宏深第中别院置僧住所邀延一衆用以居焉亟歷寒暑業新彌厲但爲貴遊諠雜外進無因必附林薄方程慕遠時藍田山化感寺沙門靈潤智信智光等義解鈎玄妙崇心學同氣相求宛然若舊遂延

住彼山栖志得矣攝縁聚結其赴如雲賢聖語默互相敦重而寺非幽阻𨽻以公途晦迹之賓卒難承業乃徇物關表意在度人還返晉川選求名地武德五年入于介山創聚禪侶巖名抱腹四方有聞下望百尋上臨千仞泉石結韻於仙室風雨飄漬於林端遂使觀者至止陶鑄塵心自强誨人無倦請益又於汾州介休縣治立光嚴寺殿宇房廊躬親締搆赫然宏壯有類神宫故行深者巖居道淺者城隱師資肅穆兢業其誠驗音察色惟若不足忽因遘疾便知不住誡累殷勤示以禍福以貞觀十五年三月十一日卒於城寺春秋七十有一山世同嗟賔主齊慟德仁既往學肆斯分葬於城南山阜自服膺釋種意在住持晝夜克勤攝諸後學所以日別分功佛禮五百禪結四時身誡衆侶有虧殿罰而自執香爐隨唱屈禮未嘗置地及以虧拜及坐禪衆也互相懲誡纔有昏睡親行勵率有來投造無不即度授以戒範進止威儀攝養將迎禮逾天屬時遭嚴勅度者極刑而曽無介懷如常剃落致陸海慕義避世逸僧憑若大山依而修道時講攝論維摩起信等並詳而後説深致適機嘗以武德七年止於抱腹僧徒僅百徧資大齋麥唯六石同置一倉日磨五斗用供常調從春至夏計費極多怪而檢覆止磨兩斛據量此事幽致可思又數感異僧乘虚來往雖無音問儀形可驗纔若墮者便蒙神警至於召衆鐘聲隨時自響石泉上涌隨人少多靈瑞屢興如此者非一而奉敬戒法罕見其儔護愼威儀終始無替自隋唐

兩代親度出家者近一千人範師遺訓在所聞見傳者昔預末筵蒙諸慧誥既親承其績故即而敘焉

釋曇韻不知氏族高陽人初厭世出家誦法華經有餘兩卷時年十九仍投恒岳側蒲吾山就彼虛靜訖此經部值栖隱禪師曰誦經非不道緣常誦未即至道要在觀心離念方契正道耳韻初承此告謹即受而行之專精念慧深具舉捨又聞五臺山者即華嚴經清涼山也世傳文殊師利常所住處古來諸僧多入祈請有感見者具蒙示教昔元魏孝文甞於中臺東南下三十里大孚靈鷲置大布寺帝曾遊止具奉聖儀前種華園地方二頃夏中發艷狀同鋪錦光彩昱耀亂人心目如是嘉聞數澄神悅耳遂舉足栖焉遍遊臺岳備見靈相初停北臺木瓜寺二十餘歲單身弔影處以瓦窟形覆弊衣地布草蓐食唯一受味不兼餘然此山寒厲林生澗谷自外峯嶺坦然遐淨韻夜行晝坐思畧昏情慶其晚逢也前所誦經心口不緣三十餘載會隙歷試一字無遺乃更誦殘文成其部袠至仁壽年內有瓚禪師者結集定學背負繩牀在鴈門川中蘭若爲業韻居山日久思展往懷聞風附道便從瓚衆一沐清化載仰光猷隨依善友所謂全梵行也屬隋高造寺偏重禪門延瓚入京衆失其主人各其誠散歸林谷韻遂投于北千山又遊南部離石龍泉文成等郡七衆希向夷夏大同十善聿修緇素匡幸原此河濵無受戒法縱有志奉皆往太原夷夏情乖人皆怯往致有沙彌三十其歲者及

韻化行即傳斯教山城兩衆皆蒙具足唐運伊始兵接定陽屢逢屯喪本業無毀以夜係晝攝心無逸幽栖積久衣服故弊蚤虱聚結曽不棄捐任其味噉寄以調伏曽以夏坐山饒土蚤既不屏除氈如凝血但自咎責願以相酬情無悋結如此行施四十餘年歳居耳順忽無蚤虱韻猶自責曰計業不應即盡當履苦趣受其報耳又告門人曰吾見超禪師寄他房住素有壁虱不噉超公乃兩道流出向餘房内又見在蠱家食飯匙接蠱精置于疊下而快食如故又不爲患蠱主懼焉吾德不及超何爲致此每年於春秋二時依佛名法冬夏正業則減食坐禪常願寫法華誓願潔淨數年已來不能可辦忽感書生無爲而至告云善解抄經韻邀以法據並謂堪能遂乃安于石室立淨書之旦入暮出深怪其行未盈一旬七軸俱了將以禮䞋目前不見及遭賊抄藏經巖窟世靜往收乃委于林下箱襆久爛而卷色如初斯感驗奇異率此類也又常居別室自勤修業餘有衆侶難嗣其蹤每云吾年事如此何可放捨若坐昏悶即起禮佛常策四儀以道量據自見勝達邁倫其德以貞觀十六年端坐終於西河之平遥山春秋八十餘矣自韻十九入山六十餘載不希名利不畜侍人不隸公籍不行已任凡有所述識皆推寄於他焉

釋慧思姓郭氏汾州介休人也少學儒史宗尚虚玄文章書隸有聲鄉曲年二十五在并傳授初不知佛乘之深奥也會沙門道睞德盛當鋒處宗講揚攝大乘論試往潛聽冥寞

難追累日詳受薄知希向因求度脫傳聞出家要業勿高禪定即而習焉三十許載師承靡絕又聞念慧相須譬諸輪翅遂周尋聖教備嘗弘旨冬夏業定春秋傳採單衣節食見者發心道志之倫往往屯赴因而結衆於箕山之陰晝則斂容默念中夜昏塞爲衆說法六時篤課不墜清猷時說死觀各言其志有云省約有云泰甚思曰出家之人生已從緣死當自任豈勞人事送此枯骸余必一期當自運耳時以爲未經疾苦故得虛置其言後覺不愈纔經兩日尋告衆曰余其死矣便起躡履案行空窟除屏殘屍入中跏坐發遣徒侶累以正命處既森聳世號寒林衆不忍離經夜旁守至明往觀端拱如故就觸其身方知已卒春秋五十有五即貞觀十六年五月矣因而殯焉

釋道綽姓衛并州汶水人弱齡處俗閭里以恭讓知名十四出家宗師經誥大涅槃部偏所弘傳講二十四遍晚事瓚禪師修涉空理亟沾徽績瓚清約雅素慧悟開天道振朔方升名晉土綽稟服神味彌積歲時承昔鸞法師淨土諸業便甄簡權實搜酌經論會之通衢布以成化剋念緣數想觀幽明故得靈相潛儀有情欣敬恒在汶水石壁谷玄中寺寺即齊時曇鸞法師之所立也中有鸞碑具陳嘉瑞事如別傳綽般舟方等歲序常弘九品十觀分時紹務嘗於行道際有僧念定之中見綽緣佛珠數相量如七寶大山又覩西方靈相繁縟難陳由此盛德日增榮譽遠及道俗子女赴者彌山恒講無量壽觀將二百遍

道悟自他用爲資神之宅也詞旣明詣說甚適緣比事引喻聽無遺拘人各掐珠口同佛號每時散席響彌林谷或邪見不信欲相抗毀者及覩綽之相善飲氣而歸其道感物情爲若此也曾以貞觀二年四月八日綽知命將盡通告事相聞而赴者滿于山寺咸見鸞法師在七寶船上告綽曰汝淨土堂成但餘報未盡耳並見化佛住空天華下散男女等以裙襟承得薄滑可愛又以乾地插蓮華不萎者七日及餘善相不可殫紀自非行感倫通詎能會此者乎年登七十忽然齓齒新生如本全無歷異加以報力休健容色盛發談述淨業理味奔流詞吐包蘊氣霑醇醴并勸人念彌陀佛名或用麻豆等物而爲數量每一稱名便度一粒如是率之乃積數百萬斛

者並以事邀結令攝慮靜緣道俗嚮其綏導望風而成習矣又年常自業穿諸木欒子以爲數法遺諸四衆教其稱念屢呈禎瑞具敘行圖著淨土論二卷統談龍樹天親邇及僧鸞慧遠並遵崇淨土明示昌言文旨該要詳諸化範傳燈寓縣歳積彌新傳者重其陶鎣風神研精學觀故又述其行相自綽宗淨業坐常面西晨宵一服鮮潔爲體儀貌充偉并部推焉顧眄風生舒顔引接六時篤敬初不缺行接唱承拜生來弗絶纔有餘暇口誦佛名日以七萬爲限聲聲相注弘於淨業故得鎔鑄有識師訓觀門西行廣流斯其人矣沙門道撫名勝之僧京寺弘福逃名往赴旣達玄中同其行業宣通淨土所在彌增今有惰夫口傳攝論唯心不念緣境又乖用此招生

恐難繼想綽今年八十有四而神氣明爽宗紹存焉

釋明淨髙密人少出家味定爲業潔志忠恪謹厚澄肅甞居海畔蒙山宴坐經數十載人莫測之也後南遊東越天台諸山禪觀在懷無緣世習而衣服繿縷動止適時同侶禪徒未之弘仰山粒致絶日至村中毎從乞食賫還中路值於群虎皆張口閉目若有饑相淨曰吾經行山澤多矣虎兕無心畏之今列于路旁豈非爲食耶乃以匙抄飯内其口中餘者對而噉盡告曰知來食少輒濟自他殊不副懐深用多愧明日乞食虎又如前頻有此縁同伴乃異其度晚爲山幽地濕形報苦之還返海隅住蒙山側内導道觀外感潛通令聞遠流靈祇叶應甞值亢旱苗稼並枯淫祀之流妄祈邀請雖加懇惻終不能致淨曰可罷諸邪禱吾獨能降遂結齋靜室七日平旦雲布雨施高下滂注百姓利焉頂戴若聖貞觀三年從去冬至來夏六月迴然無雨天子下詔釋李兩門岳瀆諸廟爰及淫祀普令雩祭於時萬里赫然全無有應朝野相顧慘愴無頼有潘侍郎者曾任密州知淨能感以狀奏聞勑召至京令住祈雨告以所須一無損費唯願靜念三寶慈濟四生七日之後必降甘澤若欲酬徳可國内空寺并私度僧並施其名得弘聖道有勑許焉雖無供給而別賜香油於莊嚴寺靜房禪默至七日向曉問守衞者曰天之西北應有白虹可試觀之尋聲便見淨曰雨必至矣須臾雲合驟雨忽零比至日晡海内通洽百官表奏皇上之功淨之

陰德全無稱述新雨初晴農作並務苗雖出隴更無雨嗣萎仆將死投計無所左僕射房玄齡躬造淨所請重祈雨淨曰雨之昇降出自帝臣淨有何德敢當誠寄前許無報幽顯同憂若修素請雨亦應致以事聞奏帝又許焉乃勑權停俗務合朝受齋淨乃依前靜坐七日之末又降前澤四民歡泰遂以有年勑乃總度三千僧用酬淨德其徵應難思厥相叵測但以京輦諠雜性不狎之請還本鄉之義勝寺山居繼業竟不測其存沒云同寺僧慧融亦以禪業見稱山居服食呪水治病勑召入京亦住普光寺二宮敬重禮遺相接云

釋慧熙益州郫人姓趙童稚出家善明篇韻文筆所趣宛而成章與綿州震嚮寺榮智齊名俱爲沙彌卓異翹秀後與成都大石寺沙彌道微連韻賦詩微有言隙因即屏絶人事栖心禪業年登受具周閱經律摘採英華用爲賞要攝論雜心精搜至理尤躭三論是所觀門嘗難基法師塵識義初問以小乘基以大乘通之熙笑曰大無不攝但失小宗晚住州南空慧寺立性孤貞不群諸偶弊於食息專想虛玄一坐掩關二十餘日衆以不食既久恐損身命假以餘詞曰國家搜訪藝能甚急今不食閉門世人謂聖願息流言可時處衆熙懼矯飾便開門進食由是迄今將三十載一身獨立不畜侍人一食而止不受人施有講便聽夜宿本房但坐牀心兩頭塵合自餘房地惟有一蹤餘並莓苔青絮衣服弊惡僅免風寒冬則加衲夏則布衣以冬破衲懸置梁上有聞熙名就房參拜迎逆接候累日

方見時發幽問吐言高迥預有元席皆共憚之年九十卒今見在者具諸聞覩

釋世瑜姓陳氏住台州父母早亡傭作取濟身形偉壯長八尺三寸希向佛理無由自達大業十二年往綿州震響寺倫法師所出家一食頭陀勤苦相續又往利州入籍住寺後入益州綿竹縣響應山獨住多年四猿供給山果等食有信士母家生者負粮來送驚訝深山常燒薰陸沉水香等既還山半路見兩人形甚青色狀貌希世各負蓮華蕪芋而上云我供給禪師去也然其山居三年之中食米一石七升六時行道以猿鳥爲侶初唯一泉後有三泉流出于下貞觀元年夢有四龍來入心眼既覺大悟三論宗旨遂往靈睿法師講下所聞詞理宛若舊尋則而覆述便往綿州住大施寺至十九年四月八日往崇樂寺言語欲遊方去或有喻曰只此寺者是諸方也因還大施本房香氣滿室坐處之地涌三金錢合衆尋香從瑜房而出乃見跏坐手尚執鑪刺史劉德威慶所未聞作龕坐之三年不倒春秋六十三矣

釋智聰未詳何人昔住揚州白馬寺後住止觀寺專聽三論陳平後渡江住揚州安樂寺大業既崩思歸無計隱江荻中誦法華經七日不饑恒有四虎遶之而已不食已來經今十日聰曰吾命須臾卿須可食虎曰造天立地無有此理忽有一公年可八十掖下挾船曰師欲渡江栖霞住者可即上船四虎一時目中淚出聰曰救危拔難正在今日可迎四虎於是利涉往達南岸船及老人不知何在

聰領四虎同至栖霞舍利塔西經行坐禪誓不寢卧衆徒八十咸不出院若有凶事一虎入寺大聲告衆由此警悟毎以爲式聰以山林幽遠粮粒難供乃合率揚州三百清信以爲米社人別一石年別送之由此山粮供給道俗乃至禽獸通皆濟給至貞觀二十三年四月八日小食訖往止觀寺禮大師影像執鑪遍禮又往興皇墓所禮拜還歸本房安坐而卒異香充溢丹陽一郭受戒道俗三千餘人奔走山服哀慟林野時年九十九矣

釋僧徹姓靳河東萬泉人性戒肅成專思出俗慈親鞠養未始遂之既丁荼蓼乃遵前志樂行蘭若索居蒲坂習平等觀行實言法四俗歸向承化連邑有孤山者一曰介山即介子推之故地也其山陽介村者是也遂依而結業蔭以石巖汲以下隰積歲崇道物莫不高之各捨財力共營圖搆地本高險古絶源泉念務勞倦中宵軫結晨行巖隈見如潤濕以刃導之應手泉涌道俗聞此驚歎歸依更廣其居重增詹宇泰州刺史房仁裕表陳其事請立伽藍下勅許之今之陷泉寺是也公私榮慶請徹以爲寺主俯從物議遂乃從之四方慕義相顧依投門庭充闐及徐王部降寺又屬焉軒蓋來尋請居州邑傾心盡禮厚供彌隆俄復還山固崇前業性在慈仁弘濟成務所以群鳥食於掌上宿獸翔於廡下年踰杖國未嘗痾瘵忽告衆曰吾將去矣食畢收衣結跏趺坐顧命徒屬誡以清言並令出戸唯留一侍告曰夫識神託形寄之煖氣命盡身冷方可觸吾告已瞑目若禪久而尋視

方知已絶春秋七十有七初未終之前三朝山樹通變白色横雲如帶絶望東西道俗奔赴制以心喪禮也還靈山窟還依坐之府縣官庶子來咸會是日風清景亮降以白華六出淨瑩如水如雪衣以承之不久便散三載之後猶存初坐門人爲之易簀而衣服一無霑汙乃就加漆布弟子等懷雙林右脅之教抱兩楹負手之歌以爲相好像設開含識之尊嚴法慧聲光實超生之津濟遂就京邑奉建高碑高一丈五尺刻像書經兼叙言行引送本寺聚衆立之度支尚書唐臨昔在萬泉讃承俗務性行專信素奉歸依後仕華省常修供養顧惟德本便勒碑銘云

續高僧傳卷第二十

音釋

艤魚倚切整船向岸也　拓他各切斥開也　璟居永切　嶧夷益切嶧陽山名　伉儷伉口浪切儷郎計切伉儷配偶也　卺正作巹九隱切以瓢爲酒器婚禮用之也　訹雪律切誘也　縟儒欲切細也　欒盧官切　繿盧甘切繿褸正作襤褸衣弊也　郫蒲糜切縣名　隒魚檢切山形如重甑曰隒

續高僧傳卷第二十一上

唐　釋　道　宣　撰

習禪六 本傳十三人 附見一人

丹陽沙門釋智巖傳十三

釋惠祥姓周十五出家頭陀乞食默自禪誦不與衆同人不知其道覩淺深而高其遠度聽三論聞提婆護法之功莫辭開腹之患有心慕焉遊諸法肆見威儀不整者謂人曰祥受戒後住持此寺令入律行年十九染患三月救療無徵夜中宴坐歎曰大丈夫本欲以身從道於末法中摧伏非法如何此志未從爲病所困將曉有一人長丈餘謂曰但誦涅槃無愁不差至旦即誦三日便瘳當年誦通卒其所望進具聽律鏡其文理住寧國寺常講四分及涅槃經所以護法維持不惜身命諸有虧違望風整肅大業末夏中因食口中得舍利不辯棄地輒還在口如是數四疑是眞身砧槌不碎遂聲鐘告衆白黑咸集祥涕

泣焚香頋降威力須臾放五色光異香遍郭衆覩希有屠獵改業乃使市無肉肆因與四衆起浮圖九級高百餘尺今見在然其所食日止一餐不問多少頓受不益體貌肥白可長八尺有餘行路不識莫不怪仰刺史李昇明至寺怪異謂群官曰此道人膚容若此日可應啜一斗語訖覺手足不隨乘馬失御諸官以實告之便悔謝還復大使權茂行至鄧州又怪昇明曰此大德非凡具說往緣茂不信請將七日試以麤食而膚色更悅茂愧伏悔先不信之罪將終手執經胡跪謂弟子曰吾今逝矣汝好住持無令絕滅又感異香盈郭以大業末年八月卒春秋七十氣命雖絕而胡跪執經如初遠近奔赴見其卓然無不歎訝

釋曇倫姓孫氏汴州浚儀人十三出家住修福寺依端禪師然端學次第觀便誡倫曰汝繫心鼻端可得靜也倫曰若見有心可繫鼻端本來不見心相不知何所繫也咸怪其言嗟其近學如何遠悟故在衆末禮悔之時隨即入定大衆彈指心恒加敬後送鉢上堂末至中路卓然入定持鉢不傾師大深賞異時告曰令汝學坐先淨昏情猶如剝葱一一重重剝却然後得淨倫曰若見有葱可有剝削本來無葱何所剝也師曰此大根大莖非吾所及不敢役使進具已後讀經禮佛都所不為但閉房不出行住坐卧唯離念心以終其志次知直歲守護僧物約勤家人曰犬有別食莫與僧粥家人以為常事不用倫言犬乃於前嘔出僧粥倫默不及之後又語令莫以

僧粥與犬家人還妄答云不與群犬相將於僧前吐出粥以示之於時道俗咸伏其敬慎又有義學論士諍來問者隨言即遣無所罣礙仁壽二年獻后亡背與造禪室召而處之還即搆關依舊習業時人目之爲卧倫也有興善粲法師者三國論首無學不長怪倫卧禪言問清遠遂入房與語探究是非倫笑曰隨意相審遂三日三夕法樂不眠倫述般若無底空華燄水無依無主不立正邪本性清淨粲乃投地敬之讚歎心路無滯不思議乃如此也倫在京師道俗請者相續而機緣不一悟迷亦多雖善巧方便令其醒悟然各自執見見我爲是故此妙理罕得廣流有玄琬律師靜琳法師率門人僧伽淨等往來受法如此衆矣如魚子焉武德末年疾甚於莊嚴寺傍看寂然有問往生何處答無盡世界又便寂然僧伽以手尋其冷觸私報人曰冷觸到膝四大分離亦應生苦倫曰此苦亦空問曰捨報云何報曰我主四大鬪在巳到屈膝死後籧篨裹棄之莫作餘事又曰打五更鐘未報曰未少時維那打鐘看之巳絶年八十餘矣諸門學等依言送於南山露骸散於中野有鮑居士者名慈氏弱年背俗愛樂禪觀生不妻娶形無飾華親承德音調心養氣守閑抱素承倫餘業五十餘年七十五矣

釋普明姓衞氏蒲州安邑人十三出家事外兄道遜法師遜道會晉川備如別傳又以明付延興寺沙門童眞爲弟子明抗志住持以大法爲巳任性聰敏解冠儕流講聽相仍無法不學周遊肆席曾無住房固使勤而有功

經論滿抱十八講勝鬘起信夙素聽之知成大器進具已後專師涅槃四分攝論年二十四講涅槃三十解攝論凡所造言賓主兼善使夫妙義積散出言傳旨聲流遠近大業六年召入大禪定道場止十八夏名預上班學功所位四事既備不闕二嚴武德元年桑梓傾音欣其道洽以事聞上有旨令住蒲州仁壽寺鎮長弘道無怠寒暄晝談夜坐語默依教心神爽迅應對雲雨曾未聞經一披若誦斯則宿習博聞故能若此不可比擬也日常自勵戒本一遍般若金剛二十遍六時禮懺所有善根迴向淨土至終常爾凡造刻檀像數十龕寫金剛般若千餘部請他轉五千餘遍講涅槃八十餘遍攝論勝鬘諸經論等遍數難紀以年月終于住寺春秋八十有六有弟子義淹戒潔清嚴見知可領乃遷葬蒲坂東原鑿穴處之樹碑其側

釋曇獻姓張京兆始平人少事昌律師昌虞鄉賈氏淨行無玷精誠有聞股肱之地咸所宗仰所居谷口素有伽藍因此谷名遂題寺目爲靜林寺也昌師攝念經行常志斯所周武道喪隳壞仁祠昌與俗推移而律儀無缺隋文御寓重啓法筵百二十僧釋門創首昌膺此選也仍僧別度侍者一人獻預其位住大興善昌後言歸故里悲瘞靈儀掘出莊嚴一佛與世慱修院宇延緝殿堂緇素翹誠始欣有奉彫造未畢而昌遷逝族人百數仰慨尊容以爲法儀雖殁神足猶在祈請續功便從來意遂移仁壽而經營之故得棟宇高華不日而就兩寺圍遶四部歸依州司以靜林

仁壽巳偃慈風栢梯淨土未霑甘露遂屈知栢梯寺任俯從物議又之斯位釋網斯張萬目咸舉仁洽鬧務有漏天舟衆侶弘之大小齊美以貞觀十五年正月微疾至十五日旦便曰須向靜林至夘時乃有非常雲霧遺形於栢梯山東南山頂其夜大放光明形如華蓋四照遠近迄于三夕經旬其屍爲靜林寺側諸信士潛竊神柩寘于靜林南山之頂栢梯初不知也於彼山頂兩夜續放神光始祥其故兩處交競九載于兹緣州歷縣紛黷不息豈非通幽洞理致兹靈感深慈博惠戀結衆情者乎弟子等勒銘山阿敢告惟遠

釋無礙姓陳氏有晉永嘉中原喪亂南移建業父曠梁元帝徵蕃學士以承聖元年礙生成都神姿特異知有濟器九歲便能應對十歲入學隨聞不忘入長安遇姚秦道安法師安與語怪其意致勸令出家即依言欣喜令誦太子瑞應經思尋聖跡哀泣無已天和三年周武皇后入朝投名出家先蒙得度雖在弱冠戒操逾嚴建德三年法門大壞隨緣陸沉乃值泥塗情逾氷玉開皇開法即預搜揚便住永寧於齊大德超法師所聽智度論一聞教義神思豁然財食頓清形心俱遣又入長安學十地阿毗曇等時休法師於興善寺命講大論辯析分明義端無擁然於文句頗滯弘通因誦本文獲六十卷因抱心疾擬衆斯睽便還秦隴開皇十年總管河間王特屈寺任統御遺法大業二年召入洛陽於四方館刊定佛法後還永寧依前綱理大業五年煬帝西征躬受勞問賜綵二百段十三年州

破入京住莊嚴寺衆以素知寺任識達機緣還欲請之任非所好以武德八年還返故寺以無相觀而自調伏貞觀十九年二月二十八日無疾而終春秋九十四道俗哀慟若喪厥親焉

釋道睢姓周汝南人幼而精確希志尚聞古迹勝人心願齊之負笈金陵居高座寺聽阿毗曇心妙達關鍵非其好也欽匡山遺軌每逸言前隋開皇十二年依大將軍周羅侯遠届廬岳止東林精舍心願匿迹無事音塵山寺法擁勸引非一遂不拒命弘道度人修建僧坊四時無絶隋季寇擾華戎薦臻獎撫門徒如初不替貞觀二年九月身示有疾曾未浹旬忽有大星天墮正在西閣大水池中照朗山谷逾千炬火二十三日僧正中食謂弟子曰僧食訖未答曰未竟又曰且喚上座來依言既至委以後事跏坐而卒諸殿閣門一時自開異香滿寺七日便歇年八十二矣

釋法顯姓丁氏南郡江陵人十二出家四層寺寶冥法師服勤累載諮詢經旨有聞欲界亂地素非道緣既巳生中如何解網冥曰衆生並有初地味禪時來則發雖藏心種歷劫不亡有顗禪師者荊楚禪宗可往師學會顗隋煬徵下迴返上流於四層寺大開禪府徒侶四百蔚爾成林遂依座筵聞所未悟但夙有成惠通冠玄蹤霜鐘暫扣已傳秋駕顗師去後更求明智成彥習皓等諸師皆升堂覩奥盡斵磨之思及將冠具歸依皓師誨以出要之方示以降心之術因而返谷靜處閑居二翼之外一無受畜屬炎靈標季荐羅戎火

餧殘相望衆侶波奔顒獨守大殿確乎卓爾旦資蔬水中後絶漿賊每搜求莫之能獲自非久入慈室已抽毒箭焉能忍茲疲苦漏此凶威自爾宴坐道安梅梁殿中三十餘載貞觀之末乃出別房斯則追善吉之息嫌蹈空生之祕行也此堂有彌勒像并光趺高四十尺八部圍遶彌天之所造也其寶冠華帳供具經臺並顯所營堂中五燈晝夜不絶忽一燈獨熾燄高丈餘又一夜著五色衣人持一金瓶來奉又夢見一僧威容出類曰可往蘄州見信禪師依言即往雙峯更清定水矣而一生染疾並信往業受而不治衣食節量柔順强識所住之寺五十餘年足不出戶永徽三年十二月八日夢身坐寶殿授四衆戒因覺漸疾至四年正月十一日午時遷化時年七十有七顒以昨日申時自能起止神彩了亮踞禪牀盥浴剃髮就牀跏坐儼然便絶其月十七日葬于大明寺之北原未終之前門人見室西壁大開白光遍滿夜有白雲亘屋南北二道堂中佛事並搖動明日方絶白終及葬嶷然匡坐合境道俗奔湊淒零荆州都督紀王凤傳歸戒欽仰清暉命右記室郭瑜銘之于彼

釋玄爽姓劉南陽人早修聰行見稱鄉邑弱冠成婚妻少而美然爽貞誠清拔志高蹈視如華囊情逾厭離既無所偶棄而入道遊習肆道有空俱涉未聽龍泉寺璇法師欣然自得覃思遠詣頗震時譽又往蘄州信禪師所伏閑請道亟發幽微後返本鄉唯存攝念長坐不卧繫念在前時本邑沙門藹明稜法等

並禪府名宗往結扱分以永徽三年十月九日遷神山谷時襄部法門寺沙門惠普者亦漢陰之僧傑也研精律藏二十餘年依而振績風霜屢結七衆齊肅屬城挹歸晚專入定門廓銷事惱紀王作鎮將修追聖廢寺綱總須人衆舉於普王深賞會叉楚俗信巫殺爲滛祀普因乎化比屋崇仁又修明因道場凡三十所皆盡輪奐之工仍彫金碧之飾以顯慶三年終於本寺春秋八十

釋惠仙姓趙河東蒲坂人幼懷出俗緣故淹留年登不惑方果前願既出家後隨方問津雖多涉獵然以華嚴涅槃二部爲始卒之極教也迄於暮齒躭味逾深謂人曰斯之二寶全如意珠無忽忘而暫捨也所以執卷自隨有若雙翼或有言晤披而廣之住處衝要九衢都會百疾相投萬禍憑救而仙慈善根力無假多方但令念佛無往不濟由是蒙祐遐邇傾心寺有大像製過十丈年載既久埃塵是生棟宇頹落珠璣披散遂控告士俗更締構之雖淹星律大造云就爾後年漸遲暮夢僧告曰卿次冬間必當遷化可早運行應得延期便如常業不以爲慮至九月中微覺不愈知終在近告侍人曰吾出家有年屢受菩薩戒今者更欲受之召諸大德並不赴命乃曰大德但自調耳何名度人又曰但取戒本讀誦訖自慶潸然而止入夜有異天仙星布前後高談廣述乍隱乍顯合寺聞見或見佛像來入房者曰次將午忽起坐合掌召衆人曰大限雖多小期一念並好住願與諸衆爲歷劫因緣遂卧氣絕年七十五即永徽六年

十一月十七日也道俗哀之雲布原野寺有亘禪師穎脫當時有聲京洛行彌勒願生在四天覩仙行業感徵告衆曰必見慈氏矣若乖斯者何能禎應若是乎

釋惠寬姓楊氏益州綿竹孝水人父名瑋元是三洞先生五經博士崇信道法無敦釋教所以綿梓益三州諸俗每歲率送租米投於瑋令保一年安吉皆與章符而去而車馬擁門如市初時瑋妻懷孕心性改異辛鯹惡猒乃生一女名爲信相性好閑靜無緣嗜慾後又懷妊身極安隱恒有異相及其生也母都不覺忽然自出都無惡露然有異香又不啼叫乃至有識未曾糞穢淋席父母抱持方乃便利即寛身也而臂垂過膝性恒香潔不近腥臊年五六歲與姊信相於靜處坐禪二親怪問答曰佛來爲說般若聖智界入等法門共姊評論法相父是異道不解其言附口録得二百餘紙有龍懷寺會師聞有奇相至其所父以示之會曰並合佛經無所紕錯有異禪師不知何來於淨慧寺入火光三昧召彼女來及至不入云是火聚禪師曰何不以水滅之女即作水觀滅火而入禪師驗知深入諸定勸令出家父母受娉及婿家不許諸道俗官人爲出財贖之因有度次姊與寛身俱時出家時隨蜀王秀在益請入城内妃爲造精舍鎮恒供養嘗出於路人有疑者尼召來曰莫於三寶所生異心自受罪苦彼人悔過有造功德須物者燒香祈請掘地獲金無不充足斯事非一至於食飲欲食便食不食乃經歲序時人目之聖尼即今本寺猶號聖尼

寺也寬年十三常樂獨坐面無怒相言常謙下依空慧寺胤禪師龍懷寺會闍梨所隨聞經律一覽無遺未聞之經曽不知義有難問者皆爲通之初造龍懷寺會有徒屬二百餘人並令在役唯放於寬有然及者會曰斯人是吾本師何得使作昔周滅法依相禪師隱于南山及隋興教辭師還蜀嵤受蜀云汝還蜀土大有徒衆有名惠寬可將攝也我憶此事計師死日當寬受生無得致怪自爾在山依閑業定年三十還綿竹教化四遠聞名見形並捨邪歸正其俗信道父母皆道歸佛捨宅爲寺于今見在綿竹諸村皆爲立寺堂殿院宇百有餘所修營至今年常大齋道俗咸會正月令節成都等七十縣競迎供待有大功德須得經營但請寬至施物山積貞觀中

有僧名策持呪有驗於洛縣忽死見閻王曰比獄中罪人多應爲誦呪并請寬師講地獄經從此得穌經月不作復更悶絶閻王大怒命牛頭使打鐘子百下我令誦呪講經爲衆生故何不作策穌已即從洛縣往綿竹三十里未至疲卧忽有異旋風吹起須臾至寬所正集轉經告策曰昨所住處大爲勞苦爲衆生者不得辭苦即令策登坐誦呪大衆聞皆流汗寬仍集衆講地獄經貞觀二十年綿竹宋尉云我不信佛唯信周孔然我兩度得佛力一爲人在門側小便置佛便止一爲冬月落水燒木佛自炙寬聞之致書曉喻宋曰此道人徵異者當試有靈不取書名處用拭大便當即糞門裂脚起不得自唱我死即召寬來雖悔過造經像盈月便卒什邡縣陳家捨

邪信佛以竹園爲寺寬指授分齋爾許可爲僧院中間一分堪立佛堂即斷一竹上竪標云此分齊處欲造佛寺當時生竹自乾佛堂斷竹泉水上涌尋掘數尺獲大石石下金瓶舍利七粒寬禮拜更請遂放光乃盛滿合四遠又集寺今見在永徽四年夏六月二十五日春秋七十卒於淨慧寺未終一月有五百神人長丈餘服天衣持華香及紫金華臺從西方來迎寬辭不堪發遣令去又於終日放羊從市向房悲數十聲至夜索水沐浴新衣跏坐執爐已命打無常鐘聲遍郭聞合郭咸集曰闍梨涅槃去空中哭聲寺內光明莫測其來道士等謂言燒寺驚走來寺乃知其非自此入定氣盡乃知永逝寺內三橋一當寬房堂夜梁折聲震寺內明旦官人道士咸來慟哭寺中蓮池池水忽乾紅蓮變白寺中大豫樟樹三四人圍忽自流血血流入澗澗水皆赤月餘方息又十七級塼浮圖高數十丈裂開數寸又有雙鵝不知何來向靈鳴呌伏地不去葬時隨送出郭失之徃無爲山去寺二十里黑雲團空隨行注雨草木隨靡至山方散葬後縣內道俗七歲已上著服泣臨如是三年爾後至今凡設會家皆設兩座一擬聖僧一擬寬也今猶獲供送本寺靈相在山端坐如在自初至今竟無蟲血汚穢朽腐之相斯則豈非不退菩薩身無萬戶蟲耶不然何以若此

釋僧倫姓呂氏衞州汲人祖宗諸州刺史父詢隋初穆陵太守未孕之初二親對坐忽有梵僧秀眉皓首二侍持旛在其左右曰願爲

毋子未審如何即禮拜之揮忽失所因爾有娠四月八日四更後生還見二旛翊其左右兼有異香産訖不見五歲已後迄於終亡恒自目見白光滿屋齊武平九年與父至雲門寺僧賢統師珉禪師所受法出家時年九歲二師問其相狀答以白光流臉二旛夾之歎曰子眞可度因而剃落周武平齊時年十六與賢統等流離西東學四念處誦法華經至開皇初方與佛法雲門受具時年二十三又於武陽理律師所聽始半夏見五色光如車輪照倫心上衆並同見即於光中禮五十三佛猶未滅更禮二十五佛光乃收隱又與方願二師入黒山太行諸山行蘭若二十餘年大業末賊徒起領門人至衛州隆善寺仍爲僞夏竇建德齊善行等請知僧事武德五年大統天下入太行抱犢山教徒學念處法由是四方負笈山路成蹊貞觀四年衛州刺史裴萬頃與諸官人請令下山日日受戒大有弘利以貞觀二十三年五月十三日四更忽告門人吾夜中於諸法得解脱謂成無學不謂天帝等迎言已而絶將殯於山而哀慟不止天極清朗無雲而降細雨衆咸異焉時年八十五矣

釋靜之姓趙雍州高陵人父母念善絶無息胤祈求遍至而無所果遂念觀音旬内有娠能令母氏厭惡欲染辛腥永絶誕育之後年七八歲樂阿彌陀觀依文修學隨位並成行見美境骨觀明淨性樂出家既有一子誓而不許隨父任蜀不久崩亡意欲爲父焚身報德有一賢人引金剛般若云捨身不如持經

乃迴心剃剪用伸罔極一入法門翹誠逾厲隨聽經律而意在定門後從江禪師習觀而威容端雅見者發心貞觀初隱益部道江彭門山光化寺一十餘載常坐茅宇不居僧房四方集者二百餘人六時三業不負光景又別深隱入靈巖山大虫爲偶無所驚擾利州道禪師素交既久請入劒閣北窮腹山徒侶十餘賫米四石恰至夏竟一石未盡小時鼻患肉塞百方無驗有僧令誦般若多心萬遍恰至五千肉鈴便落行至秦州被毒蛇螫苦楚叵言以觀行力便見善境自然除滅後遇疾苦依前得差乃撰諸家觀門以爲一卷要約精最後學重之顯慶三年召入西明別立禪府利州本寺桂樹忽凋胡桃自拔佛殿無故北面仰地尊儀不損斯亦德動幽靈爲若此也以顯慶五年春三月二十七日右脅而終於西明春秋五十七矣

釋智巖丹陽曲阿人姓華氏在童丱日謂人曰世間但競耳目之前寧知死生之際鄉里異之知有遠度也及弱冠雄威武畧智勇過人大業季年豺狼競逐大將軍黃國公張鎮州揖其聲節屈掌軍戎奏策爲虎賁中郎將雖身任軍帥而慈弘在慮每於弓首挂漉囊所往之處漉水養蟲以爲常事及僞鄭之在東都黃公龔行征伐相陣鬪將應募者多黃公曰非華郎將無以御之僞鄭大將人馬具全按轡揚鞭以槍劖地厲聲曰若能拔得方共決馬巖時跨馬徐來以腋挾槍而去次巖以槍劖地彼搖再三不動乃下馬交刃遂生擒之巖反刀截其頸曰吾誓不斷命且施君

頸乃放之武德四年從鎭州南定淮海時年四十審榮官之若雲遂棄入舒州皖公山從寶月禪師披緇入道黃公眷戀追徵答曰以身訊道誓至薩雲顏特捨怨無相撓擾旣山藪幽隱蘭若而居豺虎交橫馴狎無恐忽見異僧身長丈餘姿容都雅言音清朗謂曰卿已八十一生出家宜加精進言訖不見蒙此幽屬精勵晨昏一切世間如幻如夢一時坐定正在谷中山水暴長形將欲沒熙怡端坐巋然便退獵者問曰身命可重何不避耶答曰吾本無生安能避死獵者悟之所獲並放故山中飛走依託附焉昔同軍戎有睦州刺史嚴撰衢州刺史張綽麗州刺史閭丘胤威州刺史李詢聞巖出家在山修道乃尋之旣矚山崖竦峻鳥獸鳴叫謂巖曰郎將癲邪何爲住此答曰我癲欲醒君癲正發何由可救汝若不癲何爲追逐聲色規度榮位至於清奕都不商量一旦死至荒忙何計此而不悟非癲如何唯佛不癡自除階漸貞觀十七年還歸建業依山結草性度果決不以形骸爲累出處隨機請法僧衆百有餘人所在施化多以現事責覈究之心周通故俗聞者毛竪零淚多在白馬寺後徃石頭城癘人坊住爲其說法吮膿洗濯無所不爲永徽五年二月二十七日終於癘所顏色不變伸屈如恒室有異香經旬年七十八矣

續高僧傳卷第二十一上

音釋

眭于況切 籧篨籧求於切篨陳如切籧篨竹席也 孫蘇困切 黷徒谷切恩也 睽傾畦切違也 𡸣魚力切山貌 蘄渠之切州名 瑋禹鬼切 邡敷房切什邡縣名 剟株劣切刊也 峴正作皖合板切皖公山名 矚朱欲切視也 癲多年切狂病也 吮徂兖切嗽也嗽音朔

續高僧傳卷第二十一下

唐 釋 道 宣 撰

習禪六之餘 本傳七人 附見二人

釋善伏一名等照姓蔣常州義興人生即白首性知遠離五歲於安國寺兄才法師邊出家布衣蔬食日誦經卷目覩七行一聞不忘貞觀三年竇刺史聞其聰敏追充州學因爾日聽俗講夕思佛義博士責之對曰豈不聞乎行有餘力所以博觀如不見信請問前聞乃試之一無所滯重爲聯類佛教兩用踈通於是學館傾首何斯人之若斯也後逃隱出家志樂佛法欲罷不能忽逢山水淹留忘返斯因宿習非近學也至蘇州流水寺壁法師所聽四經三論又往越州敏法師所周流經教頗涉幽求至天台超禪師所示以西方淨土觀行因爾廣行交桂廣循諸州遇綜會諸名僧諮疑請決又上荆襄蘄部見信禪師示以入道方便又往廬山見遠公淨土觀堂還到潤州巖禪師所示以無生觀後共暉才二師入桒梓山行慈悲觀又爲鬼神受戒莫噉肉神又降巫者令召伏受戒巫者殺生祀神神打之次死降語曰吾已於伏闍梨受戒誓不食肉如何爲吾殺生懸爾愚癡且恕汝命

後更爾者必加至死自後諸祀永絶羶腥常婺州二人同載績麻爲貨至江神所一以蔬祭一欲殺生而未行其麻並濕前蔬祭麻並乾燥於是行人忌憚無敢肉祭故其授戒功驗人神敬仰有陵犯者立見禍害江淮間屠販魚肉鵝鴨鷄猪之屬受法開放市無行肆官人怪之有義與令素不信嫌伏動衆將加私度之罪伏昆季賂之其人忽即狗登繩牀衆蛇惱患不久除名住常州筮之卦云由犯賢聖罪不可救其人得急就伏求免永徽二年被括還家然志好出俗見家如獄復往山居苦節翹勤人不堪其憂也衆又屯聚因爲說法讚令行慈不殺者佛教之都門也不能行之若講禮而爲倨傲耳又勸行六道供以先祖諸亡者無越此途又曰山有玉則草木潤泉有龍則水不竭住處有三寶則善根增長常在伏牛山以虎豹爲同侶食蚊蝱爲私行視前六尺未曾顧眄經中要偈口無輟音大約十五觀四明論以爲崖准顯慶五年行至衡岳意欲求靜返更屯結說法既久忽告曰一切無常氣息難保夜深各散緣盡當離時不測其言也便返閉而坐爾夜衡州諸寺鐘及笙管鳴聲徹曉道俗咸怪至房關掩乃破而開之見伏端坐久終便以奏聞

釋解脫姓邢臺山夾川人七歲出家依投名匠志在出道唯在禪思遠近訪法無師不諮復住五臺縣照果寺隱五臺南佛光山寺四十餘年今猶故堂十餘見在山如佛光華彩甚盛至夏大發昱人眼目其側不遠有清涼山山下清涼即文殊師利遊處之地也有高

行沙門曜者年百六歲自云我年五十時與解脫上人至中臺東南下三十里大孚靈鷲寺請見文殊行至花園北遇一大德形神慈遠徐行東去解脫頂禮發願我時精神欣喜不暇諮請解脫云已曾三度親見文殊誠語云汝自悔責若切至必悟道也便依言自咎晝夜尅責心便安靜又感諸佛見身說偈曰

諸佛寂滅甚深法　曠劫修行今乃得

若能開明此法明　一切諸佛皆隨喜

因問寂滅法何者是若爲教人令解之諸佛即隱空中聲曰方便智爲燈照見心境界欲究眞實法一切無所見遂依此法化導有緣在山學者來往七八百人四遠欽風資給弘護四十餘年常在佛光永徽中卒今靈軀尚在巋然坐定在山窟中又五臺南娑婆寺南五六里普明禪師獨靜坐禪求見文殊意欲請法有神人空中告曰汝無神習止可長生龕前取藥服之可得延壽明懷疑不決後又告曰藥名長松汝何不服此藥無毒明便依言服之又告同行諸僧已騰空而去厥處見在去恒岳目矚相接又有僧脩禪師者住欣州秀容建國寺恒於定襄來望人山南坐禪餌藥年將八十道俗尊仰不知志入何法而與歎者號不可思議人其山靈泉望迹石上見在祈福者衆永徽中有人無目不知何來彈琵琶誦法華一部向望人山手彈口誦以娛此山亦不測其然

釋法融姓韋潤州延陵人年十九翰林墳典探索將盡而姿質都雅偉秀一期喟然歎曰儒道俗文信同糠粃般若止觀實可舟航遂

入茅山依炅法師剃除周羅服勤請道炅譽動江海德誘幾神妙理眞筌無所遺隱融縱神挹酌情有所縁以爲慧發亂縱定開心府如不凝想妄慮難摧乃凝心宴默於空靜林二十年中專精匪懈遂大入妙門百八總持樂說無盡趣言三一懸河不窮貞觀十七年於牛頭山幽栖寺北巖下別立茅茨禪室日夕思擇無缺寸陰數年之中息心之衆百有餘人初構禪室四壁未周弟子道綦道憑於中攝念夜有一獸如羊而入騰倚揚聲脚蹴二人心見其無擾出庭宛轉而遊山有石室深可十步融於中坐忽有神蛇長丈餘目如星火舉頭揚威於室口經宿見融不動遂去因居百日山素多虎樵蘇絶人自融入後往還無阻又感群鹿依室聽伏曾無懼容有二大鹿直入通僧聽法三年而去故慈善根力禽獸來馴乃至集于手上而食都無驚恐所住食廚基臨大壑至於激水不可環階乃顧步徘徊指東嶺曰昔遠公拄錫則朽壤驚泉耿將整冠則枯甃還滿誠感所及豈虛言哉若此可居會當清泉自溢經宿東嶺忽涌飛泉清白甘美冬温夏冷即激引登峯趣釜經廊此水一斗輕餘將半又二十一年十一月巖下講法華經于時素雪滿階法流不絶於凝冰内獲花二莖狀如芙蓉爍同金色經于七日忽然失之衆咸歎仰永徽三年邑宰請出建初講揚大品僧衆千人至滅諍品融乃縱其天辯商摧理義地忽大動聽侶驚波鐘磬香牀並皆搖蕩寺外道俗安然不覺顯慶元年司功蕭元善再三邀請出在建初融謂

諸僧曰從今一去再践無期離合之道此常規耳辭而不免遂出山門禽獸哀號逾月不止山澗泉池擊石涌砂一時塡滿房前大桐四株五月繁茂一朝凋盡至二年閏正月二十三日終於建初春秋六十四道俗哀慕官僚軫結二十七日窆於雞籠山幢蓋笳簫雲浮震野會送者萬有餘人傳者重又聞之故又重緝初融以門族五百爲延陵之望家爲娉婚乃逃隱茅岫見師三論之匠依志而業又往丹陽南牛頭山佛窟寺現有辟支佛窟因得名焉有七藏經書一佛經二道書三佛經史四俗經史五醫方圖符昔宋初有劉司空造寺其家巨富用訪寫之永鎮山寺相傳守護達於貞觀十九年夏旱失火延燒五十餘里二十餘寺并此七藏並同煨燼嗟乎回祿事等建章道俗悼傷深懷惻愴初融住幽栖寺去佛窟十五里將事尋討值執藏顯法師者稽留日夕諮請經久許之乃問融所學幷探材術遂寄詩達情方開藏給於即内外尋閲不謝昏曉因循八年抄畧粗畢還隱幽栖閉關自靜房宇虚廓惟一坐敷自餘蔓草苔莓擁結坐牀塵高二寸寒不加絮暑絶追涼藉草思微用畢形有然而吐言包富文藻綺錯須便引用動若珠聯無不對以宫商玄儒兼冠初出幽栖寺開講大集言詞博遠道俗咸欣永徽中江寧令李修本即右僕射靜之猶子生知信向崇重至乘欽融嘉德與諸士俗步往幽栖請出州講融不許乃至三返方遂之舊齒未之許後銳所商搉及登元座有光前傑答對若雲雨寫送等懸河皆曰聞

所未聞可謂中興大法於斯人也聽衆道俗三千餘人講解大集時稱榮觀爾後乘玆雅聞相續法輪邑野相趍庭宇充闐時有前修負氣望日盱衡乍聞高價驚惶府俞來至席端昌言微責融辭以寡薄不偶至人隨問答遣然猶謙挹告大衆曰昔如來說法其理猶存人雖凡聖義無二准何爲一時一席受道之衆塵沙今雖開演領悟之賓絕減豈非如行如說心無累於八風如說如行情有薄於三毒不然將何自拔耶聞者撫心推側涯極故使聽衆傾耳莫不解形情醉初武德七年輔公託跨有江表未從王政王師薄伐吳越廓清僧衆五千晏然安堵左僕射房玄齡奏稱入賊諸州僧尼極廣可依關東舊格州別一寺置三十人餘者遣歸編戶融不勝枉酷入京陳理御史韋挺備覽表辭文理卓明詞彩英贍百有餘日韋挺經停房公伏其高致固執前迷告融云非謂事理不無但是曾經自奏何勞法衣出俗將可返道賓王五品之位俯若拾遺四千餘僧未勞傍及融確乎不拔知命運之有窮旋于本邑後方在度又弘護之誠喪形爲本略出一兩示其化迹永徽之中睦州妖女陳碩眞邪術惑人傍誤良善四方遠僧都會建業州縣搜討無一延之融時居在幽巖室猶懸磬寺衆貧煎相顧無聊日漸來奔數出三百舊侶將散新至無依雖欲歸投計無所往縣官下責不許停之融乃告曰諸來法侶無問舊新山寺蕭條自足依庇有無必失勿事羈離望剎知歸退飛何往並安伏業禍福同之何以然耶並是捨俗出

家遠希正法業命必然安能避也近則五賊常逐遠則三獄恒纒心無離於倒迷事有障於塵境斯爲巨蠹志異驅除安得瑣瑣公途繫懷封著並隨本志無得遠於幽林融以僧衆口給日別經須躬往丹陽四告士俗聞者割減不爽祈求融報力輕强無辭擔負一石八斗往送復來日或二三莫不勞倦百有餘日事方寧靜山衆恬然無何而散于時局情寡見者被官考責窮刻妖徒不能支任或有自縊而死者而融立志滔然風塵不涉客主相顧諧會琴瑟遂得釋然理通情洽豈非命代開士難擁知人寒木死灰英英間出實斯人矣時有高座寺亘法師陳朝名德年過八十金陵僧望法事攸屬開悟當塗融在幽栖聞風造往以所疑義封而問曰經中明佛說法言下受悟無生論中分別名句文相不明獲益法師受佛遺寄敷轉法輪如融之徒未聞靜惑爲是機器覆塞爲是陶化無緣明昧迴遑用增虛仰必願開剖盤結伏志導承亘良人撫然告曰吾昔在前陳年未冠肇有璀禪師王臣歸敬登座控引與子同之吾何人哉敢當遺寄遂爾而散融還建初寺潛結同倫亘重其道志策杖往尋既達建初寺有德善禪師者名稱之士喜亘遠來歡愉談謔而善與融同寺初未齒之亘曰吾爲融來忽輕東魯乃召而問之令叙玄致即坐控擧文理具揚三百餘對言無浮釆於是二德嗟詠滿懷仍於山寺爲立齋講然融儀表瓌異相越常人頭顱巨大五岳隆起眉目長廣頦頰濃張軀行鶴視聲氣深遠如從地出立雖等倫

坐則超衆衣服單素纔得充軀肩肘絶綿動踰累紀嘗有遺者返而還之而心用柔輭慈悲爲懷童稚之與耆艾敬齊如一屢經輕惱而情忘瑕不顧曾有同友聞人私憾加謗融身詈以非類乃就山說之融曰向之所傳總是風氣出口即滅不可追尋何爲負此虛談遠傳山藪無住爲本顧不干心故其安忍刀劒情靈若此或登座駡辱對衆誹毀事等風行無思緣顧而顔貌熙怡倍增悅懌是知斥者故來呈拙光飾融德者乎傳者抑又聞之昔如來說化加謗沸騰或殺身以來誚或繫杅以生誹滅迹內以死蟲反說面欺大聖斯徒衆矣而佛府而隱之任其訕誹及後過咎還露或生投地穴或死入泥犂天人之所共輕幽顯爲之悲慟而如來光明益顯金德彌昌垂範以示將來布教陳於陸海融嘗二十許載備覽群經仰習正覺之威容俯聆喋喋之聲說陀那之風審七觸之安有刹那之想達四選之無停固得體解時機信五滓之交貿覽其指要聊一觀之都融融實斯融斯言得矣

釋惠方姓趙冀州信都來强人七八歲便思出俗年九歲投蘇門淋落泉寺居然靜志衆侶怪其特高遂授以九次十想隨聞斂念仍受此法亟涉炎凉隋文后崩西京立寺遠徵入住厚禮供焉而雅志不渝山林綴想雖遇匠石無緣運斤舊所禪徒虛懷鶴望大業六年辭還本寺門侶雲結請道如山隋季不靜巖穴丘陵移居汲郡之隆善寺及皇運大昌天下無事又與門人修緝舊所遂使松門石

棟巖室風窻並得經綸更新雲構曽於廊下言及幽微沙彌伏階容聽空中聲曰何忽沙彌在此伏聽懼驚起又被打擊經宿乃甦其感靈祥如此例也以貞觀二十一年冬初終於所止春秋九十有三初未終前忽有異香縈於巖室氛氳三日衆不惻恰終香歇以其月十七日葬州北十里圓岡之陽

釋法嚮姓李揚州海陵葛岡人形長八尺儀貌魁傑眉目秀異立性威嚴言不妄發足下有黒子圓淨分明相者曰長爲軍將仍有重名於天下也年十六辭親出家即事精苦與人卓異尼嫗叅禮未嘗與言戒行清淨誦法華通攝山栖霞寺恭禪師住法後賢衆所歸仰承名延致於寺側立法華堂行智者法華懺嚮依法行三七專注大獲瑞應知而不言恭旣入京嚮還江北海陵寧海二縣各延供養隋末海陵大寧寺僧智喜開房延入於中靜坐晝卧驚起曰火發喜四出顧視了無嚮曰吾患耳妄聞耶明日晝驚如此三度遂東還寧海去後李子通賊破縣燒寺如所告焉大蟲傷害日數十人乃設禳災大齋忽有一虎入堂摶一人將去嚮逐後喚住何造次今爲檀越設齋可放此人依言即放諸虎大集以杖扣頭爲說法於是相隨遠去又欲往天台尋智者古迹謂弟子曰吾雖欲至天台而不達在江南一山中西北望見一城及過江至江陰縣道俗留連於縣東南山起寺號曰定山便經年稔後天下漸安又還海陵盐亭百姓留之有小孤山出地百仞四面無草木於前立寺名爲正見處之貞觀四年冬初謂

門人曰吾與汝別近夢惡將不起矣遂卧二十日忽起索湯盥浴剃髮自辰至酉面西而終年七十八將終謂弟子曰吾願以身施諸鳥獸此無林木食若不盡穢人眼目可埋山西南及依往埋掘便值石盤薄無由又更試掘遂得一處凹陷石上恰得容身因厝中置塔其上嚮生常日投陀林野馴伏猛獸觀想西方口唱南無佛不多說法隨緣一兩句有災祥者令避託以夢想所見貞觀二年有常州人往幽州見一女人問海陵嚮禪師健不又問識耶答不識女人以烏絲布頭巾用寄嚮師此人遇患經年不至嚮預知之每歎息那不至耶人至江陰附頭巾與海陵人將至其處乃令弟子逆之恰至門首相值以巾付還嚮得巾執玩咨嗟裂破付弟子人得一片有不得者貞觀三年天下大括義寧私度不出者斬聞此咸畏得頭巾者並依還俗其不得者現今出家其年大雪深數尺告弟子曰吾須新菜弟子曰雪深叵得曰上山求之可有如言上山數里至一樹下皆是青菜取之而返預知皆如此也

釋道信姓司馬未詳何人初七歲時經事一師戒行不純信每陳諫以不見從密懷齋檢經於五載而師不知又有二僧莫知何來入舒州皖公山靜修禪業聞而往赴便蒙授法隨逐依學遂經十年師往羅浮不許相逐但於後住必大弘益國訪賢良許度出家因此附名住吉州寺被賊圍城七十餘日城中乏水人皆困弊信從外入井水還復刺史叩頭賊何時散信曰但念般若乃令合城同時合

聲須史外賊見城四角大人力士威猛絶倫思欲得見刺史告曰欲見大人可自入城羣賊即散既見平定欲往衡岳路次江州道俗留止廬山大林寺雖經賊盜又經十年蘄州道俗請度江北黄梅縣衆造寺依然山行遂見雙峯有如泉石即住終志當夜大有猛獸來遶並爲授歸戒授已令去自入山來三十餘載諸州學道無遠不至刺史崔義玄聞而就禮臨終語弟子弘忍可爲吾造塔命將不久又催急成又問中未答欲至中衆人曰和尚可不付囑耶曰生來付囑不少此語纔了奄爾便絶于時山中五百餘人並諸州道俗忽見天地闇冥遶住三里樹木葉白房側梧桐樹曲枝向房至今曲處皆枯即永徽二年閏九月四日也春秋七十有二至三年弟子弘忍等至塔開看端坐如舊即移往本處于今若存

釋惠明姓王杭州人少出家遊道無定所時越州敏法師聚徒揚化遠近奔隨明於法席二十五年衆侶千僧解玄第一持衣大布二十餘載時共目之青布明也翹勇果敢策勤無偶後至蔣州巖禪師所一經十年諮請禪法在山禪念經雪路塞七日不食念言吾聞不食七日便死今明知業也若業自在可試知之以繩自懸於高崖怳怳如人割斷因落崖底如人擎置一無所損復至荊州四望山頭陀二虎交鬪自往分解冬夏一服行止形俱所去無戀即經所謂如鳥淩空喻斯人矣誦思益經依經作業近龍朔年從南山出至京遊觀與其言論無得爲先不久旋返云往

江曲依閑修道莫知定所

此論元遺在二十卷內今竹堂校證合在此卷之後

論曰經不云乎禪智相導念慧攸發神遊覺觀感使交馳何以知其然耶但由欲界亂善性極六天色有定業體封八地通爲世結愛味不殊莫非諦集量輕故得報居苦樂終是輪迴諸界未曰決有超生且據亂靜二緣故畧分斯兩位然則三乘賢聖及以六邪諸道將欲厭煩栖慮莫不依乎初定良以心殊麤妙慧開通局遂有總斯一地得延邪正之機自釋教道東心學唯尠逮于晉世方聞睿公故其序云慧理雖少足以開神達命禪法未傳至於攝緣繫想寄心無地時翻大論有涉禪門因以情求廣其行務童壽弘其博施乃爲出禪法要解等經自斯厥後祖習逾繁曇影道融厲精於淮北智嚴慧觀勤心於江東山栖結衆則慧遠標宗獨往孤征則僧群顯異雖復攝心之傳時或漏言而茂績芳儀更開正級不可怪也逮于梁祖廣闢定門搜揚寓內有心學者總集揚都校量深淺自爲部類又於鍾陽上下雙建定林使夫息心之侶栖閑綜業于時佛化雖隆多遊辯慧詞鋒所指波涌相凌至於徵引蓋無所筭可謂徒有揚舉之名終虧直心之實信矣或有問曰大聖垂教正像爲初禪法廣行義當修習今非斯時固絕條緒其次不倫方稱末法乃遵戒之行斯爲極也請爲陳之因爲叙曰原夫正像東設被在機緣至於務道無時不契然教中廣叙信法兩徒誠由利鈍等機所以就時分位若能返源體道深厭諸有學與佛世其

德齊馬故初千年爲正法也即謂會正成聖機悟不殊第二千年依教修學情投漸鈍會理叵階攝靜住持微通性旨然於慧釋未甚修明相似道流爲像法也第三千後末法初基乃至萬年定慧道離但弘世戒威儀攝護相等禪蹤而心用浮動全末正受故並目之爲末法也善見所述法住萬年護持紹世斯蹤可録若依摩耶時度千年不修靜觀非通論也約相兩叙矛盾乖蹤就緣判教各有其致至如世情煩掉人顯鋒音纔斆攝持皆耽昏漠良由習熏既遠宗匠難常即目易觀未追誠教善見萬載亦是明規准法具修義無不獲故論叙云初五千年得三達智後五千年但遵戒法前據道法理觀住持故云入聖諒有從也後在事亂相法住持何能入道故

言是也若乃心水鼓浪則世業難成想寂離緣則理自清顯涅槃叙定豈不然哉故使聚落宴坐神仙致譏空林睡卧群聖同美誠以託靜求心則散心易攝由攝心故得解脱也成論明詰斯可師之世有定學妄傳風教同纏俗染混輕儀迹即色明空既談之於心口體亂爲靜固形之於有累神用没於詞令定相腐於脣吻排小捨大獨建一家攝濟住持居然乖僻智論所叙前傳具彰頃世已來宗斯者衆豈不以力勞兼忘之道神頓絶慮之鄉乎所以託靜栖心群籍皆傳其靈異處喧攝慮今古未彰其感通信可依矣高齊河北獨盛僧稠周氏關中尊登僧實寶重之冠方駕澄安神道所通制伏强禦致令宣帝擔負傾府藏於雲門冢宰降階展歸心於福寺誠

有圖矣故使中原定苑剖開綱領惟此二賢接踵傳燈流化靡歇而復委辭林野歸宴天門斯則挾大隱之前蹤捨無緣之高志耳終復宅身龍岫故是行藏有儀雅屬有菩提達磨者神化居宗闡導江洛大乘壁觀功業最高在世學流歸仰如市然而誦語難窮厲精蓋少審其慕則遣蕩之志存焉觀其立言則罪福之宗兩捨詳夫眞俗雙翼空有二輪帝網之所不拘愛見莫之能引靜慮籌此故絶言乎然而觀彼兩宗即乘之二軌也稠懷念處清範可崇磨法虛宗玄旨幽賾可崇則情事易顯幽賾則理性難通所以物得其筌初同披洗至於心用壅滯惟繁云之儔差難述矣義當經遠陶治方可會期十住羅縠抑當其位褊淺之識隨墮之流朝入禪門夕弘其術相與傳說謂各窮源神道冥昧孰明通塞是知慮之所及智之所圖無非妄境域心斯是不能返照其識浪執境緣心靜波驚多生定障即謂功用定力所知外彰其說逞慢逞惑此則未閑治障我倒常行他力所持宗爲正業眞妄相迷卒難通曉若知惟心妄境不結返執前境非心所行如此胥徒安可論道有陳智璀師仰慧思思實深解玄微行德難測璀亦頗懷親定聲聞于天致使陳氏帝宗咸承歸戒圖像營供逸聽南都然而得在開弘失在對治宗仰之最世莫有加會謁衡岳方陳過隙未及斷除遂終身世隋祖創業偏宗定門下詔述之具廣如傳京邑西南置禪定寺四海徵引百司供給來儀名德咸悉暮年有終世者無非坐化具以聞奏帝倍歸依

二世纘曆又同置寺初雖詔募終雜講徒故無取矣當朝智顗亦時禪望鋒辯所指靡不倒戈師匠天廷勞冠朝列不可輕矣至如慧超之捋虎鬚道舜之觀牛影智通之感奇相僧定之制强賊即操如鐵石志槩等雲霄備彰後傳畧爲盡美又如慧瓚禪主嘉尚頭陀行化晉趙門庭擁盛威儀所擬無越律宗神解所通法依爲詣故得理事符允有契常規道有衰隆固爲時喪致延皇帝沒齒亡歸頃有志超即承瓚胤匡讚之德乃跨先模弘訓之規有淪其緒故使超亡其風頹矣觀夫慧定兩級各程其器皆同佛日無與抗衡然於祥瑞重沓預覩未然即世恬愉天仙叶衞誠歸定學蓋難奪矣頃世定士多削義門隨聞道聽即而依學未曾思擇扈背了經每緣極旨多虧聲望吐言來誚往往繁焉或復躭著世定謂習眞空誦念西方志圖滅惑肩頸掛珠亂搯而稱禪數衲衣乞食綜計以爲心道又有倚託堂殿遶旋竭誠邪仰安形苟在曲計執以爲是餘學並非氷想鏗然我倒誰識斯並戒見二取正使現行封附不除用增愚魯向若纔割世網始預法門博聽論經明閑慧戒然後歸神攝慮憑准聖言動則隨戒策修靜則不忘前智固當人法兩鏡眞俗四依達智未知寧存妄識如斯習定非智不禪則衡嶺台崖扇其風也復有相述同好聚結山門持犯蒙然動掛刑網運斤揮刃無避種生炊爨飲噉寧慚宿觸或有立性剛猛志尚下流善友莫尋正經罕讀瞥聞一句即謂司南昌言五住久傾十地將滿法性早見佛智已

明此並約境住心妄言澄淨還緣心住附相轉心不覺心移故懷虛託生心念淨豈得會眞故經陳心相飄鼓不停蛇舌燈熖住山流水念念生滅變變常新不識亂念翻懷見網相命禪宗未閑禪字如斯般輩其量甚多致使講徒例輕此類故世諺曰無知之叟義指禪師亂識之夫共歸明德返迷皆有大昭隨妄普翳眞科不思此言互談名實考夫定慧之務諒在觀門諸論所陳良爲明證通斯致也則離亂定學之功見惑慧明之業若雙輪之迷涉等眞俗之同遊所以思遠振於清風稠實標於華望貽厥後寄其源可尋斯並古人之所同録豈虛也哉

續高僧傳卷第二十一下

音釋

⿱大有孤猛切　糠粃糠丘剛切穀皮也粃卑履切不成穀也　炅古迥切　甃側救切井甃也　蠹都故切蛀也　訕誹訕所晏切謗也誹敷尾切非議也　眄音面邪視也　喋徒協切喋喋多言也　纘作管切繼也　募莫故切廣求也　瞥匹蔑切過目暫見也

續高僧傳卷第二十二

唐 釋 道 宣 撰

明律上 正傳十五人 附見十二人

釋法超姓孟氏晉陵無錫人也十一出家住靈根寺幼而聰穎篤學無倦從同寺僧護修習經論而雅有深思幽求討擊學論歸鄉貧無衣食乞匃自資心性柔輭勞苦非慮晚從安樂寺智稱專攻十誦致召命家語其折中者數過二百自稱公殁後獨步京邑中歲廢業頗失鴻緒後復綴講衆重般矣帝謂律教乃是像運攸憑學慧階漸治身滅罪之要三聖由之而歸必不得闕如閉目夜行常懼蹈諸坑壍欲使僧尼於五篇七聚導意獎心以超律學之秀勑爲都邑僧正庶其弘扇有徒儀表斯立武帝又以律部繁廣臨事難究聽

覽餘隙遍尋戒檢附世結文撰爲一十四卷
號曰出要律儀以少許之詞綱羅衆部通下
梁境並依詳用普通六年遍集知事及於名
解於平等殿勑超講律帝親臨座聽受成規
以衆通道俗恐陷於愆自但畧舉綱要宣示
宏旨三句將滿文言便竟所以導揚祕部弘
悟當機遂得四衆移心朝宰胥悅至七年冬
卒於天竺住寺春秋七十有一天子下勑䟽
慰弁今有司葬鍾山開善寺墓
釋道禪交趾人早出世網立性方嚴修身守
戒冰霜例德鄉族道俗咸貴其克已而重其
篤行仙洲山寺舊多虎害禪往居之此災遂
遠聞齊竟陵王大開禪律盛張講肆千里引
駕同造金陵皆是四海標領人雄道傑禪傳
芳藉甚通夜不寐思叅勝集遂奉真筌乃以
永明之初遊歷京室住鍾山雲居下寺聽掇
衆部偏以十誦知名經畧道化僧尼信奉故
有稜威振發以見聲名恬揄誘悟議于風彩
都邑受其戒範者數越千人常聽之徒衆不
盈百兼樂滅覺觀亟留幽谷動踰旬景方尋
顧步加復蔬食弊衣華無布口有濟芳美者
便隨給貧病知足之富豈得過焉末居于寺
舍屏迹山林不交榮世安若立行人以爲憂
而禪不改其樂也以大通元年卒于山寺春
秋七十矣
釋惠光姓揚氏定州長盧人也年十三隨父
人洛四月八日往佛陀禪師所從受三歸陀
異其眼光外射如啖深惟必有奇操也苦邀
留之且令誦經光執卷覽文曾若昔習旁通
博義窮諸幽理兼以劇談譎詭態出新奇變

動物情時談逸口至于夏末度而出家所習經誥便爲人說辭既清靡理亦高華時人號之聖沙彌也因獲利養受而還施師爲掌之尋用復盡佛陀曰此誠大士之行也便縱而不禁諮教誠敬而異焉然其雅量弘方不拘小節讃毀得失聲色不渝衆益器之而美其遠度陀曰此沙彌非常人也若受大戒宜先聽律律是慧基非智不奉若初依經論必輕戒網邪見滅法障道之源由是因循多授律檢先是四分未廣宣通有道覆律師創開此部製疏六卷但是科文至於提舉宏宗無聞於世故光之所學惟據口傳及年登冠肇學行畧周常聞言不通華登戒便阻乃往本鄉進受具足博聽律部隨聞奉行四夏將登講僧祇律初以唱高和寡詞理精玄漸染津流未遂聽徒雲合光知學功之所致也義須廣周羣部乃從辯公叅學經論聽說之美聲颺趙郡後入洛京搜揚新異南北音字通貫幽微患爲心計之勞事須文記乃方事紙筆綴述所聞兼以意量叅互銷釋陀以他日密覩文言乃呼而告曰吾之度子望傳果向於心耳何乃區區方事世語乎今觀神器已成可爲高明法師矣道務非子分也如何自累因而流涕會佛陀任少林寺主勒那初譯十地至後合翻事在别傳光時預霑其席以素習方言通其兩諍取捨由悟綱領存焉自此地論流傳命章開釋四分一部草創基兹其華嚴涅槃維摩十地地持等並疏其奥旨而弘演導然文存風骨頗畧章句故千載仰其清規衆師奉爲宗轄矣司徒高傲曹僕射高隆

之及朝臣司馬令狐子儒等齊代名賢重之如聖常遇亢旱衆以聞光乃就嵩岳池邊燒香請雨尋即流霔原隰民皆利之又爾朱氏舉兵北伐徵稅僧尼用充軍實先立嚴刑敢諫者斬時光任僧官顧五衆屯塞以命直往語世隆曰若當行此稅國事不在言旣克明事亦遂免其感致幽顯爲若此也初在京洛任國僧都後召入鄴綏緝有功轉爲國統將終前日乘車向曹行出寺門屋脊自裂旣坐判事塊落筆前尋視無從知乃終相因斯乖僉四句有餘奄化於鄴城大覺寺春秋七十矣光常願生佛境而不定方隅及氣將欲絶大見天宮來下遂乃投誠安養溘從斯卒自光立志貞靜堅存戒業動止安詳衣裳附帖晝夜存道財無盈尺之貯滌除便穢誓以報盡爲期偏重行宗四儀無妄其法潔已獨立七衆深崇其操自正道東指弘匠於世則以道安爲言初緇素革風廣位聲教則惠光抑其次矣凡所撰勝鬘遺教溫室仁王般若等皆有注釋又再造四分律疏百二十紙後代引之以爲義節并羯磨戒本咸加删定被於法侶今咸誦之又著玄宗論大乘義律章仁王七誡及僧制十八條並文旨清肅見重時世學士道雲早依師禀奉光遺令專弘律部造疏九卷爲衆所先成匠極多流衍彌遠加以威容嚴肅動止有儀談吐慈和言行相檢又光門人道暉者連衡雲席情智傲岸不守方隅略雲所製以爲七卷聞以意會揵度推焉故諺云雲公頭暉公尾洪理中間著所以是也並存亡失緒嘉績莫尋可爲悲哉時光

諸學士翹頴如林衆所推仰者十人投選行解入室唯九有儒生馮衮光乃將入數中衮本冀人通解經史被貢入臺用擬觀國私自惟曰亞素兩教頗曾懷抱至於釋宗生未信重試往候光欲論名理正值上講因而就聽矚其威容聆其清辯文句所指遣滯爲先即坐盡虔傷聞其晚頓足稽顙畢命歸依然其攻擊病源深明要害我爲有本偏所長驅每有名勝道俗來資法藥衮隨病立治信者銜泣故其言曰諸行者不得信此無明昏心覓長覓短聽經學問嚴飾我心須識詐賊覓他過惡不求其長則吾我漸歇特須分踈勿迷自他我過常起熾然法界他道少過便即瞋他常須看心自已多過若思量者雖在世間無有滋味終無歡心以味喪我何由有樂此心將我上至非想還下地獄常誘誑我如怨家如愛奴豈可學問長養賊心巧作細作使覓名利造疽妬也故經云常爲心師不師於心八歲能誦百歲不行不救急也時有私竊其言者世號捧心論焉亦有懷本於胷逢境終忘者無勤勵故耳衮在光門低頭斂氣常供厨隷日營飯粥奉僧既了盪滌凝溉温煑自資微有香美便留後供夜宿竈前取藁一束半以藉背半以坐之明相纔動粥便已熟無問陰晴此事常爾午後擔食送彼獄囚往還所經識者開路或至稠人廣衆率先供給若水若火若掃若帚隨其要務莫不預焉口隨說法初不告倦遂卒光門

釋曇隱姓史河内人也少猒塵俗早遊佛寺崇奉誡約誦習羣經凡三十萬言日夜通准

以爲常業及年滿受具歸宗道覆而聽律部精勵彌久穿鑿逾深後從光公更採精要陶涤變通遂爲光部之大弟子也乃超步京鄴北悟燕趙定州刺史侯景敬若神仙爲之造寺延住供給未還漳濵闡揚斯教僕射高隆之加禮榮異行臺侯景又於鄴東爲造大衍寺重引處之弘播戒宗五衆師仰隨問判決文義雅正時有持律沙門道樂者行解相兼物望同美氣調宏逸或擬連衡故鄴中語曰律宗明略唯有隱樂其爲世重如此而隱性樂獨遊不畜子弟財無尺貯袒背終身衣鉢恒隨誠均鳥翼顧旋身轉取譬象迴通律持律時唯一人而已年六十有三終於鄴城大覺寺著鈔四卷門人成器者十餘皆宗其軌轍時有律師洪理者精氣獨架詞彩嚴正預在論擊牢不喪輪著鈔兩卷時共同祕後爲沙門智首開散詞義雅張綱目合成四卷所在咸誦云

釋曇瑗未詳氏族金陵人也才術縱横子史周綜自幼及長以聽涉馳名數論時宗並經陶述而威嚴羣小不妄登臨矜持有功頗以文華自處時或規諫之者瑗因擺撥前習專征鄙倍弦韋所誥驗于耳目由是名重京邑同例欽焉以戒律處世住持爲要乃從諸講席專師十誦功績既著學觀斯張自爾恒當元宰鎮講相續有陳之世無與爲隣使夫五衆揖其風猷七貴從其津濟瑗有之矣常徒講衆二百餘人宣帝下詔國内初受戒者夏未滿五皆參律肆可於都邑大寺廣置聽場仍勑瑗公總知監檢明示科舉有司准給衣

食勿使經營形累致虧功績瑗既蒙恩詔通誨國僧四遠被徵萬里相屬時即捜擢明解詞義者二十餘人一時敷訓衆齊三百于斯時也京邑屯鬧行誦相諠國供豐華學人無弊不踰數載道器大增其有學成將還本邑瑗皆聚徒對問理事無疑者方乃遣之由是律學更新上聞天聽帝又下勅榮慰以瑗爲國之僧正令住光宅苦辭以任勅特許之而栖託不競閉房自撿非夫衆集不忘經行慶弔齋會了無通預山泉林竹見便忘返每上鐘阜諸寺修造道賢觸興賦詩覽物懷古洪偃法師傲岸泉石偏見朋從把臂郊坰同遊故苑瑗題樹爲詩曰丹陽松葉少白水黍苗多浸淫下客淚哀怨動民歌春蹊度短葛秋浦沒長莎麋鹿自騰倚車騎絶經過蕭條肆野望惆悵將如何偃續題曰龍田留故苑汾水結餘波悵望傷遊目辛酸思緒多涼飈慘高樹濃露變輕蘿澤葵猶帶井池竹下侵荷秋風徒自急無復白雲歌瑗以太建年中卒于住寺春秋八十有二初微疾將現便告衆曰生死對法凡聖俱纒自非極位有心誰免今將就後世力不相由願生來講誨分有冥功彼我齊修用爲來習不爾與世沉浮未成通濟幸諸梵行同思此言終事任量可依成教言訖端坐如定欻然已逝道俗悲涼歎其神志明正不偶緣業有勅依法焚之爲立白塔建碑于寺著十誦疏十卷戒本羯磨疏各兩卷僧家書儀四卷別集八卷見行於世閒

釋智文姓陶丹陽人毋齊中書院韜女也懷文之始夢覩梵僧把松枝而授曰爾後誕男

與爲麈尾及文生也卓異恒倫志學之年依寶田智成以爲師傳既受具後專構玄津以戒足分爲五乘律檢開成七衆豈止通衢生死亦乃組纞道場義須先精方符佛意值奉誠僧辯威德冠衆解行高物外傳業之威獨步江表推其領袖則大明彖公文初依辯學後歸彖下十誦諸部罔弗通練以梁大同七年靈味瓦官諸寺啓勅請文於光業寺首開律藏陳郡殷鈞爲之檀越故使相趍常聽二百許人屬梁末禍難乃避地于閩下復光嶺表時僧宗法准知名後進皆執卷請益又與眞諦同止晉安故得講譯都會交映法門邊俗信心於斯風華酒家毀其笮器漁者焚其罟網僧尼什物於是備焉有陳馭寓江海清晏講授門徒彌繁季代宣帝命旅剋有淮淝

一戰不功千金日喪轉輸運力遂倩衆僧文深護正法不懼嚴誅乃格詞曰聖上誠異宇文廢滅三寶君子爲國必在禮義豈宜以勝上福田爲胥下之役非止延敵輕漢亦恐致罪尤深有勅許焉事即停寢爾後凡所詳奏莫非允愜理衆擯罰咸符時要尚書令濟陽江總踵道造房無爽旬月是知學而有禄德必有鄰法位宜昇衆望悅矣大隋革運別降綸言既屛僧司憲章律府大軍之後荆棘攸生十濫六羣滋彰江表文又案法澄翦尋得無聲深可謂少壯免白髮之妖穢莠絶青田之薉矣前後州將甫及下車皆尊仰年德罕不修敬柱國武山公郭衍祇敬倍常躬攜妻子到寺檀捨盛設法齋請敷律題抑揚剖析有克拔之姿聽侶千餘罔不嗟伏以開皇十

九年二月二十日遷神于寺房春秋九十有一即窆寺之南山東巃與辯律師墓相望自文之據道也器宇剛物風範肅人戒品圓淨處斷明白然剖析章句詞省義富衆家修撰罕有出其右者又金陵軍火遺燼莫留乃誓志葺治惟新舊址講十誦八十五徧大小乘戒心羯磨等二十餘徧金光遺教等各有差焉著律義疏十二卷羯磨疏四卷菩薩戒疏兩卷門人傳貴以爲口實僧尼從受戒者三千餘人學士分講者則寶定惠峙惠巚智昇惠覺等惟道志法成雙美竹箭擁徒建業文昔夢泛舟海釣獲二大魚心甚異之及於東安寺講塵尾纔振兩峯俱落深恠其事以詢建初瓊上人乃曰斯吉之先見必有二龍傳公講者其言果矣志名解最優太尉晋王家僧禮異以仁壽之歲志爲樹碑寺内慧日道場釋法論爲文

釋法願姓任西河人也性警達頗自高尚而拔致窮玄不偶儕侶東觀道化遂達鄴都形厠白衣言揚緇服齊昭玄大統法上嘉其神慧與語終朝深通志便因攝而剃落日賜幽奥横厲時倫乃恣其遊博願勇思風馳周行講席求法無怠問道新奇後乃仰蹤波離專經律部網羅佛法舟逕僧猷自東夏所傳四部律本並製義疏妙會異同當有齊之盛律徒雲舉法正一部各競前驅雲公創叙綱模暉上删其纖芥法願霜情啓旦孤映羣篇挫拉言前流威滅後所以履歷談對衆皆杜詞故得立破衆家百有餘計並莫敢當其鋒銳也時以其慠愕罕敵號之爲律虎焉至於斷

處事途多從文相商度結正僉議攸歸迺下
勑召爲大莊嚴石窟二寺上座皇隋受命又
勑任并州大興國寺主頻登綱管善御大衆
化移前政實齊濟焉以開皇七年六月二十
二日終於所住春秋六十有四葬于并城之
西建塔崇範所製律疏唯四分一本十卷是
非鈔兩卷見存餘並零失有弟子道行者器
局淹和親傳師授善機悟明控引談述疏旨
不墜厥宗每至講散身導學徒遶於顏塔致
敬而返及春秋至節此例恒修今年八十有
餘猶鋪疏旨摘示諸側隱時又有沙門道龕
資學於顏執教赴行學望最優成進初心弘
持晚秀爲時人歎美而素尚競肅遵若文宗
纔有違忤即不恭隸故說戒序引有言唱白
之者既無正制號爲非法雖初從衆侶後必

重張乃出郭結界更說新本斯亦貞梗之嚴
令也太爲剋削未是倫通至今此郡猶多滯
結云

釋靈藏俗姓王氏雍州新豐人也年未登學
志慕清遠依隨和尚穎律師而出家焉藏承
遵出要善達持犯僧祇一部世稱冠冕於智
度論講解無遺妙尚冲虛兼崇綱務時屬周
初佛法全盛國家年別大度僧尼以藏識解
淹明銓品行業若講若誦卷部衆多隨有文
義莫不周鏡時共測量通經了意最爲第一
藏之本師素鐘華望爲太祖隋公所重道義
斯洽得喪相符藏與高祖布衣知友情欵綢
狎及龍飛茲始彌結深衷禮讓崇敦光價朝
宰移都南阜任選形勝而置國寺藏以朝寄
唯重佛法攸憑乃擇京都中會路均近遠於

遵善坊天衢之左而置寺焉今之大興善是也自斯已後中使重沓禮遇轉隆厚味嘉肴容轝封送王人繼至接軫相趨又勅左右僕射兩日一叅坐以鎮之與語而退時教網初張名德雲搆皆陳聲望莫與爭雄宮闈嚴衛來往艱阻帝卒須見頻關朝謁乃勅諸門不須安籍任藏往返及處內禁與帝等倫坐必同榻行必同輿經綸國務雅會天覽有時住宿即邇寢殿贓賜之費益無競矣開皇四年關輔亢旱帝引民衆就給洛州勅藏同行共通聖化既達所在歸投極多帝聞之告曰弟子是俗人天子律師爲道人天子有樂離俗者任師度之遂依而度前後數萬晚以事聞帝大悅曰律師度人爲善弟子禁人爲惡言雖有異意則不殊至於隋運譯經勝緣貴集身先衆範言會時望未知寺任綱正有聲開皇六年卒於所住春秋六十有八葬于南郊

釋道成字明範俗姓陶氏丹陽人也祖誕齊招遠將軍永嘉太守父僉梁貞威將軍上虞令成少而入道住永嘉崇玄寺事式法師爲弟子儀貌瓌美奇姿拔衆群伍目曰神童具戒之後學超儕輩大同之初栖遊京輦受業奉誠寺大律都沙門智文十誦纔經兩徧年逾未立別肆開筵數論毗曇染神便悟無繁工倍聞一知十是以京邑耆老咸稱後生可畏講十誦律菩薩戒大品法華諸經律等一百四十徧又講觀音一百二徧著律大本羯磨諸經疏三十六卷至於意樹心華增暉且曜析理質疑聽者忘倦學士惠藏法祥等並遊方講說法輪常轉傳茲後餘利益弘多咸

蔬素潔已珠戒居心神解嚴明深禪在念兼六時虔懺三餘暇日漁獵文史欲令知無不爲也然其性用安詳威儀合度天人模楷罕有其儔軟語愛言不常忤物後現疾旬餘猶牽講說以開皇十九年五月五日遷神於興嚴寺春秋六十有八大漸之際唯稱念佛支節軟暖合掌分明即以其月八日窆於奉誠寺之南山墓誌高座寺僧惠從所作

釋通幽姓趙氏河東蒲坂人幼齡遺世早慕玄風弱冠加年遂露僧伍而貞心苦節寒暑不虧尋師訪道夷險無變遇周齊陵亂遠涉江皐業架金陵素氣攸遠及大隋開運還歸渭陰味法泰其生平操行分其容止至於弘宣示教則以毗尼唱首調御心神仍用三昧遊適故戒定兩藏緫萃胷襟學門再敞遠近斯赴晩貫籍延興時當草創土木瓦石工匠同舉而事歸天造形命未渝隨所運爲無非損喪幽戒約内結仁洽外弘立四大井各施漉具凡有施用躬自詳觀馳赴百工曉夜無猒皆將送蟲豸得存性命故延興一寺獨免形殘自餘締構焉難復叙而潔已自勵罕附斯倫每欲開經必盥手及腕齊肘已後猶從常淨舉經對目臂不下垂房宇覆處未常澡漱涕唾返咽不棄寺中便利洗淨乃終其報又自生常不用巾幞手濕則任其自乾三衣則重被其體自外道具僅支時要每自嗟曰生不功一片之善死不酬一毫之累虛負靈神何斯悞也遂誡弟子曰吾變常之後幸以殘身遺諸禽獸儻蒙少福冀滅餘殃忽以大業元年正月十五日端坐卒於延興寺房春

秋五十有七弟子等從其先志林葬於終南之山至相前峯火燎餘骸立塔存矣

釋洪遵姓時氏相州人也八歲出家從師請業屢高聲駕及受具後專學律部心生重敬内自惟曰出家基址其在戒乎住持萬載被于遺教諒非虛矣更辭師友遊方聽習履涉相京諮訪深義有所未喻決問罕通三夏將滿遂知大旨初住嵩高少林寺依資雲公開胷律要并及華嚴大論前後叅聽並扣其關戸渙然大明承鄴下暉公盛弘四分因往從焉聽徒五百多以巧媚自通覆講竪論了無命及暉寔律學名匠而智或先圖遵固解冠時倫全不以曲私在慮後因盛集異學充堂遵乃束暉製疏捧入堂中曰伏膺有日都未見知是則師資兩亡敢以文疏仰及便置之座上往覆雲所既屬捨見來降即命登座覆述吐納纖隱衆仰如山自後專預正時結徒畢業以戒律旁義有會他部者乃重聽大論毗曇開沃津奥又以心使未靜就諸禪林學調順法年踰十臘方歸律宗四遠望風堂盈千計時爲榮大也齊主旣敞教門言承付囑五衆有墜憲網者皆據内律治之以遵學聲早舉策授爲斷事沙門時青齊諸衆連諍經久乃徹天聽無由息訟下勑令往遵以法和喻以律科徵曲感物情繁諍自弭由是更增時美法侶欣之及齊曆將季擅名逾遠而非類不交唯道同轍名儒大德見輙慕從常與慧遠等名僧通宵造盡周平齊日隱于白鹿巖中及宣政搜揚被舉住於嵩岳德不孤峙衆復屯歸大隋廓定招賢四海開皇七年下

勑追詣京闕與五大德同時奉見特蒙勞引令住興善并十弟子四事供養十一年中又勑與天竺僧共譯梵文至十六年復勑請爲講律衆主於崇敬寺聚徒成業先是關内素奉僧祇習俗生常惡聞異學乍講四分人聽全希還是東川讚擊成務遵欲廣流法味理任權機乃旦剖法華晩揚法正來爲聞經說爲通律屢停炎燠漸致附宗開導四分一人而已迄至于今僧祇絶唱遵爲人形儀儒雅動據規猷而神辯如泉聲相鐘鼓預升法位罕有昬漠開悟之勲寔難嗣焉仁壽二年勑送舍利于衛州之福聚寺將出示衆乃放紅赤二光晃發遠近照灼人目道俗同覩大生慶悅仁壽四年下詔曰朕祇受肇命撫育生民遵奉聖教重興像法而如來大慈覆護群品感見舍利開導含生朕已分布遠近皆起靈塔其間諸州猶有未徧今更請大德奉送舍利各往諸州依前造塔所請之僧必須德行可尊善解法相使能宣揚佛教感悟愚迷宜集諸寺三綱詳共推擇録以奏聞當與一切蒼生同斯福業遵乃搜舉名解者用承上命登又下勑三十餘州一時同送遵又蒙使於博州起塔初至州西有白鶴數十頭當於興上旋繞數帀乆之而逝及至城東隆聖寺置塔之所夜有白光數十道道如車軸住于基上邊有鳥巢樹上及光之洞明衆鳥驚散又雨銀華委地光曜如雪掘基五尺獲粟半升夜降神仙八十四人持華繞塔乆乃方隱又婦人李氏患目二十餘年及來禮拜兩目齊見後行道之夕又放赤光照寺東房見卧

佛及坐佛說法之像復見梵僧對架讀經經有一十四字皆是梵書時人不識及四月八日當下塔時感黑蜂無數銜香繞塔氣蔚且薰不同人世又見白蓮華在塔四角高數百丈華葉分布下垂於空時間五彩蓮華廁塡其內又見天人燒香而左轉者於是總集而觀歎未曾有矚目不見者非無一二及下覆訖諸相皆止遵於京邑盛開律種名駭昔人而傳叙玄宗其後葢闕又著大純鈔五卷用通律典尋又下勑令知寺任弼諧僧衆丞光徽績以大業四年五月十九日卒於興善春秋七十有九隋初又有道洪法勝洪淵等並以律學著名洪據相州紹通雲胤容止沉正宣解有儀學門七百丞程弘量故諸經論之士將欲導世者皆停洪講席觀其風畧採爲軌躅勝博涉有功而言行無副神志高卓時共潛推但身令未廣故聽徒簡略淵學業遵統化被中山綱維正像有聲幽冀年代非遠並不測其終

釋覺朗俗姓未詳河東人住大興善寺明四分律及大涅槃而氣骨陵人形聲動物遊諸街巷罕不顧之仁壽四年下勑令送舍利于絳州覺成寺初達治所出示道俗涌出金瓶分爲七分光照徹外穿基二丈得粟米一升又感黃雀一頭飛迫於人全無怖懼馴遶佛堂久便自失又石函蓋上見二菩薩踞坐寶座前有一尼斂手曲敬或見飛仙及三黃雀并及雙樹麟鳳等像將下三日常放光明乃迷晝夜朗過燈曜有掩堂滅炬者而光色逾盛溢于幽障玄素通感禜慶相諠朗具表聞

廣如別傳大業之末有勑令知大禪定道場主鎮壓豪橫怗然回風漸潤道化頗懷欽重不久卒於所住時又有沙門海藏識信堅正宗仰律司屢講四分少有傳嗣唐運置十大德藏其一焉又有法鏘律師本住靜法末猒煩梗南栖太和幽居養志不預僧衆孤行巖岫偃息松林服餌守中賞心唯識亦搔索之開士也及終殁後露骸山側至夜有燈照之道俗往觀失燈所在遠望還見動經兩月光照逾明

釋惠主俗姓賈氏始州永歸縣人六歲出家爲弑法師弟子後令誦遺教一夕便度以經驗師多有乖越便捨之而往姜律師所誦法華經寺東房中講於俗律試聽一徧性若曾聞乃問十關無能解者刺史已下闔州白黑皆往諮問莫不歸伏始州一部祖宗道衆即爲州内律生受菩薩戒既爾約束以佛爲師尚不敬天況復神道於是佛法方得開弘於黄安縣造寺七所梓潼縣造十寺武連縣造三寺從彼至今方將盛矣初主登冠欲受具足當境無人乃入京選德於甘露寺受戒唯聽四分餘義傍通夢見三日三夜天地闇冥衆生無眼過此忽明眼還明淨覺已汗流一百日後周毀經道方知徵應即返故鄉南山藏伏唯食松葉異類禽獸同集無聲或有山神送伏苓甘松香來獲此供養六時行道禽獸隨行禮佛誦經似如聽仰仍爲幽顯受菩薩戒後有獼猴群共治道主曰汝性躁擾作此何爲曰時君異也佛日通也深怪其言尋爾更有異祥龍飛獸集香氣充山其類衆矣

後有八人採弓材者甚大驚駭便慰主曰聖君出世時號開皇矣即將出山以事奏聞蒙預出家大業中勑還本州香林寺常弘四分爲業武德之始陵陽公臨益州素少信心將百餘馱物行至始州令於寺内講堂佛殿僧房安置無敢違者主從莊還見斯穢雜即入房中取錫杖三衣出歎曰死活今日矣舉杖向諸驢騾一時倒仆如死兩手各擎一馱擲棄坑中州縣官人驚怖執主狀申陵陽大喜一無所怪書曰弟子數病不逢害鬼蒙得律師破慳貪袋深爲大利令附沉香十斤紬綾十段仰贈後還京日從受菩薩戒焉貞觀三年寺有明禪師者清卓不群白日獨坐見無半身向衆述曰吾與律師建立此寺兩人同心忽失半身將不律師先去不者明其死矣明日食時俗人驚去寺家設會耶見有四路客僧數千人入寺令何所在尋爾午時主便無疾而逝春秋八十九矣

釋智保河東人弱齡入道清慎居心而在性剛謇不執流俗進受具後正業禁司擁節專制挺超羣侶慱聽異解貫練心神廢立文肯大觀掌内所以律部遐被寔賴斯人故能維攝自他言行相守至於流略墳索頗獲其宗談對玄儒不後其術筆記之工時揚大義緣情流彩嗣接英華初住勝光末居禪定國供豐積受用多虧所以名僧大德日陳形器憑准神解可以言傳至於衣食資求未能清洗僧衆四百同食一堂新菜果亦多選香美保低目仰手依法受之任得甘苦隨便進噉皆留子實恐傷種相由知法者少疑未詳檢其

知量敬護皆若此也後返勝光屬業彌峻園蔬溉灌水雜細蟲直歲高視但論事辦保念此無辜交被刑害躬執漉具送達方還寺有草物堪為僧用者必拾掇鳩聚身送厨帳其雜行紛綸誠難備舉以武德末年遘疾將漸而正氣明爽告友人惠滿曰余其死矣而精神不得超勝如何有問意故答云觀其來陰似作守寺之神耳而止于西院佛殿余頻以法遺之卒不能離言訖便絕自爾所陳殿宇人罕獨登時須開入無不歔然毛動及後百日嘗有老嫗内懷酒食將遺諸僧行至寺門忽被神害身死委地酒器流離斯亦嚴厲之所致也故僧侶懾其風威有涉鄙悋者皆懅而悛正矣自保之據道卓秀出群一食充軀雖經疾重不變前節不宿俗舍常止僧坊雖曾遠涉必栖林野三衣常被瓶鉢自隨不執俗器不親音樂五岳六府誓不身經理會高僧聞便赴仰故每日再講必瓶鉢自隨肅然成風無累於教處衆而食曾無贏長殘水餘澱並以餅拭而噉之一滴無遺恐損施福故也常遇重病每有食食餘一兩匙者停貯多日可得升許親看温煑命淨人食之有問其故答曰僧食難棄不可妄輕棄耳傳者目驗生常景行故直筆舒其弘護之相焉又嘗患瘧寒則水淋熱則火炙渴急鹽塞其口痢則絕其食取差斯徒衆矣

釋智詵字惠成姓徐本徐州人炫法師之弟也少聰敏有志節在蜀遊學務勤律肆會周陵法因事入關不果所期遂隱南嶺終南太白形影相弔有隋革命光啓正法招賁碩德

率先僧首即於長安敷揚律藏益州總管蜀王秀奏請還蜀王自出迎住法聚寺道俗歸崇寺設大齋無不來赴將食捉筋問炫法師曰此處護淨不答曰初還未得檢校承道不護淨乃擲筋而起曰寧噉屠兒食此洋銅何得噉也諸僧數千一時都散其嚴忌若此故其在衆屏氣寂然性不受施不妄千物有僧道悏爲人兇險遥見走避人曰卿從來不畏一人何故畏詵律師耶答曰此佛法中王那得不畏人曰以悏公膂力可不敵律師百人耶答曰縱敵千人遥見百脉已沉四肢不舉何敵之有乎後以人請戒禁行將諠擾乃辭入龍居山寺幽栖深阻軌迹不通延出辭疾意欲登劒閣廓清井絡與詵書令歸國化便略答云辱使至止并以誠言披閲循環一言三復文清淥水理破秋毫貧道戒行多闕化術無方宅身荒谷四十餘載狎魚鳥以樵歌習禪那思般若以此卒歲分塡溝壑不謂耆年有幸運屬休明伏惟相王殿下德隆三古道振百王公攘臂而歸舊里衣錦而旋本邑百姓有再生之期萬物起息肩之望搢紳君子捧玉帛而來儀慷慨丈夫委干戈而伏道昔長卿返蜀徒擅清文鄧艾前來未能偃武公華陽甲族井絡名家捧日登朝懷金問道劒南長幼並俟來甦旹藉微風自然草靡當勸諸首領越境叅迎携得書示軍衆先作禮曰人物爭歸律師之力也以武德元年十月一日卒居而逝年八十矣

續高僧傳卷第二十二

音釋

瑗為眷切　遳初救切齊飛也　譎詭譎古穴切詭古委切譎詭詐異也　坰涓熒切林外曰坰　組總古切織也謂執轡如組也轡兵媚切馬韁也　淝符非切合淝縣名　稊杜兮切似穀薉草也　莠以九切稂莠狗尾草也　巘語蹇切　憉悙憉蒲庚切悙虛庚切憉悙自強嗔貌　儕牀皆切等也　坂甫遠切　仆芳遇切僵也　歒所力切小怖也　嬴長嬴餘輕切長直亮切嬴長餘剩也　濺子賤切水濺灑也

續高僧傳卷第二十三上

唐　釋　道　宣　撰

明律下 正傳六人 附見五人

釋智首姓皇甫氏其源即安定玄晏先生之後也家世丘園索居物表隨宦流寓徙宅漳濱而幼抱貞亮夙標雄傑髫年離俗馳譽鄉邦初投相州雲門寺智旻而出家焉旻亦禪府龍驤心學翹望即稠公之神足也首歲居學稚且畧禁科權示五門擁其三業而神慧所指不慕下流覽屬遺教戒爲師本定慧衆善自此而繁義理相得敢違先誥所以每值律徒諧聲諮問隨聞弘範如説修行由是五衆分鑣莫不就而請謁俄而毋氏辭俗復入道門名爲法施住於官寺深修八敬遵重五儀志欲預有制門誓願奉而承則然居衆在道染附情深戒約是投率多輕毀而施割愛從道履正栖心威伏尼流聲髙魏土自玄化東被未有斯蹤以首膝下相親素鍾華望施欲早服道味濡沫戒宗乃啓旻授其具足而未之許也便内惟正檢外訊儕章恭附遵修緝諧倫伍旻察其儀軌然而識之知其風骨堅深乃許其受戒首以緣成之法事假明賢恐薄墜行門便有淪道器乃周訪鄭衛盛德勝人不累年期必邀登計時過三載方遂素

懷二十有二方稟大戒雖從師授而得不未知乃於古佛塔前請祈顯證蒙降佛摩頂身心安泰方知感戒有實自爾旦夕諮訪挺出恒標雖教所未聞而行儀先備及尋律部多會其文明若夙知更陶神府其有事義乖滯者皆決澮相融冥逾合契後聽道洪律席同侶七百鋒穎如林至於尋文比義自言迥拔及玄思厲勇通冠羣宗剛正嚴明風飈遺緒者莫尚於首矣故未至立年頻開律府懿德敷行咸共器之靈裕法師道震維伯範超倫等親管緇屬預在下筵時共美之重增榮觀會隋高造寺遠召禪宗將欲廣振律詮流暉帝壤若不附定通戒行學無歸遂隨師入關止于禪定解脫冥通聲光三輔初達天邑具覽篇章便更博觀親解開以前聞有識悟其玄規更開講肆既副本願登即然之每日處衆敷弘餘時却掃尋閱於是三藏衆經四年考定其有詞旨與律相關者並對疎條會其前失自律部東闡六百許年傳度歸戒多迷體相五部混而未分二見紛其交雜海內受戒並誦法正之文至於行護隨相多委師資相襲緩急任其取捨輕重互而裁斷首乃銜慨披括往往發蒙商畧古今具陳人世著五部區分鈔二十一卷所謂高墉崇映天網遐張再敞殊文統疎異術羣律見翻四百餘卷因循講解由來一亂今並括其同異定其廢立本疏雲師所撰今纘兩倍過之故得諸部方駕於唐衢七衆同瞭於貞觀者首之力矣但關中專尚素奉僧祇洪遵律師創開四分而兼經通誨道俗奔隨至於傳文律儀蓋蔑

如也首乃播此幽求便即對開兩設沉文伏義亘通古而未弘碩難巨疑抑衆師之不解皆標宗控會釋然大觀是由理思淹融故能統詳決矣使夫持律之賔日填堂宇遵亦親於法座命衆師之相成之道不忘弘讚之功靡替遂得知歸秦土莫不宗猷法鏡始於隋文末紀終於大漸之前三十餘載獨步京輦無敢抗衡敷演所被成匠非一所以見迹行徒知名唐世者皆是首之汲引實由匡弼之功而復每升法宇規誡學徒微涉濫非者爲停講座或有墮學者皆召而誨諭聞者垂泣無不懲革大業之始又追住大禪定道場今所謂大總持寺是也供事轉厚彌所遺削顧以道穆帝里化移闗表舊土凋喪流神靡依乃抽撤什物百有餘段於相州雲門故墟今名光嚴山寺於出家受戒二所雙建兩塔鎣以珠寶飾以丹青爲列代之儀表亦行學之資據各銘景行樹于塔右貞觀元年有天竺三藏大賷梵本擬譯唐文乃詔所司搜揚英達僉議所及遂處翻傳其有義涉律宗皆諮而取正至于八年上以聖善早喪遠感難陳雖化滿天下而罔極之情未展奉爲太穆皇后於宮城之西造弘福寺廣延德望咸萃其中恐僥倖時譽妄登位席以首道素嚴正不濫邀延百辟上聞召爲弘福上座即總網任採擢僧倫其有預在徵迎莫不諮而趣舍使夫衆侶雲會等臭如蘭不肅成規流芳不絶自爰初問講暨窮百遍必得果心夕死可矣始於漳表終至渭濵隨方陶誘恰窮本願慶本所念未幾而終詳諸物議可爲知命以貞

觀九年四月二十二日宿疾再加卒於所住春秋六十有九皇上哀悼下勑令百司供給喪事所須務令周備自隋至唐僧無國葬創開模楷特共重之僕射房玄齡詹事杜正倫并諸公卿並親盡哀訴崇戒範也至二十九日裝辦方具時惟炎夏而屍不腐臰衆共嗟之斯持戒力也諸寺門學競引素幢充諸街衢官給地十畝於京城西郊之龍首原縣夫三百築土墳之種松千株于今茂矣慕義門學共立高碑勒于弘福寺門許敬宗爲文初律師弘化終始有聞博見之譽通古罕例自講士交競投習昔傳讎勘羣宗多乖名實非夫積因往世故得情啓天垂數百年來收宗始定兼勤於聽說重於行事隨務造儀皆施箴艾每於晦望說戒先具法物華香交飾鑒發堂中預在聽徒合掌跪坐一衆兢竦終於前事說欲陳淨徧所誡期每講出罪濯諸沉累故持律之士多往參焉自終世後此事便絶余嘗處末塵向經十載具觀盛化不覺謂之生常初未之欽遇也乃發憤闡表具覿異徒溢目者希將還京輔忽承即世行相自崩返望當時有逾天岸嗚呼可悲之深矣

釋慧璡姓吳揚州江都人也毋懷之時即袪嗜欲辛腥俗味眇然不顧識者以爲兒之所致同身子矣及年七歲心慕緇徒道見沙門尋而忘返親欣其信仰也遂放依榮法師而出家焉孝謹天然罔由師訓隨從奉敬初無乖越每從榮遊履諸寺無敢出離便於榮所卧牀下席地而伏斯例非一聽榮攝論大悟時倫即而講說嗟賞者衆談吐清雅妙會物

情仁壽年中從榮被召入於禪定及具戒後專精律儀聽遵師講凡二十遍又聽首律師數亦相及謙弱成治竪論不言講揚攝論方數律相時以其寄大乘而弘行範也大業末曆郊壘多虞禪定一衆雅推璡善能御敵乃總集諸處人畜普在昆池一莊多設戰樓用以防擬璡獨號令莫敢當鋒時司竹羣賊鼓行郊野所至摧殄無抗拒者兵臨莊次意存誅蕩璡登樓一望但見張旗十里乃收束弓刀反縛奴僕大設餚饌廣開倉廩身先入陣勞問軍主引至莊中命令就坐既見盛設相與開顏各執璡手健道人也飽噉而旋唯取牛十頭擬勞軍士牽至中道璡後從乞以衛前顧皆用還之所以義寧之初通莊並潰惟有禪定如舊無損即深明機要善達開遮一人而已加又偏工巧性無施不可或莊嚴綵飾或丹青輪奐或裁縫服翫或驅策人物衆兼四百通用推賢至於誦說戒經清音流靡由來怠墮者聞璡說戒皆來坐聽竦耳峻坐畏其聲止貞觀之初任雲華寺上座常弘攝論化開律部晚又下令徵入普光綱理僧倫大小清穆以八年冬終於此寺春秋五十餘矣時又有沙門滿德善智眞懿敬道者同璡所學慕義朋從德慧悟天開談說弘暢智博解深輿情欣護法懿導說有功化行多阻道抱素自資性存經史多從物故懿獨存焉揚歎京輦

釋法礪俗姓李氏趙人也因官遂家于相焉生而牙齒全具迄于終老中無亂毀堅白逾常登年學位便欣大法初歸靈祐法師即度

爲弟子風素翔郁威容都雅言議博達欣尚玄奥受具已後敦慎戒科從靜洪律師諮考四分指撝刑罔有歷年所振績徽猷譽騰時類功業旣著更師異軌又從恒州淵公聽集大義乃周兩載統畧枝葉窮討根源當即溥引所聞開講律要詞吐簡詣攻難彌堅故得鄰幾獨絶尤稱今古末又往江南遊覽十誦而咸專師授討擊未資還返鄴中適緣開導屬隋煬道銷岳瀆塵擾聽徒擁戢諮逮無因唐運初基法門重闡會臨漳令裴師遠夙承清訓預展法筵請礪在縣敷弘相續綿積累載開悟極多四方懷道宵與命駕解契昇堂行敦入室礪以初學舊習委訪莫歸若不流于文記是則通心無路乃開拓素業更委異聞旁訊經論爲之本疏時慧休法師道聲遠被見重世猷讃擊神理文義相接故得符彩相照律觀高邈休有功焉以貞觀九年十月卒于故鄴日光住寺春秋六十有七前後講律四十餘遍製四分疏十卷羯磨疏三卷拾懺儀輕重叙等各施卷部見重於時時衞州道爍律學所宗業駕於礪爲時所重矣

釋玄琬俗姓楊弘農華陰人也遠祖因徙今居雍州之新豊焉青衿悟道履操沖明在志學年方遊法苑事沙門曇延法師振領宏標遺教法主隋文欽重立寺處之具見別傳而琬位居入室恭恪據懷及進具後便隨洪遵律師服膺四分冠冕遮性鎔汰持犯涉津三載便事敷演使於後進樂擁前英歎美乃旋踵本師涅槃眞體挹掇新異妙寫幽微又欲欽佩惟識包舉理性於曇遷禪師禀學攝論

并尋閱衆鋒窮其心計法華大集楞伽勝鬘地論中百等並資承茂實研覈新聞環循彌討其際搜會擢其玄理然顧福智相導有若輪馳慧業畧割於終標樹創開於始永惟延師存日願造丈六釋迦經畧未圓奄便物故誓志營復剋遂先模於仁壽二年提洽有緣便事鑪錘寺乃京阜衝要峙望歸心故使至感冥通控引咸遂當時空色清朗杲日流輝上天雨華狀如雲毋滿空飄灑終墜像前僚庶嘉其罕逢法屬慶斯榮瑞及開模之後雅相逾圓即爲闕輔棟梁金像之大有未過也今在本寺每於靜夜清朝飛流八音之響而不測其來至又造經四藏備盡莊嚴諸有繕寫皆資本據又以二月八日大聖誕沐之晨追惟舊緒敬宗浴具每年此旦開講設齋通召四衆供舍悲敬辦羅七物普及僧儔又常慨運距像末有虧歸禁至於授受遮難滋彰乃鎣飾道場尋諸懺法每春於受戒之首依二十五佛及千轉神呪潔齋行道使彼毀禁之流澄源返淨登壇納法明白無疑並傳嗣于今住持不絕從此而求可謂護法菩薩也而重法尊行晨夕相仍若值上德異人必揖對欣振諮承餘令雖閒同昔習而翹仰如新斯後已謙光罕有蹤矣逮貞觀初年以琬戒素成治朝野具瞻有勑召爲皇太子及諸王等受菩薩戒故儲宮已下師禮崇焉有令造普光寺召而居之供事豐華廣沾會響又別勑延入爲皇后六宮弁妃主等受戒椒掖問德禁中授納法財日逾塡委而欽若自守不顧有餘嚫施所資悉營功德尋有別勑於苑

内德業寺爲皇后寫見在藏經當即下令於延興寺更造藏經並委其監護琬以二宫所寄惟各其誠祗奉不難義須弘選自周季滅法隋朝再興傳度法本但存卷袠至於尋檢文理取會多乖乃結義學沙門讎勘正則其有詞旨不通者並諮而取決故得法寶無濫於疑僞迷悟有分於本末綱領卓明自琬始也昔育王再集於周時今琬定宗於唐世彼此誠異厥致齊焉然其匠訓於世三藏含之偏以苦節自修德以律儀馳譽言爲世範緇素攸歸華夷諸國僧尼從受具戒者三千餘人王公僚佐爰及皀隷從受歸戒者二十餘萬左僕射蕭瑀兄弟人倫藻鏡久厭時煩每諮法華會三之旨龍樹明中之教沉吟移景奉佩而旋右僕射杜如晦臨終委命召爲歷劫師資大將軍薛萬徹昆季并及母氏並欽崇戒約蔬素形終普光道岳法師解洞幽關辯開慧府敬奉戒香行菩薩道而汲引忘疲弘務終日因之華勵恒習者計非恒准故京輔士庶繼踵煙隨禮供相尋日盈厨庫時有巫覡者云每至授戒説法異類鬼神諸方屯聚如承受相自非至功冥被孰能致乎琬以戒勸之至物我同欽義等風行事符草偃乃致書皇太子曰元正告始景福惟新伏惟殿下膺時納祐鑿無不宜但琬夙縈沉痾不獲奉慶蒙降逮問無任荷戢感顧恩隆罔知攸厝今畧經中要務即可詳行者四條留意尋檢永綏寶祚初勸行慈引涅槃梵行之文令起含養之心存兼濟之救也二減殺者引儒禮無故不殺牛羊者皆重其生去其濫逸也

又云王者修其教不易其俗齊其政不易其宜見其生不忍其死聞其聲不食其肉此即上帝悼損害之失樹止殺之漸也故佛經有恕已之喻誡之以殺打諸事也琬聞東宮常膳日多烹宰審如所承誠有大損殿下以一身之料遍擬羣僚及至斷命所由莫不皆推殿下所以長懷夕惕望崇慈恕自今已往請少殺生東宮內外咸減肉料則曆長命久仁育斯隆三順氣者如經不殺曰仁仁主肝肝者木也春陽之時萬物盡生宜育群品用答冥造如其有殺是不順氣殿下位處少陽福居春月行慈以和正氣施惠以保天齡請年別春季斷肉停殺愍彼含育順此陽和四奉齋者如經年三月六齋能潔六根便資五福伏願遵行受持齋戒何者今享此重位咸資往因復能進德崇善用成其美則善知識者是大因緣玄琬道德踈微曲蒙顧眄謹率聞見敢塵聽覽登即答曰辱師所示妙法四科循覽周環用深銘佩法師早袪塵累遊神物表闡鷲領之微言探龍宮之秘藏洞開靈府凝照玄門固以高步彌天隣幾初地遂能留情博施開導蒙心理實義周詞華致遠包括今古網羅內外訓誘之至審諭之方縱聖達立言師傳弘道亦未足髣髴要津擬議高論但行慈減殺順氣奉齋斯乃仁人之心以成大慈之行謹當緘諸心府奉以周旋永藉勝因用斯冥祐餘文不載其言令之行化及此類九年下詔斷殺起於三月盡於五月琬以仁育兼濟乃上啓更延帝又特聽盡于歲暮貞觀十年杪冬遘疾知歸後世又致啓東宮

累以大法又上遺封表於帝曰玄琬聞真容晦迹像教陵遲無不假緇素以住持設內外而為護遂得法雲再潤慧日重輝光協萬乘紹隆千載竊尋住持之理義有多門弘護之方教乃非一若不依佛取捨仍恐賞罰乖宗如其准教驗時是則簡徑當理伏以僧尼等不依戒律致犯刑章聞徹闕庭塵瀆聽覽琬等僧徒無任慚懼但恐餘年昏朽疾苦相仍弱命不存洪恩未答遂於經中撰佛教後代國王賞罰三寶法及安養蒼生論并三德論各一卷伏願聖躬親降披覽陛下廣開上書之路冀納芻蕘之言謹獻祕要之經請詳金口之教但琬忝當傳法庶無匿教之僁扶劣署封以酬終後之事不勝戀仰謹奉經以聞又遺誡門人在於道檢言極詳切讀者垂淚

又云餘癃施諸眾生餘骸依古焚棄制服喪臨一無預懷遂以臘月七日卒於延興寺房春秋七十有五道俗失依皇儲哀慟天子下詔曰玄琬律師戒行貞固學業清通方寄弘宣正法利益羣品不幸沒世情深惻悼賜物如別齋殯所須事由天府春官懿戚卿相重臣並捨金貝榮加賵贈營助追福曁于百日特進蕭瑀太府蕭璟宗正李伯藥詹事杜正倫等並親奉戒約躬盡哀禮後旋殯山寺幢蓋相映香華亂空從者如雲眾盈數萬前儐遠達于終南後塵猶繼于城闕四十里間皂素充道皆云我師斯亡戒業誰保故為時宗如此也弟子等五百餘人奉遵遺旨爾時雲高風靜木淨油香七眾彌山一心悲結乃命下火依法闍維薪盡灰飛廓然歸本仍於焚

所建佛塔一區用津靈識儀像在馬東宮洗馬蘭陵蕭鈞製銘宗正卿李伯藥制碑立于塔所時爲冠絶初琬自始及終意存弘濟生善福智無不綴心武德之初時經剥喪粒食湧貴客僧無託乃自竭餘力行化毘豪隨得貨賄並充供給日到寺厨親問豊約故主客同慶焉又像季澆雜多輕戒律乃以身軌物引諸法屬親執經文依時附聽乃經十遍遠嗣先塵智首律師德光榮聞於帝京者實資成讚能扇芳風自見令達罕能推挹如此人矣故使唐運搜舉歲拔賢良多是律宗實由琬之篤課也而容範端肅聲氣朗峻預瞻敬者莫不懍然圖像厥相猶令人畏有弟子僧伽俗姓元氏清悟寡嗜欲常隨琬導物而立志貞正識諫變適不犯顔色以味靜爲宗又不希人世依閑業道是所諆焉臨終清歗斂容明誨而卒豈非師資謙德能世其塵而恨其早卒清規未遠

釋慧蕭俗姓劉本彭城人世家徙于許州之長葛故又爲縣人焉奕葉以衣纓稱士大夫十八爲書生聰悟敏達善說詩禮州郡以明經舉之非其所好遂入嵩高山求師出家雖强識前聞而以戒行見稱耆舊明達相謂曰若人如此必今代之優波離也開皇初遊學鄴城博綜經律乃貫練衆部偏示四分聞泰山靈巖寺幽栖結行之宅也乃往從焉後以和尚年衰復還中嶽于時隋祖創業四海爲家故得縱任往還無所拘礙時龍門沙門明朗河東持律之最承蕭道聲籍甚不遠從之朗雖年齒隆蕭而卑身禮事並深相悦伏道

合欣然淹留歲序請歸河曲蕭亦不滯物我相與同行住于龍門定林寺歷緣山水居隨所好尋訪同志不憚危險馬頭山有僧善禪師聚徒結業從而習定時還朗寺弘暢毗尼仁壽中頻向黃頻山依巖夏坐有亡命者因事投焉不忍遣之留匿經久後以事發引蕭爲侶所在督課追徵赴獄會朗善俱亡又兼匿罪便震錫徂南路經蒲坂時沙門道積神素道傑等晉川英彥素與周旋留連累載屬隋煬嗣曆法令滋彰藏匿嚴科殊爲峻刻蕭以許身爲道隨務東西名貫久除栖遁幽阻自中條王屋巨壑深林無險不登若遊庭戶逮中原版蕩妖氣一亂河東郡丞丁榮敬服德音招住仁壽長弘律藏學者肩隨義寧中被擁西城不虧講業及得安靜彌崇法會蒲陜晉絳五衆師焉以貞觀十四年終于仁壽春秋七十有三自蕭服心戒業演導爲宗友接朋勝時無與貳每念朗善遊好不覺涕之無從不能裁止便登跳而慟斯重交慕善爲如此曾講涅槃僅十許遍猶恨大乘無功遂翫讀華嚴於數年間口不輟音文不釋手有請蕭爲方廣講主乃止之曰吾尚未解經意安可講乎時以爲貞而且諒又懼悞諸後學云

釋惠滿姓梁氏雍州長安人也父粲歷仕隋唐爲海疊諸州刺史滿生年素潔履正標宗慈濟含育殆非修學世俗餚饍見便寒悚僧儀道具覩即欣仰年甫七歲即樂出家二親素奉佛宗不違其志父臨海州有勑聽度便蒙剃髮隨父還京住大興善爲仙法師弟子

仙名望京邑識悟有從既道俗洽聞故父親付囑後携住仁壽宮之三善寺及大業之始又住大禪定馬進戒奉業於智首律師明慎威儀學門推揖思擇理味以達曙爲恒而勤於政事樂行勸勉每值立界施則唱白科舉身先衆侶諮考疑議至於受戒緣集難遮多少教授獨斷成不眇然滿乃預令識相提撕抵掌致有臨機忘逸往往徵正時共重其詳審敬其成進也遊講四方不拘世累貞觀三年常於鄜城魏兵曹家别院講羯磨法所居草室忽爲火燒風燄俱盛將延西及滿索水潠之因即風迴火滅得無燒爇斯戒德之威頗難登繼至七年令造新寺通選大德以滿行績前聞引之令住其年奉勑令住弘濟寺上座專弘律訓奬導僧徒亟有成規旁流他寺有集仙寺尼素無慧解妄有師習鑄老子眞人等像私自供養并廣召黃巾處堂慶會滿與諸僧同預齋集既屬此事公訶止之連告大德顯行擯罰又追取道像入太原寺改成佛相用誡餘習昔周趙王治蜀有道士造老君像而以菩薩俠侍僧以事聞王乃判曰菩薩已成不可壞天尊宜進一階官乃迎于寺中改同佛相例相似也又證果寺尼慧尚者一時僥倖宮禁還往會高祖昇遐離宮京置乃以尚之住寺擬設皇靈尚即取僧寺爲尼所住事連正勑莫敢致詞滿遂構集京室三綱大德等二百餘人行於擯黜云自佛法流世未有尼衆倚官勢力奪僧寺者既是非法宜出衆外不預四衆還往及諸法事若有與尚衆言論者亦同此罰制令既行是非自

顯惠尚不勝其責連訴東宮并諸朝宰有令遣詹事杜正倫解其擯事僧衆既集多從情議滿曰殿下住持正法惠滿據法情理今則違理附情此則規模一亂擯本治罪罪仍未悛據此而詳未敢聞旨便捉坐具逡巡而退時衆懼加威權便同解擯滿聞之歎曰余伴既少難可重治且不同解示知乖相耳尚後謝過滿終不顧及駕巡東部下勑李衆在前滿集京僧二百人詣闕陳諫各脫袈裟置於頂上擬調達之行五法舉朝目屬不敢通表乃至闕首重勑方迴長安弘濟集徒講說成匠晚秀有隣聲彩又頋生安養浴僧爲業斆安公之芳緒也惸惸惻惻兢兢自勵以貞觀十六年四月二十日遘於微疾知當後世勑出什物並屬三寶正坐繩牀自加其膝召諸寺衆人各執别氣從下上漸至于心言晤答對初無昏昧煖氣至口奄爾而終春秋五十有四焚於終南龍池寺側餘骸並化唯舌不灰更足薪火經于累宿色逾鮮赤遂瘞于山隅京師淨住寺惠昇爲之銘頌見于别集手製四分律疏二十卷講三十餘遍

續高僧傳卷第二十三上

音釋

鑣悲嬌切馬銜外鐵也　睇大計切小視也　芻蕘蕘如招切芻蕘謂刈采草薪之人也　賵撫鳳切贈死曰賵　瘞於罽切埋也

續高僧傳卷第二十三下

唐　釋　道　宣　撰

明律下之餘正傳六人　附見一人　無傳二人

唐箕山沙門釋慧進傳七明

釋慧進姓鮑氏潞州上黨人弱歲辭親慕從緇侶修習戒檢極用偏功將欲剪削父母留戀遂停俗里以仁孝見知年至三十鄉閭覩其精苦潔身斷愛無思妻累乃共白其所親委其元度方任出家住州治梵境寺既受具已聞說受淨衣毛歡然重問持犯又闕諮悟承鄴下講律徒侶僅千欣嘉滿懷以律假緣求非文不合因即閉關自讀八十餘遍行要耳目頗亦具瞻而義理由蹤必從師受便往相州洪律師所一坐伏聽不移其席乃經八遍中靜緣務相續而聽又經八年爾後栖遑隨師南北或山或世遊採經論用裨律宗畧計前後四分一宗百二十遍幷重尋讀强三百遍自有同塵專志累功罕儔其匹隋文末曆有同寺僧弊進學業叵難齊競陰而嫉之進曰相與出家同遵律業潛加蠅扇豈不以身名致嫌乎昔聞無諍行者唯在空生聖立芳規義非自結余雖不敏請從雅喻即日往謝擲棄公名褐樸而出衆有止之進曰余不

滯於去留也爲緣故耳因遊聽諸方勝徒名地五臺泰岳東川北部常山鴈門隨逐禪蹤無遠必届沙門慧瓚道王朔川又往投馬定宗師傅及瓚入關遂往箕山訪蹤巢許巖石便利有古寺焉掃以居之足不下溪三十餘載言行成範緇素尋焉舊本幽阻由之喧泰故其法屬常以禪律繼業以貞觀十九年正月十五日因疾跏坐而卒于山舍春秋八十有六時同鄉沙門明瓚者善宗四分心眼清亮講解相仍具傳章鈔而形氣弘偉少共齊倫在法住寺御衆揚化韓潞沁澤四州從範末齡風疾頓增相乖儀節雖衣服頹陊而飲食無暇余聞往焉欣然若舊敘悟猶正年八十餘矣

釋道亮姓趙氏趙州欒城人十五厭於世網投州界莎坦禪坊備禪師而出家焉備傅達洽聞兩河稱德偏弘大論神見清遠十六登座至于八十聲相動物詞味無變虔奉敬諮展望預聽徒乃令往封龍山誦經爲業山侶三十並是禪蹤素少淨人惟亮一已既當下位衆務同臻日別自課舂五斗粟將及六載一時不懈徒跣三年六時隨衆屢蒙放遣素心不從積至七年苦勸方遂聞幷部瓚禪師結徒開化盛宣佛法行達箕山便進具戒漸次太原歸依慧瓚念定爲務旁慕律宗有嚴律師者德範可歸便從受業因居無量壽寺焉即嚴之所住也自爾專攻四分無忘日夕又從嚴往石州聽地持論經停既久文旨大通覆述前解增其名實有員秀才者居幽綜習儒教有功從亮學於起信遂爲披析開發

慧悟抱信不移承龕律師引徒盛講據業呂州又往從馬聽温本習後返住寺依時弘演唐運初開勅為滿師立義興寺以亮律行清顯延而止之因常講說鎮移世績貞觀之始出至本州欒城備公猶自在世欣亮遠覲為建律筵轉展相扇聲被東夏聽徒八百請益日隆爾後頻開律府計不在數成講學士四十餘人并部法興自出此矣至今貞觀十九年春秋七十有七矣

釋道興姓劉本住秦州八九歲時常念出家私詣僧寺不肯還二親恐失年十九決意定詣大光寺求出家僧衆愍之二親苦求隱避不失衆為解喻便許剃落時天下大亂賊寇交横死者山積興為沙彌語諸徒曰人身難得持戒第一母為賊掠將去離城六十里興没命尋逐至已被傷未絶賊見曰此僧誠為至孝逐母至此便不盡命乃背負母還城城中咸怪賊路兇險何因得返避難投蜀至河池縣逢贇皇公蒙被安慰送至梁州興與一老僧相隨彼有金十兩謂興曰吾有金可為負至蜀共分興曰此危身物佛又不許不可將行若不信者善惡應驗遂捨而獨往彼持金者至三泉縣逢賊致死既至蜀川年滿進具常行蘭若頭陀乞食智舜律師當衢講匠依聽五遍便能覆述每有異見舜深奇之後至京師首律師下伸大義如別所引後還蜀川廣聽經論不爽光陰又於江禪師下禀受禪道以為徵心要術也自舜没後接構律筵每年講席極為稽引三十二十度來請者方許開宗每歎云佛法漸替輕慢日增余不敢

輕所以爲重法故爾即以慇懃鄭重爲善法
種子若無此種何由可遇所以每講律部及
發菩提心以此勵衆聽者垂泣恩誨與待衆
涕泣靜已久久方令唱文如此非一四遠來
投無客主興知都維那于時官府急切不許
客住諸寺無停者咸來即安撫寺主曰依官
制不許何得停之興曰官不許容針私容車
馬寺主豈不聞耶寺主大怒曰年少不用我
語興曰此三寶也敬則見善嫌則感惡寺主
憤恚還房眼看袈裟不見又往三門王家會
受飯謂言是血食人喻之竟不食返寺向興
懺悔尋終行蘭若時鬼來惱亂興出繩牀鬼
退爲受三歸已爲禮佛名鬼亦隨禮貞觀中
青城戴令來慕欲與興同房宿夜中眠驚走
出房外云見一赤衣僧執杖打背云何因在
此宿以火照背如三指大隱軫赤色因求悔
過興遇疾甚聞室中音樂聲自念我所求者
本在佛果不願人天所願不虛諸有魔亂自
應消滅言已聲滅自此便差常禮千佛日別
一遍永徽三年玄奘法師送舍利令供養興
獲已於房內立道場發正願曰若一生傳法
幷禮賢劫千佛如契聖心請放光明如語一
室並爲金色弟子咸見以顯慶四年月日終
於福勝春秋六十有七興自在道行節在懷
晝夜恒坐曾不偃亞未常詣市不受別利乞
食之外不出寺門不乘畜生不服非法益部
五衆敬而重之

釋惠旻字玄素河東人志性方直操行不羣
仁愛汎洽禀自天性道振三吳名流七澤情
好幽居多處巖壑九歲出家勤精潔業誦法

華經朞月便度十五聽法迴向寺新羅光法師成論率先問對秀逸玄賾命覆幽宗耆宿同悅年十七赴請還鄉海塩之光興寺講法華經聽衆雲翔咸陳喜瑞異香彈指屢結空中受具之後從竹園寺志律師禀承十誦文理精通傍訊諸部志公將漸學徒用委喪事云畢東入會稽至剡禮石佛天台遊講肆數年還吳止通玄寺結徒厲業一十七年不出寺門無窺別請元始要終布衣蔬食慶弔既絕談讌斯亡屬隋末崩離吳中饑饉道俗逃難避地東西乃守死不移禪誦無輟鳥集無擾獸羣不亂蘇州總管聞嗣安迎請出山固辭不從重使再請不獲而赴時刺史李廉薛通王榮等深相器重永崇供覲而懷志栖隱終日慼慼聞公通鑒不可奪也乃送入華亭谷幹山立寺行道數年地唯下濕蚊蝱甚多恐致損傷將事移止大唐開化法事通流更入海虞山隱居二十餘載遠方請業常百餘人地宜梓樹勸勵栽植數十萬株通給將來三寶功德中年別於南澗止一草菴兩兎一彪相親同止內外盤遊無相陵惱至於禽獸神祇請受歸戒叙其事績未可具也蘇州都督武陽公李世嘉遣書降使頻請不赴貞觀十九年刺史江王因國度人行道之次請令出山王欲受戒施衣傳諸香供並固讓諸德不授不納辭退山泉逍遙自翫凡講經律菩薩戒成實論數各有差古律舊疏有陋失者皆刪正而通暢焉著十誦私記十三卷僧尼行事二卷尼衆羯磨兩卷道俗菩薩戒義疏四本受業學士傳化者二十餘人以貞觀末

年八月十一日旦終於所遁春秋七十有七未終三日異香滿寺舉衆怪問曰吾後日當去矣生死人之常也寄世本若行雲慎無哭泣各念無常早求自度畏事殯葬律有恒儀碑誌飾詞一不須作能依此訣吾何言矣斯固臨終不撓可謂堅貞者矣

釋明導姓姚氏本吳興人因官歙州遂家于彼幼叶雅調與衆不羣隋末喪亂二親崩殞發心出家意存護法所在尋逐彌勤戒檢以貞觀初行達陳州逢勑簡僧唯留世導以德聲久被遂應斯舉雖蒙榮聞意所遺之乃歎曰出家弘濟務存許道豈以名貫拘滯一方乃翻然遠征棄擲寺宇至爍礪二師座下餐禀幽奧未盈涼暑聲聞超挺因令覆述縱達無遺學門義侶莫不推挹自諸寺結憾訟及道俗牽連不決皆請通之及導面往吐言愜伏皆歎其善達無諍權導不思之力也龍朔二年道行夙彰奉勑別住東都天宮寺麟德元年今上造老子像勑送芒山仍令洛下文物備列時長吏韓孝威妄託天威黃巾扇惑私囑僧尼普令同送威遂勒州部二十二縣五衆通集洛州各事幢旛剋日齊舉導出衆對曰佛道二門由來天絕邪正位殊本自碩異如何合雜雷同將引既無別勑不敢聞命威大怒曰是何道人輒拒國命乃使人脫導袈裟將行禁勑導曰袈裟勑度所著非勑不可妄除無勑令僧送道所以不違國命威怒曰道人有不送天尊者出導即挺身獨立預是僧尼同時總往導所威怒曰道人欲反導應聲語六曹官人曰長吏總召僧尼唱反

此則長吏自反衆僧不反須告御史導等一時崩出威大忙懼降階屈節慙謝而止以斯抗禦季代少之因僧大集簡試度人天宮餉食過中乃至僧有不量時景者取而進啖導曰諸大德竝佛法遺寄天下楷模非時之食對俗而啖公違法律現法滅緣冒罔聖凡一至於此衆竝愧之因索水清漱月餘不食悲慨正法凋淪相及道俗苦勸方乃進餅以斯量之故以護法之士不顧形有者代有人焉今年六十餘東夏英髦一期咸集導於清衆有高稱焉

釋曇光姓張氏汴州人自幼及長潔志清範諸有勝徒莫不登踐於礪爍兩師聽受成教逮至立年盛明律藏命宗章義是所推崇礪歎曰使吾道流河右誠此人乎又往玉法師所聽法華地論高達勝乘玄理權實坦然又往嵩岳相禪師學修止觀因屏絕塵惱不羈名利會東都盛德須有住持以光有素德景行難擁遂勑召住天宮寺又以教受新成衆徒胥集綱管之任非人不傳因又召爲寺之上座綏撫清衆不肅而成然而汎愛之誠終古罕類四方律學莫不諮詢故其房宇門人肩聯踵接成就所舉遠近遵承西明寺律師君度奕奕標舉一時俊烈亦光之所進也今麟德二年東都講說師資導達彌所欽羨焉

試爲論曰自法王之利見也將欲清澄二死剪除三障所以張大教網布諸有流雖復惑累增繁起唯三業隨業設教三學興焉戒本防非諒符身口定惟靜亂誡約心源慧取閑邪信明殄惑三法相假義形聖量是故論云

戒如捉賊定如縛賊慧如殺賊賊謂煩惑不可卒除功由漸降故立斯旨莫非戒具定修深知障惑明智觀察了見使纏我倒既銷諸業不集推其本也則淨戒爲功舉其治也則正慧爲德經美能生豈不然矣是使五乘方駕於戒道衆聖有隨於行衢垂福祐於四生廣紹隆於萬載非夫戒德何以懋哉粤自金河累言爰始靈山集法時尊厚味道被淳源雖復設教不倫互裁輕重奉者無乖會聖體意兩不相非然夫上座大衆創分結集之場五部十八流宗百載之後備列前傳部執等陳且自律藏久分初通東夏則薩婆多部十誦一本最廣弘持實由青目律師敷揚晉世廬山慧遠讚擊成宗爾後璩頻分鑣而命路祐瑗波騰於釋門澄一江淮無二奉矣而恨受導四分隨依十誦可爲商之其次傳本則曇無德部四分一律雖翻在姚秦而創敷元魏是由赤髭論主初乃誦傳未展談授尋還異域此方學侶竟絶維持邇及覆聽方開學肆有宋文世彌沙塞部五分一本開譯揚都覺壽所傳生嚴其筆文極鋪要深可弘通郢匠輟斤流味無日可爲悲夫雖聞海濱披述汾頳剖詞登往搜求名實乖爽可惜華典虛度神州迦葉遺部解脫一本梵葉久傳無人翻度唯出戒本在世流通等聚餘宗更無異轍世該妄習偏備愚叢婆麤羅部律本未傳藏中見列僧祇部者乃是根本大衆所傳非是百載五宗生也統叙五部支分此方已獲其四若據攝末從本則二部是其所宗此方已獲其一自餘羣部多是西域賢聖纘述行

事其中類聚自分區別緣叙難裁畧言之矣惟夫慧日已沉法流方被衆行之重無越斯經諒由附相束情心事易准動靜科據有契威容凡愚妄習覩相弘善故律緣制斯致罕乖試詳講導開士特奉明人見想紛馳互程神畧部別廢立取捨難恒學觀末張易爲開舉何以明耶至如受具一法三聖元基部各陳要具舒隨相異宗會受事類星張當受明隨同循合契考夫行事之士則鄉壤部分窮其受戒之源宗歸四分今則隋學陳相不祖先模抑斷是投妄情斯記可謂師資訓軼教授無功亦是願行道殊機見互僻斯之糅雜二百餘年豈不以傳通失人故使頌聲流鄭今則混一唐統普行四分之宗故得終始受隨義難乖隅攝護雖廣其源可尋自初開律

釋師號法聰元魏孝文北臺揚緒口以傳授時所榮之沙門道覆即紹聰緒續疏六卷但是長科至於義舉未聞于世斯時釋侶道味猶淳言行相承隨聞奉用專務栖隱不暇旁求魏末齊初惠光宅世宗匠跋陀師表弘理再造文疏廣分衢術學聲學望連布若雲峯行光德光榮曜齊日月每一披闡坐列千僧競鼓清言人分異辯勒成卷袠通號命家然光初稟定宗後師法律軌儀大聖徽猷具焉所以世美斯人行解相冠誠有從矣有雲暉願三宗律師躡踵傳燈各題聲教雲即命初作疏九卷被時流演門人備高東夏暉次出疏畧雲二軸要約誠美蹊徑少乖得在畧文失於開授然雲勇於義宗談叙誠博暉則覈切詞相法聚推馬世該首尾信採風骨汾陽

法願眄視兩家更開甍穴製作抄䟽不減於前彈糺繆於律文是非格於事相存乎專附頗滯幽通化行并塞故其然也其餘律匠理洪隱樂遵深誕等或陶治鄭魏或開壃燕趙或導達周秦揚塵齊魯莫不同師雲術齊駕當時雖出鈔記畧可言矣而遵開業關中盛宗帝里經律雙授其功可高于時世尚僧祇而能間行四分登座引決其從如流剋敵每臨衝箭而返然遵一其神志聲色不渝由是人法歸馬可謂行之及也智首律師承斯講授宗係誠廣探索彌深時屬雲雷接統傳化學門遠被製述全希豈非博贍百家共師一軫雖欲厝筆無詞可通屬有礪亮行判爍勝藏與或傳道於東川或稱言於南服其中高第無越魏都製䟽乃行其緒誠少餘則名擅

一方蓋無筆記而復化行艱阻多翳時心豈不以制在篇初故陷者惡聞其失嗚呼律爲法命弘則命全今不欲弘正法斯滅又可悲之深矣觀夫定慧兩藏理在通明戒律一宗申情纏事局事則紛披雜集前後異條開制適緣舉例寧准論餘兩藏義在潛通達解知微名爲會正所以天仙小聖逗機明道互說精理開明慧務俱稱至教印定成經若據律宗唯遵佛誨大小諸聖不妄傳揚斯何故耶良由教限內衆軌躅常儀儐賓可欽非餘訓勗自非位極至聖誰敢厝心是以文云吾尚不以衆僧付於身子況餘人乎故所制重輕皆遵成教縱有疑問還委佛通雖著論詳述而不作是使遺言四命戒爲大師三集法輪先弘斯典論稱法壽豈虛也哉昔鶴樹已前

持律者衆其中高者牛王最初徃業未夷徙居天室其次挨緒號優波離五百獻功奉持爲上致使四十餘載七衆憲章隨犯科要多因面結至於持犯通塞徽舉治儀皆命顯揚委其監護雖復二十四依通傳正軌楷模後葉必祖斯文暨乃東川創開戒業曹魏嘉平方弘具戒爾前法衆同號息慈師弟乃聞纔移俗耳行羯磨也憑准法護之宗論布薩也翻誦僧祇之戒教綱初啓隨得奉之未可怪也西晉務法稍漸綱猷中原喪亂干戈競接洛邑凋殘渭陰荒燼笁護青門之衆可卷而懷康會黃武之徒未足收採重以孫皓苛虐元壽不仁擁寺列兵虔劉釋種平城之側高尚覆屍黃河之涘梵僧捐寶投骸靡厝法律寧通時會彌天恢張儀範僧衆常則皆約戒科兵饑交貿綱制嚴密廣如前傳所叙故安舉三章且救時要攝緣成濟得其務焉但教缺未弘必假傳授鼻柰耶律初是安通文極踈畧粗知大旨審其正則誠所未聞弘在人乎安當斯寄其後遠睿願翼成習門風秦晉兩邦昌明法化誠其力矣自斯厥後南北兩分住持位别各程綱目互舉清徒故有攝嶺棲霞弘明淨地泰山靈隱建立戒壇應供列鴈行之僧叙戒聞重受之夏即其事也若夫人法交映則行解相扶有昧則絶紐當時無德遂埋神於地故世中迷學其流四焉試畧舉之想當迷責樂大乘者志尚浮虛情專貪附故有排委戒綱捐縱威儀見奉律者輕爲小乘毀淨戒者重爲大道便引黃葉是眞金之喻木馬非致遠之能訶折排抵如捐草土

皆由行鈌於身塵染綱領恥已不逮於清達慢已有累於嚴制遂即迴情學大開展心胷陵轢聲聞褒揚菩薩通情則恐投於坑穽取解則曲媚於門閭如斯懷挾未曰倫通以此求心心可知矣何不廣讀大乘開張慧路徵延聖意有附塵焉是以勝鬘所談女人之起行也猶知毗尼即大乘學地持所明初心之具修也尚識律儀即菩薩藏何況諳達理教體化知神解不謝於上賢行寧虧於下衆必行有乖解非解也得語而不詳義棄智而從諸識生死無涯之儔固難述矣流俗常事三省而加九思出世所詮四依之與八正降斯以往未足言哉是知大小兩教隨相攝修並在離著豈唯封執若存此計與外不殊半滿經論皆陳此過戒之受也但啓虛頋之門戒之隨也須遵實行之務知受而不明隨修頋而無其行可謂隻輪無轉於地折翮有墜於空信哉世有鄙斯戒者皆爲煩累形神弊其持犯故同輕削指爲小道小可捐也宜即捨之矜重情多緘言無報誠以攝御門學非戒不弘相善任持非戒不立其猶行必涉戶言必有由故名利將及爭位夏而斂容師授尊模趍壇場而整帶豈非貪泆情勇覽戒奉以爲師行絶綱猷委戒塡諸溝壑專志在於本毒去取匠於方寸用斯弘濟誠未敢聞此則愛大憎小爲迷一也若能關鍵身口附相攝持虛蕩慮知體道懷德則安遠光憑斯其人矣世學諸論詞數區分傍大乘而通小徑委本筌而尋章句時連界繫乍別色心一行六歷之相攝名教頻繁之包富聖別爲存道行

凡學止在名譽於是讎討終身博綜詞義輕
蔑戒諸陵犯色聲邪說富於脣吻邪求滿於
胷臆謂捧鉢爲鈍丁號持瓶爲豎子半月說
戒唯列麤言衣鉢受持極成煩碎遂即顛倒
形服雷鼓言聲侮弄尊儀斜眄經律故使衣
藥受淨永絶其身戒約住持生緘其口斯豈
不聞於本業也知業則不然乎但騰焰於舌
端曾未圖爲心約此則尊高矜伐賤委本基
爲迷二也若能深討使性妙識治能念動唯
見我人事對但明塵識則未悉何賢當斯目
也悪休論士樹以風聲然其專大探小騰實
復光其美又有行福末凡禀素踈野廣讀多
誦情見特隆偏畧戒科謂講生倒不如常飲
淳乳飽我心神靜處幽閑何過相及斯皆靡
聞教行動事疑遲不學無知隨念交集所以

毎講聽採坐列羣僧就務鑽研其人無幾學
猶不解況不學乎牛毛麟角頗爲近實又有
成樹塔寺繕造田園舉舌牽材未由物命燎
原濺隰豈避生靈唯恐福業不成實未懷諸
慈惻是則不聞大聖之明誡也十誦三相正
在斯人或謂爲福行罪功過相補是又不聞
律緣之初禁也緣修佛堂方制地戒意在隨
念附相策心不惟事業無益之咎故世思微
務靜之士招引賓希躁擾經營之夫騰擲者
衆麤法易染妙理難弘爲迷三也若能依准
教行不越常刑賢聖所同實當弘護至如澄
寺九百神道映於趙都遠林不刋戒德流於
晉世可龜鏡矣專門奉律之客立志貞梗之
夫薄誦戒緣粗知文句時登九座引衆闡揚
慢水覆心更無依學是則不聞明律師之清

誡也法身成具方免師資今乃易從止足未思弘贍魚睍雲漢爵躍僧倫惟我律師餘皆師律顧諸經論事等石田針膝高名約同稊稗知法世寡誰辨薰蕕任縱科治是非一亂輕重由其量處禍福自其心神出語成形曾無再覆傳而不習禮門所輕習而不經釋宗所誡何異讀禮而存倨傲誦易而忽陰陽勗哉斯言令終宜始但以時遭像季法就澆漓律部邪緣宗仰繁矣並由本尋學語義旨誦文掐紙籤述題鞭記賞有則依闕則絕言縱有異徵取通無路便言律無正斷故是前聖開聽遂即冐世輕生漫行章句飲杏湯者為清齋畜錢寶者為小犯坐具無勞截淨鉢量未必姫周斯皆強於鉛刃易取思齊其迷四也若能廣尋羣典備閱行藏抱酌四印照融三制臨機剖斷則文理相循括舉例則物我同曉如斯御衆世有人哉尋夫戒律之筌筌於持犯定慧之學恒務在治能治則亂惑可銷能持則神機清遠餘外浮遊章句等捐月而執指端矜誕教相同詠藥而迷愈疾論者試開四學終墜兩迷非言何以致詞詞列惑心寧盡故經陳曰種種法喻咸存離著律又述云常爾一心念除諸蓋固復懷斯誠敘徵有箴銘將用體鏡如流且復昭彰于後耳

續高僧傳卷第二十三下

音釋

稗（班麋切補盬也）頹陊（頹徒回切陊徒可切墜也壞也）紇（吉黝切察也）毄（下革切考實也）隰（席入切濕曰隰）下睍（五計切邪視也）樸（博木切音）下褐（胡葛切音曷毛布也）

續高僧傳卷第二十四

唐　釋　道　宣　撰

護法上（本傳八人　附見四人）

釋曇無最姓董氏武安人也靈悟洞微餐寢玄秘少禀道化名垂朝野爲三寶之良將即像法之金湯諷誦經論堅持律部偏愛禪那心虚靜謐時行汲引咸所推宗兼博貫玄儒尤明論道故使七衆望塵奄有繁鬧最猒世情重將掃四部行施獎誨多以戒禁爲先亟動物機信用雲布曾於邯鄲崇尊寺説戒徒衆千餘並是常隨門學至四月三十日布薩行籌依位授受常計之外及長六十最居座端深怪其異既無外衆通夕懷疑明旦重推有人見從邯鄲城西而來者並異倫大德衣服正怗翔步閑雅亦有見從鼓山東面而來或於中路逢者皆云往赴崇尊聽僧説戒如是數般節級勘其年齒相扶人數多少恰滿六十焉故知道會聖心是使幽靈遐降竹林群隱明非妄承最德洽釋宗屢當時望後勑住洛都融覺寺寺即清河文獻王懌所立廊宇充溢周于三里最善弘敷導妙達涅槃華嚴僧徒千人常業無怠天竺沙門菩提留支

見而禮之號爲東土菩薩嘗讀最之所撰大乘義章每彈指唱善翻爲梵字寄傳大夏彼方讀者皆東向禮之爲聖人矣然其常以弘法爲任元魏正光元年明帝加朝服大赦請釋李兩宗上殿齋訖侍中劉滕宣勑請諸法師等與道士論義時清通觀道士姜斌與最對論帝問佛與老子同時不姜斌曰老子西入化胡成佛佛以爲侍者文出老子開天經據此明是同時最問曰老子同何王而生何年西入斌曰當周定王三年在楚國陳州苦縣厲鄉曲人里九月十四日夜生簡王四年爲守藏吏敬王元年年八十五見周德陵遲遂與散關令尹喜西入化胡約斯明矣最曰佛當周昭王二十四年四月八日生穆王五十二年二月十五日滅度計入涅槃經三百四十五年始到定王三年老子方生生已年八十五至敬王元年凡經四百三十年乃與尹喜西遁此乃年載懸殊無乃謬乎斌曰若如來言出何文紀最曰周書異記漢法本內傳並有明文斌曰孔子制法聖人當明於佛逈無文誌何耶最曰孔氏三備卜經佛之文言出在中備仁者識同管窺覽不弘達何能自達帝遣尚書令元乂宣勑道士姜斌論無宗旨宜令下席又議開天經是誰所說中書侍郎魏收尚書郎祖瑩就觀取經太尉蕭綜太傅李寔衛尉許伯桃吏部尚書邢欒散騎常侍溫子昇等一百七十人讀訖奏云老子止著五千文餘無言說臣等所議姜斌罪當惑衆帝時加斌極刑西國三藏法師菩提留支苦諫乃止配徙馬邑最學優程譽繼乎魏

史籍甚騰聲移肆通國遂使達儒朝士降階設敬接足歸依佛法中興惟其開務後不測其終

釋道臻姓牛氏長安城南人出家清貞不群非類謙虛寡交顧唯讀經博聞爲業諸法師於經義有所迷忘者皆往問之西魏文帝聞而敬重尊爲師傅遂於京師立大中興寺尊爲魏國大統于時東西初亂宇文太祖始纂帝圖挾魏西奔萬途草創僧徒相聚綴旒而已既位僧統大立科條佛法載興誠其人矣爾後大乘陵岵相次而立並由淘漸德化所流又於昆池之南置中興寺莊池之内外稻田百頃並以給之梨棗雜果望若雲合及卒帝哀之廢朝喪事所資並歸天府送於園南爲立高墳塋封之地一頃今所謂統師墓是也近貞觀中猶存古樹

釋曇顯不知何許人元魏季序遊止鄴中栖泊僧寺的無定所每有法會必涉其塵皆通諳了義隱文自餘長唱散說便捨而就餘講及後解至密理顯便輒已在聽時以此奇之而覩其儀服猥濫名相非潔頗復輕削故初並不顧録唯上統法師深知其遠識也私惠其財賄以資飲噉之調或因昏醉卧于道邊時復清卓整其神器及文宣受禪齊祚大興天保年中釋李二門交競優劣屬道士陸修靜妄加穿鑿廣制齋儀縻費極繁意在王者遵奉會梁武啓運天監三年下勑捨道帝手制疏文極周盡修靜不勝其憤遂與門人及邊境亡命叛入北齊又傾散金玉贈諸貴遊託以襟期冀興道法帝惑之也乃出勑召諸

沙門與道士對校道術爾時道士呪諸沙門衣鉢或擧或轉或呪諸方梁橫竪於地者沙門曾不學方術默無一對士女擁閙貴賤移心並以靜徒爲勝也靜乃高談自伐矜衒道術唱言曰神通權設抑挫強侮沙門現一我當現二今薄示微術並辯屈退事亦可見帝命上統令與修靜捔試上曰方術小伎俗儒恥之況出世也雖然天命相拒豈得無言可令最下座僧對之時顯位居末席酒醉酣盛扶輿登座因立而笑衆皆憚焉而是上統所遣不敢有諫顯語李宗云向誇現術一之與二者深有其致矣卽於座上翹足而立曰吾已現一矣卿可現二各無言對顯曰向呪諸衣物飛擧者試卿術耳命取稠禪師衣鉢呪之皆無動搖帝勑十人擧之不動如故乃以衣置諸梁木怗然無驗諸道士等相顧無顔猶以言辯爲勝乃曰佛家自號爲内内則小也謟道家爲外外則大也顯應聲曰若然則天子處内定小群小庶人矣靜與其衆緘口無言文宣處座自驗臧否其徒爾日皆捨邪從正求哀濟度未發心者勑令染剃故斬首者非一自號神仙者並上三爵臺令其投身飛遊悉委屍于地僞妄斯伏乃下詔曰法門不二眞宗在一求之正路寂泊爲本祭酒道者世中假妄俗人未悟乃有祇崇麴蘖是味清虛焉在脯腊斯甘慈悲永隔上異仁祠下乖祭典宜皆禁絶不復遵事頒勑遠近咸使知聞其道士歸伏者並付昭玄大統上法師度聽出家廣如別傳所載于時齊境一心奉佛國無兩事迄于隋運方漸開宗至今東川

此褎猶少傳者曰達化護持融尚馳名秦世小以致遠顯公著續高齊知人難哉上統揣其骨則千里駿足異世同駕以貌取人失之自古則徒飾玄黃矣復何能抗禦之哉顯竟以放達流俗潛遁人世不知所之

釋靜藹姓鄭氏滎陽人也夙標俗譽以溫潤知名而神器夷簡卓然物表甫爲書生博志經史諸鄭魁岸者咸賞異之謂興吾宗黨其此兒矣與同伍遊寺觀地獄圖變顧諸生曰異哉審業理之必然誰有免斯酷者便強違切諫二親不能奪志鄭宗固留藹決裂愛縛情分若石遂獨往瓦棺寺依和禪師而出家時年十七具戒已後承仰律儀護持明練時所載董又從景法師聽大智度論一聞神悟謂敞重幽更習先解便知濫述周行齊境顧問知律講席論堂亟陳往復詞令詳雅理趣清新皆略無承導終于世累乃撫心曰余生年不幸會五濁交亂失於物議得在可鄙進退惟谷高蹈可乎遂心口相弔擯影嵩岳尋括經論用忘寤寐然於大智中百十二門等四論最爲投心所崇餘則旁續異宗成其通照言必藻繢珠連書亦草行相貫高爲世重罕不華之後自悟曰綺文奕理草寔亂眞豈流宕忘返不思懲艾乎自爾誓而斷之唯以釋道東鶖並味前聞恐涉邪津悔於晚學又入白鹿山逖觀黃老廣攝受之途莊惠詭駮標寓言之論未之尚也聞有天竺梵僧碩學高行世之不測西達咸陽藹求道情猛欣所聞見私度關塞載離寒暑既至渭陰未及洗足即申謁敬昔聞今見見累於聞大鼓徒揚

資訪無指乃潛形倫伍陶甄舊解蕪没遜遁知我者希掩抑十年達窮通之數體因緣之理附節終南有終焉之志煙霞風月用袪亡反峯名避世依而味靜唯一繩床廓無庵屋露火調食絶諸所營召彼癘徒誨示至理令其致供日就噉之雖屬膿潰横流對位而無猒惡由是息心之衆往結林中授以義方鬱爲學市山本無水須便飲澗嘗於昬夕學人侍立忽降虎來前跑地而去及明覩之漸見潤濕乃使挑掘飛泉通注從是遂省下澗須便挹酌今錫谷避世堡虎跑泉是也藹立身嚴恪達解超倫據朴引衆講前四論意之所傳樂相弘利其説法之規尊而乃演必令學侶袒立合掌殷懃鄭重經時方遂乃勑取繩床圍繞安設致敬坐訖藹徐取論文手自指擿一偈一句披釋取悟顧問聽者所解云何令其傳意方進後偈傍有未喻者更重述之每日再講此法無怠常自陳曰余猒法慢法生不值佛世縱聞遺教心無信奉恒懷怏怏終須練此身心有時試縱情欲誠心造惡有時攝念惟願假修相善如此不名安身如此不名清心故約已制他誠非正檢然末世根緣多相似耳必猒煩屈者須往不辭具儀者離此其開蒙敦勵皆此類也有沙門智藏者身相雄勇智達有名負粮二石造山問道因見横枝格樹戲自稱身遇爲藹見初不呵止三日已後方召責云腹中他食何得輙戲如此自養名爲兩足狗也藏銜泣謝過終不再納遂遣出山沙門曇延道安者世號玄門二傑當時頂蓋名德相勝及論教體紛諍由生

譌取決讓謝良久方爲開散兩情通悅不覺致禮各鳴一足跪而啓曰大師解達天鑒應處世攝道今則獨善其身喪德泉石未見其可譌曰道貴行用不即在言余觀時進退故且隱居求志耳爾後事故入城還歸林野屬周武之世道士張賓譎詐罔上冐增榮寵潛進李氏欲廢釋宗既縱倖紫宸蝇飛黄屋與前僧衛元嵩脣齒相副帝精悟朗鑒内烈外温召僧入内七宵禮懺欲親覩僭犯冀申殿黜時既密知各加懇到帝亦七夕同僧不眠爲僧讃唄并諸法事經聲七囀莫不清靡事訖設會公陳本意有猛法師者氣調高抜躬抗帝旨言頗激切衆恐禍及其身帝但述懷曾無赦退譌聞之歎曰朱紫雜糅狂哲交侵至矣可使五衆流離四民倒惑哉又曰餐

周之粟飲周之水食椹懷音寧無酬德又爲佛弟子豈可見此淪滑坐此形骸晏然自靜寧大造於像末分俎醢於盜跖耳徑詣闕上表理訴引見登殿舉手唱言曰來意有二所謂報三寶慈恩酬檀越厚德援引經論子史傳記談叙正義據證顯然從旦至午言無不詣明不可滅之理交言支任抗對如流梗詞厲色鏘然無撓百僚近臣代之戰慄而神氣自若不阻素風帝雖愜甚詞理而滅毀之情已決既不納諫又不見遣譌又進曰釋李邪正人法混并即可事求未煩聖慮陛下必情無私隱涇渭須分請索油鑊殿庭取兩宗人法俱煮之不害者立可知矣帝怯其言乃遣引出時宜州沙門道積者次又出諫俱不用言乃與同友七人於彌勒像前禮懺七日既

不食已一時同逝謫知大法必滅不勝其虐乃携其門人四十有餘入終南山東西造二十七寺依巖附險使逃逸之僧得存深信及法滅之後帝遂破前代關山東西數百年來官私佛寺掃地並盡融刮聖容焚燒經典禹貢八州見成寺廟出四十千並賜王公充爲第宅三方釋子減三百萬皆復軍民還歸編戸三寳福財其貲無數簿録入官登即賞費分散蕩盡初於建德三年五月行虐關中其禍既畢至六月十五日罷朝有金城公任民部於所治府與左右彷徉天望忽見五六段物飛騰虛空在於鳥路大者上摩青霄大如十斛囤許漸漸微没自餘數段小復低下其色黄白卷舒空際類旛無脚爾日天清氣靜纖塵不動但增炎曦而已因往東宮府道經圓土北見重墻上有黄書横拖棘上及往取之乃是摩訶般若經第十九卷問其所由答云從天而下飛揚墮此于時三寳初滅刑法嚴峻略示連席之官乃藏諸衣袖還緘篋笥屬隋興運轉牧冀州爰命所部從事趙絢叙之曰有清信大士具官身嬰俗累恕崇法理精感明靈神化斯應遂使群經騰翥等扶搖之上昇隻卷飄返若丹鳥之下降其去也明惡世之不居其來也知善人之可集應瑞乎如彼聖著乎如此我皇出震乘乾更張琴瑟親臨九服躬總八荒知三寳之可崇體四生之不固遂須海内修淨伽藍是使像法氤氳同諸舍衛僧尼隱軫還類提河特以此經像明靈著自非積善焉能致斯敢事旌表傳芳後葉初武帝知謫志烈欣欲見之乃勑三衞

二十餘人巡山訪覓氈衣道人朕將位以上卿共治天下鷁居山幽隱追蹤不獲後於太一山錫谷潛遁睹大法淪廢道俗無依身被斬縗無力毗贊告弟子曰吾無益於世即事捨身故先相告衆初不許慕從聞法便閒覽大小諸乘撰三寶集二十卷假興賓主會遣疑情抑揚飛伏廣羅文義弘讚大乘光揚像代弁録見事指掌可尋冀藏諸巖洞庶後代之再興耳自鷁入法行大慈門繒纊皮革一無踐服唯履毳布終于報盡後猒身情迫獨據別巖勑侍者下山明當早至鷁乃跏坐盤石留一內衣自條身肉叚叚布於石上引腸掛于松枝五臟都皆外見自餘筋肉手足頭面臠析都盡並唯骨現以刀割心捧之而卒侍人心驚通夜失寐明晨走赴猶見合掌捧心身面西向跏坐如初所傷餘骸一無遺血但見白乳滂流凝于石上遂累石封外就而殮焉即周宣政元年七月十六日也春秋四十有五弟子等有聞當世具諸別傳親侍沙門慧宣者內外博通奇有志力痛山頹之莫仰悲梁壞之無依爰述芳猷樹碑塔所後有訪道思賢者入山禮敬循諸崖㟼乃見鷁書遺偈在于石壁題云初欲血書本意不謂變爲白色即是魔業不遂所以墨書其文曰諸有緣者在家出家若男若女皆悉好住於佛法中莫生退轉若退轉者即失善利吾以三因緣捨此身命一見身多過二不能護法三欲速見佛輙同古聖列偈叙之

無益之身　惡煩人功　解形窮石　散體巖松
天人脩羅　山神樹神　有求道者　觀我捨身

願令衆生　見我骸骨　煩惱大船　皆爲覆沒
願令衆生　聞我捨命　天耳成就　菩提究竟
願令衆生　憶念我時　具足念力　多聞總持
此報一罷　四大凋零　泉林逕絶　巖室無聲
普施禽獸　乃至昆蟲　食肉飲血　善根内充
願我未來　速成善逝　身心自在　要相拔濟
此身不淨　底下屎囊　九孔常流　如漏隄塘
此身可惡　不可瞻觀　薄皮裹血　垢汙塗漫
此身臰穢　猶如死狗　六六合成　不從化有
觀此臰身　無常所囚　進退無免　會遭蟻螻
此身難保　有命必輸　狐狼所噉　終成蟲蛆
天人男女　好醜貴賤　死火所焼　蹔見如電
死法侵人　怨中之怨　吾以爲酬　誓斷根源
此身無樂　毒蛇之篋　四大圍繞　百病交涉
有名苦聚　老病死數　身心熱惱　多諸過咎
此身無我　以不自在　無實横計　凡夫所宰
久遠迷惑　妄倒所使　喪失善根　畜生同死
棄捨百千　血乳成海　骨積太山　當來兼倍
未曾爲利　虛受勤苦　衆生無益　於法無補
忍痛捨施　功用無邊　誓不退轉　出離四淵
捨此穢形　願生淨土　一念花開　彌陀佛所
速見十方　諸佛賢聖　長辭三途　正道決定
報得五通　自在飛行　寶樹餐法　證大無生
法身自在　不斷三有　殄除魔道　護法爲首
十地滿足　神化無方　德備四勝　號稱法王
願捨此身已　早令身自在　法身自在已
在在諸趣中　隨有利益處　護法救衆生
又復業應盡　有爲法皆然　三界皆無常
時來不自在　他殺及自死　終歸如是處
智者所不樂　應當如是思　衆緣既運湊

業盡於今日
釋道安俗姓姚馮翊胡城人也識悟玄理早附法門性無常師聞道而至兼以恬虛靜泊凝心勝境謙肅爲用動止施度凡厥禪侶莫不推服後隱于太白山栖遁林泉擁志經論思拔深定慧業斯舉傍觀子史粗涉大綱而神氣高朗挾操清遠進具已後崇尚涅槃以爲遺訣之教博通智論用資弘道之基故周世渭濱盛揚二部更互談誨無替四時住大陟岵寺常以弘法爲任京師士子咸附清塵安内外既明特善文藻動言命筆並會才華而風韻疎通雅調詳簡執禮居尊仁被朝貫故榮達儒宰知名道士日來請論咸發信心故得義流天下草偃從之周武廓清天步中外禔福頻御雕輦躬禮安焉安道爲物宗師坐鎮崇敬令帝席地而止安則如常敷化高談正法詞無涉世公卿側目觀者榮慶時及中食安命供設帝將舉筯曰弟子聞俗人不合僧食法師如何以罪累人安曰佛教權實律制開遮王賊惡臣並通供給貧道據法相擬理非徒爾帝曰審如來言非佛意也但恐損道衆耳又與賊臣同席誠無預焉即勑將去更論餘法曾不以介意斯即季代之高量也後勑住大中興寺别加殊禮帝往南郊文物大備諸道俗同觀通衢勑别及安令觀天子鹵簿儀具安答曰陛下爲民故出貧道爲法不出帝聞彈指歎善久之安鑒悟絶倫德風遠扇立形平准守道自遵皆此類也與同學慧雋知名周壤雋姓朱氏京兆三原人生不學書而耳餐取悟一聞不忘藏諸胷臆流

略儒釋談如泉涌攻擊關責鋒鍔叢萃曾於一日安公正講涅槃後命章設問遂往還迄暮竟不消文明旦又問構難精拔安雖隨言即遣而聽者謂無繼難俊終援引文理微並相讎遂連三日止論一義後兩捨其致方事解文故使驚唱前修預聞高揖儁後歷尋華土縱學名師凡所霑耳皆義通旨得安與同室三十餘年言晤飛玄誠逾目擊因疾而卒安撫屍慟哭曰宣尼有言信不虛矣至天和四年歲在己丑三月十五日勅召有德衆僧名儒道士文武百官二千餘人於正殿帝昇御座親量三教優劣廢立衆議紛紜各隨情見較其大抵無與相抗者至其月二十日又依前集衆論乖各是非滋生並莫簡帝心索然而退至四月初勅又廣召道俗令極言陳理又勅司隸大夫甄鸞詳佛道二教定其先後淺深同異鸞乃上笑道論三卷合二十六條用笑三洞之名及笑經稱三十六部文極詳據事多揚激至五月十日帝又大集群臣詳鸞上論以爲傷蠹道士即於殿庭焚之道安慨時俗之混并悼史籍之沉罔乃作二教論取擬武帝詳三教之極文成一卷篇分十二初歸宗顯本篇有客問曰僕聞風流傾墜六經所以緝修誇尚滋彰二篇所以述作故優柔弘潤於物必濟曰儒用之不匱於物必通曰道斯皆孔老之神功可得而詳矣近覽釋教文博義豐觀其汲引則恂恂善誘要其旨趣則亹亹茲良然三教雖殊勸善義一途迹誠異理會則同至如老嗟身患孔歎逝川固欲後外以致存生感往以知物化何異釋

典之猷身無常之説哉但拘滯之流未馳高觀不能齊天地於一指均是非於一氣致令談論之際每有不同此所謂匿摩尼於胎瞉掩大明於重夜傷莫二之淳風塞洞一之玄旨祈之於彌劫奚可值哉主人荅曰子之窮辯未盡理也夫萬化本於生生而生生者無生三才兆於始始而始始者無始然則無生無始物之性也有化有生人之聚也聚雖一體而形神兩異散雖質別而心數弗亡故救形之教教稱爲外濟神之教教稱爲內是以智論有內外兩經仁王辯內外兩論方等明內外兩律百論言內外二道若通論內外則該彼華夷若局命此方則可云儒釋釋教爲內儒教爲外備彰聖典非爲誕謬詳覽載籍尋討源流教唯有二寧得有三何者昔玄古

樸素墳典之誥未弘淳風稍離丘索之文乃著故包論七典統括九流咸爲治國之謨並是修身之術若派而別之則應爲九教總而合之則同屬儒宗論其官也各王朝之一職談其籍也普皇家之一書子欲於一化之內含九流爭川大道之世使小成競辯豈不上傷皇極莫二之風下開拘放鄙蕩之弊眞所謂巨蠹鴻猷眩曜朝野矣佛教者窮理盡性之格言出世入眞之正轍論其文則部分十二語其旨則四種悉檀理妙域中固非名號所及化櫃繫表又非情智所尋至於遺累落筌陶神盡照近超生死遠證泥洹播闡五乘接群機之深淺該明六道辯善惡之昇沉夐祈出世而理無不周邇及王化而事無不盡能博能要不質不文自非天下之至靈孰能

興斯教哉雖復儒道千家農黔百氏取捨驅馳未及其度者也唯釋氏之教理富權實有餘不了稱之曰權無餘了義號之爲實通言善誘何名妙賞子謂三教雖殊勸善義一余謂善有精麤優劣宜異精者超百化而高昇麤者修九居而未息安可同年而語其勝負哉又云教迹誠異理會則同爰引世訓以符玄教此蓋悠悠之所昧未暨其本矣教者何耶筌理之謂理者何耶教之所詮教若果異理豈得同理若必同教寧得異筌不期魚罤不爲兎將爲名乎理同安在夫厚生情篤身患之誠遂興不悟遷流逝川之歎乃作並是域内之至談非踰方之巨唱何者推色盡於極微老氏之所未辯究心窮於生滅宣尼又所未言可謂瞻之似盡而察之未極者也經曰分别色心有無量相非諸二乘所知且二乘之與大行俱越妄想之鄉菩薩則惠兼九道聲聞則獨善一身其猶露潤之比巨壑微塵之比須彌況凡夫識想何得齊乎故經曰無以日光等彼螢火若夫以齊而齊不齊者未齊矣以齊而齊於齊者未齊焉余聞善齊天下者以不齊而齊天下者也何須夷岳實淵然後方平續鳧截鶴於焉始等此蓋猶夫之野議豈達士之貞觀乎故諺曰紫實昧朱狂斯濫哲請廣其類上至天子下至庶人莫不資色心以成軀稟陰陽而化體不可以色心是等而便混以智愚陰陽義齊則同之於貴賤此之不可至理皎然雖强齊之其義安在帝爲張賓搆譖意遣釋宗初覽安論通問僚宰文據卓然莫敢排斥當時廢立遂寢誠

有所推至建德三年歲在甲午五月十七日乃普滅佛道二宗別置通道觀簡釋李有名者普著衣冠爲學士焉事在別傳安削迹潛聲逃于林澤帝下勑搜訪執詣王庭親致勞接賜牙笏絲帛并位以朝列竟並不就卒于周世初安之住中興携母相近每旦出覲手爲煮食然後上講雖足侍人不許兼助乃至析薪汲水必自運其身手告人曰母能生養於我非我不名供養卒于母世初無一息斯淮天聖擔棺之像布化澆夫矣及其知將即世也乃作遺誡九章以訓門人其詞曰敬謝諸弟子夫出家爲道至重至難不可自輕不可自易所謂重者荷道佩德縈仁負義奉持淨戒死而有已所謂難者絕世離俗永割親愛迴情易性不同於衆行人所不能行割人所不能割忍苦受辱捐棄軀命謂之難者名曰道人道人者行道人也行必可履言必可法被服出家動爲法則不貪不諍不讒不匿學問高遠志存玄默是爲名稱參位三尊出賢入聖滌除精魂故得君主不望其報父母不望其力普天之人莫不歸揖捐妻減養供奉衣食屈伸俯仰不辭勞役恨者以其志行清潔通於神明惔怕虛白可奇可貴故自頃荒流道法遂替新學之人未體法則棄正著邪忘其真實以小黠爲智以小供爲足飽食終日無所用心退自推觀良亦可悲計今出家或有年歲經業未通文字不決徒喪一世無所成名如此之事不可深思無常之限非旦則夕三塗苦痛無強無弱師徒義深故以申示有情之流可爲永誡其一曰卿已出家

永違所生剃髮毀容法服加形辭親之日上下涕零割愛崇道意陵太清當遵此志經道修明如何無心故存色聲悠悠竟日經業不成德行日損穢迹遂盈師友慙恥凡俗所輕如是出家徒自辱名今故誨勵宜當專精其二曰卿已出家棄俗辭君應自誨勵志果青雲財色不顧與世不群金玉不貴唯道爲珎約已守節甘苦樂貧進德自度又能度人如何改操趨走風塵坐不暖席馳務東西劇如傜役縣官所牽經道不通戒德不全朋友蚩弄同學棄捐如是出家徒喪天年今故誨勵宜各自憐其三曰卿已出家永辭宗族無親無踈清淨無欲吉則不歡凶則不慼超然從容豁然離俗志存玄妙軌真守樸得度廣濟普蒙福祿如何無心仍著染濁空爭長短銖兩升斛與世爭利何異僮僕經道不明德行不足如是出家徒自毀辱今故誨示宜自洗沐其四曰卿已出家號曰道人父母不敬世帝不臣普天同奉事之如神稽首致敬不計富貧尚其清淨自利利人減之所重一米七斤如何怠慢不能報恩倚縱遊逸身意虛煩無戒食施死入太山燒鐵爲食融銅灌咽如斯之痛法句所陳今故誨約宜改自新其五曰卿已出家號曰息心穢雜不著唯道是欽志絜清潔如玉如氷當修經戒以濟精神衆生蒙祐并度所親如何無心隨俗浮沉縱其四大恣其五根道德遂淺世事更深如是出家與世同塵今故誡約幸自開神其六曰卿已出家捐世形軀當務竭情泥洹合符如何擾動不樂閑居經道損耗世事有餘清白不

履反入泥塗過影之命或在須臾地獄之痛難可具書今故戒勵宜崇典謨其七曰卿已出家不可自寬形雖鄙陋使行可觀衣服雖麤坐起令端飲食雖疎出言可餐夏則忍熱冬則忍寒能自守節不飲盜泉不肖之供足不妄前久處私室如臨至尊學雖不多可齊上賢如是出家足報二親宗族知識一切蒙恩今故誡汝各宜自敦其八曰卿已出家性有昏明學無多少要在修精上士坐禪中士誦經下士堪能塔寺經營豈可終日一無所成立身無聞可謂徒生今故誨汝宜自端情其九曰卿已出家永違二親道法革性俗服離身辭親之日乍悲乍欣邈爾絕俗超出埃塵當修經道制已履眞如何無心更染俗因經道已薄行無毛分言非可貴德非可珍師友致累恚恨日殷如是出家損法辱身思之念之好自將身安有弟子慧影寶貴並列名隋世影傳燈大論繼踵法輪汎迹人間情多野外著傷學存廢猒修等三論傷學除謗法之愆存廢防奸求之意猒修令改過服道並藻逸霞爛煥然可遵後卒開皇末歲貴翫閱群典講律爲務見晉世支敏度合五家首楞嚴爲一本八卷又合三家維摩經爲一本五卷隋沙門僧就合四家大集爲一本六十卷貴乃合三家金光明爲一本八卷復請崛多三藏譯銀主陀羅尼及囑累品足以成部沙門彥琮重覆梵本品部斯具焉

釋僧勔未詳氏族住新州願果寺周武季世將喪釋門崇上老氏受其符籙凡有大醮帝必具其巾褐同其拜伏而道經誕妄言無本

據國雖奉事未詳讎校遂不遠鄉關躬聞帝
闕面陳至理以邪正相參僥情趨競未辯眞
僞更遞毀譽乃著論十有八條難道本宗文
以三科釋其前執賢聖既序凡位皎然其詞
略云動以世之濫述云老子尹喜西度化胡
出家老子爲說經戒尹喜作佛教化胡人又
稱是鬼谷先生撰南山四皓注未善尋者莫
不信從以爲口實異哉此傳君子尚不可罔
況貶大聖者乎今具陳此說非眞人世差錯
假託名字亦乃言不及義翻辱老子意者勝
人達士不出此言將是無識異道誇競佛法
假託鬼谷四皓之名附尹喜傳後作此異論
用迷昏俗竊聞傳而不習夫子不許妄作者
凶老君所誡此之巨患增長三塗宜應糺正
救其此失然教有內外用生疑假人有賢聖
多述本迹故班固漢書品人九等孔丘之徒
爲上上類例皆是聖李老之儔爲中上類例
皆是賢何晏王弼云老未及聖此則賢聖天
分優劣自顯故魏文之博悟也黄初三年下
勑云告豫州刺史老聃賢人未宜先孔子不
知魯郡爲孔子立廟成未漢桓帝不師聖法
正以嬖臣而事老子欲以求福良足笑也此
祠之興由桓帝武皇帝以老子賢人不毀其
屋朕亦以此亭當路行來者輒往瞻視而樓
屋傾頹儻能壓人故令修整昨過視之殊整
頓恐小人謂此爲神妄往禱祝違犯常禁宜
宣告吏民咸使知聞據斯以言程露久矣世
多愚人不尋前達故有此弊耳今考據年月
群達誠言區别人世幷內經外典並對條例
覽詳卷首邪正自顯雖復著論周世垂名朝

野通人罕遇終以事迷竟不行用及後法毀逃難不測所終

釋僧猛俗姓段氏京兆涇陽人姿蔭都雅神情逈拔童孺出家素知希奉聰慧利根幽思通遠數十年間躬事講説凡有解悟靡不通練昔魏文西征勑猛在寢殿闡揚般若貴宰咸仰味其道訓周明嗣曆詔下屈住天宮永弘十地又勑於紫極文昌二殿更互説法當時旨延問對酬答無窮黄巾之徒紛然搆聚猛乃徐搖談柄引敵深渦方就邪宗一一窮破故使三生四見之語並屈當時元始真文字經粉碎曩日天師徒侶瓦解乖張道俗肅然更新耳目初帝始齊三教猛分爲九十五門後退一乘更進三十有生之善詞甚崇粹學觀所歸即不預帝覽遂淪俗侶猛退屏人事幽栖待旦隋文作相佛日將明以猛年俱德重玄儒湊進追訪至京令崇法宇於大象二年勑住大興善寺講揚十地寺即前陟岵寺也聲望尤著殊悦天心尋授爲隋國大統三藏法師委以佛法令其弘護未足以長威權固亦光輝釋種移都南頓寺亦同遷於遵善里今之興善是也名雖居隷而恒住雲花勗徒課業以開皇八年二月四日卒于住寺春秋八十有二初將大漸深照苦空話言盈耳翕然欲絶語衆曰吾其去也遂即神遷時貴其置心不亂葬于城東馬頭空刻石立銘于雲華寺今猶存矣

釋智炫者益州城都人也俗姓徐氏初生室有異光少小出家入京聽學數年遂擅名京洛學衆推崇請令覆講若瀉瓶無遺會周武

帝廢佛法欲存道教乃下詔集諸僧道士試取優長者留庸淺者廢於是詔華野高僧方岳道士千里外有妖術者大集京師於太極殿陳設高座帝自躬臨勑道士先登時有道士張賓最爲首長登高唱言曰原夫大道清虛淳一無雜祈恩請福上通天曹白日昇仙壽與天地同畢風教先被中夏無始無終含生賴之以得長生洪恩厚利不可校量豈如佛法虛幻言過其實不容本土客寓中華百姓無知信其詭說今日欲定臧否可出頭來看襄城公何妥自行如意座首少林寺等行禪師發憤而起諸僧止之曰今日事大天帝在此不可造次知禪師爲佛法大海然應對之間復須機辯衆共謀議若非蜀炫無以對揚共推如意以將付炫炫既爲衆所推又忿張賓浪語安庠而起徐昇論座坐定執如意謂張賓曰先生向者所陳大道清虛淳一無雜又云風教先被中夏者未知風教之起起自何時所說之教於何處說又言佛法不容本土客寓中華可辯道是何時生佛是何時出賓曰聖人出世有何定時說教興行有何定處道教舊來本有佛法近自西來炫曰若言無時亦應無出若無定處亦應無說舊來本有非復清虛上請天曹豈得無雜壽與天地同畢豈得無始無終賓曰道人浪語爲前王無識留汝等輩得至于今今日聖帝盡須殺却帝惡其理屈令舍人謂之曰賓師且下賓既退帝自昇高座言曰佛法中有三種不淨納耶輸陀羅生羅睺羅此主不淨一也經律中許僧受食三種淨肉此教不淨二也僧

多造罪過好行婬泆佛在世時徒衆不和遞相攻伐此衆不淨三也主法衆俱不淨朕意將除之以息虛幻道法中無此事朕將留之以助國化顧謂炫法師曰能解此三難眞是好人炫應聲謂曰陛下所陳並引經論誠非謬言但見道法之中三種不淨又甚於此案天尊處紫微宫恒侍五百童女此主不淨甚於耶輸陀羅之一人道士教中章醮請福之時必須鹿脯百柈清酒十斛此教不淨又甚於三種淨肉道士罪過代代皆有千古亂常姜斌犯法此又甚於衆僧僧衆自造罪過乃言佛法可除猶如至尊享國嚴設科條不妨逆子叛臣相繼而出豈以臣逆子叛遂欲空於大寶之位耶大寶之位固不可以臣子叛逆而空佛法正眞豈得以衆僧犯罪而廢炫

雅調抑揚言音朗潤雖處大節曾無懼顏帝愕然良久謂炫曰所言天尊侍五百童女出何經炫曰出道三皇經帝曰三皇經何曾有此語炫曰陛下自不見非是經上無文今欲廢佛存道猶如以庶代嫡帝動色而下因入內群臣僧衆皆驚曰語觸天帝何以自保(以周武非嫡故)炫曰主辱臣死就戮如歸有何可懼乍可早亡遊神淨土豈與無道之君同生於世乎衆皆壯其言明旦出勑二教俱廢仍相器重許以婚姻期以共政法師志操逾厲與同學三人走赴齊都時周齊之界皆被槍布棘彼有富姥姓張鋪氈三十里令炫得過至齊盛爲三藏名振東國武帝破鄴先遣追求帝弟越王宿與法師厚善恐帝肆怒横加貴責乃鞭背成痕俗服將見越王先爲言曰臣恨

其逃命已杖六十令脫衣見帝帝變色曰恐其懷慚遠逝以至死亡所以急追元無害意責越王曰大丈夫何得以杖捶相辱待遇彌厚與還京師武帝崩隋文作相大弘佛法兩都歸趣一人而已歲景將秋懷土興念又以蜀川迴遠奧義未宣援首西歸心存敷暢蜀王秀未之知也時長史周宣明入朝赴考隋文帝謂之曰炫法師安和耶宣明驚惶莫知所對文帝曰一國名僧卿遂不識何成檢校宣明稽首陳謝死罪及還先往寺叅禮寺舊在東逼於苑囿又是鄱陽王葬毋之所王既至孝故名孝愛寺宣明移就今處供養無闕至大鄴改為福勝寺法師宣揚覺倦入隱三學山觸目多感遂遊山詩曰

秀嶺接重煙　嶔岑上半天　絕巖低更舉
危峯斷復連　側石傾斜澗　迴流瀉曲泉
野紅知草凍　春來鳥自傳　樹錦無機織
猨鳴詎假弦　葉密風難度　枝疎影易穿
抱袠依閑沼　策杖戲荒田　遊心清漢表
置想白雲邊　榮名非我顧　息意且蕭然

年一百二歲不病而卒

續高僧傳卷第二十四

音釋

勔（彌兖切）　怗（他協切安也）　朐脯（朐權俱切脯方矩切朐脯乾肉也）　堡（博浩切堡障也）　跑（蒲交切足跑地也）　跖（之石切跖人名盜跖）　毳（充芮切細毛也）　鍔（逆各切劒鋒也）　觳（克角切卵孚也）　黔（其廉切黔黎也）　渦（烏禾切水回也）　嶔岑（嶔驅音切嶔岑山高貌）

續高僧傳卷第二十五上

唐　釋　道　宣　撰

護法下正傳十附見五

唐幷州大興國寺釋曇選傳一

隰州沙門釋法通傳二

終南山智炬寺釋明瞻傳三

京師勝光寺釋慧乘傳四道璋

京師大總持寺釋智實傳五普應法行

終南山至相寺釋弘智傳六

終南山龍田寺釋法琳傳七惠序

眉州聖種寺釋道會傳八

鄧州興國寺釋智勤傳九

新羅國大僧統釋慈藏傳十圓勝

釋曇選姓崔高陽人神慧譎詭不偶時俗雖博通經術而以涅槃著名不存文句護法爲慮本晚住幷部興國寺川邑奉之以爲師傳每有衆集居于座元酬問往還以擊節爲要吐言開令宏放終古僧侶乃多莫敢摧挫時人目爲豹選者也及楊諒逆節中外相叛招募軍兵繕造年甲以興國寺爲甲坊以武德寺爲食坊後於武南置陣楊素敗之官軍入郭搜求逆黨總集諸僧責供反者僧等辭曰王力嚴切不敢遮約素曰有幾僧諫王被殺而云王力嚴切此並同反不勞分疏可依軍法選時在衆不忍斯禍乃出對曰比佛法陵遲特由僧無有德可以動俗致有亂階結聚不能誨以忠信此誠如公所教今被理責陷身無地素乃舒顏曰僧等且還留向對僧擬論機務自爾晝叅軍將開散僧誅晚還寺宿不久煬帝下勑通被放免故合衆獲安誠其

功也及大業末歲兵饑交接四方僧遊寄食無地興國雖富儉嗇者多每食時禁門自守客僧擁結終不之前選不勝滅法憤激身心每日拄杖在門驅趂防者攜引羈僧供給鉢器送至食堂衆多是其子弟不敢違逆由是衆開僧制許選停客自餘不得然其慈濟之深感激府俞房内廓然財什不積唯置大鉢一口每日引諸乞兒所得食調總鉢中選請食分亦和其内雜爲饘粥便行坐乞人手自斟酌見其繿縷皴錯形容癯瘦流淚盈臉不能自勝選亦依行受粥而食日别如此遂及有年皇運伊始人情安泰義與新寺法綱大張沙門智滿當塗衆主一川鄉望王臣傾重創開諸宇嚴位道場三百餘僧受其制約夏中方等清衆肅然風聲洋溢流潤遐邇選聞之乃詣其寺庭滿徒聞來崩騰下赴告曰卿等結聚作何物在依何經詰不有冐罔後生乎滿曰依方等經行方等懺選曰經在何處將來對讀遂將一卷來選曰經有四卷何不一時讀之沙門道綽曰經文次第識不俱聞選曰吾識可共爾識同耶但四卷齊讀又言末了便曰依咒滅罪耳可罷之又曰自佛法東流矯詐非少前代大乘之賊近時彌勒之妖詿誤無識其徒不一聞爾結衆恐壞吾法故力疾來問雖爾手把瓶子倚傍猶可遂杖策而返武德八年遘疾淹積問疾者充牣房宇乃尸卧引衣申脚曰吾命將盡何處生乎名行僧道綽曰阿闍梨西方樂土名爲安養可願生彼選曰咄爲身求樂吾非爾儔綽曰若爾可無生耶答曰須見我者而爲生乎乃

潛息久之不覺已逝時年九十有五道俗哀慘送于西山之陰傳者親往其寺不及其人觀其行事遺績庶可澡雪形心頓袪鄙悋叔緒護法開士抑斯人乎

釋法通龍泉石樓人初在隰鄉未染正法衆僧行往不達村閭如有造者以灰洒面通雖處俗情厭恒俗以開皇末年獨懷異槩超出意表剃二男二女幷妻之髮被以法衣陟道詣州委僧尼寺時有問者通便答曰我捨枷鎖志欲通法既達州寺如前付囑便求通化寺明法師度出家於即遊化稽湖南自龍門北至勝部嵐石汾隰無不從化多置邑義月別建齋但有沙門皆延村邑或有住宿明旦解齋家別一槃以爲通供此儀不絶至今流行河右諸州聞風服義有僧投造直詣堂中承接顏色譬若親識故通之卒尊其德難倫曾行本邑縣令逢之問是何僧答云山客令乃禁守不許遊從通即絶粒竭誠遶獄行道其夜聽事野狐鳴叫怪相既集通夕不安及明放遣通曰我遶獄行道正得道理如何見放經日不食夜又狐鳴官庶以下莫不震懼苦勸引挽方從其請爾後廵行無時寧舍曾投人宿大咋其脛尋被霹死風聲逾顯後卒於龍泉余以貞觀初年承其素迹遂往尋之息名僧綱住隰州寺親說往行高聞可觀欣其餘論試後披叙夫以高世之量隨務不倫統其大歸莫非通道所以九十六部兼邪正之津途一十七羣現機緣之化迹故能光開佛日弘導塵蒙攝迷沒之鄙夫接戒濁之澆首並得開智清悟通聖華凡弘道利生於是

乎在今有不達之者同世相輕覩其家業叢雜閱其形骸塵弊遂則雷同輕毀曾不大觀由之自陷備于成教故文云不觀法師種姓形有但受其法開我精靈斯言可歸通有之矣

釋明贍姓杜氏恒州石邑人也少有異操所住龍貴村二千餘家同共高之傳于口實十四通經十七明史州縣乃舉爲進士性慕超方不從辟命投飛龍山應覺寺而出家焉師密異其度乃致書與鄴下大集寺道場法師令其依攝專學大論尋值法滅藏形東郡隋初出法追住相州法藏寺而立志貞明不干非類正業之暇了無他涉内通大小外綜丘墳子史書素情所欣狎將事觀國移步上京開皇三年勑召翻譯住大興善衆覩德望可宗舉知寺任辭而不免便綱管之大業二年帝還京室在於南郊盛陳軍旅時有濫僧染朝憲者事以聞上帝大怒召諸僧徒並列御前峙然抗禮下勑責曰條制久頒義須致敬于時黄老士女初聞即拜唯釋一門儼然莫屈時以贍爲道望衆所推宗乃答曰陛下必欲遵崇佛教僧等義無設敬若准制返道則法服不合敬俗勑云若以法服不合宋武爲何致拜贍曰宋氏無道之君不拜交招顯戮陛下有治存正不陷無罪故不敢拜帝不屈其言直遣舍人語僧何爲不拜如此者五黄巾之族連拜不已唯贍及僧長揖如故兼抗聲對叙曾無憚懾帝乃問向答勑僧是誰録名奏聞便即視擬戮諸僧合衆安然而退明旦有司募敢死者至闕陳謝贍又先登雖達

申遜之詞帝夷然不述但下勑於兩禪定各設盡京僧齋再遺束帛特隆常准後迴蹕西郊顧京邑語朝宰曰我謂國內無僧今驗一人可矣自爾頻忝元選僉議斯屬下勑令住禪定用崇上德故也衆以瞻正色執斷不避強禦又舉為知事上座整理僧務備列當時大唐御世爰置僧官銓擬明哲允坼無滯貞觀之初以瞻善識治方有聞朝府召入內殿躬昇御床食訖對詔廣列自古以來明君民主制御之術兼陳釋門大極以慈救為宗帝大悅因即下勑年三月六普斷屠殺行陣之所皆置佛寺登即一時七處同建如豳州昭仁晉州慈雲呂州普濟汾州弘濟洺州昭福鄭州等慈洛州昭覺並官給匠石京送奴隸皆因瞻之開發也又私以每年施物常飯千

僧大乘經論須者為寫歲恒不絕為報母恩及暮齒將臨山栖是造遂入太一山智炬寺而隱焉京輦歸信遠趣於林問道奉戒又繁常昔乃自惟曰攝心歸靜猶自煩乎試縱餘齡更還京邑少時遇疾猶堪療治乃曰吾命極矣可懸一月枯骸累人乃延諸大德就興善寺設齋辭訣房杜僕射舉朝畢集具賚助供䞋錫山積贍通大捨懺辭告別即日力杖出京返于智炬竭誠勤住想觀西方心道明利告侍者曰阿彌陀佛來也須臾又云二大菩薩亦至吾於觀經成就十二餘者不了既具諸善相顏貌怡然奄爾而逝春秋七十即貞觀二年十月二十七日也時以預記之驗知命存乎初未終前遺令焚身及闍維訖乃見骸骨圓全都無縫道當其頂上紫色曄然

遂瘞于巖下

釋慧乘俗姓劉氏徐州彭城人也其先炎漢之緒祖欣梁直前將軍瑯瑯太守父雅陳兵部郎中叔祖智强少出家陳任廣陵大僧正善開成論及大涅槃乘年十二發心入道仍事强爲師服膺論席備探精理十六啓强曰離家千里猶名在家沙門也請廣遊都鄙流諸耳目强從之便下揚都聽莊嚴寺智爝法師成實爰始具戒即預陳武帝仁王齋席對御論義詞辯絶倫數千人中獨迴天睠至四月八日陳主於莊嚴寺總令義集乘當時竪佛果出二諦外義有一法師英俠自居擅名江左舊住開泰後入祇洹乃問曰爲佛果出二諦外爲二諦出佛果外乘質云爲法師出開泰爲開泰出法師彼曰如鴛鴦鳥不住圊廁乘應聲曰釋提桓因不與鬼住彼曰鳩翅羅鳥不栖枯樹乘折云譬如大海不宿死屍于時爝公處座嘆曰辯才無礙其鋒難當者也躬於帝前賞天柱納袈裟由是令譽通震隣國斯傳陳桂陽王尚書毛喜僕射江總等並伸久敬咸慕德音屬陳季道離隋風遠扇太尉晉王於江都建慧日道場遍詢碩德乘奉旨延住仍號家僧後從王入朝頻蒙內見時淨影慧遠道聲揚播由來不面因過值講即伸言論義高詞麗聲駭徒遠顧曰何處吳僧脣舌陵人復豈愈此王聞之彌敬其詞辯時慧日創立搜揚一化並號龍象咸開義門既爰初盛集法輪肇駕王乃請乘盡心言論不有見尊致結既承資蓄縱辯無前折關陳款皆傾巢穴甚稱王望別賞帛百段暨高

祖東巡餞宗鑾駕伊洛勑遣江南吴僧與關東大德昇殿竪義乗應旨首登命章對論巧問勃興切並紛集縱横駱驛罔弗喪律亡圖高祖目屬稱揚羣英歎異開皇十七年於揚州永福寺建香臺一所莊飾金玉絶世罕儔及晉王即位彌相崇重隨駕行幸無處不經大業六年有勑郡別揀三大德入東都於四方舘仁王行道別勑乗爲大講主三日三夜興諸論道皆爲折暢靡不冷然從駕張掖蕃王畢至奉勑爲高昌王麴氏講金光明吐言清奇聞者歎咽麴布髮於地屈乗踐焉至八年帝在東都於西京奉爲二皇雙建兩塔七層木浮圖又勑乗送舍利瘞于塔所時四方道俗百辟諸侯各出名珍於興善寺北天門道南樹列勝場三十餘所高幢華蓋接影浮空寶樹香煙望同雲霧迎延靈骨至于禪定僉共請乗開仁王經化洽士庶正道自登咸嘉賞讃十二年於東都圖寫龜茲國檀像舉高丈六即是後秦羅什所負來者屢感禎瑞故用傳持今在洛州淨土寺會隋室分崩唐皇御曆武德四年掃定東夏有勑僞亂地僧是非難識州別一寺留三十僧餘者從俗上以洛陽大集名望者多奏請二百許僧住同華寺乗等五人勑住京室于時乗從僞鄭謂被牽連主上素承風問偏所顧屬特蒙慰撫命住勝光秦國功德咸歸此寺武德八年歲居協洽駕幸國學將行釋奠堂置三座擬叙三宗衆復樂推乗爲導首時五都才學三教通人星布義筵雲羅綺席天子下詔曰老教孔教此土先宗釋教後興宜崇客禮令老先

次孔末後釋宗當爾之時相顧無色乘雖登座情慮莫安今上時爲秦王躬臨位席直視乘面目未曾迴頻降中使十數教云但述佛宗先敷帝德餘一無所慮既最末陳唱諦徹前通乃命宗云上天下地榮貴所貲緣業有由必宗佛聖令將叙大致理具禮儀並合掌虔跪使師資有據聲告纔竟皇儲已下爰逮群僚各下席胡跪竚聆逸辯乘前宣帝德云陛下巍巍堂堂若星中之月云云次述釋宗後以二難雙徵兩教玄梯廣布義網高張莫不躡響風馳應機雲涌既而天子迴光敬美其道群公拜手請從弘業黄巾李仲卿結舌無報博士祭酒等束體轅門慧日更明法雲還布當又下詔問乘曰道士潘誕奏悉達太子不能得佛六年求道方得成佛是則道能生佛佛由道成道是佛之父師佛乃道之子弟故佛經云求於無上正眞之道又云體解大道發無上意外國語云阿耨菩提晉音翻之無上大道若以此驗道大佛小於事可知乘報略云震旦之與天竺猶環海之比嶙州聃乃周末始興佛是周初前出計其相去二十許王論其所經三百餘載豈有昭王世佛而退求敬王時道乎勾虛驗實足可知也仲卿向叙道者有太上大道先天地生鬱勃洞虛之中煒燁玉清之上是佛之師不言周時之老聃也且五帝之前未聞有道三王之季始有聃名漢景已來方興道學窮今討古道者爲誰案七籍九流經國之典宗師周易五運相生既闢兩儀陰陽是判故曰一陰一陽之謂道陰陽不測謂之神天地於事可明陰

陽在生有驗此理數然也不云有道先天地生道既莫測從何能生佛故車胤云在已爲德及物爲道殷仲文云德者得也道者由也言得孝在心由之而成也論衡云立身之謂德成名之謂道道德也者爲若此矣卿所言道寧異是乎若異斯者不足歸信豈有頭戴金冠身被黄褐鬢垂素髮手把玉璋别號天尊居大羅之上獨名大道治玉京之中山海之所未詳經史之所不載大羅既烏有之說玉京本亡是之談言畢下座舉朝屬目此時獨據詞宗餘術無爲而退一席揚扇萬代舟航可尚可師立功立事近假叨幸之力遠庇護念之恩也貞觀元年乘以銜荷持命義須崇善奉爲聖上於勝光寺起舍利寶塔像設莊嚴備諸神變并建方等道場日夜六時行坐三業以貞觀四年十月二十日終于舊房春秋七十有六門人道璋先奉遺告於南山谷口焚之私斂餘灰還於勝光起塔沙門法琳爲製碑文見于别集唯乘釋蒙據道護法爲心撫物卹窮彌留情曲而詞辯無滯文義俱揚寫送若流有逾宿誦此之一術歿後絶蹤而身歷三朝政移六帝頻昇中殿面對天顔神氣蕭散映徹墻仞自見英德莫不推焉又卿士王公妃嬪庶族皆禀准香申明供禮所講涅槃般若金鼓維摩地持成實等各數十遍璋即乘之猶子也少所恭奉立性誠慤偏能唄讚清轉婉約有勢於時毎爲都講亦隷倫則京邑後附多響其塵云

釋智實俗姓邵氏雍州萬年人也童稚兒聚譎詭超異預有談論必以佛理爲言先十一

出家住大總持寺聽敘玄奧登共器之隨以小緣而能通暢宏遠自涅槃攝論俱舍毗曇皆鏡其深義開其關鑰兼以思力堅明才氣雄毅武德之歲初平鄭國三大法師恵乘道宗辯相等西赴京師主上時為秦王威明寓内志奉釋門乃請前三德并京邑能論之士二十餘僧在弘義宮通宵法集實年十三最居下座上命令對論發言清卓驚絶前聞新至諸僧無敢繼響上及諸王異聲同歎曰此小師最後烈後必紹隆三寶矣實眉間白毫可長數寸光映頞顙沙門吉藏摩其頂捋其毫曰子有異相當躡跡能仁恨吾老矣不見成德武德七年獫狁孔熾屢舉烽燿前届北地官軍相拒有僧法雅夙昔見知武皇通重給其妻媵任其僁溢僧衆惘然無敢陳者奏請京寺驍悍千僧用充軍伍有勑可之雅即通聚簡練別立團隊既迫王威寂無抗抵實時年二十有一深究雅懷恐興異度事或彰陳必累大法乃致書於雅曰與子同生像季共屬陵遲悲六道之紛然愍四生之未悟子每遊鳳闕恒遇龍顏理應灑甘露於帝心廕慈雲於含識何乃起善星之勃見鼓調達之惡心令善響没於當時醜迹播揚於後代豈不以朝舍安忍省納芻蕘恣此愚情述斯預見嗟于可悲實傷其類且自多羅既斷終不更生析石已分義無還合急持衣鉢早出伽藍使清濁異流蘭艾殊列則使群臣息於譏論梵志寂於謗聲定水暟而更通慧燈晦而還照此言至矣想見如流雅得書逾怒科督轉切備辦軍器剋日將發實騰入其衆大哭

述斯乖逆壞大法輪即是魔事預是千僧同時號叫聽者寒心下淚實遂擒撮法雅毆擊數拳告云我今降魔使邪正有據雅以事聞帝云此道人大麤付法推劾即被枷禁初無怖色將欲加罪僕射蕭瑀等奏稱精進有聞勑乃罷令還俗所選千人並停復寺實雖處俗壞而兵役得停欣泰其懷曾無慽結貞觀元年勑遣治書侍御史杜正倫檢校佛法清肅非濫實恐法雅猶乘先計濫及清徒乃致書於杜使曰況俗僧智實白實懷橘之歲涉清信之名採李之年忝息慈之位雖淺智褊能然敢希先達竊見化度寺僧法雅善因曩世受果今生如安上之遊泰似遠公之入晉理應守護鵝之行持結草之心思報皇王之恩奉酬覆載之德乃於支提靜院恒為宰殺之坊精舍林中鎮作妻孥之室脫千僧之服四海愴動地之悲謗七佛之經萬國嗟訴天之怨自漢明感夢摩騰入洛已來無所名人頗曾聞也皇帝受禪撫育萬方欲使王道惟清法海無穢公策名奉節許道亡身除甘蔗之災披空腹之樹使禪林鬱映慧苑扶踈慕實嘉聲震于邦國寧可忍斯邪佞仍捧鉢於祇桓棄我貞廉絕經行於靈塔龍門深濬奉見無由天意高懸流問何日惟公鑒同水鏡智察幽微仰願拯驚翼於華箱濟涸鱗於窮轍輕以干陳但增悚懼後法雅竟以狂猾被誅倫以事聞乃下勑云智實往經論告法雅預知麤勃自還俗已來又不虧戒行宜依舊出家因返寺房綜括前業搰討幽致有譽京室十一年駕往洛州下詔云老君垂範義在

清虛釋迦貽則理存因果求其教也汲引之迹殊途求其宗也弘益之風齊致然大道之行肇於遂古源出無名之始事高有形之外邁兩儀而運行包萬物而亭育故能經邦致治反樸還淳至如佛教之興基於西域逮於後漢方被中土神變之理多方報應之緣匪一洎乎近世崇信滋深人冀當年之福家懼來生之禍由是滯俗者聞玄宗而大笑好異者望眞諦而爭歸始波涌於閭里終風靡於朝廷遂使殊俗之典鬱爲衆妙之先諸華之教翻居一乘之後流遁忘返于茲累代今鼎祚克昌既憑上德之慶天下大定亦賴無爲之功宜有解張闡茲玄化自今已後齋供行立至於稱謂道士女道士可在僧尼之前庶敦反本之俗暢於九有貽諸萬葉時京邑僧徒各陳極諫語在別紀實惟像運湮沉開明是屬乃擕大德法常等十人隨駕至闕上表曰法常等言年迫桑榆始逢太平之世貌同蒲柳方值聖明之君竊聞父有諍子君有諍臣法常等雖預出家仍在臣子之例有犯無隱敢不陳之伏見詔書國家本系出自柱下尊祖之風形于前典頒告天下無得而稱令道士等處僧之上奉以周旋豈敢拒詔尋老君垂範治國治家所佩服章亦無改異不立觀宇不領門徒處柱下以全眞隱龍德而養性智者見之謂之智愚者見之謂其愚非魯司寇莫之能識今之道士不遵其法所著衣服並是黃巾之餘本非老君之裔行三張之穢術棄五千之妙門反同張禹漫行章句從漢魏已來常以鬼道化於浮俗妄託老君之

後實是左道之苗若位在僧尼之上者誠恐眞僞同流有損國化如不陳奏何以表臣子之忠情謹録道經及漢魏諸史佛先道後之事如前伏願

天慈曲垂聽覽勑遣中書侍郎岑文本宣勑語僧等明詔久行不伏者與杖諸大德等咸思命難飲氣吞聲實乃勇身先見口云不伏此理萬刃之下甘心受罪遂杖之放還抱思旋京晦迹華邑處于渭陽之三原焉信心之侶敬奉如雲情計莫因遂感氣疾知命非久欲與故人相别而生不騎乘乃令弟子四人各執床角舁至本寺精爽不雜召諸知友執手訣云實以虛薄忝厠僧儔一期既至知復何述但恨此身虛死未曾爲法以爲慨然近夢阿私陀仙見及云常得出家想非徒説少時卒於大總持寺春秋三十有八即貞觀十二年正月也實自生能不入市鄽不執錢寶不求利涉三衣瓶鉢常不離身雖常日往還而始無輒離志行嚴肅殊有軌度攝誘多方故四遠道俗而放之僧多依附之親侍沙門七人皆供承有叙通共嘉焉總持故塔修奉者希實每香燈供養以爲已業病轉就篤滴水不通已經旬日侍人非時進漿實曰大聖垂誡其可欺乎吾見臨終犯戒者多矣豈使累劫之誡而陷於一咽者哉遂閉氣而止又問以終事答云譬如彎弓放矢隨處即落觀于山水未有親踈之心任時量處省事爲要乃葬南郊僧墓中斯亦達性之一方矣終後三原信士方三十餘里皆爲立靈廟夜别四五百人聚臨如喪厥親迄于百日衆方分散

初總持寺有僧普應者亦烈亮之士也通涅槃攝論有涯略之致以傳奕上事群僧蒙然無敢諫者應乃入秘書太史局公集郎監命奕對論無言酬償但云秃丁妖語不勞叙接應曰妖孽之作有國同誅如何賢聖俱崇卿獨侮慢奕不答應退造破邪論兩卷背負籧篨徑詣朝堂以陳所述時執事者以聖上開治通諫蒭蕘雖納奕表未將理當不爲呈達應乃多寫論本日往朝省卿相郎署皷言奕表牽挽奕手與談正理奕素本淺學假詞於人杜口不對斯亦憉愽强捍僧傑不可抑也應之所師法行者亦貞素之僧也俱住總持衆首之最立操孤拔與物不群每日六時常立參像自問自答入進殿中乃至勞遣應聲如在精慤特立衆難加焉故又目之爲高行也行見塔廟必加治護飾以朱粉搖動物敬京寺諸殿有未畫者皆圖繢之銘其相氏即勝光褒義等寺是也武德之始猶未有年諸寺饑餒煙火不續總斷持名勝普應爲先結會僧倫誓開粮路人料一勺主客咸然時來投者日恒僅百夙少欣欣曾不告倦而行微念起厭怠懷即悔告人大開鬼業如何自累惜他食乎每旦出門延頓客旅歡笑先言顧問將接多辦鉢履安處布置乃達時豐初不休舍後往楚國講遺教論以畢終矣

釋弘智姓萬氏始平槐里鄉人隋大業十一年德盛鄉閭權爲道士因入終南山絕粒服氣期神羽化形骸枯悴心用飛動乃入京至靜法寺遇惠法師問以喻道之方惠曰有生之本以食爲命假粮粒以資形託津通以適

道所以古有繫風捕影之論仙虛藥誤之談語事信然幸無惑也乃示以安心之要遣累之方義寧元年委擲黃冠入山修業武德之始天下大同佛道二門峙然雙列智乃詣省申訴請隸釋門并陳理例朝宰咸穆遂得貫入緇伍隨情住寺而性樂幽栖乃於南山至相寺而居焉周歷講會亟經炎燠神用通簡莫不精詣然而性立虛融慈矜在務陶甄士俗延納山賓巖隱匱乏之流飛走飢虛之類咸贍資糇粒錫以貝泉雖公格嚴斷寺制深約而能携引房宇同之窟穴泰斯亦叔代匡護之開士也滅後遂絕此蹤惜哉故其所獲法利積散不窮弘誘博愛為而不恃加之以忍邦行事音聲厥初開務通識非斯莫曉故凡有福會必以簫鼓為先致今其從如雲眞俗不爽於緣悟矣講華嚴攝論等以永徽六年五月九日終於山寺春秋六十有一露骸林下收骨焚散遵餘令也門人散住諸寺者咸謹卓正行不墜遺風重誨誘之劬勞顧復之永沒乃共寫八部般若用崇屺岵之恩又建碑一區陳於至相寺山外二丈四尺寶德寺莊所

續高僧傳卷第二十五上

音釋

隰 席入切地名 激 訖逆切蕩激也 羇 堅奚切旅寄也 饘 諸延切糜也 皴 七巡切皮細起也 綽 尺約切 牣 而振切充滿也 咋 側格切啖也 綜 作弄切理經也 戮 盧谷切刑也 爝 即約切 麴 丘六切 聃 都舍切老子名 嬪 毘賓切婦官 鑰 弋灼切關牡 顙 寫囊切額也 爟 古玩切舉火也 媵 以證切嫁女也 捃 舉蘊切拾也 憉悙 憉音彭悙音亨 憉悙 自強嗔貌 繢 胡對切畫也

續高僧傳卷第二十五下

唐 釋道宣 撰

釋法琳姓陳氏潁川人遠祖隨官寓居襄陽少出家遊獵儒釋博綜詞義金陵楚郢從道問津自文苑才林靡不尋造而意存綱梗不營浮綺野栖木食於青溪等山晝則承誨佛經夜則吟覽俗典故於内外詞旨經緯遺文精會所歸咸肆其抱而風韻閑雅韜德潛形氣揚彩飛方陳神略隋季承亂入關觀化流離八水顧步三秦每以槐里仙宗互陳名實昔在荊楚梗槩其文而秘法奇章猶未探括自非同其形服塵其本情方可體彼宗師靜茲紛結乃權捨法服長髮多年外統儒門内希聃術遂以義寧初歲假被巾褐從其居館琳素通莊老談吐清奇道俗服其精華膜拜而從遊處情契莫二共叙金蘭故彼所禁文詞並用諮琳取定致令李宗奉釋之典包舉具舒張僞葛妄之言銓題品録武德初運還莅釋宗擁帙延光栖惶問道以帝壤同歸名教是則鼓言鄭衛易可箴規乃住京師濟法寺至武德四年有太史令傅奕先是黄巾深忌佛法上廢佛法事者十有一條云釋經誕妄言妖事隱損國破家未聞益世請胡佛邪教退還天竺凡是沙門放歸桑梓則家國昌大李孔之教行焉武皇容其小辯朝輔未能抗也時謂遵其邪徑通廢宏衢莫不懼焉乃下詔問曰棄父母之鬚髮去君臣之章服利在何間之中益在何情之外損益二宜請動妙釋琳憤激傳詞側聽明勑承有斯問即陳對曰琳聞至道絶言豈九流能辯法身無象

非十翼所詮但四趣茫茫漂淪欲海三界蠢蠢顛墜邪山諸子迷以自焚凡夫溺而不出大聖爲之興世至人所以降靈遂開解脫之門示以安隱之路於是中天王種辭恩愛而出家東夏貴遊厭榮華而入道誓出三種生死志求一妙涅槃弘善以報四恩立德以資三有此其利益也毀形以成其志故棄鬚髮美容變俗以會其道故去君臣華服雖形闕奉親而內懷其孝禮乖事主而心戢其恩澤被怨親以成大順福沾幽顯豈拘小違上智之人依佛語故爲益下凡之類虧聖教故爲損懲惡則濫者自新進善則通人感化此其大略也而傅氏所奏在司猶未施行奕乃多寫表狀遠近公然流布京室閭里咸傳禿丁之誚劇談酒席昌言胡鬼之謠佛日翳而不明僧威阻而無勢于時達量道俗動毫成論者非一各陳佛理具引梵文委示業緣曲垂邪正但並是奕之所廢豈有引廢證成雖曰破邪終歸邪破琳情主玄機獨覺千載嵒局天授博悟生知睹作者之無功信秉權之有據乃著破邪論其詞曰莊周云六合之內聖人論而不議六合之外聖人存而不論老子云域中有四大而道居其一考詩書禮樂之致忠烈孝慈之先但欲攸序彝倫意存敬事君父至德唯是安上治民要道不出移風易俗自衛返魯詎述解脫之言六府九疇未宣究竟之旨案前漢藝文志所紀衆書一萬三千二百六十九卷莫不功在近益俱未暢遠途誠自局於一生之内非迴拔於三世之表者矣遂使當見因果理涉旦而猶昏業報吉

凶義經丘而未曉斯並六合之寰堺五常之俗謨詎免四流浩汗爲煩惱之場六趣諠譁造塵勞之業者也原夫實相杳冥逾道之要道法身凝寂出玄之又玄惟我大師體斯妙覺二邊頓遣萬德斯融不可以境智求不可以形名取故能量法界而興悲揆虛空而立誓所以現生穢土誕聖王宮示金色之身吐玉毫之相布慈雲於鷲嶺則火宅餤銷扇慧風於雞峯則幽途霧卷行則金蓮捧足坐則寶座承軀出則天主導前入則梵王從後聲聞菩薩儼若朝儀八部萬神森然翊衛宣涅槃則地現六動說般若則天雨四花百福莊嚴狀滿月之臨滄海千光照曜如聚日之映寶山師子一吼則外道摧鋒法鼓暫鳴則天魔稽首是故號佛爲法王也豈與衰周李耳比德爭衡末世孔丘輒相聯類者矣是以天上天下獨稱調御之尊三千大千咸仰慈悲之澤然而理深趣遠假筌蹄而後悟教門善巧憑師友而方通統其教也則八萬四千之藏二諦十地之文海殿龍宮之旨古諜今書之量莫不流甘露於萬葉垂至道於百王近則安國利民遠則超凡證聖但以時運未融致令漢梵殊感故西方先音形之奉東國後見聞之益及慈雲卷潤慧日收光迺夢金人於永平之年覩靈骨於赤烏之歲於是漢魏齊梁之政像教勃興燕秦晉宋已來名僧間出或神力救世或異迹發人或慧解開神或通感適化及白足臨刃不傷遺法爲之更始誌上分身貞戶帝王以之加信具諸史籍其可詳乎並使功被將來傳燈永刼議者僉曰

僧雅紹隆佛種佛則冥衛國家福隆皇基必無廢退之理我大唐之有天下也應四七之辰安九五之位方欲興上皇之風開正覺之道治致太平永隆淳化但傅氏所述酷毒穢詞並天地之所不容人倫之所同棄恐塵黷聖覽不可具觀伏惟陛下布舍弘之恩垂鞠育之慈審其逆順議以眞虛佛以正法遠委國王陛下君臨斯當付囑謹上破邪論一卷用擬傳詞文有三十餘紙自琳之綴彩貫絶群篇野無遁賢朝無遺士家藏一本咸誦在心並流略之菁華文章之冠冕茂譽於是乎騰廣昏情由之而開尚矣琳又以論卷初出意在弘通自非廣露其情則皂隷不塵其道乃上啓儲后諸王及公卿侯伯等並文理弘被庶績咸熙其博詣焉故奕奏狀因之致寢遂得釋門重敞琳實其功東宮庶子虞世南詳琳著論乃爲之序亂而傅氏不愜其情重施密譖搆扇黄巾用爲黨類各造邪論貶量佛聖昏冐生靈衒曜朝野薰蕕既雜時所疑焉武德元年春下詔京置三寺唯立千僧餘寺給賜王公僧等並放還桑梓嚴勑既下莫敢致詞五衆哀號於槀街四民顧歎於城市于時道俗蒙然投骸無措賴由震方出帝氛祲廓清素襲啓聞薄究宗領登即大赦還返神居故佛日重朗於唐世又由琳矣琳頻逢黜陟誓結維持道挫世情良資寡學乃探索典籍隱括玄奧撰辨正論一部八卷潁川陳子良注之弁與序曰昔宣尼入夢十翼之理克彰伯陽出關二篇之義爰著或鉤深繫象或探賾希夷名言之所不宣陰陽之所不測

猶能彌綸天地包括鬼神道無洽於大千言未超於域内況乎法身圓寂妙出有無至理凝玄迹泯眞俗體絶三相累盡七生無心即心非色爲色筌蹄之外豈可言乎若夫西伯拘羑遂顯精微子長蠶室卒成先志故易曰古之作易者其有憂乎論之興焉良有以矣有道士李仲卿劉進喜等並作庸文謗毀正法在俗人士或生邪信法師愍其盲瞽遂著斯論可謂鼓兹法海振彼詞鋒碧雞之銳競馳黄馬之峻爭騖莫不葉墮柯摧雲銷霧卷但此論窮釋老之教源極品藻之名理恐好事後生意有未喻弟子近伸頂禮從而問津爛然溢目若日月之入懷寂乎應機譬寶珠之燭物既悟四衢之幻便息百城之遊於是啓所未聞爲之注解良文學雄伯羣儒奉戴

誘勸成則其從如雲貞觀初年帝於南山大和宮舊宅置龍田寺琳性欣幽靜就而住之衆所推美舉知寺任從容山服詠歌林野至十三年冬有黄巾秦世英者挾方術以邀榮遂程器於儲貳素嫉釋種陰陳琳論謗訕皇宗罪當罔上帝勃然下勑沙汰僧尼見有衆侶宜依遺教仍訪琳身據法推勘琳扼腕奮發不待追徵獨詣公庭輕生徇理乃縶以縲紲下詔問曰周之宗盟異姓爲後尊祖重親實由先古何爲追逐其短首鼠兩端廣引形似之言備陳不遜之喻犯毀我祖禰謗黷我先人如此要君罪有不恕琳答曰文王大聖周公大賢追遠愼終昊天靡答孝悌之至通於神明雖有宗周義不爭長何者皇天無親竟由輔德古人黨理而不黨親不自我先不

自我後雖親有罪必罰雖怨有功必賞賞罰理當故天下和平者子習訓道宗德教加於百姓恕已謙光仁風形于四海又云吾師名佛佛者覺一切人也乹竺古皇西昇逝矣討尋老教始末可追日授中經示誨子弟言吾師者善入泥洹綿綿常存吾今逝矣今劉李所述謗滅老氏之師世莫能知著茲辯正論有八卷略對道士六十餘條並陳史籍前言實非謗毀家國自後辨對二十餘例並據琳詞具狀聞奏勑云所著辨正論信毀交報篇曰有念觀音者臨刃不傷且赦七日令爾自念試及刑決能無傷不琳外纒桎梏內迫刑期水火交懷訴仰無路乃緣生來所聞經教及三聖尊名銘誦心府擬爲顯應至于限滿忽神思飄勇橫逸胷懷歡慶相尋頓忘死畏立待對問須臾勑至云今赦期已滿當至臨刑有何所念念有靈不琳援筆答曰自隋季擾攘四海沸騰疫毒流行干戈競起興師相伐各擅兵威臣佞君荒不爲正治遏絶王路固執一隅自皇王弔伐載清陸海斯實觀音之力咸資勢至之恩比德連蹤道齊上聖救横死於帝庭免淫刑於都市琳於七日已來不念觀音唯念陛下勑治書侍御史韋悰問琳有詔令念觀音何因不念乃云唯念陛下琳答伏承觀音聖鑒塵形六道上天下地皆爲師範然大唐光宅四海九夷奉職八表刑清君聖臣賢不爲枉濫今陛下子育恒品如經即是觀音既其靈鑒相符所以唯念陛下且琳所著正論爰與書史倫同一句參差任從斧鉞陛下若順忠順正琳則不損一毛陛

下若刑濫無辜琳則有伏屍之痛具以事聞遂不加罪有下勑徙于益部僧寺行至百牢關菩提寺因疾而卒時年六十九沙門慧序經理所苦情結斷金曉夕同衾慰撫承接及命將盡在序膝上序慟哭崩摧淚如駛雨乃召諸關傍道俗葬於東山之頂高樹白塔勒銘誌之行路望者知便下淚序本雍州武功人善經籍通佛理明攝論以爲敷化之訓體道開俗言無品藻將護遊僧用爲家操本住京華後移梁益以百牢衝會四方所歸道俗栖投住還莫寄序乃宅寺關口用接遠賓故行侶賴之詠歌盈耳于時治書侍御史韋悰審英飾詐乃奏彈曰竊以大道鬱興沖虛之迹斯闡玄風既播無爲之教實隆未有身預黃冠志同凡素者也道士秦英頗學醫方薄閑呪禁親戚寄命羸疾投身姦婬其妻禽獸不若情違正教心類豺狼逞貪競之懷恣邪穢之行家藏妻子門有姬童乘肥衣輕出入衢路揚眉奮袂無憚憲網健羨未忘覬覦在慮斯源不殄至教式虧請寘嚴科以懲婬侈乃入大理竟以狂猾被誅公私怪其死晚琳所著詩賦啓頌碑表章議大乘教法幷諸論記傳合三十餘卷並金石擊其風韻縟錦繢其文思流靡雅便騰焰彌穆又善應機說導即事騁詞言會宮商義符玄籍斯亦希世罕嗣矣

釋道會姓史婕爲武陽人初出家住益州嚴遠寺器宇高簡雅調逸羣四方道俗旦夕參候猶以蜀門小陋聞見非廣乃入京詢訪經十餘年經論史籍博究宗領還蜀欲大開釋

教導引後鋭時屬亂離不果心術會皇運初興率先招撫詹俊李袞首途巴蜀會上疏曰會弟性不肖家風失墜封爵雖除詔勑猶在門生故吏子孫成列並奮臂切齒思効力用即日劒門雖啓巫峽負固會請躬率徒隸振錫啓途折簡宣威開懷納欵軍無矢石之勞主有待成之逸此亦一時之利也惟公圖之爲使淹留遂不行于時國初僧尼道士所在多度有道士宋龔是彼梁棟於隆山縣下新立道觀屋宇成就置三十人會經總管段倫陳牒改觀爲寺其郭內住者並是道宗不伏移改囑安撫大使李襲譽巡察州縣會以事達乃引兵過城四面鳴鼓一時驅出舉宗怨訴導喈街衢會曰未能令天下改觀爲寺此之一所終不可奪遂依立寺至今不毀武皇登遐入京朝觀因與琳師同修辨正有安州暠師在蜀弘講人有嫉者表奏云反又述法會覘候消息遂被拘執身雖在獄言笑如常爲諸在獄講釋經論經春至冬冬諸僧十數衣服繿縷不勝寒酷京師有無盡藏恒施爲事會致書曰自如來潛影西國千有餘年正法東流五百許載雖復赤髭青眼大開方便之門白脚漆身廣示歸依之路猶未出於苦海尚陸沉於險道況五衆名僧四禪教首頭陀聚落唯事一餐宴坐林中但披三納加以無緣之慈想升錘以代鴿履不輕之行思振錫以避蟲今有精勤法子清淨沙門橫被囚拘實非其罪遂使重關早落覩獄吏而魂飛清室晚開見刑官而思盡嚴風旦灑穿襟與中露俱飄繁霜夜零寒心與死灰同殪若竟不

免溝壑抑亦仁者所恥書達即送衮鞋給之及事釋還鄉三輔名僧送出郭門會與諸遠僧別詩曰去住俱爲客分悲損性情共作無期別時能訪死生道俗聞者皆墮淚時益州法曹裴希仁自矜門學會與相見輕有譏誚會曰蜀川雖小賢德如林漢朝入後同出雅張綱埋輪東雒難曰豺狼當路安問狐狸奏誅梁冀威攝四海者捷爲武陽人也漢時有問楊子雲曰李仲堪何如人答曰隱不違親貞不絕俗天子不臣諸侯不友者資中人也巴西閬中百王之仰戢益州郫縣名振於華夷明公庶可虛心待國士豈得以土地拘於人哉言訖而出希仁媿謝既返謂人曰江漢多靈其斯人也以貞觀末卒年七十矣

釋智勤俗姓朱隋仁壽因舍利州別置大興國寺度少小以匡護爲心每處衆發言無不允睦精誠勇猛事皆冥祐初母患委頓爲念觀音宅中樹葉之上皆現化佛合家並見母疾遂除又屬隋末荒亂諸賊競起勤獨守此寺賊不敢凌故得寺宇經像一無所損諸寺湮滅不可目見又一時權著俗衣以避兵刃被賊圍遶而欲殺之忽聞空中聲告師可去俗衣遂除外服賊見頂禮請將供養經於數月後投於蜀聽嵩法師講衆至三千法師皆委令檢校遂得安怗內外無事一人力也又至唐初還歸鄧州講維摩三論十餘遍後隱於北山倚立十餘年所居三所即今見存恒聞谷中鐘聲後尋巖嶺忽見一寺宛麗奇常入中禮拜似有人住如是數度後更尋覓莫知所在又居山內粮食將盡其行道之處土

自發起遂除棄之明日復爾如是再三遂有穀現因即深掘得粟二十餘碩其粟粒大色赤稍異凡穀時鄧州佛法陵遲合州道俗就山禮請願出住持遂感夢而出其夢不詳子細後時負像出山中途忽闇莫知其路不得前進俄有異火兩炬照路極明因得見道送至村中火方迴滅村人並見無不驚異因出住大興國前後諸王刺史並就寺頂禮請受歸戒恒以僧尼之事委令撿校佛法光顯吳蜀遠聞又至永徽年初以見時事繁雜守房不出向淹三載讀一切經兩遍每讀經時恒見有神來聽初中後夜常聞彈指謦欬之聲至顯慶四年省符召入慈恩不就至其年五月欲終之前所有功德不周之處曉夜經構使卑人問何故如此忽速答曰無常之法何可保耶至十五日寺中樹木枝葉萎枯自然分析禽鳥悲鳴遍於寺內僧各驚問莫知所由至十六日旦忽見昔聽經神來禮拜而語云莫禮傍人無有見者於是剃髮披衣在繩牀內手執香鑪跏趺而坐告諸弟子汝可取大品經讀誦至往生品訖遂合掌坐而卒停經數日顏色如舊恒有異香聞於寺內合州道俗悲慟難勝州縣官人並送至野春秋七十四矣

釋慈藏姓金氏新羅國人其先三韓之後也中古之時辰韓馬韓秦韓率其部屬各有魁長案梁貢職圖其新羅國魏曰斯盧宋曰新羅本東夷辰韓之國矣藏父名武林官至蘇判異（以本王族比唐一品）既享高位籌議攸歸而絕無後嗣幽憂每積素仰佛理乃求加護廣請大

捨祈心佛法并造千部觀音希生一息後若成長願發道心度諸生類冥祥顯應夢星墜入懷因即有娠以四月八日誕載良晨道俗銜慶希有瑞也年過小學神睿澄簡獨拔恒心而於世數史籍略皆周覽情意漠漠無心滐趣會二親俱喪轉厭世華深體無常終歸空寂乃捐捨妻子第宅田園隨須便給行悲敬業孑爾隻身投於林壑麤服草屩用卒餘報遂登陗嶮獨靜行禪不避虎兕常思難施時或弊睡心行將微遂居小室周障棘刺露身直坐動便刺肉懸髮在梁用袪昏漠修白骨觀轉向明利而冥行顯被物望所歸位當宰相頻徵不就王大怒勑往山所將加手刃藏曰吾寧持戒一日而死不願一生破戒而生使者懼之不敢加刃以事上聞王愧服焉

放令出家任修道業即又深隱外絕來往粮粒固窮以死為命便感異鳥各銜諸果就手送與鳥於藏手就而共食時至必爾初無乖候斯行感玄徵罕有聯者而常懷慼慼慈哀含識作何方便令免生死遂於眠寐見二丈夫曰御在幽隱欲為何利藏曰唯為利益衆生乃授藏五戒訖曰可將此五戒利益衆生又告藏曰吾從忉利天來故授汝戒因騰空滅於是出山一月之間國中士女咸受五戒又深惟曰生在邊壤佛法未弘自非目驗無由承奉乃啓本王西覲大化以貞觀十二年將領門人僧實等十有餘人東辭至京蒙勑慰撫勝光別院厚禮殊供人物繁擁財事既積便來外盜賊者將取心顫自驚返來露過便授其戒有患生盲詣藏陳懺後還得眼由

斯祥應從受戒者日有千計性樂栖靜啓勑入山於終南雲際寺東懸崿之上架室居焉旦夕人神歸戒又集時染少疹見受戒神爲摩所苦尋即除愈往還三夏常在此山將事東蕃辭下雲際見大鬼神其衆無數帶甲持仗云將此金轝迎取慈藏復見大神與之共鬪拒不許迎藏聞臭氣塞谷蓬勃即就繩牀通告訣別其一弟子又被鬼打躃死乃穌藏即捨諸衣財行僧德施又聞香氣遍滿身心神語藏曰今者不死八十餘矣既而入京蒙勑慰問賜絹二百疋用充衣服貞觀十七年本國請還啓勑蒙許引藏入宮賜納一領雜綵五百段東宮賜二百段仍於弘福寺爲國設大齋大德法集并度八人又勑太常九部供養藏以本朝經像凋落未全遂得藏經一部并諸妙像幡花蓋具堪爲福利者賫還本國既達鄉壤傾國來迎一代佛法於斯興顯王以藏景仰大國弘持正教非夫綱理無以肅清乃勑藏爲大國統住王芬寺寺即王之所造又別築精院別度十人恒充給侍又請入宮一夏講大乘論晚又於皇龍寺講菩薩戒本七日七夜天降甘露雲霧靄覆所講堂四部興嗟聲望彌遠及散席日從受戒者其量雲從因之革厲十室而九藏屬斯嘉運勇銳由來所有衣資並充檀捨唯事頭陀蘭若綜業正以青丘佛法東漸百齡至於住持修奉蓋闕乃與諸宰伯詳評紀正時王臣上下僉議攸歸一切佛法須有規猷並委僧統藏令僧尼五部各增舊習更置綱管監察維持半月說戒依律懺除春冬總試令知持犯

又置巡使遍歷諸寺試厲說法嚴飾佛像營理衆業鎮以爲常據斯以言護法菩薩即斯人矣又別造寺塔十有餘所每一興建合國俱崇藏乃發願曰若所造有靈希現異相便感舍利在諸巾鉢大衆悲慶積施如山便爲受戒行善遂廣又以習俗服章中華夷有華藏惟歸崇正朔義豈貳心以事商量舉國咸遂通改邊服一准唐儀所以每年朝集位在上蕃任官遊踐並同華夏據事以量通古難例一撰也今春秋將立器宇弘峻吐言成政行立懷德撰諸經戒疏十餘卷出觀行法一卷流彼國有沙門圓勝者本族辰韓清慎僧也以貞觀初年來儀京輦遍陶法肆聞持鏡曉志存定攝護法爲心與藏齊襟秉維城塹及同返國大敞行途講開律部唯其光肇自昔東蕃有來西學經術雖聞無行戒檢緣搆既重今則三學備焉是知通法護法代有斯人中濁邊清於斯驗矣

論曰觀夫至人之降時也或三輪御世或六通導物人依法依本法護法而陳教適權適道實兼濟而成津是以三藏設位拯弱喪於未然護法一科樹巳崩之正綱然弘誘之相條緒稍多時顯知微乍揚神武騁奇辯於邪衆暢決蒙心顯大義於當時昌明玄理假威權而助道有德獨擅其聲藉傳授而潛通遍吉常行其務遂有榻揵搥於靈岳聲告但爲任持重結法於剡洲教旨唯尊弘理入大乘論則九億無學住法萬年經律所詮賓頭羅漢未取泥洹斯皆助揚道化通悟未聞靜倒惑於即生紹正法于來世故使湮殘屢染尋

復還與豈唯凡諜蓋其力矣況乎迦葉尊者凝神雞足之峯堅慧菩薩端拱修羅之窟斯並引生趣善爲物持身致及慈氏降靈遞相弘扇或摧裂愛網或傾覆慢幢或通決深疑或開揚道務爲業應接若雲雨之相投爲功惟重等大地之弘博所以身子榮名顯法輪之大將趣多徽號標無相之後佛五百門學通號任持行德相高皆稱第一至於乘時御化通法開宗弘救之極勿高身子良由闍樹園之福地蕩邪寇之高鋒偃目連之神力覆富那之辯慧此即護法之緣蓋唯斯矣自道風東扇爰始騰蘭前傳重於開宗故入譯經之目然則傳譯在乎歸信未信不可弘文護持存乎正邪邪正方開信本經陳如是豈虛也哉道元德母信其實矣所以發蒙啟化應

接時心重空顯其德明大衆駭其耳目致使拜首受道欽沐法流不虛設也費才感終於壇側褚信剃頂於場中顯宗悟理如歸侍中捐俗入道一期盛事萬代舟航佛日於是流暉法雲由斯不絕茲德可紀茲言可詳而闔越隱其高例附譯稱述竊比則事業懸殊達化則乘權難擬計功編次宜先譯傳稍非經務故後三學及姚秦迷外道融折其是非元魏重邪量如制其強禦前傳顯然其宗可錄施乎齊周兩治厥政殊風齊高獨盛釋門周武偏弘李衆然其邪辯逼正邪僞而正通妄作亂眞眞澄而妄隱故使齊氏一統民無兩情釋侶闐邦寺塔充國二百萬衆綱猷上統之言四十千寺咸列釋門之刹約指剡洲化境通括像正任持梯航之大未可相擬豈法

之力唯人謂乎弘斯在人則顯公據其首也掩抑華飾揚耀塵埃衆皆輕而不思可謂激通其道及法上引衣之赴難也則醒醉相兼醒則領上之累詞醉則示虛於邪敵雖復金匱玉韜之祕術未可與言縣武吳起之奇謀曾何足道所以登虎之始揺動物心異衆等山丘鼓論同雲物致使繞攝刃辯載戢妖氛定方術於面前樹微言於即世故有談仙者投骸於臺檻宗虛者深剃於王庭明詔遂頒國無兩信雖稠公標於定道賢上統於義門一時之慶固不同年而語矣周氏秦壤世號武鄉豺狼之謗想不虛託懷文斯寡習勇彌隆酌緯候之讖詞納譎誑之佞術衞嵩本我之亂張賓乃彼之餘異響同心脣齒相副競列封表曲引遊言冒罔帝心覆絕仁祀時未思其禍始也禍作萌漸百辟之所不知及望夷之福終也潰發滂流天元方攺前政呼嗟何及僧傑道安名殊衞氏風格峻逸比景彌天二論既陳異見將弭而狙詐蠅巧終墜前條靜藹上賢當斯頽運奮發拒諫守素窮巖慨正道之遂荒誠護法之無力也乃解形松石殉命西方于時同軌遺形亦有十數自非懷大濟於末俗覩法滅而增哀何能捨所重於幽林爲依救而終世誠可美矣誠可悲矣詳觀列代數賢則紹隆之迹可見藻鏡則日月同仰清範則高山是欽具彰本紀其續昌矣有隋御寓深信釋門兼陳李館爲收恒俗二世纘曆同政前朝焯像化之微行襲宋桓之致敬于時緇素相望愕然明瞻法師屈起臨對夙未程術衆或漏言及覩其厲色格詞

抗揚嚴詔皆謂禍碎其身首也助慓不安其足而瞻逞怡顏色欣勇綽然帝後乃述釋門之有人焉衆乃悟其脫穎也知人其難人實難知知其難者千載其一乎信不虛矣皇唐啓運代有斯人普應佩席於天門慧滿戴衣於朝伍智實剛烈詆訶於時重法琳慷慨極言於明詔異世同風不屑古也莫不言行同時死生齊日故得名流萬代紹先聖之宏猷乎惟夫經論道業務在清心弘護法網實敦遐志志遠則不思患辱心清則罔懼嚴誅達三相之若馳識九有之非宅未曾為法徒喪餘齡豈唯往生乃窮來陰於是挾福智而面諸佛覿形骸若委遺塵騰神略而直前鼓通博之横辯但令法住投鼎鑊其如歸既屬慧明處濁世其如夢故能不負遺寄斯傳之有蹤乎已矣夫誰有見斯而不勉勵志於重霄哉

續高僧傳卷第二十五下

音釋

勃 蒲沒切卒也 黷 杜谷切慁也 綴 之瑞切聯也 亂 羊進切 譖 側禁切讒毀也 縲紲 縲倫追切紲先結切黑索也 噂喈 噂咨損切喈從令切噂喈叢語也 躃 房益切仆也 䨄靄 䨄於檢切靄於蓋切䨄靄雲集貌 壍 七豔切城水也 遶

續高僧傳卷第二十六上

唐 釋道宣 撰

感通上 正傳三十四 附見十一

勒那漫提天竺僧也住元魏洛京永寧寺善五明工道術時信州刺史綦毋懷文巧思多知天情博藝每國家營宮室器械無所不關利益公私一時之最又勑令修理永寧寺見提有異術常送餉祇承冀有聞見而提視之平平初無敘接文心恨之時洛南玄武館有一蠕蠕客曾與提西域舊交乘馬衣皮時來造寺二人相得言笑抵掌彌日不懈文旁見夷言不曉往復乃謂提曰弟子好事人也比來供承望師降意而全不賜一言此比狄耳獸心人面殺生血食何足可尚不期對面遂成彼此提曰爾勿輕他縱使讀萬卷書事用未必相過也懷文曰此有所知當與角伎賭馬提曰爾有何耶曰筭術之能無問望山臨水懸測高深圍圖踏窖不舛升合提笑而言曰此小兒戲耳庭前有一棗樹極大子實繁滿時七月初悉已成就提仰視樹曰爾知其上可有幾許子乎文怪而笑曰筭者所知必依鉤股標准則天文地理亦可推測草木繁耗有何形兆計期實謾言也提指蠕蠕曰此即知之文憤氣不信即立契賭馬寺僧老宿咸來同看具立旁證提具告蠕蠕彼笑而承之云文復要云必能知者幾許成核幾許瘀

死無核斷許既了蠕蠕腰間皮袋裏出一物似今秤錘穿五色線線別貫白珠以此約樹或上或下或旁或側抽線映眼周廻良久向提撼頭而笑述其數焉乃遣人撲子實下盡一一看閱疑者文自剖看校量子數成不卒無欠贖因獲馬而歸提每見洛下人遠向嵩高少室取薪者自云百姓如許地擔負辛苦我欲暫牽取二山枕洛水頭待人伐足乃還故去不以爲難此但數術耳但無知者誣我爲聖所以不敢提臨欲終語弟子曰我更停五三日往一處行汝等念修正道勿懷眷戀便寢疾閉戶而卧弟子竊於門隙視之見提身不著床在虛仰卧相告同視一僧忽欬提還床如舊遥謂曰門外是誰何不來入我以床熱故取涼耳爾勿怪也是後數日便捨命矣

釋超達未詳其氏元魏中行業僧也多學問有知解帝禁圖讖尤急所在搜訪有人誣達有之乃收付滎陽獄時魏博陵公檢勘窮劾達以實告公大怒以車輪繫頸嚴防衛之自知無活路專念觀世音至夜四更忽不見車輪所在見守防者皆大昏睡因走出外將欲遠避以久繫獄脚遂攣急不能遠行及至天曉虜騎四出追之達惟逃必不免因伏草中騎來蹋草並靡雖從邊過對而不見仰看虜面悉以牛皮障目達一心服死至誠稱念夜中虜去尋即得脫又僧明道人爲北臺石窟寺主魏氏之王天下也每疑沙門爲賊收數百僧互繫縛之僧明爲魁首以繩急纏從頭至足剋明斬決明大怖一心念觀音至半夜

覺繩小寬私心欣幸精禱彌切及曉索然都斷既因得脫逃逸奔山明旦獄監來覓不見唯有斷繩在地知爲神力所加也即以奏聞帝信道人不反遂一時釋放

釋慧達姓劉名窣和本咸陽東北三城定陽稽胡也先不事佛目不識字爲人兇頑勇健多力樂行獵射爲梁城突騎守於襄陽父母兄弟三人並存居家大富豪侈鄉閭縱横不理後因酒會遇疾命終備覩地獄衆苦之相廣有别傳具詳聖迹達後出家住于文成郡今慈州東南高平原即其生地矣見有廟像戎夏敬禮處于治下安民寺中曾往吳越備如前傳至元魏太武大延元年流化將訖便事西返行及涼州番禾郡東北望御谷而遥禮之人莫有曉者乃問其故達云此崖當有像現若靈相圓備則世樂時康如其有闕則世亂民苦達行至肅州酒泉縣城西七里石澗中死其骨並碎如葵子大可穿之今在城西古寺中塑像于上寺有碑云吾非大聖遊化爲業文不具矣爾後八十七年至正光初忽天風雨雷震山裂挺出石像舉身丈八形相端嚴唯無有首登即選石命工彫鐫别頭安訖還落因遂住之魏道陵遅其言驗矣逮周元年治涼州城東七里澗忽有光現徹照幽顯觀者異之乃像首也便奉至山巖安之宛然符會儀容彫缺四十餘年身首異所二百餘里相好還備太平斯在保定元年置爲瑞像寺焉乃有燈光流照鐘聲飛響相續不斷莫測其由建德初年像首頻落大冢宰及齊王躬往看之乃令安處夜落如故乃經數

十更以餘物爲頭終墜於地後滅佛法僅得四年隣國殄喪識者察之方知先監雖遭廢除像猶特立開皇之始經像大弘莊飾尊儀更崇寺宇大業五年煬帝躬往禮敬厚施重增榮麗因改舊額爲感通寺焉故今模寫傳形量不可測約指丈八臨度衆異致令發信彌增日新余以貞觀之初歷遊闕表故謁達之本廟圖像儼肅日有隆敬自石隰慈丹延綏威嵐等州並圖寫其形所在供養號爲劉師佛焉因之懲革胡性奉行誠約者殷矣見姚道安製像碑

釋明琛齊人少遊學兩河以通鑒知譽然經論雖富而以徵難爲心當魏明代釋門云盛琛有學識遊肆而已故其雅量頗非鴻業時有智翼沙門道聲載穆遠近望塵學門若市琛不勝幽情深忌聲略私結密交廣搜論道初爲屋子論議法立圖著經外施名教内搆言引牽引出入罔冐聲說聽言可領及述茫然勇意之徒相從雲集觀圖望經恍若雲夢一從指授渙若冰消故來學者先辨泉帛此屋子法入學遂多餘有獲者不能隱秘故琛聲望少歇於前乃更撰蛇勢法其勢若葛亮陣圖常山蛇勢擊頭尾至大約若斯還以法數傍蛇比擬乍度乍却前後參差余曾見圖極是可畏畫作一蛇可長三尺時屈時伸傍加道品大業之季大有學之今則不行想應絶滅初琛行蛇論遍於東川有道行者深相諫喻決意已行慱爲道藝潞州上邑思弘法華乃往巖州林慮縣洪谷寺請僧忘其名往講琛素與知識聞便往造其人聞至中心戰

灼知琛論道不可相抗乃以情告曰此邑初信事須歸伏諸士俗等已有傾心願法師不遺故舊共相成賛今有少衣裁輒用相奉琛體此懷乃投絹十疋琛曰本來於此可有陵架意耶幸息此心然不肯去欲聽一上此僧彌怖事不獲已如常上講琛最後入堂賷絹來擲在衆中曰高座法師昨夜以絹相遺請不須論議然佛法宏曠是非須分脫以邪法化人幾許誤諸士俗高座聞此懾怖無聊依常唱文如疏所解琛即喚住欲論至理高座爾時神意奔勇泰然待問琛便設問隨問便解重疊雖多無不通義琛精神擾攘思難無從即從座起曰高座法師猶來闇塞如何今日頓解若斯當是山中神鬼助其念力不爾何能至耶高座合掌一時大笑琛即出邑共伴二人投家乞食既得氣滿噎而不下餘解喻何所諍耶論議不來天常大理何因頓起如許煩惱琛不應相隨東出步步歎吒登嶺困極止一樹下語二伴曰我今煩惱熱不可言意恐作蛇便解剔衣裳赤露而卧翻覆不定長展兩足須臾之間兩足忽合而爲蛇尾翹翹上舉仍自動轉語伴曰我作蛇勢論今報至矣𠨗可上樹蛇心若至則有吞噬之縁可急急上樹心猶未變伴便上樹仍共交語每作蛇論果至如何言語之間奄便全身作蛇唯頭未變亦不復語宛轉在地舉頭自打仍不止遂至於碎欻作蟒頭身形忽變長五丈許舉首四視目如火星千時四面無量諸蛇一時總至此蟒舉頭去地五六尺許趣谷而下諸蛇相隨而去其伴目驗斯報至鄴

說之

釋道泰元魏末人住常山衡唐精舍夢人謂曰若至其年當終於四十二矣泰心惡之及至期年遇重病甚憂悉以身資爲福友人曰余聞供養六十二億菩薩與一稱觀世音同君何不至心歸依可必增壽泰乃感悟遂於四日四夜專精不絕所坐帷下忽見光明從戶外而入見觀音足趺踝間金色朗照語泰曰汝念觀世音耶比泰褰帷須臾不復見悲喜流汗便覺體輕所患遂愈年四十四方爲同意說之泰後終於天命更有一僧其緣同泰故不疏耳

釋道融梁初人住九江東林寺篤志沉博遊化已任曾於江陵勸一家受戒奉佛爲業先有神廟不復宗事悉用給施融便撤取送寺因留設福至七日後主人母見一鬼持赤索欲縛之母甚惶懼乃更請僧讀經行道鬼怪遂息融晚還廬山獨宿逆旅時天雨雪中夜始眠見有鬼兵其類甚衆中有鬼將帶甲挾刃形奇壯偉有持胡床者乃對融前踞之便厲色揚聲曰君何謂鬼神無靈耶速曳下地諸鬼將欲加手融默稱觀世音聲未絕即見所住床後有一天將可長丈餘著黃皮袴褶手挺金剛杵擬之鬼便驚散甲冑之屬碎爲塵粉融嘗於江陵勸夫妻二人俱受五戒後爲劫引夫遂逃走執妻繫獄遇融於路求哀請救融曰唯至心念觀世音更無信餘道婦入獄後稱念不輟因夢沙門立其前足蹴令去忽覺身貫三木自然解脫見門猶閉關司數重守之計無出理還更眠夢見向僧曰何

不早出門自開也既聞即起重門洞開便越席而出東南數里將值民村天夜闇冥其夫先逃夜行晝伏二忽相遇皆大驚駭草間審問乃其夫也遂共投商者遠避竟得免難

釋法力未詳何人精苦有志德欲於魯郡立精舍而財不足與沙彌明琛往上谷乞麻一載將事返寺行空澤中忽遇猛火車在下風無得免理于時法力倦眠比覺而火勢已及因舉聲稱觀未述世音應聲風轉火焰尋滅安隱而還又沙門法智者本爲白衣獨行大澤猛火四面一時同至自知必死乃合面於地稱觀世音怪無火燒舉頭看火一澤之草纖毫並盡唯智所伏僅容身耳因此感悟出家爲道厲精翹勇衆所先之又沙門道集於壽陽西山遊行爲二劫所得縛繫於樹將欲殺之唯念觀世音守死而已劫引刀屢斫皆無傷損自怖而走集因得脫廣傳此事又沙門法禪等山行逢賊唯念觀音挽弓射之欲放不得賊遂歸誠投弓於地又不能得知是神人捨而逃走禪等免脫所在通傳並魏末人別有觀音感應傳文事色廣不具叙之

釋植相姓郝氏梓潼涪人嘗任巴西郡吏太守鄭貞令相賫獻物下揚都見梁祖王公崇敬三寶便願出家及還上蜀決誓家屬弃其妻子既同相志一時翦落自出家後梁大同中專習苦行一食常坐正心佛理以命自期時南武都令孝水縣也有法愛道人高衒道術相往觀之愛於夕中自以呪力現一大神身著衣冠容相瓌偉來舉繩床離地四五尺便誦戒神即馳去斯須復來舉床僅動一角

如前復去俄爾又來在相前立相正意貞白初無微動尋爾復去於屋頭現面舍棟破裂其聲甚大相亦無懼神見不動便來禮拜求哀懺悔至旦語愛曰汝所重者此是邪術非正法也可捨之相後往益聽講以生在邊鄙言頗涉俗雖遭輕誚亡懷在道都不忤意又因行路寄宿道館道士有素聞相名恐化徒屬拒不延之其夜群虎遶院相吼道士等通夕不安及明追之從受菩薩戒焉又曾行弘農水側見人垂釣相勸止之不從其言即唾水中忽有大蛇擎頭四顧來趣釣者因即歸命投相出家時梁道漸衰而涪土軍動與象法師分飛異域象入靜林山相入青城山聚徒集業梁王蕭撝素相欽重供給獠民以爲營理未暇經始便感重疾知命不救謂弟子曰常願生淨土而無勝業雖不生三塗亦不生天堂還生涪土作沙門也汝等努力行道方與吾會跏坐儼然奄便遷化時年三十有四其山四面獠民見其坐亡皆來歎異禮拜供養改俗行善弟子銜命露屍松下初相置足於綿州城西栢林寺院宇成就於堂頭植梧桐一株極爲繁茂忽以四月十五日無故葉落又維那此旦打鍾初不發聲大小疑怪不測所以上座僧起謂有大變執錫逃避須臾信報相已終卒樹枯鍾噎表其遷化之晨也此寺去青城四百餘里而潛運之感殆非人謀梁初又有道香僧朗並有神異其迹略同誌公之類矣

釋僧林吳人深有德素行能動物梁大同中上蜀至潼州城西北百四十里有豆圖山上

有神祠土民敬之每往祭謁林往居之禪默累日忽有大蟒縈繩床前舉頭如揖讓者林爲授三歸受已便去自爾安怗卒無災異其山北涪水之陽素來無猿自林棲託已來便有兩頭依林而住有初見者云度水來及後林出山門猿還迴渡如此非一年月淹久孚乳產生生乃有數十有時送林至龍門口竚望而返後往赤水巖故寺中屋宇並摧止有叢林便即露坐有虎蹲於林前低目視林乃爲說法良久便去爾後孤遊雄悍不避惡獸常行仁濟感化極多末卒于潼郡

釋慧簡不知何許人梁初在道戒業弘峻殊奇贍勇荊州廳事東先有三間別齋由來屢多鬼怪時王建武臨治猶無有能住者唯簡是王君門師專任居之自住一間餘安經像俄見一人黑衣無目從壁中出便倚簡門上時簡目開心了但口不得語意念觀世音良久鬼曰承君精進故來相試令神色不動豈復逼耶欻然還入壁中簡徐起澡漱禮誦訖還如常眠寐夢向人曰僕以漢末居此數百年爲性剛直多所不堪君誠淨行好人特相容耳於此遂絕簡住積載安隱如初若經他行猶無有人能住之者

釋僧朗涼州人魏虜攻涼城民素少乃逼斥道人用充軍旅隊別兼之及轒輼所擬舉城同隊收登城僧三千人至軍將魏主所謂曰道人當坐禪行道乃復作賊深當顯戮明日斬之至期食時赤氣數丈貫日直度天師寇謙之爲帝所信奏曰上天降異正爲道人實非本心願不須殺帝弟赤堅王亦同謙請乃

下勑止之猶虜掠散配役徒唯朗等數僧别付帳下及魏軍東還朗與同學中路共叛陣防嚴設更無走處東西絶壁莫測淺深上有大樹旁垂崖側遂以鼓旗竿繩繫樹懸下時夜大闇崖底純棘無安足處欲上岸頭復恐軍覺投計悽惶捉繩懸住勢非支久共相謂曰今厄至矣唯念觀世音耳便以頭扣石一心專注須臾光明從日處出通照天地乃見棘中有得下處因光至地還忽闇冥知是神也相慶感遇便就以眠良久方曉始聞軍衆驚覺將發而山谷萬重不知出路唯望日行值一大虎出在其前相謂曰雖脱虜難復入虎口朗曰不如君言正以我等有感所以現光今遇此虎將非聖人示路也於是二人徑詣虎前虎即前行若朗小遲虎亦暫住至曉遂得出路而失虎所在便隨道自進七日達于仇池又至梁漢出于荆州不測其終

釋僧意不知何人貞確有思力每登座講說輙天花下散在于法座元魏中住太山朗公谷山寺聚徒教授迄於暮齒精誠不倦寺有高麗像相國像胡國像女國像吴國像崑崙像岱京像如此七像並是金銅俱陳寺堂堂門常開而鳥獸無敢入者至今猶爾故靈裕像讃云應感而來誠無指屬豈神通冥著理隔尋常之議乎意奉法自貧束躬供養將終前夕有一沙彌死來巳久見形禮拜云違奉巳來常爲天帝驅使栖遑無暇廢修道業不久天帝請師講經願因一言得免形苦意便洗浴燒香端坐靜室候待時至及期果有天來入寺及房冠服羽從偉麗殊特衆僧初見

但謂是何世貴入山忝謁不生驚異及意爾日無疾而逝方知靈感其都講住在兖州自餘香火唄匿散在他邑後試檢勘皆同日而終焉有說云僧意志湛即朗公同侶前傳闕之故今緝綴湛得初果其塔見存在泰山靈巖寺側見別傳

釋僧照未詳氏族住泰山丹嶺寺性虛放喜追奇每聞靈迹譎詭無不登踐承瀑布之下多諸洞穴仙聖攸止以魏普泰年行至榮山見飛流下有穴因穴隨入行可五六里便出穴外逐微徑東北上數里得石渠闊兩三步水西流清而且澈帶渠藥草莚蔓委地渠北有瓦舍三口形甚古陋庭前穀穗縱横鳥雀殘食東頭屋裏有數架黄帙中間有鐵臼兩具亦有釜器並附遊塵都無炊爨之迹西頭屋内有一沙門端坐儼然飛塵没膝四望唯見茂林懸澗非復人居須臾逢一神僧年可六十眉長丈餘盤掛耳上相見欣然如舊問所從來自云我同學三人來此避世一人外行未返一人死來極久似入滅定今在西屋内汝見之未今日何姓爲主答是魏家僧云魏家享國巳久不姓曹耶照云姓元僧曰我不知遂取穀穗擣之作粥又往林中菓下取梨棗與之令噉僧云汝但食我不噉此又問誦何經照云誦法華神僧頷頭曰大好精進業今東屋格上如許經並自誦之欲得聞不照合掌曰唯敢聞命彼遂部别誦之聲氣朗徹乃至通夜照苦睡僧曰但睡我自恒業耳達旦不眠更爲造食照謝曰幸得奉謁今暫歸尋來接事僧亦不留但言我同學行去汝

若值者大有開悟恨不見之既言須歸好去照尋路得還結侶重往瀑布與穴莫測其處今終南諸山亦有斯事既多餘涉不無其理云

釋道豐未詳氏族世稱得道之流與弟子三人居相州鼓山中不求利養或云鍊丹黄白醫療占相世之術藝無所不解齊高往來并鄴常過問之應對不思隨事標舉帝曾命酒并蒸肫敕置豐前令遣食之豐聊無辭讓極意飽噉帝大笑亦不與言駕去後謂弟子曰除却牀頭物及發撤床見向者蒸肫猶在都不似噉嚼處時石窟寺有一坐禪僧每日至西則東望山巓有丈八金像現此僧私喜謂覩靈瑞日日禮拜如此可經兩月後在房卧忽聞枕間有語謂之曰天下更何處有佛汝今道成即是佛也爾當好作佛身莫自輕脱此僧聞已便起持重傍視羣僧猶如草芥於大衆前側手指胸云你輩頗識眞佛不泥龕畫像語不能出脣知慮何如你見眞佛不知禮敬猶作本日期我悉墮阿鼻又眼精已赤叫呼無常合寺知是驚禪及未發前昇詣豐所俓即問曰汝兩月已來常見東山上現金像耶答曰實見又曰汝聞枕間遣作佛耶答曰實然豐曰此風動失心耳若不早治或狂走難制便以針針三處因即不發及豐臨終謂弟子曰吾在山久令汝等有谷汲之勞令去無以相遺當留一泉與汝既無陟降辛苦努力勤修道業便指竈傍去一方石遂有玄泉澄映不盈不減於今見存

釋圓通不知氏族少出家泛愛通博以温敏

見稱往鄴都大莊嚴寺研諷涅槃文旨詳覈以高齊武平四年夏中講下有一客僧形服踈素履操弘雅因疾乃投諸寺中僧侶以其所患纏附臭氣熏勃皆惡之無敢停者通觀其量識宏遠深異其度乃延之房中雖有穢汚初無輕憚日積情欵薄通其意問何所學答曰涅槃通以素業相沿宛然若舊乃以經中深要及先德積迷未曾解者並叙而談之客僧亦同其所引更爲章句判釋泠然雅有其致通欣於道合更倍由來經理湯藥曉夕相守曾於夜中持春酒一盞云客人寄患服此爲佳客遂顰眉飲之一咽便止夏了病愈便辭通去通曰今授衣將逼官寺例得衣賜可待三五日間當贈一襲寒服客云藉亂不少何容更煩通固留之作衣遺已臨别執通手誡曰修道不欺闇室法師前以酒見及恐傷來意非正理也從今已往此事宜斷頗曾往鼓山石窟寺不小僧住下舍小寺正在石窟北五里當繞澗驛東有一小谷東出即竹林寺有緣之次念相訪也通敬謝前誡當必往展於是而别至明年夏初以石窟山寺僧往者希遂滅莊嚴定國興聖總持等官寺百餘僧爲一番通時爾夏預居石窟意訪竹林乃大集客主問寺所在衆皆大笑誡通勿傳此妖言竹林竟無適莫乃流俗之恒傳耳通惟客僧見投非常欵遇言及斯事計非虛指衆亦異焉乃各賫香花與通俱行至寺北五里小谷東出尖通人徑行可五里昇于山阜見一老公手巾袹額布裩短褐執钁開荒二十餘畝遙見羣僧放馬而前曰何處道人不

依徑路僧云住在石窟欲向竹林公大怒曰去年官寺放馬噉我生苗我兒遮護被打幾死今復將此面目來耶曳鑁來逐群僧十餘望谷馳走獨不逐通語通曰是你千健不返放使入山餧虎通即東出數里值一曲澗淺而森茂尋澗又東但聞南嶺上有諷誦之聲通問竹林所在應聲答曰從何處來豈非圓通法師乎通曰是矣遂披林踰險就通通略叙離闊喜滿言情曰下山小寺僧徒烏合心性動止多不稱具瞻雖然已能降重終須到寺相進數里忽見雙闕高門長廊複道脩竹干雲青松蔽日門外黒漆槽長百餘尺凡有十行皆鋪百銜環金銅綺飾貯以粟豆傍有馬跡而掃洒清淨乃立通門左告云須前諮大和尚須臾引入至講堂西軒廊下和尚坐高床侍列童吏五六十人和尚年可七十上許眉面峯秀狀類梵僧憑案理文書傍有通事者通禮謁卻立和尚命曰既住官寺厚供難捨何能自屈此寺誠無可觀通具述意故乃令安置將通巡房禮訊見兩房僧各坐寶帳交絡衆飾映奪日光語引僧云彼是何人輒敢來入振手遣去僧有慙色顧謂通曰情意不同令人阻望且就小僧住房可以消息乃將入室具叙昔縁并設中食食如鄴中常味食後引觀圖像莊嚴園池臺閣周遊歷覽不可得徧通因自陳曰儻得廁迹風塵常供掃洒生願畢矣僧曰相逢即以爲意但須諮和尚未知果不夜與通宿曉爲諮白和尚曰甚知來意不惜一房凡受官請爲報不淺依如僧法不得兩處生名今且還去除官名訖

來必相容勿以爲恨即遣送出至馬槽側顧慕流淚自傷罪重不蒙留住執僧手別西行百步迴望猶見門闕儼然步步返望更行兩里許欲見峯嶨巉巖非復寺宇悵望尋路行達開荒之地了無蹤緒但有榛木耳識者評云前者舉钁驅僧假爲神怪令通獨進示見有緣耳言大和尚者將不是賓頭盧耶 如入大乘論尊者賓頭盧羅睺羅等十六諸大聲聞散在諸山渚中又於餘經亦說九十九億大阿羅漢皆於佛前取籌住壽於世並在三方諸山海中守護正法今石窟寺僧每聞異鍾唄響洞發山林故知神宮仙寺不無其實余往相部尋鼓山焉在故鄴之西北也望見橫石狀若鼓形俗諺云石鼓若鳴則方隅不靜隋末屢聞其聲四海沸騰斯固非妄左思魏都賦云神鉦迢遞於高巒靈響時警於四表是也自神武遷鄴之後因山上下並建伽藍或樵採陵夷或工匠窮鑿神人厭其諠擾捐捨者多故近代登臨罕逢靈跡而傳說竹林往往殊異良由業有精浮故感見多彩近有從鼓山東面而上遥見山巔大道列樹青松尋路達宮綺華難紀珍木美女相次歡娛問其丈夫皆云適往少室逼暮當還更進數里並是竹林尋徑西行乃得其寺衆僧見客歡遇承迎供給食飲指其歸路乃從山西北下去武安縣不過十數里也暨周武平齊例無僧服鄴東夏坊有給事郎郭彌者謝病歸家養素閭巷洽聞內外慈濟在懷先廢老僧悉通收養宅居讀誦忽聞有扣門者令婢看之見一沙門執錫擎鉢云貧道住鼓山竹林

寺逼時乞食彌近門聲妄乃遥應曰衆僧但言乞食何須詐聖身自往觀四尋不見方知非常人也悔以輕肆其口故致聖者潛焉近武德初年介山抱腹巖有沙門慧休者高潔僧也獨靜修禪忽見神僧三人在佛堂側休怪之謂尋山僧也入房取坐具將往禮謁及後往詣神僧中小者抱凾在前大者在後乘虛冉冉南趣高嶺白雲北迎奄靄不見後經少時又見一僧東趣巖壁休追作禮遂入石中此巖數有鍾鳴依時而扣雖蒙聲相不及言令斯亦感見參差不可一准大略爲言巖穴靈異要惟虛靜必事諠雜希聞奇相矣一

釋慧寶氏族未詳誦經二百餘卷德優先達時共知名以齊武平三年從并向鄴行達艾陵川失道尋徑入山暮宿巖下室似人居逈無所見寶端坐室前上觀松樹見有橫枝懸磬去地丈餘夜至二更有人身服草衣自外而至口云此中何爲有俗氣寶即具述設敬與共言議問寶即今何姓統國答曰姓高氏號齊國寶問曰尊師山居早晚曰後漢時來長老得何經業寶恃已誦愽頗以自矜山僧曰修道者未應如此欲聞何經爲誦之寶曰樂聞華嚴僧即少時誦之便度聲韻諧暢非世聞更令誦餘率皆如此寶驚歎曰何因大部經文倏然即度報曰汝是有作心我是無作心夫忘懷於萬物者彼我自得矣寶知爲神異也求哀乞住山僧曰國中利養召汝何能自安且汝情累未遣住亦無補至曉便捨去寶遂返尋行迹達鄴叙之

續高僧傳卷第二十六上

音釋

綦渠宜切 餉式亮切饋也 睞音接目睫也 隙乞逆切孔也 攣閭圓切係也 鐫子全切刻也 潼徒紅切潼水名 涪房鳩切水名 泅慈秋切泳也 轒䡴轒扶分切䡴直降切轒䡴衝城戰車 穗徐醉切禾秀也 钁厥縛切大鉏 鉦諸成切鐃似鈴 遰大計切遠也

續高僧傳卷第二十六下

唐 釋 道 宣 撰

釋僧雲不知何人也辯聰詞令備明大小崇附齋講恒以常任齊鄴盛昌三寶雲著名焉住寶明寺襟帶衆理以四月十五日臨說戒時僧並集堂雲居上首乃白衆曰戒本防非人人誦得何勞煩衆數數聞之可令一僧豎義令後生開悟雲氣格當時無敢抗者咸從之訖於夏末常廢說戒至七月十五日旦將昇草坐失雲所在大衆以新歲未受交廢自恣一時崩騰四出追覓乃於寺側三里許於古塚內得之遍體血流如刀割處借問其故云有一丈夫執三尺大刀厲色瞋雲改變布薩妄充豎義刀膾身形痛毒難忍因接還寺竭情懺悔乃經十載說戒布薩讀誦衆經以爲常業臨終之日異香迎之神色無亂欣然而卒時咸嘉其即世懲革不墜彝倫云

釋僧遠不知何人住梁州薛寺爲性疎誕不修細行好追隨流宕歡醼爲任以齊武平三年夢見大人切齒責之曰汝是出家人面目如此遽縱造惡何不取鏡自照遠忽覺驚愕流汗至曉以盆水自映乃見眼邊烏黯謂是垢汗便洗拭之眉毛一時隨手落盡因自咎責柰何此殃譴遂改革常習返形易性弊衣破履一食長齋遵奉律儀昏曉行悔悲淚交注經一月餘日又夢前人含笑謂曰知過能改是謂智乎赦汝前愆勿復相續忽驚喜而覺流汗遍身面目津潤眉毛漸出遠頻感兩報信知三世自後竭精奉法中不暫怠卒爲練行僧也鄉川所歸終於本土

釋慧瑱上黨人奉律齊眞貞確難拔住郡内元開府寺獨靜一房禪懺爲業會周建德六年國滅三寶瑱抱持經像隱于深山遇賊欲劫之初未覺也忽見一人形長丈餘美鬚面著紗帽衣青袍九環金帶吉莫皮靴乘白馬朱髮自山頂徑至瑱前下馬而謂曰今夜賊至師可急避瑱居懸崖之下絶無餘道疑是山神乃曰今佛法毀滅貧道容身無地故來依投檀越今有賊來正可於此取死更何逃竄神曰師既遠投弟子弟子亦能護師正爾住此遂失所在當夜忽降大雪可深丈許遂免賊難後群賊更往神遂告山下諸村曰賊欲劫瑱師急往共救乃各持器仗入路中相遇拒擊驚散從此每日瑱恒憑之安業山阜不測其卒

釋洪獻鄴人少履道門早明律檢聽涉勞頓遂兩目俱闇住相州大慈寺既無前導常處房中禮誦爲先不輟晨夕開皇十四年忽感一神自稱般若檀越來從受戒數致談話同房僧綱禪師上堂中食般若乃將綱一襆衣來覶獻云勞陳法事利益不少輒奉衣物願必受之獻納于櫃中後綱食還怪失衣襆搜求寺内乃於獻所得之具以告語綱終不信神遂發撤綱房衣物被案狼藉滿庭竿扇秤尺摧折數段神於空中語曰僧綱不好設齋會供養三寶我會禍汝未央獻雖目冥及與般若言及事同自覩神語獻曰伴衆極多悉在紫陌河上雅三十人相隨可令寺家設食衆僧便於西院會之神曰大好飲食勞費師等雖然僧綱不起齋供後會使知綱無柰之

何恐迫不已便私費財物營諸齋福般若又曰既能行福今相放矣仍以絹兩疋付獻云當以一疋施大衆一疋贈綱師獻對衆受得具皆聞見仍依付領於後彌厲本業遂卒於所住

釋慧雲范陽人十二出家遊聽爲務年十八乘驢止于叔家叔覩其驢快將規害之適持刀往見東墻下黄衣人揚拳逆叱曰此道人方爲通法大士何敢害也叔懼告婦婦曰君心無剛正眼花所致耳聞已復往又見西墻下黄衣人云勿殺道人若殺大禍交及叔怖乃止明旦辭往姊家叔又持刀送之告雲曰此路幽險故送度難雲在前行正在深阻叔在其後揮刀欲斫忽見姊夫在傍竟免加害雲都不知也開皇中周流餐挹具瞻經論名高東夏榮冠一時後領徒五百來過叔氏叔見當衢闡化深惟昔釁乃奉絹十疋夫妻發露雲始知之乃爲說法治斷安然無恨常以此事戒諸門人曰吾昔不乘好物何事累人自預學徒必無華飾但得支身成誦於口也後不測其終

陳宣帝時東陽郡烏傷縣雙林大士傅弘者體權應道躡嗣維摩時或分身濟度爲任依止雙林導化法俗或金色表於胷臆異香流於掌内或見身長丈餘臂過於膝脚長二尺指長六寸兩目明亮重瞳外耀色貌端峙有大人之相梁高撥亂弘道偏意釋門貞心感被來儀賢聖沙門實誌發迹金陵然斯傅公雙林明導時俗昌言莫知其位乃遣使賫書贈梁武曰雙林樹下當來解脱善慧大士敬

白國王救世菩薩今條上中下善希能受持其上善者略以虛懷爲本不著爲宗亡相爲因涅槃爲果其中善略以持身爲本治國爲宗天上人間果報安樂其下善略以護養衆生帝聞之延住建業乃居鍾山下定林寺坐蔭高松卧依磐石四徹六甸天花甘露恒流於地帝後於華林園重雲殿開般若題獨設一榻擬與天旨對揚及王輦昇殿而公晏然其坐憲司譏問但云法地無動若動則一切不安且知梁運將盡救愍兵災乃然臂爲炬冀禳來禍至陳大建元年夏中於本州右脅而卧奄就昇遐于時隆暑赫曦而身體溫暖色貌敷愉光彩鮮潔香氣充滿屈伸如恒觀者發心莫不驚歎遂合殮於巖中數旬之間香花散積後忽失其所在往者不見號慕轉深悲戀之聲慟噎山谷陳僕射徐陵爲碑銘見類文也

釋僧朗一名法朗俗姓許氏南陽人年二十餘欣欲出家尋預剃落栖止無定多住鄂州形貌與世而殊有奇相飲噉同俗爲時共輕常養一猴一犬其狀偉大皆黃赤色不狎餘人唯附於朗日夕相隨未曾捨離若至食時以木盂受食朗噉飽已餘者用餧既同器食訖猴便取盂戴之騎犬背上先朗而行人有奪者輒爲所咋朗任犬盤遊略無常度陳末隋初行於江嶺之表章服麤弊威儀越序杖策徒行護養生命時復讀誦諸經偏以法華爲志素乏聲弄清靡不豐乃潔誓誦之一坐七徧如是不久聲如雷動知福力之可階也其誦必以七數爲期乃至七十七百七千逮于七萬聲韻諧暢任縱而起其類箏笛隨發

明了故所誦經時傍人觀者視聽皆失朗脣吻不動而囀起咽喉遠近亮徹因以著名然臂脚及手伸縮任懷有若龜藏時同肉聚或住酒席同諸醼飲而罸噍猪肉不測其來故世語曰法華朗五處俱時縮猪肉滿口顙或復巡江洄泝拱手舟中猴犬在傍都無艤棹隨意所往雖陵犯風波眴息之間便達所在有比丘尼爲鬼所著超悟玄解統辯經文居宗講導聽採雲合皆不測也莫不讚其聰悟朗聞曰此邪鬼所加何有正理須後檢校他日清旦猴犬前行徑至尼寺朗隨往到禮佛遶塔至講堂前尼猶講說朗乃厲聲呵曰小婢吾今既來何不下座此尼承聲崩下走出堂前立對於朗從卯至申卓不移處通汗流地默無言說問其慧解奄若聾癡百日已後方復本性其隆行通感皆此類也大業末歲猶未塵飛而朗口唯唱賊朝夕不息官人懼以惑衆遂幽而殺之襄陽法琳素與交遊奉其遠度因事而述故即而叙之

釋道仙一名僧仙本康居國人以遊賈爲業梁周之際往來吳蜀江海上下集積珠寶故其所獲貲貨乃滿兩船時或計者云直錢數十萬貫既懷寶填委貪附彌深唯恨不多取驗吞海行賈達于梓州新城郡牛頭山值僧達禪師說法曰生死長久無愛不離自身尚爾況復財物仙初聞之欣勇内發深思惟曰吾於生多貪志慕積聚向聞正法此說極乎若失若離要必當爾不如沉寶江中出家離著索然無擾豈不樂哉即沉一船深江之中又欲更沉衆共止之令修福業仙曰終爲紛

擾勞苦自他即又沉之便辭妻子又見達房凝水滉瀁知入定信心更重投灌口山竹林寺而出家焉初髮落日對衆誓曰不得道者不出此山即迥絶人蹤結宇巖曲禪學之侶相次屯焉每覽經卷始開見佛在某處無不哽咽我何不值但見遺文而仙挺卓不群野栖禽獸或有造問學方者皆答對善權冥符正則自初入定一坐則以四五日爲恒准客到其門潛然即覺起共接晤若無人往端坐靜室寂若虛空有時預告明當有客至或及百千皆如其説曾無欠長梁始興王澹褰帷三蜀禮以師敬携至陜服沮曲以天監十六年至青溪山有終焉志也便雜草止容繩床干時道舘崇敞巾褐紛盛屢相呵斥甚寄憂心焉仙乃宴如曾無屑一夕道士忽見東崗火發恐野火焚害仙也各執水器來救見仙方坐大火猛燄洞然咸歎火光神德道士李學祖等捨田造像寺塔欻成遠近歸信十室而九州刺史鄱陽王恢躬禮受法天監末始興王冥感於梁泰寺造四天王每六齋晨常設淨供仙後赴會四王頂上放五色光仙所執爐自然煙發太尉陸法和昔微賤日數載在山供仙給使僧有肆責者仙曰此乃三台貴公何緣罵辱時不測其後貴也和果遂昇衮服仙或勞疾見縹衣童子從青溪水出椀盛妙藥跪而進服無幾便愈居山二十八年復遊井絡化道大行時遭酷旱百姓請祈仙即往龍穴以杖扣門數曰衆生何爲嗜睡如此語已登即玄雲四合大雨滂注民賴斯澤咸來禱賽欽若天神有須舍利即爲祈請應

念即至如其所須隋蜀王秀作鎮岷絡有聞王者尋遺追召全不承命王勃然動色親領兵仗往彼擒之必若固蹤可即加刃仙聞兵至都無畏懼索僧伽梨被已端坐念佛王達山足忽雲雨雜流雹雪崩下水涌滿川藏軍無計事既窘迫乃遥歸懺禮因又天明雨霽山路清夷得至仙所王躬盡敬便爲說法重發信心乃邀還成都之靜衆寺厚禮崇仰舉郭恭敬號爲仙闍梨焉開皇年中返于山寺道路自淨山神前掃一夜客僧止房仙往曳出房因即倒年百餘歲端坐而卒乃葬彼山益州今猶有木景白氈尚存云是聖人仙闍梨記

釋慧峯不知何人住栖霞寺聽詮公三論深悟其旨最爲得意名架於布衆所推美詮每云峯之達解思力吾不及也以吾年老且復相依峯遊心正理身範律儀攝靜松林日唯一食衣服麁麤素略無寸積顧步鏘鏘雅有風潤末出江都偏弘十誦讚誘前修聽者如市有問云今學大乘如何講律峯云此致非汝所知豈學正法而大小相乖乎以陳天嘉年卒春秋六十臨終告弟子智琨曰吾去處懸遠非汝所知終後屈一指捋之雖伸還屈時議謂證初果

釋慧巖住蘇州重玄寺相狀如狂不修戒檢時人不齒多坐房中不同物議忽獨歡笑戲於寺中以物指撝曰此處爲殿此處爲堂乃至廊廡廚庫無不畢備經可月餘因告僧曰欲知巖者浮圖鈴落則亡没矣至期果然乃返鎖其房搥户開之端坐已卒遠近聞之封

赴闕閭各捨金帛遂成大聚依言締構欝成名寺遠皆符焉自終至今四十餘載猶如存在見處佛堂用通禮謁云

釋法安姓彭安定鶉孤人少出家在太白山九隴精舍慕禪爲業麤食弊衣卒于終老開皇中來至江都令通晉王時以其形質矬陋言笑輕舉並不爲通日到門首喻遣不去試爲通之王聞召入相見如舊便住慧日王所遊履必賫隨從及駕幸泰山時遇渴乏四顧唯巖無由致水安以刀刺石引水崩注用給帝王時大嗟之問何力耶答王力也及從王入磧達于泥海中應遭變皆預避之得無損敗後住泰山神通寺僧來請檀越安爲達之王乃手書寺壁爲弘護也初與王入谷安見一僧著弊衣乘白驢而來王問何人安曰斯朗公也即創造神通故來迎引及至寺中又見一神狀甚偉大在講堂上手憑鴟吻下觀人衆王又問之答曰此太白山神從王者也爾後諸奇不可廣録大業之始帝彌重之威轢王公見皆屈膝常侍三衞奉之若神又往名山召諸隱逸郭智辯釋誌公澄公杯度一時總萃慧日道藝二千餘人四事供給資安而立又於東都爲立寶揚道場唯安一衆居中樹業至十一年春四方多難無疾而終所住春秋九十八矣初將終前告帝後事安其亡後百日火起出於内宮彌須慎之及至寒食油沸上焚夜中門閉三院官人一時火死帝時不以爲怪送柩太白資俸官給然安德潛於内外同諸俗唯眠不施枕頭無委曲延頸床邊口流涎溜每至升許爲異時復有釋

法濟者通微知異僧也發迹陳世及隋二主皆宿禁中妃后雜住精進寡慾人罕登者文帝長安爲造香臺寺後主東都造龍天道場帝給白馬常乘在宮如有疹患呪水飲之無不必愈又能見鬼物預覩未然大業四年忽辭上曰天命不常復須後世唯願弘護荷負含生便爾坐卒剃髮將殮須臾髮生長半寸許帝曰禪師滅定何得埋之索大鐘打之一月餘日既不出定身相如生天子廢朝百官素服勑送于蔣州吏力官給行到設齋物出所在東都王公已下爲造大旛四十萬口日齋百僧至于七七人別日寴二十五段通計十餘萬疋斯並荷其福力故各傾散家珍云

釋慧侃姓湯晉陵曲阿人也少受學於和闍梨和靈通幽顯世莫識其淺深而翹敬尊像事同眞佛每見立像不敢前坐勸人造像唯作坐者道行遇諸困厄無不救濟或見被縛之猪和曰解脫首楞嚴猪尋解縛主因放之自爾偏以慈救爲業大衆集處輒爲說法皆隨事讃引即物成務衆無不悟而歸於道末往鄴下大弘正法歸向之徒至今流詠臨終在鄴人問其所獲云得善根成熟耳侃奉其神化積有年稔衆知靈異初不廣之後往嶺南歸心眞諦因授禪法專精不久大有深悟末住栖霞安志虛靜往還自任不拘山世時往揚都偲法師所偲素知道行異禮接之將還山寺請現神力侃云許復何難即從窻中出臂長數十丈解齊熙寺佛殿上額將還房中語偲云世人無遠識見多驚異故吾所不爲耳以大業元年終於蔣州大歸善寺春秋

八十有二初伲終日以三衣襆遥抛堂中自云三衣還衆僧吾今死去便還房内大衆驚起追之乃見白骨一具跏坐床上就而撼之鏗然不散

釋轉明俗姓鹿氏未詳何許人形服僧儀貌非弘偉容止淡然色無喜愠以隋大業八年無何而來居住雒邑告有賊起及至覆檢宗緒莫從帝時惑之未能加罪權令收禁初不測其然也至明年六月累逢梟感作逆驅逼凶醜充斥東都誅戮極甚方委其言有據下勑放之而明雖被拘散情計如常與諸言議曾無所及會帝往江都行達偃師時獄中死囚數有五十剋時斬决明日吾當放此死厄即往獄所假爲餉遺面見諸囚告曰明日車駕當從此過爾等一時大呼云有賊至若問所由云吾所委當免死矣及至期會便如所告勑乃總放諸囚收明入禁便大笑而受之都無憂懼于斯時也四方草竊人不聊生如明語矣大業末歲猶被拘縶越王踐祚方蒙釋放雖往還自在而恒居乾陽門内别院供擬恐其潛逸密遣三衛私防護之及皇泰建議軍國謀猷恒預帷幄籌計利害僞鄭世充倍加信奉守衛嚴設又兼恒度至開明二年即唐武德三年也明從洛宫安然而出周圍五重初不見迹審僞都之將敗也西達京師太武皇帝夙奉音聞深知神異隆禮敬之勑住化度寺數引禁中具陳徵應及後事會咸同緣契以其年八月忽然不見衣資什物儼在房中尋下追徵合國周訪了無所獲尋明在道行涉冥祥有問所學者乃云常以平等

一法志而奉之顧其遊歩四朝貴賤通屬以明道冠幽極皆往師之而情一榮枯實遵平等而言調譎詭不倫和韻或云某法師者見謗大乘生報無擇某法師者從羊中來如此授記其例不一行至總持顧僧衆曰不久此寺當流血矣冝共慎之時以爲卓異共恠輕誕及遭法謗等事尋被薄録戮之都市方悔前失隋末有鮑子明者未詳何人煬帝遠召藝僧遂霑慧日而歷遊寺院不止房堂隨夜即宿略無定所既請官供曾不臨赴不著三衣而服裙帔或驚叫漫走言無准度大業九年以緋裹額唱賊而走時人以爲徵兆也及梟感起逆諸軍並著屯項袹額如其相焉感圍東都召問通塞遂惡罵曰賊害天下何有國平帝時在涿郡聞之大悦召而勞遣明又以箕盛土當風揚之後覆梟感逆黨並被誅翦長夏門外日別幾十遠應斯舉大業十年無故卒于雒邑

釋貫逸者不知何許人隋仁壽初遊于安陸言戲出没有逾符讖形服變改時或緇素後於一時分身諸縣及至推驗方敬其德行迹不經而爲無識所恥有方等寺沙門慧暠者學行通博逸因過之以紙五十幅施云法師由此得解耳初不測其所因也後有諍起暠被引禁官司責問引辯而答紙盡事了如其語焉故徵應所指例如此也末至一家云承卿有女欲爲婚媾因往市中唱令告乞云他與我婦須得禮贈廣索錢米剋日成就數往彼門揚聲陳述女家羞恥遂密殺之埋在糞下經停三日行遊市上逢人言告被殺之事

大業五年天下清晏逸與諸羣小戲於水側或騎橋檻手弄之云拗羊頭捩羊頭衆人倚看笑其所作及江都禍亂咸契前言不知所終時蜀郡又有楊祐師者佯狂岷落古老百歲者云初見至今貌常不改可年四十著故黃衫食噉同俗栖止無定每有大集身必在先言笑應變不傷物議預記來驗時共稱美迄乎唐初猶見彼土後失其所在

釋法順姓杜氏雍州萬年人禀性柔和未思沿惡代辭親遠戍無憚艱辛十八棄俗出家事因聖寺僧珍禪師受持定業珍姓魏氏志存儉約野居成性京室東阜地號馬頭空岸重邃堪爲靈窟珍草創伊基勸俗修理端坐指撝示其儀則忽感一犬不知何來足白身黃自然馴擾徑入窟內口銜土出須臾往返勞而不倦食則同僧過中不飲既有斯異四遠響歸乃以聞上隋高重之日賜米三升用供常限乃至龕成無爲而死今所謂因聖寺是也順時躬視斯事更倍歸依力助締構隨便請業末行化慶州勸民設會供限五百及臨齋食更倍人來供主懼焉順曰無所畏也但通周給而莫委供所由來千人皆足嘗有張河江張弘暢者家畜牛馬性本弊惡人皆患之賣無取者順示語慈善如有聞從自後更無觝齧其道發異類爲如此也嘗引衆驪山夏中栖靜地多蟲蟻無因種菜順恐有損害就地示之令蟲移徙不久往視如其分齊恰無蟲焉順時患腫膿潰外流人有敬而唼者或有以帛拭者尋即瘥愈餘膿發香流氣難比拭帛猶在香氣不歇三原縣民田薩埵

者生來患聾又張蘇者亦患生瘂順聞命來與共言議遂如常日永即痊復武功縣僧爲毒龍所魅衆以投之順端拱對坐龍遂託病僧言曰禪師既來義無久住極相勞嬈尋即釋然故使遠近瘴癘淫邪所惱者無不投造順不施餘術但坐而對之識者謂有陰德所感故幽靈偏敬致其言教所設多抑浮詞顯言正理神樹鬼廟見即焚除巫覡所事躬爲擗擋禎祥屢見絕無障礙其奉正也如此而篤性綿密情兼汎愛道俗貴賤皆事邀延而一其言問胷襟莫二或復重痼難治深願未果者皆隨時指示普得遂心時有讃毀二途聞達於耳相似不知綴作餘語因行南野將度黃渠其水汎溢厲涉而度岸既峻滑雖登還墮水忽斷流便隨陸而度及順上岸水尋還復門徒目覩而不測其然也所以感通幽顯聲聞朝野多有鄙夫利其財食順言不涉世令不留心隨有任用情志虛遠但服麤弊卒無兼副雖聞異議仍大笑之其不競物情又若此也今上奉其德仰其神引入內禁降禮崇敬儲宮王族懿感重臣戒約是投無爽歸禁以貞觀十四年都無疾苦告累門人生來行法令使承用言訖如常坐定卒於南郊義善寺春秋八十有四臨終雙烏投房悲驚哀切因即坐送于樊川之北原鑿穴處之京邑同嗟制服亘野肉色不變經月逾鮮安坐三周枯骸不散自終至今恒有異香流氣屍所學侶等恐有外侵乃藏于龕內四衆良晨赴供彌滿弟子智儼名貫至相幼年奉敬雅遵餘度而神用清越振績京皐華嚴攝論尋

常講說恒至龕所化導鄉川故斯塵不絕矣
釋道英姓陳氏蒲州猗氏人也年十八叔休
律師引令出家而二親重之便爲取婦五年
同床誓不相觸素在市販與人同財乃使妻
執燭分判文疏付囑留累遂逃而落髮至并
州炬法師下聽華嚴等經學成返邑其妻尚
在開皇十年方預大度乃深惟曰法相可知
心惑須曉開皇九年遂入解縣太行山栢梯
寺修行止觀忽然大解南埵悟人北嶺悟法
二空深鏡坐處樹枝下映四表於今見在因
爾營理僧役以事考心後在京師住勝光寺
從曇遷禪師聽採攝論講悟既新衆盈五百
多採名教而𪫧能如理而英簡時問義唯陳
止觀無相思塵諸要槃節深會大旨遷彌重
之語諸屬曰爾雖考通文義無擇昬明得其
妙者唯道英乎自爾儀服飲噉未嘗篇章頗
爲時目作達者也聽講之暇常依華嚴發願
供僧有慕道者從其所爲因事呈理調伏心
行寄以弘法常云余冥目坐禪窮尋理性如
有所詣及開目後還合常識故於事務遊觀
役心使有熏習然其常坐開目如線動逾信
宿初無頓睫後入禪定稍呈異迹大業九年
嘗任直歲與俗爭地遽鬪不息便語彼云吾
其死矣忽然倒仆如死之僵諸俗同評道人
多詐以針刺甲雖深不動氣絕色變將欲洪
胮傍有智者令其歸命誓不敢諍願還生也
尋言起坐語笑如常又行龍臺澤池側見魚
之遊乃曰吾與汝共爭我何者爲勝汝不及
我我可不及汝耶即脫衣入水弟子持衣守
之經十六宿比出告曰雖在水中唯弊土坌

我耳又屬嚴冬氷厚雪壯乃曰如此平淨之處何得不眠遂脱衣仰卧經于三宿乃起而曰幾被火炙殺我如是隨事以法對之縱任自在誠難偶者晚還蒲州住普濟寺置莊三所麻麥粟田皆在夏縣東山深隱之所不與俗爭用接鄰遠故使八方四部其歸若林晝則厲衆僧務躬事擔運難險緣者必先登踐夜則跏坐爲說禪觀時或弊其勞者聞法不覺其疲一日說起信論至眞實門奄然不語怪徃觀之氣絶身冷衆知滅想即而任之經于累宿方從定起時河東道遜高世名僧袒習心道素同學也初在解縣領徒盛講及遜捨命去英百五十里未及相報終夕便知告其衆曰遜公已逝相與送乎人問其故答云此乃俗事心轉即是及行中路乃逢告使其知微通感類皆如此及終前夕集衆告曰早須收積明日間多聚人畜損食穀草衆不測其言英亦自運催促甚急至夜都了索水剃洗還本坐處被以大衣告曰人謂余爲英禪師禪師之相不可違世語門人志裦曰禪師知英氣息可有幾耶裦以事答英言如是因說法要又曰無常常也不可自欺不可空死令誦華嚴賢首偈至臨終勸念善處明相既現口云捨却奄然神逝人以手循從下而冷即貞觀十年九月中也春秋八十初將終日衆問後事英曰佛有明教但依行之則無累矣英何言哉時感群鳥集房數盈萬計悲鳴相切及其終夕惠裦侍側見有青衣二童執花而入紫氣如光從英身出騰燄屋棟及明霧結周二十里人物失光三日方歇蒲晉二

川化行之所聞哀屯赴如喪重親遠驗英言不有損失又感僧牛吼吽聲徹數里流淚嗚咽不食水草經于七日將欲藏殮道俗爭之僉以英不樂喧譁但存道業便即莊南夏禹城東延年陵東鑿土龕之纔下一钁地忽大震人各攬草臨卧地驚懾周十五里皆大動怖又感白虹兩道連龕柩所白鳥二頭翔鳴柩上至于龕所迴旋而逝詳英道開物悟慧解入神故得靈相氤氳存亡總集不負身世誠斯人乎

釋义德姓徐雍州醴泉人也形質長偉秀眉骨面立履清白服麤素衣而放言來事多所弘奨年有凶暴毒癘流者必先勸四民令奉三寶其所施設或禮佛設齋或稱名念誦用其言者皆禳災禍有不信者莫不殃終預記未然略如對目時遭亢旱懼而問焉又以手指撝其日當雨但齊其處約時雨至必如其言或蝗暴廣狹澤潤淺深事符明鏡不漏纖失且執志清慎不濫刑科力所未及不受其法故壯年在道唯遵十戒而於篇聚雜相多所承修未於九峻山南造阿耨達池并鐫石鉢即於池側用濟衆生以貞觀十二年卒於山舍百姓感焉爲起白塔岩然山表

釋智則姓馮雍州長安人二十出家辯才寺聽凝法師攝論四十餘遍性度掉舉僅觀尋採恒披敗納裙垂膝上有問其故則云衣長多立耳遊浪坊市宿止寺中銷聲京邑將五十載財法食息一同僧伍房施單床上加草薦瓦椀木匙餘無一物或見其繿縷爲經營者隨得服用言終不及則雖同僧住形有往

來門無關閉同房僧不知靈異號爲狂者則聞之仰面笑曰道他狂者不知自狂出家離俗只爲衣食行住遮障鎖門鎖櫃費時亂業種種聚斂役役不安此而非狂更無狂者乃撫掌大笑則性嗜餺飥寺北有王摩訶家恒令辦之須便輒往因事伺候兩處俱見方委分身而言行相投片無假謬自貞觀來恒獨房宿竟夜端坐咳㰤達曙余親自見故略述其相云

釋通達雍州人三十出家栖止無定初辯世壞遍訪明師委問道方皆無稱悅乃入太白山不費粮粒不擇林巖飢則食草息則依樹端坐思玄動逾晦序意用漠漠投解無歸經跨五年栖遑靡息因以木打塊塊破形銷既覩斯緣廓然大悟晚住京師律藏寺遊聽大乘情量虛蕩一裙一帔布納重縫所著麻鞋經三十載繒帛雜飾未曾冠體冬夏一服不弊冰炎常於講席評叙玄奧而不肖之夫言行矛盾及至飲啖無異俗人達曰大乘之學豈其爾耶若指聖懷斯實凡度余不同也左僕射房玄齡聞而異焉迎至第中父事隆重而達體道爲功性不拘檢或單裙露腹或放達餘言玄齡以風表處之不以形言致隔其見貴如此也常以飲水噉菜任性遊從或攬折蒿藋生宛而食至於桃杏瓜果必生吞皮核人問所由云信施難棄也貞觀已來稍顯神異往至人家歡笑則吉愁慘必凶或索財賄或索功力隨命多少即須依送若違其語後失過前有人騎驢歷寺遊觀達往就乞惜而不施其驢尋死斯例不一也故京室貴賤

咸宗事之禍福由其一言説導唯存離著所得財利並營寺宇大將軍薛萬鈞初聞異行迎宅供養百有餘日不違正軌忽於一夜索食欲噉初不與之苦求不已試與遂食從爾已後稍改前迹專顯變應其行多僻欲往入内宿將軍兄弟大怒打之幾死仰而告曰卿已打我身肉都毀血汚不淨可作湯洗待沸涌已脱衣入鑊狀如冷水傍人怖之猶索加火遂合宅驚奉恣其寢處曾負人錢百有餘貫後既辦得無人可送乃將錢寺門伺覓行人隨負多少償達西市衆皆止之而達付而不禁及往勘償不失一文斯達量虚懷定難准也時逢米貴欲設大齋乃命寺家多令䟽請及至明旦來赴數千而供度闃然不知何擬大衆咎之達曰他許送供計非妄語臨至齋時僧徒欲散忽見熟食美饍連車接轝充道而來即用施設乃大餘長並供僧庫都不委其所從來食訖須臾人車不見今盛業京輦朝野具瞻叙事而舒故不曲盡

續高僧傳卷第二十六 下

音釋

膾 古外切細切肉也 醼 伊甸切會飲也 嚼噍 嚼疾雀切噍在笑切嚼噍也 縹 普沼切帛青白色 磧 資昔切虜中沙漠也 疹 止忍切唇瘍 縶 質入切係也 緋 芳微切絳色 袹 莫轄切首飾 觝觸 觝典禮切觸也 齧 魚列切噬也 擋 丁浪切 褒 博毛切 癘 力霽切疾疫 餺飥 音餺博飥音托餺飥餅餌也